天候

周生祥

周喆鸣◎著

 江西高校出版社

JIANGXI UNIVERSITIES AND COLLEGES PRESS

图书在版编目(ＣＩＰ)数据

天候/周生祥,周喆鸣著. --南昌:江西高校出版社,
2020.6（2022.2 重印）

ISBN 978 - 7 - 5493 - 9297 - 1

Ⅰ. ①天⋯ Ⅱ. ①周⋯ ②周⋯ Ⅲ. ①叙事
诗—中国—当代 Ⅳ. ①I227.3

中国版本图书馆 CIP 数据核字(2020)第 093214 号

出 版 发 行	江西高校出版社
社 址	江西省南昌市洪都北大道 96 号
总编室电话	(0791)88504319
销 售 电 话	(0791)88522516
网 址	www. juacp. com
印 刷	天津画中画印刷有限公司
经 销	全国新华书店
开 本	700mm×1000mm 1/16
印 张	33.25
字 数	550 千字
版 次	2020 年 6 月第 1 版
	2022 年 2 月第 2 次印刷
书 号	ISBN 978 - 7 - 5493 - 9297 - 1
定 价	88.00 元

赣版权登字 -07 -2020 -481

目录

CONTENTS

天候·冬

天候・秋

第1回　酷暑施虐江南遭殃　纳沙下凡乌云争先

开篇诗云：

> 风云变幻大王旗，
>
> 四季轮换自然律。
>
> 酷暑霸夏失民心，
>
> 悟空借扇助春秋。

又云：

> 上下数千年，
>
> 纵横几万里。
>
> 浓缩四季风，
>
> 谈笑天候中。

且待笔者慢慢道来。

话说在2017年七月上旬的某一天，虽然从时间上来说，其时还只是小暑季节，但中国南方的大部分地区来了一个恶魔，他的名字叫"酷暑"。酷暑一来，不管是小暑还是大暑，大部分地区立即进入酷暑模式。酷暑一下子就控制了整个杭州城，使全城的市民生活在滚滚热浪之中。他不但折磨人，连花草树木都不放过。市民们只好躲在家里，尽量不出门。当地的新闻媒体连连发布高温预警，提醒民众做好防酷暑的准备。为了躲避酷暑这个大敌，有的居民使用空调，有的居民使用电风扇，有些年老体弱的居民甚至躲到乡下或深山老林里去了。酷暑在整个七月横行霸道、一手遮天，暑情之严重为多年来之罕见。

七月下旬进入大暑后，情况越来越危急。严重的暑情终于惊动了玉皇大帝，玉皇大帝不忍心让杭城的生物受此折磨，就派仙女"纳沙"（台风名）下凡，命其赶走酷暑，解救黎民百姓。纳沙得令，挥动大旗，带领大军直往福建沿海一带扑去。为稳扎稳打，纳沙在浙闽边境安营扎寨，指派先锋乌云打头阵，命其迅速撤离华南一带，先行赶到浙江境内。这乌云十分了得，一到浙江就和酷暑大战三百回合，直打得酷暑跪地求饶，慌忙退去。乌云终于控制住杭州城的上空。酷暑则且战且退，后退千余里，暂且在北方安营扎寨，准备重整力量，伺机反扑。

乌云进驻后,雷公电母赶来助阵,雨水随后也跟着来了。久旱逢甘霖,杭城百姓终于从酷暑中解放出来,他们欢欣鼓舞,纷纷走上街头享受这难得的清凉。那些在乡下避暑的乡亲陆陆续续返回家中,大地重现勃勃生机。然而,酷暑只是暂时退却,等到纳沙收兵,乌云离去,酷暑随时可能卷土重来。气象专家提醒大家要提高警惕,切勿高兴得太早,仍要做好防暑降温的准备。

欲知后事如何,且听下回分解。

第2回　白云弄巧施法激将　乌云中计撤兵杭城

七月底,纳沙的手下——先锋乌云,在浙江境内和酷暑大战一场,胜出后顺利控制并占领了杭城。乌云一边在杭城上空安营扎寨,清扫战场,一边发电报给纳沙,说已拿下浙江全境,现已驻兵杭城上空。纳沙得报,大喜,一边回电嘉奖,一边整理队伍。纳沙发现,由于在福建沿海一带缠斗时间过长,队伍受损严重,士气低落,战斗力也不强了。想到杭城的酷暑已被驱散,于是,纳沙就带着主力回天庭交差去了。

纳沙没来,乌云也没有接到通知,他仗着自己攻下杭城有功,天天在那里喝酒作乐,完全不把酷暑放在眼里。

酷暑被乌云打败后,向北方后退千里,在那里安营扎寨。安顿好之后,酷暑马上清点队伍,发现兵将损失严重,队伍元气大伤。酷暑发誓决不服输,定要反击,以报杭城大败之仇。无奈帐下将少兵弱,酷暑不由心中悲切,长吁短叹。

此时,酷暑手下的大将白云进来请安,见此情景,忙问其故。酷暑道出原委后,白云大叫:"主公放心,这有何难?小将愿领兵三千,反攻杭州。"酷暑知道白云是乌云的兄弟,有些不放心,说话支支吾吾的。白云见状,心中明了,说道:"小将愿立军令状,两天之内一定拿下杭州,否则,军法处置。"白云话都说到这个份上了,酷暑没有不同意的道理,就正式令白云为先锋,率三千兵马一路向南,反攻杭州,他则率大部队紧随其后。白云领着三千兵马前去杭州,他一路走一路想:"论力量,乌云力沉,我力轻;论帮手,乌云有雷公电母在旁,我啥也没有;加上乌云已布防多时,以逸待劳,我则远道而来。要是硬着头皮干起来,我恐怕不是乌云的对手,必须想办法智取。"

到达杭州城城北超山附近,白云令部队安营待命,随后就单枪匹马来到乌云的城门下,大叫"开门"。守门将士见有人叫门,忙问,来者何人,来此作甚。白云说,他是乌云的兄弟,有要事找乌云商量。守门将士听说来者是乌云的兄弟,不敢耽搁,就急忙报告乌云。乌云听说白云求见,心里感到纳闷,心想:"我和白云虽是兄弟,但各为其主,他为何要来找我?"于是,他忙问卫兵:"他带了多少兵来?"卫兵说:"只白云一人。"乌云哈哈大笑,叫卫兵把白云带进来。

白云一进乌云的营帐,就闻到一股酒气,只见乌云斜躺在床上,自顾自地饮酒作乐。白云心中暗喜,急步上前,倒头便拜。乌云眯着眼,说:"你不是在酷暑手下干吗? 到我这里来干啥?"白云一把眼泪一把鼻涕地说:"大哥有所不知,自我们兄弟分道扬镳、各事其主后,我无时无刻不在想念大哥,知道大哥在纳沙仙女底下干得有声有色,我很为大哥高兴。特别是前几天,你率兵攻入杭城,大败酷暑,直打得酷暑大军落荒而逃,今后,酷暑再也不敢跟你交手了。"

乌云听到此话,哈哈大笑,问:"那你又来干什么? 难道就是来跟我说这些?"

白云说:"大哥啊,我们分别这么久了,我是来和你叙叙兄弟之情的啊。"说着眼泪就扑簌簌地流了下来。

乌云见状,心软了,就招呼白云上前坐下,一起喝酒。

白云使出浑身解数,一边喝酒,一边劝酒,直灌得乌云两眼发直,前言不搭后语。白云于是趁机问乌云:"大哥此次来杭城驻防,所为何事,需要多久?"

乌云说:"我奉纳沙之命攻下杭城,赶走酷暑,为杭州百姓造福。我觉得杭州上空很好,准备长期不走了。"

白云说:"大哥神勇,天下无双,现在酷暑已经被赶走了,怕是再也不敢进犯杭城了,大哥只管放心就是。"

乌云说:"那酷暑也不过如此。"

白云说:"大哥的任务既已完成,长期驻扎在此,怕有不便吧。"

乌云说:"有何不便?"

白云说:"大哥有所不知,那杭城百姓经常受雾霾所害,特别渴望有蓝天白云的日子,对黑咕隆咚的天空多有怨言。"

乌云不信,说:"哪有这种事情?"

白云于是拿出手机,打开朋友圈。只见朋友圈中的网友对蓝天白云都是满满的喜爱,对乌云密布的天空则摇头叹息,更有留言说"黑云压城城欲摧"。

乌云一看这些,气不打一处来,大叫道:"老子拼命奋战,难道就是这个结果?"

白云说:"大哥赶走酷暑,立了大功,老百姓对您自是感激不尽。但我听说纳沙已经回天庭领功受奖去了,大哥如果再不赶回去,怕是连汤都喝不上了。"

乌云怒道:"好一个纳沙,欺人太甚。"说完,乌云急急赶出帐外,集合队伍,呼啸一声,奔天空而去,不一会儿就消失得无影无踪了。

白云于是不慌不忙地给酷暑发了个电报,只两个字——搞定。

生活在地面上的老百姓有些纳闷:"前几天乌云来时,天空的动静很大。现在悄无声息的,乌云却一下子不见了。漫天白云回来了,后面还紧紧跟着酷暑呢,这可如何是好?"

欲知后事如何,且听下回分解。

第3回 纳沙吹牛打入冷宫 立秋赛诗蒙骗酷暑

七月底时,纳沙在福建一带转了一圈,刮了几次大风,下了几场大雨,见南方胜局已定,就丢下驻扎在杭州上空的乌云,带着主力回天庭邀功请赏去了。纳沙在凡间转了一圈,好的东西没有学会,倒是把人间的一些坏习惯,比如浮夸之风,学得有模有样。回天庭后,纳沙一通吹嘘,说她已将酷暑彻底消灭,从此凡间再无后患。玉皇大帝听了大喜,封其为台风女王。

纳沙受封之后得意忘形,天天呼朋唤友、花天酒地。不料,纳沙才过了三天好日子,就被赶回天庭的气急败坏的乌云拉着去找玉皇大帝评理。玉帝这才知道他被纳沙骗了,一气之下将纳沙打入冷宫。乌云丢了杭城,也犯了大错,玉帝命其面壁思过一周。

玉帝一边处理纳沙、乌云,一边通知文武大臣上殿商议对策。只一会儿工夫,文武大臣便已悉数侍立两旁。玉帝把纳沙下凡造假、乌云受骗丢失杭城的情况简单说了一遍,然后感叹道:"现在杭城又落入了酷暑之手,百姓定受酷暑之苦,诸位大臣要赶紧定下应对之策啊。"

玉帝话音刚落,太白金星就奏道:"古语有云'兵来将挡,水来土掩',如今大暑将过,立秋即到,可命立秋为元帅,命其火速领兵前去杭城,征讨酷暑。"

玉帝准奏,任命立秋为主帅、处暑为副帅,命他们二人务必在半个月内彻底打败酷暑,还百姓一个清凉的环境。

立秋也是有来头的,所谓的"老气横秋"指的就是他。立秋接到玉帝的命令,自然不敢违抗,就带着部队往杭州前线赶去,心里盘算着对策,想那酷暑势力强大,帐下又有白云、阳春等足智多谋的大将,与其硬拼绝非良策,必须从长计议。立秋知道,现在的人也很矫情,自己破坏了生态环境,弄得夏不夏秋不秋的,热了几天说受不了,乌云多了又说暗无天日。立秋若是和酷暑硬打起来,到时必然雷电交加、大雨倾盆,受灾的还是老百姓。立秋到底是老资格,不一会儿就计上心来。

一个时辰后,立秋已离杭州上空不远,于是拿出手机给酷暑打了个电话。立秋在电话里说:"酷暑哥哥,别来无恙,想我们兄弟姐妹二十四个,你排在我前面,所以你是哥哥,我是弟弟。我受玉帝之命前来征讨你,实在是出于无奈。若我们非要真刀真枪地干起来,必然两败俱伤,还伤了我们兄弟之间的感情,不如我们坐下来,想个万全之策。"酷暑前段时间已吃过纳沙的亏,又知道立秋的厉害,所以不敢争强好胜。他不知道这一次立秋葫芦里卖的是什么药,心想:"以不变应万变吧,先见了面再说。"酷暑就答应和立秋见面。

第二天,双方按约定在杭州郊区的转塘见面。双方都只带了一个副手:酷暑身后站着小暑,立秋身后站着处暑。

一见面,酷暑就问立秋:"你说要坐下来谈,那你准备怎么谈?"

立秋说:"我们双方各拟一个应对方案,内容要双方都能够接受,然后选择其中一个方案实施怎么样?"

酷暑说:"拟个方案倒简单,但怎样确定用哪一个方案呢?"

立秋说:"我们双方先把方案写好放在这里再说。"

酷暑答应了,于是让小暑马上拟出一个方案来。

双方都是行伍出身,拟方案是小菜一碟。不一会儿工夫,双方就把方案拟好了。两份方案放在一起,编上号后,被封存了起来。

接下来决定选用哪个方案。酷暑建议抽签。立秋说:"抽签太简单,没有情调。"

酷暑问:"那什么办法是有情调的?"

立秋说:"久闻哥哥喜欢诗词,小弟不才,愿陪哥哥赛诗,我们两个各写一首描写自己的诗,然后找五个路人来打分,谁得分高,就用谁的方案。"

酷暑想着自己平时诗也写得不错,不见得会输给立秋,也就同意了。

不一会儿,双方都写好了一首诗。酷暑的诗是这样写的:

> 乳鸭池塘水浅深,
>
> 熟梅天气半晴阴。
>
> 东园载酒西园醉,
>
> 摘尽桃李一树金。

立秋的诗是这样写的:

> 乳鸦啼散玉屏空,
>
> 一枕新凉一扇风,
>
> 睡起秋声无觅处,
>
> 落阶梧叶月明中。

接着,属下在旁边找了五个路人,请他们分别给这两首诗打分。五个路人很快就把分数打出来了。结果是:酷暑的诗得 85 分,立秋的诗得 88 分。立秋获胜,酷暑虽然觉得有点可疑,但有言在先,所以也无话可说。

接着,属下拆开了立秋写的方案。大意是这样的:

前段时间,纳沙、酷暑历经大战,双方能量耗尽,损失惨重。现在,立秋、酷暑不愿重蹈覆辙,本着双方共赢的原则,约定在最近半个月内,杭州上空由双方共同守卫。具体的时间安排如下:酷暑一方负责上午十时到下午三时这个时间段,其余时间段由立秋一方负责守卫。方案暂时实行半个月,半个月后根据老百姓的反馈意见再进行协商。

酷暑对立秋提出的方案虽然心有不甘,但有言在先:选用赛诗赢者提出的方案。另外,他也惧怕立秋的实力,真动起手来,他也没有必胜的把握,就只好答应了。但酷暑提出了需要补充说明的相关内容:一是怎么认定双方有没有违反约定;二是谁来评判、监督执行。

双方经讨论后一致认为,还是由人类说了算。有个人叫三明,他是个不务正业之人,好打听小道消息。人类将感受、意见统一交给三明,再由三明转交给立秋、酷暑,从而起到监督执行的作用。

接着,双方签字画押:此约定一式三份,立秋、酷暑双方各执一份,另一份由人类保存。至此,本次会谈结束,双方回各自营地,布置新的防卫方略去了。

回去的路上,处暑悄悄地问立秋:"元帅做事向来是有十分的把握才会做,今日赛诗怎能保证定会胜出?"

立秋哈哈一笑,说:"那些路人全部是我们的将士假扮的。"

处暑听了后,恍然大悟。

欲知后事如何,且听下回分解。

第4回　守盟约秋暑拉锯战　挂令旗处暑破敌营

八月上旬,立秋、酷暑在杭城转塘的上空赛诗定输赢,订下了盟约。从那天起,酷暑朝十晚三上班,其余时间由立秋管理。方案执行了一周时间,双方都讲信用,没有大的违反合约的事情发生。只是酷暑心有不甘,但一则签订了盟约,二则惧怕立秋的实力,所以也不敢撕毁盟约,进犯立秋。

立秋当然知道酷暑的本性,所以时时提防,严阵以待,防止酷暑反攻倒算。酷暑早上总是早出来半个小时,九点半就去上班了。到了下午三点,他还赖着不肯走。立秋对此提出严正抗议,酷暑只好知趣地走了。酷暑手下有一员大将,名叫"秋老虎"。他很不服气,很想为酷暑出头,因此时不时地跑出来骚扰一番。

立秋手下的大将们都恨得咬牙切齿,一直想揍秋老虎一顿。但立秋是个耐得住性子的元帅,他总是告诫手下:"那秋老虎是秋后的蚂蚱,蹦跶不了几天。我们只要看杭城百姓的反应就好了。如果杭城的百姓反应强烈,那我们就要出手;反之就不要兴师动众了。"主帅既然这样说了,下面的将士也就只好作罢。

到了八月二十日那天,立秋突然接到天宫发来的紧急通知,要他速速返回天宫,和立春、立夏、立冬一起筹备蟠桃会,为王母娘娘祝寿。

立秋知道天命不可违,但总是不放心,就把副将处暑叫来,事无巨细地交代一番,处暑一一记下,点头称是:"元帅尽管放心,末将一定恪尽职守,坚决不让酷暑阴谋得逞。"立秋交代完毕,就去天宫赴命了。

处暑虽然还是个毛头小伙子,但他在立秋身边待的时间很长,倒也学到了许多方法。处暑知道自己身上的担子很重,不敢有丝毫怠慢。于是,他立即找来皇历,仔细研究。年轻有年轻的好处,年轻人熟悉那些先进的科技手段。这不,处暑找了平板电脑,通过网络搜索酷暑的相关信息。这一查,酷暑的狐狸尾巴就露出来了。原来,酷暑乃太上老君手下的一个童子。太上老君专心炼丹,酷暑常年待在炼丹房里,全身一团火气。上个月,酷暑向太上老君请假,说连日炼丹辛苦,常年无休,想请半个月假休息休息。太上老君体谅酷暑炼丹劳苦,也就同意酷暑休假半个月的请求,并提醒他准时回来上班。

没想到,半个月过去了,却不见酷暑的踪影,太上老君正着急呢。处暑了解了这个情况后,马上发了个电报给立秋,要立秋转告太上老君:酷暑正在人间危害生灵。立秋收到情报后立即转告太上老君。太上老君听到这个消息,大为光火,一边立即吩咐手下拟定处理酷暑的决定书,一边发信息给酷暑,要他速速回宫,听候处理。

酷暑听说立秋被召回天宫去了,现在对方队伍中无主帅,主持工作的是个毛头小伙子,遂大喜过望,心想,这是天赐良机。他立即调兵遣将、排兵布阵,准备在第二天上午九时发起总攻。忙到晚上十时左右,酷暑准备完毕,有些累了,倒头就睡,一会儿就进入了梦乡。

睡梦中,酷暑回到了天宫。在太上老君的办公室,酷暑看到了那张处理酷暑的通知书,正不知所措时,耳边传来了太上老君的声音:"酷暑顽儿,你不知好歹,我准你休假半个月,是要你好生休息,养精蓄锐,或看书,或学驾,实在无聊到人间去走一趟也未尝不可,但你却在那里赖着不走,胡作非为,弄得百姓受苦,还惊动了玉帝,连我都受你牵连了。还不快快回来,听候处理,你若见到处暑,如见我人,千万不能再意气用事,一错再错。"

梦到这里,酷暑被惊醒,出了一身冷汗,眨眨眼,发现是在做梦。他想,那不过是个梦,就没太在意,于是又倒头睡过去了。

第二天上午九时,酷暑亲率大军直奔立秋大营,却见立秋大营城门大开,阵中一小将骑着马率队而出。酷暑策马上前一看,只见对方阵营中竖着一面大旗,上面写着"处暑"两个字。这一看不打紧,却吓得酷暑立即口吐鲜血,跌下马来,不省人事。

酷暑手下众将一起赶上前来,把酷暑救回大营。过了半个时辰,酷暑才悠悠醒过来,摆摆手,说道:"罢了,罢了,命该如此,收兵吧。"说完,酷暑率领大军绝尘而去,只片刻工夫,就消失得无影无踪。此后,杭城上空很长一段时间内都没有大的战事。

欲知后事如何,且听下回分解。

第5回　处元帅研习老皇历　白监军智灭秋老虎

几天前,处暑率大军在转塘一带准备和酷暑决战,不料不战而胜,未及交手,酷暑就率兵撤退了。处暑没再追赶,一边打扫战场,一边撰写战报,向立秋元帅汇报:转塘大捷,杭城已取得决定性胜利。立秋收到快讯,喜出望外,连忙向玉皇大帝上奏。

玉帝大喜,连连夸赞。

玉帝对立秋说:"杭城既定,说明处暑已能独当一面,况且蟠桃会事关重大,你可卸去元帅之职,改任蟠桃会筹备委员会办公室主任,元帅之位由处暑接任,爱卿意下如何?"

立秋说:"我自是听从调遣,只是处暑还年轻,怕万一出错,总要有所准备。"

玉帝说:"我会另派白露作为监军。马上宣白露上殿,命其以监军身份下凡,去处暑大营宣诏。"

白露于是马不停蹄地赶到杭城,紧急召开处暑大营领导干部大会,传达天宫的重要人事安排:免去立秋元帅之职,另予以重用;任命处暑为元帅(见习期半个月),处暑以下官兵各自论功行赏。

处暑表示,坚决拥护天宫的重大决定,在新的岗位上一定努力工作,再创佳绩。接着,处暑宣布放假三天,庆祝胜利。

酷暑那日在阵前见到处暑,知道是太上老君在使坏。他想,胳膊拧不过大腿,只好下令退兵,速速带领大军往北边去了。酷暑大军中,白云是正规军,嫡系的,自然对酷暑忠心耿耿。但酷暑为扩充实力,还收编了一支杂牌军,打头的是个叫秋老虎的家伙。这秋老虎乃绿林出身,缺乏组织纪律性,常常不按规矩出牌,没有酷暑、白云那样的政治抱负。

秋老虎对酷暑重用白云一直耿耿于怀,酷暑和立秋两军对峙时,秋老虎就常常挑拨是非,为此还受过酷暑的警告处分,秋老虎心中一直愤愤不平。

那日,秋老虎随酷暑撤退,来到西湖边一个叫"虎跑山"的地方。秋老虎看到牌子上写着"虎跑"两字,两手摸了摸大脑袋,猛然想起,这是个好地方,于是立即招呼手下快往两边跑,只一闪,就躲到虎跑山上去了。这酷暑自顾不暇,哪里还管得了这些,只得随秋老虎去了。

秋老虎率领手下喽啰在虎跑山潜伏下来后,立即派侦察兵去打探消息。侦察兵打探后回来报告,说:"处暑已正式接任元帅,并且放假三天,正大张旗鼓地庆祝呢。"

秋老虎闻言大喜,只在树林里休息了一天就跳了出来,想大显身手一番。这秋老虎和景阳冈上的老虎不一样,景阳冈上的老虎是昼伏夜出,这秋老虎却是昼出夜伏,如果你们这几天午时觉得暑热难耐,那一定就是秋老虎在作怪了。三天假期结束后,处暑大营服务中心收到了很多投诉,说处暑不作为,既然肩负元帅之职,就当为民做主,降暑伏虎,以符处暑之实。服务中心主任把各种投诉稍加整理,做了个简报,向处暑做了专题汇报。处暑手下大将原本就对秋老虎恨之入骨,纷纷要求出战,清剿秋老虎。无奈,处暑自不战而胜后,研究老皇历,有点走火入魔了,倒变得优柔寡断了,口口声声说:"老虎屁股摸不得,随他去吧。"

秋老虎见处暑那边没有动静,以为处暑软弱,越发有恃无恐,竟早出晚归,放肆起来了。只是苦了杭城的百姓,刚过了几天凉爽日子,又陷入了水深火热之中。

过了几天,因秋老虎肆无忌惮,民怨四起,各种小道消息满天飞,终于传到了监军白露那里。

白露听到种种议论后,大吃一惊,心想,他身为监军也有责任,不能置身事外,于是就去找元帅处暑商量。处暑还是认为,老虎的屁股摸不得。

白露说,这样不行。元帅和监军说不到一起去,就吵了起来。

处暑赌气,对白露监军说:"我给你三千兵马,你有本事你去对付好了。"

白露说:"那好,我不相信我连一个秋老虎都对付不了。"说完,白露就带着三千兵马到钱塘江边安营扎寨去了。

这白露也是有来历的,它表示秋天来到,天气渐渐转凉。阳气在夏至达到顶点,物极必反,阴气也在此时兴起。到了九月上旬,阴气就会逐渐加重。清晨的露水日益增多,凝结成一层白白的水滴,故名"白露"。"处暑十八盆,白露勿露身"说的就是这个道理。

白露知道,秋老虎躲在森林里,不易对付,但到了平原,老虎就无用武之地了。

白露于是吩咐手下:"第二天清晨,在露水里加些'加饭酒',从虎跑山开始,按照一定的路线,沿路在花草上洒过去。"

次日清晨,秋老虎一起来,就闻到了一股加饭酒的味道,十分高兴。原来,秋老虎喜欢喝点小酒,对加饭酒更是情有独钟。秋老虎于是沿路喝着掺有加饭酒的露水,一边吃一边走。喽啰在后面紧紧跟着他,不知不觉间,他们已经来到了温州境内一个叫平阳的地方。秋老虎及手下喽啰已吃得肚子滚圆,由于加饭酒开始发作了,他们走起路来都摇摇晃晃的。

白露率三千兵马早已埋伏在此,见秋老虎进入伏击圈,白露喊一声"打",手下全部出击。那秋老虎及手下将士连站都站不稳,哪里还有什么战斗力?只一袋烟的工夫,秋老虎的部下就全部束手就擒了,剩下秋老虎单枪匹马到处乱窜,慌不择路地来到了一个村子。不料,村里冲出一群恶犬,恶犬围着秋老虎一阵狂吠,秋老虎左冲右突,就是脱不了身。眼看后面白露的大军追了上来,秋老虎很是心急,遂大叫道:"虎落平阳遭犬欺,今日我命休矣。"

秋老虎死了,恶犬一齐上前争相撕咬,不一会儿,秋老虎就尸骨无存了。待白露到达现场时,秋老虎只剩下一些皮毛。白露一边拍照取证,一边打扫战场,事毕,即回城去了。

欲知后事如何,且听下回分解。

第6回　天鸽娇惯埋下祸根　华南无端遭受重创

2017年八月下旬,处暑率队和秋老虎缠斗于杭城上空。此时,立秋虽已卸去元帅之职,但对自己亲手带出来的部队怀有很深的感情。他担心处暑年轻、缺乏经验,会吃亏,就找了个机会向玉帝进言,说华东一带酷暑残余势力极盛,特别是今年,秋老虎特别猖獗,要天宫派兵予以支援。

玉帝说:"那还不简单,反正天鸽(台风名)在这里闲着无事,就让天鸽去华东走一趟吧。"

立秋说:"如此最好不过,我马上去安排。"

天鸽是个官二代、富二代,和凡间的和平鸽不一样,和平鸽温文尔雅、讲礼貌,而天鸽从小娇生惯养,养成了目中无人的坏毛病。

天庭通知他次日出发去华东地区帮处暑一把。天鸽根本就没有把它当作大事看待,心想:"不就是去凡间走一趟吗？有什么大不了的,又不是没去过,家常便饭而已。"恰巧,那天飞鹤、神雕、大雁来天宫办事,天鸽已经好久没和他们一起玩了,就非拉着他们一起去吃晚饭。飞鹤、神雕、大雁推辞不掉,就跟着去了。

天鸽点了很多菜,还上了茅台、五粮液。飞鹤、神雕、大雁百般阻拦,说:"现在是非常时期,高档消费不太好。"天鸽连说:"没事没事,这不是公款消费,我自掏腰包消费。"

听天鸽这么说,飞鹤、神雕、大雁就没再作声。这一顿饭足足吃了两个时辰。饭毕,天鸽意犹未尽,一定要带着飞鹤、神雕、大雁去歌厅唱歌,飞鹤、神雕、大雁半推半就地去了。

之后,天鸽还不肯罢休,又提出要去棋牌室打几圈麻将,飞鹤几个提醒道:"时间不早了,老兄你明日一早还要带兵出征呢。"

天鸽脸色一沉,说:"那算个什么事啊,你们不陪我玩是不是看不起我？"

无奈,飞鹤、神雕、大雁只好又跟着天鸽去打麻将了。开始时,飞鹤三个让着天鸽,谁知,天鸽以为自己牌技了得,竟羞辱飞鹤、神雕、大雁,说他们没用,飞鹤三个气不过,就不管那么多了,亮出了真本事。

天鸽打麻将的技术本来就不好,又喝了那么多酒,飞鹤、神雕、大雁虽然也喝了酒,但还是有所保留的,因此头脑比天鸽清醒多了。几圈麻将打下来,结果可想而知,天鸽输得那个惨啊！

当天鸽听牌时,坐对面的神雕却自摸了;天鸽好不容易做了一副七对子,坐上位的飞鹤又拦胡了。天鸽越玩越心浮气躁,越输越不肯罢手。

一直到天色放亮,天鸽才想起出征的时间到了,就对飞鹤他们说:"你们在天宫多住些日子,待我去下面走一趟,回来再和你们战斗。"说完,天鸽就急匆匆地出去了。

等天鸽来到营地时,他的队伍早就集结完成,只等天鸽前来率队出发。天鸽从副将那里拿过命令书,看也没仔细看就带着部队直奔凡间去了。命令书上写得清清楚楚,这次天鸽的目的地是华东,主战场是杭州一带。但天鸽整个晚上都在喝酒、唱歌、打麻将,一夜未睡,现在还头昏脑涨呢。路过华南,到达珠海上空时,天鸽睡眼惺忪,觉得这里和杭州有点像,就命令大部队在这里登陆。因为晚上输得惨,为了出一口怨气,天鸽就耍起了性子,发一次狠,把整个珠海及周边一带搅了个天翻地覆,还去香港、澳门转了一圈。

等到天宫发觉情况不对,紧急要求天鸽立即停止行动时,天鸽才意识到他既搞错了地方,又用力过猛了。然而,为时已晚,天鸽只好垂头丧气地带着队伍急忙返回天宫。

这次台风登陆,给华南一带带来了重创。天鸽犯了天条,天宫朝野震动。

玉帝大怒,天鸽一回到天宫即被剥夺兵权,关入了天牢。玉帝及时成立事故调查组,太白金星任调查组组长。两天后,调查结果就出来了,事故造成的损失非常惨重。调查组马上对天鸽进行了隔离审查,查来查去,发现天鸽的主要问题是玩忽职守,生活作风问题倒没有。

至于违纪方面的问题,那就多了,包括大吃大喝、进出高档会所消费,聚众赌博,还连带飞鹤、神雕、大雁受到了不同程度的处分,说他们跟着天鸽胡闹、阻止不力。

天鸽对玩忽职守罪是认可的,但对违纪问题表示不服,说没有相关的规定。调查组于是拿出天宫的相关文件给天鸽看,有天宫 2005 第 11 号文、天宫 2006 第 18 号文、天宫 2014 第 8 号文。

上面写得清清楚楚、明明白白,天鸽看到白纸黑字都写着,有些文件上还有自己"已阅"的签名,也就心服口服了。至此,天鸽悔恨得一把眼泪一把鼻涕,只怪自己平时不注意学习,以至于放松了对世界观的改造,给人类带来了不可挽回的重大损失,损害了天庭的美好形象,现在悔之晚矣。

调查组将调查结果和处理意见上报玉帝。玉帝批示:要把天鸽作为反面教材的典型,举一反三,在天庭举行一场教育活动。

欲知后事如何,且听下回分解。

第7回　织女下地巧遇牛郎　牛郎上天奉献情诗

天宫深处有这样一家人,男主人叫牛郎,女主人叫织女。他们虽然是一家子,但两地分居。牛郎住在天河的东南边,织女住在天河的西北边。这是怎么一回事呢?这当中有个美好的故事。牛郎本是天上的牵牛星,织女是王母娘娘的女儿,封为织女星,织女和牵牛星情投意合、心心相印。可是,天条律令是不允许男欢女爱、私自相恋的。

于是，王母便将牵牛星贬下凡间，还命织女不停地织云锦以作为惩罚。牵牛星被贬下凡间后，生在一个农民家中，取名"牛郎"，以养牛为生。

织女自牵牛星离去后，常常以泪洗面，愁眉不展地思念牵牛星。有一天，几个仙女恳求王母娘娘让她们去人间的碧莲池旅游。王母娘娘那天心情很好，便答应了她们。织女也跟着仙女们一起去了。

织女这一去，就遇到了牛郎，并且认出牛郎正是她日思夜想的牵牛星。于是，织女留在人间结婚生子，与牛郎你耕田来我织布，相亲相爱过日子。牛郎、织女以为能够这样终生相守，白头到老。天庭可不允许这样的事发生，就派天神捉拿织女回天庭问罪。牛郎带着两个儿女追来，眼看就要追上。可是，王母娘娘此时驾着祥云赶来了，她拔下头上的金簪，在牛郎和织女中间一划，一条波涛滚滚的天河横在他们中间，牛郎即使本领再大也无法越过天河。

织女望着天河对岸的牛郎和儿女们，哭得声嘶力竭。牛郎和孩子也哭得死去活来。王母娘娘见此情景，于心不忍，便同意牛郎和孩子们留在天上。每年七月初七，他们可以相会一次。

从此，牛郎和他的儿女就住在了天河的东南边，隔着一条天河，和住在西北边的织女遥遥相望。

在秋夜天空的繁星当中，银河两边有两颗较大的星星晶莹地闪烁着，那便是织女星和牵牛星。有两颗小星星和牵牛星在一起，那便是牛郎织女的一儿一女。

牛郎织女相会的七月初七，成群的喜鹊会飞来为他们搭桥。

鹊桥之上，牛郎织女团聚了。织女和牛郎深情相对，有很多的话要说，有无尽的情意要倾诉。

今年的七夕又到了，织女和牛郎照例相会于鹊桥。这一次，牛郎打破常规，既没有给织女带吃的，也没有给织女带玩的，而是别出心裁地给织女写了一首诗：

> 阑珊星斗缀珠光，
> 七夕织妹乞巧忙。
> 若有诗词藏于心，
> 岁月从此不彷徨。

织女看了后，掩面笑道："牛哥，一年不见，你怎么变得这样酸溜溜的。"

牛郎说："妹妹有所不知，我赋闲在家，无事可做，除了思念妹妹，就是看看电视。近来,《中国诗词大会》《朗读者》等节目走红。我看得多了,就学了点皮毛。"说着,牛郎又随口吟了两句:"我懂你的意味,你明我的深情。"

织女忍俊不禁,责怪道:"你就不能来点实在的?"

牛郎说:"我也不知道什么是实在的,反正我愿做你的小火车,永远不出轨。"

织女说:"那我愿做你的美人鱼,永远不劈腿。"

牛郎说:"走得再远也不能忘记为什么出发。"

织女说:"那你就不忘初心、继续前进吧。"织女说着竟呜呜地哭了起来。

牛郎大惊,忙问其故。

织女嗔怪道:"我们一年只能见一次,说这些有什么用,你难道就甘心过这样的日子,没有其他的想法吗?"

牛郎说:"想法当然是有的,我读给你听听:

'趁着夜色到来之前,

我和你手拉着手,

带着花草的气息,灌入肺腑的舒畅。

天顶的气温很低。

一阵风吹过,

默默将提前准备好的外套裹好。

天色渐渐地沉了下来。

两个人窝在小帐篷里,等待星光亮起。

这是一个晴朗的夜晚,耿耿星河如期而至。

抬起头,天空很近,仿佛触手可及。

不远处的风车隐隐显露出幽暗的轮廓。

轻轻碰杯,喝一口清酒,微醺的暖意升起。'

这就是我想要的。"

织女被感动了,对牛郎说:"牛哥,这么多年过去了,天神对我们的管理也放松了,我们找个机会逃出天宫到凡间去吧,继续过你耕田来我织布的生活吧。"

牛郎说:"妹妹有所不知,现在凡间不同以前了,现在基本不用牛耕田了,也不用人工纺纱织布了。我们两个只会耕田织布,其他的都不会,怕是连自己都养活不了,更何况还要养一对儿女。"

织女说:"不会有什么关系,不是可以学吗? 牛哥原来大字不识几个,现在不照样学会吟诗作文了。"

牛郎想想也对,但仍有疑虑,说:"妹妹,我看到下面的人个个手上都拿着一个机子,可以说话、听歌,还可以付钱,不知道是什么劳什子有这么大的本事。"

织女说:"那是手机,可以打电话、玩微信、淘宝购物、刷支付宝,可方便了。"

牛郎说:"我们下去干什么好呢?现在房价那么高,学区房更不得了啊。"

织女想了一会儿,突然哈哈大笑起来。牛郎呆呆地看着织女,不知所措。

织女说:"有办法了,现在下面不是在追星吗?我们两个也算明星了,用不着包装就有轰动效应,再来几句黄梅戏《天仙配》,到处去走走穴,不要太赚钱哦。"

牛郎听到这里,不禁拍手叫好。

接下来,牛郎织女要商量一个万全之策,让他们可以安全地离开天宫,重返人间。

欲知后事如何,且听下回分解。

第8回　蟠桃会立秋任主任　选寿桃奉化喜中标

给王母娘娘庆祝生日,是天宫一年一度的大事。其中,蟠桃会又是庆典的重中之重。

玉帝极为重视,所以特地将在前线挂帅的立秋调了回来,让他和立春、立夏、立冬一起组成筹备委员会办公室,由立秋任主任。

关于主任人选,太白金星专门问过玉帝:"为什么春、夏、秋、冬中,独选立秋为主任?"玉帝说:"这四位都不错,但立春易躁动,立夏太燥热,立冬又太内敛,比较起来,立秋则显得更庄重、大气。明天筹备委员会办公室要开第一次会议,你去宣布一下吧。"太白金星连声说好。

第二天上午,蟠桃会筹备委员会办公室第一次会议在天宫凌霄殿二号会议室召开。太白金星在会上宣读了任命书,立秋任蟠桃会筹备委员会办公室主任,立春、立夏、立冬任蟠桃会筹备委员会办公室副主任。太白金星代表天宫组织部门做了讲话。

他说:"立秋是个老同志,有丰富的工作经验,既能带兵打仗,又善于搞经济工作。政治立场坚定,有大局观,善于团结同志,不搞小团体,办事公正,清正廉洁。立春、立夏、立冬三位同志也是老资格了,又各有特长。玉帝把这么重要的工作交给你们,是对你们的肯定与信任,你们一定要团结一心,协同工作,切实把蟠桃会办好。"

立秋代表班子成员做了表态发言:"感谢玉帝的培养与支持,也深感肩上的责任很重。我一定会和班子成员一起努力工作,坚决把这次蟠桃会办得有声有色,请玉帝放心,请金星放心。"后来,太白金星先走了。接下来的会议由立秋主持。

立秋一上来就列出了接下来要做的几件大事,比如会议时间、会议规模、会议地点、参会人员、职务规格、经费预算、主持人、主席台成员及座次安排、发言人及发言词、广告语、请柬、宣传报道、交通和食宿安排、纪念品,等等。经过大家的充分讨论,这些事都一一得到了落实。

当讨论到会议的由来时,立秋问大家:"为什么做寿要用鲜桃? 王母娘娘做寿为何必办蟠桃会?"

众仙皆摇头,表示不甚了解。立秋于是给大家解释了一番。鲜桃的原产地在中国。那里的人们给老年人祝寿时常常送上一盘鲜桃,以祝福老人健康长寿。

为什么鲜桃代表健康长寿呢?

相传,在战国时期,年轻时的孙膑远离家乡,拜鬼谷子学习兵法。这一去就是十二年,忽有一日想起家中老母八十岁寿诞,于是准备回家为老母祝寿。

恩师鬼谷子知道此事后,特意准备了一些桃子给孙母,作为寿礼。孙膑的老母亲吃了寿桃后,老态逐渐消退,变得精神焕发起来。

从此,寿桃就成为象征长寿吉祥的寿礼。做寿吃鲜桃这一习俗就这样流传了下来。

立秋接着说:"我们这次的庆典不是让各位宾朋来吃餐饭、拿份纪念品就了事,一定要办得有文化特色,在座的各位可记得有关桃花的诗文?"

立春马上吟了一首:"去年今日此门中,人面桃花相映红。人面不知何处去,桃花依旧笑春风。"

立夏接着也吟了一首:"李白乘舟将欲行,忽闻岸上踏歌声。桃花潭水深千尺,不及汪伦送我情。"

立冬不甘落后,也来了一段:"忽逢桃花林,夹岸数百步,中无杂树,芳草鲜美,落英缤纷……"

立秋说:"其实三千多年前的《诗经》里,就有'桃之夭夭,灼灼其华'的描写,这说明我国的桃文化源远流长。"

众仙皆点头称是。

立秋眼看时近中午,就宣布上午的会议结束,下午二时继续开会讨论。

下午,会议一开始,立秋主任就开门见山地说,接下来讨论的主要内容是这次庆典采用哪个品牌的鲜桃。

桃子有北方品种群,有南方品种群。品种有水蜜桃、蟠桃、黄桃、油桃、毛桃、久保桃等,经过认真比较、争论后,最终,大家意见一致,倾向于选择奉化水蜜桃作为这次庆典的鲜桃。因为奉化水蜜桃富含蛋白质、脂肪、糖、钙、磷、铁和维生素 B、维生素 C 及大量的水分,对由于慢性支气管炎、支气管扩张症、肺纤维化、肺不张、硅肺、肺结核等出现的干咳、咳血、慢性发热、盗汗等都有一定的疗效,具有养阴生津、补气润肺的保健作用。

立春补充道:"南宋奉化人陈著有诗云'满山药味增新色,夹岸桃花胜旧年'。"

立夏说:"奉化诗人汪伦写有'溪上栽桃满洞花,洞门石壁掩丹霞'的诗句。"

立冬说:"因奉化产的水蜜桃品质优良,取'琼浆玉露'之义,故名'玉露水蜜桃',自此,'奉化水蜜桃'的名产历史开始,至今已有几百年了。"

立秋见大家都说得差不多了,就清了清嗓子,示意大家静下来,做了总结发言。立秋说,奉化种植水蜜桃的历史可以追溯到两千年前。早在汉明帝永平五年(公元62 年),剡县刘晨、阮肇共入四明山,取谷皮,迷不得返。经十日,粮食乏尽,饥馁殆死。后来,他们在山上发现了桃树,食桃充饥,才免于饿死。可见,奉化一带桃树栽培历史之悠久。奉化水蜜桃具有果形美观、色泽鲜艳、皮薄易剥、肉质细软、入口易溶、汁多味甜、香气浓郁等特点,被称为"中国水蜜桃中最有名的品种"。桃子专家也一致认为,奉化水蜜桃品质为全中国之最,堪称中国第一桃。因此,现正式确定奉化水蜜桃为庆典用桃,并指示第一秘书尽快写出有关奉化水蜜桃的总结材料,经筹备委员会主任会议审定后上报;同时交代第二秘书整理出本次会议纪要发各部、委、办、局。

会议在热烈的掌声中结束。

欲知后事如何,且听下回分解。

第9回　失先机处元帅解职　得聪慧白监军挂帅

白露一战成名,使用调虎离山之计将秋老虎从虎跑山引诱到平阳境内,一举围歼,大获全胜。当然,平阳犬也帮了大忙。

消息传到天宫后,朝野震动,人们交口称赞。唯独处暑心里有点不好受,寻思道:"我身为元帅,没有在前线冲锋陷阵,捉拿秋老虎,反而处处为难白露,现在白露功成,我还有什么脸面当元帅。我这个元帅半个月的见习期也快到了,与其到时被免职,不如主动让贤。"经这么一想,他马上打了辞职报告给天庭。

玉帝接到太白金星呈上来的处暑的辞职报告后,急忙把立秋找来。

玉帝说:"处暑是你的老部下,跟随你多年,他当元帅也是你推荐的,客观地说,处暑平定酷暑、镇守杭城,立了大功,在处理秋老虎的问题上有些不够果断,贻误了战机,好在我派白露监军,及时解决了秋老虎,才没有酿成大的系统性风险。现在处暑提出辞职,元帅之位他的确不适合。但处暑是个人才,如何安排他的新工作? 我想听听你的意见。"

立秋说:"玉帝说得极是,足见您对后辈的关怀爱护。至于处暑的新岗位,我想去正面了解一下。"

玉帝点头应允。立秋出来后找了个僻静处,给处暑打了个电话,把玉帝的意思婉转地和处暑说了,问处暑有什么想法。

处暑说:"我在前线待的时间长,打打杀杀看得有点烦了,现在我在研究老皇历方面有点心得,接下来想专心搞学术研究。"

立秋说:"你不用多说了,我心中有数了。"

几天后,天宫新成立了一个皇历文化研究院,处暑为首任院长,处暑的元帅之位由白露接任。

白露提前接任元帅之位,上任之日定于九月一日。白露文化底蕴极其深厚,他一上任,学校就开学了。学生上学读书去了,不再整天捧着手机玩游戏了。没过几天,教师节也到了。白露一来,温度明显降低了,水汽在地面或近地物体上凝结成水珠。老百姓明显感觉到炎热的夏天即将过去,凉爽的秋天将要到来。虽说有时白天的温度仍然可达三十几摄氏度,可是一到夜晚就下降到二十几摄氏度,温差达十多摄氏度。

俗话说得好:白露白迷迷,秋分稻秀齐。意思是说,若白露前后有露,则晚稻将有好收成。所以白露驻守杭城,百姓无不欢欣鼓舞,拍手叫好。

白露本是农家出身,从小聪慧懂事。某年夏日,天气炎热,七岁的白露跟着父亲爬了一天山,又累又渴,见山脚有一小店,急忙奔入店内。

白露父亲问:"老板,有啤酒吗?"

老板答道:"有啊,客官要几瓶?"

白露父亲问道:"价钱几何?"

老板说:"每瓶两元,每两个空瓶可换一瓶,每四个瓶盖可换一瓶。"

白露父亲摸摸口袋,只剩十元钱,就对老板说:"拿五瓶上来吧。"

白露知道父亲酒量大,就对老板说:"五瓶太少,拿二十瓶吧。"

父亲朝白露挤挤眼,意思是没有那么多钱。

白露说:"父亲尽管放心喝就是,到时我自有办法。"

老板看白露和他父亲穿着破烂,满头大汗,有点犹豫。

白露拍拍口袋,对老板说:"你还怕我们不给你钱不成?快上酒。"

老板有点不情愿地将二十瓶啤酒放在桌上。

白露父亲于是急不可耐地喝了起来,不到一个时辰,就将二十瓶啤酒喝了个精光。

白露父亲低声说:"老板算账。"

老板:"客官,请付四十元。"

白露大叫:"你这黑店,欺负我父亲喝醉了吗?给你二十个空瓶,抵十瓶;二十个瓶盖,抵五瓶;还差五瓶,付你十元。"白露一边说一边将十元钱往桌子上一放,"我们不差钱,不会少你一毛钱。"说完,白露大摇大摆地拉着父亲走了,留下老板一人在那目瞪口呆。

白露上任时,江南部分地区出现了秋旱,有些地方还发生了森林火灾。夏旱、伏旱加上秋雨迟迟不下,就形成了夏秋连旱。

谚语有云:"春旱不算旱,秋旱减一半。春旱盖仓房,秋旱断种粮。"秋季降水本来就偏少,如果出现严重秋旱,不仅影响秋季作物的收成,而且会延误秋播作物的播种和出苗生长,从而影响来年的粮食产量。伴随着秋旱,山地林区空气更加干燥,风力加大,秋季森林火险开始进入高发期。白露体恤民情,就装扮成农夫,带着两个贴身侍卫下乡考察去了。

白露来到湖州地界,只见烈日下许多农民在辛勤劳作。白露对身边的侍卫说:"锄禾日当午,汗滴禾下土,谁知盘中餐,粒粒皆辛苦。我以前在天宫读书,经常读到这首诗,但从来没有实际感受过,只有身临其境,才会有切身体会。"

这时,迎面走来一个老农,白露问他在忙些什么。老农说:"白露谷,寒露豆,花生收在秋分后;白露种高山,秋分种平川,我现在正要去山上种菜呢。"

白露问他现在最需要什么。老农回答:"白露见湿泥,一天长一皮。今年有些干旱,现在最缺的自然是雨水了。"

白露默默记在心里,回到大营,连夜写了一份调研报告,分析了现在夏秋之交的农事现状,既肯定了天下的大好形势,又指出了存在的问题,还提出了解决问题的方法与建议。

待报告写好,天已破晓,黎明将至。

白露吩咐卫兵将报告快速寄到天宫去。

欲知后事如何,且听下回分解。

第10回　白元帅治军有方略　庞先生投诉无成效

白露自接任元帅后,命令军队继续驻扎在杭州城郊转塘一带。白露认为,军队还是要以备战为主,所以严令各部加强军事训练,随时做好战斗准备,在备战的同时,也要注意抓文化学习,抓生产自给,抓军民关系。白露深知"军民团结如一人,试看天下谁能敌"的道理。为此,白露指示相关部门认真学习三大纪律八项注意,号召官兵学习南京路上好八连——"拒腐蚀,永不沾"。

白露本就有深厚的文化底子,现在有机会长驻转塘,而转塘有中国美术学院、浙江音乐学院等一批顶尖的高等学府,这令白露心花怒放。白露不光自己学习、参与社会活动,还鼓励手下将士在完成军事工作的前提下,多参与当地的文化建设,多学一点本领,一方面能提高自身的文化素养,另一方面,如能学得一技之长,转业后找个新工作也有选择的余地,处暑就是最好的证明。

在白露的带领下,全军精神面貌焕然一新,军事建设、文化建设、生产建设都达到了一个新的高度,受到了天上和天下的一致好评:天上,天宫经常发来贺信贺电,祝贺白露部队取得新的成绩;天下,杭城居民组成的慰问团、采访组、共建办、文艺宣传队陆续到来,呈现一派繁荣兴旺的景象。

然而,天宫有关部门有一天突然收到了一封举报信。信是由人间的庞先生发来的,举报白露违犯天条,应该受罚。具体内容主要有四点。一是谎报军情,犯欺君之罪。秋老虎被歼军情不实,他只是暂时离开,每年都会回来。二是无视《野生动物保护法》,猎杀珍稀动物。三是破坏生态平衡。老虎是森林生态系统食物链中的重要一环,怎能灭绝?四是违反和平共处原则,应以"战犯"惩处。天庭祖宗早就定下"人法地、地法天、天法道、道法自然"的万物和平共处原则。

有关部门领导看到举报信有根有据,不敢耽误,马上向太白金星汇报。

太白金星说:"既然是实名举报,那就先了解清楚举报人的背景再说,不要惊动举报人,要从侧面了解,还要做好保密工作。"有关部门领导于是立即派下属下去了解情况。

这位庞先生从小勤勉好学、热爱劳动。小学二年级放暑假时,小庞因忙于为家里干农活,连老师布置的家庭作业都忘记做了,开学后去上学的路上才想起作业还没做,怎么办?小庞灵机一动,抓了把污泥往脸上、身上一抹,接着,一把眼泪一把鼻涕地往学校赶。

老师问他:"你怎么了?"

小庞说:"开学了,我心里高兴,走得急,掉到沟里去了。"

老师问他有没有受伤。

小庞说:"我没事,就是暑假作业全掉沟里了。"

老师笑笑说:"你的套路比沟还深啊!"

小庞长大后,通过不懈的努力,在哲学、法律、经济等多方面都有研究,还主攻道学,兼修儒佛,颇有心得。

太白金星得知这些情况后,觉得此事重大,不能等闲视之,而白露是玉帝的得意门生,因此不可轻举妄动。太白金星于是找了个机会向玉帝提到了这件事,没想到玉帝态度很坚决,说:"查,不管涉及谁,他的职位有多高,只要违反了天条,都要一查到底。不要冤枉了一个好神,也不要放过一个坏神。"

有了玉帝的指示,接下来,事情就好办了。有关部门立即组织了一个调查组,赶赴浙江调查取证。

不一日,调查结果就出来了,针对举报信中列举的四条罪状,调查组认为:秋老虎在平阳被歼是事实,有人证、神证、物证。秋老虎被歼后那几天异常闷热,是秋老虎留守在虎跑山的残余势力在作怪。后来,喽啰知道主人已死,也带着其他士兵逃走了。至于秋老虎每年回来一事,这是天地万物因果轮回的结果,这不是白露要考虑的问题,所以说白露谎报军情、犯欺君之罪是不成立的。

第二条,《野生动物保护法》是人间制定的,现在天上、天下律法还没统一。天宫到处都是野生动物,像秋老虎这样的害人精也不算珍稀动物,况且在这之前已有先例,打虎的武松还被尊为英雄呢。白露打胜仗受到奖励也有先例可循。也就是说,这一点也和白露没关系。

第三条和第二条的情况类似,都是天上、天下环境不同,理解不同引起的误会。至于第四条提到的和平共处,还有天地、道法、自然之间的关系,是很有道理的,今后,天庭要加以重视。但白露是军人,服从命令是军人的天职,除恶务尽是他的本职工作。

因此,调查组建议不对白露进行追究,但提醒白露今后要注意工作的方式方法,多在宣传报道上下功夫,以免引起人们的误会。调查报告最终呈报到玉帝那里。玉帝很欣慰,并说道:"相关部门领导要做好举报人的解释工作,不要挫伤了他们的积极性,我们的队伍驻扎在那里,一定要搞好和当地居民的关系。"

欲知后事如何,且听下回分解。

第11回　游西湖参谋述胜景　叠字句副将吟诗歌

白露驻扎于转塘上空,一边整顿军备,除害保境;一边体恤民情,下情上达。只半月时间,转塘一带就政通人和。

酷暑已成过去时,秋老虎残余也已基本被剿灭,万物生机盎然,百姓安居乐业。白露忙了一阵子,安排好内外事务,终于可以松一口气了。

双休日到了,白露才想起自己来杭州多日,还没有好好地欣赏杭州的美景。白露原来也听说过"上有天堂,下有苏杭",天堂,白露当然很熟悉了,但对苏杭知之甚少。他一直很向往,苦于没有机会。现在,天庭派他镇守杭城,这不是天赐良机吗?白露于是找来当地的报纸、杂志、宣传册,想先了解一些基本信息。

杭州,简称"杭",是浙江省省会、副省级城市,位于中国东南沿海、浙江省北部、钱塘江下游、京杭大运河南端,是浙江省的政治、经济、文化、教育、交通和金融中心、长江三角洲城市群中心城市之一、长三角宁杭生态经济带节点城市之一、中国重要的电子商务中心之一，现已成为新一线城市。杭州不仅是一个风景秀丽的美丽城市，还是文化古城、历史古城。杭州西湖以秀丽的湖光山色和众多的名胜古迹闻名中外，是中国著名的旅游胜地。西湖的美在于"晴天水潋滟，雨天山空蒙"。无论是雨雪晴阴，还是朝霞晚辉，都能变幻成景；在春花、秋月、夏荷、冬雪中，西湖都各具美态。湖区以苏堤、白堤的优美风光著称。

白露看得心痒痒的，就把一个参谋叫来询问情况。白露知道这个参谋祖籍杭州，他虽在天宫任职，但常回来探亲。白露问他："我想趁双休日去西湖游玩，如何安排为好？"

参谋回答："这西湖有老十景、新十景、新新十景。老十景是苏堤春晓、平湖秋月、曲院风荷、断桥残雪、柳浪闻莺、花港观鱼、双峰插云、三潭印月、雷峰夕照、南屏晚钟；新十景是云栖竹径、满陇桂雨、虎跑梦泉、龙井问茶、九溪烟树、吴山天风、阮墩环碧、黄龙吐翠、玉皇飞云、宝石流霞；新新十景是灵隐禅踪、六和听涛、岳墓栖霞、湖滨晴雨、钱祠表忠、万松书缘、杨堤景行、三台云水、梅坞春早、北街梦寻。元帅想先去哪里呢？"

白露一下子听到这么多美景，哪里记得住呢，就说："我们明天就从转塘出发，一路玩过去吧，看到哪里算哪里。你去通知张、李、王、赵、陈五位副将，让他们明天随我一起去吧。"

第二天一早，白露领着五个副将，由参谋带路，游西湖去了。出发时，白露布置了一个任务，就是每个副将游玩后都要上交一首有关西湖美景的诗，并且诗中要用叠字句。五副将信誓旦旦："保证完成任务。"白露一行个个都是天神，本领高强，会腾云驾雾，不怕堵车，也不用排队，游起来自然就快。只一日，他们就把西湖几十景游了个遍，天黑时就回到了转塘大营。

五副将果不食言，都把自己写的诗交了上来。

张副将的诗是这样写的：

重重叠叠山，叮叮咚咚泉；

弯弯曲曲路，高高下下树；

林林总总花，郁郁葱葱草；

淅淅沥沥雨，花花绿绿伞；

飘飘洒洒雪，呼呼啸啸风；

实实在在神，老老实实事；

洋洋洒洒文，形形色色画；

高高兴兴来，快快乐乐去。

李副将的诗是这样写的：

　　　　天空蓝蔚蔚，

　　　　云过轻飘飘，

　　　　柳丝垂依依，

　　　　荷花美艳艳，

　　　　飞鸟千色色，

　　　　鱼儿羞答答，

　　　　车子静悄悄，

　　　　游神爽歪歪。

王副将的诗是这样写的：

　　　　走在曲曲折折的小道上，

　　　　路旁高高低低的乔木林，

　　　　观看错错落落的灌木丛，

　　　　欣赏绚绚丽丽的花和草，

　　　　听着悠悠扬扬的乐曲声，

　　　　闻着袅袅绕绕的清香味，

　　　　望着缥缥缈缈的白云飞，

　　　　吹着轻轻软软的初秋风，

　　　　说着念念叨叨的吴越语，

　　　　想着和和美美的乐生活。

赵副将的诗是这样写的：

　　　　翠翠红红处处莺莺燕燕，

　　　　风风雨雨年年朝朝暮暮，

　　　　山山水水处处明明秀秀，

　　　　晴晴雨雨时时停停下下。

陈副将的诗是这样写的：

　　　　旭日冉冉升，

　　　　江水滔滔流，

　　　　高楼林林立，

风筝翩翩飞，

花儿朵朵开，

小草茂茂长，

我自款款走，

乡思油油生。

白露仔细看了，并一一做了点评。

欲知后事如何，且听下回分解。

第 12 回　宣传部长渊源深厚　通讯记者作词采风

双休日时，白露带着帐下五个副将去西湖边三十多个景点游玩了一趟。回营后，五副将都按要求上交了叠字诗。白露左看看右瞧瞧，也分不出高下，就去找宣传部的领导商量。

宣传部的领导姓钱，白露听说过，钱部长是吴越国王钱镠的后代。昨天，白露游西湖时还特意去了钱王祠，拜谒钱王像。

钱镠出身平民，在唐末五代中原扰攘之际，割据一方，在杭州建立了吴越国，吴越国是当时的十国之一。

太平兴国三年（公元 978 年），其孙弘俶举旗归宋，纳土国除，统治两浙八十余年，在位期间，曾发动民众与军士筑杭州城，周围七十里；开凿钱塘江中罗刹石，便利航行；筑杭州城外捍海石塘，上起六和塔，下抵艮山门；又置都水营田使，专管农田水利，以士卒数千人为撩浅、撩清、撩湖兵，以开浚淤塞；在太湖流域，凡一河一浦，都建堰闸，以时蓄泄，不畏旱涝，并建立水网圩区的维修制度，对保障一方人民与发展农业经济起过很大的作用。

钱镠的保境安民国策为江浙地区的安定和发展做出了重要贡献。钱镠晚年习书法，擅长隶书，传世真迹有《题钱明观桥记》《慈云岭题名》《墨帖》等。

杭州居民为纪念钱氏三世五王的历史功绩，在西子湖畔专门兴建了钱王祠。钱王祠现已成为西湖边的名胜古迹之一。

当代钱学森、钱伟长、钱三强、钱正英、钱其琛、钱君陶、钱致榕、钱复等名人都是钱王的后裔。白露现在明白了，天庭安排钱部长来负责宣传部是有深意的。钱部长听完白露元帅的介绍,哈哈大笑道:"竟有这么巧的事,我正要向元帅汇报呢。"

白露忙问其故。原来,钱部长一到白露大营的宣传部报到,就安排宣传部的通讯员去采访,以了解杭州及周边地区的风土人情,要求他们回来后统一填一首词上交。

各位通讯员也都将他们写的词交了上来。钱部长正在看通讯员写的词,白露过来了。钱部长就将通讯员写的词交给白露审阅,白露接过来后快速地浏览了一遍。

一号通讯员从游西湖写到全杭州:"西子湖畔,白堤秀丽,苏堤妖娆。游里外西湖,柳丝依依;雷峰塔下,桂香袅袅。平湖秋月,曲院风荷,试与天仙比妩媚。蒙雨天,看保俶烟云,别有情境。还看钱江两岸,奥体莲花日月同辉。今临安青山,余杭临平;淳安千岛,建德白沙。桐庐瑶琳,富阳春江,更有萧山大江东。忆江南,最美是杭州,天上人间。"

二号通讯员去了钱江新城,这样写道:"秋走江边,之江东去,城市阳台。观钱潮汹涌,大气磅礴;船行东西,桥贯南北。运河相连,隧道沟通,钱江新城耀两岸。望江南,奥体莲花碗,何等壮观。迎来游客如潮,看峰会盛宴灯光秀。环金球剧院,日月同辉;音乐喷泉,仙居天台。奥特莱斯,东方润园,江干滨江齐奋进。遥相应,最忆是杭州,人间天堂。"

三号通讯员去了大运河杭州段,这样写道:"杭州运河,北起塘栖,南至钱江,始凿于春秋,历史沧桑;白墙粉黛,市井百态。跨广济桥,长虹卧波,天下粮仓数富义。拱宸桥,桥西文化街,今非昔比。凤山水城遗址,说正阳门外跑马儿。上塘河古道,漕船通达;中河蜿蜒,铺肆毗连。烟柳画桥,风帘翠幕,西兴过塘行码头。江河汇,任清风拂面,心旷神怡。"

四号通讯员不走寻常路,他去了花木市场,这样写道:"迎春花开,桃红柳绿,红杏出墙。李梨闹春风,石榴花陪;樱花含笑,油菜花伴。采月季花,摘杜鹃花,玉兰并开姐妹花。芙蓉花,牡丹倾国色,荷桂争艳。紫荆紫薇紫藤,赛过薰衣含羞薄荷。扶桑仙客来,茶花茉莉;凌霄栀子,赠人玫瑰。百合合欢,瑞香木香,梅花佛子牵牛花。君子兰,天门勿忘我,四季海棠。"

五号通讯员游唐诗之路,一路游到了嵊州:"我在嵊州,剡溪东流,娥江北去。看四明山下,枫红如霞;西白山上,峰峦叠嶂。南山水库,百丈飞瀑,崇仁古镇小黄山。蒙假日,游唐诗之路,书法朝圣。还观浙东峡谷,东南山水越地风光。今三江鹿山,浦口剡湖;甘霖长乐,石璜通源。三界谷来,北漳黄泽,更有仙岩金庭观。寻越剧,发源在剡地,誉满寰中。”

六号通讯员沿着钱塘江,一路追到了新安江:“来到建德,新安江上,千岛湖下,看白沙梅城,七里扬帆;新叶古村,十里荷花。大慈岩峭,灵栖洞天,千岛湖上好运岛。来情人谷,游玉泉寺,葫芦峡漂流。水电站雄伟,三江两岸严州为首。锦峰绣崐岭,山水之乡;洋溪更楼,下涯莲花。乾潭钦堂,三都大洋,寿昌航头杨村桥。严东关,五加皮故乡,李家大同。”

白露看了前面六个,还没有看完就禁不住笑了起来。钱部长问:“元帅为何发笑?”白露说:“我初看了这些词,意境倒是有一些,但既然是填词,就要讲究押韵和格律,比如平仄仄等韵律,这些还是欠缺了些。”

钱部长说:“可不是嘛,但我想我们也不能要求太高,我们这些通讯员都是刚从天上下来的,没学过汉语拼音,说实在的,连发音都不准,一口天空腔,哪里还谈得上平仄仄呢?”

白露想想也对,对钱部长说:“杭州是一个历史文化名城。为了更好地维系军民关系,有必要在部队中开展文化教育活动,先从学好汉语拼音做起,让每个人都讲好普通话,对于有能力的,鼓励他们学学杭州话。”

钱部长一一记了下来,不停地点头称是。

欲知后事如何,且听下回分解。

第 13 回　岳参谋长引经据典　白露元帅融会贯通

下午快下班时,秘书来向白露元帅汇报工作,汇报结束时提到,晚上大礼堂有一场军事理论宣讲会,问白露元帅去不去。白露想想,晚上也没有其他大事,就说:“去听听也好。”

晚七时,宣讲会准时开始。主讲人是白露部所属的参谋长。参谋长姓岳,有传言说他是岳飞的后代,有人向他当面求证,他只是笑笑,不置可否。也有传言说他和岳不群有关系,他马上出来辟谣,说:“岳不群是华山派掌门,号称‘君子剑’,实乃伪君子。他只是金庸小说《笑傲江湖》中的一个虚构人物,我和他没有半毛钱关系。”

这岳参谋长确实名不虚传,对军事理论颇有研究,讲起来引经据典,滔滔不绝,从天上的托塔天王、二郎神,说到地上的孙膑、诸葛亮;从国外的拿破仑、巴顿将军,说到国内的叶挺、刘伯承。但岳参谋长讲得最多的还是毛泽东。岳参谋长说:"在中国,毛泽东军事思想是中国军队的建军之魂、立军之本、制胜之道,是中国国防和军队建设的根本指导思想,是关于当代中国革命战争和军队问题的科学理论体系,是马克思列宁主义普遍原理与中国革命战争实践相结合的产物,是中国革命武装斗争历史经验的总结,是中国共产党集体智慧的结晶,是毛泽东思想的重要组成部分。毛泽东的《中国的红色政权为什么能够存在?》《井冈山的斗争》《抗日游击战争的战略问题》《论持久战》《论新阶段》《战争和战略问题》等军事著作系统地论述了人民军队、人民战争的战略战术的理论和原则,以及研究和指导战争的认识论和方法论。毛泽东军事思想是经受了战争实践的考验的。"

岳参谋长还朗诵了毛泽东的《沁园春·雪》:"北国风光,千里冰封,万里雪飘。望长城内外,惟余莽莽;大河上下,顿失滔滔。山舞银蛇,原驰蜡象,欲与天公试比高。须晴日,看红装素裹,分外妖娆。江山如此多娇,引无数英雄竞折腰。惜秦皇汉武,略输文采;唐宗宋祖,稍逊风骚。一代天骄,成吉思汗,只识弯弓射大雕。俱往矣,数风流人物,还看今朝。"

岳参谋长朗诵完,会场上爆发出一阵热烈的掌声。

接着,岳参谋长又对三十六计做了讲解,《三十六计》或称《三十六策》,是指中国古代三十六个兵法策略,语源于南北朝,成书于明清。它是根据中国古代军事思想和丰富的斗争经验总结而成的兵书,是中华民族宝贵的文化遗产之一。

这三十六计分别是:金蝉脱壳、抛砖引玉、借刀杀人、以逸待劳、擒贼擒王、趁火打劫、关门捉贼、浑水摸鱼、打草惊蛇、瞒天过海、反间计、笑里藏刀、顺手牵羊、调虎离山、李代桃僵、指桑骂槐、隔岸观火、树上开花、暗度陈仓、走为上计、假痴不癫、欲擒故纵、釜底抽薪、空城计、苦肉计、远交近攻、反客为主、上屋抽梯、偷梁换柱、无中生有、美人计、借尸还魂、声东击西、围魏救赵、连环计、假道伐虢。三十六计又分为六套,每套各包括六计,即胜战计、敌战计、攻战计、混战计、并战计、败战计。岳参谋长对三十六计的出处、基本思想、案例一一做了说明。最后,他还联系实际做了点评:"前段时间发生在我们身边的就有实例,例如,白云对乌云运用了反间计,立秋对酷暑运用了瞒天过海计,白露对秋老虎运用了调虎离山计。"岳参谋长看了看坐在墙边的白露元帅,又补充了一句:"特别是白露元帅的调虎离山计用得很精妙,可以写入军事理论教科书了。"

接着,岳参谋长请白露元帅做指示。白露于是坐到主席台上来讲话:"我今天是来学习的,谈不上做指示。刚才岳参谋长说得很好,我听了也很受启发,里面的大部分内容虽然发生在人间,但军事思想原理也适用于我们天庭,对我们具有重要的借鉴作用。大家要活学活用,融会贯通,做到来之能战,战之能胜。"

在热烈的掌声中,宣讲会结束了。

欲知后事如何,且听下回分解。

第14回　慰问前线八仙过海　欢迎来客白露施政

天庭早朝时,玉帝端坐在龙椅上,望了望下面的文武百官,询问道:"众爱卿可有本奏?"

立秋说:"白露率天兵天将镇守杭州,天上人间交相称赞,臣提议天庭派个慰问团下去,一来予以鼓励,为官兵打打气,二来也摸摸真实情况。"

玉帝说:"立秋所提建议甚好,那派谁带队去为好啊?"立秋说:"八仙本来就是从那里来的,对那里熟门熟路。我前几天见到他们,他们都说闲得无聊,很想去哪里玩一玩,还要我组织一次郊游活动呢,可派八仙下去,定有好的效果。"

玉帝于是命八仙率天庭慰问团去前线慰问将士们,以传达天庭的关爱之心。玉帝还亲笔写了一封慰问信让八仙带去。这八仙是指铁拐李、汉钟离、张果老、蓝采和、何仙姑、吕洞宾、韩湘子、曹国舅,是道教中有名的神仙。

相传,太上老君有一次在蓬莱仙岛牡丹盛开时,邀请八仙及五圣共襄盛举。回程时,铁拐李不建议搭船,各自想办法渡海。铁拐李抛下自己的法器铁拐,汉钟离扔了芭蕉扇,张果老放下坐骑"纸驴",其他神仙也各掷法器下水,横渡东海。

八仙的举动惊动了龙宫,东海龙王率领虾兵蟹将前去理论,不料双方发生冲突,蓝采和被龙王捉回龙宫。之后,八仙大开杀戒,怒斩龙子,东海龙王则与北海龙王、南海龙王及西海龙王合作,一时之间,惊涛骇浪。曹国舅拿出玉板开路,将巨浪逼至两旁,顺利渡海。最后,南海观音菩萨出面调停。东海龙王释放蓝采和之后,双方才停战。这就是"八仙过海,各显神通"的由来。

八仙率领的慰问团昨日晚上到达白露大营。今天上午,白露召开了领导干部大会。会前,前线的白元帅、钱部长、岳参谋长等人和慰问团的八仙先见了面,相互做了自我介绍,聊了聊家常。八仙开玩笑道:"今天正好是白露节气,我们的白露元帅特别精神啊。"大家听了开怀大笑。然后,八仙、白元帅、钱部长、岳参谋长等领导在主席台就座。上午九点整,会议正式开始。会议由宣传部钱部长主持。钱部长介绍了主席台上的各位领导后,八仙代表铁拐李宣读了玉帝亲笔写的慰问信。然后,白露代表前线将士做了工作汇报,对八仙慰问团的到来表示热烈的欢迎,对玉帝和天庭的关心表示衷心的感谢;同时对部队的军事建设、思想建设、文化建设等方面做了全面的总结与汇报。

白露指出:"我们前线将士应该不甘落后,勇立潮头,敢于担当,肩负起平安建设的主力军责任。我们天兵天将具有优良的传统,一直以来都是平安建设的先锋。大家要发扬光荣传统,不忘初心,齐心协力,勇挑重担,为天庭争光;要讲政治、讲初心、讲奉献、讲学习,紧紧跟上时代发展的步伐。听说首都马上要召开重要会议了,这不仅是天下的大事,也是我们天上的大事嘛。我们能做些什么呢? 能做的事情太多了,比如刮风、下雨时机要选好,风调雨顺,才能国泰民安嘛。总之,我们要好好谋划一番,借慰问团的关爱春风,认真做好工作,在'细'字上做文章,在'实'字上下功夫,在'严'字上压担子,在'特'字上见成效。只要功夫深,铁杵磨成针。"

白露汇报完后,八仙七嘴八舌地称赞起来,有说白露带兵有方的,有说白露军纪严明的,有说军民团结搞得好的,有说风土人情真不错的。主持会议的钱部长最后说:"刚才八仙传达的重要指示,是对我们全军的最大鼓励。我们一定不辜负玉帝和天庭的期望,加强军事训练,苦练杀敌本领,请玉帝放心,请八仙放心。白元帅的讲话高瞻远瞩、高屋建瓴,从思想上、政治上、行动上对我军的各项工作做了总结,元帅提出的'细、实、严、特'四字要求具有十分重要的理论与实践意义,为我们今后的工作指明了方向。各位同志要学习好、传达好、落实好白元帅的重要讲话精神,以实际行动迎接中国重要会议的召开。"会议还对当前的一些其他工作进行了部署。

会后,白元帅、钱部长、岳参谋长陪同八仙共进午餐,午餐是在白露大营的食堂里吃的。饭桌上,气氛很活跃。白露说:"八仙过海,各显神通,我们下午安排八仙去观看《宋城千古情》,晚上去欣赏《印象·西湖》,看看人间的艺术如何。"八仙齐声说:"一切听从白元帅的安排,您办事,我放心。"

欲知后事如何,且听下回分解。

第15回　游览宋城千古情愫　观看演出八仙惊魂

到白露大营慰问的第二天上午,八仙参加了大营的领导干部大会,听取了白露做的工作汇报。共进午餐时,白元帅说:"我们大营的驻地在转塘,宋城景区就在我们大营不远的地方,听说那里在演《宋城千古情》,我还没去看过,下午就陪八仙去看看。"

吃完午餐后,白元帅就亲自带着八仙到宋城去了。到达那里时,一场演出刚结束,白露的秘书买好下一场的票后领着八仙进场了。八仙先看了看相关的介绍,得知,《宋城千古情》是一个大型歌舞演出,是杭州宋城景区的招牌节目。据说,它与拉斯维加斯的"O"秀、巴黎的红磨坊并称"世界三大名秀"。这个演出利用最先进的声、光、电等科技手段和舞台机械,以出其不意的呈现方式演绎良渚古人的艰辛、宋皇宫的辉煌、岳家军的惨烈、梁祝和白蛇、许仙的千古绝唱,把丝绸、茶叶和烟雨江南表现得淋漓尽致,给人以极佳的视觉体验和强烈的心灵震撼。《宋城千古情》创造了世界演艺史上的奇迹:每年演出两千余场,旺季时,每天演出九场,十余年来已累计演出两万余场,接待观众六千多万人次。光看介绍,八仙的心就痒痒的,有些迫不及待了,好在演出马上就开始了。

演出的序幕是《良渚之光》,演的是杭州自古以来就是一片十分适合人类栖息、繁衍的乐土。早在八千到五千年前的新石器时代,断发文身的先民们就已在古越大地上创造了无比灿烂的史前文明。从跨湖桥文化到良渚文化,形成了一个又一个举世闻名的文化高峰。它们是蒙昧与文明的最初分野,也是后起的夏、商、周文明的主要构成要素,是古老悠久的东方文明的前奏和第一道曙光。

序幕结束后进入第一场——《宋宫宴舞》,演的是历史的背影刚刚远去,一个新的伟大时代——南宋王朝已经走来。南宋无论在经济、科技方面,还是在文化艺术方面,都取得了巨大的成就。都市经济和对外贸易的发展水平更是大大超越了前代,居当时世界前列。南宋时的杭州人口多达百万,是四方辐辏、万物汇聚的著名大都市。市内街衢纵横,茶楼酒肆、艺场教坊林立,处处笙歌管弦,一派歌舞升平的景象。

第二场演的是《金戈铁马》。"东南形胜,三吴都会,钱塘自古繁华。烟柳画桥,风帘翠幕,参差十万人家。"杭州的繁华令北方的金国皇帝心动,公元1127年正月,金兵攻入汴京,俘徽、钦二帝,史称"靖康之难"。宋室被迫南渡。宋徽宗第九个儿子康王赵构,即宋高宗,建立南宋王朝,最后定都临安(今杭州)。从此,黄河两岸、江淮之间的人民纷纷起兵反抗金兵入侵,掀起了波澜壮阔的战争。岳飞就是这时涌现出来的抗金名将。他一生曾四次投军,一直奋战在沙场上。他率领的岳家军身经百战,收复了建康和中原的大片土地,直抵汴京。

第三场演的是《西子传说》。杭州是我国著名的古都之一,有"东海明珠"之称,早在九百年前就已被宋仁宗誉为"东南第一州"。悠久的历史给杭州留下了众多名胜古迹,"淡妆浓抹总相宜"的西湖更使杭州享有"人间天堂"的美誉。杭州给后世留下了《梁山伯和祝英台》《白蛇传》等许多感人肺腑的故事、美丽的传说。

最后一场演的是《魅力杭州》。今天,勤劳智慧的杭州人民书写了杭州历史上最辉煌的篇章。每年数百万游客相聚在宋城,体验"东方休闲之都、生活品质之城"杭州的无穷魅力。杭州已形成西湖观光—宋城怀古—休博园杭州乐园休闲度假游的主流旅游线路。美丽的西子姑娘们以曼妙的舞姿、轻盈的脚步,捧着沁人心脾的龙井茶,迎接来自五湖四海的宾朋。

演出结束了,八仙看得如痴如醉,在哪里都分不清楚了,直到白露叫喊,他们才如梦初醒,回过神来。白露请八仙谈谈观后感,八仙七嘴八舌地说了起来,说他们八仙走南闯北,到过不少地方,什么场面没见过?但这台演出牢牢抓住了杭州文化的根和魂——《良渚之光》中劳作生息的古越先民、《宋宫宴舞》中繁华如烟的南宋王朝、《金戈铁马》中慷慨激昂的岳飞抗金、《西子传说》中感人至深的爱情传说、《魅力杭州》中勤劳智慧的杭州人民,把众多的杭州历史典故、民间传说和西湖人文景观融进了《宋城千古情》。每一个篇章都利用多种表演艺术元素诠释了杭州的人文历史,再现了一个缠绵迷离的美丽传说、一段气贯长虹的悲壮故事、一场盛况空前的皇宫庆典、一派欢天喜地的繁荣景象。

八仙说:"感谢白元帅带我们来,如果没看《宋城千古情》,我们就白来杭州了。"接着,八仙又开起了白露的玩笑:"白元帅天天和白娘子、许仙、梁山伯、祝英台、岳飞等人在一起,可随时去断桥、白堤、岳庙、龙井等地转悠,会不会有乐不思蜀的感觉?甚至不想再回天庭去了,更不会想念白夫人了吧。"白露急得连连摇头说:"那不会,那不会,'贫贱之交不可忘,糟糠之妻不下堂'啊。"众神听了哈哈大笑起来。

欲知后事如何,且听下回分解。

第16回　印象西湖观摩实景　入神仙姑出尽洋相

八仙看了《宋城千古情》的演出后，被深深地震撼了，听白元帅说晚上还要带他们去看《印象·西湖》，更是激动不已。白元帅安排的丰盛的晚餐，八仙也没有心思吃，说要早点赶去现场。白露劝道："各位少安毋躁，演出时间是事先定好的，你们提早去也没有用啊。"八仙说："我们早点去，好感受一下现场的气氛。"于是，白露早早地结束了招待晚宴，带着八仙去岳湖景区观看演出去了。

《印象·西湖》是"铁三角"继《印象·刘三姐》《印象·丽江》后又一部西湖"印象"系列实景演出。《印象·西湖》展现的是杭州西湖景致的最美瞬间。《印象·西湖》将杭州西湖十景极致化、印象化。在《印象·西湖》演出中，我们可以寻觅到春日苏堤的杨柳依依、夏日西湖的十里荷香、中秋佳节的三潭印月以及冬日的断桥残雪。杭州是一个拥有丰富的历史文化的城市，西湖是富有人文元素的景点。《印象·西湖》深挖杭州西湖的神话传说，将唯美的爱情故事以及历史传奇以片段化的形式展现给观众。我们所面对的历经千年的西湖，是"水光潋滟晴方好，山色空蒙雨亦奇"的西湖。当我们安静下来面对它的时候，白居易、苏东坡、苏小小、林逋、岳飞……便悄然向我们走来。

第一幕：相见。一只白鹤从遥远的天际飞来，幻化成一名年轻的书生，潇洒落下，信步走来。正在此时，另一只白鹤翩然而至，幻化成女子，两人一见钟情。千年美好的湖光，在此刻，被二人独享。一片美若幻境的雨雾之中，二人的爱情信物竟也是一把带着忧愁的绢伞。人们似乎看到了当年许仙与白娘子定情的美好瞬间。缘分，有时需要守望一千年；有时，它只在一个瞬间。身在西湖，常常情不自禁，有缘为引，虽不知情之所起，却一往情深，甚至超越生死，超越人间……

第二幕：相爱。西湖的鱼，从来都是有灵性的，它们在爱湖里自在追逐、欢畅游弋，恰似戏楼上正在演绎的来自人间的一幕优雅的"鱼水之欢"。爱，本是彼此心灵的一句承诺，本是两心一次朴素的妙合，只要心神相依，便能在无比美妙的爱的世界里品得亲密，如鱼得水，天地合欢。

第三幕：离别。快乐的时光像烟花一样短暂。鼓阵轰鸣，象征着一场情事的磨难即将开始,暗喻着一种无形而庞大的势力要将二人阻隔开来。那幻化女子的白鹤终于在挣扎中死去,就像许仙和白娘子的悲剧故事一样。而那白鹤的凄美离别,却赢得了无数的赞叹……人生的所有感悟都凝聚为看似简单的相逢,其背后却蕴藏着诗一般的痛感。也许,相见就已注定了离别,而人世的离别,却能在天堂化为永恒……

第四幕:追忆。书生再次回到当初与爱人相遇的地方,踏梦重来,美景犹在,纵使眼前走过无数女子,奈何斯人已去。他想到了为二人而生的那场雨,追寻着曾经结发盟誓的那条船。那曾经的爱人只能在一个隐约的空间里闪烁,只能在冥冥之中,用心灵将她召唤。书生在这回忆里凝结了美好、悔恨、向往和无奈……

第五幕:印象。印象正如这湖一般优美、婉约、厚重、空灵、哀而不伤,也如西湖传说中的爱情。那对伴侣再次于梦境中悠然浮现,踏水远去。此时,一股周而复始、生生不息的温情,向你缓缓走来,带你走入那不可捉摸、谜一般的终极瞬间。你也许会想,倘若活在那个瞬间,该多么幸福……所有的一切都好似一个个零零星星、散散点点的印象。没有轰轰烈烈,也未必惊天动地,你却无法忘怀,但愿这印象会变成一场无声的回忆、一个不期而至的消息,被你在以后某个温柔的瞬间幸福而庄重地回味……

山水实景演出到达高潮时,八仙看呆了,特别是八仙中的何仙姑。可能是触景生情吧,何仙姑看得入神了,忘了这里是演出现场,竟突然从观众席中跑了出来,大踏步地向舞台奔去,可那舞台是搭在西湖上的。一不小心,何仙姑脚一滑,掉到湖里去了,引得观众们哄堂大笑。何仙姑被水弄得打了一个激灵,清醒过来后,就从水里一跃而起,说了一声"郎君,我去了",就向天空飞去,一会儿就消失在云层里。

现场指挥的是大名鼎鼎的张导演,张导演见机马上指挥台上的演员立刻演出第五套备用剧情:白蛇化作仙女飞上天,许仙痛不欲生,叫了一声"娘子"后昏了过去。演到这里,现场爆发出雷鸣般的掌声。据说,后来有人问张导演,什么时候能再演一遍。张导演只是笑了笑,说那是保留节目,一般不重演。只有白露和八仙知道这是怎么回事,但又不便揭穿,此事就这样过去了。

欲知后事如何,且听下回分解。

第17回　月亮湾嫦娥舒广袖　广寒宫吴刚斫月桂

过了几日，到了天庭早朝时，玉帝在龙椅上一坐定，就询问八仙慰问团的事。太白金星出来奏道："八仙慰问团已赴杭城多日，至今未返回，也没有收到从那里发回的信息。臣以为，八仙也算是老资格了，走南闯北，经历的风风雨雨很多，应该不会有什么问题，玉帝尽管放心。"玉帝又问："其他地方可有什么特别的事？"太白金星说："也没什么特别的事，就是刚刚收到了月宫嫦娥和吴刚寄来的联名信，说他们在月宫里太寂寞了，请求玉帝派些天兵天将过去，一来开发新区，二来也为月宫活跃下气氛。"玉帝说："月宫离地球很近，听说人类一直想登月，开发月球，我们天宫幅员辽阔，就不和人类去争了。"太白金星说："至今只有美国人上过月球，而且登月时间很短暂，后来再没别的国家的人上去过，所以嫦娥和吴刚才会觉得冷清。"玉帝说："我听闻中国人已有登月计划了，并且马上就会付诸实施，估计很快就会有人上去了，可转告嫦娥和吴刚，让他们再忍耐几天，到时候不要抱怨太烦就好。"太白金星说："那好吧，就派秋分去月球走一趟吧。"月球上有个广寒宫，广寒宫里住着嫦娥和吴刚等神仙。嫦娥本来是住在地球上的，后来去了月球。

远古时候，天上有十个太阳同时出现，地球上的庄稼被晒得枯死，民不聊生。后来出现了一个名叫后羿的英雄，他力大无穷，同情受苦的百姓，登上昆仑山顶，运足神力，拉开神弓，一口气射下九个太阳，并严令最后一个太阳按时起落，为民造福。

后羿因此受到百姓的尊敬和爱戴。后来，后羿娶了个美丽善良的妻子，名叫嫦娥。后羿除传艺狩猎外，终日和妻子在一起。人们都羡慕这对郎才女貌的恩爱夫妻。不少志士慕名前来拜师学艺，心术不正的逄蒙也趁机混了进来。

一天，后羿去昆仑山访友求道，巧遇从此经过的王母娘娘，便向王母娘娘求得一包不老神药。据说，人服下此药便能即刻升天成仙。但是后羿舍不得撇下妻子，因此暂时把不老神药交给嫦娥保管。嫦娥把不老神药藏在梳妆台的百宝箱里，不料被小人逄蒙看见了，他想偷吃不老神药自己成仙。

三天后，后羿率众徒外出狩猎，心怀鬼胎的逄蒙假装生病，留了下来。待后羿率众人走后,逢蒙手持宝剑,闯入内宅后院,威逼嫦娥交出不老神药。嫦娥知道自己不是逢蒙的对手,危急之时,她当机立断,转身打开百宝箱,拿出不老神药一口吞了下去。嫦娥吞下药,身子立刻飘离地面,冲出窗户,向天上飞去。由于嫦娥牵挂丈夫,便飞落到离人间最近的月球上成了仙。

傍晚,后羿回到家后,侍女们向他哭诉白天发生的事。后羿既惊又怒,拔剑去杀恶徒,但逢蒙早就逃走了。后羿气得捶胸顿足、悲痛欲绝,仰望着夜空,呼唤爱妻的名字。突然,他惊奇地发现,今天的月亮格外皎洁明亮,而且有个酷似嫦娥的身影在晃动。他拼命朝月亮追去,可是他追三步,月亮退三步,他退三步,月亮进三步,无论怎样都追不到月亮。

后羿无可奈何,又思念妻子,只好派人到嫦娥喜爱的后花园里,摆上香案,放上她平时最爱吃的蜜食鲜果,遥祭在月宫里眷恋自己的嫦娥。百姓听闻嫦娥奔月成仙的消息后,纷纷在月下摆设香案,向善良的嫦娥祈求吉祥平安。从此,中秋节拜月的风俗就在民间传开了。

吴刚常年在月亮上砍桂。相传,广寒宫前的桂树生长繁茂,有五百多丈高。下边有一个神常砍伐它。但每次砍下去之后,被砍的地方又立即合拢了。几千年来,那棵桂树就这样随砍随合。那个砍树的神名叫吴刚,原是汉朝西河人,曾跟随仙人修道。到了天界,他犯了错误,就被贬到月宫,日日做这种徒劳无功的苦差事,以示惩罚。唐代李白诗中有"欲斫月中桂,持为寒者薪"的记载。毛泽东的《蝶恋花·答李淑一》云:"问讯吴刚何所有,吴刚捧出桂花酒。寂寞嫦娥舒广袖,万里长空且为忠魂舞。"

嫦娥和吴刚自寄出联名信后,也没把这事放在心上。忽一日,天宫派来的秋分来到了月宫,秋分传达了玉帝的口信,告诉嫦娥和吴刚,用不了多少时间,那些中国人会陆续来探月,他们的冷清日子就要到头了。嫦娥听到这个消息,心里那个激动啊,心想,她的后羿一定会首先去找她,他们重逢的日子不远了。从此,嫦娥就日日等,夜夜等,天天围绕着地球一圈一圈地转啊转。

欲知后事如何,且听下回分解。

第18回　游玩山水八仙采风　题写诗词诸神逞能

八仙自来白露军中慰问后，白露先是安排他们观看了《宋城千古情》，又带他们去欣赏了《印象·西湖》，把八仙乐得手舞足蹈、心花怒放，其间虽发生了何仙姑出洋相的事件，但没有造成大的影响，大家不说也就这样过去了。八仙玩得兴起，又嚷嚷着要到周边的景区去玩一下。白露无奈，只好想办法解决。白露知道，天庭曾三令五申，禁止下派官员游山玩水，如果明目张胆地请八仙到外地去玩恐怕不妥。白露于是去找钱部长商量，钱部长一听，大腿一拍，连声说："元帅，这事有何难！我们宣传部的通讯员不是要下去采访吗？我们就聘请八仙为宣传部技术顾问，让他们跟通讯员下去采访，以专家身份做技术指导就好了。"

白露说："此计甚好，只是八仙终究不是专家，如何指导写通讯报道？以后天宫要是追究起来，需要有个凭据，也好解释。"钱部长说："那就要八仙采访回来后上交一首诗，以备以后检查时用。"白露说："好，那就这么定，你去安排吧。"钱部长就安排八仙跟着通讯员去了萧山湘湖、宁波四明山、武义牛头山、临安青山湖、天台华顶山、德清下渚湖、安吉藏龙百瀑、象山海滩等地采访。过了一周时间，八仙兴高采烈地回来了，还把作品交给了白露。白露一一看了起来。

铁拐李写的是萧山湘湖，诗云："三五好友，欢聚湘湖，品茶论道，畅聊人生。跨湖文化，源远流长，历史厚重，人文荟萃。依山为湖，筑土为堤，城山之巅，王城遗址。千年银杏，风姿绰约，微风吹动，遍地金黄。山湖风景，秀美如画，波光粼粼，山水相依。江南奇境，超凡脱俗，清新优雅，安逸悠闲。堤岸曲曲，蒹葭丛丛，诗情画意，风情韵味。春穿花衫，夏披绿纱，秋着红裳，冬裹银裘。胜过东湖，赛过南湖，并肩北湖，比美西湖。一湖碧波，两岸青山，浮生若梦，为欢几何。"

汉钟离写的是宁波四明山，诗云："秋阳暖暖，枫叶正红，四明山上，枫情万千。崇山峻岭，茂林修竹，小溪清流，古道通幽。古枫参天，林海红涛，苍松屹立，鸟鸣幽香。借住民宿，泥墙土瓦，竹林环绕，长藤老树。云海观日，月夜饮酒，万里悟道，诗酒田园。心守宁静，不问天下，入梦枫乡，晚枕安眠。安得浮生，一日偷闲，生活苟且，遥望远方。赏枫季节，浪漫之游，执子之手，慢慢变老。"

张果老写的是武义牛头山，诗云："江南华清池，浙中桃花源，漫步牛头山，赛过小九寨。道教仙风存，天地灵气在，岁月沧桑印，古韵柔情记。浙中第一漂，神牛谷漂流，千回又百转，曲径可通幽。飞瀑落深潭，峡谷藏断崖，蝶舞似奔马，鱼游如懒汉。走过碧水潭，寻山水之韵；跨入步虚门，观海天之色；来到天师殿，问仙佛之旅；踏进清凉峡，探悠游之路；徜徉浴仙湖，观自然之美。荷花翻彩浪，名莲竞娇姿，云来山更佳，云去山如画，入山静恬恬，出山躁动动。"

蓝采和写的是临安青山湖，诗云："临安青山湖，比肩西湖美，群峰绵延来，青山合围抱。鹤山挺拔秀，宝塔顶天立，松竹云雾绕，船水相映照。白鹭翩翩飞，游鱼翔清波，花果红艳艳，蔬菜绿油油。树在水中长，船在林中行，鸟在枝头鸣，人在画中走。春赏杜鹃花，夏品杨梅红，秋采柑橘黄，冬观白雪皑。望大坝云海，赏库区红叶，览溪流磅礴，摄飞虹落日。与杉叶私语，和绿草寒暄，同白雉对歌，邀渔夫漫谈。青青天目水，熠熠锦城珠，暖暖妙龄女，依依风姿绰。"

何仙姑写的是天台华顶山，诗云："曾观华顶日出，晴日三更早起，登绝顶望海尖。但见金霞缕缕，日轮青气勃勃，羞涩摩荡再三，始升天际惊艳。此刻东望溟渤，看到水天一色，晨海银波涌日，霞光万道奇观。恰逢雨后初晴，红日云海探身，踏波踩浪而来，跃起灿烂金光。华顶峰上观景，朝雾夕岚骤起。白云如絮飘荡，薄雾似纱朦胧；云浪滔滔汹涌，大雾漫漫遮天；更或彤云密布，犹如雨雪纷飞。客行云雾之上，处处山峰如岛。景物忽隐忽现，仙境似有若无。美色变幻无穷，令人扑朔迷离。一旦擦肩而过，也许永不邂逅。"

吕洞宾写的是德清下渚湖，诗云："德清下渚湖，比肩西溪美，湿地面积大，公园国家级。开阔似荡漾，狭窄如港湾，港汊交错来，芦苇随风摇。墩岛布湖面，野鸟聚一堂，水上藏迷宫，湖下存宝库。农夫忙鱼米，蚕女织丝绸，钓翁讲德语，朱鹮会外文。春来和风畅，百花齐开放，夏天清风扬，绿荷撑伞盖。秋到苇风影，采菱划小舟，冬至霜风岸，雾散见天际。桑葚天风知，湖水寒暑懂，细雨鱼儿出，微风燕子斜。月上柳梢头，人约黄昏后，青青湖边草，绵绵思故道。"

韩湘子写的是安吉藏龙百瀑，诗云："游藏龙瀑布，吹清风微抚，瞰峡谷全貌，赏云海日出。山青陪林秀，洞多伴泉甘，岩险并峰奇，谷幽且湖清。委婉见雄伟，朴野藏珍奇，千回又百转，柳暗更花明。水是眼波横，山是眉峰聚，初秋景醉人，相约还复来。"

曹国舅写的是象山海滩,诗云:"我在象山,面海靠山,一个山清水秀的地方,一个讲象语山文的地方。先去中国渔村,推窗见海,卧床听涛,静如少女,温柔恬静;动如骏马,狂野奔放。再到渔港古城,沿山而筑,依山临海,城在港上,山在城中,海防要塞,渔业重镇。更有新建影城、影视基地,明星云集,春秋战国、襄阳古城、神雕侠侣、民国传奇……朋友,来象山吧,我在象山,我在象山等你。"

白露粗略看了一遍,不禁哈哈大笑,心想,原来只知道八仙武功高强,能惩恶劝善、扬名立万,不曾想八仙还会玩花赏草、舞文弄墨,这八仙倒是让他刮目相看了。

欲知后事如何,且听下回分解。

第19回　八仙阵前提出去意　白露杭城挑选特产

天宫迟迟没有收到八仙慰问团的消息,就发电报到白露大营,询问八仙慰问团的去向。白露拿着电报去找八仙,八仙这才想起是他们疏忽大意了,从天宫下凡已近十天,竟忘了向天庭汇报,还要天宫来催问,实在是不应该,于是向白露提出辞行。白露再三挽留,八仙说,天庭的慰问目的达到了,他们吃也吃了,玩也玩了,感谢白元帅的盛情接待,他们滞留的时间已经超了,必须得回去了。白露说:"八仙客气了,既然八仙去意已决,那就明天送你们回去吧。"八仙齐声说"好"。

白露回到办公室后,就把后勤部总务科的王科长找来,对王科长说:"八仙明天要回天上去了,他们来一趟也不容易,总得送点杭州土特产,你看看送什么比较好。"王科长也是个杭州通,就对白露说:"杭州最有名的特产有十多种——杭州丝绸、杭州织锦、王星记扇子、张小泉剪刀、杭州绸伞、仿南宋官窑青瓷、萧山花边、西湖龙井茶、西湖莼菜、西湖藕粉、西湖天竺筷、杭白菊、昌化山核桃、天目笋干,等等。"白露说:"这些特产里面,你给我重点介绍一下杭州丝绸、西湖龙井茶、昌化山核桃吧。"

王科长说:"好的,我就一一向白元帅汇报。先说这杭州丝绸,杭州丝绸历史悠久、质地轻软、色彩绮丽、品种繁多,有绸、缎、绫、绢等十几个品种,著名的品牌有长城、喜得宝、万事利、凯地、丝煌等。如今,杭州常年生产绸、缎、棉、纺、绉、绫、罗等十四个大类,两百多个品种,两千多个花色,图景新颖,富丽华贵,花卉层次分明,人物栩栩如生。许多产品荣获国家或省级优质产品奖,远销一百多个国家和地区。

"杭州丝绸首推都锦生,都锦生丝绸厂创立于 1922 年,曾是中国最大的丝绸工艺品生产出口企业,主要生产风景画、台毯、靠垫、窗帘及织锦衣料,产品富丽堂皇、雍容华贵,被誉为'东方艺术之花'。

"再说说西湖龙井茶。西湖龙井因产于中国杭州西湖的龙井茶区而得名,是中国十大名茶之一,具有一千二百多年的历史,在明代就被列为上品,清顺治时被列为贡品。清乾隆帝游览杭州西湖时,盛赞龙井茶,并把狮峰山下胡公庙前的十八棵茶树封为'御茶'。西湖龙井是绿茶,龙井茶属于绿茶扁炒青的一种。扁炒青的特点是形状扁平光滑,因产地和制法的不同,分为龙井、旗枪、大方三种。西湖龙井按外形和内质的优次分1~8级。狮峰所产为最好,因其色泽黄嫩、高香持久而被誉为'龙井之巅';龙井村产的茶叶肥嫩,芽峰显露,茶味较浓;梅家坞所产的茶叶做工精细,色泽翠绿,形如金钉,扁平光滑,汤色碧绿,口味鲜爽。林逋的《尝茶次寄越僧灵皎》赞道:'白云峰下两枪新,腻绿长鲜谷雨春。'龙井茶不仅体现了茶的价值,也体现了一种文化艺术的价值,里面蕴藏着较深的文化内涵和历史渊源,龙井问茶现在已入选新西湖十景。

"再说那昌化山核桃。昌化山核桃分布于临安区昌化、於潜,淳安县临岐、唐村,安吉县孝丰,桐庐县分水等地,以临安昌化地区出产的核桃为最多,品质居上,故统称昌化山核桃。临安昌化种植加工山核桃已有五百余年的历史,在全世界十七种山核桃中,临安山核桃以核大、壳薄、质好、香脆可口而著称,有'天下美果'之称,为临安'老三宝'之一。山核桃属胡桃科,亦称小胡桃,是落叶乔木,雌雄同株,果核呈卵圆形。白露后开始采果,经过脱皮、高温脱涩和炒制加工的核桃仁,是节日消费和馈赠亲友的佳品,深受天上人间消费者的喜爱。"

介绍到这里,王科长朝白露笑了笑,继续说:"在当地有首民谣是这样的,'白露到,竹竿摇,遍地金,满担挑'。这说明白露是山核桃采摘上市的时节,山核桃是时鲜货。"白露点点头,示意王科长不用再说了。白露说:"我已经听明白了,看来这杭州丝绸、西湖龙井茶、昌化山核桃是杭州最有代表性的特产了,你马上帮我去买几条丝绸围巾、几斤西湖龙井茶、十几斤昌化山核桃,分成一式八份,总价控制在三万元内,费用由我个人承担,你先帮我预支一下,分三个月从我的工资中扣除。"王科长说:"好的,我现在就去办。"说完,白露和王科长就各自忙事情去了。

欲知后事如何,且听下回分解。

第20回　收到举报天庭调查　接受处罚八仙挂职

八仙率慰问团下凡,在白露大营待了十几天,竟忘了及时向玉帝汇报工作的进展情况,直到天宫催问才急急忙忙收拾行装,辞别白露大营的官兵,回天宫复命。回到天宫,八仙向立秋、太白金星等一一做了汇报,历陈白露治军有方,军纪严明,军民团结也搞得很好,军事建设、思想建设、文化建设各方面都取得了很大的成绩。

立秋、太白金星将八仙的汇报整理成一份简报,送呈玉帝审阅。玉帝阅后在上面做了批示,并号召全体天兵天将向白露部队学习,努力工作,开创新时代军事建设的新局面。

不料,八仙回到天宫才两天,天庭就收到了一封举报信。举报信上列出了三大问题:一是八仙在观看人间表演的《印象·西湖》时失态,暴露了身份,影响了天仙的形象;二是八仙以专家名义去浙江各地游山玩水;三是八仙接受宴请、接收礼品。这些都严重违反了天庭的规定,请天宫查处。

天庭相关部门收到举报信后,立即向立秋、太白金星做了汇报。太白金星心想,这举报信的内容虽然针对的是八仙,如情况属实会连累白露,而白露又是玉帝的得意门生。玉帝刚刚还号召全军向白露部队学习呢,况且前段时间也有举报白露弄虚作假的,后来查无实据,事情就这样过去了。虽然事情已经过去了,但对白露部队的思想还是产生了影响。太白金星就和立秋商量,商量后一致决定:此事先不惊动玉帝,先派个调查组下去摸清情况再说。

立秋于是指示有关部门立即成立了一个调查组,赶赴白露大营调查取证。调查组调查后写了个调查报告,大意是这样的:第一,八仙去部队慰问,白露组织八仙观看当地最有特色的文化表演,这也是与民同乐的一种表现形式,至于何仙姑触景生情,忘记了自己的身份,虽然她出了洋相,但好在及时醒悟,并做了弥补,观众也没有看出来,还以为是演出的一个高潮呢,要说错也是何仙姑个人的错。第二,八仙确实以专家的名义去浙江各地观光了,但在程序上是合规的,有专家聘书,也有八仙写的作品为证,但这里也存在钻政策空子、打擦边球的问题。第三,关于八仙接受宴请、接收礼品的情况,八仙这次下来,就餐是在白露大营的食堂里解决的,不存在大吃大喝的问题。八仙返回时,白露以个人名义送了些杭州特产,包括杭州丝绸围巾、西湖龙井茶、昌化山核桃,虽然数量不多,也没用公款,但还是造成了不好的影响。

调查报告出来后,太白金星、立秋和有关部门负责人一起进行了仔细的研究,觉得举报内容虽然有点夸大其词,但也不是捕风捉影。不管怎么说,八仙确有失当之处,必须予以一定的处理。白露多多少少也存在不当之处,但白露在外挂帅,此事非同小可,得报玉帝定夺。

关于对八仙的处理问题,大家讨论了几次也没确定下来。后来,太白金星说:"听说浙江仙居新扩建了一个叫神仙居的景区,到那里的游客经常说,景区名为神仙居,怎么从不见神仙出现呢?我们为民着想,正想派几个神仙下去。八仙不是喜欢游山玩水吗?就贬他们下凡一年,让他们到神仙居景区去挂职锻炼,顺便好好反省反省。"

立秋说:"这个主意好,一则算是一种处罚,二则八仙也容易接受,不至于有抵触情绪。"大家纷纷表示同意,事情就这样定了下来。

八仙就这样被派到神仙居,各自找了一个景区安顿下来。八仙相约,要吸取教训,好好改造,提供正能量。铁拐李住在峡谷探幽区,其住处写着:如果你心里充满阳光,闭着眼睛也能看到灿烂。汉钟离则住在山顶风光区,其住处写着:心若不动,风又奈何,你若不伤,岁月无恙。蓝采和住在溯溪探险区,他在住处写着:世间万相皆由心生,一念起,万水千山皆有情;一念灭,沧海桑田已无心。张果老住在奇文探秘区,他在住处这样写着:美景在心,万物是景,处处有景;心中无景,视景非景,景有若无。何仙姑到农耕文化区住了下来,她在自己的住处写着:人生的脚步常常走得太匆忙,所以要学会停下来笑看风云,坐下来细赏花开,沉下来平静如水,定下来乐观自在。韩湘子搬到官坑幽谷景观群居住,在其住处写着:心境平静无澜,万物自然得映,心灵静极而定,刹那便是永恒。曹国舅爬到夫妻峰景观群上面,在其住处写着:日出东海落西山,愁也一天,喜也一天;遇事不钻牛角尖,人也舒坦,心也舒坦。吕洞宾到聚仙谷景观群去了,其住处写着:勿像智者一样劝慰别人,勿像傻子一样折磨自己。

八仙来到神仙居的消息传出去之后，景区人气大旺，游客纷至沓来。大家都想来沾沾仙气，和位列仙班的神仙一起拍个照、合个影。一时间，景区人满为患。眼看国庆中秋双节将至，秋风起，丹桂香，游客爆满那是可以预料到的事，这可急坏了景区的管理部门。

欲知后事如何，且听下回分解。

第 21 回　遭受牵连白露调岗　勇担重任秋分挂帅

八仙因犯错被下派到神仙居去值班，但八仙的错和白露也有关。天庭处理了八仙，但对白露还没有下过什么结论。太白金星正想找个合适的时机向玉帝汇报。俗话说，没有不透风的墙。这些事不等太白金星汇报，玉帝已经知道了。这天早朝后，玉帝让太白金星、立秋留下，主动问起八仙和白露的事。

太白金星于是一五一十地和盘托出，把情况都说清楚后，太白金星补充道："发生这些事，错主要在八仙，我们已对八仙做了处理，八仙认错态度也很好，已经愉快地接受处理去下面挂职了。白露在接待下派天官方面有点犯规，但其出发点是好的，也没有造成什么大的损失，最后怎么处理，还是玉帝您定吧。"立秋也为白露说情，说他们正要向玉帝汇报。玉帝倒也没有责备太白金星和立秋的意思，但他严肃地说："国有国法，家有家规，既然制定了严格的天规，就一定要认真执行，领导干部尤其应该带好头。白露守土有功，但功是功，过是过，功过不能相抵。还是要做出处理，我看他已不适合再当元帅了。"

立秋说："我这段时间因筹备蟠桃会，经常见到白露夫人，白夫人向我诉苦，说大家都知道杭州是个繁华之地，吴侬软语，美女如云，白露长期驻扎在那里，她很担心。"

玉帝说："那就把他调回来吧。"

太白金星说："托塔天王李靖常说自己老了，干不动了，需要培养接班人了。"

玉帝说："那就任白露为李靖的副手，让李靖好好调教调教，把他培养成大才，我对白露一直寄予厚望。"

谈到白露元帅之位的继任者时，太白金星说："秋天已经到了，秋分也该登场了,臣建议秋分接替帅位。"

玉帝说:"秋分现在哪里?"

太白金星说:"秋分上次受玉帝委派,去月球探望嫦娥、吴刚,还没有回来,一直在那里待命呢。"

玉帝说:"那正好,月球离地球很近,就让秋分直接去杭州赴任吧。"

第二天,新的调令就下达了,白露接到调令,交接完毕,立即返回天宫。他首先找了太白金星,问他怎么会对八仙慰问团的事知道得这么清楚。

太白金星说:"俗话说,天知地知,你知我知,天怎么会不知道呢? 还有一句话是,若要人不知,除非己莫为。连人都知道这个道理,你怎么还不明白呢。"

太白金星拍了拍白露的肩膀,说:"小伙子,没有关系,塞翁失马,焉知非福,安心去新的岗位工作吧,你的前途不可限量啊。"

我们且不说白露去托塔天王那边赴任之事,先说说秋分来杭州上任之事。

秋分是农历二十四节气中的第十六个节气,开始时间一般是每年的9月22日或23日。在南方,到了这一节气说明秋天正式开始了。太阳在秋分这一天到达黄经180度,直射地球赤道,因此,这一天昼夜均分,各十二小时;全球无极昼、极夜现象。秋分之后,北极附近极夜范围逐渐增大,南极附近极昼范围逐渐增大。《月令七十二候集解》中写道:"八月中,解见春分。""分者平也,此当九十日之半,故谓之分。"分就是半,这是秋季九十天的中分点,所以叫秋分,对应于上半年的春分,从春分到秋分刚好半年。

中国古代将秋分分为三候:"一候雷始收声;二候蛰虫坏户;三候水始涸。"秋分时节,中国大部分地区已经进入凉爽的秋季,南下的冷空气与逐渐减弱的暖湿空气相遇,产生一次次的降水,气温也一次次地下降,正如人们常说的那样:"一场秋雨一场寒。"

早在周朝,古代帝王就有春分祭日、夏至祭地、秋分祭月、冬至祭天的习俗。其祭祀的场所分别称为日坛、地坛、月坛、天坛,分设在东、南、西、北四个方向。北京的月坛就是明清皇帝祭月的地方。《礼记》载:"天子春朝日,秋夕月。朝日之朝,夕月之夕。"这里的"夕月之夕"指的正是夜晚祭祀月亮。这种风俗不仅为宫廷及上层贵族所奉行,随着社会的发展,也逐渐传到了民间。中秋节就是由此而来的。在秋分这天,你找不到自己的影子,因为,这天的太阳直射点不偏不倚地照在赤道上。当你来到赤道上时,你就会发现任何物体都没有自己的影子。

这一天,南极、北极也处于共同的白昼中。太阳直射赤道时,南极、北极同时受到太阳的照射,分享着同一个白昼。在每年的秋分这一天,世界各地有数以千万计的人在做"竖蛋"试验:轻轻地把一个光滑匀称、刚生下四五天的新鲜鸡蛋在桌子上竖起来。失败者颇多,但成功者也不少。秋分是做竖蛋游戏的最佳时机,故有"秋分到,蛋儿俏"的说法,竖立起来的蛋儿好不风光。总之,关于秋分的故事可多了。

欲知后事如何,且听下回分解。

第22回　圆梦想秋分寻桥梁　研文献杭城访古迹

秋分是个福将,自接任白露挂帅后,天就开始慢慢转凉,秋高气爽,既没有难熬的炎炎夏日,也没有秋老虎肆意横行。前方无战事,后方很安定,风调雨顺,国泰民安,大地呈现出一派欣欣向荣的景象。大营中,军事工作有岳参谋长负责,宣传工作有钱部长负责,而岳参谋长、钱部长责任心强,分工协作配合得很好,秋分只要听听汇报、发发指令就行了。没几天,秋分就熟悉了帅位的工作流程。一闲下来,秋分就想起了自己的业余爱好。

秋分出生于知识分子家庭,从小知书达礼、聪慧过人,小时常和处暑、白露、寒露、霜降一起玩。处暑、白露喜欢军事,寒露、霜降偏爱农事,而秋分擅长工科。秋分小时候常听长辈说起牛郎织女的故事,感慨牛郎织女鹊桥相会一年只能见一次,所以他长大后想当桥梁专家,修一座天河大桥,使住在天河两边的牛郎织女随时可以相聚。秋分长大了才明白,天河实在太宽了,要造这样一座桥只是一个美好的梦想,梦想归梦想,但秋分从小喜欢桥梁的习惯却留了下来。来杭州安排好工作后,秋分就关心起杭州的桥来了。他先找了些文献资料,了解到杭州历史上有名的古桥包括拱宸桥、广济桥、祥符桥、六部桥、永宁桥、断桥、跨湖桥。

拱宸桥是杭城古桥中最高、最长的石拱桥,始建于明崇祯四年(公元 1631年),清光绪十一年(公元 1885 年)重建,中间几经兴废。该桥全长 92 米,桥身用条石错缝砌筑,上贯穿长锁石,桥面呈柔和的弧形,为三孔薄墩石拱桥,纵联分节,并列砌筑。"宸"是指帝王住的地方;"拱"即拱手、两手相合,表示敬意。

每当帝王南巡时,这座高高的拱形石桥就像对帝王的到来表示欢迎和敬意的主人一样,"拱宸桥"之名由此而来。

广济桥,又名"通济桥",俗称"长桥",位于杭州市余杭区塘栖镇西北,南北向架于京杭大运河上,为古运河上仅存的一座七孔石拱桥,始建于弘治二年(公元1489年)。此桥造型秀丽,拱桥采用纵联并列分节砌置法,全长78.7米,宽6.12米,矢高7.75米。

祥符桥始建年代不详,南宋《咸淳临安志》《淳祐临安志》中有关于该桥的记载。现桥为明代建筑,五孔石梁桥,南北向横跨宦塘河,长28米,宽3.6米。桥栏板有素面和须弥座两种形式,望柱头雕饰覆莲或石狮。桥梁上有明嘉靖癸卯年(公元1543年)的重建铭文,桥北下方有写有资助者姓名的石刻残碑。

六部桥因桥西正对南宋中央官署六部所在地而得名。桥东有南宋政府接待北方来使的都亭驿馆,故六部桥又名"都亭驿桥";元时改名"通惠桥",明时称"云锦桥",清时复称六部桥,沿袭至今。

永宁桥,原名"李王桥""里王桥"。《杭州府志》载:"永宁桥在隽堰东北七里,旧为渡,曰李王渡,乾隆三十五年创建石梁跨大河南北。"

断桥,位于白堤东端。在西湖古今诸多大小桥梁中,断桥名气最大。据说,早在唐朝,断桥就已建成。断桥残雪是著名的西湖十景之一,是冬季西湖的一处独特的景观。断桥背城面山,正处于外湖和北里湖的分水点上,视野开阔,是冬天观赏西湖雪景的最佳处所。每当瑞雪初晴,若站在宝石山上眺望,桥的阳面冰消雪化,所以从阳面望去,"雪残桥断";而桥的阴面仍白雪皑皑,故从阴面望去,"断桥不断"。

跨湖桥位于上湘湖和下湘湖之间,是8000年跨湖桥文化的发源地。跨湖桥文化是中国乃至世界的优秀文化遗产,也是萧山人民引以为傲的宝贵财富,它创造了世界上最早的独木舟、世界上最早的漆弓等多个"文化之最",将浙江的文明史向前推进了整整1000年。早在8000年前,跨湖桥先民就在萧山这片神奇的土地上,用勤劳和智慧谱写了光辉璀璨的史前文明。

秋分越看越有兴趣,心想,耳听为虚,眼见为实,有空时还是去实地考察一番吧。

欲知后事如何,且听下回分解。

第23回　扮老市民微服私访　过六吊桥秋分考诗

秋分的官方身份是镇守一方的统帅，是玉帝钦点的元帅，其主业当然是带兵打仗，搞军事建设，只是秋分偏偏喜欢研究历史，业余爱好是研究历史上的一些桥梁建筑和风土人情。这不，来杭州上任后，安排好工作上的事之后，他就想起了业余爱好，既然是业余的，身份又特殊，就不能大张旗鼓地搞。

今天刚好是休息天，又是农历秋分日，秋分一大早就出门了。他装扮成老市民，也没有带随从，孤身一人直奔西湖苏堤六吊桥。他从转塘进入之江路，再转到虎跑路，不一会儿就到了苏堤路口。

苏堤，位于杭州西湖的西部，南起南屏山下花港观鱼，北抵栖霞岭下曲院风荷和岳庙，全长约2.8公里，将里西湖同外西湖分隔开来。苏堤与白堤、杨公堤并称"西湖三堤"。

公元1089年，时任杭州知府苏东坡率民疏浚西湖，以淤泥和葑草筑成连通南北西湖的长堤。后人为了纪念苏东坡，将此湖堤命名为"苏堤"，又在苏堤南端与南山路交汇处设立了"苏东坡纪念馆"，内有苏东坡石雕一尊。

南宋时期，由于苏堤连接南北山，是杭州市郊的重要交通要道，因此这里逐渐发展成集市，成为杭州市民郊外踏青的必到之处。苏堤上栽植垂柳、玉兰、樱花、芙蓉、木樨等多种观赏花木，一年四季姹紫嫣红、五彩缤纷，时序变换，晨昏晴雨，氛围不同，景色各异。如诗似画的怡人风光，使苏堤成了市民和游客赏玩的好地方。

当年，为了连通里西湖和外西湖，苏堤上共建有6座桥梁，自南向北依次是映波、锁澜、望山、压堤、东浦和跨虹。元朝时人所评的钱塘十景中，就有六桥烟柳。又有民谣云："西湖景致六条桥，一枝杨柳一枝桃。"另一说为："十里长堤跨六桥，一株杨柳一株桃。"南宋时，苏堤春晓被列为西湖十景之首，元代时称"六桥烟柳"，被列入钱塘十景。由此可见，苏堤自古就深受人们的喜爱。

如今站在苏堤六桥上眺望，西湖景色各领风骚：映波桥与花港公园相邻，垂杨带雨，烟波摇漾；锁澜桥近看小瀛洲，远望保俶塔，近实远虚；望山桥上西望，丁家山岚翠可挹，双峰插云巍然入目；压堤桥居苏堤南北的黄金分割位，旧时是湖船东来西去的水道通行口，"苏堤春晓"景碑亭就在桥南；东浦桥是湖上日出的最佳观赏点之一；跨虹桥上看雨后长空彩虹飞架，湖山沐晖，如入仙境。苏堤长堤延伸，六桥起伏，为游人提供了可以悠闲漫步而又观瞻多变的赏玩路线。迈步走在堤上、桥上，湖山胜景如图画般徐徐展开，万种风情，任人领略。

秋分来到苏堤，刚要踏上映波桥，突然从柳林中跳出来一个青年，他鞠躬作揖，面向秋分，说道："欲上映波桥，请吟一首写垂柳的诗。"秋分大惊，心想，杭城果然文化底蕴深厚，来苏堤游览还要吟诗作对。不过这难不倒秋分，他随口吟道："娉婷小苑中，婀娜曲池东。朝佩皆垂地，仙衣尽带风……"青年含笑请秋分上桥。

秋分来到锁澜桥，又被一姑娘拦住去路。姑娘要秋分吟一首写桃树的诗。秋分已经知道其中的套路了，就脱口而出："桃花嫣然出篱笑，似开未开最有情。茅茨烟暝客衣湿，破梦午鸡啼一声。"

到达望山桥时，管桥的小伙子要秋分吟一首写樱花的诗。秋分也不多话，随口就来："春雨楼头尺八箫，何时归看浙江潮？芒鞋破钵无人识，踏过樱花第几桥？"

下一站是压堤桥，坐在桥边的小姑娘笑着请秋分吟一首写迎春花的诗。秋分已熟门熟路了，张口就来："金英翠萼带春寒，黄色花中有几般。凭君与向游人道，莫作蔓菁花眼看。"

这样又走了一段路，呈现在眼前的是东浦桥。秋分主动问坐在桥边的小青年，这里是要吟咏什么诗吗？小青年愣了愣，才反应过来，就说："吟一首写杏花的诗吧。"秋分说声"好"，朗声诵道："应怜屐齿印苍苔，小扣柴扉久不开。春色满园关不住，一枝红杏出墙来。"

秋分来到六吊桥的最后一座桥——跨虹桥时，小姑娘照例要秋分吟一首写杜鹃花的诗。秋分笑呵呵地轻声吟咏道："火树风来翻绛焰，琼枝日出晒红纱。回看桃李都无色，映得芙蓉不是花。"

秋分吟完，刚要上桥，向旁边一望，哪里还有小姑娘的人影？秋分暗忖，来一趟苏堤，走一遍六吊桥真不容易啊！苏大学士你不必如此难为我吧。秋分心想，还是要去"苏东坡纪念馆"拜谒苏仙。

欲知后事如何，且听下回分解。

第24回　游览西溪兼葭秋雪　乘舟水域五难元帅

前几天上午,秋分孤身一人去苏堤六吊桥走了一遍,也经历了六重考验。后来,秋分返回苏堤南端,参观了苏东坡纪念馆。看时间还早,秋分于是直奔西溪湿地。

九月的西溪,是杭城中一处最纯净的桃花源。夕阳微照,素静的苇塘远远望去如同一片白雪,"秋芦飞雪"因此得名,被誉为西溪十景之一。西溪以其无穷的魅力醉倒了一年又一年的秋风,更醉倒了一代又一代的词人。正是秋分时节,秋风送走最后一丝暑气,郁郁葱葱的芦苇随风飘荡,花絮纷飞,好一幅"兼葭秋雪"之美景。远远望去,整片湿地就像一幅中国画,充满诗情画意。

秋分到达西溪一看,但见游人如织,观镜花水月,品溪影花语,看麋鹿漫步,赏天鹅嬉晖,盼巢林鹬归,好不悠闲自在。秋分深深感叹道:"杭城的百姓有福,如此美景,远胜天宫啊!"他一边说着,一边随人流进入周家村公园主入口。西溪湿地位于杭州市区的西部,距西湖不到五公里,是罕见的城中次生湿地。

西溪湿地生态资源丰富、自然景观质朴、文化积淀深厚,与西湖、西泠并称杭州"三西",是目前国内第一个也是唯一的一个集城市湿地、农耕湿地、文化湿地于一体的国家湿地公园。历史上,杭州西溪的出名时间比西湖还要早。在古人的眼里,西溪甚至比西湖更美。康熙在游览西溪后感叹西溪之美,留下了"十里清溪曲,修篁入望森。暖催梅信早,水落草痕深……"的诗句。西溪之胜,胜在于水。水是西溪的灵魂,园区中约70%为湿地。西溪之重,重在生态。为加强生态保护,湿地内设置了费家塘、虾龙滩、朝天暮漾三大生态保护区和生态恢复区;入口处设有湿地科普展示馆;园区内有三个生物修复池和一个湿地生态观赏区。西溪也是鸟的天堂,园区设有多处观鸟亭,给游客呈现出群鸟欢飞的壮丽景观。

西溪人文历史源远流长。西溪自古就是隐逸之地,被文人视为人间净土、世外桃源。秋雪庵、泊庵、梅竹山庄、西溪草堂等在历史上都曾是众多文人雅士开创的别业,他们在西溪留下了大量的诗词文章。深潭口百年老樟树下的古戏台,据说是越剧北派艺人的首演地。每年端午节在深潭口举行的龙舟盛会历史悠久、形式独特，被誉为"花样龙舟"。烟水渔庄附近的"西溪人家""桑·蚕·丝·绸故事"重现西溪人民的农家生活劳动场景，让更多的人认识和了解水乡的典型民俗。

秋分来到西溪水阁，正要入阁，突然从芦苇荡深处飞出一条小船。船头站着的一个年轻渔民向秋分作揖道："客官要入阁，请先题一首和湿地中的莲荷有关的诗。"秋分笑了笑，提笔写下："采莲归，绿水芙蓉衣，秋风起浪凫雁飞。桂棹兰桡下长浦，罗裙玉腕轻摇橹。叶屿花潭极望平，江讴越吹相思苦。"

赏完了西溪水阁，秋分来到深潭口时，又有渔民要求他题诗留言，秋分写道："月影莲香舞蹁跹，疑似玉宇琼岛仙。欲问仙女何归处，不在天上在人间。"到了秋雪庵，秋分写下了以下诗句："当年相如凤求凰，文君同甘共苦尝。相濡以沫悲欢过，琴瑟和鸣千古扬。"来到西溪草堂，秋分题的是："睡在莲中爱杭城，高洁未曾染芳尘。百般情思绕指柔，凌波仙子亦花神。"最后到烟水渔庄时，秋分是这样写的："轻点魔杖变无凭，霓裳羽衣丽人行。千变万化指尖过，不是神仙赛精灵。"秋分今天特意出来游玩，顺便想考察一下杭城的风土人情，这样走一圈，不光需要体力，更重要的是，还需要智力。他想："一定是那位洪老先生在为难我，接下来，福堤、绿堤、寿堤等三堤十景如何应付得了啊，且待我去洪园拜拜洪氏'钱塘望族'再说，求他老人家手下留情。"

欲知后事如何，且听下回分解。

第25回　横跨钱江南北贯通　考察十桥秋分题诗

秋分一来，世界就有了秋意。秋意在一个多雾的黎明到来，到了炎热的下午便不见踪影了。它踮起脚尖，掠过树梢，染红几片叶子，然后乘着一簇云掠过山谷离去。秋分后，连续下了几天雨，"一场秋雨一场寒"的时候到了。秋分元帅在完成工作任务的同时，深入民间体验生活，前几天去西湖苏堤、西溪湿地走了一圈，深深为杭州之美所陶醉，也被苏大学士、洪老先生"折腾"了一番，也算对杭城博大精深的文化底蕴有了初步的了解。今天，秋分忙完了公务，看时间还早，就信步走出办公室，到钱塘江边考察钱江大桥去了。钱塘江上据说有十座大桥，钱塘江上的桥梁的排序是由规划时序决定的。

钱江一桥，也就是钱塘江大桥，位于六和塔附近的钱塘江上，由桥梁专家茅以升主持设计，是中国自行设计、建造的第一座双层铁路、公路两用桥。钱江一桥横贯钱塘江南北，是连接沪杭甬铁路、浙赣铁路的交通要道。钱塘江大桥于1934年8月8日开始动工兴建，1937年9月26日建成。截至2019年，钱塘江大桥满"82岁"了，被网民热捧为"桥坚强"。2016年9月，钱塘江大桥入选"首批中国20世纪建筑遗产"名录。

钱江二桥，也称"彭埠大桥"，是铁道部"中取华东"连接沪杭、浙赣、宣杭、萧甬铁路的重点工程，是世界上第一座在强涌潮河段上修建的公路、铁路在同一平面而又完全分离并列的特大桥。铁路桥位于上游侧，公路桥位于下游侧，两桥中心相距16.4米，基础采用钻孔桩，正桥桩径分别为1.5米和2.2米，引桥桩径为0.1米。

钱江三桥，也称"西兴大桥"，位于杭州钱江四桥与庆春过江隧道之间，总长5700米，主桥长1280米，南北高架引桥长4420米，双向6车道。主桥为双独塔等跨单索面预应力混凝土斜拉桥，主墩上两座矩形索塔高百米，平行的15对拉索呈竖琴状。这是浙江省首座具有世界先进水平的现代斜拉索桥梁。钱江三桥的设计与施工创造了中国桥梁建筑史上多项之最。

钱江四桥，也称"复兴大桥"，位于南星桥附近，北端通过复兴立交与中河高架路相接，2004年10月建成通车。桥型方案为双层双主拱的钢管混凝土组合系杆拱桥，主桥跨径布置按计算跨径为1145米，其中85米为下承式系杆拱桥和上承式拱桥的组合，190米为下承式系杆拱桥和中承式拱桥的组合。

钱江五桥，也称"袁浦大桥"，位于杭州绕城公路南线，地处三江口（钱塘江、富春江、浦阳江）附近，2003年年底通车，全长3126米，双向4车道，是钱塘江流域目前唯一的一座弧形"弯"桥。主桥墩基础深水大体积混凝土承台施工，采用双壁钢围堰进行设计、施工。

钱江六桥，也称"下沙大桥"，跨杭州经济技术开发区和萧山经济技术开发区，2002年12月通车。总长8230米，双向6车道。它连通杭州绕城公路东线，北接杭浦高速，南接杭甬高速，是钱塘江上最长、最宽的桥梁。其中，跨江主桥长2400米，有4个主墩，每个墩由26个钢筋混凝土基桩组成。基桩采用下部直径2米、上部直径2.3米的变径桩，其深度达百米以上，这在全国特大型桥梁中屈指可数。

钱江七桥，也称"之江大桥"，是杭新景高速公路的延伸线，全长1724米，包括一座过江桥梁、2 处互通,分别与 320 国道、之浦路相接,跨过钱塘江后与彩虹大道相接。江中主桥为双塔双索面钢箱梁斜拉桥,采用拱形门式索塔。两个主塔高约 97 米,主桥长 478 米,有 3 个桥孔。其中,主孔跨径为 246 米,两边的桥孔均为 116 米。

钱江八桥,也称"九堡大桥",位于钱塘江七格弯道处,结构特点是按双向 6 车道城市快速路标准设计,设计时速为 80 公里,全长约 1855 米。钱江八桥是我国第一座全桥采用组合结构的越江桥梁,采用了新型组合结构桥梁形式,为推动中国组合结构桥梁的发展做出了贡献。

钱江九桥,也称"江东大桥",位于下沙经济开发区、江东工业园区和临江工业园区之间。起点位于绕城高速下沙互通,并连接德胜快速路,终点与萧山区青六路相接。该桥于 2008 年 12 月 26 日建成通车,全长 4.33 公里,设计时速为 80 公里,双向 8 车道。钱江九桥为空间缆自锚式悬索桥,是亚洲技术最先进的一座特大型桥梁。

钱江十桥,有不同的说法,有人说钱江十桥就是钱江铁路新桥,位于钱江二桥上游,两桥相隔 20.9 米。有人说钱江十桥是规划中的位于萧山区和海宁之间的新桥。

秋分花了大半天时间将钱塘江上的 9 座大桥走了个遍,并一一做了笔记。秋分深信,这些大桥建设的成功经验,一定能在今后天空桥梁的建设中得到应用。秋分一直看到了晚上,看得兴起时还挥笔赋诗一首:"月似钩,银光晒之江,不觉已是霜满头,惊看钱潮浩荡,思绪绵绵任天飞。晨雾起,霞光映山河,挥毫疾风奔前程,写出人生精彩,岁月滔滔解千愁。"写完,秋分就心满意足地回大营去了。

欲知后事如何,且听下回分解。

第 26 回　天王副官白露学艺　宫廷侍卫李靖效忠

白露回到天宫后,被任命为托塔天王李靖的副手,白露一接到任命书,就去向李靖报到。李靖知道白露是玉帝的得意门生,加之这次挂帅出征取得了不俗的战绩,自然对白露高看一眼,于是就使出浑身解数,一五一十地把平生所学悉心传授于白露。白露本就功底扎实,加上勤学苦练,名师出高徒,一段时间下来,白露的军事理论素养与实战经验都有了长足的进步。开始时,白露对李靖了解不多,后来时间长了,就知道得多了:李靖不仅是天庭卫戍司令,而且还是玉帝座前的护法大神,玉帝非常倚重他。当年孙悟空大闹天宫时,玉帝第一个想到的便是李靖。

玉帝亲封李靖为"降魔大元帅",命他带哪吒三太子、巨灵神、四大天王等神前去捉拿孙悟空。结果李靖他们不仅没捉来孙悟空,反而出尽了洋相,让天庭颜面尽失。为何李靖屡战屡败,却能在天庭屹立不倒呢?白露仔细打探后,明白了原因:李靖的后台太硬了。

原来,李靖在做商朝的陈塘关总兵前,曾拜西昆仑度厄真人为师,学习五行遁术。后来,李靖因为长期在仙术上难有长进,所以下山为官。三子哪吒出生后,因为得罪了东海龙王,被迫剔骨还父、割肉还母。哪吒被太乙真人救活后,找李靖报仇。李靖不是哪吒的对手,被追得东躲西藏。就在这时,燃灯道人出现了,给了李靖一座克制哪吒的玲珑宝塔。李靖用宝塔收服了哪吒,并拜燃灯道人为师。从此,李靖就习惯了宝塔不离身,托塔天王的名号由此而来。度厄真人和燃灯道人都是高人,所以李靖后台硬,这是其一。

后来,李靖因助武王伐纣有功而位列仙班。他的儿子哪吒有三头六臂,也被封为中坛元帅。哪吒的师父太乙真人在昆仑十二金仙中排行第五,也是元始天尊的弟子之一。玉帝的位置是三清扶他坐上去的,所以对元始天尊的道教门徒,玉帝都格外谨慎地对待。动一个李靖不要紧,但后面却牵扯了一大帮人。除了三太子哪吒,李靖还有两个儿子为佛教效力。长子金吒是灵山的前部护法,次子木吒是观音菩萨的徒弟。而他之前的另一个师父燃灯道人也入了佛教,成为燃灯古佛。燃灯古佛在佛教的地位比如来还略高一点,所以李靖在佛教界也能说得上话。背靠佛教、道教两座大山,李靖在天庭的地位稳如泰山。这是李靖后台硬的第二点。

还有第三点,除了背后的势力外,李靖本身对玉帝忠心耿耿,虽然自身实力达不到顶尖水平,但他为人实诚,他的忠心为玉帝所欣赏。更关键的是,李靖此人没什么政治野心,玉帝不用担心他拥兵自重或者篡位什么的。天庭中派系林立,为了平衡诸部势力,玉帝必须选出一个既能让众人信服,实力又不是那么突出的神。久经考验的李靖便是玉帝精心挑选的那个神。

白露后来又进行了分析,那么天庭中有没有可以替换李靖的神呢? 可以说有,也可以说没有。二郎神作为玉帝的外甥,武艺高强,又是亲属,本来是合适的人选。但二郎神因为他母亲的事和玉帝有过节,一直看玉帝不顺眼,对他是面和心不和、听调不听宣。玉帝知道,选用天庭的卫戍司令是关系到自己性命的大事,如果贸然把大权交到一个有野心的神手中,那他就会成为砧板上的鱼肉,任人宰割。与其冒这种风险,还不如让能力差点的李靖干着,毕竟大闹天宫造反作乱的事也不会经常发生。所以玉帝一直不肯重用二郎神,对李靖则信任有加。这么多年下来,李靖的地位一直稳稳当当。

当然,玉帝这次任白露为李靖的副手,朝野上下是有微词的,其中隐含的深意只有玉帝心里清楚。好在李靖、白露为人正直,心里想的是怎样把工作做好,个人的进退并不看重,因此正副主帅如师徒父子一样,关系十分融洽,博得了天宫上下的一致称赞。

欲知后事如何,且听下回分解。

第27回　欢庆佳节大军放假　钱江源头秋分探幽

秋分过后,杭州的天气一如既往地忽冷忽热,雨水显得格外多,古老的节气还真的有点和现实脱节了。好在四季依然保持不变的节奏,不知不觉中就到了蟹肥菊黄、桂花飘香的时节,空气中弥漫着的香味已持续了十多天。桂子月中落,天香云外飘。秋分元帅上任十多天后,迎来了中国人的重大节日——国庆节和中秋节。入乡随俗,秋分元帅觉得眼下政通人和,于是宣布给大家放个长假。秋分元帅下班后从小区走过,家家户户飘着大闸蟹独特的香味。在江南,秋天哪能没有大闸蟹? 连沾着蟹黄的小菜这时都格外让人垂涎欲滴,蟹黄豆腐、蟹黄狮子头虽然四季都能吃到,但唯有这个季节的最鲜香、最正宗。桂香、蟹香、菊香,中秋、月圆、枫红,节日气氛甚是浓厚!

秋分前几天刚考察了钱塘江上的几座大桥,被钱江大桥的雄伟壮观深深震撼,也为钱塘江这条浙江的母亲河而感叹不已。这次刚好有个长假,秋分于是沿着钱塘江一路往上,由转塘经富阳、桐庐、建德、淳安,过富春江、新安江,沿着千岛湖周边转了一圈,最后到了开化境内的钱塘江发源地——钱江源国家森林公园。

钱江源国家森林公园,位于钱塘江的源头——浙江省开化县齐溪镇。开化县地处浙、皖、赣三省七县(市)交界,北靠黄山,东连千岛湖,西依三清山、婺源,是森林科考、生态旅游、休闲度假的"金三角",是人人向往的天然氧吧、休闲胜地。全县森林覆盖率达80.4%,生态环境总体质量在全国各个县(市)中名列前茅,大气质量、水体质量、生物丰度、植物覆盖率指数位列前10位。开化正在建设国家公园,目前,中国已设立了10个国家公园体制试点,分别是三江源、东北虎豹、大熊猫、祁连山、湖北神农架、福建武夷山、浙江钱江源、湖南南山、北京长城和云南普达措国家公园体制试点。

浙江省选择开化钱江源作为国家公园试点地,可见开化钱江源的生态环境多么优质以及保护钱塘江源头的重要性。钱江源森林公园峰峦叠嶂、谷狭坡陡、岩崖嶙峋、飞泉瀑布、潺潺溪流、云雾变幻、古木参天、山高林茂,珍禽异兽众多,自然资源、人文资源极为丰富。钱江源景区由传奇的七叶莲花塘景区、人称"江南第一飞瀑"的大峡谷景区、世外桃源、爱情圣地枫楼坑景区等组合而成。钱江源因其生态美景荣获"浙江最美生态景观""浙江省十佳避暑胜地"等荣誉称号。

秋分来到钱江源,发现这里遍地金黄,远离车水马龙的喧嚣,亦无灯红酒绿的浮华。山水间时有时无的鸟鸣、农舍忽远忽近的犬吠鸡啼不时传来,还有浮桥、曲堤、湖光、田园尽收眼底。这里是河的源头、云的故乡、花的世界、林的海洋、鸟的乐园。秋分就在这里安下心来,享受着与青山绿水为邻、和油茶花香为伴的生活。这两天一路走来,秋分感慨万千,遂提笔写道:"秋分时节丹桂香,蟹肥橘黄农夫忙,最是秋色撩心神,一路风景一路情。"秋分题诗完毕,就迫不及待地去森林公园的主要景点游了一遍,包括落差约120米、呈4级的飞天瀑布,悬崖高达200米、石壁如削、深不可测的百丈魔崖,九瀑同源、形态各异的九瀑十八潭。石滩泉擎天苍松傲立,倚松可闻潺潺瀑布声,真正体现了"钱江源头、林茂树古、峰雄瀑飞、人文点缀"的主要特色,正如诗中所云:"碧水淙淙入海流,钱江千里是源头,老林密树皆天趣,原始风光待客游。"

钱塘江之发源地的名声使钱江源森林公园独具吸引力,其浓郁而独特的地方特色吸引了众多游客。秋分对钱江源赞不绝口,就发了条微信给副帅:"你在江边观钱江潮,我在开化探钱江源。"

欲知后事如何,且听下回分解。

第28回　访问农居老者论道　考查男童秋分出题

秋分元帅利用放假时间，追根溯源，一直探寻到了开化境内的钱江源国家森林公园，游玩了飞天瀑布、百丈魔崖、九瀑十八潭、古松闻音等景点，深深体会到绿水青山就是金山银山的道理。秋分在景区里玩了两天，主要景区都去过了，这天闲着没事，就在附近随便逛逛。突然，秋分想去老百姓家里看看，便来到前面一户农家讨口水喝。屋里走出一位老农，很是热情，请秋分进屋里坐，并端上茶来。秋分道谢后，就和老农攀谈起来。

秋分问起老农现在的生活，老农表示很满意，老农说："我家祖祖辈辈都生活在这里，深知'天育物有时，地生财有限'的道理，也知道'草木荣华滋硕之时，则斧斤不入山林，不夭其生，不绝其长也'，'竭泽而渔，岂不获得？而明年无鱼。焚薮而田，岂不获得？而明年无兽'等朴素的观念。"

秋分问老农："现在和以前相比最大的区别在哪里？"

老农说："最大的区别就在于现在的领导重视生态环境了，以前是开荒种粮，现在是退耕还林。我们这里是钱塘江的源头，上面的领导经常来宣传，说良好的生态环境是最公平的公共产品，是最普惠的民生福祉。对人的生存来说，金山银山固然重要，但绿水青山是人民幸福生活的重要内容，是金钱不能代替的。你挣到了钱，但空气、饮用水都不合格，哪有什么幸福可言？现在我们这里的山林全部划为公园，一草一木都要保护好。政府发给我们公益林补偿金，我家里一年光公益林补偿金就有几万元，游客多了，村里很多人都搞起了农家乐，或者去景区承包个小卖部，卖些土特产，也可以去打工，挣一份固定工资。总之，现在的收入比以前在山上种玉米、番薯的收入强多了，还是党的政策好，让我们偏远山区的老百姓也过上了好日子。"说到这里，老人满意地笑了笑，继续说道，"听说我们开化作为国家公园试点，以后会有更多保护环境的优惠政策出台，我们的好日子还在后头呢。"

秋分连连点头，说："是啊，是啊。"

正当他们说着话时，从外面跑进来一个男孩，连声叫着"爷爷，爷爷"，并扑到了老农的怀里。那男孩约莫十岁，生得聪明伶俐，十分讨人喜欢。老农摸摸小孩的头,对秋分说:"这是我的孙儿,在开化城里住,读小学三年级了,今天放假,回老家看我来了。"

秋分正想了解一下这方面的情况,就问了小孩一些问题,包括小学上几门课、课业负担重不重、考试成绩怎么样等问题。小男孩一一做了回答,并且言谈举止非常有礼貌,让秋分赞不绝口。

老农对秋分说:"我也不知道孙儿学得怎样,客人到此旅游,想必是大城市来的人,可否出题考一考他?"秋分询问小孩愿意否,小孩马上点头同意。秋分就出了下面这道题:甲、乙、丙三人中,有一个医生、一个教师和一个警察。已知乙比警察年龄小,丙和医生不同岁,医生比甲年龄大,请你判断甲、乙、丙分别是什么职业。没想到,秋分出题后不到一分钟,小男孩就报出了答案:甲是教师,乙是医生,丙是警察。秋分大为吃惊,心想估计是小男孩蒙出来的,就要小男孩解释是怎么算出来的。小孩说:"根据已知条件,丙和医生不同岁,医生比甲年龄大这两条,可立即得到医生是乙的结论;根据医生比警察年龄小,医生比甲年龄大这两条,可知警察年龄最大,是丙,教师就是甲。"

秋分频频点头,又问小孩:"这道题你们班里有多少人可以做出来?"小孩说:"这道题我们班同学大都可以做出来。"这时,门外有小朋友来招呼小男孩去玩。小男孩朝老农看了看,老农说:"去吧,去吧。"小男孩叫了声"叔叔再见",就欢快地跑出去玩了。

秋分看时间不早了,就和老农道谢告别,回山庄去了。回到山庄后,秋分给天宫发了一则简讯,历陈现在的中国政通人和,人民生活安定,生态文明建设、小康社会建设卓有成效,年少一代勤奋好学,国家前途不可限量,中国厉害了。结论是天佑中华,实现中国梦。

欲知后事如何,且听下回分解。

第29回　中秋佳节平湖赏月　广寒月宫嫦娥对课

2017年10月2日,秋分元帅利用国庆、中秋长假去钱塘江源头考察、游玩了两天,到了10月4日,秋分掐指一算,正是农历八月十五中秋节,就急急忙忙往回赶,想回去看看杭城的居民中秋节是怎么赏月的。秋分回到杭州时,天已漆黑。秋分举头仰望,圆圆的月亮高高地悬挂于深邃的苍穹中。凝重的云块飘浮在周围,犹如远方的游子,写满相思的泪滴。那泯灭不了思念的月光,如何寄托心中那沾湿的云彩?秋分走到哪里,月亮就跟到哪里。

秋分向当地居民打听杭州最好的赏月地在哪里,被告知在西湖白堤的平湖秋月。秋分于是直接赶往平湖秋月。在杭州西湖,人们历来认为,最佳赏月地在白堤西端,有一处月白风清的地方,那就是西湖十景之一的平湖秋月景区。它背靠孤山,面临西湖的外湖,景观沿湖一字排开,包括御碑亭、水面平台、四面厅、八角亭、湖天一碧楼等建筑。

由于它伸出水面的平台非常宽广,视野十分开阔,因此成为一流的赏月胜地。平湖秋月三面临水,人们在此眺望湖光山色,无论是春夏秋冬还是阴晴雨雪,都觉得趣味盎然。平湖秋月如此闻名,是有科学原因的:杭州地处亚热带北缘,从地球和太阳的运行规律来看,春夏秋冬四季分明;从地球和月亮的关系来看,月亮的圆缺都有规律,秋季时,月亮离地球的北半球较近,从杭州所处的地理位置看,月亮与地表的夹角不会超过 60 度。月光是太阳的反射光,柔和清凉,给人以虚幻、虚无的感觉。

杭州秋季的天气以晴好为主,晚上的气温约 20 摄氏度,相对湿度为 80%,风速每秒 3 到 4 米。大气中的扬尘等杂质较少,月光的穿透率特别高,云淡风轻,天高气爽,气候宜人,因此看到的月亮显得特别大、特别圆、特别亮、特别清澈皎洁,故有"四时月好最宜秋""月到中秋分外明"之说。西湖秋夜之月,自古公认为良辰美景,充满了诗情画意。平湖秋月,高阁凌波,倚窗俯水,平台宽广,视野开阔,秋夜在此纵目高眺远望,但见皓月当空,湖天一碧,金风送爽,水月相溶,不知今夕何夕。

其实,美景又何止秋季,何止月夜。清骆成骧撰有一副楹联:"穿牖而来夏日清风冬日日,卷帘相见前山明月后山山。"平湖秋月的对面湖中是另一个西湖十景之一——三潭印月。当年苏东坡疏浚西湖后,为了标示湖泥再度淤积的情况,在堤外湖水最深的 3 处立了 3 座瓶形石塔以示标记,形成了"湖中有深潭,明月印水渊,石塔来相照,一十八月圆"的奇异景致。中秋之夜,园中的工人会乘船去湖中,在每座塔的中心点上一支蜡烛。圆形的洞中闪耀着蜡烛的光芒,远看像月亮一样。每座石塔有 5 个洞,3 座石塔总共可映出 15 个月亮,加上倒影共 30 个,再加上天上一个,倒映一个,最后一个是游人的心中月:33 个月亮这一奇异景致只有在月朗天清的中秋之夜才能观赏到。在中秋月明之夜,到西湖泛舟,领略"烟笼寒水月笼纱"的美景是最惬意的事。3座石塔矗立在碧波荡漾的湖面上。灯光从塔中透出,宛如一轮轮明月倒映在湖中。皓月当空时,月光、灯光和湖光交相辉映,月影、塔影、云影互相映衬,画出一幅"一湖金水欲溶秋"的美景,让人流连忘返。此时的空中月、水中月、塔中月与赏月人的心中月交相辉映,神思遄飞,一向为游客所心仪,三潭印月由此得名。

秋分到平湖秋月时,那里已人山人海,"月是西湖明"中秋赏月晚会已经开始了。秋分抬头望望明月,一眼认出了广寒宫里的嫦娥,她正在舒展身姿,翩翩起舞。秋分正想和嫦娥打声招呼,嫦娥却先向秋分发了短信过来。嫦娥说:"秋元帅,我看到你了,别来无恙,前几日你来月宫时说过,中国人会陆续来探月,现在你到那里已经有些日子了,你知道他们到底什么时候能来吗?还有,你打听到了我夫君后羿的消息了吗?"嫦娥说着说着竟呜呜地哭了起来,兴许是有些不好意思,就躲到云层里去了。秋分马上回了一条短信过去:"嫦娥,你那千古传说的柔情恨意,我在地球不再陪你心伤啜泣,只在心里默默地祝福寂寞广寒宫里的仙女们,生活继续诗情画意。在中秋月圆的夜晚,请你坚定信念,后羿一定能够登月,月宫必将得到开发,神舟飞船已经准备就绪,万事俱备,只欠东风。我也正在考察学习中国人的架桥本领,并已上奏天庭,建议架设天河大桥,天堑变通途的日子应该不远了。"

嫦娥收到秋分的短信后,笑容满面地从云层中钻了出来。只见一轮圆月高挂苍穹,特别亮、特别柔、特别美,赏月的人群中爆发出一阵欢呼声。

欲知后事如何,且听下回分解。

第30回　建筑桥梁秋分调岗　访问三农寒露上任

国庆中秋长假期间,天宫却没有放假,这一天天庭早朝,玉帝照例上朝值班,询问底下文武大臣可有本奏。太白金星奏道:"玉帝,近期天上安定团结,天下也算太平。美国和朝鲜虽互不相让,也只是动动嘴皮子而已,毕竟在他们两边站着两个彪形大汉呢,这可不是闹着玩的。"玉帝说:"还是要密切关注事态的发展动向,千万不能大意。"立秋出来奏道:"玉帝,近期天河东边的织女常常捎信过来,强烈要求建设天河大桥,以便能常常回家团聚。住在月宫的嫦娥也再三要求天庭增加基础设施投入,加大道路桥梁等项目的建设力度。"

玉帝说:"织女、嫦娥的心情可以理解,但万事不能操之过急,天河相隔如此之远,要在天河上架桥绝非易事。"立秋说:"我们是不是先做些基础性研究工作?先论证一下天河大桥建设的可行性。"玉帝说:"凡事成功的关键是人才,我们这里缺少桥梁方面的人才啊。"太白金星说:"桥梁方面的人才倒是有一个,只是他重任在肩,抽不开身。"玉帝忙问:"是谁?在哪里?"太白金星说:"就是秋分,他正在地球上挂帅带兵。"玉帝说:"那就把他调回来,毕竟秋分节气已过,寒露季节已到,可派寒露接任秋分的帅位。"

玉帝发话后,只过了两天,天宫就新成立了一个桥梁建筑设计研究院,首任院长就是秋分。秋分虽然对杭城有些依依不舍,但想到桥梁工程是自己从小的爱好,现在工作和爱好能够结合起来,也就愉快地奔赴新的工作岗位。我们暂且不说秋分如何研究桥梁建筑,先说说寒露的来历。

寒露是二十四节气中的第 17 个节气,是干支历酉月的结束以及戌月的起始。起始时间是每年的 10 月 8 日或 9 日,此时太阳到达黄经 195°。"九月节,露气寒冷,将凝结也。"意思是寒露时的气温比白露时更低,地面的露水快要凝结成霜了。寒露时节,中国南岭及以北的广大地区均已进入秋季,东北和西北地区已进入或即将进入冬季。这一天,北京地区的白昼时长已缩短至 11 小时 29 分钟,正午的太阳高度已降低至44°09′。寒露过后,太阳高度继续降低,气温逐渐下降。白露、寒露、霜降 3 个节气都表示水汽凝结的现象,寒露是气候从凉爽到寒冷的过渡期。夜晚,当你仰望星空时,你会发现星空换季,代表盛夏的"大火星"已西沉。人们可以隐约"听"到冬天的"脚步声"了。这一时节,中国南方大部分地区的气温继续下降。华南日平均气温大多不到20℃,即使是长江沿岸地区的气温也很难升到30℃以上,而最低气温却可降至10℃以下。西北高原除了少数河谷低地,平均气温普遍低于10℃,按气候学划分四季的标准衡量,这里已进入冬季了。千里霜铺,万里雪飘,与华南地区的秋意盎然迥然不同。

谚语云:"白露身不露,寒露脚不露。"这句谚语就是提醒大家:白露节气一过,穿衣服就不能再赤身露体了;寒露过后,人们应注意足部保暖。秋冬季交替时节,要合理安排秋季衣食住行,尽量与气候变化相适应,这对于保持身体健康十分重要。寒露元帅从小和秋分一起玩到大,秋分从小对桥梁、建筑感兴趣,而寒露从小喜欢农事,对花花草草特别感兴趣,经常单独到野外去采集标本,对农村、农业、农民很有感情。

寒露知道,这一带是跨湖桥文化的发源地,周边有良渚文化、河姆渡文化发源地。因此,寒露感到很兴奋,一上任就和秋分办完了交接仪式,并三下五除二地把工作布置好,接着一头扎进他喜欢的农事活动中去了。寒露知道,现在暂无战事,军中文由钱部长负责,武由岳参谋长担纲,他并没有多少事要做,只要用好他们几个就万事大吉了。寒露在办公室的门上写了副对联:"一日三餐有味无味无所谓,爬冰卧雪冷乎冻乎不在乎。"这副对联公开表明了他的态度,省得一些多事者前来打扰他。

欲知后事如何,且听下回分解。

第31回　钻研节气文化遗产　编排时辰奥秘无穷

寒露自接任元帅之位后,将帅府内的工作安排妥当后,就研究起他的业余爱好来。寒露知道,中国古代是农业社会,人们需要了解太阳的运行情况以指导农事生产。

人们在长期的社会实践中慢慢地积累了丰富的经验,比如古人将一年分成四季,将每个季节分成6个节气,一年就有24个节气。节气是中国古代确立的一种用来指导农事的补充历法,是汉族劳动人民长期的经验总结和智慧的结晶。这24个节气分别是立春、雨水、惊蛰、春分、清明、谷雨、立夏、小满、芒种、夏至、小暑、大暑、立秋、处暑、白露、秋分、寒露、霜降、立冬、小雪、大雪、冬至、小寒、大寒。现在,"二十四节气"已被正式列入联合国教科文组织人类非物质文化遗产代表作名录。每个节气时长约半个月,劳动人民还编制了简单易记的节气歌:"春雨惊春清谷天,夏满芒夏暑相连。秋处露秋寒霜降,冬雪雪冬小大寒。每月两节不变更,最多相差一两天。上半年来六廿一,下半年来八廿三。"

古时候的中国人将一昼夜划分成12个时段,一个时段叫一个时辰,一个时辰刚好是今天的2小时。从西周起,人们就为每个时辰取了优雅别致的名字,又以地支来表示。时辰名,或描绘天地间一景,或阐明起居作息的道理。十二时辰是中国先民们的大智慧。如今,人们已习惯了24小时制,但也别忘了这些中国传统文化。所谓"生辰八字",表示的是一个人出生时的具体时间。

寒露利用空余时间,首先从一天中的十二个时辰研究起,这十二时辰是这样的。

子时:23:00—1:00,称"夜半",是今明两天的临界点,又名"子时""子夜""中夜",意为"孕育"。子时是十二时辰中的第一个时辰。"古历分日,起于子半。"此时的天空像婴儿的眼眸,黑得纯粹。人早已歇下,老鼠悄悄出洞活动。

丑时:1:00—3:00,又称"鸡鸣""荒鸡"。丑是"扭"的本字。此时,天地间似有一双大手把夜幕与白天互相扭转。守时的公鸡会发出清啼,棚户里的牛正咀嚼着青草,人处于熟睡状态。

寅时:3:00—5:00,称"平旦",又称"黎明""早晨""日旦",处于夜与日的交替之际。此时,太阳虽还未出地平线,但遥远的天际早已显现一线生机,老虎蠢蠢欲动,是为寅时。黑暗即将过去,即将迎来晨光。天蒙蒙亮的时刻,属于所有坚持着的饱含希望的人。

卯时:5:00—7:00,称"日出",又名"日始""破晓""旭日",指太阳刚刚露脸、冉冉初升的那段时间。先民们告诉我们,要日出而作。在古代,官员们这会儿要上早朝、清点人数,称为"点卯"。

辰时:7:00—9:00,称"食时",又名"早食",这是吃早餐的时候。辰时,也是神话中的群龙行雨之时。此时,"早宜粥,宜淡素,饱摩腹,徐行五六十步",意思是早餐宜喝粥、宜淡素,吃饱后徐徐行走五六十步,边用手按摩肚子。另外要"就事欢然,勿以小故动气",意思是人要心情愉悦地做事,不要为一些小事动气。

巳时:9:00—11:00,称"隅中",又名"日禺"。此时临近中午,艳阳当空,蛇正潜伏在草丛中,是为巳时。这是一天中的第一个黄金时刻,此时的工作效率最高。所以,人要以最饱满的精神状态做最重要的事。

午时:11:00—13:00,称"日中",又名"日正""中午"。此时,太阳正运行到天宇之中,光线最强烈,阳气达到顶点,阴气将慢慢增多。相传,这时候的动物们都躺着休息,只有马还站着,所以午时是属于马的。

未时:13:00—15:00,称"日仄",又名"日昳""日央""日跌"。过了正午,太阳开始往西偏移,这时的太阳位置与隅中相对。午时,人们会有些困倦,但到了未时,人们要从困倦中醒来,慢慢调整状态。这是一天中的第二个黄金时刻,人要抓住时机高效地工作。

申时:15:00—17:00,称"哺时",又名"日哺""夕食"。据说,这时猴子的叫声最清亮,是为申时。古人常常以一个"晡"字,代替晡时。杜甫诗云:"整履步青芜,荒庭日欲晡。"白居易诗云:"但惜春将晚,宁愁日渐晡。"

酉时:17:00—19:00,称"日入",又名"日落""日沉",意为"太阳落山的时候",这是白天进入黑夜的标志。酉时,人们开始收工返家,鸡开始归巢,飞鸟也回到了丛林里的窝。"日出而作,日落而息",是先民留传给后人的智慧。酉时,"宜晚餐勿迟,量饥饱勿过"。

戌时:19:00—21:00,称"黄昏",又名"日夕""日暮""日晚"。太阳已经落山,天将黑未黑。天地昏黄,万物朦胧,故称"黄昏"。

亥时:21:00—23:00,称"人定",又名"定昏",这是一昼夜的最后一个时辰。据说,猪这时候睡得最香甜,发出的鼾声最响亮,是为亥时。人定,即人静,这时候人应该安抚心情,切勿心浮气躁,宜好好休息。

寒露对十二时辰研究发现,十二时辰表时独特、历史悠久,是中华民族对人类天文历法的一大杰出贡献,也是灿烂的中华文化瑰宝之一。十二时辰后来和十二生肖连在一起:子鼠、丑牛、寅虎、卯兔、辰龙、巳蛇、午马、未羊、申猴、酉鸡、戌狗、亥猪。古时表示时间的方法还有另外一种:一日有十二时辰(一个时辰合现在的 2 小时),一时辰有八刻(一刻合现在的 15 分钟),一刻有三盏茶(一盏茶合现在的 5 分钟),一盏茶有两炷香(一炷香合现在的 2 分 30 秒),一炷香有五分(一分合现在的 30 秒),一分有六弹指(一弹指合现在的 5 秒),一弹指有十刹那(一刹那合现在的 0.5 秒)。寒露越研究越感兴趣。中国古代文化源远流长,里面的奥秘太多了,寒露对此充满了好奇。

欲知后事如何,且听下回分解。

第32回　为民生寒露访教授　解困难袁老创奇迹

寒露下凡后,先对二十四节气进行了学习,又对一天中的时辰八刻用心钻研了一番,被中国古代劳动人民创造的文化智慧深深震撼。寒露了解到,中国人都是炎黄子孙。这位炎帝可了不得,他是个农业科学家,传说他就是神农氏。炎帝教会了中国人耕种,结束了人们只能采野果子、捕野兽吃的历史。炎帝还亲尝草药,发明了中草药,防止了传染病的传播,但这已经是 4000 多年前的事了。

中国现在已经有 13 亿多人口，这么多人的吃饭问题是怎么解决的呢？带着这个问题，寒露一大早就去拜访了农林大学的王教授。王教授告诉寒露，民以食为天，粮食问题是一个根本问题，要保证一定的粮食产量，就必须要有相应的耕地面积做支撑。为此，国家制定了严格的耕地保护政策，划定了 18 亿亩耕地红线，规定建设项目使用耕地必须占补平衡。寒露插嘴问道："我看现在全国各地都在搞建设，必然要大量使用耕地，那耕地从哪里补呢？"王教授叹了一口气，说："是有些难呢，补充的耕地一是闲置的抛荒地、未利用地，二是利用低丘缓坡开发耕地，三是搞围垦、围海造地。"寒露点点头，但心里想："这山上造的地和围垦的地能和良田比吗？"他突然想起来，他以前看到一些人开着推土机在坡地上不停地挖，原来是在干这个。寒露又问："那这些耕地上主要种些什么呢？"王教授说："主要种粮食作物，也种蔬菜和水果。当然有些地方受利益驱使，也有种植花卉苗木的。所谓'粮食作物'，是以收获成熟果实为目的，经去壳、碾磨等加工程序而成为人类基本食粮的一类作物。"

粮食作物主要分为谷类作物、薯类作物和豆类作物。粮食作物包括小麦、水稻、玉米、燕麦、黑麦、大麦、谷子、高粱和青稞等。其中，小麦、水稻和玉米占世界粮食作物的一半以上。粮食作物是人类主要的食物来源。在中国，先民们 7000 年前就开始种植水稻了；约在 6000 年前，中东地区的人开始种植小麦，但那种小麦比现代小麦原始；印度人约 3000 年前才开始种植水稻；约 7000 年前，美洲人开始种植玉米。

寒露问："为什么称它们为粮食作物？"王教授说："因为它们为人类提供粮食。"

粮食作物中，谷类作物包括稻谷、小麦、大麦、燕麦、玉米、谷子、高粱等；薯类作物包括甘薯、马铃薯、木薯等；豆类作物包括大豆、蚕豆、豌豆、绿豆、小豆等。粮食作物又称食用作物，含有淀粉、蛋白质、脂肪和维生素等物质。粮食作物不仅为人类提供了食粮和某些副食品，以维持人类生命的需要，而且为食品工业提供了原料，为畜牧业提供了精饲料和大部分粗饲料，故粮食生产是多数国家农业的基础。

通常，粮食作物也是农作物中的主要作物，世界粮食作物种植面积约占农作物总播种面积的 85%，其中，小麦、稻谷和玉米约占世界粮食总产量的 80%。中国是世界上最大的产粮国，粮食作物占农作物总播种面积的 70% 以上，粮食总产量及稻谷、小麦、谷子、甘薯的产量均居世界前列。

寒露说："中国这么多人，粮食总产量居世界前列是必然的。那现在水稻的种植情况怎么样？"

王教授说："现在水稻种植以杂交水稻为主，说到杂交水稻，一定要说说袁隆平。袁隆平是中国杂交水稻育种专家、中国工程院院士，被称为'杂交水稻之父'，是杂交水稻研究领域的开创者和带头人。他致力于杂交水稻的研究，先后成功研发出'三系法'杂交水稻，'两系法'杂交水稻，超级杂交稻一期、二期。与此同时，袁隆平提出并实施了'种三产四丰产工程'，取得了丰硕的关于超级杂交稻的技术成果。袁隆平先生从事杂交水稻研究已经半个多世纪了，他不畏艰难、甘于奉献、呕心沥血、苦苦追求，为解决中国人的粮食问题做出了重大贡献。袁隆平先生的杰出成就不仅影响了中国，而且影响了世界。50多年来，他始终在农业科研第一线辛勤耕耘、不懈探索，运用科技手段为人类战胜饥饿带来了绿色的希望和金色的收获。他的卓越成就，不仅为解决中国人民的温饱问题和保障国家的粮食安全做出了贡献，也为世界和平和社会进步树立了丰碑。"

寒露说："是啊，袁先生大名如雷贯耳，有机会我一定要去拜访他。听说现在海水稻种植也取得了突破。"

王教授喝了口水，说道："海水稻是耐盐碱杂交水稻，能够在海水中生长。它是在现有的自然存活的高耐盐碱性野生稻的基础上，利用遗传工程技术，选育出的可供产业化推广的、在盐度不低于1%的海水灌溉条件下能正常生长且亩产量能达到200~300公斤的水稻品种。全球有9.5亿公顷盐碱地，其中1亿公顷（15亿亩）在中国，2.8亿亩可以开发利用。如果中国15亿亩盐碱地都能种上海水稻，按亩产300斤算，每年总产量可达4500亿斤，足以养活2亿人。在海水稻的培育中，做出了突出贡献的是一位叫陈日胜的农业专家。目前，袁隆平、陈日胜两位水稻育种专家正在合作研究试种海水稻。"寒露专心致志地听着王教授的介绍，时近中午，他怕影响王教授休息，就约定下次再来请教王教授。

欲知后事如何，且听下回分解。

第33回　拜访朋友樟王说事　湿地公园水杉应聘

寒露近来忙个不停,又是研究时辰八刻,又是关心人类的吃饭问题,等忙过一阵后,才猛然想起他从小的爱好:和花花草草打交道。于是,他抽空去拜访了当地植物界的元老——香樟王。寒露以前虽然住在天宫,但他常去采集植物标本,和香樟王也算是老朋友了。寒露到达香樟王的驻地时,香樟王刚好在给植物们讲故事。寒露不便惊动他,就坐在一旁听了起来。

香樟王的故事是这样的:自从杭州西溪湿地公园建起来后,人们想在钱塘江口建一个更大的湿地公园,现在,这个想法马上要变成现实了,杭州大江东国家级湿地公园要开建了。

由于公园面积大、范围广、投资多,项目建设不仅引起了动物界的关注,也得到了植物界的高度重视。植物界管理小组决定任命出淤泥而不染的荷花为湿地公园园长,荷花清正廉洁,众望所归;任命芦苇为湿地公园第一副园长,芦苇手下兵多将广,在公园里势力很大,便于搞好团结、平衡关系;任命菱角为湿地公园第二副园长,因为菱角是生态效益与经济效益相结合的典范。湿地公园领导班子一成立,荷花园长就带着班子成员大刀阔斧地干起来,勤勤恳恳、任劳任怨,荷花园长身先士卒、敢于担当,芦苇、菱角密切配合,各负其责,公园工作顺利推进,得到了植物界的一致好评。

按照公园的总体布局,三位园长落实了公园各功能区块的植物配置,湿生、水生植物主要有荷花、睡莲、芦苇、菱角、鸢尾、旱伞草、茭白、水葫芦;灌木主要有蜡梅、含笑、南天竺、红花檵木、茶梅、金丝桃、木槿、木芙蓉、海桐、八仙花、绣线菊、黄杨、夹竹桃、金钟花、小蜡;竹类主要有孝顺竹、四季竹、凤尾竹、金竹、紫竹、淡竹、方竹、佛肚竹;草坪和地被植物主要有狗牙草、结缕草、马蹄金、酢浆草、吉祥草;藤本植物主要有薜荔、野蔷薇、紫藤、爬山虎、常春藤、凌霄、忍冬、藤本月季、络石、葡萄、木香、美国地锦;多年生花卉主要有兰花、葱兰、韭兰、芍药、金盏菊、美人蕉、萱草、月季等。就在大家都以为大功告成,可以歇一口气时,荷花园长总觉得哪里不对。他左思右想,终于想出来了,笑着对芦苇、菱角说:"我把植物界的兄弟们都想到了,却唯独忘了陆生植物中唱主角的乔木大哥,我们这里虽然是湿地公园,乔木虽然不是主角,但缺少了乔木大哥,终是压不住阵脚。那选择什么样的乔木树种呢?我还要和两位仔细商量商量。"芦苇副园长说:"我们这边是湿地公园,盐碱性较重,恐怕适合的乔木不多,就是有合适的,也不知道它们肯不肯来。"

荷花园长说:"我们都是湿生、水生类,对乔木类确实了解不多,要选出一位乔木树种的头儿来,由它负责招兵买马就可以了。这带头大哥选谁呢?"还是菱角副园长脑子转得快,他提议道:"我们采用公开招聘的方式吧,这样显得公开、公平、公正。"荷花园长连忙说,这个办法好。

三位园长于是连夜拟定了招聘方案:先报名,符合基本条件的参加理论考试,理论考试前三名参加面试。面试第一名者就是乔木类的带头大哥,将被授予挑选其他乔木兄弟的大权。经过报名、初审、理论考试三个环节,考试结果出来了。今天是面试的日子,荷花园长和芦苇、菱角两位副园长一早来到了面试地点。上午8时30分,面试正式开始。第一位进来的是水杉。水杉是落叶乔木,胸径粗壮、高大威猛、虎虎生风。荷花园长让其自我介绍一分钟。水杉说:"我是稀有树种,起源于冰川时期,素有'活化石'之称,为中国特有,亦称'植物界的大熊猫'。树形优美,树干高大通直,高可达35~41.5米,胸径可达1.6~2.4米,多生长于地势平缓,土层深厚、湿润或稍有积水的地方,耐寒性强,耐水湿能力强,在轻盐碱地也可以生长,喜光,根系发达,生长速度快,树干基部通常膨大、有纵棱,是平原、湿地、城乡绿化的最佳选择。"

第二位进来的是池杉。池杉也是落叶乔木,树形婆娑,枝叶秀丽、婀娜多姿。池杉的一分钟陈述是这样的:"我乃池杉,源自美国,后被引进到杭州、武汉、庐山、广州等地;主干挺拔,树冠呈尖塔形;速生树种,喜阳,耐寒性较强,极耐水淹,也相当耐干旱;适生于水滨湿地,特别适合在水边湿地成片栽植、孤植或丛植作为园景树,可在河边和低洼水网地区种植,或在园林中孤植、丛植、片植,亦可列植作为道路的行道树;木材纹理通直,结构细致,具有丝绳光泽,不翘不裂,工艺性能良好,是造船、建筑、枕木、家具、车辆的良好用材。"

第三位进来的是落羽杉。落羽杉也是落叶乔木,树干圆满通直,树冠呈圆锥形。落羽杉进入考场时器宇轩昂,他的一分钟陈述是这样的:"我乃落羽杉,原产于北美及墨西哥。现在,中国广州、杭州、上海、南京、武汉等地均引种栽培;主干挺拔,树冠呈圆锥形或伞状卵形;速生树种,长势旺盛,树形优美,可作为庭园观赏树种;根系特别发达,可深入3米以下土层,通常有数条主根和大量细根,在低湿地或河湖滩地、堤岸上生长时,会在根部向上长出伸出地面的'根膝','根膝'高矮不等,能起到一定的通气、固着和贮藏养分等作用;耐水湿,可作为固堤护岸的首选树种;木材材质优良,有'永不腐朽之木'的称号,是造船、建筑、枕木的上好用材。"

三位应聘者的面试结束了,最终成绩是:水杉91分,池杉90分,落羽杉89分。荷花园长当即宣布:水杉为乔木树种的带头大哥,待公示程序结束后,正式发文确认。考虑到池杉、落羽杉也相当优秀,荷花园长当场指出:水杉当选带头大哥后,一定要不计前嫌,优先将池杉、落羽杉纳入团队,共同为湿地公园的发展做出贡献。水杉当即表示:"感谢三位园长的信任,我一定不辜负领导的期望,把乔木类树种的配置工作落实好。"香樟王的故事讲完后,植物们爆发出一阵热烈的掌声。香樟王这才发现寒露等在那里,于是连忙将其迎入内室。

欲知后事如何,且听下回分解。

第34回　访问美国招树引材　畅谈体会日新月异

寒露与香樟王是多年的朋友,那时,寒露玩花花草草时,常常一不小心跨越天界进入地界,有几次还差点闹出事来,一来二去就认识了香樟王等植物界的一些同人,后来见的次数多了就成了好朋友。这次寒露挂帅杭城,有机会再次相见。有朋自远方来,不亦乐乎。香樟王拉着寒露的手,忙问寒露此次因何到此。寒露就把前后因果简单说了一遍,又问香樟王这些年来过得怎么样。香樟王就说:"我给你说个我亲身经历的故事吧。"寒露连声说好,香樟王于是说开了。

40年前,那时的中国开始改革开放。香樟王带着银杏、水杉等植物界同行去美国等西方国家招树引材。那边的同类一听说China,就连连摇头,不是说对China一无所知,就是说那里穷山恶水,谁愿到那里去受苦受难。香樟王们费尽了口舌做了很多工作,宣传中国地大物博、文化底蕴深厚。银杏、水杉还现身说法,说他们家族在那里生活了几万年,现在不是长得很好吗?最后,池杉、落羽杉这些有点文化背景的小后生想去中国见见世面,于是就跟着香樟王们来了中国。

30年前,香樟王带着植物界同行又去了一次。这次就容易多了,因为香樟王们带了一封介绍信。信是池杉、落羽杉们写的,大意是:他们初到中国,正在创业,无法分身回家乡。中国是礼仪之邦,香樟王们值得信任。有了这封信,香樟王们很快就完成了任务,带着新引进的树种回国了。

20年前,香樟王们又去了一次。这一次,香樟王、银杏、水杉等国内同行一下飞机就游山玩水去了,而跟着他们来的池杉、中山杉则红光满面、神采奕奕地回老家去了。池杉、中山杉见到家乡父老就跟他们讲述中国发生的巨大变化,说时还不停地竖起大拇指,说道:"China,绿水青山,是个好地方。"这就是最好的宣传,香樟王们什么都不需要做,就满载而归了。

10年前,香樟王们再一次去时,一下飞机就傻眼了,因为他们被异国的花花草草包围了。这些家伙们斯文也不讲了,争先恐后地介绍自己,都不想失去这个机会。但是,此一时彼一时,香樟王们这次来引进树种要执行严格的挑选标准:一是要求掌握标准,择优录用,杜绝讲人情、开后门的情况出现;二是要求提高警惕,严防国外的有害植物渗透进来,因为国内已经发现了一枝黄花、喜旱莲子草这样不怀好意的杂类混进来搞"颜色革命",严重威胁到国内植物界的纯洁与统一。所以,出国前,香樟王们还专门集中去党校学习了半个月。不过还好,这次任务还是顺利完成了。

今年,香樟王们是偷偷摸摸地去的,因为他们吸取了上次的教训,怕被堵在机场脱不了身。并且,植物界高层有交代,回去时要实行严格的审查制度,各种物品都要进行检疫,防止把松材线虫病这样的害群之马带进来,也要防止把转基因植物带进来。所以香樟王们觉得,他们是老同志遇到了新问题,现在生活条件好了,工作反而越来越难了,要学的东西太多了。

好在现在有互联网,不懂的东西可随时上网查询,香樟王们算是勉强完成了任务。但回来后,香樟王向植物界领导打了个报告,说他老了,已经跟不上现在日新月异的发展形势,下次让年轻的树带团去吧。植物界领导批没批准,到现在也没有定论。

香樟王的故事说完了,寒露听后连声叫好,高兴地说:"看来老兄现在过得越来越好了,那其他几位兄弟,比如紫薇、紫荆、紫藤过得怎么样?"香樟王说:"你一提到他们,我就觉得好笑。"寒露忙问:"何事可笑?"香樟王说:"你不要急,待我慢慢说给你听。"

欲知后事如何,且听下回分解。

第35回　三紫吹牛争论高下　樟王夸赞促进团结

寒露和香樟王老朋友相见,分外亲热。寒露对植物界的几位兄弟都很关心,还问起了紫薇、紫荆、紫藤的近况。香樟王就慢慢地给寒露介绍了起来。原来,紫薇、紫荆、紫藤是哥们儿。有一天,吃饱喝足后,他们又聚在一起瞎吹牛,吹着吹着就起了争执,谁也不服谁,于是就把香樟王请来了。

香樟王来了后,就请他们各自说说自己的特点。紫薇年轻气盛,抢先说道:"我的名字也叫'猴刺脱',意思是我身上很滑,连猴子都爬不上来。请问世界上千树万木之中有几种树是没皮的? 我们长大以后,外皮落下,树干光滑无皮。如果人们轻轻抚摸一下,我们立即枝摇叶动、浑身颤抖,甚至会发出微弱的'咯咯'的响声。这就是我们'怕痒'的一种全身反应,你们说奇不奇怪?"香樟王连忙说:"奇怪,奇怪。"

紫荆接着说道:"我们紫荆是先开花后长叶,早春时节,因开花时叶子尚未长出,树枝、树干上布满了紫色的花朵。叶片呈心形,圆整而有光泽,光影相互掩映,颇为动人。我们的树皮和花梗可入药,有解毒消肿之功效;种子可制农药,有驱杀害虫之功效,而且我们对空气中的有害气体有特别的抗性。你们说绚不绚丽?"香樟王点点头,说:"绚丽,绚丽。"

接着,紫藤不慌不忙地说了起来:"我们紫藤是攀缘缠绕性藤本植物,对气候和土壤的适应性特强,又耐寒、耐水湿,在贫瘠的土壤中也能生长,生长速度快,寿命长,缠绕能力强,姿态优美,风采迷人。暮春时节,正是我们吐艳之时,只见一串串硕大的花穗垂挂枝头,紫中带蓝,灿若云霞。灰褐色的枝蔓如龙蛇般蜿蜒。古往今来,画家们都视我们为花鸟画的好题材。你们说可不可爱?"香樟王拍拍手,说道:"可爱,可爱。"听完他们的介绍,香樟王仍分不出高下,于是又让他们说说他们各自的故事。

紫薇说道:"在远古时代,有一种凶恶的野兽名叫'年',它伤害人畜无数,于是紫微星下凡,将它锁进深山,一年只准它出山一次。为了监管年,紫微星便化作紫薇花留在人间,给人间带来平安和美丽……"

紫藤接着说道:"有一个美丽的女孩爱上了一个白衣男子。可是白衣男子家境贫寒,他们的婚事遭到了女方父母的强烈反对。可女孩心意已决,非白衣男子不嫁。最终,两个相爱的人双双跳崖殉情。后来,他们殉情的悬崖边上长出了一棵树,那树上居然缠着一根藤,并开出串串花穗,紫中带蓝,灿若云霞,美丽至极。后人称那藤上开出的花为'紫藤花',紫藤就是那女孩的化身,树就是白衣男子的化身。紫藤为情而生,为爱而亡。"

紧接着,紫荆开始讲述他的故事:"很早以前,田真与弟弟田庆、田广商议分家,别的财产都已分妥,只剩下堂前的一株紫荆树没分。兄弟三人商量决定将紫荆树截为三段。第二天,田真去截树时,发现树已经枯死,好像被火烧过一样。他感到十分震惊,就对两个弟弟说,这树本是一条根,听说我们要把它截成三段,它就枯死了,人还不如树木。兄弟三人都非常悲伤,决定不再分树,紫荆树竟然立刻复活了。他们深受感动,于是把已分开的财产又放在一起,从此不再提分家的事。后来,人们把紫荆作为家庭和睦、兄弟情深的象征。"听到这里,香樟王哈哈大笑道:"人类把紫荆作为团结的榜样,难道我们植物界还不如他们吗? 你们不要争了,你们哥仨都是最奇怪、最艳丽、最可爱的树。"紫薇、紫荆、紫藤听香樟王这样说,顿时自觉惭愧,于是连忙齐声谢过香樟王,愉快地回各自的领地去了。

寒露听香樟王说到这里,忍俊不禁,笑出了声,说:"紫薇、紫荆、紫藤三兄弟也太有趣了,我倒要好好去会会他们。对了,牡丹、月季、杜鹃过得怎么样?"香樟王说:"这三姐妹也不肯闲着。"寒露忙问:"她们又怎么了?"香樟王说:"时间不早了,我们先去吃饭吧,边吃边聊。"

欲知后事如何,且听下回分解。

第36回 三花比美闲极无事 五项全能难分胜负

香樟王带着寒露来到紫云饭店,点了几个菜,要了两瓶绍兴加饭酒,边吃边说牡丹、月季、杜鹃的趣事。原来,牡丹、月季、杜鹃是小姐妹,小姐妹就是这样:好的时候天天黏在一起,好得不得了;有时候又会因一语不合而争议不休,还常常会相互攀比。

这不,前段时间闲来无事,三姐妹又聚在一起,想着弄出点什么事来,说要搞什么公开比赛,非要决出高下来。这一天是比赛日,牡丹、月季、杜鹃早早来到了会场。评委席上坐着兰花、茶花、桂花,这三位评委在花界可谓大名鼎鼎。

此时,台下已座无虚席,花山花海,红彤彤一片,佛指花、牵牛花、狗尾草都来了。比赛开始后,兰花首先讲述了这次比赛的重要意义。接着,茶花介绍了比赛规则:比赛共分5轮,第1轮是选手自我介绍,分值为25分;第2轮是花语,分值为10分;第3轮是作诗,分值为20分;第4轮是才艺展示,分值为20分;第5轮是讲故事,分值为25分。5轮得分相加,得分高者胜出。接着,评委桂花问三位选手:"准备好了吗?"三位选手齐声说:"准备好了。"评委桂花宣布比赛正式开始。比赛先进行第一轮——自我介绍。牡丹的介绍词是:"我叫牡丹,品种繁多,为多年生落叶小灌木。花色艳丽,玉笑珠香,富丽堂皇,素有'花中之王'的美誉,因花大而香,故又有'国色天香'之称。我曾被选作中国的国花,还被评为中国十大名花之一。"

月季的介绍词是:"我叫月季,又称'月月红',蔷薇科,常绿或半常绿低矮灌木,四季开花,一般为红色或粉色,偶有白色和黄色,被称为'花中皇后'。我的原产地在中国,我是很多城市评选出来的市花。我的红色切花更成为情人必送的礼物之一,也是爱情诗歌的主题。"

杜鹃的介绍词是:"我叫杜鹃,又称'映山红',系杜鹃花科落叶灌木。中国是杜鹃花分布最多的国家,我的种类繁多,花色绚丽,花叶皆美,地栽、盆栽皆宜,是中国十大传统名花之一。我的特点是要求低、分布广,漫山遍野都是。"

评委点评道:"牡丹富贵华丽,月季四季开花,杜鹃量多面广、接地气。本轮投票结果如下,牡丹20分,月季21分,杜鹃22分。"第1轮结束后,杜鹃领先。接着进行第2轮——花语。牡丹的花语是:牡丹是百花之王,高洁、端庄、秀雅,仪态万千,国色天香,有圆满、浓情、富贵、雍容华贵之意。月季的花语是:月季是爱情的信物,是爱的代名词,表示纯洁的爱、热恋或热情可嘉等。杜鹃的花语是:第一,永远属于你;第二,代表爱的喜悦,喜欢杜鹃花的人纯真无邪;第三,满山杜鹃盛开之时就是爱神降临的时候。

第2轮投票结果出来了:牡丹10分,月季9分,杜鹃8分。第2轮结束后,3位选手得分相同,不分上下。接下来进行第3轮——作诗。牡丹张口就来:"庭前芍药妖无格,池上芙蕖净少情。唯有牡丹真国色,花开时节动京城。"月季随口接上:"牡丹殊绝委春风,露菊萧疏怨晚丛。何似此花荣艳足,四时长放浅深红。"杜鹃毫不示弱:"蜀国曾闻子规鸟,宣城还见杜鹃花。一叫一回肠一断,三春三月忆三巴。"

至此,台下一片叫好声,有叫"牡丹牡丹,你真美"的,有叫"月季月季,我爱你"的,有叫"杜鹃杜鹃,好可爱"的。第3轮的得分很快就出来了:牡丹19分,月季20分,杜鹃19分。3轮过后,月季以微弱的优势领先。紧接着是第四轮——才艺展示。牡丹作了一幅牡丹画,造型写实,笔墨写意,水墨淋漓苍润,色彩艳而不俗,既有传统笔墨画的底蕴,又合乎现代人的审美要求,色、光、态、韵各臻其妙,雅俗共赏,自成一格。月季弹了一支钢琴曲,经过简练的前奏,钢琴高音区音色清脆悦耳,音响短促有力,组成了一连串生动逼真的鸣响。接下来,月季根据钢琴高音区的音色特点,奏出了不同节奏的乐声。交替变奏形成了高难度的辉煌华丽的段落。最后,乐曲在热烈欢快的气氛中结束。真是"此曲只应天上有,人间能得几回闻"。杜鹃唱了一首歌,她轻启朱唇,乐音从皓齿间缓缓飘出,入耳时说不出的美妙,五脏六腑仿佛被温柔地抚摸过一样,平静而安详。渐渐地,杜鹃越唱音量越高,忽然拔了一个尖儿,又戛然而止,引得众花一阵叫好。第4轮的得分出来了,牡丹19分,月季18分,杜鹃20分。4轮过后杜鹃排到了第一名。

激动人心的最后一轮开始了,这一轮是选手讲述自己的故事。

牡丹的故事是这样的。天寒地冻,万物萧条,百花凋谢,武则天到后苑游玩,见此情景,心里十分懊恼,于是对百花下令,速来开花。百花仙子接到诏令后,惊慌失措,于是众仙子聚集一堂商量对策。一个花仙子说:"这寒冬腊月要我们开花,不合时令,怎么办?"另一个花仙子说:"武后的圣旨怎能违背呢?否则,一定会落个悲惨的下场。"众仙子不敢抗命。于是,刹那间,只见后苑中五颜六色的花朵真的顶风冒雪,绽开了花蕊。武则天目睹此情此景,高兴极了,逐一清点,发现唯独少了牡丹花。武则天大怒道:"马上把这些胆大包天的牡丹逐出京城,贬到洛阳去。"谁知,这些牡丹到了洛阳后被人随便埋入土中,竟然马上长出了绿叶,开出娇艳无比的花朵。武则天闻讯,气急败坏地派人立即赶赴洛阳,要将牡丹花全部烧死。无情的大火映红了天空,株株牡丹在大火中痛苦地挣扎、呻吟。然而,牡丹枝干虽已焦黑,但那盛开的花朵却更加夺目。牡丹花就这样获得了"焦骨牡丹"的称号,牡丹仙子因其凛然正气而被众花仙拥戴为"百花之王"。从此以后,牡丹就在洛阳生根开花,名闻天下。

月季的故事是这样的。很久以前,神农山下有一高姓人家,家有一女,名叫玉兰,年方十八,温柔沉静。很多公子王孙前来求亲,玉兰都不同意。因为她有一老母,终年咳嗽、咯血,多方用药,全然无效。于是,玉兰背着父母,张榜求医:

"治好吾母病者,小女愿以身相许。"一位名叫长春的青年揭榜献药。玉兰母亲服药后,果然痊愈。玉兰不负约定,与长春结为秦晋之好。洞房花烛夜,玉兰询问:"什么药方如此灵验?"长春回答道:"月季月季,清咳良剂。此乃家传秘方:冰糖与月季花合炖,乃清咳止血神汤,专治妇人病。"玉兰点头,记在心里。后人把月季作为爱情的信物,作为爱的代名词。

杜鹃的故事是这样说的。相传,古代的蜀国是一个和平富庶的国家,人们丰衣足食、无忧无虑,生活得十分幸福。可是,无忧无虑的富足生活使那里的人们慢慢地懒惰起来。他们纵情享乐,有时连播种的时间都忘记了。当时的蜀国皇帝名叫杜宇,他很爱他的百姓。看到人们乐而忘忧,他心急如焚。为了不误农时,每到春播时节,他就四处奔走,催促人们赶快播种,把握春光。人们慢慢地养成了坏习惯:杜宇来,他们就播种;杜宇不来,他们就不播种。终于,杜宇积劳成疾,告别了他的百姓。可是他依然牵挂着他的百姓,他的灵魂化为一只小鸟,每到春天,就四处飞翔,发出声声啼叫"布谷,布谷",直叫得嘴里流出鲜血,鲜红的血洒落漫山遍野,化成一朵朵美丽的鲜花。人们被感动了,开始变得勤勉。他们称那小鸟为杜鹃,称那鲜血化成的花为杜鹃花。

牡丹、月季、杜鹃的故事讲完了,台下掌声雷动,连见多识广的3位评委都被感动了。评委兰花挥挥手,示意大家静下来,并大声叫道:"你们的分还没有打出来呢。"过了一会儿,最后一轮的分数终于出来了。评委茶花用颤抖的声音报出得分:"本轮得分如下,牡丹24分,月季24分,杜鹃23分。"同时,评委桂花宣布了最后的总得分:"牡丹92分,月季92分,杜鹃92分。"最后的总得分一报出来,大家都呆住了,一片哗然,比了半天,出来个平分,怎么办? 连久经沙场的兰花、茶花都不知如何是好。台下是一片吵嚷声,有说抽签的,有说加赛的,还是评委桂花老到,心想:"何不留下悬念,择时再赛一场?"她和另两位评委商量后,又和3位选手沟通。牡丹、月季、杜鹃本就是为了图个热闹,听了评委的决定后,齐声说:"好,好,好。"

最后,评委兰花宣布本次比赛结束,下次比赛时间待定,欲知最终排名,还要看下次的比赛结果。

寒露一边吃菜,时不时地喝一口老酒,听了香樟王的讲述后,才发现植物界原来也这么好玩。以后回到天宫去,他也要把这些生动活泼的好节目带回去,人们总以为天宫很美很好玩,现在看来,地球上的生物生活得也很不错嘛。

欲知后事如何,且听下回分解。

第37回　樟王沽酒畅论名花　寒露赏花吟诵古诗

　　寒露和香樟王一边吃菜一边喝酒,还听香樟王讲了几个发生在植物界的故事。寒露深有感触,说:"植物界确实很好玩,研究花花草草是我平生的愿望,可惜现在身为天官,又担任镇守杭城天空元帅之位,身不由己啊。好在你在这里,我可以经常和你在一起交流学习,这也是一件美事。"香樟王也深有同感,说:"是啊,你虽然来自天界,但和我们一见如故,我们也算是老朋友了。"转眼间,春夏已逝,秋已深。寒露心想:"不如静下心来,好好欣赏大自然给予我们的恩赐,学会从一朵花中得到领悟。我在天宫时就听闻中国有十大名花,你今天就给我好好介绍介绍。"

　　香樟王说:"欣赏名花,离不开中国传统文化的精髓——诗歌,可谓一花一诗,惊艳千年。"寒露欣喜不已地说:"那自然再好不过,你快说给我听听。"

　　香樟王说:"我先说说梅花。梅花可是花中之魁。林逋在《山园小梅》中是这样写的:'众芳摇落独暄妍,占尽风情向小园。疏影横斜水清浅,暗香浮动月黄昏。霜禽欲下先偷眼,粉蝶如知合断魂。幸有微吟可相狎,不须檀板共金樽。'"

　　寒露说:"我记得梅花的花语是坚强、傲骨、高雅。"香樟王说:"是的,百花盛开的时候,你找不到梅花的身影,她不喜欢凑热闹。当百花凋谢、大雪纷飞时,她才兴致勃勃地顶风冒雪而来。"

　　寒露点点头说:"正是如此,我赞赏梅花的品格——不畏艰险、独树一帜。"香樟王说:"下面说说牡丹。牡丹是花中之王。刘禹锡在《赏牡丹》中是这样写的:'庭前芍药妖无格,池上芙蕖净少情。唯有牡丹真国色,花开时节动京城。'"寒露说:"我记得梅花的花语是圆满、浓情、富贵、雍容华贵。"香樟王说:"是的,折一枝牡丹送给你,带着沧海月明的柔情。从年少到古稀,如果你愿意,我将尘埃落定。"寒露说:"看来你也被感染了。"

　　香樟王说:"可不是吗?近朱者赤,近墨者黑,我长年累月和他们在一起,听文人墨客吟唱得多了,多少也学会了一些。"寒露说:"你还是继续介绍名花吧。"

　　香樟王说:"接下来说说菊花。菊花是冰霜时节绽放。陶渊明在《饮酒》中是这样写的:'结庐在人境,而无车马喧。问君何能尔? 心远地自偏。采菊东篱下,悠然见南山。山气日夕佳,飞鸟相与还。此中有真意,欲辨已忘言。'"寒露说:"我记得菊花的花语是清净、高洁、真情。"

香樟王说:"菊花品种繁多,各有特色,有的秀丽淡雅,有的鲜艳夺目。菊花红的似火,白的似雪,粉的似霞……"寒露说:"你说得我心里都痒痒了。"

香樟王说:"那我再来说说荷花吧。荷花是水中芙蓉。周敦颐在《爱莲说》中是这样写的:'予独爱莲之出淤泥而不染,濯清涟而不妖,中通外直,不蔓不枝,香远益清,亭亭净植,可远观而不可亵玩焉。'"

寒露说:"荷花的花语是清白、坚贞纯洁、自由脱俗。"

香樟王点点头说:"是的,在翠绿的荷叶丛中,亭亭玉立的荷花像一个个披着轻纱在湖上沐浴的仙女,含笑伫立,娇羞欲语;嫩蕊凝珠,盈盈欲滴,清香阵阵,沁人心脾。"

寒露说:"听你这样一说,我也班门弄斧,写几句:荷苞初绽掩娇羞,层层花瓣裏莲蓬。微风荡漾绿叶丛,拂袖亭立百媚生。"

香樟王赞道:"不错不错,看来你也是个有潜质的诗人。"

寒露说:"听你这样说我好开心,还有别的名花吗?"

香樟王说:"有,下面要介绍的是月季。月季被称为花中皇后。杨万里在《腊前月季》中写道:'只道花无十日红,此花无日不春风。一尖已剥胭脂笔,四破犹包翡翠茸。别有香超桃李外,更同梅斗雪霜中。折来喜作新年看,忘却今晨是季冬。'"

寒露说:"月季的花语是持之以恒、等待希望、美艳常新。"香樟王自言自语道:"我仰着粉红的小脸,羞涩地微笑着。花蕊姹紫嫣红,在碧绿发亮的嫩叶的衬托下显得生机勃勃……"

寒露说:"停、停、停,太美了,我都陶醉了。"

香樟王说:"那么我说下一种名花:杜鹃。杜鹃也是中国十大名花之一。大诗人李白在《宣城见杜鹃花》中写道:'蜀国曾闻子规鸟,宣城还见杜鹃花。一叫一回肠一断,三春三月忆三巴。'"

寒露说:"我知道杜鹃的花语是爱的欣喜永远属于你。"香樟王说:"杜鹃花又名映山红,它风姿绝艳,灿若云锦,令人炫目,有'花中西施'之美誉。它能唤起人们对热烈美好的生活的追求,也是自强不息、生命力顽强的象征。"寒露说:"杜鹃花我太熟悉了,春季时漫山遍野都是,我喜欢得不得了。"

香樟王说:"还有一种名花是茶花。茶花被称为花中娇客。陆游在《山茶一树自冬至清明后著花不已》中是这样写的:'东园三日雨兼风,桃李飘零扫地空。唯有山茶偏耐久,绿丛又放数枝红。'"寒露说:"茶花的花语是理想的爱和谦让。"

香樟王说:"茶花四季常青,叶片翠绿光亮,冬春之际开红色、粉色或白色花。茶花宛如牡丹,绚丽多娇,给人带来无限生机和希望。"寒露说:"那个小仲马的《茶花女》我看过,印象很深。"

香樟王说:"哈哈,你扯到哪里去了? 我还是给你介绍兰花吧。兰花是君子之花。刘伯温在《题兰花图》中写道:'幽兰花,在空山。美人爱之不可见,裂素写置明窗间。幽兰花,何菲菲。世方被佩茝菉葹,我欲纫之充佩褘,睘睘独立众所非。幽兰花,为谁好? 露冷风清香自老。'"

寒露说:"我记得兰花四季常开,花语是美好、高洁、贤德。"

香樟王说:"兰生深山中,馥馥吐幽香。偶为世人赏,移之置高堂。兰花那绰约多姿的叶片,高洁淡雅;神韵兼备的芳香,沁人肺腑。"

寒露问:"接下去还有什么名花要介绍?"香樟王说:"还有一种名花叫桂花,号称'十里飘香'。王维在《鸟鸣涧》中写道:'人闲桂花落,夜静春山空。月出惊山鸟,时鸣春涧中。'"寒露:"我记得桂花的花语是友好、吉祥。"

香樟王说:"桂花素雅、大方,充满生机,浓郁的幽香熏得人都要醉了。它是崇高、吉祥、贞洁、荣誉的象征,是人们美好的祈愿和祝福。"

寒露说:"不光是人,就是神都会醉,上次秋分去月宫,就被吴刚捧出的桂花酒熏醉了。"

香樟王笑了笑,说:"你夸大其词了吧? 秋分难道这么不胜酒力?"

寒露说:"这是我前几天和秋分办交接时秋分亲口告诉我的,难道会有假?"

香樟王说:"话说回来,再来说一说十大名花的最后一种花——水仙花。水仙花被称为凌波仙子。黄庭坚在《刘邦直送早梅水仙花》中写道:'得水能仙天与奇,寒香寂寞动冰肌。仙风道骨今谁有,淡扫蛾眉簪一枝。'"

寒露说:"水仙的花语是多情、想你。"

香樟王说:"绿裙青带,清香馥郁,亭亭玉立于清波之上。水仙花素洁的花朵,超尘脱俗,高雅清香,格外动人,宛若凌波仙子踏水而来。"

寒露说:"我真是听得如痴如醉啊,不同的花语代表不同的美好祝福。在忙碌的日子里,持一朵盛开的名花游走世间,细细品尝生活的美好,这是何等幸福的事!"香樟王指了指窗外,吟诵道:"古诗名花木葱茏,长廊幽径庭院行。清风绕屋拂人醉,繁花丛中摇风铃。"寒露拍手称快,连说"痛快痛快",说完端起酒杯和香樟王碰杯,说声"干了",就一饮而尽,两人开怀大笑。

欲知后事如何,且听下回分解。

第38回　香樟王介绍钱塘潮　寒元帅见识弄潮儿

寒露和香樟王饮酒论植物,香樟王讲了一些最近发生在植物界的笑话以及关于中国十大名花的诗词,把寒露逗乐了。寒露还缠着香樟王往下说,香樟王说:"今天先说这些吧,以后有时间再慢慢说,你知道今天是什么日子吗?"寒露说:"今天是公元2017年10月7日。"香樟王说:"我问的是农历。"寒露说:"农历今天是八月十八。"

香樟王说:"你知道今天有什么特别的活动吗?"寒露摇摇头,表示不知道。香樟王说:"今天是钱塘江观潮的日子。"听香樟王一说,寒露才想起来,连忙说:"久闻钱塘大潮的壮观,一直神往,你快带我去看吧。"

香樟王说:"那就快点走吧。"说完,他带着寒露向钱塘江边走去。当他们来到钱塘江边时,江边已人头攒动。观潮的时间还没到,寒露就要香樟王先介绍一下关于钱塘潮的知识。香樟王告诉他,钱塘潮是三大涌潮之一,是天体引力和地球自转的离心作用,加上杭州湾喇叭口的特殊地形所造成的特大涌潮。在中国历史上,最著名的涌潮地有三处:青州涌潮、广陵涛和钱塘潮。世界上有三大涌潮,分别是印度恒河潮、巴西亚马孙潮与中国钱塘潮。寒露问:"那这钱塘潮是怎么形成的?"

香樟王说:"这和钱塘江的天时、地利、起势都有关。先说天时,农历八月十六日至十八日,太阳、月球、地球几乎在一条直线上,所以这天的海水受到的引力最大。由于引力的作用,海水往钱塘江上游倒流,形成水流逆行的奇观。再说地利,钱塘潮的形成跟钱塘江口喇叭形的地形有关。钱塘江南岸赭山以东近50万亩围垦土地像半岛似的挡住江口,使钱塘江赭山至外十二工段酷似肚大口小的瓶子,潮水易进难退。杭州湾外口宽达100公里,而外十二工段仅宽几公里,江口东段河床突然上升,滩高水浅,当大量潮水从钱塘江口涌进来时,由于江面迅速缩小，潮水来不及均匀上升，就只好后浪推前浪，层层相叠。另外，钱塘潮的形成还跟钱塘江水下多沉沙有关，这些沉沙对潮流起阻挡和摩擦作用，使潮水前坡变陡，速度减缓，从而形成后浪赶前浪、一浪叠一浪涌的景象。外加风势的影响，沿海一带常刮东南风，风向与潮水方向大体一致，助长了潮势。"

寒露又问："钱塘观潮有什么历史渊源呢？"香樟王说："观赏钱塘大潮，早在汉、魏、六朝时就已成风气。至唐、宋时，此风更盛。相传，农历八月十八日是潮神的生日，故潮峰最高。南宋朝廷曾经规定，这一天在钱塘江上校阅水师，之后相沿成习，八月十八逐渐成为观潮节。北宋文人潘阆的《酒泉子》中写道：'长忆观潮，满郭人争江上望。来疑沧海尽成空，万面鼓声中。弄潮儿向涛头立，手把红旗旗不湿。别来几向梦中看，梦觉尚心寒。'"

寒露继续问道："那钱塘潮有哪些类型？"

香樟王说："类型多着呢，首先说说交叉潮。交叉潮又名'十字潮'，在海宁市丁桥镇。距杭州湾55千米处有一个叫大缺口的地方，是观看十字交叉潮的绝佳地点。由于泥沙的长期淤积，江中形成了一个沙洲，将从杭州湾涌来的潮波分成两股，即东潮和南潮。两股潮水在绕过沙洲后，就像两兄弟一样交叉相抱，形成变化多端、异常壮观的交叉潮，呈现出'海面雷霆聚，江心瀑布横'的壮观景象。两股潮水在相碰的瞬间，激起高达数丈的水柱，浪花飞溅，惊心动魄。待到水柱落回江面，两股潮水已经呈十字形展现在江面上，并迅速向西奔驰。同时，交叉点像雪崩一样迅速朝北转移，撞在顺直的海塘上，激起一团巨大的水花，随后跌落在塘顶上。再来说一线潮，人们看过大缺口的交叉潮之后，可马上驱车到盐官观看一线潮。未见潮影，先闻潮声，江面风平浪静，耳边却传来了轰隆隆的巨响，犹如擂起万面战鼓，震耳欲聋。远处，雾蒙蒙的江面上出现了一条迅速西移的白线，犹如'素练横江，漫漫平沙起白虹'。随后，白线变成了一面水墙，逐渐升高，'欲识潮头高几许，越山浑在浪花中'。随着水墙的迅速向前推移，涌潮便来到眼前，有万马奔腾之势、雷霆万钧之力，势不可挡。当然，一线潮并非只有盐官才有。凡江道顺直、没有沙洲的地方，潮头均呈'一'字线，但都不如盐官的一线潮好看。因为盐官位于河槽宽度向上游急剧收缩之后的不远处，东、南两股潮水交汇后刚好呈一条直线，潮能集中，潮头特别高，通常为1至2米，有时可达3米以上。气势磅礴，潮景壮观。还有回头潮，从盐官逆流而上的潮水，将到达下一个观潮景点——老盐仓。老盐仓的地理环境不同于盐官，盐官河道顺直，涌潮可以毫无阻挡地向西挺进，而老盐仓的河道出于围垦和保护海塘的需要,建有一条长达 660 米的拦河丁坝,咆哮而来的潮水遇到障碍后折回,猛烈撞击对面的堤坝,然后以泰山压顶之势翻卷回头,落到西进的急流上,形成一排'雪山',风驰电掣般向东回奔,声如狮吼,惊天动地,这就是回头潮。钱塘江大潮,白天有白天波澜壮阔的气势,晚上有晚上的诗情画意。看潮是一种乐趣,听潮是一种遐想。难怪有人说'钱塘郭里看潮人,直到白头看不足'。此外,还有冲天潮、半夜潮、丁字潮、怪潮、鬼王潮等。我也说累了,就不一一说了。"

休息了一会儿后,寒露又追问道:"什么地方是观潮的最佳位置?"

香樟王说:"'八月十八潮,壮观天下无。'这是北宋大诗人苏东坡咏赞钱塘秋潮的千古名句。千百年来,钱塘江那奇特卓绝的江潮不知倾倒了多少游人看客。每年农历八月十八前后,是观潮的最佳时节。这期间,秋阳朗照,金风宜人,钱塘江口的海塘上游客群集,兴致盎然,争睹奇景。观赏钱塘秋潮的最佳位置有三个,海宁市盐官镇东南部的一段海塘为第一个观潮佳点;第二个观潮佳点是盐官镇以东 8 公里处的八堡,在那里可以观赏到潮头相撞的奇景;第三个观潮佳点是盐官镇以西 12 公里处的老盐仓,在那里可以欣赏到回头潮。"

寒露问:"钱塘大潮如此之美,一定有许多文人墨客留下了诗句。"香樟王说:"那当然,听我说来。'秋满湖天八月中,潮头万丈驾西风。云驱蛟蜃雷霆斗,水激鲲鹏渤澥空。'钱塘江涌潮以雄伟的气势、多变的画面、迷人的景象引来了千千万万的观赏者,每个人都对它赞不绝口。涌潮之美不仅在于形,也在于声、在于势。历代诗人、文学家对涌潮的形、声、势描写甚多。涌潮初见时,'漫漫平沙起白虹,瑶台失手玉杯空'。'若素练横江',天边露头的涌潮被喻为白虹、银练、素练之类;'惊涛来似雪,一坐凛生寒''云树绕堤沙,怒涛卷霜雪''雪涛千里如山摧',此处的涌潮被喻为霜雪;'似万群风马骤银鞍,争超越',此处的涌潮被喻为飞奔之马;'踊若蛟龙斗,奔如雪雹惊',此处的涌潮被喻为蛟龙;'潮色银河铺碧落,日光金柱出红盆',此处的涌潮被喻为银河。有的诗人把涌潮喻为瀑布、山岳之类,'一千里色中秋月,十万军声半夜潮',诗人从涌潮的响声上做文章;也有把涌潮的声音喻为雷霆、惊雷的。但很多诗词都是同时从形和声上进行比喻,声形对应,'天排云阵千雷震,地卷银山万马奔''雷震云霓里,山飞霜雪中''海面雷霆聚,江心瀑布横',声形对应比喻,使人读来仿佛身临其境。钱塘江边供观潮的亭台楼阁有很多,都留下了历史的印记,你有空时可一一考察、研究。"

听到这里,寒露感慨万千:"人人都说天堂美,哪里知道这人间其实更美,俗话说'上有天堂,下有苏杭',在我看来,这苏杭已远胜天堂了。"突然,人群中传来一阵骚动声,只见人人都往江边挤,都把头伸得老长,向东面看。很多人一边叫着"来了,来了",一边往东边跑。寒露于是也急忙跟着人群往里挤。

欲知后事如何,且听下回分解。

第39回　寻找破绽酷暑偷袭　闯下大祸寒露辞职

前几天,寒露先听香樟王讲故事,后和香樟王品评名花佳作,还跟着香樟王观赏了钱江潮水,对杭州的美景赞不绝口。这样过了几天,时间已到了十月中旬,正值寒露季节,天气逐渐凉了下来,早晚时凉飕飕的。杭州的百姓也已换上了秋装,有的穿上了长衣长裤。寒露心想:"天庭派天兵来杭城上空镇守,本意是防止酷暑危害人间。现在已经进入深秋,酷暑也早已不见踪影,我们在此已经没什么可做的了,有可能天庭随时一道命令下来,我们全军就撤回去了。"因此,寒露想利用还在杭城的时间多看些花花草草,多会会植物界的朋友。

寒露每天早出晚归,今天五云山看银杏,明天满觉珑赏桂花,很少在军营处理公务。主帅如此,下面的官兵也就更放松了,打牌的打牌,喝酒的喝酒,看戏的看戏,游玩的游玩,军纪散漫。酷暑自从被处暑吓跑后,一直后退了800多公里才敢停下来,将士已所剩无几,只留下一些老弱病残。酷暑也不敢回去见太上老君,只好在北方盘踞下来再做图谋。后来,又打探到手下大将秋老虎被白露全歼的消息,酷暑就更不敢轻举妄动了。

再后来,听说对手守城主帅换了一个又一个,从处暑开始,白露、秋分,一直到寒露,酷暑知道这些都是厉害角色,也就没有反攻倒算的念头了。这一日,酷暑独自坐在门口生闷气时,手下一个叫阳月的将军走了过来。酷暑知道,阳月是小阳春的哥哥,出生在夏秋之交的农历九月间,他的弟弟小阳春则出生在十月。一般,老百姓都知道有个十月小阳春,却很少有人知道十月小阳春的哥哥九月阳月。所以阳月心里一直很不服气,总想做出些事情来扬扬名。

酷暑对此也没有放在心上。阳月走过来对酷暑说:"大王,机会来了。"酷暑头都不抬地说:"现在还有什么机会?你别哄我了。"阳月说:"真的,末将已经探明，现在镇守杭城的寒露大军军纪松散，毫无戒备，如果我们现在突袭过去，可以打他们一个措手不及，也算是报了你的一箭之仇。"酷暑闻言大喜，遂和阳月交头接耳了一番。

三天后，酷暑亲率大军，以迅雷不及掩耳之势，在中午时分突袭杭城。早晨的气温还只有 10 摄氏度左右，酷暑大军来了后，温度一下子升到了 30 多摄氏度。可怜正在西湖边游玩的游客和正在街上行走的居民，本来他们穿着长衣长裤，有的还穿上了背心，被酷暑他们一闹，竟热得汗流浃背。于是，他们手忙脚乱地脱衣解带，有的躲到树底下去了；在家里没出门的，要么开空调，要么开风扇，弄得好不狼狈。等到寒露反应过来，急忙赶回来召集部队发起反击的时候，已经是下午 5 点多了。

酷暑见偷袭成功，目的已达到，也无心恋战，发一声撤退命令后，就带领手下走了。酷暑虽然走了，但老百姓不干了，投诉电话、抱怨信如雪片般飞向寒露大营。寒露这才知道闯了大祸，这都是他麻痹大意、放松警惕造成的。寒露一边出来向百姓鞠躬道歉，一边提出辞职谢罪。辞职信上传到天庭后，天宫发文同意寒露引咎辞职，任命霜降为新任主帅，即刻上任。

欲知后事如何，且听下回分解。

第 40 回　樟王劝慰寒露元帅　寒露拜访灵隐禅寺

寒露引咎辞职后，天宫要求他必须在三天内离开杭城，返回天宫听候发落。寒露心想，这一离去不知何时才能再来这里，心里总有些不舍。走之前，寒露就去和香樟王告别。香樟王见寒露情绪低落，就想方设法劝导他，说："你生性聪慧，现在又很年轻，天生我材必有用，受一点挫折没有什么了不起的，接受教训以后改正就是了，是金子总会发光的。况且现在天上正是用人之际，你赋闲一段时间后一定会重新被启用。"香樟王同时也很自责，毕竟自己当时光顾着和寒露谈花弄草，没有提醒寒露时刻提防敌人来袭，以至于让酷暑钻了空子，酿成大错。

寒露说："这个不关你的事，我身为前线元帅，应该知道带兵打仗练在一生、用在一时的道理，作为军人一刻都不能放松。这次的错全在我，我是咎由自取，怨不得他人。"香樟王问:"你明天就要回天宫了,今天还想去哪里看看吗?"寒露叹了口气说:"我这次来杭,很多地方都去过了,就是没去过灵隐寺,听说那里的方丈很有灵气,我很想去见他一面。"

香樟王说:"这有何难?灵隐寺方丈我很熟,说去就去,以了却你的心愿。"香樟王于是领着寒露大踏步地往灵隐寺赶去。灵隐寺又名云林寺,位于杭州市西面,背靠北高峰,面朝飞来峰,始建于东晋咸和元年(326年),占地面积约87000平方米。灵隐寺开山祖师是西印度僧人慧理和尚。南朝梁武帝赐田并扩建。五代吴越王钱镠命永明延寿大师重新开拓,并赐名"灵隐新寺"。宋宁宗嘉定年间,灵隐寺被誉为江南禅宗"五山"之一。

清顺治年间,禅宗巨匠具德和尚住持灵隐寺,筹资重建,仅殿堂就建了十八年之久,其规模之宏伟跃居"东南之冠"。清康熙二十八年(1689年),康熙帝南巡时,赐名"云林禅寺"。灵隐寺主要以天王殿、大雄宝殿、药师殿、法堂、华严殿为中轴线,两边辅以五百罗汉堂、济公殿、华严阁、大悲楼、方丈楼等建筑构成。灵隐寺为全国重点文物保护单位。当他们到达寺门外时,方丈已等在门外,忙将他们迎入寺内,先带着他们游了天王殿、大雄宝殿、药师殿、法堂、华严殿等主要建筑,然后带着他们来到方丈楼。他们坐定后,早有和尚端上了上好的龙井茶,寒露就和方丈聊了起来。

寒露先是啧啧称赞灵隐寺庄严肃穆,并感谢方丈的盛情接待和陪同。方丈说:"寒露元帅言重了,你是香樟王的老朋友了,而香樟王又是我的老朋友,这样说起来,我们也算老朋友了。"

香樟王说:"是的是的,大家都是老朋友,用不着多客气的。"

方丈继续说:"早就听香樟王说,他有个老朋友受天宫派遣,来杭城上方镇守天空,保境安民,这和我们的宗旨是一样的,我们佛教禅宗也是为了安民劝善,让百姓安居乐业。我本想去前线劳军,无奈寺院杂事缠身,终究没有去成,罪过罪过。"

香樟王说:"客套话不多说了,寒露也是个儒帅,方丈造诣深厚,你们倒是可以切磋切磋。"

方丈说:"我们灵隐寺确实是源远流长,文化底蕴很深,现存的文化遗产有《摩诃般若波罗蜜多心经》《金刚经》册页、董建中的《花鸟图》《庄严三宝图》、贯休的《十六罗汉图》《佛顶心大陀罗尼经》、明代水陆画等。"寒露说:"刚才进来时,我看到了外面的飞来峰、三生石等景点,想必一定有故事,能否请方丈介绍介绍。"

方丈说："这个当然可以，先说说飞来峰。相传有一天，灵隐寺的济公和尚突然心有感应，算到有一座山峰要从远处飞来。那时，灵隐寺前是一个村庄，济公怕飞来的山峰压死人，就急忙去村里劝大家赶快离开。村里人因平时看惯了济公疯疯癫癫、爱捉弄人，以为他这次又是寻大家开心，因此谁也没有听他的话。眼看山峰就要飞来，济公急得不得了，就冲进一户娶新娘的人家，背起正在拜堂的新娘子就跑。村人见和尚抢新娘，都呼喊着追了出来。人们正追之时，忽听风声呼呼而来，霎时天昏地暗。随着'轰隆'一声巨响，一座山峰飞降灵隐寺前，一下子摧毁了整个村庄。这时，人们才明白济公抢新娘是为了拯救大家。济公成佛后的尊号长达28个字——大慈大悲大仁大慧紫金罗汉阿那尊者神功广济先师三元赞化天尊，集佛、道、儒于一身，堪称'神化之极'。灵隐寺建有道济禅师殿，香火鼎盛。"

寒露说："济公和尚的大名我听过，不过这个飞来峰的故事还是第一次听到。"

方丈说："接下来我来说说三生石。传说，这世上有一条路叫黄泉路，有一条河叫忘川河，忘川河上有座奈何桥。桥的尽头有一块通体鲜红的石头，叫三生石。据说，有情的男女们只要在这三生石上刻下两个人的名字，就可以缘定三生，意思是三生三世都可以在一起。孟婆汤就是用忘川河的水熬的。代表前世、今世、后世的三生石传说是这样的。唐朝时有一个和尚——圆泽，和李源交好。有一天，他们一起去峨眉山，有两条路可以走，圆泽要走其中一条，李源要走另一条，最后，圆泽依了李源，跟他走一条路。半路上，他们碰见一个大着肚子的孕妇，圆泽脸色一变说，我之所以坚持不走这条路就是这个原因，她怀的就是我，已经三年了，今天见了面再也躲不过去了。你三天后去看那个婴儿，我会以笑为证，我们如果有缘，十二年后在钱塘天竺寺外一见。圆泽当晚就圆寂了，而那个妇人也诞下了男婴。李源三天后去妇人家一看，那个婴儿果然对他笑了。十二年后，李源如约来到这里，一个月明之夜，忽然听到一个牧童唱道：'三生石上旧精魂，赏月吟风不要论。惭愧情人远相访，此身虽异性常存。'李源知道那牧童是圆泽，就想上前和他亲近。可牧童又唱道，'身前身后事茫茫，欲话因缘恐断肠。吴越山川寻已遍，却回烟棹上瞿塘'，唱完就不知所踪了。"

寒露说："三生石我在天宫中也常听说，倒是不知道民间是这样传说的。"方丈说："我再说个康熙题匾的故事。自命风流儒雅的康熙皇帝来到杭州灵隐寺，老和尚请求他为寺院题一块匾额。康熙信手挥笔，在纸上写了个很大的'雨'字，可灵隐寺的'灵'字按照老写法，'雨'字下面还有三个'口'和一个'巫'，这么多笔画怎么也摆不下了，急得康熙皇帝下不了台。还好，在一个随从的暗示下，他将错就错，写成'云林禅寺'。这块匾挂了三百年，直到现在还挂着，可老百姓并不买他的账，仍叫它'灵隐寺'。康熙题匾的笑话也一直流传至今。"

寒露说："康熙是一代帝王，在天庭中都声名显赫。"香樟王见方丈也说得累了，就说："喝茶，喝茶，今天我借寒露的光，品品灵隐寺方丈的上好龙井茶，真是三生有幸了。"一句话说得大家开怀大笑。

欲知后事如何，且听下回分解。

第 41 回　寒露立志兴办学校　方丈茗茶谈论佛诗

寒露在灵隐寺方丈楼和方丈品茶论事，香樟王在旁作陪。方丈询问寒露："不知寒帅此次返回天宫，接下来有何宏愿？"

寒露回答："我现乃戴罪之身，何谈宏愿？不过我本儒生，带兵打仗非我所长，以前除了喜欢花花草草，还爱好涂涂画画，尤其对中国传统文化感兴趣，只是水平有限，至今还没有可以拿得出手的作品。回去后若玉帝能宽待于我，我想去办个学校，专门培养学生学习中国古代传统文化，特别是中国的诗词歌赋。"

香樟王插话道："久闻方丈才高八斗，对佛学文化研究造诣颇深，今天能否露几手给我们看看，让我们也好好学一学。"方丈抱抱拳，说："香樟王谬赞了，中国传统文化博大精深，我哪里称得上研究，只是用心学习罢了，就是穷其一生，也只能学到点皮毛。佛学文化源远流长，说起来几天几夜都说不完。今天我就说说佛教里的诗词吧。"

寒露欣喜地说："好啊，这个正是我最想听的。"

方丈说："我们佛门有很多大师不仅精通佛理，而且有深厚的文学诗词功底，有千古名作传世。如宋代的无门慧开禅师写道：'春有百花秋有月，夏有凉风冬有雪。若无闲事挂心头，便是人间好时节。'唐代的无尽藏比丘尼禅师写道：'终日寻春不见春，芒鞋踏破岭头云。归来偶把梅花嗅，春在枝头已十分。'

唐代的布袋和尚是这样写的:'手把青秧插满田,低头便见水中天。六根清净方为道,退步原来是向前。'"

听到这里,寒露若有所思地点点头。

香樟王对寒露说:"'退步原来是向前',布袋和尚说得多好,古代人已明白这个道理了,难道我们现在还不明白吗?"

方丈说:"'悟'则佛,'迷'则魔,学佛就像电脑换系统,改变认知,转迷成悟,了解娑婆世界的真相,离苦得乐,解放自己然后解放别人,先从思想上解放自己。"

寒露说:"你们的好意我懂了。"方丈说:"其实,佛教里的诗词还有很多。元代的了庵清欲禅师写道:'闲居无事可评论,一炷清香自得闻。睡起有茶饥有饭,行看流水坐看云。'宋代的无准师范禅师是另一种风格,他写道:'山花似锦水如蓝,突出乾坤不露颜。曾踏武陵溪畔路,洞中春色异人间。'宋代的虚堂智愚禅师写道:'烟暖土膏农事动,一犁新雨破春耕。郊原渺渺青无际,野草闲花次第生。'宋代的大慧宗杲禅师则写道:'荷叶团团团似镜,菱角尖尖尖似锥。风吹柳絮毛球走,雨打梨花蛱蝶飞。'"

寒露啧啧称奇,说:"短短几句诗形象而生动地把大自然的奥秘写出来了,这样的生活是我最向往的。"方丈继续说他记在心中的诗,宋代云峰文悦禅师写道:"静听凉飚绕洞溪,渐看秋色入冲微。渔人拨破湘江月,樵父踏开松子归。"宋代雪窦禅师则这样写:"闻见觉知非一一,山河不在镜中观。霜天月落夜将半,谁共澄潭照影寒?"宋代草堂禅师写道:"云岩寂寂无窠臼,灿烂宗风是道吾。深信高禅知此意,闲行闲坐任荣枯。"

说到这里,方丈停了停说:"有关佛教的诗词数不胜数,老朽才疏学浅,在寒帅面前献丑了。"

寒露说:"方丈过谦了,听君一席话,胜读十年书,佩服佩服。"这时,香樟王看了看挂在墙上的钟,时间已经不早了。寒露一定还有其他事情要回去处理,就朝寒露使了个眼色。寒露会意,喝了口茶,就起身告辞。

方丈要留他们用素餐,被寒露谢绝了。方丈也不勉强,就送他们到寺门外,寒露客套一番后,和香樟王依依不舍地离开了灵隐寺。

欲知后事如何,且听下回分解。

第42回　秋意正浓霜降上任　初霜乍起寒露下岗

霜降接任帅位后,自天宫来到杭城上空。这霜降也颇有来历,霜降是中国农历二十四节气之一,表示天气渐冷,开始有霜。霜降一般是在每年的10月23日左右,这时,中国黄河流域出现初霜,大部分地区忙于播种三麦等作物。

古代将霜降分为三候:"一候豺乃祭兽;二候草木黄落;三候蛰虫咸俯。"意思是,霜降时节,豺狼将捕获的猎物陈列后再食用;大地上的树叶枯黄掉落;蛰虫在洞中不动不食,垂下头来进入冬眠状态。

《月令七十二候集解》中说:"九月中,气肃而凝,露结为霜矣。"霜降是秋季的最后一个节气,是秋季到冬季的过渡节气。秋天的晚上,地面散热多,温度有时会骤然下降到0摄氏度以下,空气中的水蒸气在地面或植物上直接凝结,形成细微的冰针,或形成六角形的霜花,色白且结构疏松。

气象学上,一般把秋季出现的第一次霜称为"早霜"或"初霜";把春季出现的最后一次霜称为"晚霜"或"终霜"。从终霜到初霜的间隔时期,就是无霜期。霜降期间,很多地方有吃柿子的习俗,俗话说,霜降吃柿子,不会流鼻涕。

谚语云:"十月寒露接霜降,秋收秋种冬活忙。晚稻脱粒棉翻晒,精收细打妥收藏。"霜降到杭城后,和寒露办了交接手续,寒露在告别时特意把香樟王介绍给霜降。

霜降握着香樟王的手说:"久闻香樟王大名,今日有幸相见,果然名不虚传,小弟初来乍到,还望香樟王不吝赐教。"

香樟王连忙说:"霜帅客气了,霜帅天官下凡,为民保安,实乃我自然界之福。"香樟王看了看四周,对霜降和寒露说:"两位都是我的朋友,老朽不才,触景生情,作诗一首相赠。'旷野天低树,青山月近人。寒露枫叶红,霜降银杏黄。树下一杯茶,庭上几口酒。朋友东西来,谈笑南北归。'"

霜降赞道:"好诗好诗,既如此,我也作诗一首。'枫林婆娑铺古道,银杏翩跹染秋色。漫山红柿挂树梢,遍野菊花醉飘逸。'"

寒露说:"两位好雅兴,我不说几句也不好意思,也凑上四句吧。'月转山移山转月,亭浮水面水浮亭。花下月圆月下花,人上亭台亭上人。'"

香樟王喝彩道:"妙、妙、妙。"见霜降似有不解,香樟王解释道:"这四句诗妙就妙在它是回文诗,就是每一句顺读反读都是一样的。"这几句诗正反映出寒露此时的心情。

霜降恍然大悟,连说:"有意思,有意思。那我仿此诗也来几句。'曲转径移径转曲,莲浮水面水浮莲。灯下月圆月下灯,人上莲台莲上人。'"

香樟王说:"霜帅天资聪颖,一点就通,我也只好凑热闹来几句了。'寒露别露寒,霜降要降霜,香樟有樟香,仨神是神仨。'"香樟王说完,三人哈哈大笑起来。

寒露说:"时间差不多了,霜降新上任,事情很多,我也该走了。"于是,香樟王和霜降与寒露握手道别。

欲知后事如何,且听下回分解。

第43回　霜降元帅排兵布阵　玉皇大帝出题作文

霜降接任帅位后,立即投入了工作,先是和岳参谋长商量部署军事工作。霜降指出,军人以打仗为天职,打仗的准备工作一刻也不能放松,有备才能无患,必须吸取寒露犯错的经验教训。

岳参谋长说:"霜帅说得极是,这次酷暑偷袭成功,我军声誉受损,我作为参谋长是有很大责任的,但寒露顾全大局,把责任全部揽在自己身上,我心里也很过意不去。"

霜降说:"寒露这样做,是为了保护大家,过去的就让它过去吧,我们现在要团结一致向前看。"岳参谋长说:"霜帅放心,同样的错误不会再犯第二次了。"霜降随后把宣传部钱主任叫来。

钱主任一进来,就先自我批评。霜降挥挥手,说道:"算了,这些事我都知道了,我们还是研究一下,接下来如何在部队里开展思想工作,把战士们松懈了的心拉回来。"

钱主任说:"这个我已经有想法了,初步方案也已经做出来了。"说着,他将做好的方案递给霜降。霜降接过来,大致翻阅了一遍,提出了几个问题,钱主任一一做了说明。霜降要求钱主任进一步修改、完善,择日在会议上讨论审议。

忙完了工作后，霜降想起了他从天宫下来前，玉帝召见他时说的话。玉帝当时说："霜降，你这次下去要吸取天鸽、寒露的教训，国有国法、天有天规，谁犯了法都要受到处罚。做什么事都要讲规矩。对了，听说你正在太白金星那里攻读博士学位。我给你出个题目《论规矩》，你可结合工作实践将这篇论文写出来，如果写得好，可以作为博士毕业论文。"前几天忙其他事，霜降就将这论文的事搁下了，现在几件事情理顺了，就想起了写论文的事。

霜降于是一边收集资料，一边深入基层调研。经过几天的努力，论文初稿出来了：

论　规　矩

规和矩，是校正圆形和方形的两种工具。所谓"规矩"，是指一定的标准、成规，包括规则、规律、规章、规定、规范等。

古人云："规矩诚设矣，则不可欺以方圆。"又云："万物莫不有规矩。"国之最大规矩就是宪法，然后是法律，地方或部门的法规、规章，单位的文件、制度。我早晨看到美容院员工在门口呼口号，美其名曰"企业文化"，这也是一种规矩。老百姓嘴上说的"你这么不讲道理"，其实就是说"你不讲规矩"。

规矩非常重要：你不遵守它时，它比老虎还要可怕；当你遵守它时，它就是你最坚实的盔甲、最温暖的外衣。触犯了规矩，天鸽也好，寒露也罢，都只能接受惩罚。

自然规律是老天爷制定的规矩。迄今为止，地球人还不能完全读懂这本天书，若破解不了深奥的规矩，终会被其所累。正因为规矩的校正作用，因此，古今中外无数英雄豪杰都想定规矩。儒家、法家……佛教、道教、天主教、基督教……皇帝、总统、主席……马克思主义、毛泽东思想、邓小平理论……这些都是规矩的起源或制定者。重要的规矩，必须明文规定，张贴公布。各行业要建立资格准入制，有资格证者才能从事相关的工作。要拿证就要去考试，比如考驾驶证，就要知道双黄线、信号灯、直角转弯等交通标志的意义。不重要的规矩，有些是约定俗成的，变成了常识，比如我们每次打牌前不会花很多时间去宣布规矩，因为大家都心知肚明，知道违反了牌规比如出老千是要受罚的。昔日，慈禧太后见老外打球，看他们为一个球争来争去，就说，每人发一个吧。这是因为慈禧不知道打球的规矩，才说出这样的话。现在，好多规矩已被人熟知，但对规矩敬畏不够，朝令夕改的事比比皆是。我们知道了规矩的厉害，却无法改变它，那么就只能学习它、研究它、利用它。养花的念花经，炒股的讲股经，打牌的说牌经，玩球的聊球经，掌握规律，用足政策，各行其道，自得其乐，顺水行舟不费力，逆向行车定闯祸。规矩冷冰冰、硬邦邦的，看似无情，其实挺暖心。天鸽也好，寒露也罢，如果得不到你所爱的，就爱你所得到的。

欲知后事如何，且听下回分解。

第44回　霜元帅求教香樟王　香樟王讲授待客经

霜降将《论规矩》一文写出来后，获得了一片叫好声。霜降有自知之明，他觉得写得很一般，手下官兵瞎吹捧，有拍马屁的嫌疑。他想到了香樟王，香樟王给他的印象不错，认为香樟王见多识广、老成持重，于是决定去拜访香樟王。

香樟王热情地接待了霜降元帅，当得知霜降的来意后，香樟王谦虚地说："霜元帅乃天上下来的才子，在我们凡间就是天才了，哪里是我等老朽能评头品足的。"霜降恭敬地说："凡间所说的天才应该不是这个意思，我是根本不配天才之称的。倒是你香樟王在植物界德高望重，就是在天界或人间，你的大名都是响当当的，无人不知，无人不晓。所以香樟王不必客气，我是真心求教于您，请您赐教。"

香樟王见霜降心诚，就没推辞。他接过霜降手中的稿子看了一遍，对霜降说："霜元帅乃天官，来写人间的规矩，也是难为你了。你能写成这样，已经算很不错了。不过常言道，写熟不写生。你下凡不久，虽然调查了一些地方，也搜索了不少档案资料，但终究了解得不够透彻，写出来的东西不免有泛泛而谈之感觉。"

霜降点点头说："香樟王说得极是，我自己也有这种感觉，但要怎样才能写得具体，有的放矢呢？"

香樟王说："要从群众中来，到群众中去。中国传统文化根植于民间。规矩上升到一定的高度就变成了法律，但民间也包括约定俗成的民俗习惯。中国的民俗习惯丰富多彩，你要写论规矩的论文，就必须了解各地的习俗，这样写出来的文章才接地气。"

霜降说："在我们天宫，玉皇大帝的话放之四海而皆准，我哪里知道你们凡间还有那么多的民俗习惯呀？既然说到这里，你一定要给我好好上上课，让我知道一些习俗，以便我把论文写出来。"

香樟王说："那我今天先说说礼仪文化，以浙江中部的东阳市为例，先讲民间礼仪习俗之待客之道。中国人自古好客，先贤孔子说过，有朋自远方来，不亦乐乎。这种传统思想深刻影响了东阳人的礼仪习惯。'自奉俭约而待客必菜肴丰盛礼数周到'，就是说只要有客人来，就要热情招待。待客讲究礼数周到，首先是会客场所有讲究。因经济条件而异，富裕人家有客厅或客室，中等户在中央间会客，上横头挂中堂，前置长几与八仙桌，桌旁上首置交椅。桌椅上平时是不放杂物的，供家常就餐用。客人来时，即作为会客桌。左边为客座，右边为主座。就是清贫人家，平时也会在破桌面上留一块空隙给客人放碗筷，饭后即把碗筷洗净放回原处。客人来时才不致手忙脚乱，临时洗碗刷锅。客人到来必须泡茶。见有客人进门，主人必定要起身相迎，让座，烧水泡茶。旧时无热水瓶，临时烧开水，水仅一碗。泡茶多用茶碗，沏茶大半碗，双手端于客前。若是熟客，夏天倒碗凉茶也可以。东阳人待客须浅茶满酒。过去，农家茶贱酒贵，浅茶满酒以示尊重、客气。接下来，主人要上点心，通常是甜蛋或鸡子索面。甜蛋也是点心，俗称糖霜子。客人来时，男主人陪客，女主人烧水。水开后，将开水倒入茶碗，立即敲鸡蛋于锅中，撤去灶火。敬茶回厨，于小碗中放白糖，再把锅中熟鸡蛋舀进小碗，连同半壶黄酒及杯箸，用托盘请客人吃。用甜蛋待客，既普通又含敬意。数量上也有讲究，一般两只，三只表敬重，五只则更敬重，款待轿夫和乐手用四只。煮蛋要求蛋黄个数清晰，如两个变一个，那就不礼貌了。如客人来时已近中午或者晚上，则留吃中饭或晚饭。待以甜蛋后，主人不再烧点心；若离吃饭时间还早，待以甜蛋后，还要再煮一碗面条或东阳索粉之类的点心，并用黄酒相佐。若是熟客，泡茶后可煮面条或粉干加鸡蛋。同时客人来了，主人要陪客侍谈。家里来了客人，女主人去泡茶、烧点心，男主人则放下手中活，洗手整衣，陪客侍谈。俗话说'无事不登三宝殿'，客人来必然有话要说，不能只顾自己干活，即使客人没有要紧事，主人也不能怠慢。主人坐于上横头，脸朝客人，专心听客人说话，茶与点心也要备一份，并劝客人动筷。有客来，主人一定要留客吃饭，为礼貌所需，菜肴可以量力而行，客人会理解。旧时贫户来客，家里一无所有，仅有地里的蔬菜，连食盐、油脂也要用小杯向邻居借，鸡蛋、粉干自然也都要向邻居借,借来的东西不能让客人看到。主人有时还会杀鸡请客。招待客人,以杀鸡请客为最敬重。最敬重的客人要算外祖父母、舅父母和岳父母等,亲家公在亲家面前也是上宾。不常来访的姑父母、姨父母也是稀客。久违的老师、师傅、高级官员、社会名流等登门造访,就是贵宾。若是同学之类常住客,第二天就与家人一样吃饭菜。若母亲去女儿家住几天,女儿也要烧点可口的饭菜。还有一点要注意的是,要留客久住。至亲好友,尤其是长辈驾临,不只留宿,还要让他们久住,以示诚心。一般生客来时,一宿两餐,住房条件尚可;对借宿生客,一宿两餐,不收费用。送客也有讲究。客人告辞时,主人要留客,留不住则送客,送客前要提醒客人把带来的东西带上。对于带来的礼物,客人再三推辞后,主人才能留下,并回赠礼物。送客要送出大门一百步之外。客人说'请留步',主人就留步,此时,双方若有话说就必须开口了。最后是辞别。客人动身离开,先向主人告别,并请主人'有空到我家来坐坐',主人同意再走,允许主人送行。主人若送出大门,客人要回头请主人留步,与主人握手,并说再见。主人不送了,客人还要回头看一眼,挥手致意后再径直离开。"

香樟王一口气说了这么多,把霜降听呆了。

霜降说:"想不到民间待客之道还有这么多讲究,我真要好好学学了。"

欲知后事如何,且听下回分解。

第45回　婚姻之道十五步骤　男婚女嫁礼数周全

香樟王上一回讲了民间礼仪之待客之道,听得霜降一愣一愣的。

霜降说:"早就听说中国乃礼仪之邦,但待客之道如此讲究倒真让我想不到。除了待客之道,其他方面也有这么多规矩吗?"

香樟王说:"其他方面当然也有不少习俗,下面要讲的是东阳民间礼仪习俗之嫁娶习俗。婚姻之道,谓嫁娶之礼。嫁娶习俗也是礼仪习俗中最重要的组成部分之一,所谓'婚礼者,礼之本也'。东阳素有'婺之望县''歌山画水'之美称,历来崇文重教。男婚女嫁之事,往往会操办得热热闹闹,文化意蕴浓厚。东阳传统嫁娶习俗主要包括以下内容。首先是要缔婚,旧时婚姻必须是父母之命、媒妁之言。媒人撮合,第一步要考虑门当户对,然后还要'合生肖'。合生肖的原因或是考虑到男女年龄的匹配,有一定的经验因素。第二步是望依。缔结姻缘,先由媒人通言,再确定吉日,媒人陪同男方上女方家中做客,称为望依。男方带'斤头',如桂圆、红枣之类,多要成双。女方招待男方,点心烧索粉,鸡蛋一对藏于碗底。女方喜欢男方,让吃清煮蛋,意为'团圆',男方若对姑娘中意,吃两个,意为'成双';有些意思,但不确定,则吃一个;若不中意,则一个不吃。女方若不喜欢,让吃荷包蛋;男方吃与不吃,随便。第三步是为实。相亲之后,男女双方若有意,男方择行聘吉日向女方通报。由算命先生择定日子,将日期写在红纸上,请媒人送予女方。男方送女方的定亲日子要有两个,任女方选择。媒人送日子必附钱财,俗谓'定头钿'。第四步是定亲。男家备聘礼,行聘吉日至,由媒人将聘礼送至女家定亲。定亲日,男方须托女方村庄一人凑媒,俗谓'女媒'。男方聘礼分钱、物两类,女方收礼,物可全收,钱则酌量回还,俗称'回情'。此日女方设酒席,招待行聘媒人及家中亲友。媒人动身,女方备'回情'及饧梅若干,带回给男方。男方分饧梅给邻里乡亲,以示其家已经定亲。晚上,男方设宴,招待媒人及族中亲友。男女一经定亲,便视为夫妻,双方不得反悔。定亲后,每逢节日,男方要给女方送各种礼物,不得失礼。第五步是送庚帖。男方要先根据男女双方的属相八字择定良辰吉日,后托媒人把写有成婚日期的红纸帖送至女家,俗称'送庚帖'。第六步是送喜礼。结婚仪式十分热闹壮观,男女双方俱设宴请客,女方请客之财物要由男方送。结婚前一日,男方送礼,所送礼物都用轿抬,俗称'送喜礼'。女方收礼,必得'回情',一般是猪、羊打回头和尾,现金酌量回。第七步要发嫁妆。成婚当日,女方嫁妆先起程,起轿要放鞭炮;男方接嫁妆时也要放鞭炮。望族豪门嫁女嫁妆多,发嫁妆队伍很长,民间称'十里红装'。第八步是抽红。嫁妆发至离村百步时,新娘兄弟急速追来,抽回预先半露半藏于衣柜的红绸并塞进裤袋,迅速跑回,将红绸藏于床上,谓'抽红'。第九步是迎娶。嫁妆启程数刻后,新娘启程。新人由族中有儿有女的长辈或同辈抱着上轿。花轿启程时,女方父母、兄嫂、姐姐等以哭相送,俗称'哭嫁'。新人由兄弟、女傧相、媒人等陪送。一路鞭炮、锣鼓、唢呐齐响,花轿到新郎家,鞭炮齐鸣,新房点起花烛,轿子于门口停下,轿前铺以麻袋,新孺人下轿不能登地,必踩麻袋。由喜娘相引,新人、陪伴姐等进房后,须坐于床沿。此时,村中小儿蜂拥而入,齐声呼喊讨'果子'。'果子娘'分发的果子是花生,有的杂以爆米花。花生是新人娘家带来的。装花生的口袋用红布缝制,俗称'果子袋'。第十步是吃喜酒。男方设酒席宴请宾客,其规模大小、菜肴丰俭、热闹程度等视家之有无、喜好以及交际情况而定。新人席设于新房,伴以陪伴姐、果子娘及俗以为利市的中老年妇女。来宾席中以大舅和媒人为最大,坐最上首。席间,本村宾客竞向大舅、媒人劝酒,席中多划拳、行令。东阳酒席,必有一道馒头焐肉(馒头寓意'发')。新人席上的焐肉必有一块半生不熟,由果子娘夹给新孺人以讨口彩。第十一步是闹新房,宴席结束,宾客闹新房,俗称'逗新孺人'。新人成婚之礼,由德高望重之人主持仪式,夫妻拜堂、拜天地、拜父母亲友,夫妻对拜,喝交杯酒,然后闹新房。人们或出难题,或猜果子谜,或说顺口溜,或说绕口令,以难住或逗笑新人为乐,并以此试探其才气。闹到深夜,宾客散去,厨下送上蛋煮红糖茶,新郎、新娘吃之后就寝。第十二步是谢贺。婚后第二日,新娘由新郎陪同,向公公、婆婆送'上和被',公公、婆婆向新媳妇赠'见面礼'。然后,新娘由婆婆陪着,和男方亲戚相认,赠送鞋袜,俗称'谢贺鞋'。亲戚则以'利市包'回赠,俗称'见面礼'。新娘又向掌厨的送围裙,向帮厨及其他帮工送手巾等。第十三步是望三日。就是在迎娶礼毕后的第三日,新娘父母准备礼品上女婿家探望女儿。第十四步是送娘家鸡。女儿新婚后,娘家要送一次'娘家鸡',娘家鸡必须凑双,雌雄相配,以示传宗接代。最后一步是担年糖。婚后头一次过年,娘家得给女儿女婿送冬米糖。春节期间,新婚夫妇须向双方亲戚及婚礼时送了贺礼之亲朋邻里拜年,以谢相贺之意。以上这些是东阳传统婚娶习俗的基本状况。因东阳地理环境、氏族传统、经济状况的差异,加上历史的演变,南北乡和东西乡对婚娶过程的具体操作又略有差异。"

霜降说:"我算了一下,这样一个过程需要十五个步骤,不要说去做,我听着都累坏了。"

香樟王说:"是啊,我是看着他们一步步走过来的,当然,这些都是以前的事情了,现在的年轻人哪里受得了这么多的繁文缛节,闪婚闪离都是常见的事了。"霜降说:"我看你也说累了,休息会儿再说吧。"

欲知后事如何,且听下回分解。

第46回　讨论房价安居乐业　讲述民俗建房进屋

香樟王休息了十五分钟,又喝了点水,精神又恢复了,就问霜降还想不想听其他的。

霜降说:"我在天上时,常听说人间强调安居乐业,想必人们对安居非常讲究,你倒是说说看。"

香樟王说:"你知道现在杭州城里的房价已经到多少了吗?"

霜降摇摇头,表示不清楚。

香樟王说:"现在杭州城里的房价高的已经每平方米十万多了,差的地段每平方米五万左右。"

霜降惊讶地说:"这么贵,年轻人买得起吗?"香樟王说:"正因为受安居乐业传统观念的影响,杭州的丈母娘找女婿时,准女婿有没有房子是一个重要的考虑因素,所以年轻人就是一辈子做房奴也要硬着头皮买房。"

霜降说:"年轻人压力大,不容易啊。"香樟王说:"我们把话题拉回来,我来说说东阳民间礼俗之建房进屋习俗。"

霜降说:"是的是的,人世间的事,有些我们不能理解,也不是我们管得了的,我还是听你讲习俗吧。"

香樟王说:"每个地方的习俗都是丰富多彩的,涉及方方面面,但归结起来无非八个字——生老病死、衣食住行。与居住相关的习俗是一个地区最重要的习俗之一。建房是家庭生活中的一件大事,民间尤其注重添置房产。东阳人刻苦耐劳,也善于持家,余钱多用于建房。高大精致的房屋是家族荣耀的象征。传统屋舍讲究布局结构和装饰。房屋建筑的朝向,大多坐北朝南,俗有'七世修得朝南屋'之说。东阳地处北纬30度左右,朝南的房屋采光好,冬天时可晒太阳取暖、晾晒衣物,并且可以避开西北风。传统的房屋建筑多系土木结构,一般为两层。屋前有走廊,称'阶沿',同一栋屋的阶沿一般相通。房屋前檐分高低两层,中间开窗以采光通风。房子都开后门。房屋往往数间连在一起,'凹'形排布,类似四合院,'凹'形底部称'正屋',两边称'厢房'。正屋正中一间,多为公房,称'堂屋'。间数多取七、九、十一、十三等单数,俗称'九间头''十一间头'等。大户人家也有廿四间头的。也有几组呈'凹'形连在一起的,每组称'一进'。若是数进相连,一般是前厅后堂,前进是厅,后壁正中开大门,跟后进堂屋相连。豪门望族有多进的厅堂建筑,建筑规格、结构与权势和世代有关,此类建筑壁垒森严、气势宏大,如卢宅肃雍堂、夏厉墅瑞霭堂、湖头陆瑞芝堂等。东阳民间建房进屋过程中有许多习俗广为流传,至今还深刻影响着人们的生活。东阳建房进屋习俗内容丰富,其中,上梁仪式最为典型。在老百姓的心目中,一栋房子中'地位'最高者当属房梁。房梁是一家之主,梁好,其他一切都好。所以老百姓盖新房子时都要办一桌'上梁'酒席,以示庆贺,这无疑赋予'房梁'一个'神圣'的地位。因此,盖房子的人家要选日子砍房梁树,而且房梁树的选择也非常讲究,首先要看这棵树是不是一棵'优秀'的杉树。"

霜降插嘴问:"为什么要选用杉树?"

香樟王说:"因为杉树砍了之后,树根上又会发出新的芽,寓意家中会有大发展;其次,这棵杉树必须是'孪生'树,意思是好事成双,有男有女。房梁树是在上梁前一天砍的,被砍倒之后,要在树上系一根红布条,让人知道这是做房梁用的。红布条既显示出木头的尊贵,又起到警示的作用。房梁树须立刻抬回来由木匠马上加工处理,并由建房工人架高。上主房栋梁时,意味着房子基本完工。主人要选择一个黄道吉日,还要确定上梁吉时,一般有一个隆重的上梁仪式。上梁这天,主房栋桁的正面贴上写有'紫微拱照'四字的大红纸,按垂直位置,两头放在三角马上。主人家在八仙桌上陈设牺牲、米酒、香烛及五谷、五金。"

霜降插嘴问:"五谷、五金是什么东西?"

香樟王说:"五谷是指稻谷、小麦、大豆、粟米、高粱;五金是指金、银、铜、铁、锡。八仙桌上放上五谷、五金、五行属品及两盘现金后,主人要整衣冠祭拜天地,再以酒酹地。然后由泥水、木匠两工做头共祭鲁班仙师。取丈多红布,由泥水匠把布裁成一尺多宽,分成两块,一块交给木匠,缚在六尺杆与角尺上,接着将六尺杆与角尺立在栋柱旁,双双向栋桁叩拜行礼,并在桁上淋杯酒,酒水滴遍全杆,并以红布覆盖其上,宣告礼成。泥水匠、木匠两人腰束两端染红的苎麻辫,插定斧头、铁锤、钢凿等,从登木架爬至栋柱顶。吉时一到,鸣锣放炮,两人手握系在桁端的麻绳,将桁慢慢往上提,顺手按接栋柱,楔入栋尖定妥。桁上的梁风牵上挂一对染红的八角木槌、米筛、剪刀、铜镜、角尺各一副,另一头挂一只竹笼(俗称'鸡笼'),内置雌雄二鸡。定妥后,两人提着装于布袋中的馒头,将馒头从栋梁架上四下抛掷,让围观的人群抢接。抛馒头时要逆时针,即按照东、北、西、南的方向依次抛掷。抛时要照顾到四面人群,毗邻邻舍时,要特意抛几对到邻舍家的里屋中。先向四方抛,口念'一对馒头抛到东,代代儿孙做国公;一对馒头抛到西,代代儿孙穿朝衣;一对馒头抛到南,代代儿孙中状元;一对馒头抛到北,代代儿孙出人才'。各地诵词或有不同,但意思都差不多。馒头扔毕,于主桁两个栋柱的顶端缚一根挂有灯笼、梢头带枝的连根淡竹,竹根用红布包住。把两匹大红布挂在前小步经栋桁至后小步的桁上。至此,上梁仪式即告结束。晚间,点燃竹上灯笼。三日后,栋桁各物(木槌除外)一一除去。接着钉椽盖瓦,叠墙封檐。挂过栋桁的鸡,自家只喂不宰,或将其置于方便处,让亲戚邻舍暗地里取走。凡能看到桁架的人家,这日统统在家门楣上悬挂米筛,上插剪刀、铜镜、尺子,系红布,叫'赛红'。礼仪量力而行,财力越足越讲究,反之则随意。"

霜降说:"这些习俗讲究太多了,现在难道还这样吗?"

香樟王说:"现在一些农户建自住房时,还会举行一些仪式,当然没有上面那样复杂。城区居民多购买商品房,没有自建房这样的仪式,但为庆祝住进新房,一般在装修完成后,选定良辰吉时举行进屋仪式。一般,除酒席宴请,有的也要举行抛馒头仪式,不过程序相对简略。"

霜降说:"今天听了你对民间习俗的介绍,受益匪浅,回去我要好好研究研究,把我的论文《论规矩》写好。"

香樟王笑着说:"等你拿到博士学位,可别忘了请客啊。"

霜降说:"那是当然,香樟王功不可没。"说完,霜降和香樟王一起哈哈大笑。

欲知后事如何,且听下回分解。

第47回　审查论文金星出招　打抱不平祖师发难

霜降对《论规矩》一文非常重视,经再三修改,终于定稿。霜降把论文发给导师太白金星审查。太白金星知道这个题目是玉皇大帝亲自拟定的,知道这里的奥妙,也不敢轻易表态,就想了个办法:请来几位大名鼎鼎的专家开评审会,名为重视专家意见、集思广益,实为推卸责任、分摊风险。请到的专家有德高望重的炼丹专家太上老君、蟠桃会筹备委员会办公室主任立秋、孙悟空的师傅菩提祖师、猪八戒的师傅金顶大仙，加上太白金星组成了一个五人评审组。

这一天，太白金星见专家都到了，就领大家到会议室就座。刚要介绍各位专家，金顶大仙就摇摇头，说："不用介绍了，这的人谁不认识啊？"

菩提祖师对金顶大仙说："就你话多，难道太白金星这点都不懂？这个是走程序，懂不懂？"金顶大仙站了起来，用手指着菩提祖师，说："是我不懂还是你不懂，你不要以为我徒儿猪八戒是你徒儿孙悟空的师弟，你就可以在我面前指手画脚了，告诉你，徒儿是徒儿，师傅是师傅，想在我这里出头，没门儿！"

菩提祖师说："难道猪八戒不是孙悟空的师弟？你是不是无拘无束的生活过习惯了，无法无天了？"

金顶大仙说："猪八戒是孙悟空的师弟没错，但那是唐僧的徒弟排位，和你我没有关系。若你要以徒为荣的话，那我要提醒你，你的徒弟孙悟空至今还在那里管花果山，而我的徒弟猪八戒早就官复原职，回天庭任职了，吃香的喝辣的，忙都忙不过来，听说仙女们想巴结他，他还看不上眼呢。就连唐僧的三徒弟沙和尚也已经是流沙河房地产开发公司的老板了，强过你徒弟孙悟空十倍。你还有什么可说的吗？"

菩提祖师气得浑身发抖，回击道："道不同不相为谋，我和你没有共同语言。"说着，菩提祖师站了起来，准备离开会场。

太白金星连忙拦住，劝道："祖师息怒，我们都知道金顶大仙一心只想云游四海，自由散漫惯了，说话口无遮拦，但他的心不坏，你不要往心里去。"

菩提祖师说："说我几句也就罢了，但如此奚落我的爱徒孙悟空，我真的是心中不爽。"

这时，一直不说话的太上老君开口道："提起孙悟空，我也感到很内疚，不管怎么说，他那时被捉上天，我也有责任。虽然后来他大闹天宫，得罪了很多神，但他保护唐僧去西天取经，立下了汗马功劳。唐僧取经回来后，论功行赏，按理，孙悟空应该是头功，但他因为出身低微，又没有科班经历，所以排名时反落到猪八戒、沙和尚后面去了。我当时没有据理力争，对不起他。今天我在这里向你这位启蒙师傅菩提祖师道个歉。"说完，太上老君向菩提祖师鞠了一躬。

菩提祖师连忙将太上老君扶住，对他说："既然你太上老君这样老资格的大神都这么说，我也就认了。事实上，我也问过爱徒孙悟空，他倒是想得很开，他说他又不是没有当过天官，也就是那么回事儿，他还是喜欢在花果山过自由自在的生活。"

立秋说:"天庭正是用神之际,像孙悟空这样有真才实学又有赫赫战功的神,正是天庭需要的人才。他在那里管花果山是埋没人才了。我也知道菩提祖师对孙悟空的安排一事有一肚子气。我的想法是由太白金星向玉帝请示一下,重新召回孙悟空,另任要职。"

太白金星说:"我欣赏立秋求贤若渴的精神,但现在还不是合适的时候。"

立秋问:"现在为什么不是合适的时候? 这里面有什么奥秘?"

太白金星对立秋说:"你有所不知,那次孙悟空大闹天宫,就是因为他在蟠桃会上偷吃蟠桃,你难道还想他把你的蟠桃会搞砸吗?"

立秋说:"原来如此,那还是再等等吧,等过了蟠桃会再说。"

菩提祖师说:"你们这不是戴着有色眼镜看人吗? 这都是多少年前的事了。"

太白金星说:"不怕一万,只怕万一,我们还是保守一点好。"菩提祖师说:"可怜我的徒儿啊。"

立秋说:"我也觉得这对孙悟空不公平。这样吧,霜降正在凡间挂帅,那儿离花果山也不远,我让霜降代表我们先去孙悟空那里慰问慰问,以表示我们的一片心意。"

太白金星说:"我觉得可以。"太上老君也点了点头,这事就这样定了下来。

欲知后事如何,且听下回分解。

第 48 回　评审会两野神抱团　遭逼宫太上君道歉

立秋他们在为孙悟空的事商量来商量去时,金顶大仙已经不耐烦了,他站起来气呼呼地问太白金星:"你今天为什么把我们召来?"太白金星这才醒悟过来,对金顶大仙说:"被你们刚才一闹,我把正事都忘记了,今天把大家请来,是为了让大家对我学生的一篇博士论文进行评审。大家坐下来,我把论文评审稿发给你们,请各位把把关,看能不能通过。"太白金星一边说一边把论文评审稿交到他们手上。

菩提祖师一看论文题目《论规矩》,气不打一处来,冷笑道:"要我们来评审

《论规矩》，请问天上有规矩吗？如果什么都按规矩来，我徒儿悟空也不至于受如此委屈。"

太白金星说："祖师啊，我们刚从孙悟空那里绕出来，怎么你又要绕回去了？何苦呢。"

菩提祖师说："谁让你们亏待悟空的，反正我的心结还没有解开。"

太上老君说："祖师啊，过去的事情就让它过去吧。那件事若要细究起来，就是因为悟空不守规矩，所以才惹出这许多事来。如果大家都很守规矩，天上就太平了，这说明规矩很重要。我想，玉帝定这个题目也有他的道理。"听说是玉帝亲自定的题目，菩提祖师就不说话了，坐下来静静地看稿子。

金顶大仙一看作者是霜降，就问："霜降是谁？作者怎么没有来？作者不在，我们怎么提问？"

立秋回答："霜降是太白金星的学生，现在在前线挂帅，回不来，我们有什么意见，让太白金星记下来，让他们师徒一起修改就好了。"

金顶大仙说："前线挂帅？现在风调雨顺的，哪里是前线？哪里还需要派大军镇守？又何来挂帅一说？"

菩提祖师说："我也觉得莫名其妙。"太白金星觉得今天请来了两个刺儿头，后悔莫及，但事已至此，也没有办法，只好站起来解释。

太白金星说："事情是这样的。今年夏天人间不是特别热吗？酷暑在那里作怪，玉帝体恤民间疾苦，就派天兵天将去驱赶酷暑。带兵的元帅都换了好几位了，今天在场的立秋是首任元帅，情况他最清楚了，你们不妨直接问他。"

立秋心想："好你个太白金星，太滑头了，皮球踢到我这里来了。"立秋正想着，金顶大仙的问题就来了。

金顶大仙问："立秋你说，这个酷暑是何方神圣，使得天庭如此兴师动众。"立秋看了看太上老君，吞吞吐吐地说："这个这个……"

菩提祖师也追问："难道立秋元帅有难言之隐？"太上老君见此，只好和盘托出："酷暑乃是我手下一童子，常年待在我的炼丹房里，炼出了一身火气。后来，他偷偷地溜了出去，竟跑到凡间惹事去了。"

金顶大仙说："如此说来，这事太上老君也脱不了干系，难道不应该追责？"太上老君说："我早就向玉帝做过检讨了，玉帝也骂我几次了。"

太白金星说："大家都是有头有脸的神，有些事情点到为止，就不要深究了。"

菩提祖师说:"金星说的有道理,我们也不想为难太上老君,但有个事情我想不明白,既然天兵天将是去驱赶酷暑的,派立秋、处暑、白露下去还说得过去,现在都快到立冬了,还要霜降去那里干什么呢?是防暑还是防冻呢?"听到这里,太白金星一拍大腿说:"对啊,你不提我们倒真的忘记了,现在霜降带的队伍是可以回来了,我年纪大了,头脑昏了。立秋你正值当年,该提醒我啊。"

立秋说:"我还不是因为蟠桃会的事忙坏了。"太白金星说:"明天上朝,我即奏明玉帝,让霜降班师回朝吧。"

金顶大仙说:"那既然霜降马上要回来了,这个评审会就等霜降回来后再开好了。"

太白金星心想,有金顶大仙在,今天这个评审会估计也开不成了,就顺水推舟地说:"也好,那就下次择日再组织评审吧,不过今天你们既然来了,这个专家签字费还是要付的。"说着从包里拿出几个信封一一交给他们。菩提祖师等神嘴上说着"难为情",但还是把信封拿走了。

欲知后事如何,且听下回分解。

第49回　花果山霜元帅慰问　水帘洞孙悟空迎客

霜降将《论规矩》的博士论文寄给太白金星后,就一直在等导师的回复。这一日,霜降没有收到导师的回复,倒是接到了立秋的通知。立秋要霜降代表天庭去花果山,对曾做过重要贡献的齐天大圣表示慰问。霜降不敢怠慢,立即行动,带着几个随从去了花果山。

花果山位于江苏连云港市南云台山中麓。早时称"苍梧山",亦称"青峰顶",为云台山脉的主峰,是江苏省诸山的最高峰。李白诗云:"明日不归沉碧海,白云愁色满苍梧。"苏轼则称:"郁郁苍梧海上山,蓬莱方丈有无间。"此诗写的正是被誉为"海内四大名灵"之一的云台山。

霜降一行到了花果山后,径直寻到水帘洞,但见两边丹崖怪石、削壁奇峰。丹崖上,彩凤双鸣;削壁前,麒麟独卧。峰头时听锦鸡鸣,石窟每观龙出入。林中有寿鹿仙狐,树上有灵禽玄鹤。瑶草奇花不谢,青松翠柏长春。仙桃常结果,修竹每留云。一条涧壑藤萝密,四面原堤草色新。

霜降在洞口看见一群猕猴在山中嬉戏、行走、跳跃、食草木、饮涧泉、采山花、觅树果。一个个跳树攀枝，采花觅果；抛弹子，邸么儿，跑沙窝，砌宝塔；赶蜻蜓，扑八蜡；参老天，拜菩萨；扯葛藤，编草帒；捉虱子，咬圪蚤；理毛衣，剔指甲；挨的挨，擦的擦；推的推，压的压；扯的扯，拉的拉；青松林下任他玩，绿水涧边随洗濯。

一群猴子正在玩耍，见来了不速之客，忙拦在洞口，询问："来者何人？来此何干？"霜降连忙回答："我乃天庭派来凡间带兵的霜降元帅，奉太白金星之命，前来慰问齐天大圣，请你们通报一声。"小猴子进去后，不一会儿就跑了出来，请霜降一行进洞。洞内有一大厅，翠藓堆蓝，白云浮玉，光摇片片烟霞；虚窗静室，滑凳生花，乳窟龙珠倚挂；萦回满地奇葩，锅灶傍崖存火迹，樽罍靠案见肴渣。

孙悟空见霜降来了，连忙从座位上跳下来，拉住霜降的手，说："前段时间听闻你来杭州上空挂帅了，早就想去看看你，后来一想我在山野懒散惯了，怕会惊扰到你，因此就没去。没想到霜帅今天会来我这穷乡僻壤，是什么风把你吹来了？"

霜降说："我一下凡，就想来拜访你，无奈军务缠身，一时走不开，这次我是代表天庭来慰问你的。"说着，霜降命令手下将带来的礼品拿上来，也就是些蟠桃、李子、饼干、猕猴桃酒之类的东西。

悟空说："你来就来了，还带这些东西干啥，虽说我们这里偏僻了一点，但这些农副产品还是多得很，现在人类对生态环境很重视，对猴子的保护也加强了，我们不愁吃也不愁穿。"

霜降说："这只是一点小意思，表示我的一片心意。重要的是，我可以透风给你，上头也觉得原来亏待了你，可能马上要重新启用你，你马上就要飞黄腾达了，到时你可别忘了我。"

悟空哼了一声，说："上头要用我，难道又有人要到什么地方去取经？但是我想明白了，还是现在这样自由自在的好。"

霜降说："我知道你是一个有思想、有魄力的神，现在你在这里实在是埋没了你的才华，但形势变化很快，我们都要与时俱进，我现在就在读博士，光有武功没有文凭吃不开了。天庭现在正是用人之际，你也要早做准备。"

悟空摇摇头，说："要我去读个硕士、博士出来，那不是比登天还难吗？算了，不去说这些烦心事了，我这里消息闭塞，你还是说说我师弟的事吧。"霜降说："白龙马取经回来后就被任命为东海区副区长，享受正处级待遇。猪八戒和沙僧被下派来凡间挂职锻炼,等时间到了,马上会被调回去恢复原职。八戒情商高,和各位神仙的关系处得很好,现在是天庭中的正局级领导了。沙僧为人实诚,属于信得过的,被派去流沙河房地产开发公司当老板了。现在房地产生意红红火火,我听说沙僧整天忙得很,想见他一面都要和他手下的秘书先约时间。"

悟空说:"还有这样的事,那我倒要抽个时间去会会他,看他会怎么样接待我。"说话间,小猴子叫喊道:"开饭了。"

悟空就对霜降说:"就在我们食堂吃个便饭吧。"

霜降说:"在食堂吃饭好啊,食材都是原生态的,我在军中还不一定吃得到呢。"两人边说边往食堂走去。

欲知后事如何,且听下回分解。

第 50 回　霜降元帅班师庆祝　太白金星开会总结

霜降慰问完孙悟空后,在回营的路上突然接到了师傅太白金星的电话。霜降问师傅是不是他那篇论文需要修改。太白金星说:"现在不谈论文修改的事,现在我正式通知你,立即收拾一下,班师回朝。"

霜降问:"为什么急急忙忙通知我,出什么事了吗?"

太白金星说:"还不是你那篇论文的事,我把金顶大仙和菩提祖师请来当专家评审,是我麻痹大意了。我没考虑到他俩都是在野派、死对头,谈不到一起去,还一致攻击我们几个,还说要追究太上老君的失管之责,说我和立秋玩忽职守,浪费天库银子。这事如果闹大了可不得了,吓得我和立秋连连认错。还好金顶大仙和菩提祖师拿了评审费后闭嘴了。总之,你赶快回来吧。"

霜降听明白了,回到大营后,紧急布置撤兵的事。好在天兵天将都没有什么牵挂,来得快,去得也快,第二天天快亮时,驻扎在那里的霜降大军就消失得无影无踪。

霜降率大军回到天庭后,少不了一番庆祝,又是开报告会,又是设庆功宴、论功行赏,这样热闹了几天才慢慢平静下来。等到大家都安定下来后,太白金

天候·秋

星就去向玉帝汇报,把从七月份开始派天兵去东南沿海一带救灾的事说了一遍,特别提到了一些可歌可泣的事迹,比如立秋、处暑用妙计击退酷暑、白露采用调虎离山之计歼灭秋老虎。

玉帝说:"这些情况我都知道了,当时前方发回来的战报我也看过,这些就让军事部门去总结吧。我现在正在考虑一个更重大的问题。"

太白金星说:"玉帝英明,运筹帷幄,想的都是大事,下官不才,愿闻其详。"

玉帝说:"中国改革开放四十年来,各方面取得了举世瞩目的伟大成就,特别是东南沿海,更是中国改革开放的先锋。我们的大军在那里驻扎了快半年了,对所见所闻你们一定深有感触,尤其是像立秋这样的高级干部。你们要把看到的、听到的、想到的都总结出来。天宫几千年来一成不变,积弊已深,已经到了非改不可的地步了。我们要借鉴中国改革开放的成功经验,为我所用。你去布置一下吧。"

太白金星想:"天宫的一些弊端我们早就看出来了,但你玉帝不发话,谁敢说三道四,现在既然你玉帝有这个意思,那事情就好办了。"从玉帝那里出来后,太白金星马上找立秋商量,统一思想后,决定两天后召开座谈会。

到了开会那天,太白金星准时来到了会议室,参议者都到齐了。此次会议由太白金星主持。太白金星一个个看过去,随即宣布会议开始,接着对参会者一一做了介绍:太上老君,资格很老了,虽然年龄大了点,但可以压压阵;立秋,今年下派的首任元帅,现任蟠桃会筹备委员会办公室主任;处暑,第二任元帅,现任天宫皇历文化研究院院长;白露,第三任元帅,现为托塔天王李靖的副手;秋分,第四任元帅,现为天宫桥梁建筑设计研究院院长、总设计师;寒露,第五任元帅,现赋闲在家;霜降,第六任元帅,刚从前线回来,尚未获得任命;钱某,前线宣传部主任,辅佐了六位元帅;岳某,前线参谋长,辅佐了六位元帅。另外参加会议的还有天宫办公厅、组织部、宣传部门的分管领导,以及天宫新闻媒体代表。

接着,太白金星对召开这次座谈会的背景做了说明。他说:"玉帝对这次会议很重视,正是在他的授意下我们才组织了这次会议,希望大家,特别是从前线回来的将领们知无不言、言无不尽,毫无保留地将了解到的情况反映出来,组织、宣传部门要好好挖掘,新闻媒体单位要做好宣传报道工作,务必把凡间的成功经验总结出来,不辜负玉帝的一片期望。"

太白金星说完后,请太上老君说几句。太上老君颤巍巍地说:"我要先向从前线回来的将领们道个歉,因为我手下童子酷暑逃出去闯了祸,害得你们去前线受苦受累,我心里十分不安。好在大家都平安回来了,并且在那里学到了许多新知识,坏事变为好事。大家不要有什么顾虑,放开说就是了,如果觉得我在这里不方便,我回避就是。"

坐在边上的立秋听到这里,顿时醒悟:"这一切是不是玉帝亲自设计的呢?不然,凭太上老君的法力,他怎么可能管束不住手下的一个童子呢?"

想到这里,立秋不禁惊出一身冷汗。这时,太白金星说:"各位开始随意谈吧。"见大家你看看我,我看看你,都不想第一个说,太白金星就说:"那我点名了,立秋,你是首任元帅,在秋季六个节气里,你也是老大,你先说吧。"

欲知立秋如何应答,且听下回分解。

第51回　座谈会秋主任推诿　颂浙江白副官点赞

天庭在开一个座谈会,旨在学一学中国改革开放的成功经验。会上,主持会议的太白金星点名让立秋先讲。

立秋见躲不开了,只得站起来,说:"这次天兵天将下凡到杭城上空,我是首任元帅没错,但我在帅位上屁股还没有坐热,就因为蟠桃会的事被天宫召回来了,我还遗憾没能去西湖边好好玩一玩呢,更谈不上和市井百姓有接触了。去时匆匆,回也忙忙,我在杭城上空逗留了一会儿,只看到那里到处都是高楼大厦,与我们天宫几千年如一日的景象有天壤之别。其他的我也说不上来,还是请其他几位多说说吧,我也正好学习学习。"

接着,处暑站了起来,说:"我接了立秋的班,但我挂帅时,前方战事吃紧,我根本没有精力想对付酷暑以外的事,所以也谈不出什么。但我注意到两点,一是当地居民心态很好,虽然受酷暑折磨,但他们该干吗干吗,整天乐呵呵的,精神状态很好;二是商场里各种物品琳琅满目,应有尽有,不像我们这里,缺这少那的。"

太白金星说:"这说明他们物质生活和精神生活都提高了,以前我听他们说

'上有天堂,下有苏杭',这是说苏杭已经可以和天堂媲美了。现在看来,苏杭已经远远超过我们天堂了。"

这时,白露站了起来,说:"立秋和处暑两位前辈很谦虚,不肯多说,我反正无知者无畏,把看到的、听到的、想到的都无保留地说出来。"

太白金星说:"白露你就大胆地说吧,我们需要的就是有实实在在的内容的东西,要摆事实、讲道理,用数据说话。天宫要搞改革开放,就要借鉴已有的成功经验,摸着石头过河是很难进行下去的。你们都是朝廷中的新生力量,将来大有可为啊。"

白露说:"我没想那么多,我只是和大家一起分享。因为我们的大本营在杭州,活动区域主要在浙江,所以我对浙江的情况比较熟悉。我首先说一说浙江从何处来。谈到浙江,有两个问题值得我们思考:一是从古到今浙江那么多的人才究竟从何处来,二是浙江的好名声是从何处来的。"

太上老君一直笑眯眯地看着白露,听了白露的话,插话问道:"难道浙江有什么特别之处?"白露说:"那是当然。一千多年来,浙江一直是中国的人文渊薮。琴棋书画、诗词歌赋无数,这里的一草一木、一沟一壑都表现出吴越风情、魏晋风流和唐宋风华。从宋元到明清,浙江绵延千年的文脉结出了丰硕的果实,浙江籍状元就有六十人之多,占历代总状元数的十分之一。明清两代,仅浙江籍进士就有六千五百多个。浙江不仅出读书人,更出大师。古有陆游、周邦彦、赵孟頫、王阳明……近现代有王国维、鲁迅、徐志摩、郁达夫、茅盾、金庸……浙江籍的文化大师真是灿若星河,数都数不过来。可以说,浙江让整个中国变得精致了不少。"

太白金星插话道:"经济方面怎么样?"白露说:"我正要说呢,改革开放后,市场经济的浪潮撞开了古老中国的大门。浙江人敢为天下先,摇身一变,成了商品经济的探路者,浙江涌现出成千上万的老板,一派'遍地英雄下夕烟'的壮观景象。浙江人只要有点条件就想自己做老板,'白天当老板,晚上睡地板',因此身家百万、千万的浙江籍小老板遍布全球各地。"

太上老君问:"听说江苏也不错,你比较过吗?"

白露说:"浙江与江苏都是发达省份,一个是七山二水一分田,一个是三分之二的土地为平原。1978 年,浙江 124 亿元的年度生产总值,只有江苏 249 亿元的一半。今天的浙江,GDP 总量虽然依旧比不过江苏,但是在居民人均可支配收入上,浙江以4.2万元位居各省第一,可谓富得结结实实。千百年来,浙江人似乎总能找准浪潮之巅,并且整齐划一地立在潮头。在与时俱进这方面,浙江人是全中国的典范,他们理所当然地成为时代的宠儿。我们要学,就应该以浙江为样板,一步到位,少走弯路。"

这时,坐在边上的宣传部领导站了起来,说:"说到浙江,人们往往会联想到很多美好的词语——富裕、人才济济、鱼米之乡、风景优美……最典型的就是历代词人笔下的浙江,比如下面的这首词。'东南形胜,三吴都会,钱塘自古繁华。烟柳画桥,风帘翠幕,参差十万人家。云树绕堤沙,怒涛卷霜雪,天堑无涯。市列珠玑,户盈罗绮,竞豪奢。重湖叠𪩘清嘉,有三秋桂子,十里荷花……'据说当时的金主阅此词后,慕杭州胜景,遂起投鞭渡江之行。"

组织部领导听到这里,插话道:"当时南宋偏隅临安,不思进取,以致金兵入侵,生灵涂炭,这说明'枪杆子里出政权''发展才是硬道理'的思想是多么正确,不然最好的条件也是没有用的。"

太白金星见大家讨论得很热烈,满意地点点头,说:"很好,大家都可以发表意见,先休息十分钟吧。"

欲知后事如何,且听下回分解。

第52回　三个浙江遍布全球　五大板块共同飞跃

十分钟后,座谈会继续进行,太白金星示意白露继续说下去。白露喝了一口茶,接着说:"我以前听到过'山寺月中寻桂子,郡亭枕上看潮头''乱花渐欲迷人眼,浅草才能没马蹄'。这些描写浙江的名篇佳句写的不是金秋就是早春,却没有人写这里夏天的闷热和冬天的冻雨。大家都对它的美极尽讴歌,却有意无意地忽视了浙江的自然条件。这次我到杭州做了深入了解后才知道,实际上,杭州的自然条件并不算好,夏天热死人,气温可以达到40多摄氏度;冬天冷死人。以前没有空调,也没有暖气,西湖的冷风一吹过来,手上裂开很多口子,当地人叫'开冰口'。"

太白金星问:"那这样的地方为什么能享誉全球呢?"

白露说："我先讲讲三个浙江。所谓'三个浙江',就是本土浙江、中国浙江和海外浙江。这三个浙江都表现出非常澎湃的经济动力,并且形成了四通八达的人际网络和销售网络,这种网络就像人身上的细胞或毛细血管一样,遍布于市场的各个角落。这种依靠血缘、宗族、同乡等传统关系凝结而成的网络,释放出巨大的能量,也把囿于一省的浙江经济变成了遍布世界的浙江人经济。在中国甚至海外,只要是有人的地方就会有浙江人,而只要有浙江人的地方,就会形成类似军队的完整建制,有实力的大老板是投资者,在当地建立一个浙江商城或温州商城;实力较弱的老板是摊主或堂主;没有本钱的就是伙计,看铺子、守摊位。总之,每个人都各司其职。"

太上老君问："我还听说过有五个浙江的说法。"

白露说："是有这个说法。所谓'五个浙江',指的是浙江可以分为五大板块,差别之大甚至超出了普通的地缘之别。第一个板块是杭嘉湖平原,就是杭州、嘉兴、湖州。外地人对浙江的传统印象,大都源于杭嘉湖。'东南形胜,三吴都会,钱塘自古繁华',说的就是这块土地。绫罗绸缎、诗词歌赋、燕瘦环肥,各种美好的词都能用在这里,这里是文人心目中的人间天堂。然而,温柔乡也是英雄冢,美好总是容易让人斗志消沉,杭州在历史上常作为短命王朝的偏安之地。说好听点是中土王朝的避难所,但最后的结果却往往是王朝的断魂处,以至于最后成了埋骨地。'暖风熏得游人醉,直把杭州作汴州。'杭州文化中似乎总有一种消解英雄气概的东西。改革开放后的前二十年间,伴随市场经济的发展,新兴力量开始崛起,旧日的大户成了保守的象征。杭嘉湖一直没什么起色,甚至有些衰败,这种现象一直持续到 2000 年前后。到 21 世纪初,杭州才开始真正振兴。但回头来看,杭州更像一个舞台,让所有浙江人隆重登场。很多浙江籍老板发家后,都会搬到杭州,成为新杭州人。一批批涌入杭州的新杭州人,给杭州带来了巨大的变化。

"第二个板块是温台。温台常被作为改革开放四十年的形象缩影,有着遍及四海的商人和商品,说着'三里不同调,十里不同音'的中国最难懂方言;也曾经有过'群贤毕至,少长咸集'的文人荟萃,亦有壮阔磅礴的大好河山;还有民风彪悍、自力更生、重商轻政、投机取巧的温台人。很多时候,从千百年风云际会中走出来的温台,就像是一个矛盾体。贫瘠与富有、出走与回归、闯荡与保守、书卷与草莽,在它身上并存。由于靠近海洋,温台人是中国历史上最早具有海洋意识的人。唐宋年间,中国沿海还非常热闹,大海里航行着中国和各国往来贸易的航船,中国看似将要迎来大航海时代,温台地区迎来了大发展。然而接下来的明清两朝,不仅消极地拒绝海洋,还残酷地打压,'片板不得入海',更有倭寇时常侵扰。到了20世纪90年代初,温台人蹬着人力车,车上拖着四五百斤的货物,在近40摄氏度的高温下默默奋斗。他们没有怨言,脸上都是喜悦与希望,生活每天都在发生变化。温台地区商业的活跃带动了民间金融的发展。什么叫温州模式? 什么叫市场经济? 就是猫有猫道,鼠有鼠道,不是无道,各行其道。道者,市场规律也。这种'各行其道'的规律让温州人即使在最压抑的年代也没有完全熄灭冒险的火苗。他们被一穷二白的草莽之气驱使,瞅准商机,离开家乡甚至远赴海外寻找财富。温台就是靠这样的草根精神发展起来的。

　　"浙江的第三大板块是宁绍平原,即宁波和绍兴。它正好介于杭嘉湖和温台之间,既不是像杭嘉湖那样的鱼米之乡、金粉之地,也不像温台那样海盗横行、生性强悍,而是这两者的结合。绍兴自古以来就文人荟萃,当温台输出海盗或者远走南洋的时候,绍兴就输出师爷。绍兴的儒雅之气十分浓厚,铤而走险、作奸犯科的事情不想干,生存压力又大,所以绍兴人只能好好读书,'学成文武艺,货与帝王家',全中国最大的师爷出产地就是绍兴。明朝绍兴的进士有560名,清朝有740名。榜样如林让绍兴人变得特别爱学习,但是地方的录取名额毕竟有限,这么多读书人都来求功名,哪有那么多的功名? 所以不是落榜的考生学问差,而是绍兴考生竞争太激烈。所以很多读书人为了求生机,只能去做需要很高文化的师爷,类似于现在的职业经理人。宁波和绍兴相比,文化气息相对淡一点。如果说绍兴是一瓶含蓄内敛的女儿红,宁波就是更烈一点的黄酒。它的城市口号就是'书藏古今,港通天下'。宁波也出王阳明、余秋雨这样的读书人,宁波靠海,宁波人骨子里就有一种海洋精神,不过他们更喜欢的还是经商。近代以来,宁波人主要的活动地点是上海,第二次鸦片战争后,上海崛起,宁波人通过上海这个平台展现了自己独特的才华,他们既有温台人的开拓精神,又有绍兴人的那种儒雅。到今天为止,上海那些成功的商人追根溯源,十有八九和宁波脱不开关系。

　　"浙江第四个值得关注的板块是金华地区。金华地区有义乌的小商品市场、永康的小家电、横店的影城、东阳的劳务输出等。其中,最有名的就是东阳和义乌,这两个地方的制造业都比较薄弱,但是在做市场方面,东阳和义乌在全中国首届一指。这个板块的特点也很鲜明,既不靠海也不临近通州大邑,交通非常闭塞。但这里毕竟地处浙江,出包工头的同时,也出文化人和大匠人,《送东阳马生序》讲的就是东阳,新闻界的老前辈邵飘萍的老家也是这里,而且东阳的泥瓦匠、木雕等都非常有名。繁荣的匠人文化,也为横店提供了基础,但最厉害的是义乌人'请进来'的能力。自然资源的匮乏让他们不得不另寻出路,浙江有一种传统的贸易模式叫'鸡毛换糖',小商小贩走街串巷,以红糖、草纸等低廉物品换取居民家中的鸡毛等废品以获取微利。'鸡毛换糖'的小贩们赶上改革开放大时代后,一部分行走天下,另一部分就开始做创造市场的生意,这就诞生了义乌小商品市场。当整个浙江举全省之力借助这个平台来释放自己的产品的时候,它不想成为世界级的小商品市场都不可能。

"浙江第五个板块是丽水和衢州。丽水是浙江最大的市,经济不怎么样,但风景秀丽,生态环境很好。衢州位于闽、浙、赣、皖四省交界处,就是所谓的四省通衢,也是当年土匪啸聚山林的地方。衢州人吃东西无辣不欢,同样是吃豆腐脑,杭州人加葱花、榨菜,衢州人则大清早就往里面加辣椒。改革开放后,丽水、衢州成了浙江经济的洼地,但这里一样出人才,比如表演《宋城千古情》的黄巧灵就是丽水人。杭嘉湖、温台、宁绍、金华、丽水衢州,浙江省的经济版图大概就是这五大板块,再加上和宁波隔海相望的舟山(也可以将舟山并入宁绍板块),一起组成了这片市场经济的海洋。"

白露一口气说了这么多,说得口干舌燥。太白金星见状马上宣布,再次休息十分钟。

欲知后事如何,且听下回分解。

第53回　细说文脉霜降讲道　畅谈美景寒露论理

当大家再次坐下来时,太白金星说道:"刚才白露先介绍了浙江经济崛起的神奇之处,然后谈了浙江经济布局的五大板块,我听了后感触良多,学到了很多知识。但我更想听听浙江能够繁荣发展从而成为今日之浙江的原因。"

霜降站起来说道:"我因为要写博士论文,跑了浙江不少地方,我觉得文脉与商脉是浙江的灵魂所在。如果细品浙江，我们会发现，这片土地上长期存在着两股力量，就是浊流与清流。经商是浊流，读书是清流，喻于利是浊流，喻于义是清流。这两条脉络或此消彼长，或此起彼落，绵延上千年，这种纠缠同时也塑造了浙江的独特国民性，浙江的文脉与商脉有其存在的必然性。浙江的农本位意识历来比其他地方的人淡得多，从18世纪后期起，浙江的人地矛盾就十分突出，当地人仅靠农业完全无法维持基本生活，所谓的鱼米之乡更多是一种美称，物产丰富固然不假，但完全无法满足快速扩张的人口需求。因此一部分有文化的人选择考取功名，走'学而优则仕'的道路，更多的浙江人则开始外出经商。因此浙江自古就有商品经济的传统，茶、盐、纸、瓷、剑、镜、绸，堪称物阜民丰。

　　"到了今天，浙江的变化让我们惊讶。一直以来，浙江都是出才俊的地方，陆游、王阳明、鲁迅、金庸这样的才子说不上俯拾皆是，总归是一派儒雅风流。但现在的浙江人都跑去经商了，不过，令人欣慰的是，无数极富商业头脑的浙江人投身于市场经济的海洋，成为中国经济的又一个发动机。浙江的过度商业化究竟是不是好事？这很难说，但这并不意味着文脉的彻底断绝。浙江的读书人透着精明强干，精于谋世，也精于谋身。土豪们多仰慕文化，并长于从故纸堆中翻检出什么来，搅成一道狂飙。文脉与商脉的纠缠依旧存在，只不过换了种表现形式。典型的浙江读书人就是金庸老先生，金庸、古龙、梁羽生作为中国武侠史上的三大宗师，古龙为酒徒，梁羽生为侠客，只有金庸是货真价实的商人。因此酒徒买醉征歌、情累美人，侠客远走他乡、退隐江湖。只有金庸一边做着报业巨子，一边编织着无数人沉醉其中的成人童话。江湖与庙堂，生活与远方，他分得很清楚。而在商界，即使是全体经商的今天，从农民穿鞋上岸，到文化人投笔下海，在浙商们构成的这幅江山万里图中，文化仍然占据着举足轻重的位置。例如从海南归来的黄巧灵、党校老师出身的宋卫平、打造文化影视王国的徐文荣，以及西湖湖畔的英语老师马云、大山里走出来的小镇青年郭广昌，浙商总体的文化素质与修养在中国算得上首屈一指。曾听说，老师下海一般难成大器，但偏偏浙商里有不少是老师出身，这也算是浙江的造化之功了。在浙江这个全球最大的小商品海洋、民营经济的大本营中，马云的诞生是有其必然性的，小商和电商天生就是同盟军。'一个战士不是战死疆场就是回到故乡'，马云曾经在北京、上海都漂泊过，最后又回到了杭州西湖边疗伤，马云终归离不开浙江，就像安泰俄斯离不开大地母亲的怀抱一样。最后,马云成就了浙江,尤其是成全了杭州。如今,整个杭州已经变成中国'互联网＋'最发达的智慧城市。浙江终于又回到了杭州时代,政治、经济、人文全部汇聚于此,这种汇聚需要一个平台来释放。马云虽然'不懂科技','不懂互联网',但他懂趋势、懂人性。这片商品经济的汪洋大海,最终成为马云封侯拜相的舞台。"

太白金星说:"我是不是可以这样理解,深厚的文化底蕴和精明的商业天赋,再加上鸡毛换糖式的勤劳,是造成今日浙江繁荣兴旺的关键因素。"

白露、霜降都点头表示同意。

这时,寒露站了起来,说:"刚才白露、霜降都说得很好,我完全同意他们说的。我对经济是外行,但我对花花草草感兴趣,说得好听一点是比较关注生态环境。我感觉,除了文与商,美也是浙江的一大标签。美景、美人、美食,浙江都拿得出手。浙江之美无处不在,但需要细细品味。从会稽山到杭嘉湖平原;从西子湖到莫干山;从在安吉赏竹海、品白茶到在开化观根雕、尝螺蛳;从在象山吃海鲜到在龙泉吃山珍,一路走来,风景固然很美,但真正打动我、让我流连忘返准时赴约的,其实是一种宝贵的精神体验和天人合一、物我两忘的气韵。一路上或曲水流觞,柳浪闻莺;或白云扫榻,明月锄花;或水尽潭清,烟凝山紫,'若到江南赶上春,千万和春住',浙江秀美风物与无数诗人留下的诗篇,一同铸就了中国传统美学的高峰。被传统文化浸润越深,对浙江之美的感受就越深,这种精神体验的密度之高、强度之强,是其他地区难以企及的。说完美景,再说美人。其实中国各地都出美女,但气质不一。

"单论眉眼姿容,浙江美人的确算不上翘楚,但浙江女孩皮肤好,说话好听,吴侬软语,气质上佳。我见过很多出色的浙江美女,一眼就能看出她们是典型的江南美女。这种美和所谓病态美的'扬州瘦马'不太一样,既风流蕴藉,又自有一种潇洒气度在其中,这种气质很难用言语形容。直到有一天,听我的老朋友香樟王讲到,'桃李春风一杯酒,江南夜雨十年灯',我才悟到,这两句诗不就是浙江美女的最好写照吗?

"除了美景、美人外,浙江的美食我也了解了一番。熟悉我的人都知道,我对吃很讲究。顶级的杭帮菜我吃过很多,但较之中国各地的代表菜系,着实不算突出。所谓的名菜没给我留下深刻的印象,倒是饭店名、菜名起得大多温情脉脉、雅致风流,雅致的用餐环境和服务小姐们迈步时的做派和嗲声嗲气的腔调,让人顿时平静了许多。这种人文体验甚至掩盖了菜肴本身的味道。在温台和宁绍能吃到不错的海鲜,绍兴黄酒非常不错,每到菊黄蟹肥的时候,温一壶花雕,赏黄菊,吃螃蟹,是人生的一大乐事。山海湖泊、草木沟壑、风物历史荟萃,荟萃的不只是山水,还有全中国的文化。

"丝绸与茶叶被称为江南特产,中国最大的茶博物馆和丝绸博物馆都坐落于浙江,但其实这两样东西皆非首产于此,丝绸源于蜀锦,'丝绸之府'的美誉却落在了湖州。发源于云贵大山、顺江而下的茶叶,也是在浙江文而化之。隐居于杭州的茶圣陆羽在传世著作《茶经》中,为这种原生态的奇怪树叶定好了名分,茶叶终于登上了大雅之堂。

"浙江的成功不是别人给的,而是浙江人自己'烩'出来的,浙江也是'烩'出来的。文商两脉,三大族群,五大板块,水陆杂陈,推陈出新,再加上全国各地的文化风物荟萃,经年累月,终于形成了气象万千的浙江。"

寒露的一席话听得在座的各位都心里痒痒的。天宫办公厅负责人说:"浙江这么好,难怪寒露乐不思蜀,不想回天宫了。"

寒露急忙解释:"我是实话实说,那里好是好,但那是他们凡间的人享受的,不是我们能享受的。"太上老君说:"你的意思是我们还不如他们了。"寒露说:"我只代表个人观点,这个是仁者见仁、智者见智的。但我在天宫从未看过《宋城千古情》《印象·西湖》这样赏心悦目的节目,这是事实。"

太白金星正要说话时,外面突然传来一阵吵闹声,他急忙询问保安是怎么回事。

欲知后事如何,且听下回分解。

第54回　倔牛郎硬闯座谈会　秋院长解读天河桥

座谈会正在进行时,外面突然传来了吵闹声,还没等太白金星弄清楚是怎么回事,会议室的门已被推开了,牛郎和嫦娥怒气冲冲地走了进来。

太白金星忙问:"你们两位,一个是牛郎,一个是嫦娥吧?"

牛郎和嫦娥齐声说:"是的。"太白金星说:"我们这里正在开一个重要的会议,你们到这里来干什么? 保安,把他们请出去。"保安上来拉牛郎,但被牛郎一把推开了。

牛郎说:"我有话要说。"边上的嫦娥也说有话要说。

太上老君见牛郎和嫦娥态度坚决,就对太白金星说:"我看,就让他们说吧,听听他们到底有什么要紧的事。"

牛郎大声说:"我今天来天宫办事大厅办通行证,听说你们这里在开重要会议,心想,这有关我们的切身利益,而且我是从人间上来的,对下面的情况比较熟悉,所以我必须到这里来说道说道,并且我有些事情也要向你们反映反映,以引起你们的重视。"

立秋说:"你上天已经多少年了,现在下面已经发生了翻天覆地的变化,你那老皇历早过时了。"

牛郎说:"我上来早是不假,但我亲戚朋友还在下面啊,我的根在那里,所以我对那里的情况很关心,我常和下面联系,信息灵通得很。我在天上和织女一年只能见一次,你们不讲人情,我反映了多少次了? 我要求尽快在天河上架一座桥,好让我们一家每天都见面。上次我和织女说了,现在凡人日子过得这么红火,天河桥再不开工的话,我们就回到凡间去。"

组织部负责人插话道:"你想得倒简单,你已经是天上的神了,你的编制在天上,凡间早就把你的户口注销了,你以为你想回去就可以回去啊。"

牛郎说:"你们这样对我,我不想再当什么神仙了,做一个凡人更好。我知道我现在在那里没有户口,但他们现在不是在引进人才吗? 我可以以海外人才的身份回去啊。"

宣传部负责人说:"还海外人才呢,请问你会什么?"

牛郎说:"不管怎么说,我在天上待了这么多年,他们现在非常重视太空开发,我回去给他们提供些信息,当个顾问肯定是没有问题的。"

太白金星说:"你不能回去,你若回去,一则有失我们天宫的面子,二则也会泄露天机。我知道你对我们天宫有意见,说我们不为你们一家考虑,没有尽力。事实不是这样的,我们一直在努力,这不,我们还专门成立了天宫桥梁建筑设计研究院,今天秋分院长就在这里,你不信可以直接问秋分。"

这时,秋分站了起来,对牛郎说:"太白金星说的是真的,我从小就喜欢桥梁,对工程建筑之类感兴趣,所以,前段时间我下去挂帅时专门考察了杭州城里的很多桥,特别是对钱塘江上的几座大桥,我花了很多精力去研究,所以我被召回后,天宫要我当桥梁院院长,我们正在做天河桥建设的可行性研究。"

牛郎说:"我不懂,为什么他们在钱塘江上造座桥易如反掌,而我们这里却这么难? 我们再三呼吁,你们现在还只是在搞可行性研究。等这个桥造好,那不知要到何年何月了,我可怜的娃、可怜的织女啊。"牛郎说着,眼泪夺眶而出,说不下去了。

秋分连忙解释道:"牛郎,你的心情我理解,但你也不要急,钱塘江是钱塘江,天河是天河,天河上架桥,其难度超乎想象。但我可以保证,这个桥是一定会架起来的,这个可行性研究是必须的一道程序,不然天宫那里审计通不过啊。"

太上老君深受感动,就提了个方案。他说:"我很同情牛郎一家,他们每年只能在七夕见一次面,时间确实太少了。我建议在大桥建成前,增加他们的见面次数,比如再安排他们在西方情人节那天见面,大家觉得怎么样?"听了太上老君的建议,大家七嘴八舌地议论开了,有赞同的,也有反对的。太白金星说:"我们还是听听牛郎本人的意见吧。"

没想到,牛郎却不同意这个方案。牛郎说:"太上老君的好意我心领了,但我呼吁造桥并不是只为了我们一家考虑,而是为天河边的千千万万劳苦大众着想。靠喜鹊飞来临时搭桥让我们见上一面这样劳民伤财的事我希望不要再继续下去了,我于心不忍啊。而且我原来是中国人,我们中国人是有骨气的。让我们在西方情人节见面,这样的面不见也罢。"

牛郎的话一说完,会场响起了一阵掌声。

欲知后事如何,且听下回分解。

第55回　嫦娥含泪倾诉衷肠　老君泄密透露底细

牛郎说的话引起了大家的共鸣,牛郎自己都被感动得热泪盈眶。太白金星连忙扶牛郎在旁边椅子上坐下来,接着,转身对泪流满面的嫦娥说:"现在牛郎来的意图大家都明白了,你嫦娥来又有什么要说的?"

嫦娥掏出餐巾纸先擦了擦眼泪，然后悲伤地说："刚才牛郎的话感动了我，我是情不自禁地泪流不止。可是你们知道吗？牛郎和织女好歹每年还能相会一天，可是我和夫君后羿这么多年来没有见过一次面，只能在夜晚月明的时候遥遥相望，蒙蒙眬眬的连面貌都看不清楚，你们说我是不是更惨？"嫦娥说着眼圈又红了。

太白金星劝解道："牛郎织女之间虽然隔着天河，好歹都在天上，我们可以想办法。而你和后羿一个在天上，一个在地上，人间的事又不属于我们管，所以这事情处理起来就更难。"

嫦娥说："我住的月宫虽然也属于天上，但那里是离人间最近的地方啊！那段距离和天河比起来也不见得更远啊。天河上能架桥，难道月球和地球之间就不能架桥吗？"

太白金星说："这个问题太专业，我还真不好说，还是请秋分专家说说吧。"

秋分说："嫦娥啊，我很同情你。我去杭城挂帅前还到你们月宫住了一段时间，你和吴刚热情地招待了我，我还欠你们一份情呢。所以你的诉求我一直没忘记，你的忙我也一定会尽力帮。可是，话说回来，天河虽然宽，但是是在一个平面上，而月宫与地球之间却是垂直的，这一横一直是不能比的，难度系数大多了。"

嫦娥说："说到这些专业问题，我当然说不过你，但办法都是想出来的，桥架不了，就不能想想其他办法吗？比如航天器啊，飞船啊。"

太上老君说："这个事情我以前和玉帝说起过。玉帝的意思是，天宫长期以来财政比较紧张，天空地域广阔，急于建设的基本建设项目有很多。而月宫离地球近，地球上的人也会想办法架设到月球的通道，并且有些人已经捷足先登了。为了避免和地球人发生冲突，我们天宫暂不考虑这个项目。嫦娥姑娘你也不要急，等地球和月球通航了，后羿自然会来找你的。"

听到这里，嫦娥又不禁悲伤起来，边流眼泪边说："我们去接近他们，主动权在我们手上，我一定会不惜一切代价去找后羿；如果让地球人上来接近我们，要是中国人先进来，那倒还好，可要是别个霸权主义国家先进来，占着地盘不走，那我的后羿还怎么有机会上来啊？我再也见不到我的郎君了。"

嫦娥说到这里伤心欲绝，竟晕了过去。这下大家慌了，赶紧把嫦娥抬到门外的车上，让送到天宫第一医院救治。忙乱中，牛郎想想自己该说的也说了，比起嫦娥来,他还算幸福的,于是就悄悄地离开了。

事毕,太白金星重新招呼大家坐下来开会,一时竟想不起来原来说到哪里了,还好有专门负责会议记录的人提醒他。太白金星朝与会者看了一遍,说:"这次下派的六位主帅,有五位已经说过了,还剩下秋分没有说,秋分院长,你也说一说吧。"

秋分说:"我怎么没有说呢? 刚才牛郎、嫦娥提问题时,我说了不少了。"

太白金星说:"那个不算,你刚才是回答牛郎、嫦娥的问题。你在下面待的时间也算长了,并且你是知识分子出身,精于工科,你再说说浙江的情况嘛。"秋分说:"关于浙江的经济、区域特点,浙江的美景、美人、美食,前面几位都说得很好,我就不再重复了。我在浙江时,为了给以后建筑桥梁积累资料,我考察了浙江境内的大部分名山大川,要不要给大家说一说?"

太上老君听说要讲名山大川,马上来了精神,睁开眼睛,说:"这个好,名山大川,我爱听。"

欲知后事如何,且听下回分解。

第 56 回　十大名山寰中绝胜　八大水系紫金锁澜

天宫里的座谈会继续进行,这次由秋分介绍浙江的名山大川。

秋分说:"浙江省地处东南沿海、长江三角洲南翼,东濒东海,南接福建,西连江西、安徽,北临太湖,与上海、江苏为邻。全省陆地面积约 10.18 万平方公里,具有'七山一水二分田'的地貌特征。

"浙江有十大名山。天台山,位于浙江省天台县北面,依托自然山水景观,以佛教文化为特色,集旅游观光、休闲度假、礼佛朝圣为一体。

"普陀山,舟山群岛中的一个小岛,素有'海天佛国''南海圣境'之称,也是中国四大佛教道场之一。

"雁荡山,位于浙江省乐清市境内,因主峰雁湖岗上有结满芦苇的湖荡,年年南飞的秋雁栖宿于此,故名'雁荡山'。雁荡山被誉为'海上名山,寰中绝胜',史称'东南第一山'。其中,灵峰、灵岩、大龙湫三个景区被称为'雁荡三绝'。

"莫干山,位于浙江省北部德清县境内,美丽富饶的沪、宁、杭金三角的中心。莫干山山峦连绵起伏,风景秀丽多姿,以绿荫如海的修竹、清澈不竭的山泉、星罗棋布的别墅、四季各异的迷人风光闻名江南,享有'江南第一山'之美誉。

"天目山,素有'大树华盖闻九州'之誉,地处杭州市西北部临安区境内,主峰仙人顶海拔 1506 米。古名'浮玉山','天目'之名始于汉。天目山有东、西两峰,顶上各有一池,长年不枯,故名。天目山动、植物种类繁多,珍稀物种荟萃,为国家教学科研重要基地,素有'大树王国''清凉世界'之美名,为古今览胜颐神胜地。

"天姥山,位于浙江省新昌县境内,属于道家七十二福地之第十六福地,因李白的《梦游天姥吟留别》而为世人熟知。'天姥连天向天横,势拔五岳掩赤城,天台四万八千丈,对此欲倒东南倾。'李白在诗中把天姥山的气势描绘得淋漓尽致。

"大明山,位于临安西部顺溪镇,别名'千亩田',山巅平坦,广达千亩,故名。以大明山为主体,共有 32 峰、13 洞、8 瀑。此山多奇峰怪石,森耸峭拔,足称名胜。有一巨石,平坦如榻,相传,朱元璋起义后兵败至此,曾卧石上,故名'天子石',朱元璋屯垦时曾登台拜将,故山顶有点将台。朱元璋屯军'千亩田',招兵买马,养精蓄锐,然后杀下山去,打下大明江山,故此山称'大明山'。

"超山,位于浙江塘栖镇,是一座风光旖旎、古迹众多、传说迷人的平原小山。超山以梅景出名,兴盛时期,方圆十里如飞雪漫空,故有'十里梅花香雪海'之美誉。中国有五大古梅,即楚梅、晋梅、隋梅、唐梅、宋梅,超山占其中之二。主峰海拔 265 米,因超然突立于皋亭、黄鹤之外,故名。

"雪窦山,为四明山支脉的最高峰,有'四明第一山'之誉。山上有乳峰,乳峰有窦,水从窦出,色白如乳,故泉名'乳泉',窦称'雪窦',山名由此而来。有千丈岩、三隐潭瀑布、妙高台、商量岗、林海等景观。

"大奇山,位于杭州市桐庐县、富春江南岸,又称'塞基山',史称'江南第一名山'。境内有山峦、怪石、峡谷、溪瀑,以雄、险、奇、秀、旷著称,与桐君山、七里扬帆、富春江小三峡、严子陵钓台共同构成富春江旅游板块。"

太上老君说:"十大名山果然不错,那大川又有哪些?"

秋分说:"浙江有八大水系,它们是钱塘江、瓯江、椒江、甬江、苕溪、运河、飞云江、鳌江八条长龙,还静卧着东钱湖、西湖、鉴湖、南湖四大湖泊,密布着杭嘉湖、姚慈、绍虞、温瑞、台州五大平原河网。

"浙江犹如一名清秀水灵的江南女子,密布的河网、八大水系便是让她钟灵毓秀的生命之脉。水,赐予浙江物华天宝。浙江八大水系作为一条条'财富之江',凝聚着古今无数先贤志士修库筑坝、治理江河的丰功伟绩。史传大禹治水'大会诸侯于会稽',如今,新安江、分水江、老虎潭、长潭、珊溪等一座座水库横亘于浙江水土之上。'紫金锁澜'降伏昔日肆虐的'蛟龙',化狂澜为平湖。大坝巍峨,如一座座丰碑,永载史册。如今,浙江的水渐露笑靥,富春江清澈清凉、西湖波光摇曳、鉴湖桑青水碧,运河百舸争流……肆虐逞凶的江河,成为人们争相观赏的天下景观。浙江的城市再现'水清可游、岸绿可闲、街繁可贸、景美可赏'的水乡风光。灾害不断的八大水系变成了可持续利用的财富之江。浙江文化的发展底蕴、浙江巨变的安全保障都凝聚在八大水系之中。"

秋分说到这里,突然停了下来。坐在他边上的岳参谋长连忙倒满一杯水递了过去。秋分接过杯子一饮而尽,用手擦了擦嘴角,说:"我说得太多了吧?"太上老君说:"不多不多,我喜欢听这个。"

欲知后事如何,且听下回分解。

第57回　秋去冬来老者寄情　全面总结六帅念诗

太上老君今天参加天宫的座谈会,听了立秋等六位元帅的发言,觉得很有新意。太上老君眯着眼把立秋到霜降等六位元帅看了个遍,然后慢吞吞地说:"你们几位的名字源于中国古代流传下来的二十四节气的秋令六节,而二十四节气是中国劳动人民智慧的结晶,是古代农耕社会指导生产生活的重要指南。其中饱含了中国人对自然时序的敬畏之心。你们的祖辈给你们取这些名字,饱含了他们朴素的感情,就是希望你们能脚踏实地,和劳动人民一起,做出一番事业,服务于大众。今天听了你们的介绍,我觉得很欣慰,你们不忘初心,没有辜负先辈的期望。天宫正需要你们这样年轻有为的干部大显身手。"

太白金星接着说:"秋去冬来,二十四节气不论是立秋时节、处暑天气,还是

天候·秋

白露渐深、秋分又至、寒露霜降,每一个节气都饱含诗意。这种诗意伴着诗词流传至今。今天,你们六位就根据自己的名字,结合二十四节气的气候特点,以诗歌的形式做一个总结。大家觉得怎么样?"全场响起一阵掌声,大家都说好。

立秋说,"秋"就是指暑去凉来。到了立秋时节,梧桐树开始落叶,因此有"叶落知秋"的成语。秋季是天气由酷热转凉爽,再由凉爽转寒冷的过渡性季节。唐代诗人刘言史作的《立秋》云:"兹晨戒流火,商飙早已惊。云天收夏色,木叶动秋声。"立秋一说完,掌声又响了起来。

接着,处暑站了起来,说道,所谓"处暑",即"出暑",意思是"夏天暑热正式终止"。唐代著名诗人白居易《早秋曲江感怀》诗云:"离离暑云散,袅袅凉风起。池上秋又来,荷花半成子。朱颜易销歇,白日无穷已。人寿不如山,年光忽于水。青芜与红蓼,岁岁秋相似。去岁此悲秋,今秋复来此。"会场里又是一片叫好声。

白露对立秋、处暑竖起大拇指,说:"两位大哥说得好,我是代表天气渐渐转凉的一个节气,清晨时分,地面和叶子上会有许多露珠,这是由于夜晚水汽遇冷凝结在上面而形成的,故名'白露'。宋代吴则礼所作《登北楼》诗云:'落景孤云共,清商戍角和。苍烟淡伊洛,白露湿关河。牧马随鸿雁,行人击骆驼。暮年余习在,犹欲听边歌。'"

白露说完,立秋补充道:"白露充分利用了自身的优势,借助露珠晒上绍兴黄酒,将秋老虎灌醉,从而调虎离山,并在平阳将秋老虎一举歼灭,这是著名的战术运用之典范啊。"

白露谦逊地表示:"我这不算什么,你采用瞒天过海之策对付酷暑,我敬佩得很。"

秋分插话道:"你们几位都很厉害,我学不过来。秋分时节,太阳几乎直射地球赤道,全球各地昼夜等长。秋分过后,太阳直射点继续由赤道向南半球推移,北半球各地开始昼短夜长,即秋分后白昼开始短于黑夜;南半球则正相反,故秋分也称'降分'。唐代诗圣杜甫在《晚晴》中说:'返照斜初彻,浮云薄未归。江虹明远饮,峡雨落余飞。凫雁终高去,熊罴觉自肥。秋分客尚在,竹露夕微微。'"

太白金星说:"秋分挂帅时,因为没有大的战事发生,所以没能在战史上留下浓墨重彩的一笔,但他在那段时间做了大量的建筑工程考察工作,特别是对钱塘江上的十座大桥做了深入研究,为我们接下来的天河大桥等一系列建筑工程的启动打下了很好的基础,因此秋分同样功不可没。"太白金星说完,全场又爆发出一片热烈的掌声。

寒露站起来先向大家鞠了一躬,然后缓缓说道:"我是戴罪之身,由于我的麻痹大意,酷暑有了反攻倒算的机会。我觉得很惭愧,我不配和立秋、白露等为伍。"

太上老君说:"寒露此言差矣,谁都会犯错。常言道,失败乃成功之母。那些不可承受、不可跨越的苦难,一旦你经受住了,回头看时,你会发现那只不过是浮云一片。区区挫折有什么可怕的,你要振作起来,抬起头来,做一条硬汉子。"

太白金星说:"寒露虽然在军事上没什么可说的,但他热爱生活,花草诗歌样样精通,还与香樟王建立了很深的友谊。今后我们下去还要请寒露多介绍介绍。"

立秋也说:"寒露永远是我们秋季家族里的一员。"

太白金星说:"寒露你继续说下去吧。"

寒露激动得热泪盈眶,他擦了擦眼泪,说:"寒露表示秋季时节的正式结束,是气候从凉爽到寒冷的过渡期。在夜晚仰望星空时,你会发现星空换季,代表盛夏的'大火星'已西沉。我们已经可以隐约'听'到冬天的'脚步声'了。为此,唐代大诗人白居易作《池上》一首:'袅袅凉风动,凄凄寒露零。兰衰花始白,荷破叶犹青。独立栖沙鹤,双飞照水萤。若为寥落境,仍值酒初醒。'"

一阵掌声过后,霜降站起来说道:"我是秋季的小弟。霜降节气含有'天气渐冷、初霜出现'的意思,是秋季的最后一个节气,也意味着秋天的结束。此后跟上来的是立冬,表示冬天要来了。唐代的常建作《泊舟盱眙》是这样说的:'泊舟淮水次,霜降夕流清。夜久潮侵岸,天寒月近城。平沙依雁宿,候馆听鸡鸣。乡国云霄外,谁堪羁旅情。'"

太上老君说:"霜降能文能武,既能阵前挂帅,又攻读博士学位。他的博士论文《论规矩》我看了,写得很好,真是名师出高徒啊。太白金星,我怎么就招不到这么好的学生啊。"

太白金星哈哈大笑道:"太上老君就不要取笑我了,谁不知道你培养出来的都是齐天大圣那样的英雄啊?我太白金星岂能和你比?"会场上又响起了一阵笑声。

太白金星接着说:"秋季快要过去了,冬季即将来到。我想说的是,在座的各位年轻人,你们的职责是平整土地,而非虚度时光。你们做三四月的事,在八九月自会有收获。秋季六君的成功说明了一个朴素的道理,就是莫负时光,细细耕耘,秋后,自有收获。"太白金星说完,会场上爆发出雷鸣般的掌声。

欲知后事如何,且听下回分解。

第58回　金星做总结提要求　玉帝见秋候定变革

天宫座谈会接近尾声时,太白金星要太上老君说说指导性意见。太上老君说:"我再啰唆两句话。一句是,简单的事重复做,你就是专家;重复的事用心做,你就是赢家。另一句是,成功的人不是赢在起点,而是赢在转折点。"太白金星插话道:"太上老君专心炼丹几千年,不愧为炼丹专家啊。"太白金星说完,全场哄堂大笑。

太上老君听了也不气恼,不紧不慢地说:"像太白金星这样什么事都用心做,他就成了赢家。我今天说多了,还是听太白金星做总结吧。"

太白金星说:"时间差不多了,我最后说几句,也不算总结,就是谈点感想。今天这个会开得很好,开得很及时,这主要是由于玉帝高瞻远瞩,提出了建设性、指导性的指示精神,我们只是按照玉帝的旨意去落实。与会代表各抒己见,提出了许多很好的意见建议。牛郎和嫦娥虽然不是会议邀请的代表,但他们反映的问题很实在,说明民间对我们提出了更高的要求。我们一定要引起足够的重视,要转变思想观念,紧跟时代发展形势,以新的理念、新的作风、新的方式方法,投身到天宫改革开放的大潮中去。天宫改革开放没有现成的经验,要摸着石头过河,怎么办?天宫没有做过的事情,民间已经在做了,并且还做得很好,我们不能再高高在上了。以前他们有什么不懂就会说,去问玉帝吧。那是他们对玉帝不了解,事实上,玉帝并没有他们想得那么神通广大。现在,他们已经走到我们的前面去了,牛郎有回到人间去的想法,这提醒了我们这一点——不进则退。我们只有放下架子,好好向凡人学习,借鉴他们的成功经验,锐意改革,才能解决目前官僚主义严重、形式主义泛滥的现状。这次天宫派秋季六帅下去锻炼,一方面是为了解救受酷暑迫害的人们,另一方面也是为了让他们从人间学习改革开放的成功经验。他们几位刚刚都说得很好,说明他们真正学到了东西。我很欣慰,也很受启发。大家现在该知道大本营设在杭州的原因了吧?因为浙江是中国改革开放最成功的地方之一,杭州是浙江的省会,各种改革开放的成功经验都可以在杭州找到样本。"听到这里,会场里响起了一阵议论声,参会人员交头接耳地说着"原来如此""是这样啊"等类似的话。

太白金星停了片刻后,继续说:"这么多内容光靠今天的会议总结是总结不完的。办公厅、组织部、宣传部等部门要各司其职,从各个方面把下面的宝贵经验总结出来。秋季六帅也要把今天讲的内容好好整理一下,形成一个完整的书面材料,等这些工作做好了,我们要向玉帝做一次专题汇报。今天的会议到此结束。"

散会走出会场时,立秋拉了拉太白金星的衣角,悄悄地问:"我们在杭州安营扎寨真的如你所说另有目的吗?你为什么不早点告诉我?"

太白金星说:"天机不可泄露,我也是后来才知道的。"

几天后,所有的总结材料都整理出来了,办公厅从机构设置方面总结了变革的可行性;组织部从组织保证方面论述了变革的迫切性;宣传部从思想政治方面阐述了变革的必然性;军事部从保疆安民方面表达了变革的重要性;秋季六帅以亲身体验说明了变革的可操作性。更有文学爱好者写出了长篇小说《天候·秋》,从秋季的气候变化来说明变与不变的道理。

太白金星将这些材料装订成册,并做了个漂亮的封面。接着,他就带着秋季六帅见玉帝去了。

玉帝接过太白金星递上来的材料大概浏览了一遍,然后亲切地问了秋季六帅几个问题,秋季六帅一一做了回答。

玉帝龙颜大悦,对秋季六帅赞赏不已。玉帝指出:"目前天际形势变幻莫测,过去几千年来形成的习惯已经不适合时代的发展需要,因此我们必须进行变革,变革就会有风险。天宫正是用人之际,你们几位既懂理论知识,又有实践经验,并且经历了第一线的考验。现在正是你们充分发挥作用的时机,希望你们能继续努力,再接再厉,创造奇迹。"

接着,玉帝又对太白金星说:"你回去后马上会同组织、人事等部门,组建一些新的机构,专司改革开放发展之责,秋季六帅可以在这些部门中发挥重要作用。"

太白金星连声说"好"。不久后,天宫发布了天字第八号文件。文件上宣布了一些重要机构成立的消息,并任命了这些新机构的主要负责人。这标志着一场轰轰烈烈的天宫变革大潮由此开始。

秋季六帅踌躇满志,放眼天空,晴赏奇松怪石,阴观云海变幻,雨觅流泉飞瀑,雪看玉树琼枝,风听空谷林涛,雾辨苍茫江湖。

欲知天宫变革大潮如何展开,且听下部分解。

天候・冬

第59回　大英雄盘古开天地　灵霄殿玉帝议对策

在上古的时候,天和地混沌得像一个大鸡蛋,盘古就生长在这混沌的环境中。经过很多年后,天地分开,清而轻的"阳"物升成天,浊而重的"阴"物降为地。盘古在天地之中,一日九变,比天神明,比地通圣。天每日增高一丈,地每日加厚一丈,盘古的身体也每日生长一丈。

就这样又经过很多年,天已经极高了,地也极深了,盘古的身材也极长了,然后才慢慢地有天皇地皇人皇出现在世界上。盘古有神力,将身体一伸一缩,天即变高,地便坠下。而天地相连者,盘古左手执凿,右手持斧,或用斧劈,或以凿开,时间久了天地就分开了,二气升降,清者上为天,浊者下为地。自此以后,混沌苍茫的天地被开辟出来了。所以盘古是开辟新天地的大英雄。

盘古开天地以后,又生育出天地万物,天地万物又一步一步派生出三教九流,天皇老子。天地万物归于一个"道"字,"道"无形无象,"道"在自然界中的显现就是"德",故万物莫不遵道守德。"道"散为炁,聚为太上老君。

太上老君为道之祖,体于自然,在三清之前,象帝之先,为玉皇大帝,居金阙云宫灵霄宝殿。太上老君者,大道之主宰,万教之祖宗,或化儒圣,或化释佛,或化道仙……总摄一切法门,隐显莫测,或著感应,或著道德,或著清静,功德无边,不得而名,故名曰"道"。

"神仙"则是"道"的化身,又是得道的楷模。"神仙"只有对道的理解的深浅之分,而没有等级地位之别,皆以济世度人为宗旨。

在天上,至高无上的就是玉皇大帝,即"昊天金阙无上至尊自然妙有弥罗至真玉皇上帝",是道教神话传说中的天地的主宰,又称"太上开天执符御历含真体道昊天玉皇上帝""玉皇大天尊""高天上圣大慈仁者玉皇大天尊玄穹高上帝""玄穹高上帝""天公""老天爷"等。

玉皇大帝即昊天上帝,无始以来,劫数久远,圣人应号,亦复无边。上帝本自然,垂象立号教化众生而有所祷也。常住妙有无迹真境中,地位崇高,永处太玄至真上天之上,已证八身,即道身、法身、本身、真身、迹身、应身、分身、化身,是道教的基本信仰和最高信仰"道"的神化,被认为是道的本体。

玉皇大帝犹如人间的皇帝,上掌三十六天,下辖七十二地,掌管神、仙、佛、圣、阴曹、地府的一切事,权力无边,有穹苍圣主,诸天宗王之称,赞玉帝之尊,权大化,得元始天尊密授赤字玉文而开天执符,主承太上无极大道之法旨而含真御历,金阙四御辅助,北极四圣佐护,神霄九宸大帝拱卫,妙相庄严,法身无上,统御诸天,统领万圣。其主宰天地,开化万天,行天之道,布天之德,造化万物,济度群生,权衡三界,统御万灵,而无量度人,为天界至尊之神,万天至尊主宰。上帝在无上三天,为诸天之尊,万象群仙,无不臣者。

　　常升金殿,殿之光明,照于帝身,身之光明,照于金殿,光明通彻,无所不照,故为通明殿。诸天帝君,万灵侍卫,仙众梵佛,悉来朝谒,仰视其殿,唯见大光明中,上帝俨然。仙班既退,光明遍彻诸天。

　　且说这上界光天庭就有三十三座天宫,即遣云宫、毗沙宫、五明宫、太阳宫、化乐宫等,又有七十二重宝殿,即朝会殿、凌虚殿、宝光殿、大王殿、灵官殿等。天上有东南西北中五天,天上无边,地下有五湖四海,地下无际。有这么多繁杂机构,就要配相应的神员,自上而下,从天皇天尊到天兵天将,数不胜数,三清四御、五老六司、七元八极、九曜十都、千真万圣,还有四大天师、九天仙女,这些神圣每个都要配备很多手下,比如光那个如来的雷音宝刹,就有三千诸佛、五百罗汉、八大金刚、四大菩萨,至于不记名的佛徒更是不计其数。加上天上好大喜功,每天龙肝凤髓、玉液蟠桃,久而久之,天上库银入不敷出,难以为继,就是玉帝也有些急了。

　　这一日,玉帝就召集三清二太商量对策,这三清是玉清元始天尊、上清灵宝天尊、太清道德天尊,这二太是太上老君和太白金星。托塔李天王作为卫戍区司令列席了会议。等与会者一到齐,玉帝就把心中的苦闷和盘托出,直言这个家不好当。这三清二太早就知道这个现状,只是以前玉帝不提起,他们也就当作不知道,今天玉帝这么认真地来商讨此事,足见情况比较严重了。

　　三清二太觉悟都很高,当即表示可以减少自己的俸禄,精简自己手下的闲杂人员。太上老君还主动提出要减少炼丹数量,因为炼丹太劳民伤财了。玉帝听几位元老都这么说,很欣慰。

　　玉帝说:"谢谢各位元老的理解与支持,但在我看来,要解决这个问题,光凭节流是远远不够的,主要还是要靠开源,大家想想办法,怎么样才能大大地开源?"

太白金星说:"玉帝说得很对,随着形势的发展,我们原来几千年沿袭下来的一套模式已经很不适应当前的形势了,现在人间的变化很快,生活水平提高了,我们天堂却是几千年如一日,原封不动,外面对此意见很大。比如牛郎就多次来上访,强烈要求尽快建设天河大桥,嫦娥也经常抱怨,说为什么不设法架设月球与地球的通道。还有好多神都在议论,说很多年都没有加薪了。但我知道,巧妇难为无米之炊,靠原来的那点收入,我们连工资都要发不出了,我们还拿什么去建天河大桥啊。"

玉帝说:"爱卿说得极是,所以我日思夜想,要想个万全之策出来才好哇。"

太白金星说:"今年下界酷暑闹事,天庭先后派了立秋等秋季六帅带兵去中国浙江杭州一带,和酷暑展开了殊死搏斗,现已大获全胜,凯旋回朝。听回来的神说,他们对中国特别是浙江的变化赞不绝口,我想这里面一定有很多道理。"

玉帝说:"你快去找他们,把这些道理挖掘出来、总结出来,为我们所用。"

太白金星连连称好。

欲知后事如何,且听下回分解。

第60回　为变革成立发改办　定方向立秋首议事

太白金星按照玉帝的旨意,马上组织人马对从前线回来的立秋等秋季六帅进行了采访,又是组织座谈会,又是个别谈话,从全军班师将士中收集到了很多资料,其中有丰富的土特产品,比如山核桃、香榧;有先进的电子产品,比如华为手机、海康威视监控器;有各种各样的图书、书画、影像资料,比如《平凡的世界》《鸡毛飞上天》。

过了一段时间,所有的总结材料都整理出来了,浙江在短短的四十年内取得这么好的成绩,归根到底一句话,靠的就是改革开放。浙江走在了改革开放的前沿。太白金星就带着秋季六帅向玉帝做了专题汇报,玉帝听了汇报后做了重要指示。

不久,天宫成立了发展改革领导小组办公室,办公室主任由立秋担任,办公室副主任由处暑、白露、秋分、寒露、霜降担任。

免去立秋原来担任的蟠桃会筹备委员会办公室主任一职,改由立夏担任。

天宫还专门发布了天字第8号文件,对天宫即将进行的变革做了舆论宣传。发展改革办直接对玉帝负责,有要事可直接向玉帝汇报。

自发展改革办成立后,立秋主任就马上召集处暑、白露、秋分、寒露、霜降五位副主任议事,几位主任冷静下来后,觉得此事非同小可,牵一发而动全身,原来自己只顾下凡挂帅带兵打仗,主要精力都用在军事建设上,对其他方面并没有很深的了解,有的只是一些直观的印象,并没有系统地、深入地做研究。没想到阴差阳错地回来后一下子被推到这么重要的岗位上,大家都没有思想准备。改革必然会触动一部分神的利益,那些个三清四御、五老六司、七元八极、九曜十都、千真万圣,有谁是可以惹得起的?所以当立秋把大家叫到一起的时候,几个副主任唉声叹气,都说这个事情不好做,自己被架在火上烤了。

还是立秋老成持重,他说:"我也知道,这是个烫手的山芋,但现在事已至此,埋怨、发牢骚都没有用,不管怎么说,玉帝重用我们,我们总要有所作为,好在天上大家都没有经验,玉帝也是要我们摸着石头过河,一步步地来,欲速则不达。万事开头难,只要有了好的开头,一步一个脚印地走下去,以后的事情就好办了。大家都说说,我们应该从哪里入手?"

处暑说:"我是研究老皇历的,什么事情都要讲究个阴阳五行,所谓名不正则言不顺,这阴阳五行也就是老百姓说的道理,往大了说就是规矩、规定、规范、条例、律法,再往上说,就涉及政治体制了。"

立秋说:"你就直接说政治体制改革是关键不就完了。"

处暑说:"就是这个意思,但这个太难了。太岁头上动土,我可不敢。"

白露说:"我觉得'枪杆子里出政权'这话一点没错,天宫天兵天将是不少,但战斗力不强。你们想想,当年一个孙悟空来大闹天宫,天宫几十万大军围剿,都解决不了问题,后来还是靠佛祖用计才收服了他;今年老君手下的一个童子酷暑在下面闹事,我们派出那么多兵马,才算打了个平手。所以我的意思是,当务之急是要强军,加强军事建设是头等大事。"

立秋说:"屁股决定脑袋,你现在任军事要职,从你的角度看,这也是对的,但你想想,玉帝现在愁的是工资都快发不出了,不解决钱的问题,拿什么来搞军事建设?"

秋分说:"我在研究工程建设,了解到很多年来天上的基础设施建设严重落后,根本不适应现在形势发展的需要,和老百姓日益增长的对美好生活的向往

有很大差距,因此,只有从基础设施建设着手,加大投入,才能彻底解决目前存在的很多问题。"

立秋两手一摊说:"钱呢,钱从哪里来?"

秋分说:"就是勒紧裤带过日子,也要把基础设施搞上去。"

寒露说:"我觉得现在天宫中确实存在很多问题,但关键问题是神的问题,神的问题的关键是文化问题,文化问题的关键是教育问题。只有把教育问题搞上去了,大家有文化了,心态就好了,心态一好,什么事情都好办了,所以我们搞改革要先抓教育。"

立秋说:"你这一环套一环的,都把我套晕了,你这个想法是好的,但按照你这个来,恐怕等到把教育问题解决了,我们几个也都老了。"

这时,一直没作声的霜降站起来说:"刚才听了处暑、白露、秋分、寒露四位副主任的想法,我觉得都很有道理,各有各的特点。处暑认为政治体制改革是关键;白露觉得军事建设很重要;秋分提出要加强基础设施建设;寒露则从教育着手,通过提高神的素质来解决问题。但正如立秋主任刚才点评的那样,这些方面都需要大量的投入才能解决问题,钱从哪里来呢? 如果玉帝的国库里银子堆得满满的,玉帝也不至于这么急地要我们来变革。"

立秋说:"霜降言之有理,那依你之见,应该如何是好呢?"

霜降说:"我记得,有个神说过,神只要有钱,烦恼会减掉 90% 以上,更不会乱发火。"

立秋连忙问:"这个神有没有说钱从哪里来?"

霜降说:"这个神虽然没有告诉我们钱从哪里来,但他告诉我们钱是问题的关键,提醒我们一切问题的解决都离不开钱。发展是硬道理,通过变革,生产力发展了,价值体现出来了,神有钱了,生活水平提高了,到那时渐进式地推动政治体制改革就会水到渠成。同时军事建设、基础设施建设才有本钱,神只要有钱了,素质就会慢慢地提高。"

霜降说到这里,在座的各位都频频点头,表示赞同。立秋见状站起来说:"通过今天的讨论,大家统一了一点,就是改革要围绕经济发展来进行,通过经济发展来推动其他方面的变革。现在先休息一下,接下去大家把思路集中到经济改革方面再来谈。"

欲知后事如何,且听下回分解。

第61回　定细则寒露提方案　得批准立冬先出访

休息了十五分钟后,立秋继续召集几位副主任议事。

立秋指出:"经过前面的讨论,现在已经明确经济体制改革是全面深化改革的重点,其核心问题是处理好天宫管理者和市场的关系,使市场在资源配置中起决定性作用和更好地发挥管理者的作用。我们要立足于天庭改革刚刚起步的实际,坚持市场经济改革方向,充分认识深化经济体制改革的重要性和紧要性,深刻理解其科学内涵和本质特征,扎实有力地做好各项改革工作,发挥经济体制改革的牵引作用,协同推进其他领域的改革,形成强大的改革合力。"

白露说:"立秋主任总结得很好,但这些都是大道理,是纸上谈兵,你就说说我们具体应该怎么干吧?"

白露这么一问,倒把立秋问住了,他挠了挠头皮,说:"具体的可操作性的方案我也确实没有细想过,大家说说有什么好办法。"

秋分说:"玉帝提出要改革开放,也是听了太白金星的汇报,觉得中国的改革开放取得了巨大的成功,所以心里痒痒的,要学他们那一套。我们几位虽然下凡去了一段时间,但一则我们重任在肩,以军事行动为主,二则来去匆匆,对他们的改革开放的实质性的东西知之甚少,一知半解地操作起来反而会误了大事。如果一定要推行下去,我的意见还是要派神下去,好好去学一学,回来后把经验全面地整理出来,细加推敲,反复研讨,才能形成文件,交玉帝审核后再做定论。"

寒露说:"改革不得出大的差错,我的意见是在重大决策推出前,先要进行试点,取得经验后再全面铺开也不迟。"

立秋说:"你们说得对,其他的先放一放,现在先讨论三个问题,一是派谁下凡去摸情况,二是以什么名义去,三是到那里找谁好。"

寒露说:"这三个问题我来回答,虽然我们几位都下去过,情况比较熟悉,但我们既然已经兼任发改办要职,为了避嫌,已不适合再亲自下凡了。而从时节上来说,现在已进入立冬季节,我提议先派立冬下去,这样便于隐蔽身份,有利于开展工作。"

处暑、白露、秋分、霜降都表示立冬合适。立秋说："那第一个问题就这么定了，等我向玉帝汇报后再通知立冬。寒露，你再说说第二个问题。"

寒露说："我在下界时，和香樟王是好朋友，立冬下去后，可以先去找香樟王，毕竟香樟王在那里待的时间长，什么事情都可以搞定。"

立秋再问："以什么名义去为好？"

寒露说："现在我们天上地下两界还没有公开交流机制，去也是微服私访，因此名义不重要，如果一定要有个名头，那就叫访问团吧。"

立秋听了连声叫好，说："那今天我们就商量到这里，待我向玉帝汇报后再做定夺。"说完，大家就散去了。

立秋于是马上找了个机会向玉帝汇报，没想到玉帝满口答应，立即任命立冬为首任赴凡间访问团团长，命其择日下凡考察调研，务必取得经验回来。当时佛祖如来刚好在玉帝旁边，他不知道事情的来龙去脉，就问："玉帝，所为何事？"

玉帝就把最近发生的情况简单地说了一遍，当说到要派立冬下凡取经时，如来佛祖大为惊讶地说："只知道来西天取经，哪里有我天上去凡间取经的道理？"

玉帝就说："此一时彼一时也，那时东土大唐的唐僧去西天求取真经，是为了永传东土，劝化众生。可现在东土与时俱进，发展很快，我们这里却故步自封，难以为继。圣人曰，三人行，必有我师，我们必须正视现实，跟上时代潮流。改革是躲不开、绕不过、拖不得了，不改就没有出路，慢了会贻误时机，付出的代价将更大。"

如来佛祖说："玉帝既如此说，我也无话可说了。"

立秋见玉帝批准了，连忙通知立冬。立冬接到命令后，不敢怠慢，只带了少数几个亲信随从，一溜烟似的下凡找香樟王去了。

欲知后事如何，且听下回分解。

第62回　立冬下凡驻足杭城　樟王迎客知晓天机

立冬,是二十四节气之一,也是汉族的传统节日之一,作为干支历戌月的结束以及亥月的起始,时间为公历每年11月7日或8日。此时,太阳位于黄经225°,赤纬－16°19′。立冬过后,日照时间将继续缩短,正午太阳高度继续降低。汉族民间以冬至为冬季之始,需进补以度严冬的食物。古代将立冬分为三候:一候水始冰;二候地始冻;三候雉入大水为蜃。在此节气,水已经能结成冰;土地也开始冻结。"三候雉入大水为蜃"中的"雉"即指野鸡一类的大鸟,"蜃"为大蛤,立冬后,野鸡一类的大鸟便不多见了,而海边却可以看到外表与野鸡的线条及颜色相似的大蛤。所以古人认为,立冬后,雉变成大蛤了。

古人对"立"的理解与现代人一样,是建立、开始的意思。但"冬"字就不那么简单了,在古籍《月令七十二候集解》中,"冬"的解释是:"冬,终也,万物收藏也。"意思是,秋季作物全部收晒完毕,收藏入库,动物也已藏起来准备冬眠。因此,立冬不只代表冬天的来临,准确地说,立冬表示的是冬季开始,万物收藏,规避寒冷的意思。

宋代诗人钱时在《立冬前一日霜对菊有感》写道:

　　　昨夜清霜冷絮裯,纷纷红叶满阶头。

　　　园林尽扫西风去,惟有黄花不负秋。

立冬是冬季六节的首节,其地位相当于秋季六节的立秋,所以在天宫中一直受到重用。他早先被安排在天宫蟠桃会筹备委员会任职,现在天宫需要派得力干将下凡取经,秋季六节一致推荐立冬打头阵,玉帝也认可了。立冬觉得这是一件无上光荣的事,一定要全力以赴地做好。因此接到发改办通知后,他马上就出发了。

立冬带了几个随从,一阵风似的刮到了杭州城边,按下云头,在指定地点找到了香樟王。香樟王见来了几个不速之客,又似曾相识,忙将其迎入屋内坐定,端上茶来。忙过一阵后,香樟王问:"客从何来? 来此何事?"

立冬就从怀里掏出了寒露写的一封介绍信交给香樟王,香樟王接过信看了一遍,忙说:"原来是立冬团长大驾光临,未曾远迎,失敬失敬。"

立冬说:"香樟王不必客气,寒露元帅对香樟王赞赏不已,我们此次前来投靠,打扰香樟王了。"

香樟王说:"立冬团长这样说就见外了,你是寒露介绍来的,寒露是我的好朋友,所以你的事就是我的事,况且你一进来我就觉得面熟,我在这里已经五百多年了,想必我们以前在哪里见过。"

立冬说:"天上方一日,地上已一年,你在这里五百多年,我们在上面也就五百多天,我每年都要到各地去转转,也记不得在哪里见过你。"

说到这里,立冬想起来了,急忙从口袋里摸出一个信封交给香樟王,说:"这是寒露要我单独交给你的私信。"

香樟王拆开信封一看,上面写着三行字:"有一种情,不必朝暮相见,只在灵魂深处相偎;有一种朋友,不在生活圈,却在生命里;有一种陪伴,不在身边,却在心间。"香樟王大受触动,连忙问立冬:"寒露现在情况如何?"

立冬说:"寒露很好啊,现在已被任命为天宫新设立的发改办副主任了,这个发改办权力大得很哪,我这次下来就是寒露率先推荐的。"

香樟王说:"那就好,那就好,早些时候,他引咎辞职,情绪低落,我那时就劝他,天生我材必有用,是金子总会发光的,果不其然,天宫果然又重用他了,这下我也可以放心了。"

这时,香樟王突然想起了什么,连忙说:"你们几位远道而来,肚子一定饿了,我忙着和你们说话,倒忘了给你们弄吃的了。"说完,香樟王急忙吩咐下面的小香樟给客人安排吃的。

立冬拉住香樟王的手说:"不饿不饿,这些小事就让下面的人去做吧,我有要事和你商量。"

香樟王说:"立冬团长有事尽管直说便是,不必见外。"

立冬就把这次来的目的简要地说了一下,最后说:"我们知道香樟王的品行,所以对你毫不隐瞒,天上的情况就是这样,不到万不得已,我们也不会冒这个风险。"

香樟王听到这里,说:"谢谢你们的信任,我也算老资格了,自认为什么世面都见过,但还是天真地认为,地上有各种各样的问题,但天堂总是美好的,没想到家家有本难念的经,现在连天堂都这个样子了。不过你放心,这件事天知地知,你知我知。"

说到这里,香樟王又想到了什么,问立冬:"以前大家都知道是唐僧去西天取经,现在反过来,天上来地上取经了,难道天上就没有反对意见?"

立冬说:"怎么会没有,当时如来佛祖就觉得不可接受,但玉帝主意已定,其他神见佛祖的劝说都没用,也就不多说了。"

香樟王叹了口气,说:"真是三十年河东,三十年河西,风水轮流转哪。"

正说着,小香樟们已把做好的一桌子饭菜端了上来,香樟王就招呼立冬及手下一行都来用餐。立冬一边吃一边说:"我这次下来,也不是一天两天的事,要在你这里吃住多长时间也难说,你先记着账,一应费用我们都要和你结清。"

香樟王笑了笑,说:"不必客气,这点费用我们植物界还是承受得起的。何况我们用的是植币,你们用的是天币,两币之间还没有建立兑换机制,这哪里还结算得清啊?"

立冬说:"你说得也有道理,但我们这样白吃白住总不是个办法。"

香樟王说:"那就算天上欠着我一个情,等到我下次升天的时候,你们补偿我好了。"

说完,大家都哈哈大笑了起来。

欲知后事如何,且听下回分解。

第 63 回　比唐僧立冬叹苦经　谈传统樟王论文化

立冬一行在香樟王这里落了脚,晚上酒足饭饱后,香樟王要小香樟们带立冬一行去就寝,立冬说:"让他们先去吧,我和香樟王再聊一聊。"

等小香樟带立冬的手下离开后,香樟王泡了一杯茶交给立冬。立冬接过茶杯,对香樟王说:"我这次下来,千头万绪,我也不知道从何做起,觉得压力很大,情绪一直没有平静下来,现在也睡不着觉,还是和你香樟王多聊一会儿好。"

香樟王指了指立冬手中的茶杯说:"生活如同你手中的一杯水,坏情绪则像掉进水杯中的灰尘,你无法避免坏情绪的掉落,但如果不断地去搅和,它就会充满我们的生活;如果选择让心静下来,那么坏情绪自然会慢慢沉淀。保持好心情,才能品尝生活的甘甜。"

立冬放下茶杯,对香樟王抱抱拳,表示感谢。立冬接着说:"玉帝对我这次下凡来取经寄予厚望,你看我下一步该怎么走?"

香樟王说:"立冬团长别急,既来之则安之,想当年东土大唐高僧去西天取经,吃了多少苦头,受了多少磨难才将真经取到手哇!你们也要做好长期学习的思想准备。"

立冬说:"唐僧取经,苦是苦,但好歹有孙悟空等高手相助,而且说实话,一到关键时刻,还不是天宫出手摆平,才使他们化险为夷。最后唐僧才将三藏经书共计三十五部,一万五千一百四十四卷都取到手。唐僧取经应该说很圆满了,不知道我能不能有这样的运气,能取到多少真经?"

香樟王说:"要说中国改革开放的真经,那是远远大于三藏经书三十五部之数的,你们只要能够学得其中十之一二,就受用不尽了。另外,唐僧有孙悟空等高手相助,你们也会有人间能人帮助你们的。我知道中国人很好客,只要是真心实意想来学习的,不论他来自何方,中国人都欢迎。莫急莫急,先喝茶。"

立冬喝了一口茶后说:"那就好,有香樟王在,我就放心了。"

香樟王说:"我们今晚不谈别的,我们就随意聊聊中国的传统文化。"

立冬说:"那太好了,对这个我一直很感兴趣,那我就洗耳恭听了。"

香樟王说:"中国的传统文化源远流长,其中儒、道、释三家是最主要的,统管着学术与文化的命脉。作为中国传统文化的精髓,三家思想各有特点,犹如三枝奇葩,故有'以佛治心,以道治身,以儒治世'的说法。概括起来就是,儒家提倡'仁礼安邦',道家提倡'无为而治',佛家提倡'万法皆空'的人生哲学。我们可以从中提炼出正确的行为、良好的哲学、健康的心态。"

立冬问:"那这三家的区别在哪里?"

香樟王说:"三家文化的主要区别,用一句话来概括就是,儒学以教化为核心,道学以治理为核心,佛学以大爱为核心。

"先从文化主旨上来分析,儒家文化是进取文化,讲究功名;道家文化是规律文化,讲究律法;佛家文化是奉献文化,讲究舍得。

"再从做人标准上来分析,儒家文化宣扬仁、义、礼、智、信;道家文化宣扬领悟道、修养德、求自然、守本分、淡名利;佛家文化宣扬诸恶莫做、众善奉行、遵守十戒、心灵安定、运用智慧。

"接着从人生观上来分析,儒家文化提倡积极进取、建功立业;道家文化提倡顺其自然、自我完善;佛家文化提倡慈爱众生、无私奉献。

"另外,从世界观上来分析,儒家文化认为世界是展现才华的舞台;道家文化认为大自然是人类赖以生存的环境,追求人与自然和谐相处的天人合一境界;佛家文化认为相由心生,世界就在自己心中,一念之差,便可创造地狱、极乐。

"而从价值观上来分析,儒家文化是在创造物质财富的过程中实现自我价值;道家文化是以完善的自我带动和谐的社会;佛家文化是在为他人献爱心、为社会做贡献的过程中实现个人价值的最大化。

"从哲学倾向角度上来分析,儒家文化倾向入世哲学;道家文化倾向出世哲学;佛家文化倾向以出世的思想做入世的事情。

"从兼容学习、成就自己上来分析,儒家文化学的是修齐治平;道家文化学的是道法自然;佛家文化学的是觉悟人生。"

立冬又问:"那这三家有什么相互关系呢?"

香樟王说:"儒、道、佛三家学说是中国文化的国粹命脉,其根本核心是倡导善良、尊重天体自然、传播改造世界、增进人类文明的理论,让人们在社会实践生活中,遵守规律,平等进取,使世间的生活更和谐、更美好。儒、道、佛三家学说各成体系,博大精深,但三家学说并不完全对立。好学者如能融会贯通,兼容并取,就能在实际生活中,得舍有度,成全自己。"

听到这里,立冬啧啧称奇,对香樟王赞叹不已。

立冬说:"你总结得太好了,你怎么会知道得这么多?"

香樟王说:"我在这里生活了五百多年,日有所思夜有所梦,日积月累,知道的就多了。总之,我觉得你们来这里取经是来对地方了,悠久灿烂的华夏文明,群星璀璨的古圣先贤,中华最优秀的传统文化必将永放光芒,引领世界。"

立冬连连说:"是啊是啊,不过今晚时间不早了,我们明天再议吧。"

欲知后事如何,且听下回分解。

第64回　讲故事做局与破局　论大势遏制反遏制

立冬因心里有事,第二天清晨很早就醒过来起床了。他来到大香樟底下,见天刚刚露出鱼肚白,初冬的微风吹来有点冷冰冰的,香樟树枝头的树叶发出沙沙的声音,地上是满地的香樟籽,香樟王巍然屹立在那里,似乎总是那么荣辱不惊。

见立冬一早来到树下,香樟王就和他打了个招呼,说:"早上好,这么早起来干吗?"

立冬说:"我想早点起来,理一理思路,今天该如何开展工作。"

香樟王说:"你又不淡定了,要学会淡定。你看看这淡定的'淡'字,左边是三点水,右边是两个火,水浇在火上,水止火灭。遇到天大的事,只要心里揣着淡定这味药,就不会捅出娄子。古代杜甫有诗云,水流心不竞,云在意俱迟。滚滚红尘之中,人不能把欲望、追逐放在第一位,要给心灵留一方空间。在我们植物界,菊花是淡定的,经霜而不气馁,傲然枝头;兰花是淡定的,处深山幽谷,也能静吐暗香;荷花是淡定的,淤泥之中,照样亭亭玉立;梅花是淡定的,冰雪之中,尤能芬芳吐蕊。淡定是一种品格,淡定是一种境界,淡定是一种优雅,淡定更是一种智慧。"

立冬说:"这些话说起来容易,做起来难。"

香樟王说:"说难,也不难,你看,在我的脚下,是不是有一群蚂蚁,这些蚂蚁在大雨即将来临的时候,会敏感地嗅到危险的气息,它们会成群结队,开始有条不紊的搬家行动。没有忙乱,没有不安,没有躁动,只有紧张而忙碌的工作,把家搬到另外一个安全的地方去。同样一场大风把筑在我树上的鸟巢吹落到地上,那些用嘴一根根衔来的草棍,瞬间四散落地。不要以为,这些鸟儿会迁徙,会搬家,或者心生怒气,自暴自弃。只需几天,我树上又会挂起一个新的鸟巢。"

立冬说:"你说的都是些小动物,我接下去要和人类打交道,不知道和中国人打交道容不容易。现在还早,你能否谈谈你的看法?"

香樟王说:"当然可以,我先从一个'做局与破局'的故事说起,说美国赌场知道中国人喜欢赌博,于是给在美国没事的中国老太太一人 25 美元,邀请她们去赌场玩,结果中国老太太拿着 25 美元在赌场里转了一圈,然后回家了,有人一天还去了两趟,赚了 50 美元。

"赚不到钱的赌场不得已改规则,不发现金,而是把钱存在卡里。老太太们照样也来赌场,赚了就继续赌,卡里的钱输没了就走人。结果赌场还是赚不到钱,于是又改规则,必须赌够 150 美元以上才能领取 25 美元。老太太们一商量,两人分一组,玩押大押小,一人押大,另一人押小,老太太一赢一输对冲了,花够 2 个 150 美元的点数就收手,然后两人去前台各领 25 美元回家。最后,赌场再也不拉老太太们来赌博了。

"这就是既聪明又理性的中国老太太,外国人不得不服!这是个真实的故事,虽然听起来像是个笑话。由此联想到,美国人布局,中国人破局。美国人定规则,中国人破规则。"

立冬听到这里笑了笑,说:"有意思,你讲这个故事一定还有深层次的话要说。"

香樟王说:"是的,我要说的是,中国长期以来受制于人,所以养成了防御的习惯。因为以前没有本钱去进攻,不能布局,只有破局。久而久之,破局本领练得一流。什么样的局他们都能找出漏洞来,把它研究透,进而为其所用。

"比如WTO规则,是美国主导搞出来的,但美国现在觉得这个规则使自己吃亏了,所以一直想废了它,但美国人也知道,无论什么样的规则,都不会是十全十美的。你定得过于霸王条款了,中国人就不陪你玩了。国与国之间是这样,国内也是这样,所谓上有政策,下有对策。政策晚上发出来了,很多人连夜就研究对策,以至于到第二天政府要实施这个政策时,突然发觉人们各种对策都想出来了。这就是一些地方排队离婚、连夜分户等事情出来的缘由。因此,不要埋怨国足只会打防守反击,习惯了,锋无力有什么办法。

"中国一直以来就采用'兵来将挡,水来土掩'的战略,叫作以不变应万变。你喜欢折腾就让你去折腾吧,磨得你筋疲力尽。这就好比下棋,高手下棋,讲究个旗鼓相当。早先中国连坐到台面上和美国下棋的机会都没有,现在有了,能够平起平坐了,美国人就受不了了。他们喜欢早先那样给你些小恩小惠,他们觉得那是他们帮了别人,心里感觉特别好,现在变成被帮的人,别人在某些方面赶到他们前面去了,他们的心态就变了,受不了了,就不淡定了。

"美国是个精英绝对控制的国家,两党轮流执政,选来选去总是逃不出大财团控制的代表。美国老百姓表面上能自由选举,实际上真正能起多少作用? 老百姓大多数还是善良的,但政治人物就不一样了,他们为了更多的利益,完全背弃了作为个人的道德准则。比如有些政客,作为个人时,他们对中国人表现得很友善,但一旦成为政治人物,他们什么馊主意都想得出来,各个方面都在想办法对付中国。并且他们可不是只顾眼前的,他们连几十年后的策略都在想了。

"所以中美之间的遏制与反遏制是长期的拉锯战,下棋时总希望劫材越多越好,对美国来说,台湾、南海、香港、西藏、新疆都是劫材,他们怎么能轻易放弃。所以实际上香港闹事其实就是国外势力在背后支持。还有某些台湾领导人反对'一国两制',最希望香港'一国两制'出事情以利于选情,所以出资资助'港独'分子闹事。中央知道是'台独'分子在资助时,就会出重手予以惩戒,取消城市赴台自由行就是其中的一个警告,后续还会有进一步的动作。到有一天,由中国来设局,让对手来破中国的局就好了,终究会有那么一天的。"

听到这里,立冬大吃一惊,心想:"这香樟王怎么连国家大事都说得头头是道。"正想继续发问时,小香樟来喊立冬吃早餐,立冬就把到了嘴边的话吞了回去,跟着小香樟去餐厅了。

欲知后事如何,且听下回分解。

第65回　论体制立冬揭弊端　写跨界樟王荐三明

立冬吃完早餐后,又回到了大樟树下,对香樟王说:"首先要谢谢香樟王安排的可口的早餐,但我更希望能得到你的指点,就是我接下来该如何安排?"

香樟王用手指了指路旁刚播的树种子说:"所有的种子破土而出的时候,不会去想,遇到的是风雨,还是阳光。它只知道向上,再向上,最终开花结果!所以,你只管努力,其他的交给时间。"

立冬说:"话是这么说,可是我等不及了,我估摸着天宫最多只给我半个月时间,我必须在半个月内取到真经。"

香樟王摇了摇头,说:"想当初唐僧取经花了多少时间,现在的经书内容比那时多了几十倍,你却想在半个月内把真经取回去,那也想得太天真了。"

立冬说:"你应该知道,季节变换,世事难料,现在正是立冬时节,我一定要利用属于我的时机办一些大事,过了这个村就没有那个店了。过几天,到小雪时节了,可能就会有别人来代替我了,所以我等不起啊。"

香樟王说:"你的想法我明白了,但真经这么多,你又时间这么紧,只能学一些最紧要的对吧?你想学的最紧要的是什么呢?"

立冬想了想,说:"天宫几千年来故步自封,一成不变,已经远远不能适应新时代发展变化的需要,各方面都落后了,人间很多方面已经走在天宫前面了,这些经验我确实想多学一些,但我这次只能先学一点皮毛了。要说最紧要的,我想天宫现在最缺的是钱,我就学一些如何赚钱的经验吧。"

香樟王说:"对你来说是赚钱,对于大局来说,这叫经济体制改革。我问你,你们现在的体制是怎么样的?"

立冬说:"我也说不出来叫什么体制,反正就是按照等级制度,由玉帝及一帮大佬说了算,机构繁杂,等级森严,老百姓自主权很小,有点按需分配的味道,但下层的民众根本享受不到,所以大家都是做一天和尚撞一天钟,没有什么积极性。"

香樟王说:"啊,原来天上还是这样子呀,那怎么行呢!看来是到了不改革不行的地步了。对于经济体制,必须打破吃大锅饭的现状,进行股份制改革,这样才能调动大家的劳动致富积极性。"

立冬忙问:"这个股份制改革是什么东西?我对这个特别感兴趣,你好好教教我。"

香樟王摇了摇头,说:"我哪里有水平教你,我只是看得多了,听得多了,所以略知一二。"

立冬说:"你把我的胃口吊起来了,却又说不能教我,那我该找谁去学呢。"

香樟王说:"你是天上下来的代表,我只能代表地上的植物,现在是人类走在前面,你是来向中国人学习取经的,所以应该找人类去,天时地利人和,那才是正道。"

立冬说:"这个我当然知道,可是我不认识他们哪,他们怎么肯教我。"

香樟王说:"你别急,我可以给你介绍。今年春天开始,有个叫三明的人,能跨界和我们植物界进行交流,一来二去的和我们植物界成了好朋友,听说他对经济学也有所研究,我可以把他找来,让他给你介绍,至于他肯不肯教你,我也不敢打包票。"

立冬听到这里,大喜过望,连忙说:"能和你香樟王交朋友的人一定非比寻常,不知他现在何处?"

香樟王说:"他就在杭州,我们前两天还见过面,他还写了一本书,书名就叫《跨界》,听说还要正式出版发行了,里面写到了我、茶花女、毛笋、狗不理草、芦苇君等花草树木,一不小心,我还成为主要人物了,弄得我在植物界声名大噪,现在想想都有点难为情。"

立冬说:"你香樟王本来就是植物界响当当的植物,这也是实至名归呀,有什么好难为情的。"他接着又说,"这个三明既然在杭州,那太好了,那我现在就去拜访他吧。"

香樟王说:"你去找他,可能不太方便,还是我把他约过来,然后介绍你们认识,后面的事情就要看你自己的造化了。"

立冬说:"这样最好不过了,那你赶快约他吧。"

欲知后事如何,且听下回分解。

第66回　被约见三明会立冬　论分配介绍股份制

香樟王因立冬的恳求,马上约见老朋友三明。

三明正忙着,突然收到植物界香樟王的求见,觉得很奇怪。他知道香樟王一般工作时间是不会打扰他的,现在既然打破常规来求见,一定是有重要的事情。于是,他放下手头的工作匆匆忙忙地赶过去,来到大樟树底下,见香樟王好好地站在那里,忙问香樟王何事急着求见。

香樟王说:"我自己倒没有什么事,但我有位朋友有事相求于你。"

三明说:"既然是你朋友,那他的事就是你的事,不必客气,让他直接找我不就得了。对了,好像以前也没有听说你还有这样的朋友。"

香樟王说:"这位朋友可不一般,说出来怕要惊扰到你。"

三明说:"香樟王你也太小瞧我了,难道我是这么不经吓的人吗? 难不成他是来自天上的神仙?"

香樟王哈哈大笑说:"还真让你说对了,他真是来自天上,我就把他叫出来吧。"说着,香樟王打了个口哨,从树后面闪出个小伙子来。

小伙子对着三明施了个礼说:"我是来自天上的立冬,听香樟王说,你精通文理,兼懂经营,请允许我拜你为师!"

三明大吃一惊,但仔细看了看立冬,和常人也没有什么不同,就疑惑地问:"香樟王,不会是你俩恶作剧耍我吧?"

香樟王说:"立冬你就变上一变,让三明见识一下。"

立冬说声"好",在原地转了一圈,只听呼的一声响,三明定睛一看,人没了,于是四处找。过了一会儿后,香樟王说:"立冬你回来吧。"一阵风过后,立冬又站在三明面前了。

三明这才相信香樟王的话,连忙对香樟王说:"我前段时间刚刚能跨界到植物界,和你香樟王等一批花草树木交上了朋友,到现在都还没有完全适应呢,你总不能让我一步登天,跨界到天上去吧。"

香樟王说:"你放心,我们没有任何恶意,是有要紧的事情向你请教,立冬有重任在肩,真心实意地想向你学习。我能直接跨界交流的人也只有你了,所以就只能拜托你帮忙了。"

三明说:"我与天上素无交往,但看在你香樟王的面子上,能帮的忙我一定会帮的,只是不知道立冬要问我什么事,我有话在先,违法、违纪、违反道德的事我是坚决不做的。"

香樟王说:"具体情况,立冬自会和你说,我和立冬强调过了,要他虚心向你学习,绝不能强人所难,能说的你说,不能说的你就不要说。"

三明说:"那就好。"

香樟王说:"那我们到屋里坐下来慢慢聊吧。"

三明听完立冬关于天宫现状的介绍,心里大为震惊,人人都说天上好,原来,天上的情况也并不让人艳羡。顾不得多想,三明就立冬提出的股份制改革问题讲了起来。

三明说:"你们天上现在的经济体制,政企不分,各种混合体制都有。随着经济的发展,出现了自由民之间,或手工业者之间以神、财、物各项要素的一项或几项为联合内容的合伙经营的经济形式。这种经济形式,在合伙内容、经营方式、分配办法等方面,都没有明确的规范,更没有形成严格的股份分配制度,这是股份制的一种原始的形式。"

立冬插话问道:"你先解释一下什么叫股份制?"

三明说:"股份制亦称'股份经济',是指以入股的方式把分散的、属于不同所有者的生产要素集中起来,统一使用,合理经营,自负盈亏,按股分红的一种经济组织形式,也是企业财产所有制的一种形式。股份制的基本特征是生产要素的所有权与使用权分离,在保持所有权不变的前提下,把分散的使用权转化为集中的使用权。比如我们各有十万元钱,合起来成立一家企业,这三十万元钱就是我们的股份,我们的企业我们每个人各占三分之一的股份,我们的企业就是一家股份有限公司。如果一家企业全部是国家的股份,那就是国有企业;如果一家企业全部是集体的股份,那就是集体企业;如果一家企业全部是私人的股份,那就是私营企业;当然还有公私合营的。"

立冬说:"这样看来,我们那里的企业还是以国有为主。"

三明接着说:"随着商品经济的进一步发展,就出现了资本主义经济的萌芽,因而出现了以股份公司为特点的股份经济。商品经济与资本主义生产方式相结合,就形成了资本主义。如果社会生产力已达到相当高的社会化程度,致使单个的私人资本已经容纳不了社会化的生产力,于是几个乃至几十个私人资本,以资本入股或发行和认购股票的形式组成的股份公司便迅速发展起来。以股份公司为主要形式的股份经济,成为资本主义股份经济的典型形态。以股份制为主要形式的混合所有制经济,也是社会主义市场经济的重要组织形式。我们中国现在走的路就是社会主义市场经济的路,也叫中国特色社会主义道路。"

立冬说:"天宫派我到中国来取经,一定觉得中国的做法是最适合天宫的,所以我就跟着这条路走吧。那这个股份制企业里的股份可以变化吗?"

三明说:"当然可以变化,有变化才有活力,企业参股的股份可以变更,可以转让,可以抵押,可以交易。"

立冬说:"怎么个交易法,能说说吗?"

三明说:"企业股份交易分内部交易与上市交易,内部交易是股份的买卖双方通过自主谈判达成的交易,上市交易是指上市公司的股份通过统一的市场交易平台进行买卖,从而达到股份变更的结果,比如现在中国的上海证券交易所和深圳证券交易所就是上市交易的指定场所。"

立冬说:"那不就是我听说的炒股票吗? 听说炒股票很刺激,是不是?"

三明正要回答时,香樟王过来招呼大家吃中饭。

欲知后事如何,且听下回分解。

第67回　水库论比喻股票市　陈列馆参观发展史

香樟王特意准备的午餐虽然很丰盛,菜肴里有西湖醋鱼、东坡肉、老鸭煲、炒二冬、湖蟹等,还上了茅台酒、绍兴加饭酒、青岛啤酒等,但立冬心中惦念着股票的事,对吃喝方面的事提不起兴趣,匆匆忙忙地吃了点饭就不吃了,和三明一起来到了隔壁房间,要三明继续上午的话题讲下去。

三明就把上市公司以及上市公司股票的知识简单介绍了一下。

要知道这立冬可是天上的神仙,天资聪颖,一点就通,一听说上市公司的股票可以在交易所自由买卖,就觉得这是个机会,说不定现在学几招回去后能够用得上。立冬于是就缠着三明,要他对此做重点讲解。

三明不知道立冬心里是怎么想的,只是立冬既然要他详细介绍股票交易知识,他便欣然说道:"炒股有风险,投资须谨慎。股票市场就好像是一个水库,水库里的水位有高有低,当来水大于出水,水位就上升(股票就涨了);反之,当来水小于出水,水位就降低(股票就跌了)。如果上面不来水,下面不出水,由于自然蒸发、渗漏等因素的影响,水位也会慢慢地降低(交印花税、交易佣金等),在水库上面搭个棚,遮遮阴,会减少蒸发(降低印花税、交易佣金等),反之,烈日下再用强灯照着,就会加快蒸发(提高印花税、交易佣金等)。

"当然,水库里也会养点鱼、虾什么的,偶尔抓点起来,这就是分红,水库不养鱼了,要去搞旅游、拍电影,这就是题材。小股民的投资如一口水,吐入水库,就消失得无影无踪。"

听到这里,立冬就问:"你这个比喻不错,那你给我讲讲,这来水从哪里来?这出水又去哪里了?"

三明说:"来水从哪里来?从汇水区域内的土壤中汇入山坑,流进水库,下大雨时,蓄水多了,水就满起来,甚至溢出(这就是加杠杆,银行的钱搬家);如果长期不下雨,来水就会越来越少,有时会采用人工降雨的方法来补充,比如养老金入市,有时连续狂风暴雨,水满为患,这就是股灾。有时光打雷不下雨,就是望梅止渴。出水又去哪里了?出水去灌溉农田了(军备竞赛),去做饮用水了(大股东套现),还有小偷来偷一点(渗漏、老鼠仓等)。来水多了,闸门大开;来水少了,闸门小开;来水没了,闸门关闭。有时也会修修漏、防防盗什么的,但防不胜防。开始是个小水库,后来发觉来水多,就筑高堤坝,扩大汇水区域。再后来又和隔壁的水库联网了(沪港通、深港通)。听说还要和大老远的英国水库攀亲戚。

"水库里鱼龙混杂,时不时会冒出个混江龙什么的,来折腾一番。去的人多了,自己玩不过来了,就会有中介方(基金、操盘手)出来玩。有些人湿湿身就走了,有些人沉入水底了,也有少许游泳高手玩得挺欢。那些穿着泳衣、站在大坝上看热闹的人,往往能得些小便宜。

"水库水位有高有低,比如开盘水位、收盘水位、最高水位、最低水位,等等,这就好比股市里的K线图,有日K线、周K线、月K线之分。水库总归是村里的集体资产,管水库的人是村里委派的,要对村里负责。那些来水库玩的人,买张门票,交点管理费,也是应该的吧,水库为你提供了这么好的场所,又可游泳,又可钓鱼,赚不赚钱,那就要看你的水平了。"

立冬是从天上下来的，哪里知道乡下的水库，一时没有完全理解过来。旁边的香樟王就说："你刚接触，没有这么快学会的，这样吧，下午你先对刚学的内容消化消化，明天早上我们就直接到水库去，边学边玩吧。"

立冬连声称好，三明见状也只好同意了。

第二天早上，立冬、三明、香樟王一起兴冲冲地来到水库，因时间还早，到的人还不多。水库大坝醒目处立了块牌子，上面写着"水库有风险，入水须谨慎"。

水库周围是一排建筑物，第一间是陈列馆，里面写着这座水库的兴建历史、丰功伟绩、历任领导人的简介等内容。立冬初来乍到，对什么都感兴趣，香樟王和三明就陪他仔细地看了起来。

这村里的水库（包括池塘、山坑、阴沟）有不少，但大的水库也就两座，一个叫吴市水库，另一个叫沈市水库，两座水库还联了网，来玩的人可以玩其中之一，也可以两个都玩。20世纪90年代初，吴市水库就建成蓄水营业了，过了没多久，沈市水库也开业了。立冬用手指头算了算，也就二十多年时间，和国外的一些大水库比起来，还是小弟弟。

水库开业时间不长，丰功伟绩倒是不少。陈列馆里详细地介绍了村里如何将一个小山塘扩建为如今的大水库，如何灌溉那些农田，解决了多少企业的饮水问题，有多少人来此一游，上交了多少税收，安排了多少人就业，等等。至于水库出了多少事故，曾经淹死了多少人，下水后精光光的上不了岸等情况只是简单地提了提。

水库建成开业后，管理者换了好几个。水库的领导也不好当，老是换来换去的，因为他既要对村里的集体资产负责，又不能得罪村里的那些大佬，还不能出大的事故。水库现在对外开放了，来玩的人多了，什么鸟都有，再说，这水库的水位的高低又不是他一个管理者能够左右的，所谓天要下雨，娘要嫁人，这是没有办法的。

好在现在村里的集体经济发展了，经济合作社之类的单位也多了，水库不好管，还能去管合作社嘛。

这水库着实不小，光陈列馆就把大家看累了。香樟王就建议大家到外面去透透气。说完，大家就一起走出了陈列馆。

欲知后事如何，且听下回分解。

第68回　水涨落体现荣枯线　茶叶蛋反映走势图

立冬跟着三明走出了陈列馆,来到了水库大坝上,极目望去,水波荡漾,一望无际,大概来得早,还没有开市,水面上还空无一人,一片宁静。

正欣赏间,耳旁传来"茶叶蛋要吗"的叫唤声,转身一看,是一个卖茶叶蛋的大妈在招呼生意。经她一提,大家才想起早上来得急,还没有吃早餐呢,肚子都在咕咕叫了。

三明动作快,连忙掏出钱包跟大妈买了几个茶叶蛋,外加三袋牛奶。一边和立冬、香樟王一起吃,一边和大妈聊了起来。

三明问:"大妈,你在这水库大坝上卖茶叶蛋有多少年了?"

大妈回答:"已经二十多年了。"

三明又问:"那你对这水库的情况一定再熟悉不过了。"

大妈说:"也谈不上熟悉,不像你们文化人,我是个没文化的人,只能靠卖茶叶蛋赚点糊口的钱。"

三明说:"那生意怎么样?"

大妈叹口气说:"唉,生意如王小毛过年,一年不如一年了。"

立冬惊讶地问:"这是怎么回事呢?"

大妈回答:"在20世纪90年代初的时候,那时水库刚建成营业,虽然规模很小,但大家都觉得新鲜,都来赶热闹,那是人山人海呀,水库水位高哇。能搞到张门票就能发财,什么老八股、新八股的,我也不知道,反正我能多卖出去些茶叶蛋就高兴。

"后来,听说发股疯了,小伙子们上班的心思也没有了,整天往水库跑,水都要满得溢出来了。村里也有些担心,就说要控制,这一控制不得了,一下子水库就门可罗雀了。一直到1999年的'5·19',突然间下瓢泼大雨,水一下子又满上来,来游泳的人一下子又多了起来。我的生意也就那几年最好。"

三明问:"那后来怎么样呢?"

大妈说:"后来听说,村里的头头脑脑想,既然来水库玩的人这么多,那村里的集体股份就抓住机会一步一步地退出来吧,结果这一退,又把来玩的人吓坏了,水库的水也一落千丈,半死不活了几年。2007 年时又来了一场狂风暴雨,后来又是连年大旱,这水库的水起起落落,飘忽不定。后来,又听说可以加杠杆了,就是将其他水库里的水借来往吴市水库里倒,结果水满为患,听说差点溃坝,还是老命要紧,吓得我那几天都不敢去大坝。"

三明说:"你说的是前几年发生的'股灾'。"

这时,香樟王插进来问道:"那村里又是如何管理这水库的呢?"

大妈回答:"村里的管理方法很简单,就是想法子把一个小水库建成大水库,也就是不停地加高堤坝,增加汇水面积。然后下大雨了就打开闸门放水,大旱时就想法子去其他地方引点水进来。平时派些人卖卖门票,搞搞卫生,抓抓小偷就好了。"

立冬问:"那也太简单了,难道没有一点技术含量的活?"

大妈说:"你看那水库里不是竖着根标杆吗,上面密密麻麻地刻着数字,有几个技术人员天天在那里记录水位高低,然后画到墙上去,什么开盘水位、收盘水位、最高水位、最低水位,我也不知道有什么用。"

三明说:"那叫 K 线图,还有日 K 线、周 K 线、月 K 线等之分。"

大妈说:"我哪里知道那么多,不过我每天卖出去的茶叶蛋数字是记下来的。"

说着,大妈从包里摸出一本小本子,只见上面密密麻麻地记着每天的茶叶蛋销售数。还有每月的合计数、每年的合计数。

三明粗粗一看,竟然和吴市水库这几年的水位线走势高度吻合,不觉大惊。

三明说:"大妈,我想把这些本子里记的用手机拍下来,当然为了表示感谢,另付你二十个茶叶蛋的钱,你说可以吗?"

大妈大惑不解地望着三明,有些激动不已,连忙说:"好的,好的,你尽管拍吧。"

三明刚拍完照,正想再问些什么,那边开市的锣声响了,来玩的人都涌进了大门。三明付了钱,对大妈说:"我们下次再来找你。"说完,他急忙向那边走过去了。

立冬惊讶地边走边问三明:"你将她卖茶叶蛋的数量记录拍下来有什么用?"

三明说:"这里面学问大着呢,从茶叶蛋销售量的多少,可以分析出水库水位上下的规律,对指导我今后的大势研判很有好处。"

香樟王笑嘻嘻地对三明说："那你有新的研究成果出来也要跟我一起分享哦。"

三明说："你们植物界又没有股市,要这个有何用?"

香樟王说："现在没有不等于将来没有,我们也要与时俱进,跟上时代发展的步伐啊。"

立冬也说："是啊,好事不能让你们人类独占了,我们见者有份,到时也要分享给我哦。"

三明有些哭笑不得地说："你们以为这一定是碗甜酒啊,弄得不好说不定是杯毒药呢,为此搞得倾家荡产的人都很多,你们一定要慎之又慎。"

这样边说边走,不一会儿就进入了水库大厅,立冬见大厅大屏幕上红的绿的一片片的向上翻动,就问这是什么意思。

三明说："这就是水库里围着的各个品种的即时走势信息。要说起来话就长了。"

欲知后事如何,且听下回分解。

第69回　讲规则论优先次序　举实例买银行股票

立冬跟着三明来到大厅,见那里人头攒动,热闹非凡,边上是一排排电脑,很多人在电脑上噼里啪啦地在操作着什么。

立冬就问三明："他们在操作些什么?"

三明说："他们在水库里钓鱼。"

立冬有些丈二和尚摸不着头脑。香樟王就对三明说："你就别水库水库的了,别说立冬听不懂,就是我听着也别扭。你就直接说这些股票吧。"

三明说："好吧,这个就是证券公司的交易营业部,现在上市公司的股票交易都是在电脑上操作的,你看他们噼里啪啦地在电脑上敲几个键盘,股票买进卖出就完成了。现在互联网发达,股民们坐在家里就可以操作了,甚至在手机上也什么都可以搞定,因此来这里的人就少了。在这里,你看到的都是些老头老太,他们每天到这里来只是图个热闹,真正的大户你是看不到的。"

立冬啧啧称奇道："太神奇了,看来我们天上真是落后太多了。"

立冬又问三明:"那这个交易有什么规则呢?"

三明说:"现在这个市场上交易的上市公司股票有几千只,而且还在不断发行增加,有 A 股、B 股、H 股,还有各种各样的基金、债券,股票又有主板、创业板、科创板。每个品种都有个代码,比如中国银行这只股票,就以代码 601988 表示。买进卖出时只要输入这个代码就可以了。"

立冬问:"那买进卖出时按什么规则来?"

三明说:"买进卖出某只股票时,是按照价格优先、时间优先的规则排队的,就是说,买进股票时,报价最高的排在最前面(价格优先),价格相同时,先委托下单的排在前面(时间优先);卖出股票时,报价最低的排在最前面(价格优先),价格相同时,先委托下单的排在前面(时间优先)。这样排好队后,如果买进、卖出的双方价格对得上,就交易成功,系统自动会办好交割手续,卖出的一方,交出股份收进现金;买进的一方,交出现金收进股份。证券公司收点很少的佣金,国家收点印花税。交易很方便。"

立冬问:"那在这个市场里买进卖出,赚钱的人多吗?"

三明摇了摇头,说:"好像形势并不好,听说那些炒来炒去的人十有七八是亏钱的。"

立冬说:"如果是这样,那怎么还会有这么多人来玩呢?"

香樟王说:"来这里玩的人,都认为自己有高人一等的本领,都想来这里发财。"

三明说:"那倒也不是这样的,香樟王说的是投机,作为长期投资,这里还是有些不错的选择的。"

听到这,香樟王和立冬都说很感兴趣,要三明详细地说说。

三明说:"正好,我前段时间刚在朋友圈发了一篇随笔,题目是《一道数学题》,你们可以看看。"说完,他拿出手机,翻开朋友圈,找出了那篇文章。

香樟王和立冬围了上来,只见文章是这样写的:

我这个人傻傻的,喜欢做些其他人不愿意做的事。高深的学问没水平做,重大的学问没资格做。也就只能做些简单的,比如小学数学题、初中数学题。

在解这些基础题的时候,我发现了一些问题,有了一些想法,今天举一个例子,来和大家分享,希望能得到高手的指点。

今天的例子是关于投资的,经常看到、听到朋友们在谈论投资,觉得存银行利息太低，放高利贷风险太大，P2P的苦头想必很多人都知道了。自己去投资实业太累，也不一定赚得到钱，苦恼于有钱没处投。

昨天又有朋友聊到此种苦恼，我就傻傻地说了一句："买股票吧。"朋友一听说买股票，就跳出来，说："那不是风险很大吗？不是说炒股十有八九是亏钱的吗？并且炒股要具备很多炒股知识，我做不了啊。"

我说："是的，炒股是赔钱的多，但我说的不是炒股，是投资，不需要专业知识，会做小学生数学题就可以了。"

朋友不信，一定要我详说，我没有办法，就给他分析起来。

我说："以一百万为例，假如你有一百万闲钱，想长期投资，那就买进大盘国有银行股，如工行、农行、建行、中行。以中国银行股票为例，一百万元按目前每股3.50元左右的股价买进，可以买28.57万股左右，不用去管它的行情，除非涨得多了，比如涨到4元以上了，你可以卖出去兑现，自然是赚了不少，或者跌到3元以下了，你如果还有闲钱就补仓加一点，摊低成本，其他时间你就不要去管它，看都不用去看它。你尽管顾自去旅游，顾自去打牌，过好你自己的生活。"

朋友说："那我的投资收益呢？从何而来？"

我说："收益来自两方面，一是正常的每年都有的收益，就是股票每年的分红，近几年中国银行股票每股分红的情况如下：2018年0.184元，2017年0.176元，2016年0.168元，2015年0.175元，2014年0.190元，2013年0.196元。按近六年的平均分红0.1815元计算，股息率为5.19%，就是说，光分红每年的回报就超过5个点了（注意：这里的分红要交一点税，实际拿到手的会少于5个点）。"

朋友问："那另外的收益在哪里？"

我回答："现在采用市值申购新股，你有一百万的市值，别忘了每次新股都申购一下（实在嫌麻烦，可以委托营业部设置自动委托），一年下来，有可能中到几个新股，赚一笔。这个收益是靠运气的，具有不确定性。但长期来看，具有等概性，照目前来看，申购新股收益可以达到2%。5%加2%等于7%，这7%的收益还是可以预期的。"

朋友又问："那现在每股3.5元买进，假如这个银行倒闭了怎么办？"

我摇了摇头，说："你如果要这样担心，那你就不要做了。担心中国的国有银行倒闭,那还有什么其他可以放心的呢,你吃光用光算了, 还搞什么投资。要知道,现在的中国银行每股净资产可是有5.3元 多,相当于在打折卖给你(虽然这个5.3元未必全部可信,但总不会太 离谱)。"

朋友说:"我听懂了。"

我说:"你赚到了要请客,请我吃顿饭就行了。"

香樟王和立冬看完了后,问三明:"你这个是真的吗?"

三明回答:"当然是真的啊,这是我长时间实践经验的总结,不是骗人的 东西。"

香樟王和立冬说:"真好,我们又学了一招。"

三明说:"这个适用于人民币市场的案例,在植币市场和天币市场是不是适 用,我就不知道了。"

说完,三明和香樟王、立冬一起哈哈大笑。

欲知后事如何,且听下回分解。

第70回　听闲言立冬遭免职　启新神小雪担重任

立冬跟着三明学股份制改革,学着学着竟入了迷,每天进行沙盘练习,渐渐 地摸索出一些门道。由于太投入了,连时日都忘记了,也没有向天宫发改办汇 报情况。

天宫一直没有收到立冬的信息,有些急了,开始几天还好,后来又有闲言碎 语传来,说立冬下凡是假公济私,以为天宫取经之名行私学技术之实。

开始时有神仙来向立秋反映情况,立秋还狠狠地批评了反映者,说立冬如 果自己都不学会,回来还怎么指导工作。再后来,又有小道消息说立冬学成都 不一定回来,连太白金星也听到了传闻,太白金星于是就要立秋确认事情的 真伪。

立秋见传闻惊动了太白金星,不敢怠慢,马上召集发改办主任会议。

会上,寒露坚决认为:"立冬是可信的,他可能太专心于工作了,所以没有及 时向天上汇报,应该放手让他干下去。"

154

处暑则认为："无风不起浪,既然外面已经有风言风语,我们还是要慎重对待。"

其他几位有同意寒露观点的,也有支持处暑看法的。

立秋见大家意见不一,就站起来说："我相信立冬,但因为事关重大,我们宁可信其有,不可信其无,还是把立冬撤回来吧,这也是为保护干部着想。"

寒露说："这样不明不白地把立冬撤回来,影响立冬正在开展的工作不说,还会严重打击立冬今后的工作积极性。"

白露说："立冬回来后,由谁接替他的职务呢?"

秋分说："过几天,小雪节气要到了,天宫中的小雪现在也赋闲在家,该让小雪出山大干一场了。"

立秋说："这样吧,那就派小雪下凡去接替立冬,因为立冬还兼着蟠桃会筹备委员会的工作,对外就说蟠桃会筹备委员会要开重要会议,必须要立冬参加,这样立冬也只能接受。"

大家都说立秋这个主意好,事情就这样基本定了下来,接下去就是行文报批走程序,按部就班地来就是了。

好在这个访问团团长是个临时职务,没有规定行政级别,小雪任职也用不着公示什么的,只要发个文件就可以了,倒是省了许多麻烦。

小雪节气,是农历二十四节气中的第20个节气。时间为每年的11月22日或23日。此时,太阳到达黄经240°。小雪节气间,夜晚北斗七星的斗柄指向北偏西。每晚八点以后,若到户外观星,可见北斗星西沉,而W形的仙后座升入高空,她代替北斗星担起寻找北极星的坐标的任务,为观星的人们导航。四边形的飞马座正临空,冬季星空的标识——猎户座已在东方地平线探头了。进入该节气后,在中国广大地区,西北风开始成为常客,气温下降,逐渐降到0℃以下,但大地尚未过于寒冷,虽开始降雪,但雪量不大,故称小雪。

此时阴气下降,阳气上升,致使天地不通,阴阳不交,万物失去生机,天地闭塞而转入严冬。黄河以北地区会出现初雪,提醒人们该御寒保暖了。有诗云:

太行初雪带寒风,一路凋零下赣中。

菊萎东篱梅暗动,方知大地转阳升。

在小雪节气初期,东北土壤冻结深度已达10厘米,再往后,冻结深度差不多一昼夜平均增加1厘米,到节气末期,土壤冻结深度达一米多。所以俗话说

"小雪地封严",之后,江河陆续封冻。古谚云:小雪雪满天,来年必丰年。这里包含三层意思:一是小雪落雪,来年雨水均匀,无大旱涝;二是下雪可冻死一些病菌和害虫,来年减轻病虫害的发生;三是积雪有保暖作用,利于土壤中有机物的分解,增强土壤的肥力。因此,俗话说的"瑞雪兆丰年"是有一定科学道理的。

民俗中,进入小雪,人们就要开始腌腊肉、吃糍粑、晒鱼干、喝刨汤。宋代的释善珍作《小雪》,诗中写道:

> 云暗初成霰点微,旋闻萩萩洒窗扉。
>
> 最愁南北犬惊吠,兼恐北风鸿退飞。
>
> 梦锦尚堪裁好句,鬓丝那可织寒衣。
>
> 拥炉睡思难撑拄,起唤梅花为解围。

天宫中的小雪因在小雪节气期间出生,故名。这小雪长得面如中秋之月,色若春晓之花,鬓若刀裁,眉如墨画,面如桃瓣,目若秋波。虽怒时而若笑,即嗔视而有情。小雪天生丽质,并且聪明伶俐,因此在天宫中深得众神的喜爱。

小雪自小喜欢追根究底,尤其对考古学颇感兴趣,曾经解开过天宫中的一些历史悬疑。天宫组织部门对其是又爱又怕,爱的是小雪是个探案高手,一些疑难案件到了小雪手上总是能迎刃而解;怕的是小雪太聪明了,又爱刨根问底,有时会搞得组织部门很难受,下不了台。所以天宫一直没有让小雪担任要职,小雪也乐得自由自在,爱干什么就干什么,一直到有一天接到发改办的通知,让他下凡去接替立冬任访问团团长,小雪稍做准备就出发了。

欲知后事如何,且听下回分解。

第71回　小雪报到立冬离去　追根溯源探究遗址

小雪借着夜幕做掩护,悄无声息地来到了凡间,直接来到了香樟王的住处,也不通报,一头就撞了进去,果然见立冬在里面,正对着红红绿绿的 K 线图冥思苦想呢。

小雪进来后叫了一声:"立冬哥,你在发什么呆?"

立冬听到叫声,吓了一跳,回头见是小雪,大吃一惊,忙问小雪:"你怎么来这里了?"

小雪说:"我受天宫委派,来通知你回天宫去参加重要会议。"

立冬问:"那这个会议要开多少时间? 还有,我走了后,这里的团长之位由谁接替?"

小雪说:"会议要开多长时间我也不知道,上头说,你回去后,要我暂时代理团长之职。"

立冬说:"噢,我明白了,实际上,我就是被解职了。"

他们的说话声惊动了香樟王,香樟王走过来见到了小雪。

立冬对香樟王说:"我要回天上去了,谢谢你这段时间的照顾,还教给我很多知识,以后有机会我会报答你的。"

香樟王说:"立冬团长不必客气,你这次也是暂时回去开会,说不定过几天又来我这里了。"

立冬摇了摇头,说:"你是不知道天宫的套路,所谓的开会只不过是个托词,事实上我是被召回去,不知道何时才能再见到你。"

香樟王说:"俗话说,留得青山在不怕没柴烧,你也不必伤感,立冬节气将过,小雪节气已来,你也该回去歇歇了,最多到明年的立冬季节,我们又会见面的。"

立冬说:"但愿如此吧,我走后,我弟小雪年轻气盛,还要你多多关照。"

香樟王说:"小雪聪明伶俐,后生可畏,你尽管放心就是。"

小雪这时走过来,对香樟王鞠了一躬,说:"久闻香樟王大名,今日一见,果然名不虚传,请受小雪一拜。"

香樟王连忙将小雪扶起,说道:"那我们就一起送送立冬。"

来到门外,立冬说声"走了",在原地转了一圈,呼的一声,就不见踪影了。

香樟王领着小雪回到房间,安排好住处,一夜无话。

第二天一早起来,小雪就过来问香樟王:"杭城周边哪里的历史遗迹最悠久?"

香樟王说:"你问这个干什么?"

小雪说:"参天大树,出于其根;怀山之水,必有其源。我觉得要取得中国改革开放的真经,一定要从根源上去找原因,就是说任何成功的背后,都有其深厚的历史背景。"

香樟王听小雪这样说,觉得他很有思想,忙要他继续说下去。

小雪说:"我喜欢追根究底,透过现象看本质。中华传统文化是中华民族生生不息、发展壮大的根和魂,如果抛弃传统、丢掉根本,就等于割断了自己的精神命脉。正因为有这样的根和魂在,所以中华民族才能够在长期的磨难中屹立不倒,才能够抓住机遇迎头赶上,才能够昂首挺胸地走在世界的前列。"

香樟王说:"那你说这些的意思是?"

小雪说:"我想去追根溯源,找一些老祖宗的遗址看看,从中一定能得到很多启迪。"

香樟王说:"你的意思我明白了,正好,杭州郊区就有个良渚古城遗址,已被列入世界遗产名录,有五千多年的历史。另外,萧山湘湖的跨湖桥文化、余姚的河姆渡文化、浦江的上山文化等,也都是历史久远的文化遗址。"

小雪说:"这些地方我都想去看看,我今天就先去良渚古城遗址吧。"

香樟王说:"那要不要我陪你一起去?"

小雪说:"不用了,你忙你的吧。"

香樟王又说:"原来跟立冬一起下来的访问团成员还在,要他们跟你一起去吗?"

小雪说:"也不用,我还是单枪匹马地去比较好,这样影响小,不容易引起别人的注意。"

香樟王说:"我知道有句俗话叫'一个好汉三个帮'。"

小雪说:"我也知道有句俗话叫'靠人不如靠己'。"

香樟王又说:"还有句俗话叫'小心驶得万年船'。"

小雪说:"可还有句俗话叫'撑死胆大的,饿死胆小的'。"

香樟王见小雪态度坚决,不再多说,只好随他去了。

小雪问清楚了良渚古城遗址的方位,就独自往那边去了。

欲知后事如何,且听下回分解。

第72回　小雪探访良渚古城　土地公公指点迷津

小雪单枪匹马地一路寻来,来到位于杭州城北18公里处的余杭区良渚镇,找到了揭示中华五千年文明史的良渚古城。小雪先在外围转了一圈,看了看有关良渚古城的介绍。

原来,良渚古城是在长江下游地区发现的新石器时代城址,在陕西神木石峁遗址发现之前,是中国最大的史前城址,一直被誉为"中华第一城"。古城呈圆角长方形,正南北方向,东西长1500至1700米,南北长1800至1900米,总面积达290多万平方米。城墙底部铺垫石块作为基础,宽40至60米,基础以上用较纯净的黄土砌筑,部分地段地表以上还残留4米多高的城墙。古城共有6座水门。城市的普通居民住在城的外围,贵族住在城中央的30万平方米的莫角山土台上。

在已发现的代表中国早期文明的大遗址中,良渚遗址的规模最大,水平最高,是证实中华五千年文明史的最具规模和水平的地区之一。

良渚古城的发现,改变了良渚文化文明曙光初露的原有认识,标志着良渚文化时期已经进入了成熟的史前文明发展阶段。这是继20世纪殷墟之后中国考古界的又一重大发现,将极大地推动中国文明史的研究进程和考古学的发展。

良渚古城被誉为"中华第一城"。同时,良渚古城的发现将莫角山大型土台遗址、反山贵族墓地和莫角山周边众多遗址点组合为一个整体,为研究良渚遗址的整体布局和空间关系提供了新的资料。

小雪看了一些介绍后,来到了良渚古城墙遗址处,他发现这个城墙的构造有些奇怪,因为部分古城墙是夹河而建的,并且古城墙由垒土构成,为什么当时有夯筑技术而不用?古城墙两边系缓坡,难以起到阻敌的作用;还有,古城墙个别地段宽度达到百米,显然不像正常的城墙,因为一般古城墙的最基本的功能是御敌,而良渚古城的主要功能似乎不是为了御敌,这又有什么玄机呢?

小雪就发了个信息出去,不一会儿,土地公公就跑过来了,见是小雪,连忙施礼道:"不知小雪大神驾到,有失远迎,失敬失敬。"

小雪说:"客套话就免了,我问你,你可知道这良渚古城当初主要是干什么的?"

土地公公说:"据我所知,良渚古城墙主要不是为了御敌,而是远古的'中国'成立的盛大仪式上专用的特殊礼仪设施,是特意提供给天皇、皇后和各地结盟兄弟用的,他们一起模仿日月五星巡天之旅所走的'四陆'。

"天皇和各地结盟兄弟通过一起行走四陆,表示部族的和谐一致,对于'中国'以农立国具有重大意义。城墙,是文明社会区别于氏族社会的一个重要标志,中国古代,小国林立,称为'天下万国',古代的国家都有都城,290多万平方米的良渚古城,应是国内规模最大的古城了。在古城内,有宫殿式建筑莫角山、高等级墓地;城外有祭坛、高等级陶器作坊、玉器作坊,还有码头设施。这些都是有职能分工、有规划的,这是区别一个地方是政权还是以血缘为基础的氏族的重要标志。如果有分工有规划,就表明已进入了文明社会,就是国家。从良渚古城的结构和规模来看,说明它是一个国家的首都了。"

小雪说:"我看到在良渚反山遗址中,有一座完整的祭坛和四座大墓。大墓中发现了大量玉器,并且有玉钺和玉琮随葬。这个做何解释?"

土地公公说:"玉琮内圆外方,琮上一般雕刻着'神人兽面纹'的神秘图案,只有掌握宗教权力的巫师才能持有;钺是古代的一种兵器,是军事力量的象征,持钺者就是军事首领;琮、钺合葬,说明墓主既是军事首领——王,又是宗教首领——巫。这处罕见的良渚文化建筑群遗址,从位置、布局和构造来看,就有'中心祭坛'和'中心神庙'的性质。良渚时期的中心就在这里,上有宫殿,生活着王和贵族。当时这里已形成了一个国家,'国'字里面有玉,外围有框,说明能称为'国'的,外围都有城墙。良渚文化时期,贫富分化已非常明显,等级差别已经出现,大墓中的琮、璧、钺等成组玉器的出现,则是礼仪制度出现的重要标志,表明当时统治者内部已有了严格的礼仪等级制度。在良渚文化的一些玉器和陶器上,还出现了为数不少的刻划符号,这些符号在形体上已接近早期的文字,是良渚文化进入文明时代的重要标志。"

小雪问:"那当时这个国的大致范围是怎样的?"

土地公公说:"良渚文化的中心分布区主要在太湖流域,包括余杭良渚、嘉兴南、上海东、苏州、常州、南京一带,还有扩张区,西到安徽、江西,往北一直到江苏北部,接近山东,良渚先民为了占领这里,还曾经打了一仗;再往外还有影响区,一直到山西南部地带。可以看出,当时良渚的势力几乎占据了半个中国,如果没有较高的经济文化水平,是不可能做到的。"

小雪说:"如此说来,早在五千多年前,这里的先民就已经进入史前文明发展阶段了,我看到了良渚古城遗址所展现的'水城'规划格局与建造技术,反映了人们在湿地环境中创造的特色城市和建筑景观,特别是作为城市的水资源管理工程,外围水利系统在工程的规模、设计与建造技术方面,已经展现出世界同期罕见的高水平,展现了五千年前中华文明乃至东亚地区史前稻作文明发展的极高成就,堪称人类文明发展史上早期城市文明的杰出范例。而那时,现在那个霸权主义国家的祖先还不知道在哪里呢,中国人的骨气和底气从何而来,我算是想明白了。俗话说,邪不压正,得道多助,失道寡助。"

土地公公说:"俗话说,善有善报,恶有恶报,不是不报,时机未到。"

小雪说:"好了,话就说到这里了,我也要回去了。"说完,小雪和土地公公会心地笑了笑,挥手告别了。

欲知后事如何,且听下回分解。

第73回　祖先托梦指引方向　包公迎客溯源库村

小雪探访了良渚古城后,当晚就做了一个梦,梦见了自己的祖先。小雪向祖先汇报了这次来凡间的意图,并且说了白天去良渚古城拜谒先民的情况。祖先没有开口说话,只是慈祥地看着小雪,赞许地点了点头,然后指了指南方,隐隐约约地浮现出"浙南泰库"几个字。小雪刚要问个仔细,却发现祖先不见了,只留下这点信息。

第二天早上,小雪就找香樟王解梦,香樟王听了小雪的梦境介绍,就问小雪:"你这几天是不是一直在想要到什么地方去探秘?"

小雪说:"是啊。"

香樟王说:"这就对了,俗话说,日有所思夜有所梦,这是你的祖先在给你指点迷津,希望你能按照这条路走下去。"

小雪说:"那'浙南泰库'是指哪里呢?"

香樟王说:"你祖先手指南方,又留'浙南泰库'四字,是告诉你要你向南,往浙南去,浙南就是浙江的温州、丽水一带,在那里有'泰'的地方就是泰顺了,至于这个库,可以是水库、库房等,但我分析这是个地名,马上查一下泰顺的地名,看有没有'库'字打头的地名。"

小雪打开电脑,一搜索,结果马上就出来了,在泰顺果然有个叫"库村"的地方。

香樟王说:"一点不错,就是这个地方了,久闻泰顺人杰地灵,生态环境保存得很好,你祖先指引你去那里,一定有深意。你就快去那里吧。"

小雪谢过香樟王,就往泰顺去了。

小雪于是快马加鞭,一路上马不停蹄地赶往温州泰顺,不消两个时辰就寻到了库村。小雪沿着库村四周走了一遍,库村果然是个好地方。但见这库村四面环山,溪涧纵横,众多溪流汇成库水,形成一个藏风聚水的天然"宝库","库村"之名由此而来。

村中有一座积谷山,形如龙珠,周边有五座山峰环绕,恰似"五龙戏珠"。有诗赞曰:

> 龙珠何故降人间,仿佛金珠镇此关。
>
> 前拱清溪藏库水,后路文榜数层山。
>
> 萋萋芳草添华丽,郁郁丛林喷玉颜。
>
> 一颗团圆居正脉,子孙丹桂世高攀。

这首诗写的就是库村周边的环境优美、兴文运、旺人丁的景象。小雪看了一会儿后进入村内,先看了个大概。小雪来到村内一座老房子前,见有一老者坐在门口晒太阳,就上前施礼问好。老者还礼后问道:"客人来自何处? 到此有何贵干?"

小雪说:"我来自杭州,路过这里,见这里山清水秀、溪水潺潺,景色极其优美,很喜欢这里天然古朴的环境,老先生长住此地算是有福之人哪。敢问老先生贵姓? 今年贵庚?"

老者搬了条木凳子出来,请小雪坐下说话。

老者说:"我免贵姓包,世居此地,今年已经九十三岁了。"

小雪听包老先生说有九十三岁,大为惊讶,只见他耳聪目明,身板硬朗,说话声音洪亮,一点看不出是九十多岁的人。小雪连连朝包老先生竖起大拇指,感叹道:"一方水土养一方人。"

接着,小雪问包老先生:"老先生如此高寿,想必是村里的长老了,对这里的情况应该非常熟悉,您能不能给我介绍介绍?"

包老先生说:"我们村里还有比我年长的,不过现在没住这里了,都住到城里去了。我的孙子也要把我接到城里去住,我不肯去,我舍不得离开这里。"

小雪说:"是啊,包老先生从小在这里长大,对这里的一草一木都有感情,想必老先生是不想离开这片生你养你的土地。俗话说,百事孝为先,您是想在这里守护您的祖先。"

包老先生朝小雪看了看,说:"想不到你一个来自大城市的小伙子,竟如此明白事理,真的不简单哪。"包老先生进屋泡了一杯茶,端出来递给小雪,自言自语道,"现在这样的年轻人很少了。"

小雪接过茶杯,道谢后问道:"我对这里的一切都很感兴趣,不知道包老先生能否说说?"

包老先生说:"我也很长时间没有说这些了,今天也难得,俗话说,有缘千里来相会,你就坐下来听我慢慢说来。"包老先生喝了一口茶后就说了起来。

"库村位于温州市泰顺县南浦溪镇,你也看到了,像这样美如桃源的风水宝地,自然会引起历朝士人的关注和向往。我的祖先是唐代进士包全,是他最先到达库村的。包全原籍会稽,曾任郴州义昌县官、润州司仓参军。唐贞元二十一年(805年)三月,包全以承奉郎迁徽事郎的名衔出任福州长溪县知县。由于当时藩镇相继叛乱,社会动荡,民不聊生。包全心生隐居之意,于是渡肘江至海门,经西陵到会稽,沿剡水,过天台,达温州。因爱好山水风物,包全在唐元和六年(811年),自瑞安飞云江西溯而上,水路既尽,弃舟登岸,但见库村一带滰水白云青山甚好,于是在白云山下于次年择吉伐木,建房开田,耕读传家。"

"包全居此福地,甚觉欢乐,故生子取名福。包全卒于唐开成二年(837年),享年91岁,现存的包全公墓位于库村后坪。"说到这里,老先生停了下来,脸色凝重,似乎在缅怀自己的祖先包全太公。

等了一会儿,小雪就问:"那库村的人都是包全公的后代吗?"

老先生又喝了一口茶,说:"不是的,还有个大家族姓吴,这个说来就话长了。"

欲知后事如何,且听下回分解。

第74回　包吴两族耕读传家　三友讲学诗情画意

包老先生说到包氏先祖包全在库村开基立寨,小雪以为库村的人都是包全的后代。

包老先生说:"除了包姓,还有吴姓,在我们先祖包全迁居库村85年后,原籍山阴的吴畦也迁隐白云山下的库村。吴畦是唐咸通庚辰年(860年)进士,曾任桂州刺史,河南节度使。唐文德元年(888年),吴畦拜为谏议大夫,职掌侍从规谏。因忠言直谏,于唐大顺元年(890年)被贬为润州刺史。当时奸臣当道,吴畦遂生隐退之意。唐乾宁三年(896年),吴畦率兄弟子侄,沿飞云江溯流而上,迁隐库村,开始劝农劝学生活。后来晚唐著名诗人罗隐曾奉吴越王钱镠之命,千里入山礼聘吴畦出山辅政,但吴畦避而不见。

"罗隐归去后曾作《罗江东外纪》,以感叹山中库村的耕读生活。吴畦在八十四岁时逝于库村,现存的吴畦公墓位于库村吴宅。

"包家、吴家先后致仕归隐于此后,历经五代、宋、元、明、清千余年的发展,库村形成了泰顺古民居建筑中历史最悠久、规模最大、保存最完整的村落。村内多数建筑墙体用泥土夯筑或鹅卵石堆砌而成,与温州众多的古村落建筑风格迥然不同,所以这里又被称为'石头城'。"

小雪说:"是啊,这里的建筑的确是别具一格。"

包老先生继续说:"包姓、吴姓族人在此烧畲垦荒,筑寺院以正教化,开学馆以兴学问,其中侯林书院、中村书院、石镜书院颇具盛名,为泰顺两宋时期文化高潮的到来奠定了基础。包全和吴畦相继归隐到白云山下库村,开泰顺耕读文化先河。千年来,劝农劝学,人丁兴旺,人才辈出,以库村为中心,逐渐形成诗意栖居、文风昌盛的包姓、吴姓血缘村落。吴畦在一首写库村的诗中说道:

老峰卜筑千秋远,库水安居万世遐。

嘱咐子孙文笔继,禹门腾踏岂教赊。

"他在库村开基立业,也播下了文化的种子。库村人在先贤的儒家思想的影响下,创办义塾社学,开设书院学堂,以德立族,耕读传家,文风蔚然兴起。库村成为泰顺科举兴盛之地,吴包两族皆有高中进士之人,其中吴氏家族在两宋时期就出了文武进士 18 位之多,这些进士中有吴梓、吴亨、吴驲、吴泰来、吴集等人。库村侯林书院,是泰顺县境内最早的书院,是吴驲之父吴子益于宋庆元年间创建的。在两宋期间还创建了中村书院、石境书院。不同时期的社学、义塾、读书楼更是异彩纷呈。如包朝珉创办的社学、包涵的古柏山房、吴驲的岚壁堂、吴氏先贤的桂芳堂。"

小雪问:"我看到这里沿街宅院多有'德'字,这有何来历?"

包老先生回答:"包氏先祖喜欢以'德'字命名宅院,如食德堂、衣德堂、恒德堂等。古街商铺也取有堂号,如药铺百龄堂、杂货铺聚泰堂。这些民居融耕读、生活、求学、教化于一体,以德孝为本,以信义为先,重视教育,自强不息。其中,食德堂,又称外翰第,主人包涵,有诗歌作品集《古柏山房吟草》。

"包涵母亲二十一岁嫁到包家,三个月后丧夫,不思改嫁,立志守节,耕读传家,培养儿子包涵成才。朝廷旌扬包涵母亲,下圣旨敕封'钦旌节孝'四字,并立节孝牌坊。其德孝励志教化事迹,代代相传。

"聚泰堂,经营南北杂货,主人包长敖,字慕恢,身居乡村,关心国事,重视教育,接济民众,多有义举。后代皆学业有成,从事教育工作。

"聚泰堂重教之风,至今依旧。除了食德堂、聚泰堂这些古建筑,库村建筑遗存中,还有世英门、清阴井、百年老街、吴宅古戏台等。库村包氏、吴氏都是官宦世家,迁隐耕读思想的种子在库村人心中根深蒂固。朝为田舍郎、暮登天子堂的梦想,激励着一代又一代的库村人。"

小雪说:"我刚才在村边转了一圈,发现库村的房墙上面是黄泥土,下面是石头,这有什么讲究?"

包老先生说:"是的,库村的古建筑外高墙全部是黄泥土夯筑而成的,底部的基座矮墙,是清一色的鹅卵石砌成的不规则图案,所有的民居是清一色的素木、蛮石、青瓦结构,行走在迂回悠长的鹅卵石铺成的古巷中,恍如隔世。库村是温州市第一批历史文化街区村镇。"

小雪说:"在村外就可以看到'三友洞'三个石刻大字,这里一定有故事吧?"

包老先生歇了歇,说:"是啊,三友洞的故事,广为流传。库村往东 1 公里,在两溪交汇处,有一处悬崖,上面有颜体正楷横书阴刻'锦绣谷'三个大字,距此20 米处的崖壁上又有楷书直刻'三友洞'石刻。据称,那里的崖下有书室,为吴驲、吴泰和、包洊的讲学处。"

小雪又问:"这吴驷、吴泰和、包湉是什么人?"

包老先生说:"吴驷,字由正,南宋嘉泰壬戌进士,官武经大夫,曾任昭州、滕州知州,后退隐库村,著有诗集《岚壁集》。包湉,字公济,号紫崖,任永州州学教授,后升为永州通判,后来归隐库村,学问博洽,尤善古文。吴泰和,字浩然,南宋嘉定癸未进士,曾任扬州通判,后亦辞官归隐库村。吴驷、吴泰和、包湉三位志同道合、饱读诗书的文人,在库村锦绣谷畔的三友洞讲学,面对林泉赋诗,过着世外桃源般的生活,他们被世人称为'三友'。相传,三友朝朝暮暮,贪黑苦读,山崖为之感化,变作明镜一鉴,将东海晨光和西沉余晖反射入谷。一日,皓月当空,三友举杯吟诗。包湉吟咏《咏锦绣谷》一首,诗云:

> 恍然天地外,浑似画图间。
>
> 泉响岩为应,风柔云较闲。
>
> 小开三遗径,高上一层山。
>
> 诗量雄于酒,赓题病已删。

"吴驷作《锦谷庵偕友人栖游偶作》,诗云:

> 谷静水更好,山深岩尤奇。
>
> 岫中云欲出,雨意入新诗。

"另外,吴驷有诗歌《月夜偕包紫崖弟饮清音堂奉和》《双星石》《百花岩书感》《之官纪行诗草》。包湉有诗歌《清音井上感》《月夜吴岚壁翁招饮清音亭即席赋》,还有散文《锦绣谷记》等存世流传。"

小雪听到这里,心潮起伏。从包全到吴畦,从白云山到锦绣谷、三友洞,从归隐之旅到耕读生活,从高高的庙堂到私塾书院,在遥远的江湖乡野,在库村的西院南窗,先贤士人们不忘德义,坚持传道授业,劝农劝学,行其志,立其言,打薄唐朝铁,插活宋代柳。如今,库村静静的千年民居巷道、默默无言的黑瓦石墙,依然遗世独立,依然透露着唐宋风雅。由库村扩展到泰顺、温州、浙江乃至全中国,正是有千千万万个库村,遗传了中华民族长盛不衰的耕读传家的基因,任凭风浪起,稳坐钓鱼台,什么样的艰难困苦,中华儿女都可以克服,这就是中国人的韧劲,也是中国人的根本所在。

小雪思绪想得远了,一时半会儿没有收回来,直到包老先生叫他,才猛然醒悟过来。一看时间也不早了,今天还要赶回杭州去,小雪连忙对包老先生说:"听了您的介绍,我对库村的认识进一步加深了,我再重点去参观几个地方,就回去了。"

老者执意要带路做向导,小雪哪里肯,于是从背包里取出几包饼干、几个苹果放在凳子上,告别包老先生后就往三友洞方向走去了。小雪走在路上时,想起了宋代雷震作的诗《村晚》:

　　　　草满池塘水满陂,山衔落日浸寒漪。

　　　　牧童归去横牛背,短笛无腔信口吹。

　　欲知后事如何,且听下回分解。

第75回　论苦读学而优则仕　谈农耕民以食为天

　　小雪当晚从库村回到杭州时已是深夜了。第二天早上,小雪向香樟王谈了去库村的所见所闻,流露出对乡村朴素生活的向往,以及对扎根于底层的深厚的中国传统文化的仰慕。

　　香樟王静静地听完了小雪的叙述,对小雪说:"库村只是中国众多乡村繁衍传承的一个缩影,在中国,耕读传家有几千年的历史。所谓'读',就是读书做学问,学而优则仕是广大知识分子梦寐以求的追求,一种途径是通过科举制度考出去,通过乡试、会试、殿试三级考试选拔人才。乡试一般每三年举行一次,参加乡试的是由本省学政通过科考选出来的秀才,这些秀才集中起来考试,考中者称为举人,第一名称为解元。"

　　小雪问:"那会试呢?"

　　香樟王说:"会试是乡试后,考中的举人集中到礼部考试,取中者称为贡士,第一名称为会元。"

　　小雪问:"那殿试又是怎么回事?"

　　香樟王说:"殿试是皇帝主试的考试,内容是考策论,参加殿试的是贡士,取中者统称进士。殿试第一名俗称状元,第二名俗称榜眼,第三名俗称探花。通过考中举人、贡士、进士,获得做官的资格,从而施展平生所学报国做事业,这是古代知识分子的普遍情怀。"

　　小雪问:"那读书人都必须要通过这样的考试才能有机会出仕吗?"

　　香樟王说:"那也不是,还有一种途径是被伯乐看中,也可能被直接提拔上去,比如诸葛亮就是最好的例子。特别是在乱世当中,有真才实学的最有可能

天候·冬

冒出来,因为乱世出英雄,英雄就要不拘一格招揽人才。"

小雪问:"那是不是读书人都想着走这条路?"

香樟王说:"那倒不是,这是一座围城,城外的人想进去,城里的人想出来,比如库村的始祖包公、吴公就是看透了官场的腐朽生活,才隐退至库村过农夫生活的。这方面最有名的当属陶渊明了,在浙江,明代的刘伯温、汉代隐居富春江钓鱼的严子陵,都是很有代表性的人物。"

小雪说:"刚才我们聊的都是'读'的内容,接下来你是不是聊聊'耕'的方面。"

香樟王说:"可以啊,说到耕,那就是真正意义上的农夫生活。耕就是劳动,就是农民的作业,也是最基本最朴素的生产力,现在称之为第一产业。只有通过耕作,生产出粮食,才能解决人们的吃饭问题。所以,耕作文化是中华民族传统文化的重要组成部分。在南方,稻米是主粮,生产稻米也是耕作的主题,早在七千多年前,中华民族的先祖就在南北许多地方种植水稻,现在有迹可循的就有浙江余姚河姆渡遗址、河南渑池仰韶村遗址、安徽肥东大陈墩遗址、江苏南京庙山等地。

"随着时间的推移,稻米在粮食中的地位越来越高。先秦时,五谷指的是'麻、黍、稷、麦、菽',还没有包括稻米,而到了汉代以后,'稻'逐渐取代了'麻'。到了唐宋时,稻米就上升到了主粮的地位,尤其在南方,稻米成了人们粮食的重要来源。家喻户晓的《三字经》中,就将'稻'置于首位:'稻粱菽,麦黍稷。此六谷,人所食。'"

小雪问:"那这个'耕'和'读'有联系吗?"

香樟王说:"当然有联系了,'耕'和'读'不分家,'耕'是实践,'读'是理论,理论从实践中来,实践通过理论上升到新的高度。比如这个稻米,农夫在生产实践中,就自然而然地将稻米列入日常的语言甚至文学之中。在成语、俗语中,常用稻米做比喻,比如偷鸡不成蚀把米、生米煮成熟饭、等米下锅、米珠薪桂、巧妇难为无米之炊、不为五斗米折腰、粒米束薪、柴米夫妻、柴米油盐酱醋茶,等等。在诗词中,以稻米为描写对象的作品亦比比皆是,如杜甫写的《秋兴八首》中有'香稻啄余鹦鹉粒,碧梧栖老凤凰枝'的诗句;白居易写的《春题湖上》有'碧毯线头抽早稻,青罗裙带展新蒲'的诗句;范成大在《夏日田园杂兴》中写出了'饼炉饭甑无饥色,接到西风熟稻天'的诗句;辛弃疾在《西江月·夜行黄沙道中》中则更是写出了千古名句'稻花香里说丰年,听取蛙声一片'。

"另外,劳动人民在稻米的生产过程中,形成了中华民族特有的一些传统风俗节日,比如用糯米粉做成了汤圆,形成了元宵节;用糯米做成了粽子,就形成了端午节,进而和祭祀屈原联系在一起;由乌米饭形成了中元节中给先人供奉米饭的仪式,由月饼形成了中秋节团圆赏月的习俗;等等。"

小雪又问:"民以食为天,稻米那么重要,古往今来够吃吗?"

香樟王说:"稻米相对于其他谷物来说,属于精细之粮。古代时,即使是南方,普通老百姓家也不能天天吃上白米饭、喝上白米粥,稻米中大都要掺进许多瓜菜或其他粗粮。至于北方,一般的家庭更难得吃上一次米饭。所以,盛产大米且经常吃到米饭的地方,是被人羡慕的富裕之地,苏杭所代表的江南之所以被人们赞为'人间天堂',很大程度上是因为它是'鱼米之乡',是'天下粮仓'。

"水稻的种植对于民族精神和品格的形成,也有一定的促进作用。从耕耘、育秧、插秧、薅秧、浸水、晾秧、收割、脱粒、晒谷、储藏、舂碓,在这些过程中,人们要付出极其艰辛而细致的劳动,农夫们从清明时节下种到中秋节左右收割,没有一天有空闲,所谓一分耕耘,一分收获;一滴汗水,一粒粮食。唐代诗人李绅有诗曰:

锄禾日当午,汗滴禾下土。

谁知盘中餐,粒粒皆辛苦。

"这首诗真实地描写了水稻种植的艰苦,没有丝毫的夸张,所以,他用'悯农'作为这首诗的题目。

"中华的先祖自将野生水稻驯化成庄稼之后,一年一年地种植,直至现在,中华儿女在几千年中便养成了勤劳、踏实的品性。在水稻的成长过程中,水是必备的条件,但也不能过多。没有水,禾苗会枯死;水过多又会成涝,将禾苗淹死或将就要成熟的稻谷泡烂。而无论是灌溉,还是排放,都不是一家一户就能做到的事,而是需要一个村庄,甚至一个地区,全局一盘棋,大家齐心合力地去做,才能达到趋利避害的目的,因为一家一户不可能隔空引水或排水。于是,为了生存和生活得更好,人们便自觉地团结互助,睦邻友好。久而久之,中华民族克己奉公的集体主义观念便养成了。

"南方雨水丰沛,有着天然的稻谷种植的良好条件,随着稻作技术的不断成熟,水稻种植面积越来越大,这不但使南方的人口不断增长,还使得大量北人南迁成为可能。为什么北宋以前的中国人口从未超过六千万,而此后人口不断增加,到清朝末年竟达到了4亿多?应该说,问题的关键在很大程度上归功于南方水稻种植面积的扩大。北方人口的不断南移,造成明代之前先进的北方文化全面地向南方输入,并和南方本土文化相结合,从而创造了灿烂辉煌的长江文明。可以这样说,没有水稻,就没有长江文明;而没有长江文明,中华民族的传统文化无疑少了重要的一块。"

小雪问:"'耕'建立在'田'的基础上,要耕就要有'田',田够吗?"

香樟王说:"古代人很早就知道耕者有其田的道理,奴隶社会时就搞井田制、分封制,'田'是主要的资产。在封建社会,'田'集中在少数人手中,制约了生产力的发展,农民起义领袖提出的'均田地'是朴素的道理,可惜他们不彻底,所以失败了。共产党搞土地改革,领导贫苦农民翻身做主人,所以得到了老百姓的拥护,取得了革命的胜利。

"以前是'田'少,人也少,现在人多了,但'田'是有限的,所以粮食问题就是事关国家安全的大问题,耕地保护红线就是这样划出来的。"

小雪说:"刚才说的都是中国国内的稻作文化,那稻作文化对国外有什么影响?"

香樟王说:"在中国古代,文明输出的路线,影响深远的除了'丝绸之路',还有'水稻之路',前者往西,后者往东,'水稻之路'的输入国主要是朝鲜和日本。按经济基础决定上层建筑的社会发展规律来衡量,'水稻之路'对输入国的文化影响更大,为何朝鲜和日本自觉地奉行中国的儒家文化? 我们能从这里找到部分答案。

"由此可见,'水稻'不仅仅是一种农作物,种植水稻更不能看作是一种普通的农业劳动,因为它们在构建中华民族文化的过程中,发挥着积极而重要的作用,而且还对东亚民族的文化产生过良好的影响。从民生的角度来看,'水稻'在今日仍然承担着养活13亿多中国人的任务,它的盛衰事关国家的安全与社会的稳定。因此,无论是从文化还是从经济的角度来看,我们都必须对水稻种植予以高度重视,必须大力传承与弘扬稻作文化,并不断提高水稻的产量与质量。这也就是袁隆平成为中国的民族英雄的原因,因为以他为代表的创新团队发明的杂交水稻,大幅度地提高了水稻的产量,解决了中国人的吃饭问题。"

小雪说:"一个'耕'字,一个'读'字,概括了中国农耕社会的发展历程。我的祖先梦中指引我去浙南泰库,一定有深意。我必须潜心做些研究,得其精髓,好带回天上传播推广。"

香樟王点点头,没有再说什么。

欲知后事如何,且听下回分解。

第76回　提建议牛郎成网红　撒娇媚织女生醋意

　　牛郎上次怒闯座谈会,仗义执言,为民请命,强烈要求兴建天河大桥,并且一身正气,拒绝了太上老君提出的在洋节那天让他们一家再团聚一次的建议。牛郎觉得该提的也提了,该说的也说了,就没再把这事放在心上,会没有开完就回家去了。

　　不料,当时在场的记者,把牛郎的所作所为写成了通讯报道,在《天宫报》上发表出去了,引起了极大的反响。神仙们纷纷点赞牛郎,说他有骨气,有担当,一时间,牛郎成了新闻人物,成了网红,招来"粉丝"无数。

　　消息很快传到了织女那里,织女心里为牛郎感到高兴,但发给牛郎的微信上却是这么写的:"郎哥,你个该死的呆子,别人都不出来,就你逞能,去做出头椽子,还有,太上老君好心好意,想让我们每年多见一次,多难得的机会呀,却被你拒绝了,你是不是心里没有我了?"末尾是一个伤心流泪的表情。

　　牛郎收到微信,立马就急了,连忙发微信给她:"织妹,你误会我了,我还不是天天想见到你,才冒着受处分的危险硬闯会场啊,但君子爱财取之有道,何况,利用洋节之便让我们见面,这不是在我们纯洁的爱情上撒盐吗? 弄得不伦不类的。"

　　织女的回复马上又过来了:"算你会说话,但你现在成了网红,听说女'粉丝'很多,你心里不知有多乐意呢。"

　　牛郎又赶紧回复道:"织妹不要笑话我了,那些女'粉丝'我又不认识,女'粉丝'再多,和我也没有什么关系呀。我还是给你写首诗表达心声吧:'妹住天河西,哥住天河东。日日思妹不见妹,共饮天河水。此水几时休,此桥何时造。但愿妹心如我心,定不负相思苦。'"

　　织女收到这首诗后,回复道:"你写的这个似曾相识,不是你原创的吧?"

　　牛郎回道:"改编的,改编的,你如果不反对的话,我就把它发到朋友圈去了。"

　　还没等到织女的回复,牛郎就把它发在朋友圈里了。过了一会儿,牛郎的朋友圈里就引来了很多点赞,其中也包括嫦娥的点赞,并且嫦娥在点赞后还留了言:"郎哥,好有情调啊,天宫一别,可好?"

牛郎开始也没注意,等到织女的质疑发过来后,才暗暗叫苦。

织女质疑道:"你什么时候和嫦娥成朋友了?"

牛郎连忙解释道:"就是上次天宫开座谈会,我一个人去有点胆怯,刚好碰到嫦娥,她也正有此意,所以我们就一起去讨说法了,后来就加了微信,在一个朋友圈里混了。仅此而已,就是工作关系,方便联系工作。"

织女说:"她都叫你郎哥了,这也属于工作?"

牛郎急得满头大汗,马上回复道:"织妹有所不知,现在时兴网络用语,大家都习惯了叫帅哥、美女,就是见到老太婆,也是'美女,美女'地叫。"

织女气呼呼地说:"如此说来,你上次嘴上说我是美女,心里实际上却认为我是个老太婆咯?"

牛郎叫苦不迭,只得回复:"你让我说什么好呢?"

织女得理不饶人,继续追问:"嫦娥是我的闺蜜,也在我的朋友圈里,所以她给你点赞被我发现了,你说说,你的朋友圈里还有多少我不知道的女'粉丝'?"

牛郎说:"你这样想,我就是跳到天河也洗不清啊。我就每天把我的朋友圈截图给你看吧。"

织女说:"我才懒得看你的朋友圈,好了,不和你多说了,我要织布去了,两个小孩的奶粉钱总要去挣来。"

牛郎说:"等一等,我还有事和你商量。"

织女说:"你能有什么要紧的事,快说吧。"

牛郎说:"我听说现在天宫的日子也不好过,财政很紧张,看来造天河大桥短期内是没指望了,并且天宫刚成立了什么发展改革办,要搞什么改革开放,听说已经先后派出立冬、小雪下凡去人间取经了。"

织女说:"只听说人间在等天上掉馅饼,怎么现在天上反倒不如他们了。"

牛郎说:"本来天上就不会掉馅饼,现在是指望地上送馅饼。"

织女说:"我这个馅饼就是从天上掉下去被你捡到的。"

牛郎心里想,这都是何年何月的事,织女还老是提这个,微信上却回复道:"是的,是我运气好,捡到了一个从天上掉下来的大馅饼。"

织女说:"回到前面的话题,你说了这么多,这个和我们有什么关系呢?"

牛郎说:"关系大着呢,你想想,天宫要改革开放,人才就要流动起来,我这样在人间有丰富实践经验的人才就有可能被启用,那我就有用武之地了。天上不用我也没有关系,人才流动政策放宽了,我们就下凡去,到人间去赚大钱。"

织女说:"你就做梦吧,你算哪门子人才,下凡去能做什么?"

牛郎说:"织妹此言差矣,像我这样既有人间的工作经历又长期居住在天宫里,并且具有丰富的人脉的人,能找得出几个?我们起码可以做天上人间的文化交流工作。"

织女想想牛郎说得也有道理,就说:"你爱怎么折腾就怎么折腾吧,我还是去织我的布要紧。"织女说完就把手机关机了。

牛郎见织女同意了,就提笔给天宫发改办写了一封信,写好看了两遍后就寄出去了。

欲知后事如何,且听下回分解。

第77回　牛郎写信委任闲职　俩老双簧追责大神

这天,天宫发改办主任立秋一上班就收到了牛郎寄来的快递。立秋拆开快递一看,里面是一封信。

牛郎在信中说:"自从他和织女在天河东西两边住下后,依靠喜鹊每年七夕节搭桥,才能见上一面。喜鹊是出于一腔热血来帮忙的,没有文件硬性规定他们必须这样做,时间一长,喜鹊内部难免会产生矛盾,有些喜鹊流露出不情愿的情绪。等有一天喜鹊不来了,那么这座鹊桥也就不存在了。另外,每年如此劳民伤财,就为了让我们见上一面,我们也觉得很过意不去,这就是我多次提议要兴建天河大桥的初衷,虽然有时言语有些过激,但我确实是认真地为天河两边的百姓考虑。现在听闻天宫遇到财政困难,正在改革开放,我作为一个良民,应该为天宫分忧,这时候提兴建天河大桥就不太合适了。我和织女既有长期的人间生活实践,又有丰富的天上生活经历,我们愿意为天宫的改革开放贡献自己的力量。如果天上觉得我俩有可用之处,我们当竭尽全力地工作,若天上没有合适的位置,让我俩下凡,到人间去过日子也行,这样既能解决我们的分居问题,又可为天宫省下一大笔钱,这也算是我们为天宫分忧解难的实际行动吧。"

立秋将这封信看了几遍,觉得牛郎说得不无道理,但他又不能做主,就利用开发改办主任办公会议的机会,把牛郎的信拿出来读了一遍,问大家该怎么答复牛郎。

副主任处暑说:"牛郎想出来工作的心是好的,但牛郎织女分隔天河东西是王母娘娘亲自布置的,没有她的同意,我们不便自作主张。"

副主任寒露说:"牛郎既然有这个想法,现在又正是天宫用神之际,我们应该鼓励他。据我所知,天上像牛郎这样闲着的神仙还有不少,通过牛郎这件事,也可以为其他神仙树立一个样板,不能挫伤了他们的积极性。"

其他几位副主任有同意处暑意见的,也有赞成寒露观点的。立秋见大家都发表了意见,就站起来说:"我看这样吧,现在改革开放刚刚起步,发改办也刚成立不久,外面议论纷纷,各种说法都有。我们是如履薄冰、战战兢兢地过日子呀!我的意见是事情要做,但不能操之过急,稳扎稳打,一步一个脚印地推进。"

副主任白露说:"这些我们都知道,主任就明确地说说牛郎的事如何处理吧。"

立秋朝白露看了看,说:"对于牛郎和织女,目前既不能放他们下凡去人间,但又要照顾到他们的工作积极性,所以我建议成立一个天上人间文化交流协会,让牛郎任协会主席,先稳住他再说。"

副主任秋分说:"我们发改办的职责是搞改革,就是要把不合理的政府机构都砍掉,精兵简政放权,这样才能提高工作效率,减少财政支出,现在倒好,机构一个没减少,反而要增加,这能说得过去吗?"

立秋说:"我们的眼光要放远一些,这只是暂时的,也是不得已而为之。等到牛郎到任后,确实工作出色,大家都看到了,我们再慢慢地做玉帝那里的工作,玉帝一高兴,把牛郎放出去了,这样不是皆大欢喜吗?"

副主任霜降说:"我同意主任的意见,这个确实是两全其美的办法。"

见霜降也这么说,秋分、寒露就没再说什么了。主任立秋见状立马说道:"那这事就这样定了。"

立秋刚要说另外一件事,外面突然传来一阵喧哗声,正要问什么事,会议室的门被推开了,进来了两个不速之客。

立秋定睛一看,原来是金顶大仙和菩提祖师,立秋见他俩气呼呼的,忙扶他们坐下,问:"两位前辈到此,有何指教?"

金顶大仙说:"听说天宫要搞改革开放,还成立了发改办?"

立秋说:"是的,我们这里就是发改办,在座的几位都是发改办的主任,我们正在开会商量事情呢。"

菩提祖师说:"天宫要搞改革开放,我是举双手赞同的,但我不明白的是,这么重大的事为什么不广而告之呢? 要知道,只有老百姓都投身到改革大潮中去,这改革才彻底,才能成功。"

立秋说:"这不才刚刚开始吗,都没有经验,摸着石头过河呢。"

菩提祖师说:"我问你,这发改办的负责人怎么都是你们一伙的,像孙悟空这样有真才实学,并且敢作敢为的人为什么不吸收进来?"

金顶大仙说:"孙悟空曾经大闹天宫,天宫怎么敢吸收孙悟空来担此重任,不过我看猪八戒倒真是不错的人选。"

菩提祖师对金顶大仙说:"你是情人眼里出西施,只要是你徒弟,什么都是好的,我懒得和你说。"

接着,菩提祖师又对立秋说:"听说你们已经派人去人间取经,想当年孙悟空保护唐僧去西天取经,那是吃了多少苦,受了多少难哪,这么一位经过实践锻炼的神,现在派去取经不是更合适吗?"

金顶大仙说:"以前西天取经又不是只有孙悟空一个神的功劳,猪八戒、沙和尚,甚至白龙马也功不可没,你为什么不提?"

菩提祖师对金顶大仙说:"去,去,去,离我远些。"

金顶大仙说:"对了,你刚才说到唐僧西天取经受到的磨难,倒使我想起来了,这一路上的妖魔鬼怪,大多数是天上的大神身边的童男童女偷偷地跑下去为害的,虽然这些童男童女罪有应得,但难道这些大神就没有责任? 最起码应该追究他们失管之责吧。"

菩提祖师说:"你这句话倒还算是句神话,我也想起来了,像那个太乙真人,就是个二货,上班睡觉,老是喝酒误事,把元始天尊交办的重要任务每每办得一塌糊涂,肚子吃得滚圆,大脑缺根弦,关键时刻老是掉线,像这样的爷,为什么一点没受到处分?"

金顶大仙说:"你懂什么,太乙真人还不是仗着他是元始天尊的徒弟,处理了太乙真人,还不是要涉及元始天尊,元始天尊是什么神,你菩提祖师难道不知道吗?"

金顶大仙和菩提祖师你一句我一言,一唱一和,把发改办几位副主任看得呆了。立秋算是看明白了,他们俩是有备而来,是来砸场子的,但他俩资格老,都身怀绝技,并且说的又不是没有道理,还真奈何不了他们。

立秋看了看时间,离下班也快到了,就对二位说:"前辈说的都很好,你们提的意见我们都记下了,我们会认真研究落实的。现在时间也不早了,我们陪二位前辈去食堂吃饭吧。"

立秋说着朝其他几位眨眨眼睛,其他几位副主任醒悟过来,围上来,簇拥着金顶大仙和菩提祖师向食堂走去,二位大仙嘴上说着"不用客气,不用客气",脚却不由自主地朝食堂走去了。

欲知后事如何,且听下回分解。

第78回　成红神小雪遭闲话　应时节大雪担重任

话说小雪自从下凡来到人间后,接受了立冬不请示汇报的教训,天天把自己的所学所行写成心得体会,发回天宫发改办。

发改办内部有一份工作简讯(内参),发改办工作人员就把小雪发回来的报道一字不漏地刊登在内参上。

《天宫报》记者看到了小雪写的报道,觉得很新奇,就添油加醋地进行了加工,写成报告文学,连续发表在《天宫报》上,引起了天宫的热烈反响。

小雪本来就在天宫有一定知名度,现在《天宫报》这样连篇累牍地报道,一时间成了天宫家喻户晓的红神。这个时候,发改办就听到了不少闲言碎语,有说小雪原本在天宫就是个我行我素、独来独往的神;有说小雪以前因为不服管教,还经常和领导顶嘴;有说小雪现在名气大了,回来后还不知道会怎么趾高气扬呢。

开始立秋也没在意,后来听得多了,心里也嘀咕起来,觉得这样下去也不是办法。他先是严肃批评发改办工作人员把内参消息泄露出去了,后又约见了《天宫报》记者,在对记者一阵赞美后,不动声色地提出,写报告文学要实事求是,涉及天神天将的,请有关部门先过过目比较好。

立秋将那两张牌打出去后,见效果还是不好,就召集发改办主任会议商量。立秋说:"现在外面风言风语很多,这样下去,对天宫、对小雪都是不利的,本着保护干部、为小雪负责的态度,我觉得应该召回小雪了。"

白露说:"小雪就是这样一种脾气,他的本质是没有问题的,外面在议论的都是些无稽之谈。"

秋分也说："小雪的取经工作正在进行之中，现在把他调回来，恐怕不妥。比如那时唐僧上西天取经也曾出现了这样那样的问题，如果中途把唐僧召回去，恐怕这个经就取不成了。"

处暑说："这个不能这样比，时代不同了，此一时彼一时也，那时交通条件没法和现在比，并且现在我们要取的经比那时不知要多多少倍。我理解这个取经工作是个长期的任务，非一朝一夕可以实现，也非一神一将可以完成，而是要在这个取经的过程中，培养出我们的大批优秀领导干部，只有这样，到时才能形成共振效应，推动改革开放事业向前迈进。"

霜降说："现在农历小雪节气也要过去了，大雪节气就要来到了，这个时候小雪再待在那里也不合适，容易暴露身份。此时宜大雪出马，更为应景。"

立秋问："大雪现在身居何职，在忙些什么？"

霜降说："大雪在民办的一个文学社里任社长，官方是没有编制没有级别的，他就喜欢和一帮志同道合的年轻神玩在一起。"

听到这里，立秋就拍板决定说："大雪虽然没有公务员的工作经历，但根正苗红，可以信赖，况且担任过社长，也相当于天宫处级干部，担任访问团团长是合适的。马上拟文，派大雪下凡接替小雪，让小雪回来后写调研报告，把所学所行实实在在地总结出来。"

寒露问了一句："小雪的所学所行不是在报告文学上都写了吗？"

立秋白了寒露一眼说："文学作品上的东西不能当真。"

说到这里，会议就结束了。

"大雪"是农历二十四节气中的第 21 个节气，也是冬季的第 3 个节气，标志着仲冬时节的正式开始。其时，太阳到达黄经 255°。《月令七十二候集解》说："大雪，十一月节，至此而雪盛也。"

大雪的意思是天气更冷，降雪的可能性比小雪时更大，但降雪量并不一定很大。中国自古就有"瑞雪兆丰年"的说法，意思是冬天天气寒冷，积雪覆盖大地，农作物被厚厚的积雪覆盖，不会受到外部严寒天气的影响，有利于生产。另外，积雪融化后，还能增加水分，雪水中氮化物的含量比普通雨水高出 5 倍，更加有利于农作物的生长，所以有"今年麦盖三层被，来年枕着馒头睡"的农谚。大雪期间，中国人选择的食物主要是羊肉。羊肉具有滋补身体、促进血液循环、驱寒保暖的功能。人们在这个时候喜欢和亲友们一起吃羊肉火锅、喝羊肉汤。

有些地方喜欢把羊肉和山药或者枸杞一起炖,这样会更有营养。唐代大诗人白居易作《雪夜小饮赠梦得》云:

> 同为懒慢园林客,共对萧条雨雪天。
>
> 小酌酒巡销永夜,大开口笑送残年。
>
> 久将时背成遗老,多被人呼作散仙。
>
> 呼作散仙应有以,曾看东海变桑田。

这首诗描写的是一个雪夜,诗人与友人小酌慢饮,促膝叙谈,消磨了一整夜,谈得高兴了就开怀大笑,以爽朗的胸怀度过残年。老年生活富有情趣,生动而又活跃。

接下来出场的天上的大雪,出身于知识分子家庭,是个文艺青年,喜爱看文艺作品,常常被书中的爱情故事感动得热泪盈眶。大雪接到要他下凡去接替小雪的通知,颇感意外。他觉得自己自由自在惯了,又不在体制内,不知道自己为何会被选中担此重任。他本想推辞,但转念一想,一来天命难违,二来久闻人间有很多美丽动人的爱情故事传说,何不借此机会亲自去考证一番? 这样一想,他也就愉快地接过了委任状,借着天宫下了一场大雪后,他飞往杭州方向去了。

欲知后事如何,且听下回分解。

第79回　大雪上任小雪回宫　奥数难解故事深刻

小雪正在人间聚精会神地研究中国的历史文化,哪里知道这段时间天上发生的事情。直到大雪来到他的身边,拿出委任状给他看,他才明白过来。小雪本来就是个很看得开的人,也就没有多说什么,默默地和大雪办了交接手续。

香樟王站在一边,静静地看着。等到小雪要走了,香樟王才过来和小雪依依不舍地告别。

小雪离去后,大雪过来紧紧地握住香樟王的手说:"久闻香樟王大名,今日得见,三生有幸。"

香樟王笑了笑,说:"大雪团长谬赞了,久闻大雪多才多艺,今日有幸相见,也是美事。"

大雪说:"香樟王可别笑话我,我乃一介书生,平日里只知和一帮弟兄吟诗作对,喝酒作乐,哪里配当什么团长,立秋主任他们硬要赶鸭子上架,是要看我的笑话,看来我这次要出大洋相了。"

香樟王说:"你不必过谦,像你这样能歌善舞之人,学什么都快,什么事都难不倒你。生活往往不能扬鞭奋蹄,一冲到底,而要根据情况及时调整状态。需要等待时,要静得下心;必须冲刺时,也要鼓得起劲。不怕坐冷板凳,敢于啃硬骨头。张弛有度、不疾不徐,才能行稳致远。"

大雪说:"你说得太好了,有香樟王在,我什么都不用担心。我初来乍到,从哪里开始学起好呢?"

香樟王说:"听闻你是个文艺青年,对文化教育事业情有独钟,我们这旁边就有一所九年制小学,我带你去参观参观,就当作是给你热身吧。"

大雪说:"如此最好不过了。"

说走就走,来到学校里,香樟王和大雪扮成教师的模样,大摇大摆地走进一个三年级的教室,在后排坐下来听课。刚好老师出了一道数学题,题目是这样的:

已知鸡和兔共 15 只,有 40 只脚,问鸡和兔各几只?

大雪觉得这个题目有点难,这是解方程的题目,要设未知数 X、Y。大雪正想着时,班上大部分学生举起了手,表示自己已经算出来了。

老师就用手随意指了指张同学,张同学站起来立即报出了答案,说兔子有 5 只,鸡有 10 只。

这时,大雪拿着一张纸,正在设 X、Y,小张却早已算好了,大雪有些不相信。老师问小张怎么算的。

小张说:"很简单,假设鸡和兔都训练有素,吹一声哨,抬起一只脚,40 – 15 = 25,再吹一声哨,又抬起一只脚,25 – 15 = 10,这时,鸡一屁股坐地上了,兔子还两只脚立着。所以,兔子有 10 ÷ 2 = 5 只,鸡有 15 – 5 = 10 只。老师您说对不对?"

老师说:"答案是对的,你的解题思路很好。"

大雪觉得这样的解法令人匪夷所思,就拉了拉香樟王的衣角走了出来。在门外,大雪问香樟王:"这里是不是神童班?这种算法简直太厉害了。"

香樟王说:"不是啊,这是个很平常的学校。这类题目对我们这里的学生来说都不算难题,因为许多同学在幼儿园时就开始学奥数了。"

大雪说:"幼儿园学奥数,这在天上是不可想象的。我们再去听听语文课吧。"

香樟王于是领着大雪来到另一个三年级的教室。语文老师正在讲故事,故事是这样的:

身体四肢的各个部位,是与生俱来的,不是使用别的方法强加上去的。在五官大会上,耳、目、口、鼻发布宣言:"我们位置高,何其珍贵呀,而脚的位置最低,我们要约法三章,不能和他相处太密切,不能和他称兄道弟的。"大家都表示没有意见。脚听了,也不去跟他们多理论。

几天后,有人要请客吃饭,口非常想去,想一饱口福。但脚不肯去,口没有办法。

又过了几天,耳朵想听听鸟鸣,眼想看看风景,但脚都不肯去,耳、目都无可奈何。

大家便商议改变原来的决议,但鼻不同意。鼻说:"脚虽然能制服你们,可我并不对他有所求,他能拿我怎么办呢?"

脚听了,便走到肮脏的厕所前,长时间地站着不动。恶臭的气味,直扑鼻孔,令人恶心。肠和胃大声埋怨道:"他们在那里闹意见,我们招谁惹谁了,为什么叫我们来受罪?!"

故事讲完了,老师就问:"同学们,这个故事说明了一个什么道理?"

老师的话一说完,下面又齐刷刷地举起了小手。王同学站起来说:"这个故事是在告诉我们,在任何工作中,团队协作精神如同身体上的各个器官一样重要,团队里面的每一个成员都有他们的可用之处,大家应该互相尊重,互相合作,而不能相互排斥。"

听到这里,老师赞许地示意王同学坐下。老师接着说:"同学们,一个理智的人应该改变自己去适应环境,只有那些不理智的人才会想着去改变环境,让环境适应自己。大家都听懂了吗?"

小学生们齐声说:"听懂了。"

大雪坐不住了,拉着香樟王来到了门外,神色凝重地对香樟王说:"看来天上和地下的距离真的不止一点点。"

香樟王笑着说:"你这不是废话吗,天上和地下的距离何止十万八千里,当然不是一点点了。"

大雪不好意思地说:"我不是这个意思,我是说天上已经被地下远远地甩开了,怕是追都追不上了。"

香樟王开玩笑说:"人间有个成语叫'杞人忧天',你现在这样就是'杞人忧天'。"

大雪说:"香樟王不要开玩笑,我现在是真的很担心。"

香樟王说:"人们把特别聪明的人叫'天才',就是说你们天上的人都特别有才。"

大雪说:"简直羞死我了,真是不比不知道,一比吓一跳,看来很多观点都要改过来。"

欲知后事如何,且听下回分解。

第80回 听故事大雪叹不如 诵诗歌社区夕阳红

大雪比较了天上和人间的小学生的水平,不禁大吃一惊,心想:或许是因为现在中国重视教学,所以学生特别厉害,不知道普通市民情况怎么样。大雪便把自己的想法告诉了香樟王。

香樟王说:"那还不简单,这边上就是个居民区,居民区里有个活动中心,我们去活动中心体验体验吧。"

来到活动中心一楼大厅,见里面聚集了不少人,大雪就挤了进去,正好有一个社区志愿者在说话:"现在我就讲一个华人精明的故事。

一个华人走进纽约的一家银行,来到贷款部,大模大样地坐下来。

'请问先生有什么事情吗?'

贷款部经理一边问,一边打量着客户:穿着豪华的西装、高级的皮鞋,手戴昂贵的手表。

'我想借些钱。'

'好啊,你要借多少?'

'1美元。'

'只需要1美元?'

'不错,只借1美元,可以吗?'

'当然可以,只要有担保,再多借点也可以。'

'好吧,这些担保可以吗?'

华人说着,从豪华的皮包里拿出一堆股票、国债等的证明文件放在经理桌上。

'总共价值50万美元,够了吧?'

'当然够了,不过,你真的只需要借1美元?'

'是的。'说着,华人接过了1美元。

'年息为6%,一年后,只要你还回1美元,另付6%的利息,这些股票、国债就都还给你。'

'谢谢。'华人说完就离开了银行。

一直在冷眼旁观的分行行长觉得很奇怪,有50万美元资产的人怎么会来银行借1美元? 他追上去叫住了华人。

'有什么事情吗?'华人问。

'我实在搞不懂,你拥有50万美元,却只借1美元,要是你借30万或40万美元,我们也会很乐意的。'

华人说:'请不必为我操心。我来贵行之前问过了几家银行,他们保险箱的租金都很昂贵,所以我就准备在贵行寄存这些股票、国债,租金实在太便宜了,一年只需要花6美分。'

分行行长这才恍然大悟。"

志愿者的故事说完了,场下听众爆发出一阵热烈的掌声。大雪听到这里,也不禁拍手叫好。

大雪对香樟王说:"我自认为也是个精明的人,但和这个华人比起来,还是自叹不如啊。"

香樟王说:"我们再去其他房间看看。"

来到二楼的一个房间,一台大电视机正在播放一档科普节目,香樟王招呼大雪坐下来看看。电视上播的是某电视台安排"骗子"和专家同台PK,让观众可以区分谁是"骗子",谁是真正的专家。

第一个辩题是宇宙的起源,"骗子"PK物理学家。"骗子"讲盘古开天辟地是宇宙的起源,物理学家讲宇宙大爆炸是宇宙的起源。大多数观众分不清谁是"骗子",谁是专家,只有小学生一边倒地认为盘古开天辟地是对的,因为好玩。

第二个辩题是生命的起源,"骗子"PK生物学家。"骗子"讲灵魂与轮回转世是生命的起源,生物学家讲达尔文的进化论是生命的起源。大多数观众还是分不清谁是"骗子",谁是专家。很多观众纷纷对自己的前世感兴趣,只有那些高学历的人才能理解进化论。

第三个辩题是健康和养生,"骗子"PK医学家。"骗子"讲绿豆、茄子可以治百病,医学家讲这没依据,因为疗效需要做双盲实验来确定。大多数观众更加分不清谁是"骗子",谁是专家。很多观众不知道什么是双盲实验,只有那些有很高学历的人才能听明白双盲实验。

第四个辩题是人的性格类型,"骗子"PK心理学家。"骗子"讲星座、血型,心理学家讲人生历练。年轻的观众尤其是女观众对星座、血型更感兴趣,对人生历练觉得不好掌握,正反都说得通。只有极少数的人认为,人生积累丰富的经验之后才能不中骗子的招。

第五个辩题是股票买卖,"骗子"PK经济学家。"骗子"讲内幕消息,经济学家讲贸易争端。观众还是分不出谁是"骗子",谁是专家,不知道听谁的好。

最后一场是"骗子"PK政治家。"骗子"一看到政治家就站起身,说他要放弃辩论。

主持人忙问:"为什么?""骗子"说:"在骗人这一行里,我们只是业余的,而他们才是职业'骗子',他们很容易让观众相信我们是'骗子'。"

无论主持人怎么劝,"骗子"就是不肯上台。这时,一位老者走到"骗子"旁边,跟"骗子"耳语了一番。"骗子"立即振作精神回到台上,侃侃而谈,并面无惧色地指责对方是"骗子"。

主持人更加惊讶,忙问老者说了什么话。

老者说:"我只不过告诉他一个真理,要辩证地看待欺骗,有时候欺骗可以推动人类社会的进步。在历史上,许多'骗子'都成功转型,成了伟大的政治家。"

原来这位老者是个哲学家。

最后,评审团写了份总结。结论如下:看来情况极其复杂,虽然某些领域容易区分骗子和专家,但是很多领域却难以区分,并且越重要的领域,越难以区分。更为复杂的是,现在有些骗子通过勤奋学习成为专家,而许多专家经不住诱惑开始行骗。谁是骗子谁是专家已经无法区分……

节目放完了,看电视的人沉默了片刻,接着爆发出一阵笑声。

大雪也觉得很好玩,正想说什么,旁边却传来一阵悦耳的音乐声。大雪循声过去一看,有一群大妈在跳广场舞,还有打太极拳的、打羽毛球的。

香樟王和大雪上到了三楼，那里有图书室。图书室旁的一扇房门上，贴着"文学爱好者之家"的招贴画。大雪心想这个最对我胃口了，于是推门而入，只见一群中老年人正在交流写诗歌的心得。大雪于是坐下来细听。一个五十多岁的中年人走到台上，朗诵他刚刚即兴写的一首诗。诗是这样写的：

来到五十多，

六十已不远。

时间静悄悄，

不觉又一年，

挡也挡不了，

拦也拦不住。

既然来到了，

那又怎么样，

道路自己走，

规律不可违。

年有春夏秋冬，

月有上中下旬，

时有甲乙丙丁。

若将人生分为老年、壮年、青年、少年、童年，

那五十多岁正是壮年，

是一生中最美好的时光。

童年是快乐的，但还不懂生活；

少年是幸福的，但要为成长烦恼；

青年是阳光的，但要为生活所累。

壮年，

如同年中的秋天；

如同月中的中下旬之交；

如同一日中的下午三点。

童年时玩过了；

少年时学过了；

青年时做过了。

五十多岁，

是人生中的一个节点，

是旅途中的一个驿站。

多好，多美，

可以去做童年时做不了的；

少年时不能做的；

青年时无暇做的。

努力半辈子，

子女已独立。

世界那么大，

我想去看看。

让时间静静地流淌，

只管过好每一天；

让脚步慢慢地迈动，

多欣赏沿途的风景；

让烦恼渐渐地忘却，

多想想今后的美好。

不后悔，不自责；

不悲伤，不烦恼；

不留恋，不矫情；

不懈怠，不折腾。

去爬山，去钓鱼；

去画图，去摄影；

去唱歌，去跳舞；

去下棋，去打牌。

开开同学会，

会会老朋友，

养养花和草，

写写诗与文，

若是有兴趣，

继续干事业。

走进五十多,明天更美好!

诗歌朗诵完后,台下爆发出一片掌声。紧接着,另一个人又上去念了。

大雪觉得这很有意思,刚想和他们交流,香樟王就寻过来了。香樟王说:"你怎么顾自走开了,找得我好苦。"又说,"你今天刚到,我已吩咐小香樟们准备了一顿晚餐,为你接风洗尘,现在那边说菜已经烧好了,我们回去聚餐吧。"

大雪说:"你这样也太客气了,我如何受得了。"

香樟王也不多说,拉着大雪就走。

欲知后事如何,且听下回分解。

第81回　接风洗尘樟王请客　浪漫之都大雪论古

大雪跟着香樟王回到居住地时,晚餐已经准备好了。香樟王招呼大雪坐下,在他面前的酒杯中倒了一杯绍兴加饭酒,端起酒杯说:"今晚聊备薄酒,为你接风,来来来,我先敬你一杯。"

大雪双手捧起酒杯:"无功不受禄,你这样客气,我受宠若惊啊。"

香樟王说:"家常便饭而已,何足挂齿。"

大雪说:"你看看,这么多菜,有些我见都没有见过。"

香樟王一一做了介绍:东坡肉、叫花鸡、西湖醋鱼,这些都是杭州特色菜;金华火腿炖冬瓜、奉化芋艿头、开化清水螺蛳、湖州羊肉,这些是地方特色菜;萧山萝卜干、绍兴臭豆腐、咸菜黄鱼汤,这些也是很有地方风味的菜;

点心有五芳斋粽子、杭州葱包桧;零食有小京生花生、炒瓜子、炒香榧等。水果有奉化水蜜桃、塘栖枇杷、慈溪杨梅等。

大雪说:"如此美味佳肴,你还说是家常便饭,真是此景只应地下有,天上能得几回见。天上是徒有虚名了。来来来,我也敬你一杯。"

香樟王和大雪干杯后,将杯中酒一干而尽,接着就聊开了。香樟王问:"听说你之前在一个文学社当社长,那在文学上一定很有建树了。"

大雪说:"那纯粹是一帮弟兄们玩玩的,况且是民间组织的,上不了台面。

现在是牛郎担任天上人间文化交流协会主席,这个是官方组织,牛郎也享受到了正处级待遇。"

香樟王说:"是吗?这个我倒是才知道。不瞒你说,牛郎前段时间还联系过我,抱怨夫妻两地分居,自己无所事事,生活质量也不好,想要下凡来讨生活呢。现在不同了,下次牛郎下凡身份就不一样了,接待规格都要重新考虑了。"

大雪轻轻地说:"我实话实说,牛郎的职位也就是个虚名,这是立秋主任定的缓兵之计,骗骗牛郎这样的老实人。"

香樟王说:"不管怎么说,能进入编制内总是好的,我还是为牛郎感到高兴,你回去后如果见到他,请转告我的祝贺,方便时邀请他下凡来考察指导。"

大雪酒喝得有点多了,话也直来直去。他说:"你也真是,牛郎当官前下凡,你说他是来讨生活,当官后下凡来,就变成考察指导了。"

香樟王哈哈大笑道:"这个也是传统文化的一部分。你作为文学社社长,难道还会不清楚?"

大雪也笑着说:"我和你开玩笑的,不过你刚才提到文学社,我倒想起来了。我在文学社最喜欢的就是文学中的爱情故事,听说杭州是浪漫之都、爱情之都,我很想去实地看看,亲身感受一下。"

香樟王说:"这个还真如你所说,发生在杭州的爱情故事还真的很多,其中最有名的一是梁山伯和祝英台的故事,二是许仙和白娘子的故事。"

大雪问:"那我要到哪里去寻访他们的故事呢?"

香樟王说:"你要了解梁山伯和祝英台的故事,可以去万松书院看看;如果要了解许仙和白娘子的故事,建议你去西湖边走走,特别是在白堤断桥附近,你要格外留意,说不定在那里你能见到白娘子呢。"

大雪又问:"听说中国历史上有四大美女,那个最有名的西施姑娘也是在杭州吗?"

香樟王说:"西施姑娘是现在人们对美女的一种概称,现在在西湖边游玩的女子个个都是美女,貌若西施。历史上真正的西施,是离杭州不远的诸暨人,西施本名施夷光,是春秋时期越国美女,后人尊称其为'西子',春秋末期出生于越国句无苎萝村(今浙江省诸暨市苎萝村)。西施出身贫寒,自幼随母浣纱江边,故又称'浣纱女'。她天生丽质、秀媚出众,是美的化身和代名词。

"越王勾践在对吴国的战争中失利后,采纳了文种'遗美女以惑其心,而乱其谋'的计策,于苎萝山下得西施、郑旦二人,并于土城山建美女宫,教以歌舞礼仪,饰以罗毅,教以容步,习于土城,临于都巷。三年学成,使范蠡献于吴王。吴王夫差大悦,筑姑苏台,建馆娃宫,置二女于椒花之房,沉溺酒色,荒于国政,而宠嬖西施尤甚。勾践灭吴后,西施随范蠡泛五湖而去,不知所终。

西施与王昭君、貂蝉、杨玉环并称为'中国古代四大美女',其中西施居首。四大美女享有'沉鱼落雁之容,闭月羞花之貌'之美誉,其中的'沉鱼',讲的就是'西施浣纱'的经典传说。"

听到这里,大雪一阵嘘唏。过了一会儿,大雪说:"久闻苏东坡有诗赞美西湖——

> 水光潋滟晴方好,
>
> 山色空蒙雨亦奇。
>
> 欲把西湖比西子,
>
> 淡妆浓抹总相宜。

刚才你说西湖边上人人可比西子,倒让我心里痒痒的,急不可耐地想去见识见识了。"

香樟王说:"别急别急,现在是晚上,等明天再去不迟。"

大雪端起酒杯说:"干了,我要去睡觉了,睡个好觉,明天好去见梁山伯与祝英台。"

香樟王也把杯中酒干了,道了声"晚安",就分别离去了。

欲知后事如何,且听下回分解。

第82回　万松书院大雪寻玄　梁祝故事大妈相亲

第二天一早,大雪就赶往万松书院。

冬天的早上是美丽的,一层薄薄的雾在空中轻盈地飘荡着,路边行人的欢声笑语和汽车"嘀嘀"的喇叭声,交织在一片朦胧之中。这些都预示着新的一天的开始。当懒洋洋的阳光照射到树梢的时候,薄雾就像幕布一样徐徐拉开了,地面也渐渐显现在冬日的温暖中。

大雪急于赶路,无心欣赏沿途的风景,路不远,不一会儿就到了。但他来得太早了,书院里稀稀拉拉的,没几个人。大雪于是先看起了书院的介绍。

万松书院,位于杭州凤凰山北万松岭上。书院始建于唐贞元年间(785—804年),原名报恩寺;明弘治年间(1488—1505年),改辟为万松书院。明代理学家王阳明曾在此讲学。清康熙帝为书院题写"浙水敷文"匾额,万松书院遂改称为敷文书院。现遗址尚存有"万世师表"四字的牌坊一座,和"至圣先师孔子像"字样依稀可见的石碑等物。

万松书院是明清时杭州规模最大、历时最久、影响最广的文人汇集之地。2007年10月20日西博会开幕式晚会上,宣布了"三评西湖十景"的结果,万松书院被誉为万松书缘,成为新一代西湖十景之一。看到这里,大雪心里纳闷,这里明明是明清时期的最高学府,这万松书院怎么成了万松书缘? 香樟王为什么说这里和梁山伯祝英台有关联呢? 难道这里面有什么玄机?

大雪于是仔细观察,果然发现在万松书院里,设置了一明一暗、一实一虚两条文化主线:明线为"明清知名学府",暗线为"梁祝爱情之地",中轴线上以古代书院的布局为实景,右侧石林中又依自然地势巧妙地点缀与"梁祝"十八相送有关的场景,如观音堂、草桥亭、独木桥,让美丽的传说为肃穆的书院增添更多浪漫的人文情怀,同时也让爱情故事有了真实的场景可以寻找。

万松书院别出心裁地在"成人""成家"上做文章。所谓"成人",即学习中国传统的儒学文化,以书院为学习场所,从古圣先贤的经典著作中学习做人的准则,延伸产物为"万松讲堂"。所谓"成家",即是从梁山伯与祝英台的故事中派生出来的寻找意中人、成家立业的意思,延伸产物为"万松书院相亲会"。

自开办"万松书院相亲会"以来,万松书院以公益红娘的身份为杭州人提供相亲平台,受到越来越多的人关注和参与。经过境内外媒体的争相报道,万松书院由此声名大振。

大雪沿着暗线转了一圈,当回到起点时,那里已经人声鼎沸了,一打听,原来这些人是来相亲的。大雪一看,心想不对啊,按理说,既然是来相亲的,应该大多数是年轻人啊,怎么在这里谈得热火朝天的大部分是老年大妈呢?

大雪想不明白,就去问坐在旁边晒太阳的一位大伯。大伯朝大雪看了看,问他:"你是外地人吧?"

大雪点点头,说自己只是路过的,觉得好奇,所以发问。

大伯说:"可惜了,看你一表人才,你要是在杭州工作,那会有多少丈母娘盯上你呀!"

大雪大吃一惊,说:"丈母娘盯上我干什么?"

大伯哈哈大笑道："看来你是真的不知道，你不要怕，听我说。现在杭州城里的年轻人都不急着找对象，都快三十的人了，还像没事人一样。子女不急，可是父母急啊，特别是家中有大龄女儿没找好对象的，父母亲更是急死了。我们家就摊上了这样一个女儿，她妈妈每周都要到这里来转悠，总想钓一个金龟婿，我又帮不了什么忙，只好坐在这里晒太阳。"

大雪就问："你的意思我明白了，可怜天下父母心，儿女不急大人急。但我不明白的是为什么大家喜欢到这里来相亲呢。"

大伯说："一是因为这里很早以前是高等学府，有书香味；二是这里有梁祝故事，梁祝忠贞不渝的爱情故事多么动人啊，梁祝就是中国的罗密欧与朱丽叶啊。"

大雪又问："那梁祝爱情故事和这里有什么关系呢？"

大伯说："梁山伯与祝英台是在这里一起读书的啊，乔装求学、草桥结拜、同窗共读、十八相送等主要情节都是在这里发生的啊。"

大雪说："看来大伯对梁山伯与祝英台的故事很熟悉，能不能说给我听听？"

大伯说："小伙子，难得你对这个感兴趣，我也正好坐在这里无聊，那就给你讲一讲梁山伯与祝英台的爱情故事。

"原来在早时，浙江上虞县祝家庄、玉水河边有个祝员外，其女名祝英台，生得美丽聪颖，自幼随兄习诗文，慕班昭、蔡文姬的才学，恨家无良师，一心想去往杭州城访师求学。

"祝员外先是拒绝了女儿的请求。祝英台求学心切，伪装成卖卜者，对祝员外说，按卦而断，还是让令爱出门为好。祝父见女儿乔装成男子，竟无破绽，为了不使她失望，便勉强应允了。

"祝英台于是女扮男装，去杭城求学。途中，祝英台邂逅了会稽郡城的书生梁山伯。两人一见如故，相谈甚欢，在草桥亭上撮土为香，义结金兰。不一日，二人便来到杭州城的万松书院，拜师入学。从此，梁山伯与祝英台同窗共读，形影不离，同学三年，情深似海。

"祝英台深爱梁山伯，但梁山伯始终不知她是女子，只念兄弟之情，并没有特别的感受。祝父思念女儿，催归甚急，祝英台只得仓促回乡。梁祝分别，依依不舍。在十八里相送途中，祝英台不断借物寓意，暗示爱情。但梁山伯忠厚纯朴，不解其故。祝英台无奈，谎称家中九妹，品貌与己酷似，愿替梁山伯做媒，可是梁山伯家贫，未能如期而至。待梁山伯去祝家求婚时，祝父已将祝英台许配给太守之子马文才。

"美满姻缘,已成泡影。二人楼台相会,泪眼相向,凄然而别。临别时,二人立下誓言:生不能同衾,死也要同穴!

"梁山伯回家不久便郁郁而终。祝英台闻讯,悲愤不已。结婚当日,祝英台向父亲提出要先到梁山伯墓前拜祭,否则宁死不上花轿。祝父无奈,只得应允。祝英台在墓前哭祭时,突然天昏地暗、电闪雷鸣。在狂风暴雨中,坟墓豁然开裂。祝英台纵身跃入,墓包徐徐合拢。过后,风雨顿息,阳光灿烂。梁山伯与祝英台化作一对彩蝶,在人间蹁跹飞舞。他们的爱情在历经风雨过后获得了自由和重生。"

大伯说到这里,说了声"故事讲完了"。再看大雪,他已泪流满面、泣不成声。

大伯点点头,自言自语道:"像这样重感情的年轻人很少见了。"

欲知后事如何,且听下回分解。

第83回　游西湖断桥观残雪　听故事大雪寄深情

大雪从万松书院回来后,伤心了一晚上,第二天一早又去了西湖边的断桥。

断桥是西湖最出名的一座桥。杭州西湖,有四大爱情桥——西泠桥、长桥、断桥、跨虹桥,盛名经久不衰。西泠桥、长桥、断桥是古代的爱情桥,而跨虹桥是现代的爱情桥,是众多情侣约会相游的地方,其中最负盛名的是断桥。它的名字与中国民间故事《白蛇传》中缠绵悲怆的爱情故事联系在一起。

断桥残雪是西湖著名的景色,为西湖十景之一,以冬雪时远观桥面若隐若现于湖面而著称。断桥是欣赏西湖雪景的极佳之地。《白蛇传》的故事,为断桥景物增添了浪漫的色彩。

每当瑞雪初霁,站在宝石山上向南眺望,西湖银装素裹,白堤横亘,雪柳霜桃。断桥的石桥拱面无遮无拦,冰雪消融之后露出了斑驳的桥栏,而桥的两端还被皑皑白雪覆盖着。依稀可辨的桥身若隐若现,而涵洞中的白雪熠熠生光,桥面呈灰褐色,桥身桥面形成反差,远远望去似断非断,故称"断桥"。伫立桥头,放眼望去,远山近水,尽收眼底,给人以生机勃勃的深刻印象。

　　大雪在天宫时就知道,杭州为南宋国都,而钱塘自古繁华,轻舟画舫,歌舞升平。古时年轻貌美的女子为客人献歌献艺,引得各地官宦富商趋之若鹜,不惜一掷千金以博美人一笑。比如苏小小,她是名人,也是美女,曾是西湖演艺界的明星。

　　　　莲花深处一叶舟,香波摇曳美人袖。

　　　　朱唇抚箫赋新词,轻歌喃呢解君愁。

　　名臣良将、富商豪杰,闻之神往,过之不忘。

　　杭州西湖的美人美景声名远扬,大雪对此早就仰慕已久。今天,大雪亲自来到这里,放眼望去,但见断桥面目沧桑,似乎正在用低缓的语调,平静地叙述着发生在这里的一切故事。此时的断桥,依旧静卧于西湖之上。它每天凝望着,从满天朝霞到日上枝头,直至黄昏无限。无数游人从它的身上走过。断桥,以一颗包容的心,装下了一切。

　　大雪在断桥上来来回回地走了几遍,想找一点儿许仙与白娘子的遗迹出来。正在这时,来了一大队人马,原来是来自苏州的一个旅游团,在导游的带领下来到了断桥,举着导游旗的导游站到了桥的最高处,开始介绍《白蛇传》的故事。

　　大雪借机混进旅游团听导游滔滔不绝地说了起来:

　　"传说在很久以前,有一条白蛇修炼了一千年,终于修炼成人,化为美丽端庄的白娘子。一条青蛇修炼了五百年,化为富有青春活力的小青姑娘。她们二人结伴来到西湖游玩,当她们来到断桥时,白娘子在人群中看见一位清秀的白面书生,心中暗生爱意。小青便悄悄地作法,令天突降大雨。白面书生许仙正打着伞来湖边乘船,正好看见白娘子和小青被大雨淋得狼狈。许仙忙把自己的雨伞递给她们,自己则躲得远远的,被雨淋得全身湿透。

　　"白娘子看见许仙这样老实腼腆,心里更喜欢了,许仙也对美丽的白娘子产生了爱慕之情。在小青的撮合下,许仙和白娘子成了亲,并且在西湖边上开了一家药铺,治病救人,乡亲们都很喜欢他们。

　　"但是金山寺的法师法海和尚却喜欢多事。他认为白娘子是妖精,会祸害民间。他悄悄地告诉许仙,说白娘子是白蛇化身而成的,还教许仙怎样识别白蛇,许仙将信将疑。转眼端午节到了,老百姓都喝雄黄酒避邪,许仙就按照法海教的办法设法让白娘子喝雄黄酒。这时候白娘子已经怀孕了,喝了雄黄酒后,马上现出了原形。许仙看到后,立刻被吓死了。

"白娘子为了救活许仙,不顾自己怀孕在身,千里迢迢地来到昆仑圣山偷盗有起死回生之效的灵芝草。白娘子与守护灵芝草的护卫拼命恶战。护卫被白娘子感动了,将灵芝赠给她。许仙被救活以后,知道白娘子真心爱自己,不管她是蛇是人,她都是自己的妻子。从此,夫妻俩更加恩爱。

"可法海还是容不下白蛇在人间生活,他设计将许仙骗进金山寺,强迫他出家为僧。白娘子和小青非常愤怒,率领水族士兵攻打金山寺,想救出许仙。她们不断作法,引发洪水,金山寺被洪水包围,这就是传说中有名的'水漫金山'。

"法海大显法力,白娘子因为临产,打不过法海,只得在小青的保护下逃跑。当她们逃到断桥时,正遇上从金山寺逃出来的许仙。许仙与白娘子二人经过劫难,又在初逢的断桥相见,百感交集,不由得抱头痛哭。白娘子刚生下儿子,法海就赶来了,他无情地将白娘子镇压在西湖边的雷峰塔下,并留下一句偈语:西湖水干,江湖不起,雷峰塔倒,白蛇出世。

"多年后,小青修炼得道,重回西湖,她打败了法海,将西湖水吸干,将雷峰塔推倒,终于救出了白娘子。"

导游的故事讲完了。旅游团的大队人马在一片嬉笑声中往平湖秋月方向走去,大雪还沉浸在故事的情节当中,他看了看西湖湖面,望了望宝石山,口中念念有词:"西湖山水还依旧,看到断桥桥未断,我寸肠断,一片深情付东流。"

欲知后事如何,且听下回分解。

第84回　赴绍兴大雪拜故居　游沈园梦题钗头凤

大雪去了万松书院和断桥后,回来对香樟王说:"梁山伯与祝英台的故事和《白蛇传》的故事我都听到了,太感人了。但这些都是传说,有没有真实动人的爱情故事?我想去了解一下,以此作为创作的素材,编一部剧本出来,拍成电影,也好在天宫影院放映。"

香樟王说:"真实的爱情故事很多,你可以去绍兴的沈园看看,或许你能寻觅到陆游和唐婉的踪迹。"

大雪问:"这个陆游是不是南宋时的爱国诗人陆放翁?"

香樟王说:"就是他,你对他熟悉?"

大雪说:"熟悉谈不上,但他写的诗我特别喜欢,'山重水复疑无路,柳暗花明又一村'写得多好啊,我一直十分敬仰他。"

香樟王说:"既然如此,你就去他的家乡看看吧。"

大雪于是急匆匆地赶往绍兴去了。来到绍兴城里,大雪先去拜谒了陆游的故居,了解到陆游出身于名门望族、江南藏书世家。陆游的高祖陆轸是北宋大中祥符年间(1008—1016年)进士,官至吏部郎中;祖父陆佃,师从王安石,精通经学,官至尚书右丞,所著《春秋后传》《尔雅新义》等是陆氏家学的重要典籍。陆游的父亲陆宰,通诗文、有节操,北宋末年出仕,南渡后,因主张抗金受主和派排挤,遂居家不仕;陆游的母亲唐氏是北宋宰相唐介的孙女,亦出身名门。陆游生逢北宋灭亡之际,少年时即深受爱国思想的熏陶。

陆游一生笔耕不辍,诗、词、文俱有很高的成就,其诗语言平易晓畅,章法整饬谨严,兼具李白的雄奇奔放与杜甫的沉郁悲凉,饱含爱国热情,对后世影响深远。陆游亦有史才,他的《南唐书》,"简核有法",史评色彩鲜明,具有很高的史料价值。

从陆游故居出来,大雪就直奔沈园。沈园又名"沈氏园",至今已有800多年历史,是南宋时一位沈姓富商的私家花园,占地七十亩之多。园内亭台楼阁,小桥流水,绿树成荫。沈园是绍兴历代众多古典园林中唯一保存至今的宋式园林。

沈园分为古迹区、东苑和南苑三大部分,有孤鹤亭、半壁亭、双桂堂、八咏楼、宋井、射圃、问梅槛、钗头凤碑、琴台和广耜斋等景观。

陆游曾在此留下著名诗篇《钗头凤》。词于壁间,极言"离索"之痛。大雪到沈园时,园内空无一人,他就在壁间细细参悟《钗头凤》,也许是连日劳累所致,或者是参悟《钗头凤》用脑过度,大雪突然觉得有点儿头晕,就在旁边的石椅上躺了下来,一躺下竟睡了过去。

在睡梦中,大雪看到一个书生打扮的人走了过来,奋笔在墙上题下《钗头凤》这首千古绝唱:

红酥手,黄縢酒,满城春色宫墙柳。

东风恶,欢情薄,一怀愁绪,几年离索。

错、错、错!

春如旧,人空瘦,泪痕红浥鲛绡透。

桃花落,闲池阁,山盟虽在,锦书难托。

莫、莫、莫！

书生写好离去后，只见过来了一位女子，提笔和《钗头凤·世情薄》词一阕：

世情薄，人情恶，雨送黄昏花易落。

晓风干，泪痕残，欲笺心事，独语斜阑。

难、难、难！

人成各，今非昨，病魂常似秋千索。

角声寒，夜阑珊，怕人寻问，咽泪装欢。

瞒、瞒、瞒！

女子写完后离开了，大雪觉得这二人都似曾相识，却总是想不起他们的名字，待要叫住他们，却总感觉张不开嘴。正着急时，只见那书生与女子各自转了一圈，刚好到这壁间碰面了。书生拉住女子的手，说："你不是婉表妹吗？"

女子也握着书生的手，说："是啊，我是唐婉，你是游表哥吧。"

书生激动地说："表妹，我找得你好苦啊，你可知道，这些年来，我每天都要来这里转一圈，苍天有眼，今天终于见到你了。"

女子幽幽地说："我又何尝不是呢。想当年，我们俩青梅竹马，结为伴侣，婚后情投意合、相敬如宾、伉俪情深，后来怎么会走到'执手相看泪眼'的地步呢？"

书生说："都是因为我母亲怕我沉溺于温柔乡，不思进取，误了前程，所以逼迫我休妻，也怪我太孝顺母亲，而伤透了你的心。现在我想明白了，既然老天让我们再次相遇，我再也不会让你离开了。"

女子说："我也不怨你，都是旧时代的错。在那时，我俩纵然百般恩爱，终落得劳燕分飞的地步。而现在，尽管过了八百多年，但那份刻骨铭心的情缘始终留在我们情感世界的最深处。"

书生唏嘘不已，说道："是啊，自上次沈园一别，我得知你抑郁成疾，在秋意萧瑟的时节，化作一片落叶悄悄随风逝去，我虽然浪迹天涯数十年，然而离家越远，你的影子就越萦绕在我的心头。但灯暗无人说断肠，这忏悔之心，恨意切切，几百年了，我对旧事、对沈园依然怀着深切的眷恋。"

女子说："追忆似水的往昔，叹惜无奈的世事，只这一首《钗头凤·世情薄》便说尽了。好在这一切都过去了，愿后人不会面临我们这样的悲剧。"

书生含泪咏道：

枫叶初丹槲叶黄，河阳愁鬓怯新霜。

林亭感旧空回首，泉路凭谁说断肠！

坏壁醉题尘漠漠,断云幽梦事茫茫。

年来妄念消除尽,回向禅龛一炷香!

念完,两人相拥而泣,然后簇拥着慢慢地离去了。

大雪的鼻子一阵发酸,他翻了个身,竟然从椅子上摔了下来,一下子惊醒过来,才知做了个梦。他拍了拍脑袋,掏出纸笔,把刚才梦中的所见所闻写了下来,心想,把这个题材拍成电影,不知道会看哭多少人。

欲知后事如何,且听下回分解。

第85回　发改办连夜议换将　祭祖日冬至挂帅印

大雪情商颇高,他吸取了前面两任团长的教训,既不像立冬那样埋头钻研,不做汇报,也不像小雪那样有成绩就直接登报引人口舌,而是将自己的行动拍成视频直接发送给天宫发改办的几位主任。

第一天,立秋主任看到大雪去小学听课,连连点赞。接着,立秋看到大雪去居民区参观了,点了个赞。后来,大雪去万松书院探寻"梁祝"去了。立秋皱了皱眉,没有发出声音。后来见大雪去断桥找白娘子,立秋心里有了想法,联想起大雪原来的职业和爱好,立秋决定先忍一忍再说。直到发现大雪赶到绍兴,特地去沈园拜谒,立秋忍不住了,觉得不能再这样下去了,于是连夜把几位副主任叫到办公室来商量。

几位副主任已经下班回家了,接到立秋的通知,都以为一定有什么重大事情发生了,于是急急忙忙地赶过来。

立秋见几位副主任都到了,便说:"我晚上把大家叫来,是要商量一下关于大雪的安排问题。"

白露说:"大雪不是下凡去取经了吗? 他的安排有什么好商量的。"

立秋说:"想必这几天大雪发上来的视频你们也看了,他现在都在干些什么啊? 我们派他下去是去取经的,不是让他去文艺采风的,所以我的意见是我们要另做安排。"

秋分笑了笑,说:"主任大晚上急急忙忙地把我们召集过来,原来是讨论这个事情啊,我还以为发生了什么重大的紧急情况呢。"

立秋严肃地说:"认真点,这个事还不重要吗?它关系到下凡取经的成功与否。"

寒露说:"主任言重了,我们派团下去取经,有规定过取经的原则、纲要、范围、期限吗?哪些是重要的,哪些是不重要的,说得清楚吗?我倒觉得,凡是对我们天宫有用的东西,我们都要学。这里面,有些是物质的,有些是精神的,像立冬一样学些经济体制创新的知识很好,像大雪一样学些文化艺术方面的东西也不错啊,我们既要提高物质生活水平,也不能忽略精神生活,也就是说物质文明和精神文明要一起抓。"

立秋说:"当务之急是缺什么补什么,先发展起来再说。如果一个人连饭都吃不饱,你要他去讲精神文明,可能吗?"

处暑说:"我也觉得应该抓住重点,不能胡子眉毛一把抓,经济搞上去了,其他方面慢慢地也会跟着好起来。"

见几位主任意见无法统一,立秋就说:"既然大家意见不一致,那就先把大雪调回来再说。现在商量一下接替他的合适人选。"

霜降说:"现在冬至时节要到了,该冬至大师出马了。"

立秋说:"是啊,我怎么把他给忘了,那就这么定了,散会,大家回去吧。"

气象学上的冬至,又称"冬节""贺冬",是农历二十四节气之一,也是八大天象类节气之一,与夏至相对。冬至在太阳到达黄经270°时开始,时间为每年公历12月22日左右。据传,冬至在历史上的周代是新年元旦,曾经是个很热闹的日子。冬至这天,太阳直射地面的位置到达一年的最南端,几乎直射南回归线。这一天,北半球得到的阳光最少,比南半球少了50%。北半球的白昼达到最短,且越往北,白昼越短。中国北方有冬至吃饺子的风俗。俗话说:"冬至到,吃水饺。"南方则是吃汤圆,当然也有例外,如山东等地人习惯叫冬至为数九,有数九当天喝羊肉汤的习俗,寓驱除寒冷之意。

唐、宋时期,冬至是祭天祀祖的日子,皇帝在这天要到郊外举行祭天大典,百姓在这天要向父母尊长祭拜。后来,冬至逐渐成为祭祀祖先和神灵的节庆活动。另外民间还有以冬至日的天气好坏与来到的先后,来预测往后的天气的习俗,例如,"冬至在月头,要冷在年底;冬至在月尾,要冷在正月;冬至在月中,无雪也没霜""冬至黑,过年疏;冬至疏,过年黑"。唐代大诗人杜甫作《冬至》云:

年年至日长为客,忽忽穷愁泥杀人。

江上形容吾独老,天边风俗自相亲。

杖藜雪后临丹壑，鸣玉朝来散紫宸。

心折此时无一寸，路迷何处见三秦？

而天上的冬至，却是一位工艺大师，自小就对手工艺品情有独钟，喜欢收藏、把玩一些精制的手工艺品，在家里，剪刀、纸扇、竹编、木雕等堆得到处都是。若是别人想问他要一些，他是死活不肯的。在他眼里，这些都是宝贝，他舍不得。至于金银财宝，他倒是无所谓。

冬至常常在《天宫报》上发表一些工艺品方面的鉴赏文章，天宫上都称他为冬至大师。

至于冬至大师此番下凡有何收获，且听下回分解。

第86回　冬至上任大雪回宫　首访刀剪张氏遗产

冬至在冬天呼啸的寒风中来到杭州。冬至找到大雪后，将立秋的一封亲笔信交给了他。

大雪打开立秋的信，信上写着："大雪吾弟，此番你下凡取经，劳苦功高，辛苦了！你发来的有关'梁祝''白娘子''陆游唐婉'等爱情故事，我觉得都非常好，写成剧本拍成影视剧会很有意义。为了让你有充足的精力尽快将这些优秀的文化产品生产出来，我想创造条件，把你从前方调回来，让你能安心地把作品创作出来。你放心，你走后，接下来的取经工作会交给冬至。因时间仓促，没有事先和你商量，请你理解我们的好意。"

大雪看完了信，已明白大意，不再多说什么。他及时和冬至办了移交手续，和香樟王依依不舍地道了别，就回天宫去了。

冬至见到了香樟王，并做了简要的自我介绍。

香樟王说："早就知道冬至大师的威名，你在天宫工艺品界可是首屈一指的专家啊，不知此次下凡有何安排？"

冬至说："我其他方面外行得很，也就懂些工艺品之类的。我的想法是，天宫要把经济搞上去，就必须学习浙江的做法，从发展民营经济着手，而民营经济中，又属手工艺品行业最为重要，所以我这次下来想重点参观学习手工艺品行业。请香樟王多给我指点指点。"

香樟王说："在浙江，传统手工艺品很多，杭州本地的手工艺品有张小泉剪刀、王星记扇子、都锦生丝绸等；杭州以外的有青田石雕、嵊州竹编、开化根雕等。"

冬至说："那我就不舍近求远了，先从杭州的几个地方看起吧。"

第二天，冬至最先来到了张小泉剪刀博物馆。这个博物馆位于杭州市大关路33号杭州张小泉剪刀厂内，占地2000平方米，建筑面积500平方米，于1993年建成。它是我国首家以研究剪刀文化为主的专题性博物馆，馆内现有藏品1500余件，分为剪刀、刀具、指甲钳、书画作品、剪刀生产工具五个品类，并收有大量古代剪刀图片、文字资料及复制品。

冬至先独自看了一遍，接着去厂里的生产车间溜了一圈，觉得很新奇，还有很多事情不甚明了，就又来到博物馆，找到一个解说员。解说员听明白了冬至的意思后，就热情地给冬至介绍了起来。

张小泉，是明末安徽黟县会昌乡人。其父名叫张思家，自幼在以"三刀"闻名的芜湖学艺。小泉在父亲的悉心指教和实践中，练就了一手制剪的好手艺。他们父子二人，以制剪为业。小泉刻意求师访友，技艺大进，经过反复琢磨，终于创制出嵌钢制剪的新技术。他选用闻名的"龙泉"钢为原料，制成的剪刀，镶钢均匀，磨工精细，刀口锋利，开闭自如，因而名噪一时。一些专业艺人如裁缝、锡匠、花匠等均慕名前来定制剪刀。

冬至问："我看这剪刀的形状很奇妙，这里面有什么来历吗？"

解说员说："这里有个故事，听我慢慢说来。"

张小泉在杭州的住处大井巷里，有口大井，井水很深，很清凉。家家户户都要吃这口井里的水。有一天清早，大家都来挑水，吊起水一看，黑漆漆的，像烂泥浆，臭味直冲鼻子。大家觉得奇怪，昨天井水还是清洌清洌的，怎么一夜工夫就变了样呢？

一个老公公说，他小时曾听老一辈人讲过，这大井直通钱塘江，钱塘江上游有两条乌蛇，每隔数年就钻到这口清凉的大井里交尾下蛋。乌蛇嘴里吐出的毒涎，会把井水弄得像烂泥浆一样。

大家听了，忙问老公公："这乌蛇什么时候才走呀？"

老公公回答："那就由它了，谁说得清呢？"

又问："有没有办法制伏它呢？"

老公公说："要制伏它，那只有下井去跟它拼了。这口水井深不见底，即使里面没有毒蛇,也没人敢下去呀!"

正在大家你望望我,我看看你,急得火烧火燎时,张小泉来了。他皱起眉头,想了想,拉住一个街坊说:"拜托你到酒店买两坛老酒来。"又叮嘱一位邻居:"麻烦你到药铺买两斤雄黄来。"

街坊邻居不知道他要做什么,只是照着他的吩咐把老酒和雄黄买来了。张小泉又回过头去,朝大儿子吆喝道:"快回家去拿我的大锤来。"

等他儿子拿了大锤回来,张小泉就把两斤雄黄倒进两坛老酒里,顺手捧起一坛,"咕嘟,咕嘟"一口气喝干了。接着,他解开纽扣,脱下衣裳,露出紫红色的胸膛、鼓鼓突突的肌肉。紧接着,他又提起另一坛酒,往自己头顶上一倒。"哗啦"一声,雄黄酒从他头顶直淋到脚跟。

大家看了,还来不及问他要做什么,要不要帮忙,他一把夺过儿子手中的大锤,往前小跑几步,"扑通"一声,跳进大井里去了。

张小泉喝了、淋了解毒的雄黄酒,跳进井里后,只觉得身子呼呼地往下沉,沉呀沉呀,好一会儿才沉到井底。他睁开眼睛一看,嘿,井底里宽阔得很哩。他朝东看看,没发现什么;朝西望望,也没有发现什么。后来,他走到北面的尽头,才看见角落里有两条漆黑发亮的乌蛇,有手臂那么粗,颈交颈地盘绕在那里。张小泉眼明手快,不等两条乌蛇分开,就挥起大锤,"咚咚!咚!"一连砸了三锤,每一锤都砸在两条乌蛇相交着的"七寸"上,把两条乌蛇的颈脖子砸得扁扁的,黏到一起了。

两条乌蛇就这样甩甩尾巴死啦。张小泉砸死了乌蛇后,一手提着大锤,一手拎着蛇尾,屏住气,慢慢地泅出水面。等张小泉的头钻出水面,围在井边守候了大半天的乡邻赶紧放下绳索,将他拉了上来。张小泉一爬出井口,就把两条乌蛇往地上一摔,"咣"的一声,把人们吓了一大跳。大家起先很害怕,后来看蛇一动不动,真的死了,才敢走近去,伸手摸摸,冰凉冰凉的,拿木棒敲敲,硬邦邦的。

传说这是两条乌蛇成了精,炼成钢筋铁骨的缘故,张小泉要不是个老铁匠,恐怕还收服不了它们呢。除掉了乌蛇后,大井里的水又变得清澈了。

张小泉把两条死蛇拖回家里,看看又想想,想想又看看,看了三天,想了三夜,在纸上画出一个图样来。爷儿四个就照着图样在蛇颈相交的地方安上一枚大钉子,把蛇的尾巴弯过来做成把手,又将蛇颈上面的一段敲扁,磨得飞快飞快的。张小泉就这样打造出第一把很大的剪刀来。

爷儿们高兴极了,便将这把剪刀挂在铁匠铺门前,当作招牌,又仿造出许多剪刀。

以前,人们还不知道用剪刀,裁衣用刀子划,断线拿刀子割,很不方便。张小泉造出剪刀以后,裁衣、剪线都轻快方便多了。因此大家都到张小泉铁匠铺买剪刀,差点儿挤破了这个小铺子,踏平了这家店的门槛。张小泉爷儿四个光打剪刀,都不够卖。张小泉剪刀名气后来越来越大,销路也越来越广,便成了闻名全国的杭州特产。

冬至听到这里,连声赞叹后问道:"张小泉剪刀有什么工艺特点呢?"

解说员说:"虽然张家产业数易其主,但张小泉剪刀的品牌一直传承了下来,张小泉及其后代给人们留下了精湛独特的剪刀制作工艺,当时总结出来的72道工序,是一代又一代劳动者的智慧和心血的结晶。

"张小泉传统制剪工序中有两道精湛独特的制作技艺历经磨炼延续了下来,一是镶钢锻打技艺,一改以往用生铁锻打剪刀的常规做法,选用浙江龙泉、云和的好钢镶嵌在熟铁上,并采用镇江质地极细的泥精心磨制,经千锤百炼,制作成剪刀刃口,并用镇江泥砖磨削。

"二是剪刀表面的手工刻花技艺,造剪工匠在剪刀表面刻上西湖山水、飞禽走兽等纹样,栩栩如生、完美精巧。现在张小泉剪刀已被列入第一批国家级非物质文化遗产名录。"

冬至一边听一边记,他想把学到的这些工艺技术带回去,在天上发扬光大。

谢过解说员后,冬至就回住地去了。

欲知后事如何,且听下回分解。

第87回　樟王谈扇子数典故　冬至游扇厂学文化

第二天,冬至在吃早餐时见到了香樟王,和香樟王谈了昨天去张小泉剪刀厂的经过,并说今天想去王星记扇厂取经。

香樟王说:"张小泉剪刀厂有博物馆,有解说员给你讲解,王星记扇厂可没有。"

冬至说:"那如何是好?"

香樟王说："这样吧,今天刚好我有空,我和你一起去吧,顺便给你做些介绍。"

冬至听说香樟王亲自出马,自是十分高兴。吃完早餐,两人就直奔杭州王星记扇厂。路上,香樟王一边走,一边说了起来。

香樟王说："扇子是引风用品,是夏令必备之物。中国传统扇文化有着深厚的文化底蕴,是中华民族文化的一个组成部分,它与竹文化、道教文化、儒家文化有着密切的关系。历来中国有'制扇王国'之称。扇子,最初称为'五明扇',据传为虞舜所制。晋代崔豹的《古今注·舆服》记:'五明扇,舜所作也。既受尧禅,广开视听,求贤人以自辅,故作五明扇焉。秦、汉公卿士大夫,皆得用之。'

"中国扇文化起源于远古时代,祖先在烈日炎炎的夏季,随手猎取植物叶或禽羽,进行简单加工,用以障日引风,故扇子有'障日'之称,这便是扇子的初源。

"扇子在中国已有三四千年的历史,经数千年沿革演变、完善改进,已发展成为具有几百种扇子的家族,总的可归纳为两大类;一是平扇(如团扇、葵扇、麦草扇、玉版扇),不能折叠;二是折扇,可自如敞开收叠。"

到了位于河坊街的王星记扇子,香樟王带着冬至在制扇车间里看了一遍,又去看了制扇的材料仓库,还到设计科室去转了转,最后来到了扇子陈列室。香樟王就针对陈列的扇子做了一些详细的讲解:

王星记扇子是浙江省杭州市的传统手工艺品,是一家百年老字号扇子生产厂家,与浙江丝绸、龙井茶并称"杭产三绝"。主要产有黑纸扇、檀香扇、香木扇、白纸扇、绢扇、装饰扇和舞扇。王星记扇厂,在全国制扇行业中,是最大的扇子综合厂。年产几百万把扇子,有 15 个大类,400 多个品种,3000 多种花色。产品远销 80 多个国家与地区,有 70 多个国家 5 万多名外宾参观过王星记扇厂。王星记扇厂被世人称为"美丽、辉煌的扇子王国""东方艺术的瑰宝"。

杭扇,历史悠久,制作技艺精湛,扇面装饰精美。其中黑纸扇是王星记的传统名扇,人称"扇中一绝"。黑纸扇的制作要经过制骨、糊面、摺面、上色、砂磨、整形等 80 多道工序,方能完成。扇骨采用广西桂林地区的棕竹,花纹美丽,柔软而富有弹性。扇面采用纯桑皮纸,涂刷数层诸暨产的高同柿漆,质地绵韧细腻,色泽乌黑透亮,雨淋不透,日晒不翘,经久耐用。黑纸扇,人称"一把扇子半把伞",曾作为贡品选送皇室,名誉四海。而檀香扇是以印度产的檀香木为原料制作而成的,树龄需在数十年以上,木质细腻、坚硬,木质中含有天然的芳香油,香味纯正、淡雅。檀香扇,有"扇在香存"之誉,一把檀香扇保存数十年之后,依然香味幽雅。

檀香扇为手工艺品,主要操作工艺有拉花、烫花、雕刻。用钢丝锯在薄薄的扇片上,用手工拉出数百个大小不一、形状各异的上万个小孔,组成千变万化、虚实相宜的多种精美图案。独特的加工工艺,使檀香扇更加精细、高雅,是王星记的又一拳头产品。

冬至插话道:"那这个厂的历史你知道吗?"

香樟王说:"杭州王星记扇厂的前身,就是当年的王星记扇庄。它的创始人是王星斋,王星记扇庄开创于清朝光绪元年(1875年),祖辈从事制扇业。他自幼学艺,二十多岁时已成为制扇名匠。他制作的黑纸扇,在意大利米兰,巴拿马和西湖万国博览会上屡次获奖,美名远扬,曾作为杭州特产进贡宫廷。从此,杭州黑纸扇又称'贡扇'。

"扇子的主要材料是竹、木、纸、象牙、玳瑁、翡翠、飞禽的翎毛,棕榈叶、槟榔叶、麦秆、蒲草等也能编制成各种千姿百态的日用工艺扇,造型优美,构造精制。经能工巧匠精心镂、雕、烫、钻或名人挥毫题诗作画,扇子的艺术价值倍增。"

冬至又问:"扇子的文化功能有哪些?"

香樟王说:"扇子蕴藏着丰厚的文化内涵。古往今来,扇子与人们的日常生活结下不解之缘。一把小小的扇子,不仅是融实用价值与美学价值于一体的精美工艺品,还与很多扇子故事、传说和趣闻逸事有关,例如《苏东坡画扇结案》《扇子巷穷道士补扇》《玉孩儿扇坠奇遇记》《题扇桥》《康熙题扇》《扇子报喜》,以及'扬仁风'的传说和泰戈尔赠扇题诗等都反映了扇文化的内涵。

"数千年的扇文化积累了很多的扇诗、扇词、扇联、扇谜。扇子与舞台艺术也有着密切的关系,如风韵婀娜的扇舞,以扇为名或以扇为媒的'扇戏'有《桃花扇》《沉香扇》《芭蕉扇》。扇子也被用作舞台上的道具,表演者用扇这个动作来表现演艺效果或人物性格。"

冬至说:"我看到影视上有很多名人喜欢随身带一把扇子,即使是在大冬天也这样,这是为什么呢?"

香樟王说:"扇子一般是用来扇风祛热的,但仔细想来,扇子还有其他的用途。历史上,诸葛亮喜欢手执鹅毛扇。羽扇纶巾,很儒雅。扇子轻轻一摇,他就有了计谋。自打诸葛亮喜欢用扇子以来,许多谋士、幕僚也喜欢用扇子了,扇子一时成为儒雅智慧的象征。清朝时,纪晓岚就经常摇着扇子吟诗作对,好像扇子一摇就能生出妙语佳段。滑稽的是,许多文人为了用扇子作秀,常常不分季节地拿扇子,这样就有了很多'穿冬衣,摇夏扇'的人。

"现如今,最喜欢拿扇子的有四种人。一是说书人。二是说相声的。说相声的一上台就卖弄嘴皮子,手拿一把折扇,不是用来扇风,而是作为一种道具,相当于过去艺人登台时用的醒木。三是下棋的。常在电视上看见高手下棋时手拿折扇,偶尔展开扇子扇上几扇,大冬天也如此。他们似乎是在学诸葛亮,以为扇子有助思考。四是文人、书画家。他们自然是在仿古,效唐寅、朱耷之流。"

说到这里,香樟王想起了唐代诗人李峤所作的一首诗《扇》。诗云:

> 翟羽旧传名,蒲葵价不轻。花芳不满面,罗薄讵障声。
>
> 御热含风细,临秋带月明。同心如可赠,持表合欢情。

听到这里,冬至十分敬佩香樟王,说:"你怎么知道得这么多?"

香樟王说:"我在这里好几百年了,耳濡目染,日积月累,都记下来了,自然知道得多了。"

冬至说:"我是羡慕妒忌但不恨,要好好向你学习。"

香樟王说:"历史是人民群众创造的,特别是中国古代的劳动人民,善于从劳动实践中总结经验,如一年二十四节气的气候规律就是他们总结出来的。"

冬至说:"是啊,这个我知道,我就是因为在冬至日出生,所以父亲给我取名冬至。在我看来,数风流人物,还看今朝,中国这几十年发生的翻天覆地变化,抵得上过去的几百年。"

香樟王说:"历史就是这样螺旋一样向前推进的。我们是不是说远了,我们还是继续欣赏扇子吧。"

冬至说:"是啊是啊,我们扯远了。"说完,两人一起哈哈大笑起来。

欲知后事如何,且听下回分解。

第88回　锦博馆冬至听讲解　都锦生梦断上海滩

从王星记扇厂回来后,香樟王对冬至说:"杭州有名的工艺品,除了你已经看过的张小泉剪刀及王星记扇子,还有杭州丝绸。杭州丝绸历史悠久,质地轻软,色彩绮丽,早在汉代,就已通过'丝绸之路'远销国外。现代已发展到绸、缎、绫、罗、锦、纺、绒、绉、绢等十几个品种。你可以去看看。"

冬至说:"杭州丝绸我知道很有名,就是在我们天上,也是一货难求,各路神仙凡是能穿着杭州丝绸服饰的,都觉得很荣耀。我很想去看看,只是不知道我该到哪里去看为好?"

香樟王说:"杭州丝绸首推都锦生,都锦生丝绸厂创立于1922年,曾是中国最大的丝绸工艺品生产出口企业。其产品五彩丝织中国画、五彩风景织锦,早在1926年的美国费城国际博览会上就获得过金奖。现在的花色品种已达千种以上。西湖风景、桂林山水皆可织入画面,珍禽异兽栩栩如生,名人书画亦可以再现。

"都锦生丝绸厂主要生产风景画、台毯、靠垫、窗帘及织锦衣料。产品富丽堂皇、雍容华贵,被国际友人誉为'东方艺术之花'。"

冬至说:"那你能陪我一起去吗?"

香樟王说:"我有事要忙了,就不陪你了,好在那里有个都锦生织锦博物馆,你可以请馆里的人给你讲解。"

冬至听了香樟王的建议,就径直找到了位于凤起路都锦生丝织厂内的博物馆,直接请了个馆里的工作人员给他做讲解。

工作人员名叫小王。小王领着冬至,一边走,一边看,一边做介绍。

小王说:"这个博物馆占地7000余平方米,是中国第一家专题织锦博物馆,其中陈列室500平方米。以近千件实物和图片详尽地介绍了中国传统织锦两千余年的发展历史,当然也展现了都锦生织锦的形成和发展过程。博物馆分陈列室、原料准备工场、织锦织造工场和产品展示展卖厅四大展区。展区之间配有专门介绍蚕桑知识的名桑园,内植中国五大名桑。

"都锦生,最初是一个人名,进而是一个厂名,随之特指一种工艺品、一家织锦博物馆。作为国内首家织锦专题博物馆,它已成为杭州丝绸的标志之一。"

冬至问:"都锦生是一个人名,那他一定是个传奇人物,你能说说吗?"

小王说:"是的,都锦生的一生能代表一个时代。在西湖茅家埠,西湖群山中间拥抱着一座白色的老宅,它蕴藏了几多传奇与辉煌、血泪与悲怆。1898年,都锦生出生于此。都锦生生来就是为织锦而生的人。他从小就痴迷于西湖水乡的自然风光。画西湖、摄西湖、剪西湖。西湖的角角落落都留下了他的足迹,而他则在心里留下了创造风景织锦的纹样。

"后来,都锦生就读于浙江甲种工业学校机织科,这是浙大的前身。毕业后留校,他选择了美术这一教职工作,并在工作之余萌发了把西湖美景织成一幅幅风景织锦的念头。在实践中,他反复钻研,绘制成一幅意匠图,并在学校实验工场亲自轧制花版,用他独特的创作手法把古代文人墨客所描述的意境,用真丝在织机上织了出来。在他23岁时,世上有了第一幅风景织锦画——'九溪十八涧'。

"溪水悠远漫长,穿过历史的长河,展现了杭州的昨天、今天和未来。在亲戚与钱庄资本家的支持下,都锦生于1922年在茅家埠家中开工织造。由于所织造的丝织风景画新颖别致,价格不高,因此很受欢迎。他自此跨出了'丝织救国'的第一步。到1926年,都锦生已拥有手拉机近百台,轧花机五台,意匠八人,职工一百三四十人,都锦生的家成了名副其实的工厂。1928年至1929年间,都锦生东渡日本考察,并从留学法国的友人处获得一台法国产的最新全铁电力机,又购得法国制造的棉织油画风景做样品,与工人、技术人员进行解剖分析,研制新产品。后因日军轰炸杭州,都锦生丝织厂被迫停工。都锦生不得已将工厂转移到上海法租界,维持小规模生产。

"杭州沦陷后,日本人企图借助都锦生的名望,拉拢他为伪政府效力,被都锦生坚决回绝。日寇恼羞成怒,一把火烧了都锦生丝织厂,洗劫了茅家埠都宅。后来,日本人占领上海租界,都锦生丝织厂被迫倒闭,加上重庆、广州等地的门市部亦先后被日机炸毁,都锦生悲愤交加,目睹自己的企业最终关闭,于1943年病逝于他乡,年仅45岁。

"一个为锦而生的人,最终为锦而死。令人欣慰的是,他的织锦技术却永远地保留下来,他的辉煌与凝聚着他毕生心血的灿烂织锦并没有画上句号。都锦生人继承发扬都锦生织锦,使都锦生丝织厂起死回生。经过八十多年的沧桑变迁,都锦生丝织厂如今已发展成为中国规模最大的丝织生产基地。

"1997年5月,都锦生织锦博物馆开馆。现如今,都锦生的织锦越走越远,生产工艺也今非昔比。都锦生织锦博物馆里,一些小样、轧花还一直静静地躺在那里,陪伴着那些手拉脚踏织锦机、手拉织机,陪伴着那个为织锦而生的人。"

听到这里,冬至嘘唏不已。

小王说:"我们还是继续看展厅吧。第一厅为织锦历史厅,除了展示战国、秦汉直至现在的都锦生织锦的各种实物图,还介绍了都锦生先生的生平、都锦生丝织厂的创业历史及领导人陪同外国元首来厂参观的珍贵照片和资料。

"第二厅为工艺流程厅,从古代种桑养蚕开始,逐一介绍了织锦的原料和工艺流程。

"第三厅为像景织锦厅,展示都锦生织锦中的黑白风景织锦、五彩织锦、彩色锦绣等,并介绍了代表当代彩色织锦最高水平的丝织壁挂《春苑凝晖》等精品。

"第四厅为装饰织锦厅,展示了都锦生织锦特色产品。世界第一丝织长卷《江山万里图》设有专柜展示。

"第五厅介绍了都锦生织锦设计全过程,设有现场操作示范和观众参与内容。

"第六厅展示了古代织锦的专用织机等设备的实物。"

冬至看到厅内挂着一个大大的"锦"字,就问这个字有什么特别的意义。

小王说:"'锦'字是金字和帛字的组合。按古代造字的规律释义,锦是非常贵重的丝帛,其价值相当于黄金。中国古代丝织品种有绢、纱、绮、绫、罗、锦、缎、缂丝等。除了'锦'是金字旁,其他均是绞丝旁,可见锦确实是一种非常贵重的丝帛。"

冬至将小王讲的一一记在心上。因时间不早了,谢过小王,冬至离开了博物馆。

欲知后事如何,且听下回分解。

第89回　冬至奔青田看石雕　听介绍参悟珍宝馆

冬至在杭州城里参观了剪刀、扇子、丝绸等传统工艺品后,就想着到浙江的其他地方去看看。香樟王知道冬至的想法后,就建议他去青田、龙泉等地参观学习。听了香樟王对这些地方的简单介绍后,冬至就出发了,等到他到达青田时,天已经暗下来了。冬至于是在青田火车站旁的华侨饭店住了下来,在酒店房间可以欣赏到青田城瓯江两岸的美景。冬至看了一会儿,不禁吟出几句诗来:

> 青田石门开,稻鱼共生欢。
>
> 瓯江淌两岸,侨乡谱新篇。

一夜无话,第二天一早,冬至就来到了青田石雕博物馆。这里是青田石文化的集散中心,是青田几千年石雕历史的缩影。

冬至先找了些资料看了起来,得知青田石雕是浙江省青田县地方传统美术,是国家级非物质文化遗产之一。青田石雕发端于距今 5000 年的"崧泽文化"时期。到了唐、宋时期,创作题材和技艺有了突破性的进展。进入五代时期,题材更加广泛,青田石雕成为宗教活动用品。进入元、明时期,青田石雕已具有较高的圆雕技艺水平。至清代,青田石雕吸收"巧玉石"制作工艺,开创了中国石雕"多层次镂雕"的技艺先河。

青田石雕自成流派,奔放大气,细腻精巧,形神兼备。基调为写实尚意。2006 年,青田石雕入选第一批国家级非物质文化遗产名录。2018 年,青田石雕入选第一批国家传统工艺振兴目录。"有石美如玉、青田天下雄。因材施雕琢,人巧夺天工。"青田享有盛名,因它创造了灿烂的石雕文化,享有"石雕之乡"之美誉。望着琳琅满目的石雕精品,冬至眼花缭乱,赞叹不已。

正在这时,冬至看到有两个领导模样的人过来,旁边是博物馆的负责人亲自在做介绍,冬至便悄悄地跟在后面听。

只听其中一个领导问:"这青田石雕有什么传说故事吗?"

博物馆负责人介绍说:"相传古时,青田山口村住着一位青年农民,靠卖柴度日。有一天,他在山上砍柴时不小心将柴刀砍在石头上,石头被'啪'地劈落一块。他捡起一看,那石头晶莹透亮,色彩斑斓,美丽极了。于是,他将那块石头带回家,琢磨成一颗石珠,挂在女儿的脖子上。乡亲们争相观看,后来纷纷仿效,上山寻找那奇妙的石头,将石头做成各式各样的装饰品。"

这传说是哪个朝代的事已无从考证了。但青田石雕的确是中国传统石雕艺术宝库中一颗璀璨的明珠,历史悠久。浙江博物馆就藏有六朝时的青田石雕小猪四只,这是当时的墓葬用品。小石猪造型简练、粗犷,记录着 1500 多年前青田石雕的历史踪迹。作品线条简练、造型古朴、形神兼备,艺术上可见汉魏风貌。

领导又问:"那青田石雕所用的石材有何特点?"

负责人答:"青田石雕以青田石为雕刻材料。青田石,在地质学上称为'叶蜡石',是一种耐高温的矿物。青田石色彩丰富,质地细腻,软硬适中,可雕性极强。用青田石雕制的作品五彩缤纷、玲珑剔透、晶莹如玉,别具艺术效果。青田石英钟分子结构均匀细密,雕镂的线条可细微到头发丝而不断裂,做成印章、篆刻时,走刀利落顺畅,印章久用不损边锋,印油不易渗入印体。当代著名篆刻家韩天衡在一篇序文中说,上品的青田石本身即是艺术品。"

另一个领导问:"现在青田石雕的状况如何?"

负责人答:"新中国成立后,青田石雕得到快速的发展,目前石雕从业人员逾万人,年产值数亿元,作品远销四十多个国家和地区,享誉海内外。石雕创作者创作出一批具有时代新意的佳作。特别是著名石雕艺术家张仕宽的《葡萄山》,在海内外享有盛誉,对当代青田石雕的创作产生了很大的影响。在张仕宽的雕刀下,一块五彩冻石变成了一座玲珑剔透的葡萄山,山岩中老藤盘曲,新蔓缠绕,叶片翻卷,葡萄低垂。那一串串圆润晶莹的葡萄,令人垂涎欲滴;几只'活蹦乱跳'的小松鼠,在藤上,在叶间,在岩下,或昂首翘尾,或追逐嬉戏,真是妙趣横生。石雕艺术家们还选取高粱、谷子、竹笋、辣椒、杨梅等谷物果蔬为题材,巧用石色精心雕琢,创作出一件件富有乡土气息的艺术珍品。有的在中国工艺美术品百花奖评审中获奖,有的被中国工艺美术馆收藏。"

负责人陪着领导欣赏了馆藏珍品《时迁》《珠峰霞光》《花好月圆》《花瓶》《青田石璜》等,并对每件珍品做了详细的介绍。

两位领导不停地点头称赞。

等到领导离去后,冬至又绕着展品细细端详,参悟每件作品的深意、雕刻技巧。一直等到博物馆要清场关门了,冬至才心有不舍地出来。

后来冬至又去拜谒了刘基庙,并即兴赋诗道:

> 石城门外赏珍宝,
> 伯温庙前参禅意。
> 华东漓江穿城过,
> 侨乡青田焕异彩。

欲知后事如何,且听下回分解。

第90回　欧冶子铸创龙泉剑　张大师赠剑冬团长

冬至参观了青田石雕后,马上又赶赴龙泉,他要去参观学习龙泉宝剑。

龙泉市,位于浙江省西南部的浙、闽、赣边境,东邻温州经济技术开发区,西接武夷山国家级风景旅游区,是浙江省入江西、福建的主要通道,素有"瓯婺八闽通衢""驿马要道,商旅咽喉"之称,历来为浙、闽、赣毗邻地区的商贸重镇。

冬至在天上时就知道龙泉宝剑的威名。天宫中,能佩带龙泉宝剑的武官少之又少。冬至一直想收藏一把龙泉宝剑,但苦于求之不得。这次下凡来取经,机会难得,冬至自然不会放过。

到了龙泉后,冬至找到了龙泉宝剑厂,拿出香樟王早先给他的介绍信,联系上了厂里一个张姓铸剑工艺大师。

张大师得知冬至是香樟王介绍来的朋友,就很热情地接待了他,并陪他参观了厂里的铸剑场所,又到宝剑展示室看了各式各样的龙泉剑样剑。冬至也不客气,就向张大师讨教起来。

张大师便滔滔不绝地说了起来:"龙泉剑,又名龙渊剑,始于春秋战国时期,距今已有2600多年的历史,是中国古代名剑,诚信高洁之剑。相传,龙泉剑由欧冶子和干将两大剑师联手所铸。欧冶子和干将为铸此剑,凿开茨山,将山中溪水引至铸剑炉旁呈北斗七星环列的七个池中,故名'七星'。剑成之后,俯视剑身,如同登高山而下望深渊,缥缈而深邃,仿佛有巨龙盘卧,故名'龙渊'。故名此剑为'七星龙渊',简称'龙渊剑'。唐朝时因避高祖李渊讳,便把'渊'字改成'泉'字,曰'七星龙泉',简称'龙泉剑'。此剑曾作为李渊的佩剑,李渊死后随李渊葬于献陵。相传,李渊曾将此剑传于太宗李世民,后与李世民一起葬于昭陵。

"鼻祖欧冶子是春秋末期、战国初期越国人,是龙泉宝剑的创始人。欧冶子诞生时,正是东周列国纷争时期。他发现了铜和铁性能的不同之处,冶铸出第一把铁剑'龙渊',开创了中国冷兵器之先河。史载他为越王铸了湛卢、纯钧、胜邪、鱼肠、巨阙五剑,是中国古代铸剑鼻祖。"

冬至又问:"那有关这个龙泉宝剑的传说故事有吗?"

张大师说:"传说故事就多了,我现在就说一个。"

传说西有西岳华山,东有东华山。东华山虽然不大,但也神奇。前山里有金磨,后山会屙元宝。山里风景优美,变幻无穷,"仙人洞""飞来石""松崖滴翠"等都是游人观景玩乐的胜地。更有老龙泉一眼,日夜从石洞中潺潺流出碧水,山中古树野花遍布,景色如画。老龙泉虽不大却很深,有人将脖子上系了红绸、做了记号的一群鸭子赶进老龙泉洞里。三个月后,这些鸭子竟出现在东海里。因此人们说华山的老龙泉直通东海里的老龙宫,虾兵蟹将和镇海小龙也曾在华山的老龙泉出没。

老龙泉是个不凡地方。少年刘邦常到这里来游玩。他几次都见一位白发老翁在老龙泉边叮叮当当地打铁,而且每次总是煅打那块半截砖似的铁。刘邦感到奇怪,就问老翁:"老爷爷,您为什么总是煅打这块铁?"老翁看了他一眼,说:"刀在石上磨,钢在火中炼,不经千百次锤炼,怎能炼出好钢?"

刘邦又问:"您要锤炼多久?"

老翁说:"七七四十九天。"

刘邦听了感到惊奇,又问道:"老爷爷,您炼了这块钢做什么用?"

老人告诉他:"要打一把剑,送给皇上。"

刘邦一听,把嘴一撇,说道:"您敢把杀人之物送给暴君呀? 还不如送给我呢!"

老翁笑道:"不是送给当今的皇上,是一位未来的真龙天子……"

刘邦自幼爱武,渴望得到一把好剑,就不假思索地说:"我就是未来的真龙天子,打好就送给我吧……"

老翁哈哈笑道:"你这孩子,胆子不小啊……"

刘邦说:"当今的皇帝老儿也没什么可怕的。"

老翁微微点头,说道:"嗯,打好这把宝剑,就送给你。"

刘邦高兴地说:"老爷爷,谢谢您啦! 您什么时候能打好啊?"

老翁与他约定了时间,并叫他独自一人四更到、五更回,要试试他的胆量。刘邦谢过老翁就回去了。按约定的时间,刘邦独自一人摸黑翻山来到老龙泉边,见老翁正在灯下等候。

刘邦问:"老爷爷,宝剑做好了吗?"

老翁笑道:"你看!"老翁说着便从红绸里取出宝剑,抽掉剑鞘,只见那剑刃、剑端如空中闪电,光芒四射,寒气嗖嗖,实属世间罕见的宝剑。

老翁将剑插入鞘内,递给刘邦,说:"相中了吗?"

刘邦喜出望外,双手接过宝剑,说道:"太好了!"

磕头谢过老翁,刘邦又看看柄,只见上面雕着一条龙,并有"龙渊"二字。

老翁说:"你试试如何?"

刘邦抽出龙泉剑,舞了一通。

老翁连连点头称赞,并交代说:"你要好好带在身边,将来定有大用。"说罢,老翁递给刘邦一封书信。刘邦接过信,只见上面写着:

斩妖避邪杀贪官,除暴安良万民欢。

有朝一日登龙位,要靠三尺龙渊剑。

刘邦转脸看老翁,老翁已消失得无影无踪。后来,刘邦在芒砀山斩蛇起义,就是用的这把龙渊宝剑。

张大师讲到这里,停了下来。

冬至听得一愣一愣的。过了一会儿,冬至又问:"龙泉宝剑这么有名,文人墨客歌咏的一定很多吧?"

张大师说:"那是当然,唐代诗人郭震写道:

君不见昆吾铁冶飞炎烟,红光紫气俱赫然。

良工锻炼凡几年,铸得宝剑名龙泉。

龙泉颜色如霜雪,良工咨嗟叹奇绝。

琉璃玉匣吐莲花,错镂金环映明月。

正逢天下无风尘,幸得周防君子身。

精光黯黯青蛇色,文章片片绿龟鳞。

非直结交游侠子,亦曾亲近英雄人。

何言中路遭弃捐,零落漂沦古狱边。

虽复尘埋无所用,犹能夜夜气冲天。

这首诗生动地描写了龙泉宝剑的艺术特色,连武则天看后都大加称赞。《宝剑篇》成了郭震的名作,流传至今。"

冬至说:"龙泉宝剑的现状如何?"

张大师说:"欣逢太平盛世,龙泉宝剑也迎来了真正的春天,铸剑业健康迅速地发展。如今,龙泉铸剑企业已近百家,成了名副其实的剑都。龙泉宝剑自铸剑鼻祖欧冶子创制至今,已曲曲折折地经历了2500多年的漫长岁月,到了今天,才有了更为灿烂光明的前景。随着龙泉宝剑声名鹊起,龙泉宝剑在市场上供不应求,人们都以拥有一柄龙泉宝剑为荣,许多政界、武术界、文艺界人士纷纷慕名前来定制。"

冬至说:"可不是吗,我也一直想拥有一把真正的龙泉宝剑呢。"

张大师说:"那还不容易,我今天就送你一把。"

冬至大喜过望,嘴上却说:"无功不受禄,这多不好意思。"

张大师说:"没事,你是香樟王介绍来了,那一定不是等闲之辈。一点儿薄礼,不必挂齿。"

说着,张大师进里屋挑了一把上好的龙泉宝剑送给冬至。

冬至谢过张大师后,就带着宝剑离去了。

欲知后事如何,且听下回分解。

第91回　根雕佛国冬至合影　谈古论今地公献策

冬至结束了丽水之旅后，就给香樟王发了一条信息过去，要香樟王再推荐一个地方。

香樟王的回复马上到了，他说在开化有个根雕佛国，里面陈列有各种佛像根雕作品，你是从天上下来的，可以去看一看，看像不像。

冬至一听这个消息，很感兴趣，立即出发奔开化而去。

开化是浙江省衢州市下辖的一个县，位于浙江省母亲河——钱塘江的源头，地处浙、皖、赣三省七县交界处，是连接浙西、皖南和赣东北的要冲，浙江的"西大门"，也是重要的生态保护区，主要景点有钱江源国家森林公园、古田山国家自然保护区、圣潭沟风景区等。

冬至到达开化后，因人生地不熟，找不到地方。正焦急时，他突然想到了当地土地公，就马上发信息，请当地土地公速来见他。

只一会儿工夫，土地公公就颤颤巍巍地跑过来了，一见冬至，便连连鞠躬致意，迭声说："不知冬至大神驾到，有失远迎，请问大神到此，有何贵干？"

冬至说："土地公不必多礼，我来此地，只是想来这里学习参观根雕艺术，要劳烦你给我当向导了。"

土地公说："这个容易，小弟自当竭力服务。世界根雕在中国，中国根雕在开化，这是对开化根雕的赞誉。你看根雕到开化来是来对了。那我们现在就去根雕佛国吧，那里有根雕的精品。"

到了那里，土地公就一边带路，一边介绍起来。

这根雕佛国建筑面积有 1.2 万平方米，纵深有三座大殿，第一幢为双层结构，第二、第三幢为单层结构。另有罗汉文化长廊依山而建，环绕其间。根雕佛国园子里面有未来佛殿、大雄宝殿、罗汉堂等，陈列有释迦牟尼、未来佛、四大菩萨、四大天王、五百罗汉等佛教文化系列巨型根雕作品一千余件，其中最大的根雕释迦牟尼主佛，形体庞大，重达 40 余吨。

冬至仰望着释迦牟尼巨雕，感叹道："这么大的根材，从哪里找来的？"

土地公说："这个根材是花巨资，于中缅边境一路绕道跋涉而来，经醉根'点化'，巍然成佛！还有这五百罗汉阵更是气势恢宏，长达680余米，整体布局浑厚古雅，堪称华夏一绝、世界之最。这套巨型根艺五百罗汉，是徐谷青大师经过十余年的精心准备，花巨资收集全国各地千年龙眼木等根桩创作的，风格独特，气势恢宏，既有佛的神秘，又与人生百态相映。他们三五成群，或交头接耳，或悲或苦，或孤座独立，或慈眉善目，或闭目凝神，全神贯注，妙相庄严；有的胸腹袒露，似笑欲语；有的拄杖持珠，合十摊手；有的挖耳捏鼻，天真烂漫；有的丰额宽肩，悠然自得；有的秃头长耳，满脸胡须；有的大腹便便，双耳垂肩；有的捧腹搔耳，笑容可掬；有的诵读经卷，念念有词；有的伸足屈膝，打坐箕踞……

"在传统的雕刻技法中融汇现代艺术的创新理念，使罗汉系列根雕情表于外，意蕴其中，典雅通俗，使根雕艺术和佛教文化珠联璧合。世界上最大的一套根雕五百罗汉造像，正在申报世界吉尼斯世界之最。"

说到这里，土地公就问冬至："你是天上的大神，有机会接触释迦牟尼和五百罗汉，你看看，这些根雕和天上的真神像不像？"

冬至说："天上等级制度森严，我也很少见到释迦牟尼、五百罗汉，我也记不清楚。但总的来说，根雕作品惟妙惟肖，和真神八九不离十了。这样吧，你给我拍几张和根雕佛像的合照，我回去后送给那些大神，让他们自己评判一下，到底像不像。"

土地公拍完了照后羡慕地说："你们住在天上真好，可以经常见到那么多大神，不像我，几百年来，一直在这个地方值班，走也走不开。"

冬至说："一家有一家的事，家家有本难念的经。你也算是派驻一方的地方大员，你不知道伴君如伴虎，天上有天上的难处。在我看来，我还不如你，在这山高皇帝远的地方，多自由自在，况且开化的生态环境特别好，你是公费在这里居住，何乐而不为？其他神怕是自费想找这样一块居住地还做不到呢。"

土地公说："听你这样一说，我心里也淡定了许多。"

冬至说："说到淡定，你看看这个'淡'字，左边是水，右边是火，水浇在火上，水止火灭。也就是说，遇到天大的事，只要心里揣着淡定这味药，就不会出什么娄子。"

土地公说："冬大神说得极是，只是像我们这样被派居地方的小神，编制是在天上的，可是又没有机会上天，上天的指示精神很难传达到我们这里。我和人类又分属两界，无法融入人类的生活。像你这样从天上下来的大神多少年才能遇到一次啊?! 我们很盼望天上的大神能多来看看我们。"

冬至说:"那你们平时都干些什么?"

土地公说:"我们一年四季看花开花落、草生草枯,日复一日,年复一年。当然有时候香樟、银杏、枫香闹矛盾了,或者紫薇、紫荆、紫藤闹别扭了,会请我们去主持公道,我们就去当个和事佬。平时实在无聊,我们就约邻近的几个土地公一起玩玩。"

冬至说:"你们就不能把眼界放宽一些,看看人世间翻天覆地的大变化吗?"

土地公说:"我们当然看到了,我们每天都感觉到变化。我所在的开化,变化就更明显了。过去,这里穷山恶水,山上光秃秃的,水土流失,粮食歉收,老百姓连饭都吃不饱。现在不一样了,建立国家公园了,环境保护好了,山清水秀、鸟语花香,老百姓日子好过了,我们也不用听骂声了。"

冬至不解地问:"老百姓日子不好过,和你们有什么关系?"

土地公说:"当一个人饿肚子的时候,必然会怨天尤人,不是埋怨老天爷不公,就是用锄头把土地挖得千疮百孔,也没见多生产出粮食来。现在这种现象没有了,我们的日子也好过多了。"

冬至轻轻地说:"不瞒你说,现在天上也要改革开放了。我这次下来可不是来游山玩水的,而是来向人类取经的,我们要向他们学习的东西太多了,比如这个根雕,他们就会废物利用,将它们和风景旅游资源结合起来,既有社会效益,又有生态效益,还有经济效益。而我们天上资源很多,却没有好好开发利用起来。今后随着改革的深入,天上和人间的交流肯定会越来越多,你这里也会热闹起来。"

土地公说:"那真是太好了,我们早就盼着这一天了。我有些想法,也要写下来,请你带回去上交天宫,我们也要为天宫的改革开放出把力。"

冬至笑着说:"你就先为我出把力吧,我肚子饿了,你请我吃一顿再说吧。"

土地公说:"对对对,光顾着说话,倒忘了这个了,大神快跟我去我的山庄吃饭吧。"

欲知后事如何,且听下回分解。

第 92 回　送青瓷佛祖献玉帝　赛诗词立秋考小寒

冬至节气过后,西天如来佛祖收到信徒送来的一件礼物。佛祖开始也没有注意,等到空闲时打开礼盒一看,竟是一件龙泉青瓷。瓷品青如玉、明如镜、薄如纸、声如磬,赏之让人心情舒畅。

佛祖知道龙泉青瓷是非常具有中国特色的传统瓷器珍品,这个青瓷一定非常珍贵,也不知道是哪个信徒送的,退又退不回去,怎么办呢?佛祖想了一会儿,有主意了。

过了两天,玉帝发来通知,要佛祖去南天门化乐宫开会。佛祖去时,把这件龙泉青瓷带上了,到了化乐宫,但见玉清元始天尊、上清灵宝天尊、太清道德天尊,以及五斗星君、三官四圣、九曜真君、左辅右弼都在了。

玉帝见佛祖来了,忙招呼他上坐。佛祖走上前去,将龙泉青瓷献于玉帝。玉帝忙问:"此为何物,佛祖为何交于我?"

佛祖就把这件青瓷的来历说了一遍,并说:"既然退不回去了,我就只好上交玉帝,悉听玉帝处置。"

玉帝将此青瓷高高举起,询问在座各位可有识得此物的。

各位大神上前看看,都说"好瓷,好瓷",但后面就说不出什么了。立秋看了后,说:"这是产于中国的龙泉青瓷,像这种手工艺品,我知道冬至很有研究,他或许能说出个子丑寅卯来。"

玉帝问:"冬至在哪里?叫他过来说说看。"

立秋说:"冬至下凡取经去了,我这就去通知他回来。"

玉帝让立秋把青瓷带回去,待冬至研究清楚了再做处置。

立秋回到发改办,马上召集几位副主任一起商量,一边发通知要冬至立即回宫,一边要物色接替冬至的人选。

副主任寒露说:"眼下将要进入小寒节气了,在这个时间点,我觉得派小寒下去是最合适的。"

立秋说:"小寒?是不是那个喜欢写诗作文的小伙子?"

寒露说:"就是他,他虽然年纪轻轻,但水平还是有的。"

立秋说:"这样吧,你把他叫来,我们当场测试一下,看看他到底有几斤几两。"

寒露发了条微信。过了一会儿,小寒就赶过来了。

立秋见他年纪虽小,但是一副英气勃勃、干练老道的样子,自是十分欢喜。立秋问他:"听说你平时喜欢舞文弄墨,是不是?"

小寒回答:"那只是业余爱好,当不了真。"

立秋又问他:"那你今后的志向是什么?"

小寒说:"我想从事生态环境保护方面的事业。"

立秋说:"这个想法不错,我支持你。这样吧,我们来对对诗词好不好?"

小寒说:"可以啊,怎么个玩法?"

立秋说:"我们来作一首宝塔诗,它形如宝塔,从一字句或两字句的塔尖开始,向下延伸,逐层增加字数至七字句的塔底终止。"

寒露说:"主任你先来个示范,我们才能明白这个意思,也好做评判。"

立秋说:"那我就以我这个'秋'字为题,作宝塔诗如下:

《一字至七字诗·秋》

秋,

秋风,秋雨。

秋风起,秋雨来。

秋水伊人,秋波荡漾。

秋分日正宜,秋中月更圆。

秋色这里独好,秋景那边绝佳。

秋菊傲霜吐幽丛,秋桂飘香落彩虹。"

立秋的诗一写好,几位副主任都齐声喝彩。小寒看了看立秋写的宝塔诗说:"这个好办,那我就以我这个'寒'字为题,作宝塔诗如下:

《一字至七字诗·寒》

寒,

小寒,大寒。

北风寒,冬雨寒。

切骨之寒,冰雪严寒。

无论初冬寒,还是数九寒。

纵使岁暮天寒,也能耐霜熬寒。

哪有梅花惧雪寒,更无雪莲怕暴寒。"

小寒的诗一写好，几位副主任也都说不错。

秋分说："上面这两首诗每层字数从一开始递增，直至七结束，这不就是首项为一，公差为一的等差数列嘛。"

白露说："主任的'秋'字，都在每句的句首，而小寒的'寒'字，都在每句的句末，妙、妙、妙，真是珠联璧合，不相上下。"

立秋说："我也觉得小寒的诗写得不错，小寒的这首诗，不光符合我前面说的宝塔诗的规则，并且从字里行间可以看出小寒不畏艰险的雄心壮志。"

立秋于是当场拍板决定，任命小寒为新一任取经团团长，即刻出发，替补冬至回宫之缺。

欲知后事如何，且听下回分解。

第 93 回　三九寒天小寒到任　湿地公园地球之肾

时间到了小寒节气，小寒是二十四节气中的第二十三个节气，是干支历子月的结束以及丑月的起始，时间在公历 1 月 5 日至 7 日之间，太阳位于黄经 285°。在中国大部分地区，小寒和大寒期间一般是最冷的时期，小寒与大寒、小暑、大暑及处暑一样，都是表示气温冷暖变化的节气。小寒的到来表明进入"出门冰上走"的三九天了。

中国古代将小寒分为三候：一候雁北乡，二候鹊始巢，三候雉始雊。古人认为，候鸟中大雁是顺阴阳而迁移的。此时阳气已动，所以大雁开始向北迁移；此时北方到处可见到喜鹊，喜鹊因感觉到阳气而开始筑巢；"三候雉始雊"中的"雊"为鸣叫的意思，雉在接近四九时因感知阳气的生长而鸣叫。小寒正处三九前后，俗话说：冷在三九。其严寒程度可想而知了，各地流行的气象谚语可做佐证。如华北一带有"小寒大寒，滴水成冰"的说法，江南一带有"小寒大寒，冷成冰团"的说法。每年的大寒、小寒虽说寒冷，但寒冷的情况不尽相同。有的年份小寒不是很冷，这往往预示大寒会更冷，有"小寒不寒寒大寒"的谚语。宋代大诗人陆游所作《小园独酌》云：

横林摇落微弄丹，深院萧条作小寒。

秋气已高殊可喜，老怀多感自无欢。

鹿初离母斑犹浅,橘乍经霜味尚酸。

小酌一卮幽兴足,岂须落佩与颓冠?

天上的小寒虽出身名门望族,却并无骄奢之态,从小勤勉不倦,立志做一番事业。当接到下凡取经的任务后,小寒二话不说便奔赴第一线。

小寒到达杭州找到香樟王后,得知冬至已经先一步回天宫去了。

香樟王对小寒说:"冬至走前已知道你要来此,特别交代我好生接待你,你有什么要求尽管提。"

小寒说:"天宫下凡的几任团长回去后,无不交口称赞香樟王品质好,今日相见,果然如此。只是我这次来,又要打扰到你了。"

香樟王说:"小寒团长不必客气,你既到我这里,就把我当一家人看待好了。只是不知道你这次下来工作如何安排。"

小寒说:"我一直在天宫长大,这些年来目睹天空乌烟瘴气,生态环境日趋恶化,心里很着急,这次有机会下凡取经,十分难得。我想多实地看看人间在这方面取得的成就。"

香樟王说:"你说得没错,这些年来,我们这里在生态环境的保护方面是下了狠心的,在浙江,处处都是青山绿水。"

小寒说:"最主要的经验是什么?"

香樟王说:"用一句话来说就是一线一区二园。所谓一线就是一条生态保护红线,凡是划入生态保护红线内的区域必须严格保护。

"一区是指建立自然保护区,将一些重要的野生动植物分布区划为自然保护区。目前有国家级自然保护区 11 个,包括浙江天目山国家级自然保护区、临安清凉峰国家级自然保护区、九龙山国家级自然保护区、南麂列岛国家级海洋自然保护区、凤阳山—百山祖国家级自然保护区、古田山国家级自然保护区、乌岩岭国家级自然保护区、长兴地质遗迹国家级自然保护区、大盘山国家级自然保护区、象山韭山列岛海洋生态国家级自然保护区、安吉小鲵国家级自然保护区。

"二园是指建立森林公园和湿地公园,现在浙江已经建立了一百多个省级以上森林公园。这些年又新建立了十多个国家级湿地公园,还有几十个省级湿地公园。这些保护区、森林公园、湿地公园各有特色,通过这些区域的保护管理,以点带面,推动了全域化的治理。现在浙江的美丽乡村建设搞得真是不错,有些地方,我几年没去都快不认识了。"

小寒说:"听你这么一说,我心里更是痒痒的,恨不得马上去看个遍。"

香樟王朝窗外看看,说:"现在这种天气,寒风凛冽刺骨,你一定要去吗?"

小寒说:"要是怕冷,我就不叫小寒了,我就躲在天宫算了,既然上天信得过我,我岂有避风躲雪的道理。"

香樟王朝小寒竖起大拇指,说:"好样的。你想先到哪里去看呢?"

小寒想了想,说:"浙江有这么多好看好学的地方,全部去也不现实。我觉得这里面湿地对生态环境的影响最大,这一块是我最感兴趣的。"

香樟王说:"是啊,湿地具有独特的生态功能,与森林、海洋一起并列为全球三大生态系统。湿地是地球之肾,是环境的净化器。我前段时间刚去过位于淳安的千亩田盆地高山湿地,那里真是大自然的一大奇观。一边是万丈深渊,一边是一马平川,从深深的峡谷攀缘而上,'山重水复疑无路',一到千亩田,始觉'柳暗花明又一村'。千亩田盆地宽200至300米,长达1.5公里,总面积约0.7平方公里,坡度小于15度。风光奇美,春漫杜鹃,夏盈苇草,秋飘瑞雪,冬舞银蛇,既有'天苍苍,野茫茫,风吹草低见牛羊'的塞外风情,又有'前不见古人,后不见来者,念天地之悠悠,独怆然而涕下'的思情感怀。"

小寒说:"你前面讲到浙江国家级湿地公园就有十多处,我就找这里面的几处去学习取经吧。"

香樟王说:"到目前为止,浙江国家级湿地公园有12个,分别是:杭州西溪国家湿地公园、杭州湾国家湿地公园、德清下渚湖国家湿地公园、长兴仙山湖国家湿地公园、绍兴鉴湖国家湿地公园、诸暨白塔湖国家湿地公园、浦江浦阳江国家湿地公园、衢州乌溪江国家湿地公园、玉环漩门湾国家湿地公园、天台始丰溪国家湿地公园、丽水九龙国家湿地公园、云和梯田国家湿地公园。"

小寒说:"麻烦你给我提示一下,去哪几个地方比较好。"

香樟王说:"关于湿地这一块,我也不太熟悉,但我在植物界有个好朋友,叫芦苇君,他是在湿地里长大的,可以说是这方面的专家。我把他介绍给你,让他陪同你好了。"

小寒说:"那太好了,不知芦苇君现在何处?"

香樟王说:"他住在德清下渚湖,我把他叫过来吧。"

小寒说:"下渚湖不是有个国家湿地公园吗,我到那里去找他便是了。"

香樟王说:"那也行。"说完,香樟王写了一封介绍信交给小寒。

小寒接过信,冲出门外,冒着寒风前往下渚湖去了。

欲知后事如何,且听下回分解。

第94回　小寒冒雪访下渚湖　苇君摇橹谈三道茶

　　小寒离开香樟王后,去了下渚湖找芦苇君。一路上,刺骨的寒风,夹杂着朵朵梅花般的雪,发出了"沙沙"的声音。雪花如一个个小精灵在空中舞蹈,然后从天空落下,大地犹如一个银装素裹的世界,不沾一丝杂质。风一个劲儿地吹,雪花唱起了耐人寻味的歌。风过了之后,雪花便悄无声息地落到了地上。

　　小寒只顾着赶路,没去理会风与雪。他一鼓作气地来到了下渚湖,找到了芦苇君,敲开了房门。

　　芦苇君正在屋内开着空调取暖,想不到这样寒冷的天气还有客人到访。芦苇君把小寒迎入室内,忙问:"客从何来,到此何事?"

　　小寒从棉衣里掏出了香樟王的介绍信,递给芦苇君。

　　芦苇君看了信后,连忙招呼小寒坐下,一边倒茶,一边端来点心。待小寒脱去湿漉漉的外衣,暖过身来,芦苇君才看清小寒是个很年轻的小伙子。得知小寒为了天上的改革开放大业,顶风冒雪地从杭州赶过来后,芦苇君对他甚有好感。

　　小寒见芦苇君细细长长,做事干脆利落、落落大方,也颇为赞赏。两人相谈甚欢,竟有相见恨晚之感。

　　寒暄毕,小寒就问芦苇君:"你常年住在下渚湖,对这里的情况一定很熟悉,能不能给我说说?"

　　芦苇君说:"好啊,下渚湖是我的家乡,是个国家湿地公园。"

　　小寒说:"先说说什么叫湿地? 什么是国家湿地公园?"

　　芦苇君说:"湿地是指天然的或人工的、永久的或间歇性的沼泽地、泥炭地、水域地带,带有静止或流动、淡水或半咸水及咸水水体,包括低潮时水深不超过6米的浅海海域。湿地是自然界生态功能全面、最富生物多样性、生产力最高的生态系统,它被誉为'物产仓库''生命的摇篮''物种基因库'。据研究,1公顷湿地生态系统每年创造的价值高达1.4万美元,是热带雨林的7倍,是农田生态系统的160倍。此外,湿地还是许多珍稀野生动植物赖以生存的基础,对维护生态平衡、保护生物多样性具有特殊的意义。浙江因水而名、因水而美、因水而兴,是湿地类型最丰富的省份之一。据统计,全省 8 公顷以上的湿地面积 111.01 万公顷(不含稻田面积),其中,天然湿地面积 84.35 万公顷,人工湿地面积 26.66 万公顷。湿地公园是指以具有显著或特殊生态、文化、美学和生物多样性价值的湿地景观为主体,以保护湿地生态系统完整性、维护湿地生态过程和生态服务功能为宗旨,在此前提下充分发挥湿地的多种功能效益,开展湿地合理利用,可供公众游览、休闲或进行科学、文化和教育活动的特定区域。湿地公园分为国家级和省级两种。"

小寒说:"我在天上时常看到一些诗篇中提到湿地,这个湿地的文化功能该如何理解?"

芦苇君说:"'潮来溅雪欲浮天,潮去奔雷又寂然。''落霞与孤鹜齐飞,秋水共长天一色。'这些名篇佳句都与湿地景观相关。此外还有耳熟能详的音乐,如《蓝色多瑙河》《黄河颂》,芭蕾舞剧《天鹅湖》。湿地形态之美、生物之美与人类心灵相激相融,在美学、教育、文化和精神方面提供了无限美好的感受和启发。宁静的湖水、潺潺的溪流、广袤的湿地平原、灵动的湿地生命,都是人们放松心情时所喜闻乐见的。湿地丰富了人类的文化生活,提供了休闲娱乐和旅游场所。"

小寒又问:"湿地植物的含义怎么解释?"

芦苇君说:"湿地植物泛指生长在湿地环境中的植物。广义的湿地植物是指生长在沼泽地、湿原、泥炭地或者水深不超过 6 米的水域中的植物。狭义的湿地植物是指生长在水陆交汇处、土壤潮湿或者有浅层积水的环境中的植物。湿地植物的分类,从生长环境看,分为水生、沼生、湿生三类;从湿地植物生活类型看,分为挺水型、浮叶型、沉水型和漂浮型;从植物生长类型看,分为草本类、灌木类、乔木类。"

说到这里,芦苇君说:"我们还是到湖面上去看看吧。"说完,芦苇君就领着小寒上了一条小船。芦苇君亲自摇橹,一边摇,一边介绍起来。

下渚湖是目前华东地区保存最完整、面积最大的湿地之一,生态环境完好,不仅有山、有水、有岛,动植物资源也十分丰富,十分适合湿地鸟类生活。其中最有价值的要数朱鹮。朱鹮是一种稀有而美丽的中型涉禽,体态秀美,端庄典雅,具有非常高的保护价值和观赏价值。在历史的长河中,朱鹮是古老的鸟仙。一身羽毛洁白如雪,一双翅膀下侧和圆形尾羽闪耀着朱红色光泽,淡雅而靓丽。它性格温顺,民间视其为"吉祥鸟"。2008 年,5 对国宝"朱鹮"正式落户下渚湖,"朱鹮易地保护暨浙江种群重建"项目在下渚湖正式启动,这是人们珍爱自然、实现人与自然和谐相处的重要举措。自朱鹮落户下渚湖后,此处的湿地旅游更加兴旺。每当假日,上海、杭州等大中城市的青少年纷至沓来。

小船轻轻掠过悠悠的水面,沿着曲水通幽的湖面前进,小寒坐在船头,放眼望去,但见苇风芦影,山高水长;霜林冰岸,瑞雪飘飘;湖面上下,银装素裹,湖幽神怡,流连忘返。

芦苇君说:"下渚湖历史悠久,人文资源与自然景观相映生辉,远古时代的防风神话闻名遐迩。相传在上古时代,下渚湖发洪水,防风氏身材高大,脚用力一蹬,就踩出一个下渚湖,既能拦蓄洪水,又能疏通水道,把洪水泄到大海中,救百姓于水深火热之中。大禹治水功成后,于会稽山会盟诸侯,防风氏因耽误会期没有赶到而被杀。后来,大禹经察访得知,防风氏因苕溪河发洪水,指挥抗洪救灾而迟到。大禹后悔不已,为防风氏平反昭雪,敕封其为防风王。当地百姓为了纪念防风氏,每年农历八月二十五日,都会举行盛大的祭祀活动,流传至今,形成了防风文化节。"

小寒说:"原来防风文化节的来历是这样的,当地还有其他的民俗吗?"

芦苇君说:"下渚湖三道茶也由来已久。"

小寒忙问:"是哪三道茶呢?"

芦苇君说:"下渚湖三道茶分甜茶、咸茶和清茶三种风味迥异的茶道,当你一一品尝过后,或唇齿留香,或一生难忘。先说头道茶,有俚歌云:

洪钧一转天为云,纸薄冰莹鸭羽轻,

看似平常最珍贵,只馈产妇与亲朋。

"这是指一种用糯米做成的食品——镬糍。镬糍是地地道道、原汁原味的农家特产,是'三道茶'里泡甜茶用的。镬糍是人工挞出来的,颜色乳白,完整的宛如大碗,碎裂的则像天上的云朵。镬糍既可干吃,也能加几小勺糖,冲入开水泡软了吃,甜甜的,香香糯糯的,入口即化。

"第二道是咸茶,为下渚湖最具特色的'防风神茶'。当地民间以配料独特的烘青豆咸茶为饮。古老的乡土茶俗'打茶会',世代相沿,令世人叹为观止。这道江南咸茶在茶圣陆羽的《茶经》中有记载。

"第三道茶是清茶,有道是'一碗满口甜,二碗精神爽,三碗促膝拉家常'。品尝了甜茶和咸茶后,再来品尝第三道沁人心脾的清茶,才算功德圆满。清茶产自清幽的莫干山所产的莫干黄芽,为稀有的黄茶珍品,其品质可与安吉白茶、长兴紫笋等名茶媲美。莫干黄芽的生长环境得天独厚,群山连绵,云雾缭绕。纯手工炒制的莫干黄芽,自然深受世人青睐,现已获得国家'原产地保护商标'注册。莫干黄芽茶香馥郁,汤色清澈,茶味鲜醇,回味甘甜。在当地,许多毛脚女婿到下渚湖的准丈母娘家时,都要面对准丈母娘用'三道茶'进行的考验。"

小寒说:"那芦苇君一定是被'三道茶'考验多次了。"

说完,小寒和芦苇君一起哈哈大笑起来,笑声在湖面上传得很远很远。

欲知后事如何,且听下回分解。

第95回　跨海湾大桥观雄姿　杭州湾湿地看鸟类

小寒结束了下渚湖的学习访问后,提出再选三四个国家湿地公园看看,芦苇君就建议小寒去杭州湾国家湿地公园、玉环漩门湾国家湿地公园、云和梯田国家湿地公园、诸暨白塔湖国家湿地公园。

小寒说:"那我先到杭州湾国家湿地公园去吧,只是这几个地方分散各地,我人生地不熟的,寻找起来很不方便。"

经过一段时间的接触,芦苇君已经把小寒当成了朋友,他想帮忙帮到底,就提出陪小寒去湿地公园。

小寒得知芦苇君要陪他去,自是高兴不已,于是连连表示感谢。

芦苇君说:"朋友之间不必客气,正好每个湿地公园都有我的朋友,我也借机去看看他们。"

说完,两人就上路了。路上,小寒问道:"我查了一下地图,杭州湾国家湿地公园在慈溪境内,为什么叫杭州湾呢?"

芦苇君说:"因为这块湿地在杭州湾边缘,而杭州湾知名度大,所以就这样取名了。"

小寒又问起了杭州湾的相关情况。

芦苇君说:"杭州湾位于浙江省东北部,西起海盐县澉浦镇和上虞区之间的曹娥江收闸断面,东至扬子角到镇海角连线。杭州湾与舟山、北仑港海域为邻,西接绍兴市,东连宁波市,北接嘉兴市、上海市。有钱塘江、曹娥江注入,是一个喇叭形海湾。湾口宽约95千米,自口外向口内渐窄,到澉浦为20千米,海宁一带仅宽 3 千米。自乍浦至仓前、七堡至闻家堰一带,水下形成巨大的沙坎(洲),长约 130 千米,宽约 27 千米,厚约 20 米。北侧金山卫至乍浦之间的沿岸海底有一巨大的冲刷槽,最深处约 40 米。

"以前杭州湾上面是没有桥的,后来相继建成了杭州湾跨海大桥和嘉绍跨海大桥。杭州湾跨海大桥北起浙江嘉兴海盐郑家埭,南至宁波慈溪水路湾,全长 36 千米,是世界上第二长的跨海大桥,比连接巴林与沙特的法赫德国王大桥还长 11 千米。嘉绍跨江工程北起嘉兴海宁,南接绍兴上虞,由三部分组成。嘉兴地界 43 千米的高速连接线,连接沪杭和乍嘉苏高速公路交叉口处;在绍兴地界有 13 千米的高速公路,与杭甬和上三高速公路交汇;中间跨江部分就是嘉绍大桥。两条跨海大桥建成后,为杭州湾两边的交通带来了极大的方便,推动了沪杭甬经济的发展。"

小寒一边听,一边不停地点赞,对沿途经济发展之快速赞叹不已。这样一路说笑着,很快就到了杭州湾跨海大桥旁,小寒先是上桥欣赏了大桥的雄姿,接着观赏了波澜壮阔的杭州湾海面,最后来到了杭州湾国家湿地公园。放眼看去,茫茫湿地,一望无际。

芦苇君指着前面无边无际的滩涂、沙洲、湿地对小寒说:"这个湿地公园位于杭州湾新区西北部,跨海大桥西侧,总面积 43.5 平方公里,是中国八大盐碱湿地之一,世界级观鸟胜地。它是全球环境基金(GEF)和世界银行合作支持下的第一个项目。这里是集湿地恢复、湿地研究和环境教育于一体的湿地生态旅游区。湿地类型丰富,包括沿海滩涂、离岸沙洲和塘内围垦湿地,其中沿海庵东滩涂被列入中国重要湿地名录。杭州湾湿地属于典型的海岸湿地生态系统,是东南亚最大的咸水海滩湿地之一。它是澳大利亚至西伯利亚候鸟迁徙线上重要的'中转站',每年有上百种几十万只候鸟在迁徙途中经过此地。

"生物的多样性、珍贵性及湿地资源的丰富性,吸引了湿地国际、全球环境中心、世界湿地与野禽基金会等国际组织的关注。杭州湾湿地公园共分为五个功能区域,分别是湿地教育中心和展示区、涉禽和游禽活动区、处理湿地区域、水禽栖息地区域、鹭鸟繁殖地及有林湿地区域,有长廊曼回、溪影花语、天鹅戏晖、乌篷樵风、碧沙宿鹭、蒹葭秋雪、麋鹿悠游、镜花水月、林光罨画、巢林鹬归十大景点。"

小寒跟着芦苇君游览了上述十景,早已为湿地公园的辽阔所感染。他说:"看来这里主要的保护对象是鸟类。"

芦苇君回道:"是的,这里湿地鸟类资源十分丰富,记录有鸟类 220 余种,隶属于 18 目 45 科,包括极危鸟种青头潜鸭,近危鸟种罗纹鸭、白腰杓鹬,濒危鸟种黑尾塍鹬、大杓鹬、震旦鸦雀,脆弱鸟种卷羽鹈鹕、遗鸥和黄胸鹀,被列入国家重点保护野生动物名录的普通鵟、红隼、环颈雉和小杓鹬。鹭鸟数量最多,白鹭、苍鹭、夜鹭,鹭鸟齐飞,让你真正感受鹭鸟天堂的壮观。另外,还有环颈鸻、金眶鸻,群居浅滩;红嘴鸥、青脚鹬,展翅翱翔。"

小寒问:"为什么湿地会有这么丰富的鸟类资源呢?"

芦苇君说:"这是因为湿地是候鸟从西伯利亚迁徙至澳大利亚的重要中转站,这里植物资源丰富,水生植物众多,如千屈菜、黄花鸢尾、再力花、菖蒲、香蒲、旱伞草、睡莲,良好的生活环境为鸟儿提供了越冬的食粮,吸引着鸟儿们在此停留栖息。"

此时正当傍晚时分,但见夕阳西下,鹬鸟归巢,树林荫翳,鸟儿啁啾。

小寒感叹道:"游人去而禽鸟乐也,这里真是一个名副其实的其乐融融的鸟的天堂。"

芦苇君说:"看得差不多了,我们就去下一站吧。"

欲知后事如何,且听下回分解。

第 96 回　玉环市小寒尝文旦　水凤凰现身漩门湾

芦苇君带着小寒马不停蹄地赶往下一站,来到了玉环漩门湾国家湿地公园。这里地处乐清湾东部,与雁荡山隔湾相望。湿地公园总面积 31.48 平方公里,其中浅海滩涂 7.06 平方公里,水域 16.7 平方公里。它包括近海与海岸湿地、河流湿地、沼泽湿地和人工湿地四大类九个型,是世界濒危物种黑嘴鸥在中国的最主要越冬区之一,也是中国围垦工程中唯一的国家级水利风景区。

到了这里后,芦苇君先找到自己的同类小芦苇,把这次带小寒来漩门湾的目的和小芦苇说了。小芦苇见下渚湖的老大哥芦苇君来了,还带来了客人,自是十分高兴,连忙向公园领导做了汇报。

小芦苇一边吩咐食堂准备玉环海鲜招待客人,一边拿出玉环特产水果文旦,并亲自剥开了一只文旦递给小寒。文旦果实呈扁圆形,果皮光滑,为橙黄色,油胞细,有芳香,果肉呈黄色或蜜黄色,肉质脆嫩,渣少汁多,味浓清香,甜酸适口。吃了几片后,小寒连声说"好吃,好吃"。

芦苇君说:"我们还是去实地看风景吧。"小芦苇于是带着小寒和芦苇君沿着漩门湾参观去了。

小寒一边看一边问:"你们这个公园有什么主要资源?"

小芦苇回答:"这里的主要资源包括动物资源、植物资源、水产资源。野生动物资源有4纲16目29种,有鸟类15目41科,共167种,其中水鸟61种,省级以上保护鸟类31种,有20余只有'水中大熊猫'之称的黑脸琵鹭,还有鸢、苍鹰等国家二级重点保护动物以及国际珍稀物种黑嘴鸥。在我们公园'水墨东方'的数十个小岛上,千余只白鹭、夜鹭等野生鹭鸟纷纷在水杉林内筑巢安家、繁衍后代。每年春天,鹭鸟都会飞来湿地搭窝育雏,到了秋天飞走,年年往复如此,为湿地上的绿洲增添了无限生机。这里也成了游客们的观鸟胜地和鸟类摄影爱好者的天堂。

植被类型有常绿阔叶林(木麻黄林)、沼生水生植被(芦苇群落)、滨海盐生植被等野生和栽培植物111科,共475种,其中列入国家重点保护野生植物名录的植物15种,优势植被主要有木麻黄桉树林、柽柳群落、互花米草群落、盐地碱蓬群落、白茅群落、芦苇群落、水烛群落、穗花狐尾藻群落等,四季还有油菜花、郁金香、向日葵、荷花、百日草等鲜花开放。这里是海湾,各种海产品很多,湿地内有各种鱼、虾、贝、蟹类,还有泥蚶、大蛏、牡蛎、对虾、蛏蟥、海瓜子、海鳗、短蛸、海蜇、黄鱼等海鲜,经济鱼类有106种。"

芦苇君插话道:"公园的主要景点有哪些?"

小芦苇说:"公园的主要景点有野鸭部落、海上长城、公社棉田、水寨司台、生态湿地、九眼鱼塘、应公数帆、深浦古渡等。景区附近还有小龙王抗倭纪念碑和潘心元烈士陵园。"

小寒说:"那这个公园有什么特色呢?"

小芦苇神秘地说:"最近,我们这里首次监测到具有'鸟界国宝'之称的国家一级保护动物东方白鹳。它嘴长、腿长,体态优美,外形有点像鹭,个头比鹭大很多,单脚稳当地站立在滩涂上,修长的脖颈'折'成'S'形,深深地埋进胸前茂密的白羽中,全然不被周边的'小伙伴'打扰……两只东方白鹳各站一侧,全身羽毛主要为纯白色,翅膀两侧有黑色斑块,前颈下部有厚厚的长羽,冬季里像是披上了一条白色的围巾,嘴巴呈黑色,往尖端逐渐变细,眼部裸区和脚为红色。它们时而轻啄身体,时而单脚站立休息……东方白鹳从东北地区跨越千山万水来玉环'做客'。这里植被茂盛,水草丰茂,食物资源丰富。近些年,随着湿地保护和修复力度的加大,湿地公园内的生态环境越来越好,吸引了越来越多的迁徙候鸟来临时歇脚,这里成了中国迁徙候鸟青睐的'加油站',每年10月底到次年4月,有数万只迁徙候鸟飞抵这里。除了东方白鹳,濒危鸟类黑脸琵鹭和易危鸟类卷羽鹈鹕也会定期在这'借住'。"

芦苇君说:"东方白鹳是大型涉禽,身长可达1米多,展翅宽度可超过3米,常在沼泽、湿地、塘边涉水觅食,属国家一级保护动物,目前已被列入国际濒危保护动物名录,全球仅存3000只。东方白鹳曾是东南亚地区的常见鸟类,但因非法狩猎、农药和化学毒物污染等因素,目前种群数量逐渐减少。东方白鹳夏季栖息在中国东北地区,冬季飞越2000多公里到东南沿海一带的湿地越冬,来年春天再飞回北方。"

小芦苇接着说:"要说我们这里的特色,那就是回归自然与乡野。这里是一个滨海型的国家湿地公园。由于潮汐的作用,这里的物种比其他淡水湿地公园更为丰富,且春、夏、秋、冬四季分明,景色各异。这里的芦苇荡格外醉人,在一人多高的芦苇之间,一条木栈道蜿蜒向前。听着芦苇随风摆动时发出的沙沙声,会有一种回归乡野的感觉。绚丽花海与蓝天碧树勾勒出一幅绝妙的山水风景画。芦苇荡里,鹭鸟齐飞,与一汪碧水交相辉映。人间天堂也不过如此吧!"

小芦苇用手指了指远处的鸟,说:"看,那些鸟拖着长长的尾羽,悠闲地漫步在滩涂上……"

小芦苇拿出了一沓照片,指着其中一张说:"这是'水中凤凰'水雉。水雉是一种中小型鸟类,因羽色亮丽、身材修长而被誉为'水中凤凰',主要生活在热带及亚热带的开放性湿地中,以昆虫、虾、软体动物、甲壳类等小型无脊椎动物和水生植物为食物。这是一只处于繁殖期的水雉,全身披着黑白相间的羽毛,颈后部是金黄色羽毛,十分醒目漂亮。等到8月末繁殖期结束,水雉会换上黄褐色的冬羽。"

芦苇君惊奇地说:"你们这里水雉也有了?水雉原是常见的候鸟,但随着栖息地的减少,目前在中国已非常稀有。水雉出现在你们这里,说明你们这里真是风水宝地啊。小芦苇,恭喜你啊,你要请客。"

小芦苇听到老大哥芦苇君在表扬自己,开心得不得了:"晚上我请你们去夜排档吃海鲜吧。"说罢,大家一起哈哈大笑起来。

欲知后事如何,且听下回分解。

第 97 回　云和梯田湿地公园　银矿文化山水画卷

　　小寒跟着芦苇君参观了溇门湾国家湿地公园后，又来到了云和梯田国家湿地公园。他们请了个当地的导游带路，导游一边带他俩观景，一边做介绍。

　　这个公园地处云和西南部的崇头镇，范围包括崇头镇11个行政村和云和县林场朱宅林区。公园湿地资源丰富，类型多样，拥有河流、沼泽、稻田、农用池塘4类湿地以及"云海""雾凇""飞瀑"等自然奇观。湿地生物资源丰富，有20个湿地植被群系，296种湿地维管束植物。公园内国家一级重点保护野生植物有南方红豆杉，二级重点保护野生植物有野荞麦、野大豆、凹叶厚朴、香樟、香果树；湿地脊椎动物有106种，国家一级重点保护野生动物有黄腹角雉、黑麂2种，二级重点保护野生动物有虎蚊蛙、鸳鸯、中华穿山甲等23种。

　　在漫漫历史长河中，这里孕育了梯田文化、畲族文化、银矿文化、女神文化等独特的地域文化。每年芒种季节，这里都会隆重举行"云和梯田开犁节"，祭神田、分红肉、犒耕牛、对山歌、认亲娘等古老习俗重放光芒。云和梯田还是银矿文化的发祥地，以矿洞群、炼银遗址、矿工摩崖题刻为主要内容的"银矿文化遗址"，已成为"国保"大家庭的一员。有诗赞道：春飘条条银带，夏滚道道绿波，秋叠座座金塔，冬砌块块白玉。

　　这就是中国最美梯田——云和梯田，一年四季景象万千。

　　云和梯田拥有美学价值极高、华东规模最大的梯田景观群，被授予"国家级文化遗产抢救与保护实践基地""中国特色旅游最佳湿地""中国最美40个景点"等称号。2013年时，央视《新闻联播》报道了云和梯田冰雪美景。《美丽中国·湿地行》栏目还播出展示过云和梯田美丽的湿地风光。

　　听到这里，小寒不住点赞道："我觉得这里稻田层叠，与森林、河流、村庄完美组合，如舞动的曲线世界，似绵延的冰雪世界，是鲜活的民俗世界。"

　　芦苇君对小寒开玩笑道："到了这里，你诗兴大发了。"

　　导游说："可不是吗，这里仿佛有一位犹抱琵琶的美人，静卧在洞宫山脉的云遮雾漫里，一颦一笑，楚楚动人。如果你想一睹她的容颜，请到山水家园、童话世界云和来，循着那一声热情的呼唤，掀开云和梯田神秘的面纱……"

小寒问导游:"这层层叠叠的梯田是怎么来的呢?"

导游介绍道:"云和梯田,是大自然赠予云和的一份厚礼。云和梯田开发于唐初,兴起于元、明,距今已有1000多年的历史,总面积51平方公里,海拔跨度为200~1400多米,垂直高度为1200多米,跨越高山、丘陵、谷地三个地质景观带,有近千层,具有体量大、震撼力强、四季景观独特等特点,是华东地区最大的梯田群,被誉为'中国最美梯田'。

"景区内拥有梯田、云海、山村、竹海、溪流、瀑布、雾凇等自然景观,千米落差成就千层梯田,万千气象造就万里云海。在中国古代,天籁般的乐曲,被称为云和。

"说起最美的云和梯田,这里有一部血与泪铸就的'创业史'。一千多年前,一批畲族人从广东潮州府迁入云和梯田。畲族人与当地的汉人和睦相处,开山造田,抒写了一部人类征服自然、战胜恶劣生存环境,人与自然和谐共处的动人史诗。云和梯田银矿资源丰富,明王朝曾在这里设立银官局,招揽大批民工,开矿炼银。因大批矿工涌入和炼银工艺的需要,粮食需求大增,朝廷组织矿工大量开垦梯田,栽种粮食。正是千万银矿工人老茧丛生的双手,开辟出举世瞩目的人间奇迹——云和梯田。"

小寒啧啧称奇道:"我看这里更像是一幅'山水画',是山与水精心演绎的中国式童话。"

导游说:"是的,这里背靠广袤的森林,雨水充沛,是一个云雾的世界。此处位于云和盆地西南部的高山上,水气循环异常活跃。亚热带季风从云和盆地长驱直入,被梯田所在的高山阻挡后,水气迅速抱团成云雾,于是就出现了令人叹为观止的'云海'奇观。当太阳从云海中升起的时候,光芒万丈。'日出云海'已成为经典的摄影作品。

"云和梯田也是一个冰雪的世界。由于海拔高,冬天气温低,当气温降到临界点时,水气就会结成冰。因此,云和梯田每年都会出现'雾凇'奇观。特别是下雪时,梯田白皑皑一片,千层冰封,万山飞雪,十分壮观。

"云和梯田还是一个曲线的世界。有泥土的地方就有梯田,一级级往上爬,一直爬到山巅;有梯田的地方就有曲线,一层层往上叠,一直叠到云雾里!云和梯田的曲线忽即忽离,却层层依偎;断断续续,却首尾相连;看似无序,却错落有致……数不清的曲线,是云和人民写在洞宫福地的壮丽诗篇。"

小寒感叹道:"我要把这里的一切记下来,回去后写成一本书。"

导游说："云和梯田本身就是一本'线装书'。云和梯田银矿文化源远流长，银冶炼虽然早已成为历史，但当年的采矿故事、传说，仍在当地传诵，成为'非物质文化遗产'的重要组成部分。云和梯田银矿文化在全国具有唯一性，是云和珍贵历史文化遗存。银矿文化、梯田文化一脉相承、共生共荣，是云和梯田的一对'姐妹花'，是云和梯田的灵与魂。只要打开云和梯田这本'线装书'，来到开犁节的盛大舞台上，您就会倾听到来自云和梯田的那一声问候，醉倒在来自远古的那一抹浓浓书香中。"

小寒被导游的话触动了，感慨万千。

芦苇君走过来说："来来来，我们三个一起来合个影，留作纪念。"

导游请路过的一位游客帮忙拍照，和小寒、芦苇君一起合影留念。很快，在云和梯田的一天就过去了。

欲知后事如何，且听下回分解。

第98回　白塔湖河柳当向导　小仙女滩涂撒珠宝

结束了云和梯田湿地公园的参观后，小寒问芦苇君："我们已经看了四个国家湿地公园，各有各的特点，各有各的风格，还有其他类型的公园吗？"

芦苇君说："有，我们现在就去诸暨白塔湖国家湿地公园。那里有与众不同的看点。"

听说有新花样，小寒马上又有了精神，连忙说："那我们赶快去吧。"

到了白塔湖，芦苇君找到当地的好朋友河柳，河柳看到是下渚湖的芦苇君来了，喜出望外，又是握手又是拥抱，并说道："今天是什么风把你吹来的？"

芦苇君指了指小寒，说："我是陪朋友小寒先生来你们这里学习取经的。"

河柳说："你也太客气了，要说取经，你们下渚湖是最佳取经地，我们白塔湖怎能和你们下渚湖相比呢？"

芦苇君说："话不能这么说，每个湖都有特色，何况白塔湖大名鼎鼎，不是有句民谣叫'白塔湖歉收，天下要吃一餐粥'吗？足见这里是天下粮仓。"

小寒和河柳握过手后，诚恳地说："是真的，我是专程来向你们学习的，要麻烦你们了。"

河柳说："大家都是朋友,说什么麻烦啊。"

芦苇君说："闲话少说,言归正传,河柳君,你先介绍一下白塔湖吧。"

河柳说："好。白塔湖湿地,位于诸暨市的北部,北连杭州萧山,东接绍兴,是钱塘江流域保存相对完好的湿地之一。白塔湖是诸暨市最大的湖畈和生态湿地,是诸暨市北部重要的生态屏障,素有'诸暨白塔湖,浙中小洞庭'之美称。

"诸暨白塔湖国家湿地公园为河网平原,有 78 个岛屿,形态各异。湖内河网交错,自然曲折,呈现'湖中有田、田中有湖、人湖共居'之景象,水陆相通。湖内植被除水稻、蔬菜类外,还有河柳、早竹、桑树、香樟、芦苇、美人蕉、千屈菜、太阳花、并蒂莲等。另有春季观赏植物桃花、郁金香、薰衣草、油菜花,夏季观赏植物荷花、紫薇花和各类水生植物,秋季有木芙蓉、月季花,冬季有水仙花、蜡梅。湿地公园约有 4 门 9 纲 85 科 150 余种动物,其中草鸮、长耳鸮为国家二级重点保护动物。

"白塔湖内主要有湖蟹、甲鱼、鲢鱼、鳙鱼等各种淡水鱼类。

"白塔湖国家湿地公园内的景点主要是一些颇有特色的湖中小岛,有桃花岛、紫薇岛、木芙蓉岛、薰衣草岛、水生植物展示岛、爱心岛等,还辟有芦苇荡、塔湖鹭影、鹭鸟保护区等。"

听到这里,芦苇君说："百闻不如一见,我们还是去这些岛上看看吧。"

河柳于是带着小寒、芦苇君坐小船,来到了桃花岛。桃花岛面积 76 亩,共种植桃花 3000 株左右,分为红叶碧桃、青叶碧桃、原桃、水蜜桃、白桃、红垂枝桃、白垂枝桃、龙柱碧桃、二乔碧桃、白寿桃、红寿桃、凤仙碧桃、菊花碧桃、中熟油桃、迟熟油桃 15 个品种,花色多样。除了桃花,还有荷花,5000 多株紫薇,以及草牡丹、郁金香、太阳花、彼岸花、矮牵牛花、大花萱草、兰花三七、长春花、再力花等花草。

小寒看到这么多的桃花,连声赞叹："这里真是名副其实的桃花岛了。"

他们去了桃花岛,又去了香草岛、月季岛、水生植物岛、青塘圩岛等。

香草岛内有法国薰衣草、羽叶薰衣草、鼠尾草、迷迭香、郁金香、马鞭草、薄荷等花草,还种有 3000 多株百合花,主要品种有西伯利亚百合、香水百合、药百合、亚洲百合等。

月季岛内共种植月季花苗 1 万多株。

水生植物岛上有 451 盆缸养荷花,共 198 个品种。

青塘圩岛上则种植了数量众多的水杉树。

坐在船上,小寒见河柳脖子上挂着一条项链,一颗颗珠子圆圆的,晶莹剔透,很是好看,就问起来。

河柳说:"这个是我们白塔湖一带的特产珍珠做的项链,这可是有神话传说的。"

听说有故事,芦苇君忙催河柳说下去。

河柳说:"现在横卧在白塔湖畔的仙人山,其实是一个天真烂漫的小仙女。小仙女名叫紫薇,在天上待得久了,只知道'种瓜得瓜,种豆得豆'的道理。她认为可以'种宝得宝',于是带了很多金银珠宝下凡,寻找可以种宝的地方。当小仙女来到这里时,这里还是一片泽国,但在这片泽国的滩涂上,阵阵紫气袅袅上升。她坚信这里就是她要寻找的种宝之地,于是把金银珠宝撒播在滩涂中,砸出一个个宝坑。然后,她斜倚在旁边,想看着这些金银珠宝长成玉树琼林。她等啊等啊,就是不见珠宝有发芽长苗的意思,倒是宝坑因了珠宝的重量慢慢地下沉扩大,变成一个个的小湖。

"小仙女在白塔湖里种宝的事,很快就传出去了。于是,人们从四面八方涌到白塔湖来挖宝。他们翻遍了整个白塔湖,把淤泥堆到旁边的高地上,小湖挖成了大湖,高地上堆出了一个个小岛。小仙女种下的金银珠宝也有被挖出来的,人们把挖出来的金子堆在一起,这个地方就叫金家站,把挖出来的珠宝堆在另一堆,堆珠宝的地方就叫珠家站。

"小仙女在一边高兴地看着这批挖宝的人,自己种的珠宝虽然没能长出水面,成为玉树琼林,却在水下衍生出无穷的宝藏。于是,小仙女留了下来,守护着这块宝地。她把头枕在珠家站,让自己的眼睛盯着这堆珠宝,身子贴着金家站,沉沉睡去,一直躺到今日。

"这就是白塔湖及周围一些村庄的来源,诸暨的珍珠就是小仙女带下来的珠宝衍生出来的。"

听到这里,芦苇君拍手叫好,芦苇君说:"我早就听说这一带富甲一方,原来是小仙女带来了这么多的金银珠宝,并且还在这里生根开花了。"

小寒听了这些,心里在想,我在天上时听到过传说,说在很早以前,天上有一个小仙女失踪了,还带走了不少金银珠宝。开始时,天宫还追查过此事,后来时间长了就不了了之了。原来,小仙女跑到这里来了。想到这里,小寒朝幸福地睡着的小仙女看了看,决定不去吵醒她,也不把这个消息告诉天宫,因为小仙女的行动,为天下老百姓带来了幸福。

见小寒呆呆地在想什么,河柳忙问小寒:"你是不是哪里不舒服?"

小寒这才回过神来,忙说:"没事没事,我是在为小仙女祝福呢。"

河柳说:"午餐时间到了,我请你们去这里的鱼味馆,尝尝白塔湖特色鱼的味道。"

芦苇君说:"那还不快去,我肚子早就咕咕叫了。"话毕,大家一齐朝鱼味馆走去。

欲知后事如何,且听下回分解。

第 99 回　小寒忙工作累出病　大寒过三关获任命

小寒自下凡取经后,一心扑在工作上,不顾严寒,连续参观访问了浙江省内五个国家湿地公园。他白天实地察看了解情况,晚上整理出参访调研报告,作为汇报成果发到天宫发改办。这样高强度的负荷,终于把小寒压垮了,他病倒了。

消息传到天宫,引起了很大的反响。立秋又一次召开发改办主任会议,决定了几件事情。一是发出慰问电,对小寒表示慰问,要他先放下工作,安心养病,待新的团长派下去后,养好病再回天宫。二是起草嘉奖令,对小寒的忘我工作精神予以嘉奖。三是大力宣传小寒的先进事迹,号召天宫官兵向小寒学习。

这几个事情定下来后,参会者在讨论接下来派谁去替换小寒的问题上发生了争论。正在这时,传来了敲门声,处暑打开门一看,是大寒来了。

立秋就问:"大寒,我们这里正在开会,你来干什么?"

大寒说:"我知道你们在开会,所以我赶过来,我有话要说。"

立秋说:"你有话不能在会后另外找机会说吗? 现在不要影响我们开会。"

大寒说:"我要说的和会议内容有关系。"

立秋刚想说什么,白露抢着说道:"既然大寒来了,就让他把话说出来嘛。"

秋分、寒露也是这个意思。立秋不好再拒绝,就示意大寒坐下来说。

大寒说:"听闻小寒下凡累出病来了,我很是焦急。小寒是和我从小玩到大的好朋友,我们还是邻居。小寒的精神打动了我,我决心沿着他的足迹走下去,我今天来就是毛遂自荐,要求下凡去接替小寒,继续完成他未竟的事业。"

立秋说:"原来是这样,这个很好啊,不说别的,光是你自告奋勇的精神就值得表扬。"

大寒高兴地说:"这么说你是同意了?"

立秋说:"且慢,上次选拔小寒下去,是经过测试的,这次是不是也要测试一下?"

白露、秋分、寒露都说:"大寒的精神可嘉,应该鼓励,测试就免了吧。"

大寒说:"测试没问题的,来吧,出题吧。"

立秋出了这样一道题:"假设一头牛在一年内可以吃完三亩地的草,那么三头牛吃完20亩地的草需要几年?"

大寒听完了题目,马上说出答案:"吃不完。"立秋问为什么。

大寒说:"因为草每年都会重新长出来。"

立秋点点头,又出了一题:"这是宋代诗人朱淑贞写的一首诗——《断肠谜》:

下楼来,金钱卜落;

问苍天,人在何方?

恨王孙,一直去了;

詈冤家,言去难留。

悔当初,吾错失口,

有上交无下交。

皂白何须问?

分开不用刀,

从今莫把仇人靠,

千种相思一撇消。

上面这首诗是有门道的,你能找出每句诗隐藏的数字吗?"

大寒说:"这是一首数字隐藏诗,即用猜谜语的形式将数字展示出来。朱淑贞这首作品每句作为'拆字格'修辞的谜面,谜底恰好是一、二、三、四、五、六、七、八、九、十这十个数字。"

大寒刚说完,现场响起了一阵掌声。立秋说:"接下来我们再来写一首宝塔诗,我出样诗,你仿我的格式也赋一诗。

我以'师'字为题写的诗是：

《一字至七字宝塔诗·师》

师，

老师，师长。

好老师，师楷模。

好为人师，师严道尊。

能者皆为师，师出必有名。

高徒出自名师，师恩永世难忘。

三人行必有我师，师其意不泥其迹。"

大寒赞道："好诗。那我以什么字为题写呢？"

立秋说："你以'月'字为题写吧。"

大寒沉思片刻，即提笔写道：

《一字至七字宝塔诗·月》

月，

月亮，赏月。

月棱眉，蛾眉月。

月圆花好，旖旎岁月。

月是故乡明，他乡望明月。

月朦胧鸟朦胧，百星不如一月。

月上柳梢松间照，八千里路云和月。

至此，立秋过来握住大寒的手说："对你的测试全部通过了，你被选定为第六任下派人间取经团的团长，我们这里还要走一下程序，你回去先准备吧，等到正式文件印出来，你就立即出发。"

大寒说："谢谢各位主任的信任，我一定不辱使命，完成任务。"说完，大寒走出了会议室。

几位主任也长长地吁了一口气。立秋主任宣布会议结束，大家即各自散了。

欲知后事如何，且听下回分解。

第100回　寒冬季研讨世界观　访牛郎大寒求帮忙

　　大寒是全年二十四节气中的最后一个节气。在每年公历 1 月 20 日前后，太阳到达黄经300°时，即为大寒。古云："大寒为中者，上形于小寒，故谓之大，寒气之逆极，故谓大寒。"这时寒潮南下频繁，是中国部分地区一年中的最冷时期，风大，温度低，地面积雪不化，呈现出冰天雪地、天寒地冻的严寒景象。

　　俗话说，花木管时令，鸟鸣报农时。花草树木、鸟兽飞禽均按照季节活动，因此它们规律性的行动，被看作区分时令节气的重要标志。中国古代将大寒分为三候：一候鸡乳，二候征鸟厉疾，三候水泽腹坚。就是说到大寒节气便可以孵小鸡了。而鹰隼之类的征鸟，却正处于捕食能力极强的状态，盘旋于空中到处寻找食物，以补身体的能量抵御严寒。在一年的最后五天内，水域中的冰一直冻到水中央，且此处的冰最结实、最厚，孩童们可以尽情地在河上溜冰（指北方）。此外，大寒出现的花信风候为"一候瑞香，二候兰花，三候山矾"，此亦可作为判断大寒的重要标志。

　　大寒时，天气虽然寒冷，但因为已近春天，人们开始忙着除旧饰新，腌制年肴，准备年货，因为中国人最重要的节日——春节就要到了。有《大寒》诗云：

蜡树银山炫皎光，朔风独啸静三江。

老农犹喜高天雪，况有来年麦果香。

　　而这天上的大寒也颇有来历，因出生时正逢大寒节气，故取名大寒。大寒出生那年天气奇冷，大寒被闷在家里很长时间没有出门，由此养成了喜欢清静、独处的习性。人一静下来就会多思考，想得多了就考虑起哲学问题来了。在天上，没几个人喜欢清静，时常要搞些动作出来，天上动一动，地下摇三摇，也难怪天下没几年是风调雨顺、太平无事的。大寒独处得多了，有人就说他有孤独症，大寒也不去争辩解释，继续思考他的哲学问题。

　　当然，功夫不负有心人，大寒的成绩是有目共睹的，比如他提出的关于"人应该拥有怎样的世界观"问题，就曾经在天宫引起过大讨论：观音菩萨这一派认为应该"普渡众生"；八仙这一派坚持"惩恶扬善"；以弥勒佛为代表的逍遥派建议"大肚能容天下难容之事";牛郎也来凑热闹,说是"耕者有其田"就不错了;也有些人觉得还是"顺其自然、无为而治"的好。各种说法、各种观点莫衷一是,后来大寒将其整理出来,洋洋洒洒地写成了几万字的论文,引起了较大的反响。大寒也被天宫大学聘为哲学教授。

这个大寒做事很认真,当立秋口头宣布任命他为下凡取经团团长后,虽然正式文件还没有发,但他觉得准备工作要先做起来。他想来想去,觉得自己对天下的情况还是了解得不够,心中没底,想找些有关中国的资料,发现找来的都是些不靠谱的东西。他想到了牛郎,牛郎不就是从天下上来的呀,并且现在还担任天上人间文化交流协会的主席,想必见识和水平大有长进了,我何不向他请教? 主意已定,大寒立即动身,赶到天河西路牛郎的住所去了。

牛郎自从被任命为天上人间文化交流协会主席后,兴奋了一段时间。他很想做些事情,一开始他积极地走村串户,去做联络工作,想为天上人间文化交流做些牵线搭桥的事情。但一段时间下来,他发现那些自己联系的单位或部门对他爱答不理的,任他说得口干舌燥,他们只当这事和他们无关。跑得多了之后,牛郎才明白过来,这只是个虚职,无权无钱,人家不买他的账。慢慢地,牛郎的心也冷了下来,好在有了这个头衔之后,编制问题解决了,每个月还有工资领,小孩的奶粉钱有保障了,织女对他的态度也好了许多。

牛郎现在每天在家门口带着小孩晒晒太阳,很享受这样的生活。突然有一天有人找上门来,牛郎定睛一看,发现是大名鼎鼎的哲学教授大寒。他不禁大吃一惊,心想,大寒不在家研究哲学,跑到这里来找我做什么。等到大寒一五一十地把来意说清楚,牛郎才长吁一口气,放下心来。

大寒说:"牛郎主席,你放心,我是真心实意来向你请教的,不是来找你麻烦的。"

牛郎说:"谁不知道你是知名的哲学专家,辩起问题来谁能说得过你。我只是一个大老粗,有什么能帮你的呢?"

大寒说:"牛主席此言差矣,我是研究哲学没错,但我只知道一些天上的知识,对地下一无所知啊,而你上知天文、下知地理,还兼任天上人间文化交流协会主席,可以说是天宫难得的人才,你不帮我,还有谁能帮我? 如果这次你帮我介绍成功的消息传出去,以后还用得着你上门去求他们吗? 怕是你家门槛都要被踏破了。"

大寒的一席话,听得牛郎心潮澎湃,他已经平息的心又起了涟漪。牛郎一拍胸脯说:"既然教授这么看得起我,我牛郎哪有不帮之理? 你尽管说,需要我帮什么?"

大寒拉着牛郎的手说:"别急,说来话长,你总不会让我站在门口说吧?"

牛郎挠了挠头皮,说:"呵呵,你不说我还真忘了,快快进屋,我们坐下来慢慢聊。"

欲知后事如何,且听下回分解。

第 101 回　大寒牛郎一问一答　神州文化博大精深

牛郎把大寒迎进屋内,又是倒茶,又是端水果,忙成一团。大寒说:"你不要忙了,你过来坐下来,我有事要问你。"

牛郎过来坐在大寒的边上说:"你问吧。"

大寒说:"我马上要下凡去了,对凡间的很多常识一知半解,不好好学一下,下去以后恐怕要出洋相。"

牛郎说:"教授不必多虑。中国人向来热情好客、不拘小节。"

大寒说:"有备无患嘛,多准备些总是好的。比如说,三教九流是什么意思?"

牛郎说:"三教就是儒教、道教、佛教;九流是指儒家、道家、阴阳家、法家、名家、墨家、纵横家、杂家、农家。"

大寒又问:"那三山五岳呢?"

牛郎回答:"三山是指安徽黄山、江西庐山、浙江雁荡山;五岳是指中岳河南嵩山、东岳山东泰山、西岳陕西华山、南岳湖南衡山、北岳山西恒山。"

大寒继续问:"那五湖四海呢?"

牛郎回答:"五湖是指江西鄱阳湖、湖南洞庭湖、江苏太湖、江苏洪泽湖、安徽巢湖;四海是指渤海、黄海、东海、南海。"

大寒又问:"那五脏六腑呢?"

牛郎回答:"五脏是心、肝、脾、肺、肾;六腑是胃、胆、三焦、膀胱、大肠、小肠。"

大寒问："四书五经指的是什么?"

牛郎回答："四书是《论语》《中庸》《大学》《孟子》;五经是《诗经》《尚书》《礼记》《易经》《春秋》。"

大寒问："所谓的八股文是哪八股?"

牛郎回答："八股文是指破题、承题、起讲、入股、起股、中股、后股、束股。"

大寒再问："六子全书是哪六子?"

牛郎回答："是《老子》《庄子》《列子》《荀子》《扬子法言》《文中子中说》。"

大寒问："所谓的十三经是指?"

牛郎答："是指《易经》《诗经》《尚书》《周礼》《礼记》《仪礼》《公羊传》《谷梁传》《左传》《孝经》《论语》《尔雅》《孟子》。"

大寒问："五常五伦指的是什么?"

牛郎答："五常是指仁、义、礼、智、信;五伦是指君臣、父子、兄弟、夫妇、朋友。"

大寒问："十二生肖是怎么排的?"

牛郎答："是按照子鼠、丑牛、寅虎、卯兔、辰龙、巳蛇、午马、未羊、申猴、酉鸡、戌狗、亥猪的次序排的,每十二年为一个轮回。"

大寒问："竹林七贤是哪七个人?"

牛郎答："是嵇康、刘伶、阮籍、山涛、阮咸、向秀、王戎。"

大寒问："那扬州八怪呢?"

牛郎答："是郑板桥、汪士慎、李鱓、黄慎、金农、高翔、李方膺、罗聘。"

大寒问："北宋四大家是指?"

牛郎答："是苏轼、黄庭坚、米芾、蔡襄。"

大寒问："那唐宋八大家是哪几个?"

牛郎答："是韩愈、柳宗元、欧阳修、苏洵、苏轼、苏辙、王安石、曾巩。"

大寒问："四大名楼、四大古镇、四大碑林、四大名塔、四大石窟、四大书院、四大名花分别是哪些?"

牛郎答："四大名楼是湖南岳阳的岳阳楼、湖北武汉的黄鹤楼、江西南昌的滕王阁、山西永济的鹳雀楼(或山东烟台蓬莱阁)。

"四大古镇是江西的景德镇、广东的佛山镇、湖北的汉口镇、河南的朱仙镇。

"四大碑林是陕西西安的西安碑林、山东曲阜的孔庙碑林、四川西昌的地震碑林、台湾高雄的南门碑林。

"四大名塔是河南登封嵩岳寺的嵩岳寺塔、山西洪洞广胜寺的飞虹塔、山西应县佛宫寺的释迦塔、云南大理崇圣寺的千寻塔。

"四大石窟是甘肃敦煌莫高窟、山西大同云冈石窟、河南洛阳龙门石窟、甘肃天水麦积山石窟。

"四大书院是江西庐山的白鹿洞书院、湖南长沙的岳麓书院、河南登封的嵩阳书院、河南商丘的应天书院。

"四大名花是山东菏泽的牡丹花、福建漳州的水仙花、浙江杭州的菊花、云南昆明的山茶花。"

大寒问:"中国八大菜系是指?"

牛郎答:"八大菜系是鲁菜、川菜、湘菜、苏菜、浙菜、粤菜、闽菜、徽菜。"

大寒说:"牛主席知识面很广啊。我问的你都能对答如流,厉害厉害。"

牛郎说:"这些都是一些常识性的问题,不像你们研究的哲学思想那么高深。"

休息了一会儿后,牛郎给大寒换了一杯茶。牛郎接着说:"我刚才回答了你不少问题了。我也有些不明白的,能不能问问你?"

大寒说:"当然可以,你问吧。"

牛郎问:"何谓三皇五帝?"

大寒回答说:"三皇是伏羲、女娲、神农;五帝是太昊、炎帝、黄帝、少昊、颛顼。"

牛郎继续问:"那十八罗汉是指哪些?"

大寒回答:"十八罗汉是指坐鹿罗汉、欢喜罗汉、举钵罗汉、降龙罗汉、托塔罗汉、静坐罗汉、笑狮罗汉、开心罗汉、看门罗汉、过江罗汉、骑象罗汉、探手罗汉、沉思罗汉、挖耳罗汉、布袋罗汉、长眉罗汉、芭蕉罗汉、伏虎罗汉。"

牛郎又问:"那十八层地狱具体是哪十八层?"

大寒回答:"十八层地狱分别是第 1 层拔舌地狱、第 2 层剪刀地狱、第 3 层铁树地狱、第 4 层孽镜地狱、第 5 层蒸笼地狱、第 6 层铜柱地狱、第 7 层刀山地狱、第 8 层冰山地狱、第 9 层油锅地狱、第 10 层牛坑地狱、第 11 层石压地狱、第 12 层春臼地狱、第 13 层血池地狱、第 14 层枉死地狱、第 15 层磔刑地狱、第 16

层火山地狱、第 17 层石磨地狱、第 18 层刀锯地狱。"

牛郎再问:"那十恶是指?"

大寒说:"十恶是谋反、谋大逆、谋叛、恶逆、不道、大不敬、不孝、不睦、不义、内乱。"

牛郎又问:"那常听说的五行是?"

大寒说:"五行就是金、木、水、火、土。"

牛郎又问:"那八卦呢?"

大寒说:"八卦是指乾(天)、坤(地)、震(雷)、巽(风)、坎(水)、离(火)、艮(山)、兑(泽)。"

牛郎和大寒一问一答之间,时间已到了晌午。牛郎便对大寒说:"你稍等片刻,我去准备点儿吃的,我们等一下吃饭时边吃边聊吧。"

大寒说:"客随主便,今天就由你安排了。"

欲知后事如何,且听下回分解。

第 102 回　说典故俩神笑开怀　接批文大寒别牛郎

过了一会儿,牛郎就将做好的菜端了上来,于是招呼大寒过来吃饭。牛郎不好意思地说:"今天不知道有客人来,没有准备,家常便饭吃一点儿,请教授包涵。"

大寒说:"有劳你亲自下厨做菜,只上厕所的工夫,你就把四菜一汤做好了,牛主席真是模范丈夫啊。"

牛郎说:"我也是被逼出来的,织女长期不在家,家里要靠织女织布卖钱度日。我在家反正闲着也是闲着,家务事就我全包了。"

大寒说:"天宫改革开放后,英雄有了用武之地。以后,你怕是想做家务事也没有时间了。"

牛郎看了看大寒,说:"会有那一天吗?"

大寒说:"怎么没有? 有些事情的发展是不以人的意志为转移的。不过这些话留到以后再说。刚才提到了上厕所、下厨房,我要问的是为什么是上厕所、下厨房？"

牛郎说："中国自古以来就有五行，五行分别对应五个方位。古代厕所建造在北面偏东的位置，厨房要建造在南面偏东的位置。去南方时，习惯说南下（比如皇帝下江南）；去北方时，习惯说北上（比如北上抗日）。当要去厕所时要去院子的北面，所以说上厕所；当要去厨房时，要去院子的南面，所以说下厨房。"

大寒说："原来是这样，那俗语说的'不三不四'如何解释？"

牛郎说："中国古代人称天为一、地为二。所以天地相加为三，三即成为整体的代表，比如三部曲、三省、三思、三人行；而对于四，则称之为'周全'，亦有'称心如意'的意思，比如四大金刚、四大家、四体、四艺、四书。因此把'美好事物'之外的、行为不端的人统称为'不三不四'。"

大寒说："那百家姓开头四姓为什么是'赵、钱、孙、李'？"

牛郎说："据明清文献记载，《百家姓》是宋朝初期由一位吴越地区的儒家学者最先编辑的。所以他用了当朝皇帝的姓氏为第一姓；五代十国时期，吴越国的国王姓'钱'；'孙'是宋朝皇族妻妾的姓；'李'是后唐皇帝李后主的姓。这就是《百家姓》开头四姓'赵、钱、孙、李'次序的由来。"

大寒喝了一口汤继续问道："前面你讲到了十二生肖，我清点了一下，为什么没有猫呢？"

牛郎也喝了一口汤，回道："这是因为中国古时没有猫，猫原产于埃及，何时传入中国已不可考，民间传说汉朝时才从国外引入猫。猫在传入中国以前，中国的十二生肖早就排好成定论了。而且，十二生肖中已经有了老虎这只大猫，所以小猫就不用值班了。"

大寒点了点头，然后又提出了新的问题，就是二百五说法的来历。

牛郎说："这二百五的来历说法有很多，其中之一是这样的：苏秦一直努力说服六国联合抗秦，史称'六国封相'。但苏秦在齐国的时候被刺客暗杀了，齐王为了抓出刺客，特贴出告示，声称苏秦为大内奸，刺杀苏秦者赏金千两。告示一出，立刻有四个人上钩，声称是自己所为。齐王正对刺客恨得牙痒，大怒道：千两黄金每人二百五，顺便把这四个二百五推出去砍了！"

大寒听到这里，也不由得笑了笑，说："这四个人确实是二百五。"

笑过后，大寒又问："中国人为什么把说大话叫吹牛？"

牛郎说："从前宰羊时放完血，屠夫会在羊的腿上割开一个小口，把嘴凑上去使劲儿往里吹气,直到羊全身都膨胀起来,用刀轻轻一拉,羊皮就会自己裂开。这叫吹猪或吹羊。如果谁要说可以把牛皮吹起来,那就是说大话了,因为牛皮很大,而且非常坚韧,根本吹不起来。所以'吹牛'就是说大话的代名词!"

大寒说:"我现在发觉,你牛郎是有真才实学的,绝不会吹牛。"

牛郎说:"牛对我是有恩的,我当然不可能吹牛。"

大寒说:"我听说占女人便宜叫'吃豆腐',这是为什么?"

牛郎说:"中国汉朝的长安街上,有个夫妻开的豆腐店。老板娘生得很漂亮,人称'豆腐西施',为招徕顾客,难免有卖弄风情之举,引得周围男人老以'吃豆腐'为名到豆腐店与老板娘调情,趁给铜板时摸摸老板娘的纤手等。后来,'吃豆腐'便成了男人轻薄女人的代名词。到了现代,'吃豆腐'也用滥了,男人之间占便宜也用这个词了。"

大寒说:"我没想吃你豆腐,也不会计较什么。还有'宰相肚里能撑船',有什么来历?"

牛郎说:"宋朝宰相王安石,因中年丧妻,续娶了一妾名姣娘。老夫少妻的生活,使得姣娘私下与年轻仆人偷情。王安石知道后,本来火冒三丈,但一忍再忍,干脆在中秋节对诗的时候,诱使姣娘讲出实情,但姣娘一句'宰相肚里能撑船',让王安石深知其苦,即赐银千两,令姣娘与仆人成婚。"

大寒说:"如此说来,王安石宰相肚量是很大。前面说了吹牛,那'拍马屁'又是怎么来的?"

牛郎说:"这个有几种说法。一说是元代蒙古人有个习惯,两人牵马相遇,要在对方马屁股上拍一下,表示尊敬;二说是蒙古族好骑手遇到烈性马便拍拍马屁股,使马感到舒服,随即乘势跃身上马,纵马而去;三说是蒙古人爱马,如果马肥,两股必然隆起,所以见到骏马时总喜欢拍着马屁股称赞一番。"

大寒说:"牛郎你太厉害了,水平已经远远超过我这个教授了。牛郎,我没有拍马屁吧?"说完,大寒哈哈大笑起来。

牛郎也笑着说:"你怎么哪壶不开提哪壶。我的三脚猫功夫怎能和你相提并论呢?"

大寒说:"且慢,你刚才说的哪壶不开提哪壶,有什么来历?"

牛郎说:"早年,有对父子开了一个小茶馆。知县白老爷是一个贪财好利的主儿,经常来白吃白喝。虽然父子俩受不了,有气,但也没办法。有一段时间,老掌柜病了,小掌柜司炉掌壶。老掌柜病好以后,发现县太爷再没来了。老掌柜问缘由,小掌柜笑道:'我给他沏茶,是哪壶不开提哪壶。'"

听到这里,大寒又是一阵哈哈大笑,刚想继续发问,突然收到了一条信息。大寒拿出手机一看,是天宫发改办发来的,大意是大寒的任命书已正式获得批准,令其收到批文后立即出发,不得有误。

大寒对牛郎笑着说:"真是哪壶不开提哪壶,我们正聊得痛快,上头的命令却不早不晚地下来了,我得走了。"

牛郎说:"你的事要紧,你做的是大事。等你回来,我们再聊。"

大寒紧紧地握了握牛郎的手,以表示感谢,随即依依不舍地告别了。

欲知后事如何,且听下回分解。

第103回　大寒腊月天到杭城　樟王围火炉论哲学

大寒接到出发命令,星夜即动身,借着夜幕的掩护,悄无声息地到达杭州。大寒降落时已是凌晨时分,大街上行人稀少,冬季的城市寒风瑟瑟,早起的路人行色匆匆,都不由得裹紧大衣,恨不得将脑袋也缩进衣领里。宋代邵雍《大寒吟》这样描述大寒的景象:

> 旧雪未及消,新雪又拥户。
>
> 阶前冻银床,檐头冰钟乳。
>
> 清日无光辉,烈风正号怒。
>
> 人口各有舌,言语不能吐。

大寒任务在身,没心情细看街上的风景。他径直找到香樟王的住所,敲门进去,只见房间里生着火炉,暖洋洋的,小寒躺在病床上。

大寒跨步上前,握住小寒的手,说:"小寒,你受苦了!"

小寒不好意思地说:"我没大碍,是我自己不好,顾头不顾尾,影响到工作大局。"

香樟王被说话声惊醒了,于是睡眼惺忪地披衣起身,并说道:"小寒下凡,身染病症,是我们没有照顾好,深以为歉。"

小寒说:"香樟王客气了,我得小恙,蒙你们悉心照料,现已基本康复,我感谢还来不及呢。"

大寒也口头转达了天宫对香樟王一直以来对天上下凡取经团的帮助和照顾,说着从内衣口袋里掏出一张纸来,宣读了天宫对小寒的嘉奖令。

香樟王见大寒忙完了,就拉他在火炉边坐下来,一边吩咐小香樟泡茶,一边和大寒聊了起来。

香樟王说:"现在正是寒冬腊月之际,外面冰天雪地的。我们植物都躺在家里,一般不出去。你能够不畏严寒从天上赶来,精神可嘉啊。"

大寒说:"我知道现在正是你们的冬眠期,此时来打扰你们,真是不好意思。"

小寒对大寒说:"香樟王是我们的老朋友了,大家不用客气。"

香樟王也说:"是啊,不知大寒团长此次下凡有何安排? 需要我帮忙的尽管说就是了。"

大寒说:"我这次下来有四个目的,一来是向你们表示感谢;二来是探望慰问小寒;三来想就我感兴趣的几个问题取取经。"

小寒插话道:"大寒是我们天宫大学哲学专业的教授,在天宫哲学界是有名的大专家。"

大寒打断了小寒的话,说:"小寒你别出我的洋相了,在香樟王面前我们怎敢如此说话!"

香樟王笑了笑,说:"没事,小寒是心直口快。事实上,我已久仰大寒之名。你提出的'人应该拥有怎样的世界观'的大讨论对我们很有启发,我们植物界也有意开展这样的讨论,到时候还要请你多指导呢。"

大寒说:"纸上得来终觉浅,和日新月异的中国发展形势相比,我在天上搞的研究完全是闭门造车,跟不上节奏了。所以这次有机会来亲身体验一下,比我在天宫发表几十篇论文要强。"

小寒说:"我觉得香樟王就是植物界的哲学家,并且很接地气,是个'土专家'。大寒,你有什么问题可以问他。"

香樟王笑了笑,说:"小寒谬赞了,我只不过是在这里待的时间长了,看得多了,听得多了,学得多了。中国人认为'实践是检验真理的唯一标准',我认为这是最朴素的哲学观点。中国人一以贯之的是'行动哲学',只有经历风雨才能见到彩虹,闯过隘口才能一马平川。"

大寒说:"你说得太好了,好记性不如烂笔头,我要赶快记下来,光这几句话,就能让我新开几个课题了。"

香樟王说:"刚才说到'拥有怎样的世界观'的问题,我要讲一下自己的亲身经历。有一次,我去一位中国朋友家,和他聊到'怎样面对人生?'的问题,朋友说可以从我的房子里得到所有的答案!

> 屋顶说,要高瞻远瞩;
>
> 空调说,要保持冷静;
>
> 时钟说,要珍惜光阴;
>
> 日历说,要与时俱进;
>
> 钱包说,要居安思危;
>
> 镜子说,要自我反省;
>
> 台灯说,要照亮别人;
>
> 墙壁说,要面壁思过;
>
> 大床说,要敢于追求;
>
> 窗户说,要拓宽视野;
>
> 地板说,要脚踏实地;
>
> 楼梯说,要步步为营;
>
> 最睿智的一句来自马桶:要懂得放下!

"中国人就是这样善于总结,并将这些道理应用于实际。这样的哲理思想难道不比干巴巴的深奥的哲学理论强吗?"

大寒说:"是啊,只有一个充满智慧的民族才能屹立于不败之地。看来,天宫派人来华夏大地取经是绝对正确的。"

小寒问:"你说这次来有四个目的,只说了三个,那还有一个是什么?"

大寒卖了个关子:"有些事情是不能告诉别人的,有些事情是不必告诉别人的,有些事情是根本没有办法告诉别人的,而且有些事情,告诉了别人,自己会马上后悔。"

小寒说:"你看,哲学家就是不一样,说起话来绕来绕去的。"说完,大家都一起笑了起来。

这时,小香樟们端来了早餐。香樟王说:"我们先吃早饭,吃饱后再继续聊。"

欲知后事如何,且听下回分解。

第104回　买布匹三八二十三　善医者无煌煌之名

吃完热腾腾的早饭,他们身上都暖和起来了,就又围坐到火炉旁天南海北地聊起来。

香樟王说:"我面前是一只玻璃杯,当玻璃杯中装满牛奶的时候,人们说,这是牛奶;当装满咖啡的时候,人们说,这是咖啡。只有当杯子是空的时候,人们才看到这是杯子。"

大寒说:"你想说明什么?"

香樟王说:"当我们心中装满学问、财富、权势、成就和偏见的时候,就不是自己了。有些人往往拥有了一切,却不能拥有自己。"

大寒说:"你讲到了哲学上的主观与客观的问题,就是怎么样辩证地、客观地看问题,而不能教条地、主观地生搬硬套。"

小寒说:"说简单点儿是不是就是要灵活应变,不能墨守成规。"

大寒说:"可以这么说吧。"

香樟王说:"我来说一则中国古时关于三八二十三的故事。据说春秋战国时,孔子的得意门生颜回,有一天到街上办事,看到一家布店门口有两个人在吵架,卖布的要向买布的收取二十四块钱,但买布的说,一尺布三块钱,八尺布应该是二十三块钱,为什么要我付二十四元?

"颜回一听,走到买布的人跟前说,这位仁兄,你错了,三八是二十四,你应该付给店家二十四元才对。

"买布的人很不服气,指着颜回说,你有什么资格说话,三八是二十三还是二十四,只有孔夫子有资格评断,咱们找他评理去!

"颜回说,很好,孔子是我的老师,如果他说你错了,你怎么办?

"买布的人说,如果我错了,我就把头给你,但如果是你错了呢?

"颜回说，如果是我错了，我就把头上的帽子给你。

"二人找到了孔子。孔子问明情况后对颜回说，颜回，你输啦，三八就是二十三！你把帽子取下来给人家吧！

"颜回从来没有反对过老师。现在听孔子这么一说，他认为老师糊涂了。等到买布的人拿着颜回的帽子高高兴兴地离开后，颜回气呼呼地问孔子，老师，三八明明是二十四，您怎么说是二十三呢？

"孔子反问，那么，你说到底是生命重要，还是帽子重要呢？

"颜回说，那当然是生命重要了。

"孔子说，这就对了，如果我说三八二十三，你输的只不过是一顶帽子；如果我说三八二十四，他输的可是一条人命呢！

"听孔子这么一说，颜回明白过来了，对老师佩服得五体投地。"

大寒说："你想借这个故事说明什么问题呢？"

香樟王说："孔子被中国后人尊为圣人，是中国古代儒家学说的创始人，自汉代始，罢黜百家，独尊儒术，儒学逐渐成为历朝历代的正统学说，就是现在，孔子学院不光在中国国内很流行，就是在国外也到处开花。读书人说话做事应该像孔子一样灵活多变，不能太迂腐。"

大寒点点头说："有道理，孔子在我们天上也是家喻户晓的，我对他是佩服得五体投地呀！"

香樟王说："中国还有句古话，善战者无赫赫之功，善医者无煌煌之名。"

大寒说："这句话我没有听说过，你解释得清楚些。"

香樟王说："这句话的意思是说，善于打仗的人往往没有什么显赫的功绩，好的医生没有很大的名声。"

大寒说："想必其中一定有故事。"

香樟王说："是的，扁鹊是春秋战国时的名医，他有两个哥哥，三兄弟都精通医术。魏文王曾问扁鹊，你们家兄弟三人，都精于医术，谁的医术最好啊？

"扁鹊回答，大哥最好，二哥差些，我是三人中最差的一个。

"魏文王不解地说，但是你的名气最大啊。

"扁鹊解释道，大哥治病，是在病情发作之前。那时候病人自己还不觉得有病，大哥就下药铲除了病根，使他的医术难以被人认可，所以没有名气，只是在我们家中被推崇备至。我的二哥是在病初症状尚不十分明显，病人也不觉得痛苦时给病人治病,此时往往能药到病除,所以乡里人都认为二哥只是治小病很灵。我治病都是在病情十分严重之时,病人痛苦万分,病人家属心急如焚。此时,他们看到我在经脉上穿刺,用针放血,或在患处敷以毒药以毒攻毒,或动大手术直指病灶,使重病之人病情得到缓解或很快治愈,所以我名闻天下。"

"魏王听了后恍然大悟。"

大寒听到这里哈哈大笑道:"有意思,魏王大悟,我也大悟啊!中国古话深含哲理啊。"

香樟王正想再说什么,此时,小香樟急忙跑过来在他耳朵旁轻轻地说了几句。香樟王于是站起来说:"不好意思,有点儿急事要我去处理一下,你们继续聊,我去去就来。"

大寒说:"你去忙你的吧,我与小寒也好久不见了,正好有些话要单独聊聊。"

欲知后事如何,且听下回分解。

第105回　孔孟之道程朱理学　阳明心学知行合一

香樟王走出去后,大寒就和小寒聊了起来。小寒告诉大寒:"香樟王神通广大,不光在植物界威望很高,在动物界也交了不少朋友,和人类也有信息交流。听说植物界正在研发一个大项目,是有关和人类建立信息交换管控机制方面的。这个有关植物界的机密,我不便多问。并且,他老成持重,又是个热心肠,你有话尽管和他直说,他会毫无保留地告诉你。"

大寒说:"是啊,我凌晨到这个居住区时,发现外面大香樟树的树身上贴着很多红纸,树枝上挂着一些红布条,地上还烧着几炷香,还有烧纸的痕迹。我吓了一跳,以为发生了什么意外。"

小寒说:"人间已经把大香樟神化了,对他烧香、拜佛、许愿、除妖,以为他无所不能。"

正说着,香樟王回来了。香樟王看大、小寒说得起劲儿,就开玩笑道:"你们在说什么,这么起劲儿。"

大寒说:"我在听小寒一个劲儿地夸你呢。"

香樟王说:"你别听小寒瞎吹。"

大寒说:"我这次下来是诚心诚意地来取经的,本来还在担心要如何混入人群,取得他们的信任,没想到踏破铁鞋无觅处,得来全不费功夫,有你香樟王在,我问你就可以了。"

香樟王说:"你也太抬举我了,我哪有这么大本事。"

小寒说:"香樟王,你就不要客气了。念大寒一片痴心,你就帮帮他吧。"

香樟王对大寒说:"你要我说什么呢?要说哲学理论,我可不行。"

大寒说:"你就说说中国传统文化吧,最好是传统文化中有代表性的人物与理论介绍,这里其实是包含了哲学思想的。"

香樟王说:"这个可以,我学习研究中国传统文化已有几百年了。在中国长达五千多年的传统文化中,被尊为圣人的先人很多,但最主要的有这样四个人。"

大寒急忙问:"是哪四个人?"

香樟王说:"孔子、孟子、朱熹、王阳明。"

大寒说:"这孔子、孟子,我倒知道一些,知道有孔孟之道的说法,但朱熹、王阳明就不清楚了。他们是什么样的人啊?"

香樟王说:"所谓孔孟之道也就是儒家思想,儒家思想是中国传统文化的内核,也是维护封建君主专制统治的理论基础。儒家思想、君主专政制度构成了中国古代政治史的两大主体内容。

"孔子是儒家学派创始人,他提出'仁',具有古典人道主义的性质;主张'礼',维护周礼是孔子政治思想中的保守部分。儒家文化后来发展成为中国古代正统文化。

"孟子是战国时期儒家的代表,他主张施行仁政,并提出'民贵君轻'的思想;主张'政在得民',反对苛政;主张给农民一定的土地,不侵犯农民的劳动时间,宽刑薄税。

"西汉的董仲舒以儒学为基础,以阴阳五行为框架,兼采诸子百家,建立起新儒学。其核心是'天人感应''君权神授'。

"唐朝中期的儒学大师韩愈,从维护封建统治出发,用儒家的天命论和封建纲常来反对佛、道。

"朱熹是理学发展的集大成者,理学是以儒家思想为基础,吸收佛教和道教思想形成的新儒学,是宋代主要的哲学思想。朱熹继承了北宋哲学家程颢、程颐的思想,进一步完善和发展了客观唯心主义的理学体系,后人称之为程朱理学。其核心内容为:'理'是宇宙万物的本源,是第一性的;'气'是构成宇宙万物的材料,是第二性的。把'天理'和'人欲'对立起来,认为人欲是一切罪恶的根源,因此他提出'存天理,灭人欲'。这实际上是为封建等级制度辩护。

"明代的王阳明反对朱熹把心与理视为两种事物的观点,创立与朱熹相对立的主观唯心主义理论——心学。理学由客观唯心主义向主观唯心主义演变,说明它已经走到极端。历史上,也有很多思想家对传统儒学进行了批判,如元朝的邓牧,明朝的李贽,清朝的黄宗羲、王夫之。"

大寒说:"那知行合一是谁提出来的?我对这个最感兴趣。"

香樟王说:"知行合一就是上面提到的王阳明提出来的。王阳明是中国古代历史上唯一一位将自己开创的思想亲身付诸实践,并证明其完全切实可行的思想家。他在立言、立德、立功上立下了近乎完美的不朽功勋,他完全可以说是神一样的存在。"

大寒说:"这个好,愿闻其详。"

香樟王接着说:"王阳明也叫王守仁,是中国明朝时期浙江宁波余姚人,曾筑室于会稽山阳明洞,自号'阳明子',学者称其为阳明先生。王阳明是明代著名的思想家、文学家、哲学家和军事家,陆王心学之集大成者,精通儒家、道家、佛家。王阳明(心学集大成者)与孔子(儒学创始人)、孟子(儒学集大成者)、朱熹(理学集大成者)并称为孔、孟、朱、王。

"王阳明的学说思想王学(阳明学),是明代影响最大的哲学思想。其学术思想传至中国、日本、朝鲜半岛以及东南亚,立德、立言于一身,成就冠绝有明一代。弟子极众,世称姚江学派。其文章博大昌达,行墨间有俊爽之气。有《王文成公全书》存世。

"王阳明创立的阳明心学,是儒学系谱发展中的一颗光彩夺目的明珠。心学与儒学系谱的灵魂,全在于一个'心'字。

"孔子创立了儒家学说,'七十而从心所欲,不逾矩'是他的人生境界。这样的境界,毫无疑问是人生修行的最高境界。孔子因此而被尊称为'大成至圣先师'。

"王阳明倡导'吾心光明',从孔子的'从心所欲'到阳明的'吾心光明',既有异曲同工之妙,又有一脉相承之意。阳明先生的伟大,在于承古启新,继往开来,顺时应势,创立心学,实现了儒学的与时俱进,开悟了更多的人:从'心'做起、成就人生;无'心'干事、一生无成。心学讲'心',并不是笼笼统统的,也不是就'心'论'心'的,而是具体实在的,心中有'行'的。

　　可以说,心学与儒学的精髓,全在于一个'行'字。孔子主张'敏于行而讷于言',将'行'放在'言'的前面。孟子认为'人皆可以为尧舜',这个'为',是'成为'的'为'。而'成为'尧舜的前提,是'为之而已',这个'为',是实实在在的行为。

　　"阳明先生教导的'致良知'的'致',本身就是指实际行动、具体实践。阳明先生的伟大,正在于教育了更多的人:有'心'有'行'、心想事成;有'心'无'行'、一事无成。心学重'行',更重'人'。人是'心'的主体,同样也是'行'的主体。这样的主体,扮演的是双重的角色。所以,心学的角色,全在于一个'人'字。阳明先生扮演的角色,与孔子一样,既是凡人,又是圣人,做凡人的事情,向圣人的目标前进。正因为如此,他既让人见贤思齐,又令人高山仰止。阳明先生的伟大,正在于感化了更多的人:志存高远、善作善成,眼高手低、一无所成。"

　　大寒追问:"那知行合一应该怎么解释?"

　　香樟王说:"所谓'知行合一',就是一个'知',一个'行',在知与行的关系上,强调知,更要行,知中有行,行中有知,二者互为表里,不可分离。知必然要表现为行,不行则不能算真知。"

　　大寒说:"我听懂了,那我们天上也要提倡'知行合一'。"

　　香樟王感叹道:"人类已经有几百万年的历史,但人类文明只有几千年的历史。在仅有的几大文明古国中,中华文明仍生生不息,绵延至今。其中的原因很多,拥有哲学思维,富有哲学思想,无疑是中华民族的一大基因,中华文明的一大特色。'知行合一''学以成人''同人大有',从孔子到王阳明,从古代到现代,历史已经证明,中华哲学是人类精神天空中的亮丽彩虹。"

　　大寒啧啧称奇道:"我明白了,难怪中国人民历经沧桑,不屈不挠,取得了这么大的成就,原来他们有那么多思想武器啊。"

　　香樟王说:"我所知道的都说出来了,至于怎么理解与实践那就要看你们的了。"

大寒说:"谢谢香樟王,你说得太好了。聆听你的教诲比啃几本哲学教科书强多了。"

香樟王说:"我们到食堂里去吃中饭吧。"

欲知后事如何,且听下回分解。

第106回　老人言闪耀哲学理　查户口惊动大小寒

吃完中饭后,香樟王带着大寒、小寒回到了房间。听到香樟王询问现在天宫的状况,大寒不停地摇头。

香樟王说:"怎么了?"

大寒说:"天宫一直以来自视甚高,优越感爆棚,觉得天宫幅员辽阔。因此几千年来积累了诸多陈规陋习,官僚作风、形式主义等作风问题越来越多,许多年轻人心浮气躁、不思进取。年轻人上升渠道狭窄,看不到前途,整个社会弥漫着一种消极的情绪。"

香樟王给大寒端过来一杯水,指了指这杯水,说:"生活如同一杯水,坏情绪则像掉进杯中的灰尘,你无法避免坏情绪的掉落,但如果不断去搅和,它就会填满我们的生活;如果选择让心静下来,那么坏情绪自然会慢慢沉淀。保持好心情,才能品尝生活的甘甜。"

大寒说:"谁不想保持好心情,但好心情要有物质做保障。做点儿好事并不难,难的是一辈子做好事。当肚子都填不饱时,他还会有心情去做好事吗?好在现在天宫已经明白了这个道理,要实行改革开放政策了,相信情况会慢慢好起来。"

香樟王说:"天宫既有佛祖、观音等老干部,又有二郎神、哪吒、白露等猛将,还有像你这样的忧国忧民的知识分子在,相信一切都会好起来的。"

大寒说:"现在的关键是要选择一条正确的道路,不然就会南辕北辙,越走越远。所以对我们来说,中国改革开放的宝贵经验就是及时雨,我们不能再错过了。"

香樟王说:"事实上,很多宝贵经验,古代劳动人民就总结出来了,他们用朴素的语言表达出了深刻的哲理。常言道'不听老人言,吃亏在眼前'。'老人言'的智慧,不仅体现在对人生的描述和认识上,还体现在对古老智慧的参透上。老人言,好比陈年佳酿,历久弥新。"

大寒说:"你能不能具体说说。"

香樟王说:"比如'千学不如一看,千看不如一练''久住坡,不嫌陡''马看牙板,人看言行''不经冬寒,不知春暖''不挑担子不知重,不走长路不知远''不在被中睡,不知被儿宽',这些话都说明了一个道理,纸上得来终觉浅,绝知此事要躬行。要想真正地了解某一件事或者某一个人,一定要去接触。"

大寒说:"这个从哲学上讲,就是实践出真知,也就是先有实践还是先有认识的问题。"

香樟王继续说:"又比如'不下水,一辈子不会游泳''不扬帆,一辈子不会撑船''不当家,不知柴米贵''不生子,不知父母恩''不摸锅底手不黑,不拿油瓶手不腻''水落现石头,日久见人心''打铁的要自己把钳,种地的要自己下田''打柴问樵夫,驶船问艄公',这些话说明不管做什么事,都要讲究方法,讲究时机,更需要亲自去做。这是成事的智慧,也是省事的智慧。"

大寒说:"对,这是方法论的问题。"

香樟王说:"还有'百闻不如一见,百见不如一干''吃一回亏,学一回乖''当家才知盐米贵,出门才晓路难行''光说不练假把式,光练不说真把式,连说带练全把式',等等。"

大寒说:"这些话都是在鼓励我们干起来。一切伟大的行动和思想,都有微不足道的开始。"

香樟王说:"对,'发展是硬道理',很多事情都要在发展的基础上才能解决。"

香樟王接着说:"我再说几句,'不怕学不成,就怕心不诚''不怕学问浅,就怕志气短''不担三分险,难练一身胆''不磨不炼,不成好汉',说明了'宝剑锋从磨砺出,梅花香自苦寒来'。你想过普通的生活,就会遇到普通的挫折;你想过最好的生活,就一定会遇上最强的伤害。所谓成功,并不是看你有多聪明,而是看你能否经得起磨炼。"

大寒点点头说:"你的意思我全明白了。这些老人言,句句在理。世间的道理,最平实的即是最伟大的,最伟大的必然是平实的。我回去后要把这些内容编到哲学教科书中。我们天宫大学以前的教材都是些陈词滥调,学生都不愿意听,来教室的大学生一大半在打瞌睡。"

听到这里,旁边的小寒有些不耐烦了,就插了一句:"你们两个一唱一和的,有完没完啊。我倒想起了一个问题,就是香樟王早上匆匆忙忙出去,是有什么急事吗?"

香樟王面有难色,张了张嘴,欲言又止。

大寒说:"香樟王有事尽管说,不必顾忌,我们都能理解的。"

香樟王说:"既然如此,我就直说了。中国人的传统节日春节马上就要到了,家家户户都在准备过一个幸福祥和的春节。春节前后,安全保卫工作又提升了一个等级。今天凌晨,我们几个在谈论时有些兴奋,声音大了点儿,惊扰到了邻居,有些居民就到当地公安派出所去报案,说近段时间在这片香樟林里经常听到异响,要派出所出警来查一查。事实上,派出所以前也接到过投诉,但派出所认为这是无稽之谈,没有理会,现在是安保的关键时刻,派出所重视了,所以今天早上来查户口了,其实就是来打探消息的。好在我在这里住的时间长,和他们混得也熟了。我出去后解释了一通,他们也买我的面子,登记了一下就回去了。"

小寒急忙问:"那你是怎么解释的?"

香樟王说:"我就告诉他们,来了几个朋友,大家很久没有见面了,高兴了就多说了几句,绝对不是坏人。派出所的人见我做了保证,也就没有多说什么。"

大寒说:"如此说来,是我们影响到你们的平静日子了。"

香樟王说:"没事没事,为人不做亏心事,半夜敲门心不惊,只要我们行得正,没什么好担心的。"

大寒说:"这样还是不好。既然当地人要过新年了,我们就别再打扰他们了,我们还是早点回去吧。"

香樟王说:"那怎么行,你大寒团长刚下来,就马上走,一则你任务没有完成,二则我心里也过意不去,三则小寒的病也还没有完全好。"

小寒说:"我的病已经基本好了,再过一两天就全好了,飞天也没问题了。"

大寒说:"就是不马上走,也要转移个地方,我们不能害了香樟王。"

香樟王说:"我看这样好了,大寒难得下来一趟,我陪大寒去几个地方走一走、看一看,小寒还是在这里安心养病,等到我们从外地回来,小寒也好利索了,我就不留你们了。"

大寒还想说什么,小寒却抢先说道:"这样可以。"

大寒也就没再说什么,事情就这样定了下来。

欲知后事如何,且听下回分解。

第107回　游甬温大寒思故乡　回天宫立秋筹会议

香樟王准备带大寒先去宁波,再去温州,让大寒领略一下浙江翻天覆地的大变化。

正是一年中最冷的季节,北风呼呼地刮着,寒风凛冽,到处都是白茫茫的,树上挂满了亮晶晶的冰凌。人们都穿着厚厚的大衣,围着厚厚的围巾,整个人都包裹得严严实实的,生怕有一丁点儿风吹进身体。

街上还是一如既往的车水马龙,商场里都是采办年货的市民。香樟王说:"在春节来临前,置办年货是中国寻常百姓不可或缺的头等大事,包括吃的、穿的、戴的、用的、送的,干的、鲜的、生的、熟的,统称'年货',采购年货的过程称之为'办年货'。"

大寒说:"还是人间好啊,这里年味重啊,我们天上没有这么热闹。"

路过温州火车站时,大寒看到那边里三层外三层的都是人,问香樟王:"这是怎么了?"

香樟王说:"要过年了,中国人有个传统习惯,过年一定要回家团圆。浙江经济发达,吸引了全国各地的人来此工作。人们一年忙到头,这个时候要回家去了,这就是一年一度的春运。春运时,各种交通运输特别繁忙,火车票甚至一票难求。"

大寒说:"既然如此,我们就早点回去吧,不给春运添乱了。"

香樟王笑着说:"是不是我刚才提到回家团聚,触动了你,你也想家了?"

大寒说:"这两天我见识了这里金碧辉煌的高楼大厦、琳琅满目的百货商店,品尝了美味可口的山珍海味,看来我们天上已经远远地落后于这里了。正因为如此,我越发感到自己肩上的担子重。俗话说,金窝银窝不如自家的草窝。

只有自家好，才是真的好。我要早点儿回去，大声疾呼，让那些顽固不化的人都下来看看，不能再夜郎自大、闭关自守了。"

香樟王见大寒归心似箭，也就不再坚持。回到杭州后，小寒已经完全恢复。大、小寒于是清点人马，打点行装，对香樟王等一干同人千恩万谢一番后呼啸一声，就消失在天空中了。

回到南天门，天宫发改办早已经安排好迎接仪式，一条横幅上书：欢迎取经团满载而归。人们敲锣打鼓，热闹非凡，一路迎至发改办办公楼。立秋和几位副主任在楼下等着，一致表示"你们辛苦了，你们的工作做得非常好"。

发改办领导见小寒身体已康复，也就放下心来，但还是叮嘱他回来后多休息、调养一段时间。大寒、小寒对领导的关心表示了感谢。随后，取经团交还通关印章、文件、一应器具，然后就各自回家去了。

立秋马上会同几位副主任拟了一份汇报材料，把取经团的组成、过程、历任负责人的简介、主要经过等都写了出来。立秋先把这份汇报材料送给太白金星，让太白金星找机会转交玉帝审阅。

过了两天，太白金星传话过来，说玉帝看了材料后不满意，玉帝关心的是现在的中国到底怎么样，要有图有真相，总之要有说服力。

立秋对太白金星说："现在取经团刚回来，我们收集到的材料也只是一部分，详细的报告等我们整理出来再上报吧。"

立秋把太白金星转达的玉帝指示和大家说了，并和几位副主任商量下一步的工作。

处暑说："这次下凡取经历时三个月，这期间更换了六任团长。这六任团长个个都是能独当一面的大将，且每个人都有特长。他们经历了各种艰难险阻，排除万难取得真经，不容易啊，是应该好好总结出来。"

白露说："我们应该组织一次汇报会或者叫座谈会，把取经团成员集中起来，让他们在会上把经验说出来。"

秋分说："我赞成集中开一次会，不过在此之前要先通知他们，每位团长都要有所准备。"

寒露说："为了扩大影响，我建议开会时，邀请牛郎、嫦娥等在社会上有影响力的人出席，菩提祖师、金顶大仙等要不要请，由主任定。"

霜降说："为了提高会议的规格和档次，还要请太白金星、太上老君等高层莅临指导,能请到三清、佛祖那样的祖师爷那就更好了。"

立秋见几位副主任都说了,就站起来总结道:"我同意近期开一次会,会议名称就叫'经验交流会'好了,这样气氛会轻松些;高层我们尽量去请,他们来不来,我们说了也不算;牛郎、嫦娥等社会有识之士可以请来,但菩提祖师、金顶大仙就不要请了,我们是吃过他们的苦头的。另外,马上发文传达下去,请各位团长准备好交流材料,要有重点,立冬谈经济方面的,小雪谈乡土文化方面的,大雪谈文学艺术创新方面的,冬至谈民间工艺美术方面的,小寒谈环境保护方面的,大寒谈宏观哲学思想领域的。"

几位副主任都表示主任总结得很好,很到位。立秋说:"那就按照这个去布置吧。"

欲知后事如何,且听下回分解。

第108回　交流会六神谈经验　研究院冬候任新职

过了几天,"天宫改革开放经验交流会"如期召开,天宫高层太白金星、太上老君在主席台就座;发改办主任立秋,副主任处暑、白露、秋分、寒露、霜降在主席台就座;天宫下凡取经代表团的六任团长立冬、小雪、大雪、冬至、小寒、大寒在前排就座。

在前排就座的还有牛郎、织女、嫦娥、吴刚等知名人士。天宫下凡取经团的其他成员在后排就座,下派至仙居锻炼的八仙因当地放假,回天宫探亲,也应邀出席了会议。

参加会议的还有天宫办公厅、组织部、宣传部的分管领导以及天宫新闻媒体代表。

会议由立秋主持。上午九时整,会议正式开始。立秋对参加会议的有头有脸的人员一一做了介绍,接着请太白金星做指示。

太白金星说:"玉帝对这次会议很重视,正是在他的授意下,发改办才组织了这次会议。玉帝本来想亲自来,但他事务繁忙,来不了,托我带来了口信。玉帝做了三点指示:一是对会议的召开表示祝贺;二是对下凡取经回来的将士们表示慰问;三是希望大家能好好交流总结,为天宫的改革开放献计献策。我希望大家,特别是取经回来的将士们,知无不言,言无不尽,把从人间学到的经验都说出来、用起来。"

立秋说:"接下来就请下凡取经团的几位团长介绍取经的经历或成果,我看就按下去的时间先后次序来,请立冬团长先说说。"

立冬站起来说:"作为首任下凡取经团的团长,我没有带好头,下去后没有及时向组织汇报情况,我应该承担责任。"

立秋说:"今天不谈责任,今天主要是交流取经的收获。"

立冬说:"我这次下去人间,对我触动最大的是他们经济体制改革取得了很大的成功,经济体制改革的重要组成是企业的股份制改革。我回来后,把学到的经验写成了一份报告,题目是《论天宫股份制改革的重要性与迫切性》,里面讲到了股份制的概念、内涵,企业实行股份制的组成部分、工作方法、具体操作指南、保障措施等内容,企业在实行股份制的基础上,适时推出股票交易市场,股份可以公开交易、公开流通,这样可以调动企业的经营积极性,搞活天宫经济。"

立冬说到这里,会场下面发出了一阵骚动声,与会者开始交头接耳,议论纷纷。立秋示意大家静下来,说:"立冬提出的问题很重要,但这个问题太大了,不是一下子可以说清楚的,好在立冬已经写成书面材料,建议尽快印出来,发给大家讨论。下面请小雪团长接着介绍。"

小雪从包里取出一本书,举在手上向大家扬了扬,说:"我这本书的题目是《美丽乡村建设势在必行》。这是我从浙江学习参观后写的心得体会,因为天空幅员辽阔,城市只是其中的一部分,乡村占了大部分,只有把乡村建设好了,天宫的整体水平才能提高。在这方面,浙江给我们树立了很好的样板,他们的成功经验值得我们学习。"

处暑说:"你这个想法是好的,可是这需要花大量的钱,没有钱投进去能美丽得起来吗?"

小雪说:"这个不矛盾,可以相互兼顾。"

处暑刚要说什么,却被立秋打断了。立秋说:"今天没时间辩论,下面听听大雪做汇报。"

大雪打开手提电脑,将制作好的影视片花通过PPT放了出来。他一边放,一边介绍："取经回来后，我已经拍摄了三部片子的样稿，分别是《梁祝》《白蛇传》《沈园惊梦》，讲述的是发生在古代浙江的爱情故事。"

白露说："大雪你拍这些片子和取经有什么关系？"

大雪说："当然有关系了，通过这次下凡取经，我更加清醒地认识到了文学艺术的重要性。人，如果没有文学艺术的熏陶，那么他的精神就是空虚的，他就好像是行尸走肉。只有用高尚的文学艺术武装自己，我们才能喷发出无穷的力量。"

立秋说："好吧，等你把片子全部拍完后，建议大家去影院观看，看看自己会不会产生无穷的力量。下面轮到冬至介绍了。"

冬至说："我没有别的能耐，我就是对传统手工艺品感兴趣，所以我这次下去专门访问了浙江的一些传统手工艺品制作厂家，我深受启发。我将这些经验整理成了一篇论文，题目是《发展传统手工艺品是解决当前天宫经济困局的最佳选择》，《天宫日报》已经确定过两天公开发表该文。大家如果有兴趣，可以找当天的报纸看一看，欢迎同好之士批评指正。"

立秋说："既然《天宫日报》都要刊登出来了，我们今天在这里也不多讨论了。下面轮到小寒了，小寒这次下凡取经，不畏严寒，冒雪奔波，白天黑夜工作，累出了病，得到了天宫的表彰，是大家学习的榜样。"

小寒站起来说："立秋主任这样表扬我，我很难为情，我其实没有做什么，只是一直在关注环境保护问题，不要说我们天宫不存在这个问题，我们存在的问题多着呢。我们没有检测监控机制，我们太随意了，想刮风就刮风，想下雨就下雨，烟花可以乱放，雾气可以乱升。这样下去，天宫的环境非搞得一团糟不可。等到环境搞坏了再来治理，那就来不及了。到那时，就算经济发展了又怎样，我们赖以生存的空间变得脏乱不堪，请问我们到哪里去呢？"

秋分说："小寒，你不要只说问题，谈谈该怎么解决吧，人类有好办法吗？"

小寒说："人类采取划各种保护红线，建立自然保护区、森林公园、湿地公园的办法。我觉得天宫可以借鉴。"

秋分说："那这些地方都保护起来，人们也不能去了，建设项目也不能搞了，多可惜呀。"

小寒说："不是说保护起来了，人们就不能去了，也不是说建设项目都不能搞了，而是要未雨绸缪、总体规划、统筹安排。我们天空这么大，难道能建设的地方还不够多吗？非要搞那些名山大川，去破坏那些独一无二的美丽景观不可吗？"

这时，坐在后面的一个人说了一句："小寒你不知道吗？项目，特别是房地产项目，不建到那些名山大川去不赚钱啊。"这话引得全场发出一阵笑声。

立秋高声说："大家严肃点儿，这么重要的问题，怎么能开玩笑呢？由于时间关系，小寒不能展开讲了，接下去请大寒讲吧。"

大寒清了清喉咙，说："大家知道，我是搞哲学的。我以前在天宫发起过'人应该拥有怎样的世界观？'的讨论，在座的可能很多人都参与过讨论，后来我还将其整理成书出版。这次下去一看，我的想象被完全颠覆，我发觉我们以前研究的东西都是纸上谈兵、不靠谱的。真正有用的东西就两个字'实践'，我们要多做少说，很多问题要通过实践去检验，通过发展去解决。发展是硬道理，改革会触动一部分人的利益，但不改革我们还有其他路可走吗？所以我建议天宫要多安排人到下面去走走看看，见见世面，开开眼界，不要只在天宫里搞窝里斗。"

大寒说到这里，会场里爆发出一阵热烈的掌声。立秋挥挥手让大家静下来。立秋说："六位团长的发言就先到这里，大家都说得很好，都取到了天宫受用不尽的真经。接下去，你们还要进一步整理完善，形成书面材料，已经写好的材料，会后先交到秘书处。此次会议后，我们打算开一些专题会议，对一些专业性问题分门别类地进行专题交流讨论。"

立秋朝后排看了看，继续说："取经团其他成员有要补充的吗？"

见其他成员都摇了摇头，立秋接着说道："牛郎、织女、嫦娥、吴刚，你们几位有什么要说的？"

牛郎说："我举双手赞成改革开放。一则通过改革开放，天宫有钱了，才有可能建造天河大桥，只有天河大桥建成了，我和织女的两地分居问题才能解决。二则改革开放后，天上人间的交流就多了，我这个天上人间文化交流协会主席才会有事做。"

牛郎话音未落，织女说："牛郎你的思想境界太低了，尽想些个人和小家庭的私事。"

牛郎说："难道你想到了什么大事？"

织女说："那当然，听了刚才几位团长的介绍，我很受启发，我织女是个织布能手，具有制作传统手工艺品的特长，但单枪匹马地干肯定不行。我想首先从我这里进行股份制改革试点,成立股份有限公司,我也弄个董事长当当。"

牛郎说:"你也知道什么叫董事长?我看你是想出名想疯了。"

冬至说:"织女的想法很好,我全力支持,技术上我可以做指导。"

立冬也说:"我正愁没有合适的试点单位,织女有这样的觉悟,太好了,我也全力支持,我会帮你把方案做起来。"

立秋说:"嫦娥、吴刚你们两位也说说。"

嫦娥说:"既然织女能当董事长,那我也要当总经理,我回去后马上成立月球旅游开发有限公司。神也好,人也好,到月球来,都要买票。当然,我们也会投些钱进去,搞点基础设施建设。再不济,拍个照、卖卖桂花酒总可以的。"

众神都说:"不错不错,两位女神有创意,我们男人都自叹不如了。"

立秋指了指八仙,说:"今天机会难得,八仙回天宫探亲,也被邀请参加今天的会议,那你们也要说几句。"

八仙商量了一下,就推荐吕洞宾代表发言。吕洞宾说:"我们八仙因秋季时去白露元帅军中慰问,违反了天规,受处罚被下放到浙江仙居锻炼一年。哪知因祸得福,神仙居真的是个好地方,我们在那里都不愿意回来了。只是今天才知道,冬季六位团长都去了浙江取经,却没有一个人来看看我们,你们也太不够朋友了。"

吕洞宾这样一说,冬季六位团长才醒悟过来,纷纷表示自己做得不对。

立秋说:"冬季六位团长为了改革开放大业,夜以继日地工作,哪里还有心思去走亲访友啊?"

接着,天宫办公厅、组织部、宣传部的分管领导分别代表各自部门表态,表示要配合冬季六位团长把取得的真经整理好、保存好、应用好。

最后,立秋请太上老君做指示。

太上老君说:"我老了,还能做什么指示?我只能谈点儿感想。看到这么多年轻人有理想,有担当,有行动,有成果,我非常欣慰、非常高兴、非常放心。我想赠予年轻人几句话:随春破土,随夏挺拔,随秋怒放,随冬入藏;寒来暑往,阴晴圆缺,峰回路转,起起落落;风雨不过一时,起落终归正常,你要雄起,谁能阻挡。"

太上老君说到这里,全场响起一阵掌声。

立秋说:"今天的会开得很好、很成功,大会秘书处会尽快整理出会议纪要,我们发改办要向玉帝进行专题汇报。今天的会议就到这里,散会。"

一周后,天宫发布了天字第 88 号文件,宣布新成立天宫发展改革研究院,为正局级事业单位,院长由立冬担任,副院长由小雪、大雪、冬至、小寒、大寒担任。研究院的职责是对天宫发展改革进行系统性理论研究;对从浙江取得的真经进行深入破解;通过试点,对经济体制改革进行顶层设计,以点带面,层层推进。

冬季六团长走马上任,摩拳擦掌,准备大干一场。

欲知后事如何,且听《天候·春》分解。

天候・春

第109回　四季轮换春候出场　阴阳交替立春寻计

地球围绕太阳一刻不停地运转着,并且其公转的轨道是椭圆的,与其自转的平面呈一个夹角。当地球在一年中的不同时候,处在公转轨道的不同位置时,地球上各个地方受到的太阳光照是不一样的,从太阳接收到的热量也不同,因此就有了季节的变化和冷热的差异,也就有了一年四季春夏秋冬。

天候的故事是从秋天开始的,写的是秋季六个节气——立秋、处暑、白露、秋分、寒露、霜降六个人物为代表的正义一方,与以酷暑、秋老虎为代表的非正义一方进行激烈较量的故事。秋季六帅后来都得到了重用,被安排在天宫发展改革办任主任。

进入冬季后,天宫先后派出立冬、小雪、大雪、冬至、小寒、大寒六个人,分别从经济体制、历史变迁、文艺创作、民间工艺、环境保护、哲学思想等方面赴人间取经。冬季六位团长取经成功后,天宫又成立了一个发展改革研究院,由冬季六位团长负责该院的研究工作。

发展改革办属于行政机关,制定政策,谋划实施;发展改革研究院属于事业单位,主要是以理论研究为主,当然,必要时也可以承担一部分发展改革办的行政事务。天宫先有了发展改革办,过了几个月,又有了发展改革研究院。人们都知道,天上的经济体制改革要如火如荼地开展起来了。

从秋季到冬季,从冬季又来到了第二年的春季,春季是以立春为首的。立春眼见秋、冬两季的主将都功德圆满,心中很是焦急,心想:"我们也不是等闲之辈,也必须做一番事业出来,不能在一年四季中落下风啊。"

立春于是把春季的其他几位主将召集起来,说是要商量对策。不一会儿,雨水、惊蛰、春分、清明、谷雨都来了。立春见人到齐了,就说:"春季是一年的开篇,也是轮回的节点。现在秋、冬两季都取得了很大的成功,接下来要看我们春季的了。大家说说,我们该如何应对。"

雨水说:"春哥不必着急,我们春季是一年中最为绚烂夺目的时节,此时阴阳交替,盈虚有数,变化万千,引人注目。春日褪去了冬日的繁重与清冷,和着蝶舞蜂鸣,轻踏着脚步走向山野、走向河边、走向田埂,去看漫山遍野的杜鹃花,去看灿烂金黄的油菜花,去寻找山樱,沉醉在桃花林中,去品尝香醇的明前茶。最后伴着风月,戴着柳条花环,满心欢愉地回到家中,只留一路的花香。"

立春说:"雨水倒是说得很有诗意,但你这个是春游的节奏,我们总不能以一季的玩乐去和秋、冬两季的业绩 PK 吧?"

清明说:"所谓清明,就是要清生命之惑,明生命之理。祖先把清明节定在了生机勃勃、繁花似锦的春日里,不就是想告诉我们,要学会珍惜生命,热爱生活,面对生命的无常,生起敬畏;面对生命的轮回,生起感恩。我们要在风清景明的日子里,采一朵花,种一棵树,放一只风筝,仰望一朵流云。在这样的日子里,我们的灵魂能和所有的亲人在天上相逢。这就是祖先的寄托,也是清明的寓意。"

立春说:"清明说得也不错,有思想深度,但思想归思想,现实归现实,我们还是要有可操作的实际的行动方向。"

谷雨说:"春天,是一个绿色的世界,一个充满芬芳的世界。鸟语花香,树木新绿,这便是春天的特点。你仔细地扒开一片枯草,便能看见像针尖一样细的小绿芽嫩嫩的、小小的,可爱极了! 那就是小草。你随意扒开一片草地,就会发现那可爱的小家伙正在伸懒腰呢! 看着小草时,忽然吹来一阵温暖柔和的风,温暖宜人,是她,把冬天的痕迹吹跑了,给大地换上了新装。微风吹拂着千万条嫩柳丝。"

立春说:"谷雨别绕了,你就说得直接一些吧。"

谷雨说:"我的意思就是春季是播种的季节啊。"

立春一拍大腿,说:"是啊,春季是播种的季节,有播种才有收获啊。现在秋、冬两季已经为天宫的经济体制改革做了很多准备工作,接下来该轮到我们春季播种了。"

春分说:"整个春季有三个月呢,我们几个可以慢慢商量。现在春节马上就要到了,我们是不是先讨论一下春节怎么安排? 这个是当务之急。"

惊蛰说:"春节是指汉字文化圈里传统的农历新年,俗称'年节',传统名称为新年、大年、新岁。口头说法有很多,如度岁、庆新岁、过年,这是中华民族最隆重的传统佳节。对于春节,因为它起源于中国,所以中国人最有发言权。牛郎来自那里,应该对此很了解。我们是不是可以请牛郎来帮我们?"

立春说:"对啊,牛郎现在是天上人间文化交流协会的主席,上次大寒下凡取经,牛郎还帮了很大的忙。你们想想,像大寒这样的天宫大学教授都要跑去请教牛郎,我们还有什么理由不这样做呢? 我的意见是,我们直接聘请牛郎为春季的顾问,大家意下如何?"

其他五位纷纷表示同意,这事就这样定了下来。

欲知后事如何,且听下回分解。

第110回　春季组牛郎任顾问　迎春节新官谈习俗

住在天河边上的牛郎接到立春的电话通知:请他过来,有事相商。牛郎就兴冲冲地赶了过来,刚到春季组办公室门口,里面就传来了一阵鼓掌声。牛郎有些不知所措地走进办公室,只见立春带领雨水、惊蛰、春分、清明、谷雨都站在那里,对牛郎的到来表示热烈欢迎。

牛郎说:"你们这是干什么? 我有些受宠若惊啊。"

立春迎上前,握着牛郎的手说:"牛先生,我们春季组经商量,一致决定聘请你为我们春季组的顾问,我们有事随时要向你请教。"

牛郎丈二和尚摸不着头脑,挠挠头皮说:"你们这是唱的哪一出啊?"

立春先请牛郎坐下来,然后对他说:"听我慢慢说给你听,我们一年四季中,秋季组六元帅先出场,凭武力战功已经成名;紧接着,冬季组六团长出场,去人间取经有功,也已扬名立万。现在该轮到我们春季组有所表现了。"

牛郎说:"那是你们春季组的事,和我牛郎有什么关系呢?"

雨水接着说:"当然有关系。你是天上人间文化交流协会的主席,既有地上生活的实际经历,又有天上工作的丰富经验。连大寒教授都对你刮目相看,所以我们要先下手为强,抢先聘请你任顾问,为我们下一步的行动出谋划策做指导,你可不要推辞啊。"

牛郎见其他几位也是这个意思,想了想说:"难得你们这样看得起我,既然如此,那我就恭敬不如从命,只是我还不知道这个顾问应该怎么当。"

春分说:"你不必多虑。我们要了解人间的事时,会向你咨询,你就把你知道的跟我们说一说即可。"

立春说:"至于这个顾问费,你有什么想法可以提出来,我们尽量满足你。"

牛郎说:"现在我还什么事也没有做,谈什么顾问费呀。等你们建功立业了,多请我吃饭喝酒就是了。"

清明说:"亲兄弟明算账,还是先说清楚签个合同为好。"

牛郎朝清明看了看,不悦地说:"你把我当什么人了? 你不知道我的牛脾气吗?"

立春连忙说:"牛脾气谁不知道,直爽、豪气。你既然这样说,签合同的事不急,就以后再说吧。我们还是谈工作要紧。"

牛郎说:"是啊,什么钱不钱的,俗气,把事情做好是最重要的。你们有什么问题,现在就可以问。"

春分说:"我们前面刚刚在讨论春节的事,你就给我们介绍一下民间春节的知识,以便我们采取下一步的行动。"

牛郎说:"春节我最熟悉了,我从小是在民间长大的,小时候虽然很穷,但还是盼着过春节。那里可真热闹啊,哪里像我们天上这样冷冰冰的。"

谷雨说:"那牛顾问就详细说说吧。"

牛郎喝了一口茶之后说道:"你叫我牛顾问,我还真不习惯,你们就叫我老牛好了。"

惊蛰说:"叫老牛不好,不知道的还以为是老牛拖破车呢。"

清明说:"你怎么不说老牛吃嫩草呢?"

几句话说得大家都笑了。立春说:"大家严肃点儿,还是听牛郎顾问说春节吧。"

牛郎说:"春节起源于殷商时期年头岁尾的祭神祭祖活动,是中国最盛大、最热闹、最重要、最古老的一个传统节日。在中国民间,传统意义上的春节是指从腊月初八的腊祭或腊月二十三或二十四的祭灶,一直到正月十五这段时间,其中以除夕和正月初一为高潮。在春节期间,中国的汉族和一些少数民族都要举行各种活动以示庆祝。这些活动均以祭祀祖神、祭奠祖先、除旧布新、迎禧接福、祈求丰年为主要内容。春节的活动丰富多彩,带有浓郁的民族特色。受中华文化的影响,属于汉文化圈的一些其他国家和民族也有庆祝春节的习俗。"

雨水问:"春节这个节日有什么特点?"

牛郎说:"春节是中国的岁时节日,亦被称为'传统节日'。其历史悠久、流传面广,具有极大的普及性、群众性甚至全民性的特点。年节是除旧布新的日子。春节虽定在农历正月初一,但年节的活动却并不止正月初一这一天。从腊月二十三(或二十四日)小年节起,人们便开始'忙年'了,如打扫房屋、洗头沐浴、准备年节器具。所有这些活动，有一个共同的主题，即辞旧迎新。人们以盛大的仪式和热情，迎接新年，迎接春天。

"年节也是祭祝祈年的日子。古人谓谷子一熟为一'年'，五谷丰收为'大有年'。西周初年，即已出现了一年一度的庆祝丰收的活动。后来，祭天祈年成了年俗的主要内容之一。而且，灶神、门神、财神、喜神、井神等诸路神明，在年节期间，都备享人间香火。人们借此酬谢诸神过去的关照，并祈愿在新的一年中能得到更多的福佑。

"年节还是合家团圆、敦亲祀祖的日子。除夕，全家欢聚一堂，吃罢'团年饭'，长辈给孩子们分发'压岁钱'，一家人团坐'守岁'。元日子时交年时刻，鞭炮齐响，辞旧岁、迎新年的活动达到高潮。各家焚香致礼，敬天地、祭列祖，然后依次给尊长拜年，继而同族亲友互致祝贺。

"元日后，人们开始走亲访友，互送礼品，以庆新年。年节更是民众娱乐狂欢的节日。元日以后，各种丰富多彩的娱乐活动竞相开展：耍狮子、舞龙灯、扭秧歌、踩高跷、杂耍、唱戏等，为新春佳节增添了浓郁的喜庆气氛。此时，时令上正值'立春'前后，古时要举行盛大的迎春仪式，鞭牛迎春，祈愿风调雨顺、五谷丰登。各种社火活动到正月十五，再次形成高潮。

"因此，集祈年、庆贺、娱乐为一体的盛典——年节，就成了中华民族最隆重的佳节。就是到了现在，除祀神祭祖等活动比以往有所淡化外，年节的主要习俗都完好地得以继承与发展下来。"

谷雨问："听说大年三十有熬夜守岁的习俗，这是怎么回事？"

牛郎说："守岁，就是在旧年的最后一天夜里不睡觉，熬夜守岁迎接新一年到来的习俗，也叫除夕守岁，俗名'熬年'。

"传说太古时期，有一种凶猛的怪兽，散居在深山密林中，人们管它叫'年'。它形貌狰狞，生性凶残，专食飞禽走兽、鳞介虫豸，一天换一种口味，从磕头虫一直吃到大活人，让人谈'年'色变。后来，人们慢慢掌握了'年'的活动规律，它每隔三百六十五天蹿到人群聚居的地方尝一次鲜，而且出没的时间都是在天黑以后。等到鸡鸣破晓，它们便返回山林中。

"算准了'年'肆虐的日期，百姓便把这可怕的一夜视为关口来熬，称作'年关'，并且想出了一整套过年关的办法：每到这一天晚上，每家每户都提前做好晚饭，熄火净灶，再把鸡圈牛栏全部拴牢，把宅院的前后门都封住，躲在屋里吃'年夜饭'。由于这顿晚餐具有凶吉未卜的意味，所以置办得很丰盛，除了要全家老小围在一起用餐表示和睦团圆,还须在吃饭前先供祭祖先,祈求祖先神灵保佑,保佑他们平安地度过这一夜。吃过晚饭后,谁都不敢睡觉,挤坐在一起闲聊壮胆。于是,逐渐形成了除夕熬年守岁的习惯。

"守岁习俗兴起于南北朝,梁朝的不少文人都有守岁的诗文。'一夜连双岁,五更分二年。'人们点起蜡烛或油灯,通宵守夜,象征着把一切邪气瘟疫照跑驱走,期待着新的一年吉祥如意。这种风俗被人们流传至今。"

春分问:"那除了熬夜守岁,还有什么主要习俗?"

牛郎说:"春节的习俗可多了,如扫尘、贴春联、贴年画、放爆竹、看春晚、祭祖、接财神、拜年、发压岁钱,从年前一直要闹到正月十五元宵节为止。有民谣是这么说的:二十三,祭灶官;二十四,扫房子;二十五,磨豆腐;二十六,去割肉;二十七,杀只鸡;二十八,蒸枣花;二十九,去打酒;年三十儿,捏造鼻儿(饺子);大初一,撅着屁股乱作揖。"

听到这里,春季六神都露出羡慕的表情。

欲知后事如何,且听下回分解。

第111回　接通知春季选团长　写诗词牛郎秀才气

牛郎说的有关中国人过春节的习俗,听得春季六神心里痒痒的。立春刚要说什么,突然接到了天宫宣传部王部长的电话,立春知道王部长来电,一定是谈公事,就把手机放在桌上,并设置成免提模式,方便大家听到。

王部长在电话中说:按照玉帝的旨意,中国人马上要过春节了,这是一件值得庆贺的大事,天宫应该有所表示。宣传部经研究,决定派遣慰问团下凡,一来表示祝贺,二来也是一个学习考察的机会。春节到了,表示春天马上就要来了,由你们春季组挑选人选任团长是最合适的。具体派谁去,由你们春季组自己定,但是要马上定下来,将人选报到宣传部,宣传部还有些准备工作要做。

立春在电话里连声称好,并对王部长深表感谢。挂断电话后,立春说:"说曹操,曹操就到。我们刚才在谈论春节,都想亲自去感受一下节日的欢乐,这不,机会就来了。王部长电话里说的大家也都听到了,现在我们就商量一下派谁下去吧。"

立春的话音刚落,雨水、惊蛰、春分、清明、谷雨都抢着要去。立春说:"你们都想去,我也想去,但团长名额只有一个,怎么办呢？牛顾问在这里,我们请牛顾问来定吧。"

大家都表示同意,纷纷看着牛郎,弄得牛郎左右为难。

牛郎想了一下,说:"你们各位就用一句话,说出自己该去的理由,按照'春雨惊春清谷天'的次序来。"

立春说:"我是春之首,是大哥,应该让我去。"

雨水说:"我是雨水,阳光雨露禾苗壮,我可以带去雨水,应该让我去。"

惊蛰说:"雨水是需要,但雨水太多也不好。"

牛郎对惊蛰说:"你不要管别人好不好,你只管说自己的。"

惊蛰说:"惊雷一声震天响,我带着响雷而去,以示庆贺,应景。"

牛郎说:"应景是应景,但要当心,别玩过头,把人家吓坏了。"

春分说:"我不光是春之分界点,也是一年中日夜均分的季节,我去最合适。"

清明说:"我能清生命之惑,明生命之理。我去,风清景明,最合适。"

谷雨说:"民以食为天,谷是食之主。我去,不光是去庆贺,去凑热闹,我还要催促他们勿忘农时,抓紧春耕播种。"

听到这里,牛郎说:"你们六人各有特点,各有所长,我也决定不了。"

牛郎想了一下后说:"你们可知道,中国是文化礼仪之邦,春节假期间,文娱众多,肚子里没有点儿墨水,下去是要出洋相的。"

雨水说:"我肚子里只有雨水,可没有墨水,这墨水怎么会到肚子里去？"

惊蛰说:"我肚子里都是响雷,比墨水厉害多了。"

牛郎笑道:"你俩都说到哪里去了,这肚子里的墨水多少是比喻其文化知识水平高低的,和雨水、响雷有什么关系。"一句话说得大家哄堂大笑。

笑过后,春分问牛郎:"那怎样才能知道我们肚子里有多少墨水呢？"

牛郎说:"这样吧,我想到用一种办法来检验一下,那就是大家都来作一首诗,通过写诗可以测出你们几个肚子里有多少墨水。"

大家纷纷说道:"写诗谁不会啊,这有什么难的。"

牛郎说:"我知道一般的诗不难写,但我会对诗体提一些特别的要求,并且是命题作诗,这就有难度了。"

清明说:"牛顾问,你举例说明一下吧。"

牛郎说,好,就以"牛"字为例,作诗如下:

《牛》

牛

吹牛

牛脾气

对牛弹琴

老牛拖破车

牛头不对马嘴

牛不喝水强按头

都是风马牛不相及

初生牛犊不怕虎

杀鸡焉用牛刀

骑牛读汉书

牛气冲天

牵牛星

牛顿

牛

写完后,牛郎问:"你们看,这首诗有什么特点?"

立春看了看,说:"我发现了三个特点,第一个特点是每句中都有一个牛字;第二个特点是每句字数分别为1、2、3、4、5、6、7、8、7、6、5、4、3、2、1,是按照规律排列的;第三个特点是诗体形状是一个三角形。"

牛郎说:"没错,你们再来看,这种结构的诗体的字数,这首诗按横行算是 $1+2+3+4+5+6+7+8+7+6+5+4+3+2+1=64=8^2$。

"按竖列算是 $15+13+11+9+7+5+3+1=64=8^2$。同样,如果这首诗是一句、三句、五句、七句,其总字数分别是:

$$1=1^2$$
$$1+2+1=4=2^2$$
$$1+2+3+2+1=9=3^2$$
$$1+2+3+4+3+2+1=16=4^2$$

…………

"这种诗的字数分别是1、4、9、16……就是1的平方,2的平方,3的平方,4

天候·春

的平方……是很有规律的,这就是数列的神奇之处。"

立春他们反复核算了几遍,确实是这样,都啧啧称奇。大家七嘴八舌地说:"想不到诗词还和数学有这么多奇妙的联系。"

雨水就问牛郎:"你能从诗词里总结出数学规律来,你也太厉害了。"

牛郎说:"我这点三脚猫功夫算什么,也就是现在小学生水平。前段时间,我在人间读小学三年级的远房亲戚的小孙子,发给我一些数学题。有些题目我做了半天也做不出,我都不敢说出来,太没有面子了。"

大家都惊诧不已。牛郎接下去说,你们再来看,前面这个是三角形结构,如果重新排列一下,就变成了菱形结构。你们看看,三角形结构和菱形结构,哪个更有意思?

《牛》

牛

吹牛

牛脾气

对牛弹琴

老牛拖破车

牛头不对马嘴

牛不喝水强按头

都是风马牛不相及

初生牛犊不怕虎

杀鸡焉用牛刀

骑牛读汉书

牛气冲天

牵牛星

牛顿

牛

大家纷纷附和道:"这个……好像还是菱形结构更有美感。"

牛郎说:"那好,接下来你们六人就以菱形结构为样板,分别写一首诗吧。谁写得最好,就派谁下凡去。"

众神面面相觑,不知如何下笔。

欲知后事如何,且听下回分解。

第112回　春六神作菱形体诗　牛顾问评风雨云光

牛郎要春季六神按菱形体作诗,春季六神你看看我,我看看你,谁也不敢先动笔。

立春对牛郎说:"你前面不是说要命题作诗吗,还是你来出题目吧。"

牛郎说:"哎呀,我都忘了这一点,要出题目就要每个人都不一样,那就一个一个来,还是按照春雨惊春清谷天的次序来吧。立春,你先来,准备好了吗?"

立春说:"准备好了,请出题吧。"

牛郎说:"那你就以'春'字为题,作菱形结构诗一首。"

立春沉思片刻,运了运气,提笔写道:

《春》

春

春梦

春月柳

春意盎然

春江花月夜

春水吹皱一池

春宵一刻值千金

春风桃李绿肥红瘦

春色满园关不住

春风夏雨秋月

春眠不觉晓

春暖花开

春鸟啭

春耕

春

立春的诗一写完,引得其他五人一阵喝彩。牛郎也连声称好,点评道:"立春的这首《春》,不仅每句有个'春'字,并且这个'春'字还都在首字位置,比我

天候·春

写的《牛》好多了。"

立春连连致谢,并说:"牛顾问过奖了,我的《春》怎么能和你的《牛》比。"

牛郎看了看雨水,对他说:"下面轮到你了。"

雨水点点头说:"来吧,牛顾问请出题。"

牛郎说:"那你就以'雨'字为题,作菱形结构诗一首。"

雨水说,好一个"雨"字,看看我的"雨"字诗如何。

《雨》

雨

淅沥

哗啦啦

噼里啪啦

雨滴的声音

一声声连起来

仿佛扬琴独奏曲

听着这美妙的乐律

心灵就此安静了

欣赏绵绵春雨

是一种享受

终于悟透

最深处

心灵

美

牛郎点评道:"雨水的'雨'字诗看似平淡,却深含意境,不错不错。下面请惊蛰以'风'字为题,作菱形结构诗一首。"

惊蛰也不多说,摆开架势,作"风"字诗一首。

《风》

风

清风

西北风

风云际会

无风不起浪

听见风就是雨

五洲震荡风雷激

万事俱备只欠东风

山雨欲来风满楼

天有不测风云

任凭风浪起

和风细雨

暖风吹

微风

风

在一阵掌声中，牛郎说："很好很好，接下来是春分上场，来一首以'云'字为题的菱形体诗吧。"

春分说声"看我的"，便挽起袖子，拍了拍手，提笔写道：

《云》

云

飘荡

披轻纱

千姿百态

如一个女郎

随风缓缓移动

去往青葱的远山

云山相连接的地方

有着五彩的画布

那里就是故乡

堆积的棉絮

内心深处

保留着

纯洁

爱

众神"哇"的一声，齐声喝彩。牛郎满意地点了点头，说："非常好，下面请清明上台，以'明'字为题作诗吧。"

清明说，"明"字是我自己的字，太熟悉不过了，请看我写的。

《明》

明

日月

有三明

自知之明

有先见之明

还有知人之明

就是明生命之理

在风清景明的日子

品尝香醇明前茶

明人不做暗事

清明的寓意

简单明了

证明着

明日

明

牛郎说："明是日月之明，寓意深刻，有意思。"

牛郎正说着，边上的谷雨等得急了，在边上叫道："该轮到我了吧？"

牛郎说："你是最后一个了，就看你的了。"

谷雨着急地说："那你快出题吧。"

牛郎说："那谷雨就以'光'字为题，开始作诗吧。"

谷雨口中念念有词："光"字好，"光"字巧，"光"来了。

《光》

光

阳光

暖暖地

照在大地

照亮了世界

光跨越千万里

无私奉献给人类

阳光携着浓浓的爱

在每日清晨到来

如妈妈的双手

抚摸着婴儿

含情脉脉

唤起了

心中

爱

众神看了《光》,不约而同地竖起了大拇指。牛郎点评道:"这首诗不光行文优美,字里行间还充满了爱,是一首好诗。"

谷雨高兴地说:"这是不是说我是第一名,这个慰问团团长是我的了。"

牛郎连忙说:"你别急,这个还不能就这么定了,因为你们六位都写得不错,这个团长的位置还要推敲推敲。"

谷雨说:"这个推敲是什么意思?"

牛郎说:"你们听我慢慢说来。"

欲知后事如何,且听下回分解。

第113回　苦吟派贾岛念推敲　兔生气爱巴跑三圈

春季六神把菱形诗都写完了,牛郎却说还要推敲推敲,这可把谷雨急坏了,催问牛郎这个推敲推敲是什么意思。

牛郎说:"你别急,心急吃不了热豆腐,中国处事讲究不紧不慢,遇事喜欢仔细推敲。这里面是有故事的,唐朝的贾岛是著名的苦吟派诗人。"

春分问:"什么叫苦吟派诗人呢?"

牛郎说:"苦吟派用现在的话来说就是特别认真,常常为了一句诗或是诗中的一个词,不惜耗费心血,花费工夫。贾岛曾用几年时间作了一首诗。诗成之后,他热泪横流,不仅仅是高兴,更是心疼自己。当然他并不是每作一首诗都这样的,如果都这样,他就成不了诗人了。有一次,贾岛骑着毛驴在长安朱雀大街上行走。那时正是深秋时分,秋风一吹,落叶飘飘,景色十分迷人。贾岛一高兴,就吟出一句'落叶满长安'来。但一琢磨,这是下一句,还得有个上句才行,他就苦思冥想起来,一边骑驴往前走,一边念念叨叨。对面有个官员过来,不住地鸣锣开道。那锣敲得震天响,贾岛愣是没听见。来的官员不是别人,正是京兆尹,相当于北京市市长。他叫刘栖楚,见贾岛闯了过来,十分生气。贾岛忽然来了灵感,大叫一声'秋风生渭水'。刘栖楚吓了一跳,以为他是个疯子,叫人把他抓起来,关了他一夜。贾岛虽然吃了不少苦头,却吟成了一首诗《忆江上吴处士》,诗云:

> 闽国扬帆去,蟾蜍亏复圆。
>
> 秋风生渭水,落叶满长安。
>
> 此地聚会夕,当时雷雨寒。
>
> 兰桡殊未返,消息海云端。

"贾岛吃苦但不记苦,吃了一回亏,还是不长记性。没过多久,他又一次骑驴闯了官道。这天他正琢磨着一首诗,全诗如下:

> 闲居少邻并,草径入荒园。
>
> 鸟宿池边树,僧推月下门。
>
> 过桥分野色,移石动云根。
>
> 暂去还来此,幽期不负言。

"对于'僧推月下门'这句,他总觉着'推'字不太适宜,不如'敲'好。嘴里就不停地念叨。不知不觉,他就骑着驴闯进了大官韩愈的仪仗队里。韩愈比刘栖楚有涵养,他问贾岛为什么乱闯。贾岛说自己作了一首诗,但是其中有一句拿不定主意是用'推'好,还是用'敲'好。

"韩愈听了,哈哈大笑,对贾岛说:'我看还是用"敲"好,万一门是关着的,怎么推开呢?再说去别人家,又是晚上,敲门才合礼数啊。而且"敲"字,使夜静更深之时,多了几分声响。静中有动,岂不更活泼?'

"贾岛听了连连点头。他这回不但没受处罚,还和韩愈交上了朋友。'推敲'从此成了脍炙人口的常用词,用来比喻做文章或做事时反复琢磨,反复斟酌。"

谷雨听到这里,有点不耐烦了,就对牛郎说:"都像你们这样推敲来推敲去,我看黄花菜都凉了。"

立春打断了谷雨的话,对他说:"谷雨休得无礼。"又对牛郎说:"谷雨年轻气盛,说话不知轻重,牛顾问千万不要生气。"

牛郎说:"没事,我怎么会生气呢。不过说到不生气,我想起了一个故事。"

雨水说:"我从小就喜欢听故事,请牛顾问说来听听。"

牛郎喝了一口茶后娓娓道来:"古时,有个叫爱巴的人,他每次和别人起争执后都迅速地跑回家,绕着自己的房子和土地跑三圈,然后坐在田边喘气。

"由于爱巴非常努力,他的房子越来越大,土地也越来越多。而一生气,他就会绕着房子和土地跑三圈,哪怕累得气喘吁吁,汗流浃背,他也愿意。

"爱巴的孙子就问他:'爷爷,你可不可以告诉我,你一生气就绕着房子和土地跑三圈的秘密?'

"爱巴对孙子说:'年轻的时候,我一和人吵架、生气,就绕着房屋跑三圈,边跑边想,我的房子这么小,土地这么少,哪来的空闲时间去和别人生气呢!想到这里,气也就消了一大半,这样就有大把的时间来努力工作了。'

"孙子更加疑惑了,就问:'爷爷,你现在这么大年纪,又是镇上最富有的人,为什么还要绕着房子和土地跑呢?'

"爱巴笑着说:'我现在也还是会生气,但一边跑,我就一边想,我房子这么大,土地这么多,又何必和人计较呢?我一想到这里,气就全消了!'"

清明说:"牛顾问说的这个故事很有教育意义。它说明了一个道理,就是把和别人生气的时间用来做有意义的事,让自己忙到没时间生气,让自己变得更强大,这才是人生的大智慧。"

牛郎点点头说:"清明解释得很到位。"

惊蛰对牛郎说:"不瞒你说,我原来对你不够了解,以为你以前只不过是个放牛的,上天后也没有正儿八经地做过什么事,天上人间文化交流协会主席只是个虚职。经过深层接触,我才知道你很厉害,您让我刮目相看了。"

立春说:"没有点儿真本事,大寒这样的名教授怎么会去登门拜访他?"

牛郎谦逊地说:"比起中国人的博学多才,我也只是知道些皮毛,有些还是最近现学现卖的。我想既然挂了个文化交流协会主席的头衔,总要懂些文化,所以这段时间我也在恶补啊。我记得有一个人说过,人这一生只有两个问题,第一个问题是找到一个问题,第二个问题是把问题解决了。我把这句话送给你们。"

这时,全场响起了热烈的掌声。

欲知后事如何,且听下回分解。

第 114 回　慰问团立春当先锋　联欢会喜树获提名

牛郎正在和春季六神谈推敲以及爱巴跑圈的事时,立春突然接到了天宫宣传部大地司陈司长的电话,陈司长来催问春季组派谁当团长的事。

立春在电话里说:"不好意思,马上报,马上报。"挂了电话,立春说:"宣传部等得急了,我们必须马上把团长人选定下来。"

谷雨朝牛郎看了看,说:"照牛顾问的意思,还要推敲推敲。"

立春问牛郎:"你看怎么办好?"

牛郎一拍大腿说:"不推敲了,我看这样吧,你们几位大神个个文武兼备,各有千秋,也很难分出个高低上下。我的建议是按照春雨惊春清谷天的顺序来,让立春先下去,如果天宫安排的时间长,到时就由雨水去替换立春,依次类推,直到天宫叫停为止。你们看这样的安排可好。"

雨水说:"立春是我们大哥,他先当团长,我们心服口服。"

立春说:"既然大家都这么说,那我就当仁不让了,我先下去。希望我们春季组每人都有机会。"说完,立春就将名单报到宣传部去了。

过了两天,天宫派往人间的春节慰问团的一切准备工作就绪。立春带着慰问团的人马准备出发。宣传部王部长亲自赶来送行。

王部长握着立春的手说:"你们这次下去,是得到玉帝的批准的,我将玉帝的旨意传达给你们,你们虽然名为春节慰问团,实际上还是要以学习考察为主,学习人间的先进经验,考察地上的好的项目,天上要和人间建立良好的关系,达到天地合一的理想境界。"

立春说:"玉帝高瞻远瞩,考虑得很深远,我心里明白了。"

王部长宣布"出发",立春便带着随从"呼"地一下下凡去了,不一会儿就消失得无影无踪。

从节气上讲,立春是农历二十四节气中的第一个节气。在自然界,在人们的心目中,春意味着风和日暖,鸟语花香;春也意味着万物生长,农家播种。故有《立春》诗云:

东风带雨逐西风,大地阳和暖气生。

万物苏萌山水醒，农家岁首又谋耕。

在气候学中，春季是指候(5天为一候)平均气温10℃至22℃的时段。立春这天"阳和起蛰，品物皆春"，过了立春，万物复苏，生机勃勃，一年四季从此开始了。古代有这样一个传说：立春快到来的时候，县官会带着本地的知名人士在土里挖一个坑，然后把羽毛、鸡毛等轻物质放在坑里，等到某个时辰，坑里的羽毛和鸡毛会从坑里飘上来，这个时刻就是立春时辰，人们开始放鞭炮庆祝，预祝明年风调雨顺、五谷丰登。古籍《群芳谱》对立春的解释为："立，始建也。春气始而建立也。"立春期间，气温逐渐上升，日照、降雨开始增多。但这一切对中国大多数地方来说仅仅是春天的前奏。

气象学上，立春是一个时间点，也是一个时间段。中国人将立春的十五天分为三候，一候东风解冻，二候蛰虫始振，三候鱼陟负冰。意指东风送暖，大地开始解冻。立春五日后，蛰居的虫类慢慢在洞中苏醒，再过五日，河里的冰开始融化，鱼开始到水面上游动。此时水面上还有没完全融解的碎冰片，如同被鱼背着一般浮在水面上。

天上的立春大神是在春光明媚的环境里长大的，因此立春天生具有浪漫主义色彩，和立秋的老气横秋形成了鲜明的对比。这也是为什么天宫任命立秋为蟠桃会筹委会主任，而立春只能担任副主任的原因。当然，立春并不在乎这些，整天乐呵呵的，一副天真烂漫的样子。

立春带着代表团来到杭城，照例先去找香樟王。他们来到香樟王所居住的社区，却发现香樟王等植物界代表正在开会。立春示意手下别惊动他们，等他们会议结束后再说。立春走近窗口静静地听，听了一会儿就知道了大概。

春节要到了，社区准备在公园里举行联欢活动。消息传到了公园植物界，植物们觉得这么热闹的场景，植物界也要派代表去参加表演，表示祝贺，派谁去好呢？植物们争论不休，于是决定通知出去，请小区里有意愿的植物在今天早上前来面谈，条件是植物名必须是喜庆的。结果，一下子来了很多植物，有合欢、含笑、喜树、甜菜、忘忧草、枫香等。

合欢说："我最喜庆，合欢合欢就是大家都欢，这个代表非我莫属。"

含笑说："现在大家生活过得好了，从哪里最能体现出来，就是'含笑'啊，应该派我去。"

枫香说："热闹场合需要一个'香'字，我是枫香，我去最合适。"

甜菜说："你是枫香，快变成疯香了。香是一种气味，而甜是甜在心里的，甜肯定比香好。"

忘忧草说："我没有香，也没有甜，没有欢，也没有笑。我是忘忧草，你们想想，没有了忧，是不是天天乐呵呵的？"

喜树开始一直不说话，等到其他植物都说完了，他才不慌不忙地说："你们不要吵了，你们争来争去，累不累，我就一个字，就是一个'喜'字。你们看小区这几天结婚的特别多，是不是门上都贴着一个'囍'字？"

听到这里，香樟、银杏、桂花、竹子等植物界业委会成员都觉得喜树说得有道理，就决定派喜树参加春节联欢会。

等到会议结束，香樟王从会议室走了出来，立春才迎了上去。香樟王得知立春一直在等他，大为感动，连忙说："不知立春团长大驾光临，有失远迎，得罪得罪。"香樟王一边说，一边把立春一行迎入办公室内。

欲知后事如何，且听下回分解。

第115回　香樟接待立春团长　狮子湖送别古樟树

立春在办公室见到了香樟王，就把自己这次下凡来人间的目的简要地说了一遍。

香樟王说："难得大家一片好心，对你们的慰问，我代表植物界表示衷心的感谢。只要天上人间能够携起手来，齐心协力，那就一定能够风调雨顺，天地同辉。"

香樟王又关心地问："前几天回去的大寒、小寒，他们都好吧？"

立春说："大寒、小寒都很好，现在天宫新成立了一个发展改革研究院，大寒、小寒都任研究院副院长哩。我这次下来，还带来了他们对你的问好。"

香樟王说："那就好，谢谢他们的问好，你回去后请转告他们，请他们方便时再次光临。"

立春说："那是一定的，我们这些兄弟，一年四季会轮流来这里，就怕会常常惊扰到你。"

香樟王说："不会的，能常来常往就好。"

立春说："话说回来，我们这次下来，不光要对生长在地面上的植物进行慰问,还要对动物界,特别是当地的人类进行慰问,祝贺中国人民喜迎新年,祝他们新年快乐,万事如意。当然,不瞒你说,我们是带着学习任务来的,说得直白一点儿是来偷拳头的。"

香樟王说:"你们天上如果真的希望天下太平,其实是很容易做到的,起码在风雨雷电、雾露霜雪方面,你们还是有控制力的,这方面要拜托你们了。至于经济发展方面,你们的确是落后了,要学习中国成功的经济体制改革经验,我相信他们是持开放心态的,乐于为你们传授经验的。天上经济搞上去了,你们的日子好过了,心情好了,就不太会发怒,灾害性天气就会减少,天下人何乐而不为呢?天上和人间有冲突很正常,即使是生活在同一片蓝天下的人也有产生冲突的时候。"

立春说:"你这里我们已经很熟悉了,可以无话不谈。但我们该怎么样和人类交往呢?"

香樟王说:"这是个问题,待我想一想。"过了一会儿,香樟王说:"我们和一个叫三明的人已经建立了信息交流机制。天上派你们来慰问的事,我先和他沟通一下,听听他的意见。"

立春说:"如此最好不过。"

香樟王对立春说:"那你在此稍等片刻,我去去就来。你如果无聊,可以看看我办公桌上的书。"说完,香樟王就走了出去。

香樟王出去后,立春就在香樟王办公室内踱步。等了一会儿,香樟王还没有回来,立春正觉得无聊,就想起了香樟王刚说的话:找一本书看看。看到香樟王办公桌上放着一本书,立春就拿起这本书,发现书本下面有一张便条。便条是一个叫三明的人写给香樟王的。意思是三明要参加有关生态文化的短文大赛,他写了五篇短文,不知道该提交哪一篇,希望香樟王看完后提点儿建议。

便条下有几篇稿子,是三明写的五篇短文。立春觉得有趣,就拿起第一篇看了起来。这是一篇写树木的短文,题目叫《树论》,文章是这样写的:

狮子湖水库是 A 城的饮用水源。这些年,A 城经济迅猛发展,人口大幅增长,城区也扩张了,饮用水资源因此不足。为此,相关部门决定扩建狮子湖水库,提高蓄水位,需拆迁的红线范围划出来了,这几天正在公示。

水库边位于拆迁红线内的一株大香樟得知这个消息,连续几天闷闷不乐,茶饭不思。住在香樟附近的枫香、枫杨、金钱松、沙朴、香榧、广玉兰等植物界的弟兄们就结伴去看望大香樟。

枫香等围绕在大香樟四周,见大香樟情绪低落,精神萎靡,就七嘴八舌地说了起来。

枫香说:"樟哥,几天不见,你精神差了不少,你为何事烦恼?"

香樟眼泪汪汪地说:"枫弟啊,难道你还不知道吗?我现在所在的位置马上就要被淹了,我不得不搬迁了,所以心中闷闷不乐。"

枫香说:"樟哥,乔迁新居是件高兴的事啊,一般的树一生也碰不到一次,你又何必伤心落泪呢?"

香樟说:"我是舍不得离开大家啊,我是看着你们长大的。这么多年来,我们大家和谐共处,过得多舒心啊,现在要离开你们了,我能不难过吗?"

住在湖边的枫杨忿忿不平地说:"你算好的啦,这里不能住,你可以进城里住,换个环境而已。我的命运就惨了,到时一定是落得个腰斩的结局。"

金钱松呛道:"你能和樟哥比吗?你才几岁,樟哥都活了几百年了,人家把樟哥当宝贝,像你这样松垮垮的树有什么用,能享受到樟哥的待遇吗?"

香樟忙制止金钱松,说:"话可不能这么说,人各有志,枫杨有枫杨的优点,每个人的生长环境都不同,枫杨适合在潮湿的地方住,进城怕会水土不服。"

沙朴说:"樟哥啊,你这次搬到城里住,吃香的喝辣的,过上了好日子,换成我是求之不得啊,你到了那里可别忘记我们了。"

香樟说:"朴弟啊,俗话说,人挪活树挪死。我这一去,一路颠簸,伤筋动骨不说,到了那里,还要适应新的环境,能不能挺过去都难说,哪里还谈得上过好日子。"

广玉兰说:"樟哥,你尽管放心,人类现在对移树很有经验了,对你这样的国宝级古树,那可是不惜代价、小心翼翼地移啊。"

沙朴继续说:"樟哥,等你在城里站稳脚跟,有机会时就推荐推荐我,我也想去城里看看。"

香樟正要回答,香榧却握着香樟的手说:"老哥,你别听沙朴、枫杨说的那些乱七八糟的话。反正我是过不惯城里那种快节奏的生活,我还是在这里静静地过吧。"

香樟说:"我又何尝不是这样想呢,只是你住得高,这次碍不到你,我是没有办法啊。我走后,你和银杏、枫香等遇事要多商量,不要意气用事,要切实负起责任来。"

香榧说:"你就放心地去吧,这里穷乡僻壤的,能有什么事?"

香樟说:"不是这样的。这里山清水秀,赛过金山银山,你没看到这几年到这里来的人越来越多了吗?况且,富在深山有远亲,穷在闹市无人问。像你香榧这样的财神树,恐怕是想静都不可能了。"

这时,远远地传来了人说话的声音。植物们知道是工作组的人又来踏勘了,树们又该回到自己的位置上去了。

广玉兰说:"时间快到了。香榧、香樟哥俩在一起有说不完的话。我看这样好了,现在流行建微信群,我们也建一个群吧,这样交流起来也方便些。"

香樟说:"广玉兰与时俱进。这个建议很好,那就请你当群主建一个群吧。"

广玉兰于是马上拿出手机,建了个"狮子湖水库大树微信群",把香樟、枫香、枫杨、金钱松、沙朴、香榧、广玉兰等植物界的弟兄们都拉了进来。

拆迁人员的脚步声近了,枫香等各位弟兄一一和大香樟握手道别。几分钟后,树林里又恢复了宁静,只有风吹树叶发出的沙沙声。

看完了,立春觉得三明写的短文很有意思,文笔虽然不怎么样,但生动活泼。这样想着,立春又看起了另外几篇短文来。

欲知后事如何,且听下回分解。

第116回　桂姑娘挂冠小灯泡　七匹狼激战阳元帅

立春在香樟王办公室里看三明写的第二篇短文,题目是《树聊》,文章是这样写的:

清晨,按例去江边锻炼,累了,便找了把木椅子休息,突然听到了树丛中的说话声。

只见桂花仰着头对黄山栾树说:"栾兄,你太漂亮了,头上全挂着红灯笼,人们还叫你摇钱树。我真是羡慕嫉妒你呀!"

黄山栾树叹了口气,说:"你桂花已经是杭州市的市花了,古往今来有多少文人墨客为你吟诗作画啊?哪像我,有多少人知道我呢?你还有什么不满意的?"

桂花说:"我招人喜爱,是因为我开的花香飘飘的。等花期过了,他们就忘了我了。"

黄山栾树说:"我更惨,我开花结果时是好看,可是到冬天落叶了,又有谁能想起我呢?"

旁边的香樟听不下去了,对它们说:"亏你们住在钱塘江边,你们看看冉冉升起的太阳,每天都是朝起夕落的,哪一天懈怠过? 总是努力燃烧着自己,为大众带来光和热。再看看钱江潮水,哪一天偷懒过? 总是竭尽全力地向上冲,直到用尽了最后一点儿力气。阳光雨露给予我们的太多太多了,我们还有什么不满足的呢?"

听了香樟的话,黄山栾树难为情地低下了头:"樟兄说得对,春夏秋冬,四季轮换,我要利用冬天的休眠,积蓄能量,在来年长出更绚丽的叶,开出更美艳的花。"

桂花也不好意思地说:"是啊,我得到的荣誉太多了。我现在马上行动起来,今年就开更多的花,开更长的时间。"

这时,树下面的月季花、菊花以及许多不知名的小草小花都鼓起掌来,连声叫好。

我站起身来,向这些可爱的植物们敬了个礼。我想,植物们的觉悟都这么高,我还赖在这里干吗呀,赶快回去工作吧。

看到这里,立春觉得这个三明有点儿特别,对他挺好奇的,就继续看第三篇叫《市花》的短文。这篇短文是这样写的:

入秋以后,气温一下子降了下来。桂花姑娘打开了身上的温控开关,一夜之间,头顶上像是安装了成千上万个小灯泡,散发出金灿灿、银白色的光,并且还挥发出阵阵香味。

天亮了,住在桂花旁边的广玉兰睁开眼睛,一眼瞧见桂花姑娘满头金冠,大吃一惊,连忙问:"这是怎么回事?"

桂花姑娘说:"这是天候,时令一到,我身上的开关便会自动调控。"

住在另一边的杜英不解地问:"去年我觉得你开得好像没有那么旺,今年有什么不一样吗?"

桂花姑娘对杜英说:"去年是 69,今年是 70,这能比吗? 你看见过去有阅兵吗?"

听到这里,香樟王总结道:"你们都明白了吧,为什么桂花能做杭州的市花呀? 就是因为她既能不忘初心,又能与时俱进,讲政治、懂民心。"

远处的月季花、紫薇花听到了,点点头说:"是啊,以前我们还对桂花当市花不服气,现在算是明白了。"

立春又拿起了一篇叫《下乡记》的文章,一边在办公室踱步,一边轻轻地读了起来。文章写道:

深秋的午后,走在乡间的小路上,阳光暖融融的,晒着山坡,晒着田野,晒着村庄。原野里传来了秋虫的鸣唱,如潮似的,一波又一波。

小路的左边是成片的水田。成熟的晚稻,颗粒饱满,黄澄澄、沉甸甸地随风摇曳,飘散出醉人的清香,翻腾着滚滚的金波。那沉甸甸的稻谷,垂着头,弯着腰,仿佛挂着一垄垄金黄的珍珠,见我走来,向我微笑、鞠躬。

稻谷说:"先生,你好,你看我美不美?"

我走下田埂,捧起了结结实实的几条稻穗,闻了闻,答道:"你太美了。民以食为天,今年又是个丰收年,这里有你的一份功劳,我要为你点赞。"

小路的右边是一片小丘陵。地上种满了柑橘树。秋天到来了,一个个橘子由绿变黄,由黄变红。树上缀满了一盏盏小小的红灯笼,把树枝都压弯了。有的橘子躲在茂密的树叶中,就像害羞的小姑娘;有的露出全身,在枝头上摇来晃去,就像调皮的小男孩。

橘子见我夸赞稻穗,就向我眨眨眼,说:"你来看看我啊。和稻穗相比,我怎么样?"

我跨过田埂,走向小丘,对橘子说:"你也很美啊,你不光样子美,你的美味已经馋得我直流口水了。"

橘子说:"那你就亲亲我,亲口尝尝我的味道。"

我摘下一个橘子,剥开皮,掏出一瓣,那橘瓣就像一个弯弯的月亮,放在嘴里咬一口,汁水很快从橘瓣里喷出来,溢满整个口腔,甜津津的。

我一边吃一边竖起大拇指,连声说好。

对面小山坡上,一夜寒露风,柿子挂灯笼。柿子树听到了我和稻穗、橘子的对话,怕我不会注意到她,就摇了摇躯干,竟脱光了全身的叶子,少了绿叶的遮挡,她索性大大方方地疏影横斜着,红彤彤的柿果高低错落地挂在树枝上,三五株相约着挨在一起争奇斗艳,红红的、黄黄的,极富视觉冲击力。

柿子树远远地看我不作声,揣摩着,自己都这样了,还不能引诱到你吗?

我得承认自己是好吃的,发现满山坡的柿子悬在枝头,那盘曲硬朗的柿树枝干,褪去了绿叶的包裹,延伸着,直至天空的边缘。柿子俏立枝头,或累累然,或垂垂然,晴空丽日下,鲜艳夺目。

我不由自主地走向柿林,站在树底下,赞叹道:

> 墙头累累柿子黄,人家秋获争登场。
>
> 长碓捣珠照地光,大甄炊玉连村香。

柿树知道我在夸她。她笑了,笑得很开心。

在这金秋季节,稻谷丰收了,橘子熟透了,柿树开心了。沐浴在这样的环境里,我们不是应该放声歌唱吗?

立春觉得这几篇短文都是写植物的,风格有点相近,他想,这个三明一定是从事和植物学有关的工作,其他题材的文章可能不太会写。他本想不看了,但下面这个题目吸引了他,这第五篇的题目叫《激战》,他就又看了下去。《激战》是这样写的:

昨天下午,来自北方的七匹狼率领寒风大军,呼啸南下,到达长江边时,看天色已晚,不敢冒进,遂在江北安营扎寨。

手下大将冷月进入营帐请安,询问主帅为何停滞不前。

七匹狼说:"久闻江南乃富庶之地,镇守方兵强马壮,我们初来乍到,不可仓促行事。"

冷月说:"主帅多虑了,末将愿领兵三千,乘胜过江,攻占江南。"

七匹狼说:"爱将忠勇,士气可嘉,那就命你为开路先锋,领骁骑军士三千,深夜出发,攻取江南。"

冷月走出大营,带领三千轻骑,一阵风似的席卷而来,过南京,经无锡、苏州,势如破竹,凌晨时分,到达杭州地界。

镇守杭城的是阳春手下大将暖心,暖心见冷月来袭,急忙率部抗击。冷月、暖心在杭城上空大战三百回合,不分胜负。一时间,天空黑云翻滚,风急猿啸,形势吃紧。

坐在远处观战的阳春大元帅心想,如此苦战,两败俱伤,不是上策。不如暂且避其锋芒,诱敌深入,设伏歼灭。想到这里,他就传令暖心退兵。

暖心正战得兴起,收到阳春元帅的退兵命令,虽心有不甘,但军令难违,只得虚晃一枪,且战且退,往东南方向而去。

冷月见暖心败退,也不再追赶,而是驻扎在杭城上空,并发微信给七匹狼报功。七匹狼闻报大喜,遂率领大部队渡江南来,一面连发嘉奖令,表彰冷月先锋。不料,七匹狼大军已钻入阳春布下的口袋阵,中了暖心的埋伏。

一场大战,即将打响……

清早起来的人们,只觉得早晨凉飕飕的,他们哪里知道昨晚发生在杭城上空的激战?

看到这里,立春哈哈大笑,心想,最平常不过的一场冷空气,被这位三明先生写成武打片,倒也很有趣味。刚才香樟王提到过"三明"这个名字,他说的三明应该就是这个写短文的三明吧。立春正想着时,香樟王回来了,后面还跟着一个人。

欲知后事如何,且听下回分解。

第117回　天地人谈交流机制　中美俄拼软硬实力

香樟王回到了办公室,他的朋友三明也跟着来了,香樟王将三明介绍给了立春。立春说:"我刚刚在看三明写的几篇有关生态文化的文章,此三明就是你吧?"

香樟王说:"那当然,这个三明是独一无二的,也只有他能和我们植物界进行深层次的交流,他是一个跨界的人。"

三明说:"你们在说些什么啊,我怎么听不明白。"

立春就将香樟王桌上的那几篇文章拿过来给三明看。三明看到是这个,脸都涨红了,连忙说:"是这个啊,这是我在野外时即兴写的,纯属玩玩的,没想到让立春团长看到了,见笑了。"

立春说:"三明先生不必客气,像这样短小精悍的趣文,我们天宫很少见到,我认为是很有吸引力的。"

三明说:"这个不说了,我来的路上,香樟王已经把你这次下凡的目的说了。对于你的到来,我个人是表示欢迎的。"

立春说:"你个人? 那你们人类其他人的态度呢?"

三明说:"我在来的路上,已经向相关领导做了汇报,领导认为是天方夜谭,根本不予理睬。所以我只能实话实说。"

立春说:"我这次下来绝对是好意,是代表天宫来慰问的,希望由此建立交流机制,这是双方共赢的事。"

三明握着立春的手说:"你们的好意我知道,但我们是人,你们是神,我们在地上,你们在天上,是分属两界的,我们相隔何止十万八千里?我们之间现在还没有建立交流机制,所以目前暂时还接受不了你们。"

听到这里,立春急了,就问:"那你和香樟王等植物也是分属两界,你们之间为何能够建立交流机制,并且听说你们的领导还非常支持。"

三明说:"那不一样,香樟王等植物虽然和我们分属两界,但他们生活在地上,和我们朝夕相处,是活生生的存在,人类和植物界已经是你中有我,我中有你,不可分离了,所以建立信任、合作的交流机制非常重要。"

立春说:"你们是不是有点儿虚伪,平时天天求神拜佛,一遇到点儿事就想要上帝出来帮忙,现在神仙真的来了,又不接受了,我真是不理解。"

香樟王过来说:"立春团长不要急,什么事情都有个过程,比如我和人类在进行面对面的交流时,我们植物界内部意见也不统一,有为数不少的植物还很担心,怕我们植物的核心机密被人掌握了,会带来灭顶之灾。我再三向这些植物做工作,说万事要往好的方面想,植物界的发展离不开人的扶持,合作是必然的。当然防人之心不可无,关键点我们也要注意。"

三明说:"我们人类的争论也很激烈,现在动物界和植物界的直接交流都才刚刚开始,还在探索阶段,直接和天上的神鬼接触还没到时候。"

立春说:"那你们以后就不要再求神拜佛了。"

三明说:"人类所谓的求神拜佛,其实完全是精神层面的,按照唯物主义的哲学观,神鬼是不存在的。当然哲学观也是受到自然科学的限制的。科学技术的进步会改变哲学思想,很多以前认为不可能的事情现在都实现了,反过来,也有许多以前认为千真万确的事情现在变得不确定了,例如暗物质、暗能量、量子纠缠等科学发现,以前的很多结论都要被推翻了。现在人类已经有一部分人相信神鬼是存在的,但都还在求证阶段。"

立春说:"那我现在就现身说法,证明给他们看,不是很好吗?"

香樟王说:"你这是要把他们吓死不成?我跟你说,上次大寒他们下来,住在我这里,因为我们聊得兴起,发出了声响,惊动了邻居,他们去派出所报案了。后来公安就来查了,好在有惊无险,事情也就过去了,但我们还是要小心点儿。"

三明说:"是啊,虽然人类暂时还接纳不了你们,但不影响你们来游山玩水,我们在经济建设方面的好的经验,你们也可以带回去。"

立春说:"这样吧,我把这些情况专门向天宫高层汇报,关键是要让高层知道。"

香樟王说:"我们换个话题吧,谈谈国际形势怎么样?"

立春说:"好啊,这个虽然是你们地球上的事,但我也很有兴趣听听。"

三明说:"我刚好昨天写了《几点认识》,带在身上,你们可以看看,提提意见。"说完,三明从口袋里拿出了几张纸,放在桌子上。香樟王和立春忙凑上来看,文章是这样写的:

前段时间写了一本书,叫《老特演义》。其中不可避免地涉及中美之间的博弈,全书七十多万字,中美博弈的内容散见于文内,常有友人来探讨文中有关方面的中心思想,现将其归纳起来,谈几点认识。

一、中美之间有没有可能爆发大规模的战争? 我的认识是几乎不可能。因为第二次世界大战后发生的战争没有在两个拥核国家之间直接进行过。美、俄、中、法、英五个常任理事国,五个拥核国家之间都不太可能爆发大规模的战争,谁都不敢冒这个险,谁都不敢先动手。

朝鲜、伊朗等国为什么要千方百计地拥核,就是为了能挺直腰板。美国为什么这么怕他们拥核,就是怕他们要流氓,威胁到自己的安全。《不扩散核武器条约》就是几个大哥定出来的。

不会发生大规模战争不是说可以不备战,相反更要以战止战,只有自己的实力足以和对方掰手腕了,对方才能消了动武的念头。

二、在不发生大规模战争的前提下,中国的经济总量超过美国是必然的事情。假设美国现在是10,中国是6,美国每年的增长率是2%,中国是6%,几年后能超过呢?

$$6 \times 1.06^x = 10 \times 1.02^x$$

解出这个数学题中的X就知道了。

美国人也知道这是迟早的事情,怎么办? 就是想方设法地设置障碍,降低你的增长率,提高自己的增长率。但要提高自己的增长率是很不容易的,所以只有采取剪羊毛的手法。能把这个X延长多少算多少。

三、美国这个贸易战打得已经迟了,失去了战机,并且他四处树敌,力量分散了。现在的中国已经不是几十年前的中国了,并且全球化的浪潮不是美国说了算。西方阵营已经分化,毕竟赚钱是硬道理。

中国这样一个大国,不必太怕打贸易战,很多问题都可以在内部消化掉,依靠内需照样有5到6个点的增长,不像一些小国,一卡脖子就喘不过气来了。

四、美国要维持老大的地位,一定会挑事儿。他们一直在南海、台湾、香港、西藏、新疆等地挑事儿。人权、知识产权也是,解决了这个,又会出现另外一个。他们的目的一是搞乱你们,分散你的精力,减少你的总量;二是维护自己老大的形象,不然后面的跟班就要跑路了。他们会在你的门口秀肌肉、挥拳头,但是他们现在已经不敢冲到你的家里来了。至于你是不是能够容忍他在你家门口耀武扬威,那就要看你的耐心了。或许这种情况会维持较长一段时间。

五、美国的一霸独大,必然会使中俄联手,这是一种新的平衡,也是第一条得以成立的基础。

六、中国有几千年的文明史,美国建国才多少年?两百多年的时间在历史长河里算得了什么?不能以一时一地的得失下结论,要相信中国人的智慧,相信中国人的勤劳,没有什么是不能做到的。中国只要把自己的事情做好,安定团结,精神不倒,就一定能够笑到最后。

香樟王和立春看完了,竖了竖大拇指,说道:"厉害,厉害!"

欲知后事如何,且听下回分解。

第118回　樟王立春灵峰探梅　蜡梅梅花真假难分

立春下凡来到人间时,已是农历腊月廿九了,第二天是大年三十。香樟王很早就起来了,他正在指挥小香樟们准备年夜饭。过了一会儿,立春也起床了,见香樟王正忙个不停,就问他这么忙在干什么。

香樟王说:"今天就是大年三十,要吃年夜饭的啊,何况又有你们天上来客在此,我们更应该好好准备了。"

立春说:"过年不是人间的习俗吗?难道你们植物界也有这个习俗?"

香樟王说:"这就是潜移默化,我们在这里住得久了,中国人的风俗也影响我们了,我们也跟着有样学样了。"

立春说:"这倒也是好的。只是你们忙里忙外,我们又帮不上忙,怪不好意思的。"

香樟王笑笑说:"你们是客人,哪里有来客干活的道理。这样吧,等我安排好这里的事情,我带你们去灵峰探梅。"

立春说:"那太好了。"

过了一会儿,香樟王忙完了,立春也吃好早餐了,两人就一起去灵峰探梅了。

灵峰探梅位于西湖西部的山峦中、灵峰山下青芝坞。后晋开运年间(944—947年)建有灵峰寺。古有翠薇阁、眠云堂、妙高台、洗钵池等。明万历初年,山寺败落,僧众逃散,仅存殿宇。清嘉庆年间(1796—1820年),浙江都卫莲溪重修灵峰寺,四周植梅花一百多株。1909年,周梦坡又植梅三百株,梅海花界,此地遂成为赏梅佳地,故名"灵峰探梅"。民国后,寺毁梅颓。新中国成立后,杭州人民重新修葺古寺,把古老的景观恢复起来。1988年春,园林部门重新辟梅园四百多亩。植梅五千余株,其中有罕见的"夏腊"两百株。还在灵峰寺遗址,新建供赏梅的建筑群,有雅致的"笼月楼",入座既可赏梅,又可品尝青梅等。并修整了"洗钵池""掬月泉"等古迹。如今在这青山环抱、树木葱郁的幽谷中,草地如茵,梅林似海,楼阁参差,暗香浮动,景色十分诱人。

因地处山谷,灵峰梅花比别地开得早,谢得迟。因此,它和西湖孤山、西溪并称为杭州的三大赏梅胜地。

路上,立春问香樟王:"只听说梅花欢喜漫天雪,现在是立春时节,此时还是梅花开花季节吗?"

香樟王说:"虽然现在节气是立春了,但在气象意义上讲,现在还是冬天,正值寒冬腊月,恰是赏梅的好时机。"

香樟王继续介绍:"梅花古代又称'报春花'。中国人视梅为吉祥物,以为吉庆的象征。梅有'四德'之说,'梅具四德,初生蕊为元,开花为亨,结子为利,成熟为贞';又说梅的五瓣象征五福,即快乐、幸福、长寿、顺利与和平。旧时春联有'梅开五福,竹报三多'。梅在冬春之交开花,耐寒开放,'独天下而春',是传春报喜的象征。梅又以'清雅俊逸''冰肌玉骨''凌寒留香'而被喻为民族精华,为世人敬重。"

说话间已到了灵峰,但见这里峰环水绕,丛林葱郁,碧草如茵,梅林似海,楼阁参差,暗香浮动,环境分外清幽。现在的灵峰人新造十公顷梅园,栽植了五百余株四十五个品种的梅花,并围绕梅、月主题,建起了瑶台,盖起了笼月楼,布置了冷梅铁骨冰肌室,恢复了洗钵池、掬月泉,分成春序入胜、梅林草坪、香雪深入、灵峰餐秀四大梅园景区。

梅是蔷薇科李属的落叶乔木,有时也指其果(梅子)或花(梅花)。梅花原产于中国,后来引种到韩国与日本,树高5~6米。树冠伸展,树干呈褐紫色或淡灰色,多纵驳纹。小枝细长,枝端尖,绿色,无毛。单叶互生,叶宽呈卵形或边缘有细锯齿,先端渐尖或尾尖,基部呈阔楔形,幼时在沿叶脉处有短绒毛;叶柄长约1厘米,近顶端有2腺体;具托叶,常早落。

灵峰梅花听闻香樟王带着天上的大神立春来赏花,不敢怠慢,于是浑身打起精神,梅花次第盛开,灿若云霞,随着峰回路转,形成十里香雪海。进入园区,扑面而来的是一阵蜡梅花的清香,沁人心脾。放眼望去,眼前是一片姹紫嫣红。路的两边种着红白两色的蜡梅,好似一条条粉色的飘带围绕在身旁,风一吹,一片片蜡梅花便悠悠地飘落,落在清澈的溪水上。溪水便带着它们哗哗地流向远方。

立春看到这漫天白雪似的蜡梅花,赞叹不已,口中念念有词。

> 大年三十去赏梅,
>
> 繁花平铺似散玉,
>
> 十里遥天映白皑,
>
> 疑为飞雪漫空来。

香樟王说:"梅是孤傲的象征,也是友情的象征。古今有多位诗人写有描绘梅的诗词,最著名的是陆游的《卜算子·咏梅》:

> 驿外断桥边,寂寞开无主。
>
> 已是黄昏独自愁,更著风和雨。
>
> 无意苦争春,一任群芳妒。
>
> 零落成泥碾作尘,只有香如故。

"陆游一生爱梅、咏梅,以梅自喻。他称赞梅是'花中气节最高'的,俨然梅的知音、梅的化身。'何方可化身千亿,一树梅花一放翁'(《梅花绝句》),真正进入元人景元启所叹'梅花是我,我是梅花'的境界。至于辛弃疾'更无花态度,全有雪精神'(《临江仙·探梅》),陈亮'欲传春消息,不怕雪埋藏'(《梅花》)的诗句,更是遗貌取神的感慨之吟。"

立春看到一株树上挂着蜡梅的牌子,就问:"这蜡梅就是梅花吗?"

香樟王说:"事实上,蜡梅和梅花分属两种不同的植物科系,但一般人很容易混淆。我们现在看到的是蜡梅,真正的梅花还要迟一点儿开花。梅花的种类很多,以江南产的为最好。日本樱花是梅花的近亲,红梅是梅花的一种,四川的红梅几乎不香。蜡梅纯粹是另一种植物。梅花开放的时候大约比蜡梅要晚一个多月,实际上梅花受的雪多是冬天最后的晚雪。梅花和蜡梅其实是很娇嫩的,既不喜暖,又不喜热,而是喜欢潮湿的环境。著名气象学家竺可桢通过对古代文献包括诗词中的梅花进行统计,得出中国古代自唐以后气温渐低的结论。如今梅花和蜡梅只在长江流域盛开。蜡梅和梅花长在隆冬的枝条上样子很相近,都是疏影,但蜡梅的香浓烈得多,所以林和靖的'梅妻''暗香疏影'应该指的是梅花,而不是蜡梅。杭州孤山上植的都是梅花。"

立春问:"那要如何区别蜡梅和梅花呢?"

香樟王说:"蜡梅为蜡梅科蜡梅属,而梅花则为蔷薇科李属,两者既不同科也不同属,只因两者都有一个'梅'字,都是先开花后长叶,又都具有芳香气,且都为冬春季开花,所以不少人常常误认为是同种。其实两者的区别非常大,主要有以下4点:

"(1)花色不同:蜡梅花以蜡黄为主,而梅花则有白、粉、深江、紫红等色。

"(2)花期不同:蜡梅一般在农历腊月开放,比梅花早约两个月。

"(3)树冠不同:蜡梅为灌木,枝丛生,而且枝直立,根颈部发达,呈块状;梅花为乔木,有主干,高达10米,常具枝刺,枝除直枝外,还有垂枝,树冠呈不规则圆头形。

"(4)叶片不同:蜡梅叶对生,近革质,长椭圆形,全缘,上表面粗糙,呈绿色,背面光滑,呈灰色;而梅花叶互生,叶呈卵形,长4~10厘米,先端长渐尖或尾尖,边缘具细锐锯齿,基部呈阔楔形或近圆形,幼时两面有短绒毛,后多脱落,正在成长的新叶仅在叶背面脉上有毛,以腋间为多。"

立春说:"听你这样一说,我懂了,那我前面说的梅花欢喜漫天雪实际上是不对的,应该改为蜡梅欢喜漫天雪了。"

立春和香樟王沉浸在梅海里,一边拍照一边闻香,只见小蜜蜂在粉色的、白色的、黄色的梅花上采着蜜,飞过来飞过去,嗡嗡叫着,似乎在说,冬天就要过去了,生机勃勃的春天马上就要来到了。

立春和香樟王会心地笑了。

欲知后事如何,且听下回分解。

第119回　香樟王招待年夜饭　财神爷坐镇财神庙

香樟王带着立春在灵峰探梅,傍晚时分回到了住地,此时,年夜饭也准备得差不多了。年夜饭又称团圆饭。除夕这一天对华人来说是极为重要的。这一天,家家户户除旧迎新,吃团圆饭。

小香樟们陆陆续续地把年夜饭端了上来,立春看到了满满一桌子的菜。年夜饭菜谱名称讲究吉祥如意,菜做出来要色香味俱全。香樟王指着桌上的一道道菜给立春一一介绍起来,什么"红运当头""大吉大利""欢聚一堂""寿长百年""金玉满堂""全家福""五福临门""年年有余""竹报平安""团圆水饺""欢乐今宵",等等。立春早已垂涎欲滴,忙插话道:"你别说了,我已经等不及了,想吃了。"香樟王说,那大家就坐下来开吃吧。

席间少不得推杯换盏,敬酒祝福,说些吉利话。立春边吃边说:"久闻人间春节热闹非凡,我想去感受一下,到哪里去体验最好?"

香樟王说:"杭州人有新年烧头香的习俗,那里一定人山人海。"

立春说:"这个地方在哪里?"

香樟王说:"最有名的就是位于北高峰的财神庙了。"

立春说:"那我们今晚就去那里看看。"

香樟王说:"别急,烧头香是在新年零时抢到头香者进行的活动,他们认为这样可带来好运。现在时间还早,你再慢慢吃点儿。"

立春摸了摸滚圆的肚子说:"吃饱了,实在吃不下了。"

香樟王说:"那好,那我们去北高峰看看吧。"

北高峰是杭州近郊的山峰,上有天下第一财神庙,下有著名的佛教圣地灵隐寺。北高峰群山环绕,湖水如镜,竹木云蓊,郁郁葱葱,风舞龙盘,有王气蓬勃。"天下第一财神庙"灵顺寺就在山顶,灵顺寺已有1600多年的历史。早在宋代,因寺内供奉"五显财神"而被宋徽宗赐名"灵顺庙"。现存大殿为明末清初修缮,规模宏伟,堪称华夏财神庙之最。乾隆皇帝在此御笔题词"财神真君"。相传这里是灵气、财气集聚的地方,前来拜求的生意人络绎不绝,香火极盛。

香樟王带着立春来到西湖边上,这里人真多啊,黑压压的一片,像密密麻麻的蚂蚁一样，又像一条长龙，前边看不见队伍的头，后边看不见队伍的尾。到灵隐寺去的路早已经实行交通管制了，立春只好跟着香樟王混在人群中一路步行上山，但见树木葱郁，曲折盘升，登高望远，三面云山环绕，西湖盛景甚至钱江雄姿，都隐约可见，让人心旷神怡、浮想联翩。

到达山顶来到财神庙前，排队烧香的队伍已有几百米长。立春就站在旁边看热闹，香樟王在一边做介绍："烧香之俗，在中国古已有之。烧香，又称焚香、拈香、捻香、告香、插香、炷香等，在中国，烧香也称'进香'，虽称谓不一，意义却无甚差别。大致说来，烧香可分为祭祀烧香和生活烧香。

"生活烧香，主要是为了除臭、提神、营造特殊氛围等，古人用香料来熏染房屋、衣物，烧香成了人们平常生活的一个部分，甚至成了达官贵人争奢斗富的一个手段。而祭祀烧香，主要是为了敬神拜佛供祖宗，敬各路神明，这已成为烧香的主要作用。"

立春轻声问道："人们不辞辛苦地来这里烧香，他们可有看到真的财神爷出现过？"

香樟王说："这怎么可能见到，人们烧香供奉为的是风调雨顺，为的是消除灾祸。他们的祭祀有点儿像请客、疏通、贿赂，他们的祈祷是许愿、哀乞。鬼神，对他们来说，象征的是权力，不是理想；是财源，不是公道。"

立春说："既然他们从来没有见过真神，又怎么会如此相信呢？"

香樟王说："烧头香能够延续至今，说明对现代人来说，追求好运和吉利仍然是永恒不变的主题。对于这种传统习俗，我觉得应该持包容的态度，将其作为文化礼仪的一种形式就好了。"

立春说："这个财神我倒是认识，平时见他总是财大气粗、人模人样的，走起路来大摇大摆，行色匆匆。和他打招呼，他都爱理不理，想不到他还挺辛苦的。要照顾这么多人，他能胜任得了吗？我进去会一会他。"说完，立春钻进人群，进到庙里去了。香樟王想拉住他，但是没拉住。

财神在庙里整天被香火熏得眼睛都睁不开，正闭目养神时，突然觉得有些异样，有一股仙气扑面而来，睁开眼睛一看，发现是立春来到身边。财神急忙问立春："你怎么到这里来了？"

立春开玩笑说："好一个财神爷，平时找你也找不到，原来，你在这里招财进宝。"

财神苦笑道："你不要取笑我了，我的苦只有自己知道，我在这里受罪，还不是为了天宫多创收。你也知道,天宫入不敷出,我们身上的担子越来越重了。"

立春说:"原来如此,我们以前错怪你了。看来你也不容易,天宫要你完成创收指标,百姓又寄望你能给他们带来财源,你是如何做到平衡的?"

财神说:"平衡什么啊,俗话说屁股决定脑袋,我是天上的神,总是要听天上的话,其他的哪顾得过来啊?!"

立春说:"那你就不怕他们知道真相后找你算账?"

财神嘘了一声说:"小点儿声,你的话不要让他们听到,天机不可泄露,他们永远不可能知道真相的。"

立春正要说什么,发觉后面有人拉他衣服,回头一看,见是香樟王跟过来了,于是对财神使了个眼色,随后便跟着香樟王走出了庙门。庙外人更多了,望着外面黑压压的人群,立春明白了什么叫人气,人多才能气旺啊。天宫经济不景气,就是因为没有人气啊;中国人能创造经济奇迹,就是因为有人气啊。在人多的地方做什么不成啊,摆个摊、卖个针头线脑都能赚钱啊,开个小吃店卖馄饨面条就更不错了。想到这里,立春异常兴奋,想马上回去,把这个发现尽快告诉天宫,请他们想法子聚集人气,振兴经济。可立春转念一想,天宫如果问他该如何聚集人气,他也回答不出来啊。

在回去的路上,立春就问了香樟王这个问题,香樟王说:"聚集人气靠的是发展城镇化,以前中国农村人穷,就是因为分散在四处,山高路远,交流不便。后来实行下山脱贫政策,实施城镇化战略,经济发展了,人民的生活水平也提高了。所以城镇化率是衡量一个地方经济发展水平的重要指标。"

立春说:"这下我全明白了。"回到住处,立春就把今天的所见所闻所想整理出来,用天文密码发到天宫去了,一直忙到凌晨三点才睡觉。

欲知后事如何,且听下回分解。

第 120 回　听汇报玉帝鼓士气　建市场天宫聚人气

天宫有关部门收到立春发来的报告,马上将其转发到天宫发改办和发改研究院。发改办的立秋主任和发改研究院的立冬院长看了立春的报告,大喜过望,因为这段时间天宫为改革开放的事情争吵得异常激烈。自从发改研究院成立后,六位院长就马上进入角色,夜以继日地工作,取得了一系列成果。

立冬提出了天宫经济体制改革的方向、路线、目的、任务、方案、措施等。小雪追根溯源从耕读文化方面阐述了天宫改革过程中应注意的若干问题。大雪则马上组织文艺爱好者,采用小品、相声、话剧、歌曲、小说、影视等方式,为天宫改革开放呐喊助威。冬至在发展传统手工艺品方面动了很多脑筋。小寒也改变了以前的观点,认为只有经济搞上去了,才谈得上保护环境,饿着肚子是没办法谈环保的。大寒则从哲学的高度发表了几篇论文,强调实践是检验真理的标准,发展是硬道理。

立秋主持的发改办根据发改研究院的研究成果,马上制定了一系列有关改革开放的方针、政策、规定等,并印发了相应的文件。原以为改革开放的春风可以很快地吹遍天空的角角落落,但是事情并没有这么简单。以三清四御、五老六司、七元八极、九曜十都、千真万圣为代表的老一辈神仙对改革颇为抵触。他们有顾虑,觉得改革一定会改到他们头上,担心既得利益受损。所以发改办的材料送到这些人把持的部门后,就如泥牛入海杳无音讯了。天宫的老百姓也有顾虑,毕竟这么多年下来都养成习惯了,要去打破它,何其难哪。

正当立秋、立冬一筹莫展时,立春发来的消息使他俩眼前一亮。他们觉得有路可走了,就马上拿着这份材料去找太白金星。太白金星虽然也属于老一辈神仙圈子里的,但他思想比较开明,顾全大局,所以深得玉帝的信任,立秋他们有事也喜欢找太白金星解决。这次太白金星听完立秋、立冬的情况介绍后,没有自作主张,而是带着他俩找玉帝去了。

玉帝正为天宫银库紧张发愁呢,见太白金星带着立秋、立冬来了,就说:"你们来得正好,我正要找你们了解改革的进展情况呢。"太白金星就示意立秋把现在的困境说出来。立秋将发改办和发改研究院近期所做的一些工作做了汇报,同时也提到了改革中遇到的阻力,改革过程中困难重重。玉帝听了汇报后说:"改革涉及千家万户,遇到困难与挫折是很正常的。不管怎么样,改革不能半途而废,一定要坚定不移地搞下去。至于一些人不理解,有抵触情绪,这也没什么。只要改革出成效了,他们尝到甜头了,他们的想法就会转变过来。我看你们也做了不少工作,现在的关键是要找到一个突破口。"

太白金星说:"刚刚立春提供了人间发展经济脱贫致富的好经验,那就是搞城镇化建设,聚集人气。"

立冬接着说:"我觉得这个办法好,天空太大了,人散布在四面八方,半天见

天候·春

不到一个人影,冷冷清清的,还如何谈发展经济呀?一定要将人集中起来,人多力量大,形成规模效应,才能脱贫致富奔小康。"

玉帝点点头说:"城镇化这条路我觉得可行,你们马上去行动起来吧。"

太白金星说:"为了稳妥起见,我建议先搞试点,取得经验后,以点带面,稳步推进。"

玉帝说:"爱卿所言极是,你们就放手去干,要是出了什么事情,有我给你们撑着。"

听玉帝如此说,立秋、立冬倍受鼓舞,回来后立即召开主任、院长联席会议,传达贯彻玉帝的重要指示,研究部署下一步行动方案。围绕着如何聚集人气这一问题,大家七嘴八舌地说了起来。秋分说:"民以食为天,就算是神仙也要吃饭。我建议首先建一个农贸市场,在里面有粮油食品、蔬菜瓜果,人气就来了。"冬至说:"我那次下凡取经,考察过义乌小商品市场,深受启发,我们天宫也可以从小商品市场着手,先把市场搞起来。"小雪说:"我也觉得可以先搞市场,由市场来决定物资的生产方向,让市场说话。"大寒说:"这样做,实际上就是在走市场经济道路。"霜降说:"先不管什么道路,我们先行动起来再说。"

听到这里,立秋说:"看来建市场这一点大家是统一的,那接下来,我们看这个试点市场建在哪里好。"处暑说:"那一定要建在中心地带、热闹的地方,我建议就放在南天门进来后的大街两边。"小寒说:"那不行,南天门是什么地方,是我们天宫的门面,在那里建市场,搞得乱七八糟的,像什么样子,况且我们不能为了聚集人气而破坏环境。"关于这个选址问题,大家各说各的,又争了起来。最后还是立秋拍板,取折中方案,在南天门进来后,天门大街右侧一条叫光明巷的两边搞集市试点。

一段时间后,光明巷农贸市场开业了,里面有卖蔬菜的,有卖水产的,有卖粮油的,有卖瓜果的,异常热闹,人气一下子就聚集起来了。老百姓觉得有利可图,卖豆腐的也进场了,卖羊肉串的也来了。过了一段时间,市场边上就开出了小吃店,然后,服装店、鞋帽店、炒货店、烟酒店也陆续开出来了。再接着小旅店、影像店、文化用品店、书店、家具店、五金店一家接一家地开出来了。人们到南天门来,一定会去光明巷集市看看,那里变成了天宫最热闹的场所。人们觉得这个市场真好,什么都有卖,生活很方便。住在邻近的居民做点小生意可以赚钱,有街面房的出租房子也可以赚钱,高兴得不得了。四面八方的老百姓听说到这里打工可以赚钱,都争着要到这里来。一时间这里热闹非凡,拥挤不堪。

发改办见初战告捷,马上在天宫的东门、西门、北门适当位置如法炮制,东门建起了东关集贸市场,西门建起了西方集贸市场,北门建起了天北集贸市场。天宫的市场经济就这样一点点开展起来了。

市场有起色了,管理也要跟上。不久,天宫的管理机构工商局、质检局、城管局、交管局等就先后成立起来了。当然,财政税务部门也适时跟进,银库也多了一项进项,天宫的经济管理部分总算是松了一口气。三清四御等老一辈见市场里油水足,都想插一手,为自己的子孙谋个位置。立秋、立冬们在不违反法律的情况下尽量满足他们的需要,这样一来,改革的阻力就小了。

欲知后事如何,且听下回分解。

第121回　办公司冬至出主意　开业式织女乐开怀

织女自从那次参加了"天宫改革开放经验交流会"后,就觉得心中有一粒种子在萌芽,但她又搞不清是怎么回事,也没有多想,继续按部就班地织着布。但随着时间的过去,她发觉情况在发生变化:她织的布销售量一天比一天高。并且,买主也不一样了:以前来买布的都是几尺几寸地买,明显是自己买去做衣服,后来来买布的客户中,有一些几丈几丈地买。织女心想,他们买这么多,自己做衣服也用不完啊。她问这些客户,他们只是笑而不答,不肯说实话。织女心中纳闷,有一天,一个大客户又来进货。结账后,织女就不动声色地尾随着他,一直跟到了天宫南天门,拐进了光明巷集贸市场,客户走进了一间店的里间,织女跟进店里一看,原来是一家专业销售布匹的商店。织女装作是来买布的顾客,和店里的伙计聊起来,一问价格,织女惊得不轻,原来从织女那里进价每尺两天币的布,到这里后竟然卖每尺五天币。这下织女不淡定了,回去后,她坐在织机旁想了半天,织布的心情也没了。

织女就给牛郎打了个电话过去,把心里的想法提了出来,意思是不能靠自己这样辛辛苦苦地织布赚钱了,她要当老板,办公司,招兵买马扩大规模。牛郎接到电话后吓了一跳:"织妹,你是不是太累了,心情不好想多了,或者是想赚钱想疯了。"

织女说:"我是认真的,不是说着玩的。你不是在春季组那里做顾问嘛,你

帮我问问开公司要怎么弄。"

牛郎说："我在那里任顾问,是因为我懂得一些中国的传统文化,他们可以随时问我,你这种没文化的事我怎么好去麻烦他们。"

织女说："呸,你这是什么文化,没有实践离开了生活的文化就是空谈,就是无病呻吟。文化只有根植于生活实践中才有生命力,才能创新发展。"

牛郎说："你说得也有道理,但我不同意你开公司。"

织女生气地说："你有什么理由不同意。难道我们就只有干活的命,你就只能像牛一样糊涂地干?"

牛郎分辩说："我糊涂是不假,但有句话是,糊涂是本事,知足是聪明。我觉得我们现在这样也挺好,你的布已经不愁销路了,我的编制也解决了,也有了一份固定工资,另外当当顾问也能赚点儿外快,日子也过得去了,你就别去折腾了。"

织女气愤地说："你就这副德性,你想想,我织的布两天币卖出去,他们转手卖五天币。我辛辛苦苦织的布,被他们一倒腾,竟让他们赚足了钱,我怎能受得了?"

牛郎说："该是你的就是你的,不是你的也莫强求。"

织女大怒道："哪条律法里写着哪些是我的,哪些不是我的?"见牛郎一下子回答不出来,织女接下去说:"算了,我也不和你多费口舌了,我自己找人去办。"

说完,织女就挂断了电话,关上大门,去找冬季组成员了。她想起来了,上次开交流会时,她开玩笑地说过要当老板,当时立冬、冬至两位大神都表态说会支持她。来到天宫发改研究院,织女径直找到了院长立冬,立冬热情地接待了她。听完织女的想法后,立冬非常赞赏,立即表示会全力支持她。立冬说,因自己要去参加天宫的一个重要会议,会上他要做主题演讲,正在做材料,没有时间陪她细聊,要织女去隔壁办公室和冬至详谈。

织女就到隔壁办公室去找冬至。冬至听了织女的介绍后拍手叫好,说:"你知道杭州有个都锦生吗?"织女说:"我当然知道,他在我们织锦行业里名气可大了。"

冬至说："可不是吗,我下凡取经时,专门去都锦生丝绸公司考察学习过,深有体会。一个人能力再强,单枪匹马地能做出什么事? 一定要搞公司,有组织有规模地生产,才能取得好的效益,满足社会的需求。现在天宫物资短缺,迫切需要你们这些有技能有胆略的人站出来带领大家先干起来。"

织女说:"我也是这样想的,只是不知道要如何操作。"

冬至:"你来得正好,我这段时间一直在谋划推进公司化运作的事,正想找个个体工商户做试点呢,你这里做试点是最合适的。"

织女的想法和冬至不谋而合,她很是兴奋,就问:"为什么我是最合适做试点的?"

冬至说:"一则你是个体户,产权清晰,无权属争议,财务关系简单。二则布匹是人们的生活必需品,关系到千家万户,影响面广。三则你这个属于传统手工艺品,应该发扬光大,你又是民间纺织能手、工艺大师,树立你为榜样,可以调动大家的积极性。四则织布是有技术含量的,技术也是可以折算成股份参股的,下一步我们还要考虑科技成果转化的问题,还有第五点……"

织女听到这里,似懂非懂,就问冬至:"我也没想那么多,我只关心我下一步应该怎么做。"

冬至说:"你听我说,这个公司有很多种,首先要搞清楚这个公司股份的结构情况,也就是公司的性质,有私营的,也有说民营的,是一个人或几个人合资经营的公司;有集体的,是集体组织经营的公司,比如所在地的居民区组织的,或者是某个农村经营的公司;有国有的,也就是天宫直接经营的公司;当然也有混合制的。你的公司设想的结构是怎么样的呢?"

织女说:"我哪里知道这些,不过听你说的这些类型,我的公司肯定是私营的。"

冬至又问:"那你准备是你独资经营呢,还是和其他人合资经营呢?"

织女说:"我一个人搞有点困难,我本来是想和牛郎一起干的,可是牛郎是个死脑筋,牛脾气,算了,暂时我自己独资经营吧。"

冬至说:"现在要给你的公司取一个名,这个名既要叫得响,又要容易让人记住,还要和公司业务有关联,你想一想。"

织女想了一会儿也没想到好的,就对冬至说:"你帮我取一个吧。"

冬至想了一会儿后说:"用'天宫织女纺织品制造有限公司'怎么样?"

织女说:"好啊,我觉得这个名称不错,天宫确定了地域,织女是我自己的名字,容易记得住,又有一定的知名度,纺织品制造则说明了行业范围和生产性质。就是这个有限公司是什么意思我不懂。"

冬至说:"有限公司说明你这家公司是承担有限责任的,和无限责任公司不同。假如公司亏损倒闭了,债务责任只限于公司内,不会影响你家里。"

织女说:"这样最好不过了,不会影响到牛郎和我那一对儿女就好。"

冬至说:"接下来,你要为公司制定章程,说明公司的性质、股份组成、组织机构、董事会、经营范围、注册资金等。"

织女说:"这么复杂啊,我哪里知道怎么写。"

冬至说:"你别急,我先给你讲清楚,等下我会安排我的手下帮你搞定。"

织女说:"如此最好不过了,那还有什么要做的?"

冬至说:"你公司的经营地址选在哪里?"

织女说:"我原来就有个纺织作坊,我一时拿不出很多资本来投入,就在那里经营好了。"

冬至说:"暂时先在那里也行,以后生产规模扩大了,再搬地方吧。经营地址确定后,就可以去工商局申领公司营业执照。有了营业执照,你的公司就算正式成立了,你的天宫织女纺织品制造有限公司就可以开业了,你就可以大干一场了。"

听到这里,织女热血沸腾,她紧紧握住冬至的手,说:"太感谢你了,你为我指明了方向。我一定好好干,干出一番事业来。"

冬至说:"我相信你一定能成功,不久之后,你就会成为一个女强人。"说完,冬至就叫进来一个手下,吩咐他全程负责为织女的公司开业做准备工作,表明天宫有关部门全力支持织女搞实业。织女自是千恩万谢,随后就回自己的作坊去了。

没过多久,天宫织女纺织品制造有限公司就举行了开业仪式,天宫发改办、发改研究院的几位领导都前来祝贺。织女佩戴着一朵大红花,满脸喜气地迎接各路神仙,给各位来宾送了她亲手织的一块织锦缎子,上面放着一张名片,织女的名字后面印着董事长兼总经理的头衔。人们有叫织女织董的,有叫织女织总的,也有叫织女织老板的。织女只是乐呵呵地一一应着,对每位来宾都拱手道谢,请他们多多关照。织女要留他们吃饭,其中一个人说:"今天饭就不吃了,等织老板发财了,搬到大厂房里去了,我们再来祝贺,那时是一定要好好请我们吃一顿的。"织女连忙说:"那是必须的,必须的。"大家一阵大笑后就散去了。

欲知后事如何,且听下回分解。

第122回　嫦娥赴天宫跑项目　秋分说规定谈流程

　　住在月球的嫦娥和吴刚那次也参加了"天宫改革开放经验交流会",当时嫦娥也表了态,说要成立月球旅游开发有限公司,在月球上开发旅游。但月球离天宫太遥远,消息闭塞,对天空来说,月球太小了,因此天宫的人没太在意,之后也没人再提起。直到天宫织女纺织品制造有限公司开业,织女在朋友圈里晒出了开业庆典的照片,嫦娥已经平复的心又躁动起来。嫦娥和织女本来就是姐妹,嫦娥知道织女办公司了,就跑去织女的公司参观,织女就把办公司的一套流程毫无保留地对嫦娥讲了一遍。从织女的公司出来后,嫦娥又去天宫的几个集贸市场逛了一圈,深深为那里欣欣向荣的兴旺景象所感叹。回到月球后,嫦娥就对吴刚说:"现在天宫的经济改革已经如火如荼地开展起来了,天宫的几个集贸市场已经发展得热火朝天了。织女是我的小姐妹,连她都成立公司了,我肯定不能落后于她,我也要成立公司,也要搞大开发。"

　　吴刚听了嫦娥的话,摇摇头说:"你的想法很好,但在月球上搞开发,谈何容易啊!我们不能和织女她们比,她们在首都,我们在偏远地区,她们那里有人气,我们这里冷冷清清的,如何搞开发?"

　　嫦娥说:"你是只知其一不知其二。没错,和天宫比,我们这里是偏远冷清,但我们也是有有利条件的。我们最有利的条件就是离地球近,我们是地球的卫星啊,地球把我们当小弟看。而且天宫再热闹也没有用,因为天宫的人都没有钱,消费水平低,而地球上的人有钱,只要月球开发出来了,吸引到了地球上的人,他们就会蜂拥而来。到那时,我们就大把大把地数钱吧。"

　　吴刚说:"你的梦想是好的。不管怎么说,我听你的,你准备怎么干?"

　　嫦娥说:"我们的情况和天宫不同,不能小打小闹,要干就要干大的,我一定不能输给织女。我们先成立公司,名称我都想好了,就叫'月中嫦娥旅游开发集团有限公司'。"

　　吴刚说:"就我们这几个人,还集团呢。"

　　嫦娥笑了笑说:"只要我们的大旗一竖,还怕没人来吗?何况还有我的美名做招牌呢,你担心什么呢?"

吴刚附和道:"那倒是,嫦娥的美貌谁人不知,谁人不晓啊? 你就是一块金字招牌啊。"

嫦娥说:"闲话少说,我们马上行动起来吧。"

吴刚说:"月球虽然离天宫远而靠近地球,但目前还是归天宫管辖。我们要搞开发还是要请示天宫,并且没有天宫的支持,我们恐怕也难有作为。"

嫦娥说:"对啊,你提醒得好,我明天就去天宫汇报,争取把项目早点定下来。"

嫦娥一早就出门了,到了天宫后,直接来到了发改办。她知道现在发改办权力很大,新的开发项目都要找他们。发改办知道嫦娥来了,也很重视。立秋主任说:"嫦娥仙女不在月宫享清福,来我们这清水衙门干什么?"

嫦娥说:"我是无事不登三宝殿,有事要求你们。"

立秋说:"你有什么事要我们做的?"

嫦娥说:"织女是不是开了家公司?"立秋点点头说"是的"。

嫦娥说:"织女能开公司,我嫦娥是不是也能?"

立秋说:"当然能啊,你要开公司是好事啊,这是我们正大力提倡的事啊。只是不知道你要开什么样的公司,说来听听。"

嫦娥说:"我们打算成立一家月中嫦娥旅游开发集团有限公司,立足整个月球进行整体开发,高品质、大视野、全方位地开发建设月球,把月球打造成为一个海天仙国。"

嫦娥一席话听得发改办几位主任面面相觑,惊讶不已,一时都说不出话来。嫦娥见大家不作声,气呼呼地说:"这是怎么了? 难道织女行,我嫦娥就不行?"

秋分主任曾经在下派杭城上空挂帅前去过月球,并在月宫里住过一段时间,和嫦娥的关系也比较好。秋分就对嫦娥说:"情况不是你想象的那么简单,你要做项目我们是支持的,但做建设项目是有严格的程序的,必须一步一步来。并且你这么大的一个项目,连我这个整天和工程项目打交道的建筑设计院院长,也是闻所未闻啊。"

嫦娥说:"我曾听织女说过,她办公司,你们是全力支持的,没几天就办成了。为什么到了我这里就这么难了?"

秋分说:"这个确实是不一样,织女那个是生产型公司,规模小,完全是用的自筹资金,不要天宫投资一分钱,生产的又是人们急需的穿着用品,并且还被列入了传统手工艺品扶持名录,所以特事特办,速度当然就快了。而你说的这个项目属于开发型,这种项目在开发的同时容易破坏环境,所以在审批上是要严格审核的。并且这个也不是关系国计民生的大事,因此不能和织女的公司比。”

嫦娥说:“你们这些大老爷们,坐在家里不去行动怎么知道这个项目会破坏环境?织女自筹资金,那我也可以自筹资金啊。我可以告诉你们,如果你们不肯投资,那我找地球上的人去筹资,他们巴不得和我合作呢。到那时候,你们可不要后悔。”

立秋见一时半会儿说服不了嫦娥,就对嫦娥说:“我们也不是说你这个项目不行,但要我们来拍板定下这个项目,规定的程序还是要走啊。”

嫦娥说:“可以啊,那这个规定的程序要怎么走?”

秋分说:“你听我说,工程项目建设程序是指工程项目从策划、评估、决策、设计、施工到竣工验收、投入生产或交付使用的整个建设过程中,各项工作必须遵循的先后工作次序。工程项目建设程序是工程建设过程客观规律的反映,是建设工程项目科学决策和顺利进行的重要保证。工程项目建设程序是人们长期在工程项目建设实践中得出来的经验总结,不能任意颠倒,但可以合理交叉。”

嫦娥说:“你这样说我听不懂,你就说我第一步要做什么,第二步要做什么,有几步要走。”

秋分说:“简单地说,第一步是编制项目建议书,编制项目建议书是项目建设最初阶段的工作。其主要作用是为了推荐建设项目,以便在一个确定的地区或部门内,以自然资源和市场预测为基础,选择建设项目。项目建议书经批准后,可进行第二步即可行性研究工作,但这并不是说项目非上不可,因为项目建议书不是项目的最终决策。可行性研究是在项目建议书被批准后,对项目在技术上和经济上是否可行所进行的科学分析和论证。可行性研究报告经批准后进入第三步即项目立项,就是主管部门同意该项目上马了。第四步是搞总体规划,就是在总体上对项目进行规划,总体规划通过后是第五步搞初步设计,就是对具体马上要实施的项目进行初步设计。初步设计经主管部门审批后,建设项目被列入固定资产投资计划,方可进行第六步即施工图设计。拿着施工图设计就可以去施工了,这是第七步。后面还有很多环节,如施工、检查验收、考核评价。”

嫦娥笑了笑说:“我已经听得一头雾水了。”

秋分说:“你嫦娥哪里适合做这种事呢!你就坐在月宫里指挥指挥,跑腿的事让你的手下去干就好了。"

嫦娥说："我亲自来，都热脸贴你们的冷脸。我手下的人来，还不知道你们理不理呢。"

立秋说："你放心，搞好经济开发是大事，我们对谁都一视同仁，会在规定范围内给予大家最大的帮助。为了表示我们的诚意，我们商量一下，明天就派一个得力干将帮你，帮你把项目建议书先做起来，你看怎么样?"

嫦娥说："我先谢谢大家，明天我等你们的消息。"说完，嫦娥便起身告辞。

欲知后事如何，且听下回分解。

第123回　雨水当秘书练写稿　嫦娥广寒宫谈项目

嫦娥出去后，发改办几位副主任问立秋为何如此迁就嫦娥。立秋耸了耸肩膀，说："那能怎么样啊，不然嫦娥会赖在这里不走的。不过话说回来，对嫦娥这种敢想敢干的工作热情我们还是要鼓励的。我们要做好引导工作，既要把民间改革创业的积极性发动起来，又要把好关。"

秋分说："主任说要派一个得力干将给嫦娥，那你准备派谁去呢?"

立秋挠挠头皮说："我也是病急乱投医，先说出去再说。但现在既然话已出口，不能食言，否则嫦娥又会找上门来，你们几位都想想，有没有合适的神选。"

寒露说："我推荐一个，他就是春季组的雨水。雨水从小喜欢写写画画，和我常在一起交流写作心得，原来在天宫组织部、宣传部工作过，整材料是个好手。这次去给嫦娥帮忙，主要也是做项目策划、包装材料的事，我觉得雨水很合适。"

处暑接着说："我同意寒露说的，并且我补充一点，月球离地球很近，我们派雨水到月球去工作，可以随时接应在地球上慰问的立春，以备不时之需。"

立秋说："处暑说得太对了，你这样一说倒是提醒了我，最高层现在非常关心城镇化建设，隔三岔五地问我。这个建议是立春提出来的，他最熟悉情况，我又说不出所以然，看来得把立春调回来了。那就马上通知雨水，让他先去帮嫦娥的忙，然后让他去地球接替立春的工作。"

雨水接到发改办的通知后就立即出发了。他先到天宫招待所见嫦娥，然后和嫦娥一起飞往月球去了。雨水做了很长时间的文案工作,现在已经驾轻就熟了。

记得刚到天宫组织部秘书室工作时,部里要秘书室准备一份汇报材料,秘书室的几位前辈都有事出差了,室主任又生病住院了,任务就落到雨水头上了。雨水心想自己是天宫大学文学院毕业的,写个汇报不是小菜一碟嘛。于是他找了好多材料,洋洋洒洒、添油加醋地写了上万字的汇报稿,交给领导后被领导劈头盖脸地骂了一顿。领导说,你这个哪里是汇报稿,分明是要我上台去讲故事用的,拿回去重写。没办法,雨水只好跑到医院去求助室主任,主任看了雨水的稿子,用红笔画了画,写了几个字交还给雨水,要雨水按大纲来写。雨水一看,上面写着:一个观点、两条认识、三个同步、四大目标、五件大事、六项任务、七条措施、八项注意。雨水佩服得五体投地,连忙道谢。主任笑了笑,说:"小伙子,没关系,慢慢来。写得多了,你就懂了。"

后来,雨水又去天宫宣传部工作过。有一次,主任让雨水写一篇有关当前形势教育的讲稿。雨水又是查资料,又是听新闻,还到图书馆借了一大堆报纸杂志。几天后,他终于把演讲稿写完了,并把整理好的讲稿交给了主任。

主任看了一遍,说:"写得这么快啊,似乎写得很乱啊,是初稿吧?"

雨水连忙说:"是初稿是初稿,赶出来的。"

主任说:"这就对了,不要急,拿回去好好改改。"

雨水拿回来改了两天,将第二稿交给了主任。

主任看了看后说:"我觉得还是有问题,总感觉缺少点儿什么。另外,文字也要仔细改改。"

雨水只好拿回来又改了两天。

主任看了雨水送来的第三稿,想了想,说:"雨水啊,还是没改到点子上啊,看来还是要下功夫改啊,一般性的小改动,恐怕解决不了问题。"

雨水苦笑地应允着,回到家后便一头闷在房间费尽脑汁地写了第四稿。

主任翻来覆去地看了第四稿后说:"怎么回事啊,这不是改得全变样了吗,还不如上一稿好呢。"

雨水后来送来的稿子,主任都不满意,还是说要修改。雨水实在没有办法了,就赌气找出来初稿,做些小改动之后交给了主任。

主任说:"这次的稿子改得好,终于使我满意了。雨水啊,不是我为难你啊,我是为了你好啊,说明好稿子是改出来的。"

天候·春

雨水连连点头说:"那是,那是。"

不过这些都是过去的事了,现在的雨水也算是苦尽甘来,在圈子里小有名气了。这次跟着嫦娥奔月,他觉得不过是一次例行公事罢了。待他们降落到月球地面时,吴刚早已在那里迎接。嫦娥领着雨水直接来到广寒宫会议室,吴刚命手下端上茶来,见嫦娥喝了几口茶缓过气来后,吴刚就问:"这次去天宫发改办跑项目情况如何?"

嫦娥叹了一口气,说:"一言难尽,没想到这么复杂。我给你介绍一下,这位是天宫春季组的大神雨水,这次受发改办委派来帮我们整理材料。"

吴刚上前一步紧紧握住雨水的手说:"久仰大名,我们月球最缺的就是雨水。你来了就好了,你要多多关照啊。"

雨水笑着说:"好说好说,你等下多陪我喝几杯桂花酒就好了。"

吴刚说:"那没问题,只要你帮我们把项目搞成,我天天陪你喝醉都行。"

雨水说:"那我们就开始工作吧,嫦娥仙女、吴刚,你们将月球的情况和我说一下。"

嫦娥和吴刚就把月球的基本情况以及为什么提出这个建设项目的思路讲了一遍。听完后,雨水就问:"嫦娥仙女,你知道你提出的项目问题出在哪里吗?"

嫦娥连忙问:"问题出在哪里呀?你快告诉我。"

雨水喝了一口茶,不慌不忙地说:"你们提出的项目太高大全了,你们想想,现在天宫银库紧张,百废待兴,改革开放也刚刚开始,需要用钱的地方太多了。天河大桥的建设问题提出了很多年,就是因为钱的问题没解决,所以一直开不了工。你们说要高品质、大视野、全方位地开发建设月球,那得需要多少钱投入啊?所以几位主任都被你吓到了。"

嫦娥恍然大悟道:"是啊,我在月球,消息闭塞,哪里知道这些。我以为项目一定要高大全呢,不然不会引起他们的重视。"说到这里,嫦娥又问:"那现在怎么办,是不是这个项目就黄了?"

雨水说:"你别急,我们慢慢来分析。按照你们原来的想法,那是肯定不行的,但如果我们转变观念,做个细致可行的方案出来,那还是很有希望的。因为一则碍于你嫦娥的面子,二则对照原来的项目,规模已经大幅度调整了,他们也不好再拒绝。"

嫦娥一听还有希望,马上来了精神,连忙问:"那对于这个方案,你是怎么样想的?"

雨水问:"现在在月球上还有其他单位来和你们竞争吗?"

吴刚说:"现在月球上连鬼都没有,哪还会有人出来竞争。"

嫦娥说:"月球上有我嫦娥在,谁敢来和我竞争啊。"

雨水说:"这就好了,既然没有竞争,那这个项目的范围定那么大干什么?只要开发公司成立了,即使是一个螺蛳壳那么大也没关系,反正整个月球都是你们的。"

嫦娥说:"对啊,但既然搞开发,就要定个范围,依你之见,这个范围该怎么定?"

雨水看了看四周,绕着广寒宫指了指,说:"这个范围就定在广寒宫好了。第一,广寒宫属于历史文化遗产,应该加以保护。天宫本来就应该拨款维保,现在我们将其纳入项目,可为天宫省下一大笔钱,也能得到天宫文保部门的支持。第二,广寒宫内基本上都是建筑物,在这里搞项目不占用耕地,不会破坏生态环境,天宫环保卫士也不好说什么。第三,广寒宫历史文化内涵丰富,光是与嫦娥、吴刚有关的故事就可以挖掘出很多来。第四,月宫里旅游产品非常丰富,如桂花酒、桂花糕、月饼、嫦娥奔月画册、扇子。第五,广寒宫外围就保持原貌好了,根本用不着去动它,现在不是都提倡原生态吗?第六,范围小了,管理就方便了,你们两位就坐在办公室里指挥指挥就行了……"

雨水还要说几点,但被嫦娥打断了,她摆摆手说:"行了,你不用多说了,就依你所见,范围就定在广寒宫吧。另外,我还要补充一点,广寒宫还有一个传统保留节目,那就是嫦娥舞,只要游客来了,我就来表演一个嫦娥奔月舞。"

雨水说:"是的,搞旅游开发,一定要有概念,要会操作,我们可以搞个《印象月宫》,一定远胜人间的《印象西湖》以及《宋城千古情》。"

嫦娥说:"我听说去年白露在杭城挂帅时,八仙去军中慰问,白露带他们去看《印象西湖》演出,结果何仙姑出了洋相,闹出了大笑话。想我嫦娥跳起舞来,怕是天下那些舞者都不敢再舞了吧。"

雨水说:"何仙姑那是触景生情。所以说,广寒宫搞旅游开发的有利条件很多,好玩的项目太多了,并且很多都是现成的,投入少,见效快。"

这时,一直不作声的吴刚说:"我听了你们刚才说的,好是好,可是搞旅游开发关键是要有客源,月宫的游客来源在哪里呢?"

嫦娥白了吴刚一眼,说:"你这不是废话吗?月球就在地球边上,月宫的游客来源当然来自地球了,你没听说地球上的人非常富有吗?只要我们月宫开发出来,还怕他们不蜂拥而上?你还担心客源呢,我倒是担心我们的接待能力是不是跟得上。"

吴刚嘴上没有说什么,心里却想:"你嫦娥一定是想后羿走火入魔了。"

雨水说:"所以建设项目要先做项目建议书,就是自己心中要有数。在此基础上请专家做项目可行性研究报告,批准后再进行总体规划、初步设计、施工图设计等环节,一步一步地走下去。但第一步项目建议书也就是策划是很重要的,第一步不成,后面就没法走了。"

嫦娥说:"如此说来,我昨天是错怪立秋他们了。"

雨水说:"这倒没什么,不知者不罪,他们不会怪你的。"

嫦娥说:"我们讨论了这么多,情况也说得差不多了,这个项目建议书就拜托你了。"

雨水于是连夜动笔,花了几天时间,从项目背景、月球的基本情况、社会环境状况写起,论述了项目的范围、规模、建设时间、环境容量、游客来源、主要建设项目、投资与资金筹措以及需要注意的问题。最后的建议是这个项目的建设既是完全有必要的,又是非常及时的,并且也是切实可行的。

嫦娥看了雨水写的项目建议书,如获至宝,只有个别地方要雨水再改改。待雨水改好后,嫦娥就立即把项目建议书送到天宫发改办去了。

欲知后事如何,且听下回分解。

第124回　雨水赏春景吟春诗　才女叹命运不逢时

嫦娥到天宫送项目建议书时,雨水留在月球继续帮忙做项目的前期准备工作。只过了一天,天宫的通知就到了:立春已被召回天宫,负责制定城镇化发展的方案,命雨水立即从月球出发,去凡间接替立春的职位。雨水没等嫦娥回来,和吴刚道别后,就在一个细雨蒙蒙的早晨飞奔杭城去了。

雨水,是二十四节气中的第2个节气,时间为每年的正月十五前后(公历2月18—20日)。此时,太阳到达黄经330°,气温回升,冰雪融化,降水增多,故名"雨水"。雨水节气一般从公历2月18日或19日开始,到3月4日或5日结束。

雨水和谷雨、小雪、大雪一样,都是反映降水现象的节气。

《月令七十二候集解》载:"正月中,天一生水。春始属木,然生木者必水也,故立春后继之雨水。且东风既解冻,则散而为雨矣。"意思是说,雨水节气前后,万物开始萌动,春天就要到了。如在《逸周书》中就有雨水节后"鸿雁来""草木萌动"等物候记载。雨水前后,油菜、冬麦普遍返青生长,对水分的要求更高。农谚说"春雨贵如油",这时,适宜的降水对作物的生长特别重要。而华北、西北以及黄淮地区这时的降水量一般较少,常不能满足农业生产的需要。若早春少雨,雨水前后及时春灌,则可取得最好的经济效益。中国古代将雨水分为三候:一候獭祭鱼,二候鸿雁来,三候草木萌动。此时,水獭开始捕鱼,将鱼摆在岸边如同先祭后食的样子;五天过后,大雁开始从南方飞回北方;再过五天,在"润物细无声"的春雨中,草木随地中阳气的上腾而开始抽出嫩芽。从此,大地渐渐呈现出一派欣欣向荣的景象。

唐代大诗人杜甫所作《春夜喜雨》云:

好雨知时节,当春乃发生。

随风潜入夜,润物细无声。

野径云俱黑,江船火独明。

晓看红湿处,花重锦官城。

天上下凡的雨水来到杭城,找到香樟王的住处,被告知香樟王清早出去办事了。雨水就在香樟王住处周围转悠,等他回来。雨水来到不远处的一个高坡上观景,初春时节,万物复苏,春风拂面。山林里,田野间,正上演着最热闹的芬芳盛宴。最光彩夺目的油菜花,最具有浪漫情怀的樱花,最脱俗雅致的梨花,最淡雅低调的杏花,正探头探脑的,含苞待放。雨水看得兴起,随口吟道:

花开花落随花性,

花田花园布花星,

花奇花痴赏花兴,

花鲜花艳暖花心。

念到这里,背后传来一阵喝彩声。雨水回头一看,见是香樟王来了,忙走上前握着香樟王的手,向他问好。香樟王说:"我今天有急事很早就出去了。后来听说雨水团长来了,我就急急忙忙赶回来。回家后没找到你,我就循着你的印记寻了过来。雨团长有雅兴啊,在这里赏花吟诗呢。"

雨水说:"让您见笑了。久闻香樟王鸿儒雅士,学富五车,我怎敢在你面前逗能呢。"

香樟王说:"你不必过谦。谁都知道你雨水年轻有为,乃是天上的天才啊。"

雨水摇摇头说:"现在哪里有什么天才,天上的神仙都落后于地下的人了。牛郎这样在地上平常的人,到了天上后都鹤立鸡群了,他还被聘为我们春季组的顾问哩,可见时代不同了。"

香樟王笑着说:"牛郎有现在这样的成绩,也是他勤奋的结果,正是因为他出身贫困家庭,从小吃苦,所以养成了勤勉的习惯。"说到这里,香樟王向雨水拱拱双手说:"自去年冬季以来干旱少雨,地上旱情严重。现已进入初春,马上要春耕生产了,地下的老百姓正担心呢,你来了正好,大家有指望了。"

雨水说:"想不到香樟王德高望重,还如此悯农,真让我感动啊。我出生在雨水这个季节,故取名雨水。既然有这个名头,就要名副其实,我一定会努力。我已通知天上的雷公雷婆,要他们做好预备工作,随时做好打春雷、下春雨的准备,只等我一声令下,绵绵细雨就会不断地落下来。只怕到时候地上的人们又要埋怨我,说我害得他们出门都不方便。"

香樟王拍了拍雨水的手,说:"你别去管那些贪心的人。春雨贵如油,种粮的人特别是植物是欢迎你的。"

香樟王用手指了指漫山遍野的青菜绿树,陶醉地说:"褪去冬日的寒冷,'杏花烟雨江南'之春又悄悄地来了。面对这样美好的景色,你不想再吟唱几句?"

雨水笑笑说:"香樟王又要考我,那我一不做二不休,再献丑一次,写几句'春'字诗,请指教。"说完,雨水吟诵出四句:

> 春日春时赏春色,
> 春风春光见春人,
> 春花春草催春情,
> 春思春想悟春意。

香樟王拍手叫好,接着说:"你这首诗里有 12 个'春'字。说到'春'字,中国诗人写春的诗词何止成千上万,但像清代奇女子这样,在一首词里连用 28 个春字,将悲情写到极致的作品还真是少见。"

雨水很感兴趣,忙问:"她是谁啊?怎么写的?"

香樟王叹了口气,说:"她是出生于农家的贺双卿,自幼天资聪颖,满腹才华。七岁时,因为舅舅在学堂打杂,她得以在学堂里旁听几年,颇能识文断字,在诗词创作方面更是天赋异禀。十几岁又修得一手好女红,长到十六岁时,容貌秀美绝伦,时人惊为'神女'。但可惜红颜薄命,十八岁时,贺双卿被迫嫁给樵夫为妻,从此陷入厄境,年仅二十岁的一代才女就香消玉殒了。"说到这里,香樟王擦了擦泪,一时竟说不下去了。

雨水追问道:"你还没有说那首用 28 个'春'字的词呢。"

香樟王哽咽着说:"那首词是这样写的:'紫陌春情,漫额裹春纱。自饷春耕,小梅春瘦,细草春明。春田步步春生。记那年春好,向春莺说破春情。到于今,想春笺春泪,都化春冰。怜春痛春春几? 被一片春烟,锁住春莺。赠与春侬,递将春你,是侬是你春灵。算春头春尾,也难算春梦春醒。甚春魔,做一场春梦,春误双卿。'"

听到这里,雨水感叹道:"这等才女,比之'千古第一才女'李清照也毫不逊色,甚至说她赶超李清照也不为过。这等奇女子,怎么会这么年轻就香消玉殒呢?"

香樟王说:"生不逢时啊,命比纸薄,悲哉,痛哉。她生错了时代,是那个年代的悲剧。要是生在当今,怕是无人敢与她比肩。"

雨水说:"是啊,个人命运是和国家紧密联系在一起的,离开了国家,个人再厉害也无济于事。我们天上也是这样,有些愣头青这也看不上,那也看不惯,只知道发牢骚,干不了实事。"

香樟王看了看太阳,已经晌午了,就说:"我们不说这些伤心事了,回去吃饭吧。"说完,香樟王领着雨水返回了住处。

欲知后事如何,且听下回分解。

第 125 回　樟王顺自然论无为　茶女游苏堤谈物候

雨水跟着香樟王回到住处时,小香樟们已准备好了午餐。香樟王招呼雨水坐下用餐,一边吃一边聊。

香樟王说:"立春前两天刚回天宫,他走前向我介绍了你,说你年轻能干,写得一手好文章。今日见识了,立春所言非虚。"

雨水说:"香樟王谬赞了。立春走了,我刚下来,连移交手续都没法办,说实在的,我是糊里糊涂地下凡。人间慰问团到底慰问什么都不知道。"

香樟王说："立春在时，已约见了一个叫三明的人。三明说得有道理，现在人类和天上的神仙还没有建立交流机制，还不便直接进行慰问。"

雨水说："如此说来，我在这里也是多余的。我不能打扰你们植物界，不如早点回天宫去。"

香樟王说："你别急，既来之则安之。三明说了，你们的心意，他们已经心领了。并且你给我们带来了雨水，这就是对我们最好的慰问，你就是我们植物界最好的朋友。"

雨水说："我受之有愧啊。情况已经变成这样了，那我就当作来向你们学习的，多走走看看吧。"

这时，香樟王吃完了，用餐巾纸擦了擦嘴角，接着说："人也好，神也好，植物也好，有时候，最好的状态是不刻意，而解决问题的最好方式是不主观。顺应自然反而会有意想不到的结局，这就是常说的'无为而治'或'无招胜有招'。这一切的智慧根源，在道家思想中，都有着具体的体现。"

雨水也吃完了。他站起身来，往洗手间走去。回来后，他说："我看过一本书叫《菜根谭》。其中有这样一句话'至人何思何虑，愚人不识不知，可与论学，亦可与建功。唯中才的人，多一番思虑知识，便多一番臆度猜疑，事事难与下手'。这句话的意思我一直理解不透，请樟王指教。"

香樟王说："这句话的意思是说，智慧通达的人处事无忧无虑，愚笨憨厚的人也不会多操心多着急，所以既可以和他们研究学问，也可以和他们一起创建功业。只有那些才能中等的人，智慧不高，什么都懂一点，遇事情往往考虑得十分复杂，而且疑心重，结果任何事情都很难和他们携手并进。人生最好的状态，是不刻意。一切顺应自然，就是'大智若愚'。最大的机巧是有一些愚笨，即大智若愚的状态，遵循的是客观的规律，摒弃的是自己主观的妄心。"

雨水笑了笑，说："你这样一说，我就懂了。我不知道自己属于智慧通达、愚笨憨厚、才能中等这三种人中的哪一种？"

香樟王没有回答雨水的问题，看了看外面春光明媚的阳光。香樟王对雨水说："难得今天天气这样好，还是多到大自然里去看看吧。"

雨水说："我正有此意，只是不好意思提要求，怕影响你。"

香樟王翻了一下记事本，说："我下午要参加一个植物界生态文明建设的座谈会，因我是这个领导小组的组长，不能缺席。我就不陪你了，我让茶花女陪你去西湖边玩玩吧。"

雨水说:"你忙你的,有茶花女陪就好了。"

香樟王掏出手机发了条消息。不一会儿,茶花女就踏着轻盈的脚步过来了。香樟王对茶花女交代了几句后,就去开会了。茶花女便带着雨水前往西湖。

路上,雨水问茶花女:"你不是在法国吗,怎么跑到中国来了?"

茶花女叹了口气,说:"早先我是在法国,可是被那个号称高富帅的小仲马骗了。我伤心欲绝,就假装气绝身亡,离开了他,漂洋过海来到了中国。在这里过得好好的。过去的事情就别提了。"

雨水连忙说:"对不起,是我不好,让你想起了你的伤心事。"

茶花女说:"也没什么,我早想通了。'一剪闲云一溪月,一程山水一年华。一世浮生一刹那,一树菩提一烟霞。'信步去看一场花事,坐船去赏一湖春水,从一座城到一个村。一路风尘,有人将闲云装进行囊,有人将故事背负肩上,他们都在寻找那个属于心灵的原乡,可匆忙之间又忘了。人生的终点和趣味,不是在山水踏尽时欣赏到的风景,而是在心灵放下包袱的那一刻收获的大自在。现在我真正感受到了,能静下心来欣赏风景的人,是真正从容的人。世事如过眼云烟,心静即安。良田万顷,日食一升;广厦千间,夜眠七尺。如此而已。"

听到这里,雨水大吃一惊,香樟王的博大精深,雨水事先是知道的,但没想到,植物界随便派来陪同客人的茶花女,竟有如此深的感悟,足见植物界到处藏龙卧虎啊。雨水再也不敢小瞧茶花女,一边想着一边快步跟上前。说话间,他们已来到了西湖风景区的苏堤春晓。

茶花女一边走一边介绍:苏堤春晓,是西湖十景之一。南宋时,苏堤春晓被列为西湖十景之首,元代时改称"六桥烟柳",被列入钱塘十景。苏堤南起南屏山麓,北到栖霞岭下,全长近三公里。它是北宋大诗人苏东坡任杭州知州时,疏浚西湖,利用挖出的葑泥构筑而成的。后人为了纪念苏东坡治理西湖的功绩将它命名为苏堤。

茶花女说:"苏堤春晓指的是寒冬过后苏堤报春的曼妙景色。你看,苏堤旁遍植花木,有垂柳、碧桃、海棠、芙蓉、紫藤等四十多个品种。漫步在堤上,新柳如烟,春风怡人,飞鸟和鸣,意境动人,故称'苏堤春晓'。寒冬过后,苏堤犹如一位报春使者款款而来,杨柳夹岸,艳桃灼灼,更有湖波如镜,映照情影,柔情无限。苏堤是人们最能感受到冬去春来的地方。张宁所作《苏堤春晓》云:'杨柳满长堤,花明路不迷。画船人未起,侧枕听莺啼。'"

这时,雨水看到路边含苞待放的花蕾,指了指湖里悠闲自在地慢慢游着的野鸭,吟出来秦观的一首诗:"天寒水鸟自相依,十百为群戏落晖。过尽行人都不起,忽闻冰响一齐飞。"

茶花女说:"这含苞待放的花蕾以及嬉戏水中的野鸭,都反映出物候的特征。"

雨水问:"物候,这是个新鲜词,你能解释一下吗?"

茶花女说:"当然可以。简单地说,物候就是植物的萌发、开花、结果、凋谢和某些动物的迁徙、冬眠等活动,反映了气候和节令的变化。近年来,由于各国物候观测网的扩大,物候资料越来越丰富了。由于遥感技术和电子计算机等的应用,物候学的研究在规律的探索和应用方面都得到了很大的发展。

"物候是大自然的语言,立春过后,大地渐渐从沉睡中苏醒过来。冰雪融化,草木萌发,各种鲜花次第开放。再过两个月,燕子翩然归来。不久,布谷鸟也来了。于是进入炎热的夏季,这是植物孕育果实的时期。到了秋天,果实成熟,植物的叶子渐渐变黄,在秋风中簌簌地落下来。北雁南飞,活跃在田间草际的昆虫也销声匿迹了。到处呈现一片衰草连天的景象,准备迎接风雪载途的寒冬。在温带和亚热带地区,年年如是,周而复始。

"几千年来,中国劳动人民注意到了草木荣枯、候鸟来去等自然现象同气候的关系,据此安排农事。杏花开了,就好像大自然在传语要赶快耕地;桃花开了,就好像在暗示人们赶快种谷子。布谷鸟开始唱歌了,劳动人民懂得它在唱'阿公阿婆,割麦插禾'。这样看来,花香鸟语、草长莺飞,都是大自然的语言。"

听着茶花女滔滔不绝的介绍,雨水对她是越发敬佩了。雨水说:"'竹外桃花三两枝,春江水暖鸭先知。'这也是物候,说明早春天气,鸭子最先感知春江水暖,桃花能感知大地复苏。我听了你的物候介绍,现学现卖,说得对吧?"

茶花女说:"你说得太对了,真是天才啊。"说完,两人都哈哈大笑起来。

欲知后事如何,且听下回分解。

第126回　织女俏产品被假冒　祖师揭告示荐悟空

天宫织女纺织品制造有限公司开业后,生意好得不得了,不仅织女原来的库存全部卖光,客户还排队等着要货。织女一边招工,一边进原料,还要考虑扩大再生产的事,天天忙得焦头烂额。原来在天宫集贸市场建立前,人们的吃喝拉撒几乎都是自产自销,或者是邻居之间以物换物,流通性很差。市场建立起来后,大家都到这里来做买卖了。布匹这样的生活必需品销量就一下子大起来了。织女是生产厂家,市场门店是零售商。后来,脑子灵光的人发觉生产厂家的货和零售商的中间差价很大,并且零售商每次进货量不大,直接到厂里进货也不方便。他们觉得这里面有文章可做,于是一次性从织女那里进较多的货,然后适当加价卖给零售商,这就出现了批发商。

由于天宫织女纺织品制造有限公司的产品质量好、知名度高,加上天宫相关部门重点扶持,所以在市场上供不应求,变成紧俏商品。其他织布个体户的商品就卖不出去了。这时,一些胆子大的个体户就联合个别不法商家,宣称自己的产品就是织女纺织品制造有限公司生产的。开始时没有人知道,后来,假冒产品数量越来越多。终于有一次,有个有头有脸的人买了块假布,穿着用这块布缝制的新衣服去天宫开会,结果被人怀疑是假布做的。

这个人哪里受得了这口气,第二天就怒气冲天地拿着这条裤子来找织女,一定要织女给个说法,否则就查办织女。这下可把织女吓坏了,她连忙出来,又是赔不是,又是请喝茶。织女拿着这裤子左看看、右瞧瞧,最后认定这块布料不是织女纺织品制造有限公司生产的。对于这个说法,那个人完全不肯接受,因为布匹上没有写生产单位,很难说清楚。此事一直闹到发改办和发改研究院,他们虽然相信织女的说法,但也没有证据,不好下结论。后来还是立秋出面做两边的工作,以织女公司赔给那个人三倍的布料钱结束。那个人开始时无论怎么说都接受不了,后来看在立秋的面子上才勉强答应。

织女吃了这个亏之后,终于知道了市场上有假冒她们的产品。织女就去找立冬,问他们怎么办。立冬说:"以后你们的产品都写上你们公司的名称吧。"织女依计行事,开始几天还好,过了一段时间又发现了假冒产品。那些产品上同

天候·春

样写着织女纺织品制造有限公司的名称。织女没办法,又去找立冬,立冬说:"你去注册个商标吧,就用织女牌商标好了。我和立秋商量一下,要他们发个文件,宣布商标受法律保护,仿冒商标是违法行为。并且你的织布技术要去申请专利,其他单位或个体户要用你的专利技术,必须得到你的同意,并且你可以收费。"织女高高兴兴地回去了,过了几天,织女牌商标就出来了。织女纺织品制造有限公司生产出来的产品都盖上了织女牌商标的印章。

过了一段时间,织女又惊讶地发现,市场上又出现了假冒织女牌的产品,并且仿冒得十分逼真,连织女自己都要费仔细看才能找出不同之处。织女只好再次去找立冬,立冬说:"现在我也没有办法了,因为无论你用什么办法,假冒者都会马上跟进。现在只能依法打击了。你去找霜降吧,他是研究法律、规矩的,看他怎么说。"

织女就来到发改办,找到了霜降副主任。霜降听完了织女的介绍后,想了想,问织女:"你知道是谁在假冒你们的产品吗?"

织女说:"我不知道啊,我们也没有执法权,怎能随便去查他们呢?"

霜降说:"你先回去,待我们商量出办法来再说。"织女走后,霜降就去找立秋,把情况一五一十地跟他说了。立秋当即把其他几位副主任叫过来商议此事,大家想来想去,最后一致认为,一定要先找到假冒产品的生产源头,然后才能依法处置。主任会议决定成立一个打假办,专门负责处理打击假冒伪劣产品的事情。但这个打假办主任由谁来当呢?织女说现在骗子的水平已经很高了,已到了可以以假乱真的地步。没有点儿真本事,谁敢来挑这个担子?大家都想不到合适的人。处暑就说:"我们就贴出告示,说是发改办公开招聘打假办主任。有谁认为自己合适可以毛遂自荐,也可以举荐其他合适的人。"大家都同意处暑的建议,事情就这样定了下来。

到了第二天,天宫的大街小巷都贴满了告示:招募打假的勇士。一连三天过去了,都没有人来应聘。直到第四天,菩提祖师从外地回来,看到了墙上的告示,就把告示撕了下来,直接到发改办找立秋去了。

菩提祖师到达发改办时,立秋正在主持召开主任办公会议,菩提祖师也不管那么多,一下闯进了会议室。立秋见门被撞开,正要发火,抬头见是菩提祖师,就马上笑脸相迎道:"祖师好,不知祖师前来,有何要事?"

菩提祖师扬了扬手中的告示,说:"为这事而来。"

处暑问:"难道祖师要毛遂自荐去打假?"

菩提祖师说："我都一把老骨头了，怎么可能去做这种事情？"

处暑问："那你是为了举荐谁而来？"

菩提祖师说："我推荐一个最合适的人选，他以前就是打假高手，功成名就后赋闲在家，没被重用，这次正好发挥他的作用了。"

白露说："别卖关子了，你就直说是谁吧。"

菩提祖师说："还能有谁，就是家喻户晓的孙悟空啊。"

祖师一提到孙悟空的名字，几位主任都倒吸一口凉气，面面相觑，说不出话。祖师急了，问道："怎么了？有什么不妥？"

立秋见推不过，就问祖师："那你说说你推荐孙悟空的理由。"

菩提祖师说："这还用得着说吗？你们难道不知道吗？"

立秋说："知道归知道，但这个程序还是要走的。"

菩提祖师说："好吧，我说给你们听。孙悟空保护唐僧去西天取经时，一路上遇见过多少假冒的妖魔鬼怪，有扮成美女的，有扮成长老的，还有扮成国王的，甚至还出来个假美猴王。孙悟空都一一识破，把他们打回了原形。那个假的美猴王，连观音菩萨都识别不了，但逃不过孙悟空的火眼金睛。孙悟空的打假功夫了得吧。"

寒露说："祖师所言不差，但有一点儿需要指正。那个假美猴王，观音菩萨不是真的识别不了，而是她知道这个假美猴王是佛祖如来手下的一个童子，观音不肯做恶人，所以把球踢到如来那里去了。"

秋分说："依我看，如今市场上出现了这么多李鬼，是李鬼还是李逵真的很难分辨，达到这种水平绝非一般百姓所为，说不定又是哪个佛祖、老君、金星座下的童子、宠物在捣鬼呢。去年夏天的酷暑就是太上老君手下炼丹的童子惹的祸，搞得我们好苦啊。"

霜降说："所谓魔高一尺道高一丈，一物降一物。正因为如此，现在山寨水平高了，没有孙悟空这样有真才实学的人还真的对付不了。我同意孙悟空出来打假。"

立秋说："孙悟空能胜任这份工作是肯定的，不过我担心的不是这个。"立秋欲言又止。

菩提祖师听到霜降支持孙悟空出来打假，正得意呢，见立秋说话吞吞吐吐的，不由得面露愠色。菩提祖师不耐烦地对立秋说："有什么担心的，你就直话直说吧。"

立秋说："你们都知道,孙悟空是有前科的,我是怕这次把他召回来,他又大闹天宫。何况我还兼着天宫蟠桃会筹委会主任,上次孙悟空就是因蟠桃会闹起来的。"

听到这里,菩提祖师怒火中烧。他指着立秋说："你这是戴着有色眼镜看人。那是多少年前的事了?就算是对待犯了错误的人,也不能一棒子打死,何况孙悟空压在五指山下五百年,已经洗心革面,加上经过了取经路上九九八十一难的考验,也算是战功卓著。你们不重用他也就算了,还老是揪住过去的那点儿小错说事,真是气死我了。"说完,菩提祖师咳嗽不止,脸都涨得通红。

白露说："祖师作为孙悟空的师傅,爱徒心切,我们可以理解。同样,立秋主任坐在这个位置,有些问题也不能不考虑,这点也要请祖师理解。我看这样好不好,我们可以让孙悟空上来打假,但必须由你祖师写一份担保书,保证孙悟空来天宫后不惹是生非。"

听了白露的建议,立秋没作声,其他几位副主任都表示同意。菩提祖师想了一会儿,无奈地点了点头,勉强地接受了。

这时,立秋又提了一个问题："菩提祖师,你有问过孙悟空的意见吗?"

菩提祖师说："你们这里不先说好,我问孙悟空又有什么用?不过,你们放心,孙悟空会听我的。"

立秋说："那就这样定吧,通知在杭城的雨水,请他马上去花果山跑一趟,邀请孙悟空出山。"会议就这样结束了。

欲知后事如何,且听下回分解。

第127回 杭城内樟王谈情绪 水帘洞雨水激悟空

雨水这几天住在香樟王这里,白天由茶花女陪着去风景区游山玩水,晚上回来和香樟王谈天说地,日子过得很是快乐。这天吃完晚饭,雨水和香樟王又聊开了。

雨水说："我这几天和茶花女到处跑,去了好多地方,结识了许多植物界的朋友,包括柳杉王、芦苇君、毛笋、狗不理草等。说起你香樟王,他们都交口称赞,说你老成持重,做事公道,顾全大局,是他们的带头人。能得到这么多人的肯定真不容易,你是怎么做到的? 说给我听听,让我也学几招。"

香樟王说:"我很普通,没你说的那么厉害。不过也正是因为普通,所以能放下身段,走到群众中去,做些实实在在的事。我没给植物界带来什么,他们倒给了我很多荣誉,我受之有愧呀。"

雨水说:"我发现,越是伟大的人,越是谦逊。我觉得你最大的特点就是情绪稳定,沉稳大气。"

香樟王说:"说到情绪稳定,我觉得这很重要。生活中,能取得成功的人,一般都是品行端正、严于律己的人。能够控制自己情绪的人,就是高情商的人。情绪就是心魔,你不控制它,任它放纵,它便会吞噬你。任何时候,一个人都不应该做自己情绪的奴隶,应当学会控制自己的情绪,保持情绪的稳定,简单事不争吵,复杂事不烦恼,发火时不讲话,生气时不决策。宁可像傻子一样保持沉默,也不要一开口就证明自己是傻瓜。控制好自己的情绪,才能掌控自己的人生。说白了,控制情绪也是一种修养。控制好自己的情绪,保持情绪的稳定,不去伤害他人,不给自己找麻烦,多做善事,常怀感恩之心就是顶级的修养。"

说到这里,香樟王举了一个例子:"你们天上的如来佛祖、观音菩萨就是情绪稳定的大神,而赤脚大仙、菩提祖师这些人的情绪控制能力就差一些了,至于像八仙这样的就更不用说了。"

雨水说:"你说得太好了。不难发现,在成功的路上,很多人最大的敌人其实并不是缺少机会,或是资历浅薄,而是缺乏对自己情绪的控制能力。"

雨水正要说下去,突然收到了天宫发来的信息,命他即刻动身,去花果山探访孙悟空,邀请他出山打假。雨水连忙对香樟王说:"天宫令我去花果山找孙悟空。天命难违,我准备一下就出发,回来后再请教你。"

香樟王说:"天上的事情要紧,你快去快回,一路上注意安全。"

"多谢樟王。"雨水向香樟王抱拳致意,转身后就消失在夜空中了。

第二天清晨,雨水来到了云台山中麓的花果山。此时,太阳还没有完全升起,野花在一垄垄墨绿的树丛中摇曳着,红中透着粉,粉里带着紫,与散落的民居、缭绕的山雾、万亩翡翠茶园相衬。这里成了如梦似幻、让人沉醉其中的花果地。梯田上,农夫已经开始辛勤劳作。风吹过,落英缤纷。雨水看到花果山上林中有寿鹿仙狐,树上有灵禽玄鹤。洞外,一群猕猴嬉戏着,或行走跳跃,或食草木,或饮涧泉,或采山花,或寻鲜果,玩得正欢。雨水顾不得细看,径自寻到水帘洞口,见上面挂着一条横幅,上面写着四个大字"欢度春节"。雨水忍不住笑出声来,心想连猴子都知道欢度春节,想必这些猴子都已经成精了。只是这一笑惊动了把门的小猴,见有不速之客登门,小猴忙拦住洞口,询问来者何人,来此有何事。

雨水说:"我是天宫派来看望齐天大圣的,有要事相商。请你们快快通报。"小猴子进去后,不一会儿就跑出来,请雨水进洞。

雨水进洞后,见孙悟空盘腿坐在大靠椅上,面前放着各式各样的水果,香蕉皮、柑子皮、瓜子壳扔得到处都是。悟空见雨水来了,连忙跳下椅子,握住雨水的手,说:"今天是什么风把你吹来了?"

雨水笑道:"大圣好享受啊,难怪隐居在这里不肯出山了。不是什么风把我吹来的,是天宫专门派我来的。"

孙悟空"哼"了一声,说:"天宫派你来干什么,难道又要我去取经不成?"

雨水说:"这次倒不是去取经,而是请你去打假。"

悟空惊讶地"啊"了一声,说:"打假?打什么假?难不成外面又发现了美猴王?"

雨水说:"假的美猴王没有,但假的织女牌产品到处都是。"接着,雨水就把近期发生在天宫的假冒伪劣事件告诉了悟空。

孙悟空说:"这假冒伪劣商品的事,属于经济领域的事,与我何干?"

雨水说:"这确实属于经济案件,但要打击这些造假者,必须要查到源头,彻底端掉这些制假窝点,才能达到目的。所以天宫发改办派我来请大圣出山,担任打假办主任。"

孙悟空说:"不去不去,一则我在这里自由自在惯了,不适应体制内的约束;二则像这种小事,天宫能干的人多了,何必非要我去呢;三则我师傅也告诫过我,要我修身养性,少去惹是生非。"

雨水说:"关于这三点,天宫都想到了。第一,你这次去是专职打假的,用不着坐办公室点卯画钟,工作很自由;第二,你可别小看打假这事,复杂得很,不比你西天取经时识破各种妖魔鬼怪轻松;第三,这次要你出山担任天宫要职,本来就是你师傅菩提祖师推荐的,你师傅还拍胸脯保证你会听他的呢,你可别辜负了你师傅啊。"

悟空说:"这就奇怪了,我师傅以前是不希望我抛头露面的,甚至都不容许我提我是他的徒儿。我压在五指山下五百年，他也从没想办法来救救我，现在怎么想起关心我来了？"

雨水说："这个我是这样理解的，以前他觉得你生性顽劣，怕惹火上身，所以他要和你撇清关系。至于你被压在五指山下的事，他知道是佛祖如来干的，他和如来有过节，他也知道如来是为了你好，所以他就当作不知道，一直没来救你。现在情况不同了，你西天取经功成名就，他当然乐意认你为徒了，表面上是为你抱不平，实际上有借机抬高自己身价的目的。当然也有可能是他现在年纪大了，心软了，为过去对你的不公感到内疚，所以处处为你考虑，想做些补偿。"

悟空说："你不能这样猜忌我的师傅，不过就算你说的是对的，那这个主任之位也轮不到我啊，天上想去的人有很多吧？"

雨水见悟空心动了，就趁热打铁地用了激将法。雨水说："天上想去的人是有很多，但发改办认为这项工作时间紧、任务重、难度大，还危险，既要有武力，又要会动脑子。主任们反复考虑后觉得只有你齐天大圣能够胜任。让其他人干，他们不放心。"见悟空还在犹豫，雨水又补上一句，"当然，我来时，立秋主任交代过我，说如果大圣觉得自己没有胆量挑此重任，那也不要勉强你。毕竟大圣已经久疏战事，也许功力已经尽失，我们不能为了打假而坏了你的名声。"

听到这里，悟空气得跳上跳下。没等雨水说完，悟空就说："你不必多说了，我答应去就是了。"说完，悟空吩咐手下小猴去把洞外的猴子都叫进来，对他们说："我因天宫召唤，要上天去办事，时间短则几天，长则数月。我不在时，你们要小心谨慎，不要跑到远地方去，万事等我回来再说。"

手下管事的猕猴说："大王放心，现在不比从前了，一般的野兽都知道这里是大王的领地，不敢来犯。人类现在已将野生动物列入保护名录，我们花果山的猴子就更不用说了，毕竟有大王这块金字招牌在，还有什么可担心的。"

悟空说："这样就好，那我就去了。"说完，悟空跟着雨水走出了水帘洞，翻了一个跟斗就不见了。

欲知后事如何，且听下回分解。

第 128 回　孙悟空任职打假办　财神爷致谢织老板

孙悟空和雨水腾云驾雾一阵后，来到了杭城上空。雨水对悟空说："我在杭城还有事情要办，还要在此待一段时间。你对天宫熟门熟路的，你到天宫后就直接到发改办去报到吧，我就不陪你了。"说完雨水就按下云头，降落到杭城地面了。悟空抖擞精神，只翻了几个跟斗，就飞到了天宫。

孙悟空来到天宫，一路寻到发改办，没找到立秋主任，就来到了霜降副主任的办公室。霜降去年下凡在杭城挂帅时，曾代表天庭去花果山慰问过悟空，两人感情还不错。霜降热情地接待了孙悟空，霜降说："立秋主任今天去参加一个重要会议了，他知道你要来，特地嘱咐我要好好接待你。我们对你的到来很期待，祝贺你荣任新职。"说着，霜降拿出了一份红头文件交给孙悟空。

孙悟空拿过来一看，是一份任命书：正式任命孙悟空为天宫打假办主任（正处级）。打假办隶属发改办，但办案相对独立，主任可以充分行使权力，但前提是不触犯天规。孙悟空看了一下，就把文件放在一边，说："我答应来打假，是因为我疾恶如仇的性格使然，并不计较名利地位。等打假任务完成，我就回花果山。"

霜降说："我知道你的脾性，以后的事以后再说，我先把现在的情况说清楚，你的工资待遇比照正处级干部，每月 1200 天币。每月给你的办案经费是 3000 天币。天宫还为你办理了养老金、失业金、住房公积金等，考虑到这项工作的危险性，还特别为你买了人身保险。"

孙悟空听到这里有些不耐烦了，摆摆手说："我要这些有什么用，你就说我要如何开展工作吧。"

霜降说："工作上的事，我们不插手，你只要查到源头，找出窝点，提供证据，最后由我们发改办来处理。这样吧，这次打假专项任务，主要是针对假冒织女牌纺织品。对于这个情况，织女董事长是最清楚的。你直接去找她吧，她会配合你的。"霜降说着将织女的一张名片递给了孙悟空。

孙悟空接过名片看了一眼，说："那我去工作了。"说完，孙悟空顾自离开发改办找织女去了。

来到天宫织女纺织品制造有限公司,孙悟空直接去了董事长办公室。门口坐着的一个小仙女,见悟空探头探脑的,就问:"你找谁啊?"孙悟空说:"我找织女董事长。"小仙女问:"有预约吗? 没有预约就在这里登记一下。董事长办公室有客人在,你坐在门口等着吧。"

孙悟空在登记时,发现刚刚进去的客人是财神爷,心中很是不解,不知道财神爷来找织女干什么。孙悟空于是坐在门外偷听,只听到先是织女给财神爷倒茶。财神爷落座后,织女就笑了笑,说:"今天财神爷光临寒舍,是我们公司的莫大荣幸,财神爷是我们想请都请不到的大人物啊,今天怎么会不请自来呢?"

财神爷喝了一口茶,说:"我是来向你道谢的。"

织女不解地问:"这从何说起,你为什么要向我道谢?"

财神爷说:"你听我说,很长一段时间来,天宫的财政一直很紧张。财政收入的主要来源是人类给我们的贡品。"

织女说:"且慢,我听不懂了。人类怎么会要向天宫进贡呢?"

财神爷狡黠地笑了笑,说:"你也不是外人,我就和你直说了吧。人类不是喜欢烧香拜佛吗? 他们烧的纸钱能转化为我们的天币,他们烧得越多,我们的收入就越丰厚。他们如果不来烧了,我们的财源就枯竭了。所以说是人类在向我们进贡,并且是自觉自愿地进贡。"

织女说:"那他们得到了什么呢?"

财神爷说:"他们得到了心理安慰,以为这样老天会帮他们的忙。但实际上,你想想,老天能帮得过来吗?"

织女说:"那日子长了,他们要是发觉了怎么办?"

财神爷说:"可不是嘛,所以我们有时会故弄玄虚,偶尔扔几个元宝下去,谁碰到了谁就能中大奖,把他们的胃口吊起来,让他们觉得财神爷无处不在。"

织女说:"原来是这样,但这些事和我有什么关系呢? 你为何谢我呢?"

财神爷说:"原来,天宫财政部门死盯着我们,要我们没日没夜地工作,就是为了多进账,对我们的考核指标是一加再加,使各路财神爷苦不堪言。自从集贸市场建起来后,天宫开辟了一个收税费的财政来源,特别是你这个纳税大户,对天宫财政收入的贡献很大。有了税收这块稳定的收入,财政部门对我们的要求就放松了,我们就轻松了许多,所以我是受各路财神的委托,特地来向你表示感谢的。"

织女说:"没想到还有这样复杂的关系,我是做企业的,我只知道怎么样把自己的企业做好,没想到还能帮到你们。我能取得现在这样的成绩,离不开天宫各路大神的帮助,所以多交点儿税也是应该的。我交了税,你压力小了,就有空多到我这里来坐坐。你财神爷来得勤了,我还会不发大财吗?"

财神爷说:"是啊是啊,这就是所谓的双赢吧。"说完,两人都哈哈大笑起来。笑过后,织女突然想起来一件事:"现在遇到一件让我头痛的事。"财神爷说:"有什么事? 说给我听听。"织女就把近来市场上出现假冒伪劣产品的事说了一遍。

听完了织女的介绍,财神爷说:"这些制假者非常可恶,他们既然敢明目张胆地制假,就一定会偷税漏税。这些坏蛋不光害苦了你,对我们也有损害,是我们共同的敌人。那现在想好了用什么办法对付这些制假者吗?"

织女说:"现在发改办新成立了一个打假办,请齐天大圣孙悟空来当主任,听说这个孙悟空马上就要到我这边来,我正盼着他早点儿来帮我解决问题呢。"

财神爷说:"有齐天大圣来,你就放心好了,哪路妖怪能逃得过他的火眼金睛? 既然这样,你就准备准备,我先告辞。"财神爷说完便站起身来向门外走去。织女忙跑过来打开办公室的门。门外的孙悟空转身要走,被小仙女叫住了。小仙女指了指孙悟空对织女说:"董事长,这个人要找你。"

织女和财神爷看了看孙悟空,不约而同地说:"这不就是齐天大圣嘛。"孙悟空点头说道:"我就是孙悟空。"

"真是说曹操,曹操就到,快快请进。"织女一边说一边埋怨小仙女没提早通知她,害得齐天大圣在外面坐冷板凳。小仙女忙说:"是我有眼不识泰山,怠慢了大圣,该死该死。"孙悟空说:"没事没事,不知者不罪。"孙悟空和财神爷寒暄了几句便跟着织女走进了办公室。

欲知后事如何,且听下回分解。

第 129 回　董事长介绍销售账　孙悟空排查销售商

孙悟空走进了织女的办公室,刚落座,织女便说:"大圣啊,总算把你盼来了,我可全指望你了。"

孙悟空笑了笑,说:"织老板放心,这点儿小事,没什么大不了的。"孙悟空接过织女递过来的茶喝了一口,接着说:"士别三日当刮目相看,想不到你织女现在当大老板了,成女强人了。"

织女笑道:"我哪里算什么大老板,更谈不上女强人,只是想把织布这个传统技艺传承下去。现在,我的公司还只能算是个小作坊。你在中国待了很久,听说那里的织造业已经很发达了,大圣见多识广,不要笑我就好。"

孙悟空说:"要说中国这些年来的现代化发展进程,那是真的使我惊讶。我也算是见多识广的,但那里的变化还是快得让我不敢相信。我住的那个城市一边拆一边建,用日新月异来表达一点儿都不为过。我出去云游一次,回去后竟然会迷路。"

织女说:"我太向往那里的生活了,牛郎曾经动员过我几次,劝我们去凡间生活。但我下不了决心,主要是考虑到一对儿女还小,怕适应不了人间的生活。"

孙悟空说:"你现在当老板了,公司发展也风生水起,就更不可能下凡去了。"说完又问织女,"牛哥现在怎么样?他还好吧?"

织女说:"他呀,还是那副德性,酸溜溜的,现在对中国传统文化入迷了,还时不时地发几句情诗给我呢。"

孙悟空听了大笑道:"是吗?想不到牛哥还这么有情趣。我还听说他现在是天上人间文化交流协会的主席,不简单,他也算是自学成才了。等案子破了,我要去看看他,和他喝一杯。"

织女说:"就他那点才,拉倒吧。"

孙悟空说:"现在我们回过头来谈正事,你先把这个假冒伪劣产品的来龙去脉给我讲讲。"

织女于是把自己公司的起源,产品的品种、销售情况,假冒产品的发展过程,织女牌商标及专利技术的申请过程详细地跟孙悟空说了一遍。孙悟空听完后分析道:"现在我先要掌握两个方面的情况,一是我必须熟悉你们公司的产品,二是你们要把公司的销售客户资料告诉我。"

织女便赶忙叫外面的小仙女进来,要她把公司生产的全部产品的样品拿来。过了一会儿,小仙女把样品全拿来了。悟空翻来覆去地全看了一遍,说:"拿回去吧,我全记住了。"此时,织女已经把来公司进过货的客商名单找出来了,其中有零售商,也有批发商。那些自己直接来公司买块布料做套衣服穿穿的,没有列入名单。孙悟空看了下名单,对织女说:"每个客户的进货数量能统计出来吗?"织女说:"当然能,这个都有记录的。"织女又让管销售的把销售台账送过来。悟空从头到尾翻了两遍，说："把台账也拿回去吧，我全记住了。"织女心想，大大小小的客户有几百家，孙悟空翻了两遍就表示记住了，有点儿不太相信，就试探性地问了孙悟空几个问题，不料孙悟空说出来的情况和织女掌握的分毫不差，这下彻底把织女折服了。

这两件事做完以后，孙悟空站起来准备走："行了，该了解的我都了解清楚了，我先回去了，你就等着我的消息吧。"织女要留孙悟空用餐，但孙悟空婉拒了。织女便把孙悟空送到公司大门口，并握手告别。

第二天，孙悟空先到街上买了张天宫区域分布图，然后按照这张图的布局，一个区域一个区域地察看。根据织女牌产品的销售客户清单，每找到一个客户所在地，他就在图上标上记号。看到有销售纺织品，但没有在织女公司客户名单里的商家，孙悟空也将其在图上标出来，但用的是不同的颜色。这样在天宫城里奔波了四天，孙悟空基本掌握了天宫城纺织品销售商的布局情况。经统计，有 253 家商号在销售纺织品，其中 175 家商号在织女提供的名单里，另外的 78 家商号没有去织女公司进过货。

孙悟空决定从没有去织女公司进过货的商号着手调查。这一天，孙悟空化了装，扮成一个买布的老头来到一家名为"邵氏布业"的商号。孙悟空进店后，店里的伙计就小跑着过来打招呼，问他要买什么。孙悟空说："我女儿要结婚了，要多买一些纺织制品做陪嫁，所以来看看。"伙计指了指货架上的货，说："我们这里是'邵氏布业'，卖的是邵氏牌产品。"孙悟空表示很失望，说："我出来时，女儿叮嘱过我，要我认准织女牌产品。既然你们这里没有，那我到别的地方去找吧。"伙计见旁边没有其他人，就小声地告诉孙悟空："我们这里也有织女牌产品，只是都放在里间。"悟空说："既然有货为何不放到外面来？"伙计说："我们是'邵氏布业'，怕公开销售织女牌产品有损邵氏声誉，所以不公开卖。我们卖织女牌产品纯粹是赚外快，赚一点儿是一点儿，所以价格比其他店便宜。"悟空说："那你带我去看看。"伙计犹豫了一下，看孙悟空老实巴交的，就将他领进了内室。内室很大，里面堆满了各种各样的印着织女牌商标的纺织制品。孙悟空一看就知道全是假货，他装作很认真的样子，东挑挑、西拣拣。开始时，伙计寸步不离地跟着他，后来时间长了就松懈下来。这时，外面的伙计来叫里间的伙计，说有个熟客来，点名要里间的伙计出去谈，里间的伙计就跑出去了。孙悟空抓住机会拿出藏着的微型照相机，把现场的照片全部拍了下来，然后背着手，踱着步子慢腾腾地走出来，并说："我算了一下，带的钱不够，回家取足了钱再来买。"那个伙计忙于招待老客户,也顾不上他。孙悟空就借机离开了。到了僻静处,孙悟空拿出那张图,在"邵氏布业"那个点上画上了一个"×"号。

对于从织女公司进过货的商号,孙悟空也没有放过。他找到了一家叫"贾得宝"的商号,从织女提供的出货数量上看,"贾得宝"一共才进了 1000 天币的货,可是孙悟空发现"贾得宝"的生意好得很。孙悟空就扮成一个买梨膏糖的,从早上开始就在"贾得宝"门口转来转去,看到有人从"贾得宝"买了货物出来,就迎上去打招呼,夸赞"贾得宝"做生意公道,在聊天过程中套出客人从"贾得宝"买走了多少织女牌产品。只半天时间,悟空就算出"贾得宝"大约卖出了 300 天币的织女牌产品。按照 30% 的销售差价算,这些货的进价应该不少于 225 天币。孙悟空确定这家店有问题,就找了个机会混入店内。孙悟空发现,从陈列在外面的样品看,这些产品确定是真货,但当客户定好货,付完钱后,伙计从里间拿出来交给客户的货却是假的,客户对此浑然不知。这家"贾得宝"也列入了悟空的黑名单。

孙悟空决定一家家地暗访、排查。

欲知后事如何,且听下回分解。

第 130 回　悟空埋伏大战彪汉　白露发兵捣毁窝点

通过几天的暗访,孙悟空对销售商的情况大致摸清楚了:在织女公司进过货的 175 家商号中,122 家有假货;而 78 家没有去织女公司进过货的商号中,55 家商号在卖假货。孙悟空觉得,摸清假货的销售商还不够,关键是要找到制假的窝点,那里才是假货的源头。

孙悟空在一天晚上乔装打扮后,埋伏在"邵氏布业"商号的周边。约莫半夜时分,一辆车驶来,在"邵氏布业"商号门口停下来。一个彪形大汉从车上跳了下来,前后左右看了看,见没有动静,就轻轻地敲了敲商号的门。门开了,里面出来了四个伙计。大汉打开了车门,和四个伙计一起卸货。孙悟空远远看去,认出来这满满一车货全是假冒织女牌的产品。等货卸完,彪形大汉拿出一张单子让其中的一个伙计签了字,随后便坐进驾驶室。这时,孙悟空飞身一跃,跳进了后面的车斗里。车子轰隆隆地开了,并且故意在天宫城里绕了几个圈子,终于开进了一条小巷,来到一个单门独院。彪形大汉下来打开了大铁门,把车开进了院子。孙悟空见彪形大汉上楼去了,就从车斗上跳了下来。他前前后后仔细地观察,发现这里就是一个制假工厂,里面机器设备、原材料、印刷包装材料、假商标、各种仿冒织女牌产品堆满了一楼及地下仓库。孙悟空掏出微型照相机开始拍照取证。突然,一把寒光闪闪的利剑向他刺来。孙悟空跳到一边,回头一看,见是刚才开车的那个彪形大汉。他正虎视眈眈地盯着孙悟空。见大汉扑过来,孙悟空急忙藏好相机,奋起反击。

一场大战就这样开始了:拽开四平拳,踢起双飞脚;一个韬肋劈胸敦,一个剜心侧胆着;一个青狮张口来,一个鲤鱼翻身跃;一个饿虎扑食最伤人,一个蛟龙戏子极凶恶;一个急起罗汉脚,一个忙举观音掌;一个施出降龙十八掌,一个施出连环九曲腿;长拳架势自然凶,怎比短打多掠削。两人你来我往,见招拆招,犹如一对猛虎争食,在地面上滚成一团。

孙悟空开始时并没有当真,后来见对手身手不凡,并且招招都含杀机,便不敢松懈。打了七八十回合后,孙悟空打得兴起,就从耳朵里取出金箍棒,说声变,金箍棒变成碗口粗细。孙悟空将金箍棒拿在手上,跳在半空,在那大汉头上轻轻一点,大汉就立马倒下了。孙悟空将其提起来,对他说:"你已被我点了穴,若你听我的,到时我自会帮你解开穴位,若你不听我的,七天后,你将毙命。"大汉连忙请求孙悟空饶命,并表示一定听大神的吩咐。

孙悟空于是拿出纸笔,问一句,让大汉答一句,就这样把这个制假窝点的情况了解得清清楚楚,最后还让大汉在纸上签字画押。孙悟空说:"我走后,你就当什么事也没有发生过,要是你将今晚的事声张出去,那你就只剩下七天可活了。"大汉跪在地上求饶道:"我一定什么也不说,但七天后,大神可一定要来救我啊。"孙悟空说:"这个你放心。"说完,他就离开了现场。

孙悟空为何要如此大费周章,因为他知道制假窝点肯定不止一个。他不能打草惊蛇,他要把制假窝点都摸清后再动手一网打尽。后来几天,孙悟空如法炮制,历尽艰难,终于将天宫内上规模的制假窝点全部查清楚了。查到一个在图上标记一个,最后数了数,上规模的制假窝点一共有 13 个。

查清楚后,下一步就要行动。孙悟空本想自己直接动手,后来想起了以前的教训,又想到了霜降在交代任务时说过的话:你只要查到源头,找出窝点,提供证据,最后由发改办来处理。多一事不如少一事,孙悟空把调查结果整理好后,写了个调查报告,附上照片、口供、证词,还有窝点分布图,把所有材料密封好之后交给了发改办。

发改办得到孙悟空的材料,如获至宝,马上召开紧急会议,连夜做出部署。白露是卫戍司令李靖的副手,有调兵的权力。为了以防万一,发改办决定请白露直接动用天兵天将。晚上十时,发改办通知织女及手下骨干在公司待命。晚十一时半,十三路战车出发,先到织女的公司接一个专家。凌晨零时整,白露一声令下,各路兵马分头直扑目标。结果可想而知,不到两个小时时间,13个上规模的制假窝点全部被彻底捣毁了。

孙悟空后来得知,窝点被捣毁后,发改办追查涉案者,结果查到其中一个窝点的老板是太上老君的外甥的朋友;其中一个窝点的老板是如来佛祖座下的一个童子;还有一个老板据说和太乙真人过从甚密。那个和孙悟空过招的彪形大汉,也现了原形。他本是南海观音菩萨养在放生池里的一只乌龟,不知道什么时候逃了出来,到制假窝点来当保卫科科长了。本来这只乌龟是要关禁闭的,后来观音菩萨把它领了去。总之各路妖精各有各的门路,各有各的靠山。立秋他们也知道,这些老板的所作所为,和太上老君、如来佛祖、太乙真人一点儿关系都没有。发改办也不想多事,就抓了几个窝点的喽啰,把他们关了一段时间。对销售假冒伪劣商品的商号,则重重地罚款了事。此事就这样结案了。孙悟空知道后,叹了口气,也不想多说什么,只是到织女的公司去和她告了别,随后便回到花果山当他的山大王去了。

欲知后事如何,且听下回分解。

第131回　小惊蛰着迷数学题　大启蛰下凡催春耕

嫦娥送到天宫发改办的月球广寒宫开发建设项目建议书终于获得批准了。项目建议书获得批准的原因有很多,第一个原因是月球广寒宫开发建设项目的前景十分诱人;第二个原因是雨水的项目建议书写得好,博征旁引,有理有据,加上雨水本来就是立秋推荐给嫦娥的,发改办从一开始就有些偏爱雨水;第三个原因是天宫近来税收增长较快,财政压力有所缓解,基本建设投资可以适当增加一些,银根活络了,嫦娥的项目正好可以排上;第四个原因是嫦娥为了这个项目做了很多盘外功,去找了很多关系,连原来垂涎于她的猪八戒,她都去找过。猪八戒原本就是天蓬元帅,级别不低,加上保护唐僧取经有功,情商又高,所以回到天宫后很吃得开。老是有小仙女围着他"猪哥、猪哥"地叫,八戒总是爱理不理的。虽说他以前为了追求嫦娥吃了很多苦,也被削了职,但他不记仇。这次嫦娥来找他帮忙,他心里还是很乐意的。于是,猪八戒跑前跑后地做说客。功夫不负有心人,他做的工作都起作用了。

项目建议书经批准后,嫦娥需要做的就是启动项目可行性研究报告的编写。她发消息给月球上的吴刚,问雨水还在不在月球。吴刚回复说,雨水早就走了,走的时候,他说他到地球上一个叫杭州的地方去了。嫦娥很相信雨水,就去发改办恳求主任把雨水调到月球去。发改办只好发通知给雨水,要他重回月球帮嫦娥搞可行性研究报告。随后,发改办又紧急安排春季组的惊蛰下凡去接替雨水。

这个惊蛰也是很有天赋的,他从小就喜欢钻研数学问题,还在读小学时,就证明出了勾股定理:在直角三角形的三条边中,两条直角边的平方和等于斜边的平方。惊蛰的数学天赋引起了数学老师的注意。到初中时,惊蛰又对圆周率着了迷,即一个圆的周长和直径之间的关系。他算啊算,不知道算了多少遍。后来,他得出的结论是这个圆周率是在 3.1415926 与 3.1415927 之间,这个结果比中国古代的祖冲之是迟了很多年,但在天宫已经算很了不起了,还有人称他为神童。在大家的鼓励声中,他又对阿拉伯数字产生了兴趣,也就是由 0、1、2、3、4、5、6、7、8、9 这十个数组成的数。惊蛰发现数学这门学科还有很多奥秘有待挖掘。

比如说完全数就很有趣。完全数,又称完美数或完备数,是一些特殊的自然数。它所有的真因子(即除了自身以外的约数)的和,恰好等于它本身。如果一个数恰好等于它的因子之和,则称该数为"完全数"。例如,第一个完全数是 6,它有约数 1、2、3、6,除它本身 6 外,其余 3 个数相加等于 6,即 $1 + 2 + 3 = 6$。第二个完全数是 28,它有约数 1、2、4、7、14、28,除它本身 28 外,其余 5 个数相加等于 28,即 $1 + 2 + 4 + 7 + 14 = 28$。第三个完全数是 496,有约数 1、2、4、8、16、31、62、124、248、496,除去其本身 496,其余 9 个数相加,$1 + 2 + 4 + 8 + 16 + 31 + 62 + 124 + 248 = 496$。此外,8128、33550336 等也是完全数。

另外还有亏数和盈数,例如 4 这个数,它的真约数有 1、2,其和是 3,比 4 小,这样的自然数叫作亏数。12 这个数的真约数有 1、2、3、4、6,其和是 16,比 12 大,这样的自然数叫作盈数。所以,完全数就是既不盈余也不亏欠的自然数。

惊蛰研究数字后发现,一个大数能不能被一个小数整除,是有规律的,比如能被 2 整除的数其末位一定是偶数,能被 5 整除的数其末位一定是 0 或 5,能被 9 整除的数其各位数字之和一定是 9,例如 1234566 这个数,由于 1 + 2 + 3 + 4 + 5 + 6 + 6 = 27,2 + 7 = 9,所以 1234566 这个数能被 9 整除。那么从 2、5、9 这样的数能不能延伸到其他数呢?比如被 3 整除的数有什么规律,被 7 整除的数有什么规律,被 11 整除的数又有什么规律,等等。惊蛰不停地想,不停地算,经过反复推算,终于摸索出一个统一的规律,可以用公式表示出来。惊蛰将研究成果写成论文,发表在《天宫大学数学学报》上,引起了很大的反响。

按照惊蛰的梦想,他长大后是想进行数学研究的,但惊蛰的父母认为研究数学不能作为职业,于是让他去学自然科学。后来,天宫又把他编入春季组。在每年的 3 月上旬,惊蛰必须登场,去完成物候学上的职责。今年的 3 月上旬,他又接到了发改办的通知,发改办令他下凡去人间接替雨水的职务。惊蛰接到通知后,稍做准备就出发了。

气象学上的惊蛰,古称"启蛰",是二十四节气中的第 3 个节气,更是干支历卯月的起始。时间点在公历 3 月 5—6 日,此时,太阳到达黄经 345°。《月令七十二候集解》:"二月节……万物出乎震,震为雷,故曰惊蛰,是蛰虫惊而出走矣。"这时天气转暖,渐有春雷,动物入冬藏伏土中,不饮不食,称为"蛰"。"惊蛰",即是上天以打雷惊醒蛰居动物的日子。这时,中国大部分地区进入春耕季节。"春雷响,万物长。"惊蛰时节正是大好的"九九"艳阳天,气温回升,雨水增多。大地已是一派融融春光了。

惊蛰和雷公、电母是好朋友,雷公、电母从去年秋末回天宫休假后,一直处于昏睡状态。得知好朋友惊蛰要下凡去,并且是去杭州这样的好地方,雷公、电母就吵着要跟着一起去,说他们睡醒了,要去活动活动筋骨。惊蛰当然是求之不得,因为他这次下去,肩负着劝农事的职责。有雷公、电母相助,惊蛰就更有底气了。

去地球的路上,雷公、电母问惊蛰:"你为何如此匆忙地下凡去?"惊蛰答:"对农耕来说,这个时候非常重要。中国劳动人民自古很重视惊蛰节气,把它视为春耕开始的日子。唐诗有云:'微雨众卉新,一雷惊蛰始。田家几日闲,耕种从此起。'农谚云,'过了惊蛰节,春耕不能歇''九尽杨花开,农活一齐来'。这时,华北地区的冬小麦开始返青生长,土壤仍冻融交替,及时耙地是减少水分蒸发的重要措施。'惊蛰不耙地,好比蒸馍走了气。'这是当地人民防旱保墒的宝贵经验。沿江江南小麦已经拔节,油菜也开始开花,对水、肥的要求均更高,应适时追肥。干旱少雨的地方应适当浇水灌溉。南方雨水多,一般可满足菜、麦及绿肥作物春季生长的需要,防止湿害则是最重要的。俗话说,'麦沟理三交,赛如大粪浇''要得菜籽收,就要勤理沟',必须继续做好清沟沥水工作。华南地区的早稻播种应抓紧进行,同时要做好秧田防寒工作。随着气温的回升,茶树也渐渐开始萌芽,应及时进行修剪,追施'催芽肥',促其多分枝、多发叶,提高茶叶产量。桃、梨、苹果等果树要施好花前肥。"

雷公、电母又问:"那需要我们帮什么忙呢?"惊蛰说:"等会儿到杭州上空时,你们看我的手势。我手一挥,你们就打雷放电,之后,你们就停留在上空,掩护我着陆。"片刻之后,电母已看到下面的高楼大厦,大叫"到了到了"。惊蛰看电母急不可耐的样子,便将手一挥。雷公、电母顺势大叫一声,作起法来,只见一道电光闪过,紧接着是轰隆隆的巨响。顷刻间,雨水就劈头盖脸地落了下去。在雷电风雨交加的水雾中,惊蛰一跃而下,寻香樟王去了。

欲知后事如何,且听下回分解。

第132回　樟王论勤劳举例子　惊蛰说哲学解疑惑

惊蛰一落地,就去寻找香樟王。到了香樟王住处附近,惊蛰发现香樟王正站在门口向他招手,于是一路小跑着过去。香樟王说:"欢迎惊蛰团长的到来,我们正等着你呢。"惊蛰抖了抖身上的雨水说:"谢谢香樟王,不过你怎么知道我要来?"

香樟王说:"前面听到了初春的一声惊雷,我就知道你要来了。"惊蛰笑了笑说:"香樟王果然厉害,什么事都瞒不了你啊。"

"这是基本的物候学知识,我们植物界,如茶花女、毛笋都懂的。"香樟王说着把惊蛰迎入室内,拿出一套干衣服,让惊蛰换上,随后把惊蛰带到餐厅用晚餐。

香樟王一边陪惊蛰用餐,一边说:"前两天雨水回月球去了,我以为天宫不会派团长下来了,因为说实在的,春节过后,这里也没有什么好慰问的了。"

惊蛰说:"立春回天宫后把了解到的情况说了。我这次下来,不是来慰问的,是来催促农民开展农事活动的。春节已经过去了,春耕要开始了。"

香樟王听了哈哈大笑,惊蛰问他笑什么。香樟王说:"中国人这么勤劳,哪里用得着你们来催促啊。他们巴不得明天的事今天做了呢。比如毛笋,按正常规律应该是春天来了后,气温上升到一定程度,毛笋就自然而然地从地下冒出来。而现在,这里的竹农为了能早点儿挖毛笋,采用垄糠覆盖技术,让竹林天天穿着棉袄,全身暖烘烘的,毛笋在冬天就提前出生了。同样的道理,现在反季节水果、反季节蔬菜到处都是,你说中国人还用得着你来催促吗?"

惊蛰说:"那他们为什么要这样做呢?"

香樟王说:"为了赶时间啊,春笋冬出就可以赶在春节前卖个好价钱。反季节果蔬也是这个道理。"

惊蛰说:"我觉得勤劳是好事,我们天宫的人就不一样了,他们太懒惰了,所以有'天上只一日,地下已一年'的说法,就是说在我们那里,一天稀里糊涂地就过去了,但地上的人们却已经做了一年的事了。"

香樟王笑了笑说:"但是在以前,有一种说法是你们天上舒舒服服地过了一天,地上的人已经吃了一年的苦了,这就是'过神仙一样的生活'这句话的出处。现在情况不同了,地上的日子都好过你们天上了。"

惊蛰叹道:"是啊,风水轮流转啊。"停了片刻,惊蛰又说,"不过,像中国人这样太过勤劳,我觉得也不好,是不是有种急功近利的感觉?"

香樟王说:"你怎么会有这种感觉,能举个例子吗?"

惊蛰说:"我听说民国时代出过很多大师,但现在反而很少有大师出现,这是为什么?"

香樟王想了想,说:"这是个很复杂的问题,这句话并不全对。首先,这个大师的标准本身是模糊的,谁是大师谁不是大师,不同的人有不同的观点。其次,这和基础有关系,为什么古代有些人是数学家,又是物理学家,甚至还同时是哲学家?因为那时的科学基础薄弱,稍微一搞就有新发现。而现在科学技术水平已经很高了,想再轻易地解决难题绝非易事。比如,赚 2 元钱比赚 1 元钱难度更大,但很容易做到,但赚 2 万元钱比赚 1 万元钱要难得多。"

惊蛰说:"我明白你的意思,比如中国的国内生产总值增长率,改革开放初期可以达到很高的水平,那是因为那时的基数太低。随着基数的增大,增长率就会慢慢地降下来。像开始那样一直保持高增长率是不现实的。"

香樟王对惊蛰竖起大拇指,说:"你真聪明,一点就通。"

惊蛰涨红着脸说:"要知道,我可是有数学特长的。"

香樟王给他举了一个植物界的例子:"一片树林的发展要经过幼龄林—中龄林—近熟林—成熟林—过熟林这几个阶段。在整个过程中,其蓄积量生长率在幼龄林、中龄林阶段最快,到近熟林时慢下来,成熟林时就更慢了,到过熟林时基本不增长了。经济也好,生物也好,其发展速度都是呈曲线的,不会是直线式的。"

惊蛰说:"你说这些,和我前面提的问题有关系吗?"

香樟王说:"当然有关系,民国时期,中国的经济基础有多差你知道吗? 那时候普通人家的子女根本上不了学。有钱的人家会把子女送到大城市去,有些还会把子女送去留学几年。有些天资聪颖又肯吃苦的人很容易出名,编个剧本、写几首诗就出名了,因为大多数老百姓还不知道剧本是什么呢。可是现在是互联网时代,每个人都可以当作家写剧本。"

惊蛰说:"可是我觉得现在的人追求的是快餐文化,有思想深度的大作不多。年轻人心浮气躁,无法沉下心来修身养性,提高涵养。像你香樟王这样有内涵的人越来越少了。"

香樟王摇摇头说:"我不算什么,我无非是资格老一些。在我们植物界,精兵强将多得很,比如毛竹,全身都是宝;月季,一年能开多次花;荷花,出淤泥而不染;被称为'三色花'的木芙蓉,开花时花色可以一天三变,早晨纯白,晌午桃红,晚上深红;松树,在贫瘠的土地上也能傲然屹立。他们都比我强多了。"

惊蛰说:"反正我不喜欢闹哄哄的环境,我喜欢清静。我小时候的志向是研究数学,这是一种要能忍受孤独的工作。"

香樟王说:"是的,你要搞数学研究,就要耐得住寂寞,学会享受孤独。人,要么庸俗,要么孤独。没有相当程度的孤独是不可能有内心的平和的。伟大的心灵,在这个世界更喜欢独白,自己与自己说话。"

惊蛰说:"这几句话好像听着耳熟,是哪里来的?"

香樟王说:"这是德国伟大的哲学家叔本华说的。叔本华是一个孤独的人。孤独,铸就了他伟大的心灵。思想不是你要它来它便来,而是由它自己决定它的来去。"

惊蛰说:"说起哲学,我发现了一个有趣的现象,就是古代很多有名的数学家,也是哲学家。"

香樟王说:"是的,数学和哲学这两门看起来风马牛不相及的学问,事实上是相通的,是有大智慧的人,耐得住寂寞与孤独的人,冥思苦想出来的。例如毕达哥拉斯是古希腊数学家、天文家、哲学家,笛卡尔是法国哲学家、数学家,罗素是英国哲学家、数学家,等等。"说到这里,香樟王给惊蛰出了一道题:"有一次,有人问毕达哥拉斯有多少学生。他说,我的学生有一半在学数学,四分之一在学音乐,七分之一沉默无语,另外还剩下 3 名女学生在宿舍,请你算算他有多少学生。"

惊蛰说:"这个很简单,28 个吧。"

香樟王说:"是的,到底是喜欢数学的人,就是不一样啊。"

惊蛰说:"你就别取笑我了。晚餐也吃好了,又聊了这么多,我要考虑接下来的安排了。"

香樟王说:"你来了,春天也跟着来了,春暖花开,处处充满生机。你去看看雨后春笋茁壮成长的场面吧,从中能感受到中国经济发展蓬勃向上的强大动力。"

惊蛰说:"太好了,我等会儿就去,到哪里去看好呢?"

香樟王说:"今天天色已晚,明天再去不迟。建议你去云栖竹径,我晚上通知毛笋在那里等你。"

说完,两人就回房休息去了。

欲知后事如何,且听下回分解。

第133回　惊蛰云栖竹径赏竹　森林康养竹子奉献

第二天清晨,惊蛰就出发去云栖了,来到云栖竹径时,毛笋已在那里等候。惊蛰见毛笋粗粗壮壮,看上去胖乎乎的,很是喜欢,连声赞道:"昨晚香樟王夸你英气勃发,今日一见,果然如此。""香樟王抬举我了,倒是你惊蛰春风得意呀。"毛笋一边说一边领着惊蛰欣赏云栖风光。

这云栖竹径,乃新西湖十景之一,排名第九。"云栖竹径"是指云栖坞里林木茂盛的山坞景观,深山古寺,竹径磬声。云栖坞位于五云山南麓。相传,五云山山顶飘来的五色云彩,常常飞集坞中,经久不散,云栖坞因而得名。但见今天的云栖坞,翠竹成荫,溪流叮咚,清凉无比。小径蜿蜒深入,潺潺清溪依径而下,娇婉动听的鸟鸣自林中传出,林中幽静清凉,空气清新。

毛笋带着惊蛰一边欣赏身旁的竹景,一边聊。此时,漫山遍野的竹海中一根根春笋争先恐后地破土而出。它们刚来到地面上时,从头到脚都被硬硬的笋衣紧紧地包裹着。在和煦的春风的吹拂下,在簌簌的春雨的浇灌下,它们争先恐后地往上蹿。在不断地向上长的过程中,它们一层一层地脱下身上的衣裳,笋壳散落一地,幼笋仿佛在一瞬间长成了竹子。用不了多久,它们就能开枝散叶,长成与成年竹子一般粗壮,融入竹海,成就一道新的风景。

毛笋介绍道:"在植物中,长得最快的就是我们毛竹了。在春笋出土开始拔节的时候,毛竹一天一夜可以长高 1 米(一般落叶松一年才能长高 1 米),平均每分钟可以长高约 2 毫米。你仔细听听,有时甚至能听到它生长时拔节的响声。"

来到一个亭子,惊蛰找了一处石墩坐下,对毛笋说:"云栖这地方不错,地段好,景色美,房价高,你要珍惜这来之不易的大好机会。现在你所在的学区好,有名牌幼儿园、名牌小学,但学校再好,自己没学到真本事又有什么用呢? 小升初以及中考、高考都要靠自己努力,才能考上好学校。"毛笋点点头说:"这个我知道,你放心吧。"

惊蛰说:"我听说竹子全身都是宝,主要用途有哪些呢?"

毛笋说:"竹子的用途十分广泛,主要分为食用、观赏用、传统材用和工业材用四大类。食用方面主要表现为竹笋和笋干。竹笋含有丰富的蛋白质、氨基酸、脂肪、糖类、钙、磷、铁、胡萝卜素、多种维生素,是优良的保健蔬菜。观赏方面主要表现为观赏竹,是一种专门培植的供人们观赏的园林应用竹类植物,有以茎秆、叶色等形态比较奇异的竹类,如散生型的紫竹、毛竹、刚竹、桂竹、方竹,丛生型的佛肚竹、孝顺竹,混生型的箬竹、茶杆竹。传统材用方面包括居家用品,如竹扫帚、竹篱笆、竹制猪笼、竹制大棚、竹制水车、竹菜篮、竹梯、竹筏、旗杆、竹凳、竹筏、竹席、竹垫、竹扇子、牙签、竹杯、钓竿、竹伞;纯工艺品,如竹风铃、竹雕刻、竹编织品、竹乐器;建材用品,如竹胶板、竹地板;其他材用,如竹炭、竹醋液、造纸竹浆、医用竹叶。在工业材用方面,竹托盘产品是其亮点,拥有免熏蒸、强度高、承载力强、抗冲击力强、可回收、易维修、防水、防霉、防虫等优点,能百分之百地发挥竹材的特性和优势,与绿色环保理念一脉相承。另外,竹板材还广泛地应用于包装箱、车船用板、集装箱用板、建筑模板、庭院美化等领域。"

惊蛰说："竹笋可食用,竹材可制各种材料,竹叶可入药,竹根还可做根雕。你们这个家族真是太强大了。"

毛笋说："你说的只是表面的,现在我们的功能在转变,我们要发挥更大的作用。"

惊蛰说："除了前面说的,还有什么更大的作用呢? 快说来我听听。"

毛笋说："竹类植物是具有高吸碳能力的造林树种,是重要的森林植物资源,因其独特的生物学特性和良好的生态效益,而被誉为 21 世纪最具潜力和希望的植物。现代城市纷乱嘈杂,环境污染严重,空气混浊,生活节奏加快,导致各种疾病发病率上升,很多居民处于亚健康状态。森林拥有天然的生态环境和适宜的气候,是人们理想的休养场所,是人们缓解城市压力的理想去处。越来越多的人在关注森林的康养功效。相比竹子的物质价值,其生态价值更大。其中,森林康养是生态价值中重要的内容。竹林康养资源由环境资源(包括小气候、竹林精气、抑菌、滞尘、空气负氧离子、声环境、竹林食品等)、景观资源(包括林分类型、垂直空间结构、植物形态、色彩组成、绿视率等)、文化资源(包括物质资源,如生活生产所用的竹制品,符号资源,如文学、绘画、宗教、民俗)共同构成,这些资源均可与竹林养生旅游产品的开发相结合。在中国,竹类植物的栽培与利用历史悠久,竹子是'清高、气节、坚贞'的人格象征。丰富多彩的竹文化是竹旅结合的前提,发展竹林养生旅游优势明显,潜力巨大。"

惊蛰说："森林康养,倒是个新的概念。你们试验成功后,我们学会了就带到天上去,让神仙也享受享受。"

毛笋说："森林小气候是指在森林植被影响下形成的特殊小气候,是森林中水、气、热等各种气象要素综合作用的结果。人体舒适度以人类机体与近地大气之间的热交换原理为基础,是评价人类在不同气候条件下舒适感的一项生物气候指标。空气负氧离子,被誉为'空气维生素和生长素',能改善呼吸系统的功能,促进人体形成维生素及贮存维生素,调节人体神经系统功能,加强新陈代谢,促使血管扩张,改善循环系统功能,使肝、肾、脑等组织的氧化过程加速,提高其功能,对人体健康十分有益。植物 VOCs 不仅可以杀灭或减少空气中的细菌、病毒等致病微生物,而且可以通过人体呼吸系统吸入、皮肤渗透等途径来改善人体的生理状态,起到强身健体、缓解疾病的功效。在竹林里,人体舒适度明显提高,负氧离子含量丰富,植物 VOCs 含量高,这些都对人体健康十分有利。所以我说我们要华丽转身,为人民服务要从提供物质产品为主转变为以提供精神产品为主,要为人们提供身心愉悦的场所。"

惊蛰连连点赞道:"你们竹子家族太了不起了,这种无私奉献的精神真值得我们好好学习啊。"

毛笋继续说:"竹林环境资源、景观资源和文化资源的康养功效,对园林绿化中的竹景观营造、城市公园和城乡竹林风景带的建设、康养型风景竹林的培育、竹旅融合项目的规划与设计等均具有重要的指导意义。"

这时,迎面走来一群大伯大妈,毛笋连忙拉着惊蛰闪到一旁。等那群人走远了,毛笋说:"你看到了吗? 刚才这群人年龄都挺大,但看上去红光满面、神采飞扬,精神十足,就是因为他们经常来竹林里走动。"

惊蛰又是一阵惊叹,惊叹之后没忘补上一句:"竹林康养的神奇功效我算是见识了。我发现你的推销水平也是一流啊。"说完,两人一起哈哈大笑起来。

欲知后事如何,且听下回分解。

第134回　惊蛰出事故写检查　春分玩竖蛋论科学

惊蛰先是由毛笋陪着游览了云栖竹径,又由垂柳陪着去了柳浪闻莺,再由狗不理草带着去了白堤看桃红柳绿。惊蛰惊讶于杭州西湖边湖山如此多娇,流连忘返,早将陪着他一起下凡的雷公、电母给忘了。雷公、电母牢记惊蛰的话,掩护惊蛰着地后,还一直停留在半空中等候惊蛰的消息。但等了几天,也没等到惊蛰的消息,雷公、电母有些急了。电母就对雷公说:"这么多天了,一点儿消息都没有,惊蛰会不会出事了? 我们回去也不好,等在这里也不好,你看怎么办呢?"雷公说:"我也在担心啊,要不这样,我们搞点儿动静出来,算是发个信号给他,他听到后一定会领会的。"电母说:"好,那我们就数一、二、三,一起来。"几秒钟后,杭州上空突然雷鸣电闪,风雨交加。因来得非常急促,声音又特别响,雷鸣电闪将正在田野里悠闲自在地吃草的几头老牛活生生地吓死了,至于吓死的鸡鸭就更多了。

惊蛰正在和狗不理草一起玩,被一阵雷鸣电闪惊着了。惊蛰一拍脑袋,说了一句"坏事了",便心急火燎地一跃而起,到半空中喝令雷公、电母住手。雷公、电母看到惊蛰终于出来了,还讪讪地笑呢。惊蛰说:"你们还笑呢,闯祸了,你们知道不知道?"雷公、电母异口同声地说:"闯什么祸?我们打雷发闪电又不是第一次,都是家常便饭了,也没见出什么事。"惊蛰说:"没有像今天这样的,刚刚还阳光普照,你们招呼也不打,突然就惊雷滚滚,不把下面的动物吓死才怪呢。"惊蛰这样一说,雷公、电母才意识到刚才用力过猛了,连忙说:"那现在怎么办?"惊蛰说:"你们先回天宫吧,待我下到地面去探明情况再说。"雷公、电母就灰头土脸地回去了。

惊蛰下到地面,玩的心情也没有了,就回到香樟王住处。两个小时后,统计数据被香樟王掌握了:此次天灾共吓死了25头牛、226只鸡、317只鸭子,至于其他的小动物则无法统计。香樟王把结果告诉了惊蛰,惊蛰没有隐瞒,写了一份材料,如实地把损失情况报告给天宫。

天宫收到惊蛰报上来的材料后,批转发改办处理。发改办办案的人一查记录,发现当时只派了他一个人下凡,没让雷公、电母一起去。发改办办案的人于是把雷公、电母叫来核实,雷公、电母把责任都往自己身上揽,说是自己要求跟着惊蛰去的,和惊蛰无关。雷公、电母还强调以前每年都是这样的。发改办的人说,以前是以前,现在是现在,能比吗?以前天宫还没有发改办呢?雷公、电母想想也对,就说,那就任凭你们处置吧。发改办的人对照天规条例,对雷公、电母做出关禁闭15天的处罚。至于涉及此事的惊蛰,发改办的人也不敢随便下结论,就把全部材料上交给立秋主任。

立秋看了材料后,觉得虽然没有出人命,也不算很大的事,但由于涉及春季组,所以不便贸然行事。于是,他把几位副主任叫来商量此事。处暑说:"惊蛰下凡,未经登记就带着雷公、电母一起去,去了后又不及时安顿好雷公、电母,对事故的发生要负次要责任。虽然事情不是很大,但他已不适合再在那里当团长了,还是把他叫回来,让他写一份检查报告好了。"其他几位副主任都表示同意处暑的意见。

立秋又问:"那派谁去接替惊蛰呢?"秋分说:"我听牛郎说过,他们春季组有个约定,是按照春雨惊春清谷天的次序来的,所以现在轮到春分下去了。"听到这里,立秋就拍板决定,让春分下凡接替惊蛰,令惊蛰写出书面检查,视其认错态度再做处理。

春分这时正在家里看书,突然接到令其立即下凡接替惊蛰的紧急通知。春分一打听才知道事情的缘由。春分不敢怠慢,简单收拾了一下,吸取惊蛰的教训,单枪匹马地就下去了。

天候·春

二十四节气中的春分通常特指太阳真正位于黄经0°的日期,时间为每年3月20日或3月21日。在时间周期上,此时太阳位于黄经0°和15°之间的位置,大约是每年3月20日至4月5日。春分时,太阳直射点在赤道上,此后太阳直射点继续北移,故春分也称升分。从理论上说,此时全球昼夜等长。春分之后,北半球各地昼渐长、夜渐短,南半球各地夜渐长、昼渐短。对于春分的节气现象与时空状态,左河水用四句诗概括为:

风雷送暖季中春,桃柳着妆日焕新。

赤道金阳直射面,白天黑夜两均分。

春分时节,除了青藏高原、东北、西北和华北北部地区,中国其他地区都进入明媚的春天。在辽阔的大地上,杨柳青青,莺飞草长,小麦拔节,油菜花香,好一派生机勃勃的景象。

春分来到香樟王这里,见香樟王正在聚精会神地玩竖蛋游戏。春分心想,香樟王都老资格了,还在玩这种游戏,可见其心态还是很年轻的,就默不作声地站在旁边看。香樟王选了一个光滑匀称、刚生下四五天的新鲜鸡蛋,轻手轻脚地在桌子上把它竖起来。竖了很多次,虽然失败的次数多,但成功竖起来的次数也不少。香樟王口里念着"春分到,蛋儿俏",竖起来了就叫声好,没竖起来就叹口气。

过了一会儿,香樟王有些累了,便抬起头来,这才发现身后站着春分,正看着他竖蛋呢。香樟王有点儿不好意思地笑着说:"不知春分大人驾到,恕罪恕罪。让你看到我玩这种小儿科的游戏,见笑了。"

春分说:"这说明香樟王童心未泯啊。事实上,我们天上也在春分这一天玩这个游戏的,而且这也是有科学依据的。"

香樟王说:"这个还有科学道理? 你倒是说来听听。"

春分说:"首先,春分这一天,南、北半球昼夜等长。倾斜66.5度的地球地轴与地球绕太阳公转的轨道平面处于一种力的相对平衡状态,有利于竖蛋。其次,春分正值春季的中间,不冷不热,花红草绿,人心舒畅,思维敏捷,动作利索,易于成功竖蛋。更重要的是,鸡蛋的表面高低不平,有许多凸起,凸起高0.03毫米左右,凸起之间的距离为0.5~0.8毫米。根据三点构成一个三角形、决定一个平面的道理,只要找到三个凸起和由这三个凸起构成的三角形,并使鸡蛋的重心线通过这个三角形,那么这个鸡蛋就能竖起来了。此外,最好选择生下4~5天的鸡蛋,因为此时鸡蛋的卵磷脂较松弛,蛋黄下沉,鸡蛋重心下降,有利于鸡蛋的竖立。"

香樟王说:"原来竖蛋里还有这么多科学知识,真让我长见识了。"见春分还站着,香樟王一边招呼他快坐下,一边吩咐里间的小香樟泡茶,张罗晚上招待客人的饭菜。

欲知后事如何,且听下回分解。

第 135 回　春分时节万物复苏　樱梨杏桃千姿百态

第二天,春分一大早就和香樟王说:"我这次下来,也没有什么特别的任务,就是想到处去看看,欣赏中国的山河美景。"香樟王说:"好啊,现在正值春风十里,最适合去赴一场花宴,你可以去各地看看樱花、梨花、杏花、桃花。我最近比较忙,不能亲自陪你,我派茶花女陪你吧。"春分说:"你们都忙,不劳烦你们陪了,还是我自己单独去那吧。一个人去自由自在,想去哪里就去哪里,反正有导航,找得到地方。"香樟王见春分这样说,也不坚持。吃过早饭后,春分就出发了。

春分一路走过,此时正是万物复苏、春风拂面的好时光,浙江各地的山林里、田野间,正上演着最热闹的花的盛宴。最具有浪漫情怀的樱花,最脱俗雅致的梨花,最淡雅低调的杏花,最光彩夺目的桃花,正以全年最美的姿态迎接来自天宫的春分。春分看得兴起时咏道:

> 春分时节万物苏,
> 原野尽飘粉黛香。
> 毛笋拱土节节高,
> 花蕾破苞瓣瓣红。

春分来到了梅家坞,这里有山有貌,有坞有水,有茶有文。梅家坞茶文化村是西湖龙井茶一级保护区和主产地之一,也是杭州城郊最富茶乡特色的农家自然村落和茶文化休闲观光旅游区。梅家坞以茶闻名,现在采摘明前茶尚早,但这里的樱花开在茶园的夹道两岸,落樱在一垄垄墨绿的茶丛中漫天飞舞,红中透着粉,粉里带着紫,与散落的民居、缭绕的山雾、万亩翡翠茶园相衬。这里樱花品种繁多,花期不一,从立春左右到 3 月底,次第开放。春分又随口吟道:

樱花盛开灿若霞，云淡风轻暖似阳。

踟蹰信步春光里，蓦然回首相视笑。

春分一路走来，来到了一个叫梨树湾的地方。一夜之间，千树万树梨花开，没有浓烈的香气，只有淡淡的芳香，像是下了一场温暖的雪，点缀着整个山坡，惊艳了整个春天。太阳正冉冉升起，农舍下、梨花间、梯田上，农夫已经开始辛勤劳作。风吹过，落英缤纷，淋一场梨花春雨，倒成了最诗意浪漫的事。春分站在梨园里，望着远处山坡上漫山遍野的杜鹃花以及农田里大片的油菜花，吟道：

江南三月天，草长莺飞时。

漫山火烧云，遍野映山红。

赏春油菜地，踏青梨园里。

诗情心间涌，画意景中生。

春分转过一个山坡，来到一个叫杏花村的小村子。在杏花村，自3月上旬开始，杏花陆续开放，让整个村子都变成了杏花的海洋。这里石墙青瓦，清溪流淌，古朴的民居尽显出江南水乡的气质。村子里，几乎每一户人家都种植杏花，一到3月，按捺不住的杏花悄然盛开，胭脂万点，尽占春色，在枝头争奇斗艳。午时，雾气四散，宁静的古村没有任何嘈杂的声音。村民挑着担子，从杏花丛中路过。古香古色的倒影映在水中，美得像水墨画，让人如痴如醉。春分时，这里正是杏花盛开的时节。春风轻抚下，整个小村落变成了仙境。百年的杏树遮天蔽日，云霞般的花朵在枝头傲然怒放。春分被杏花之美震撼了，一时写不出诗句来，只想起了一首古诗，随口吟道：

应怜屐齿印苍苔，小扣柴扉久不开。

春色满园关不住，一枝红杏出墙来。

走过杏花村，便是桃花源。在那桃花盛开的地方，一些桃树上挂满了花骨朵儿，含苞待放，就像胆小含羞的小媚娘，谁也不肯第一个绽开笑脸。那些开放了的桃花，粉粉的，一朵挨着一朵，挤满了整个树枝。一阵微风吹过，桃花特有的香味迎面拂来，让人神清气爽，舒服极了。随风拂过的，还有一些桃花的花瓣和一两朵凋谢的花。桃花有粉红的，深红的，浅紫的，在青翠欲滴的绿叶的映衬下，更显得鲜艳娇美，就像一只只花蝴蝶拍打着翅膀，翩翩起舞，叫人目不暇接，神迷意醉。春分不禁又吟出几句古诗：

桃花嫣然出篱笑，似开未开最有情。

茅茨烟暝客衣湿，破梦午鸡啼一声。

这一路玩下来,春分大呼过瘾,赞叹不已,玩兴未尽,但抬头一望,日已西沉。香樟王这时也发来信息,说晚饭快准备好了,等着春分回去共进晚餐。春分只好依依不舍地离开这里回住处去。

欲知后事如何,且听下回分解。

第136回　春分看望下派干部　八仙推荐旅游景点

春分在杭城周边欣赏春暖花开的美景时,收到了天宫组织部门发来的一条通知:要春分代表天宫组织部,去仙居看望在那里锻炼的八仙,带去天宫有关部门对下派干部的关爱,同时了解他们在下派所在地的工作、生活、学习情况。

春分接到通知后立即动身,单枪匹马地赶往仙居。神仙居位于仙居县白塔镇境内,景区"兼有天台之幽深、雁荡之奇崛",几乎囊括了仙居的全部精髓。那里的一山一水、一崖一洞、一石一峰,都自成一格,仿佛神仙为自己的宅邸亲自设计的盆景。神仙居是世界上规模最大的火山流纹岩地貌典型,景观丰富而集中,奇峰环列,有观音岩、如来像、迎客山神、将军岩、睡美人、十一泄飞瀑等100余个景点。以西罨幽谷为中心,形成峰、崖、溪、瀑景观。景区有东、西、南、北四大天门,天门均由相对而立的两座险峰组成,仿佛在那里替主人迎客。从景区北入口(西罨)和南入口(淡竹)都可以进入景区。大凡看山景,都是要爬山的。景区设置有索道,可以省去爬山的苦恼。若不愿爬山登岭,则可以沿着弯弯曲曲的幽谷,踩着平坦如砥的山径缓步而入,一路上便可饱览十里幽谷、千重峭壁、万丈悬崖的险峻,欣赏到雾绕云低、鸟唱蛙和的清幽。

八仙已经知道天宫派春分来看望他们,都很高兴。一大早,铁拐李、蓝采和、张果老、何仙姑、韩湘子、曹国舅、吕洞宾从各自所在景区赶过来,来到了汉钟离的山顶风光区,一起在这里等待春分的到来。

上午十时许,春分赶到了山顶风光区,八仙早已在门外迎接,大家相见分外亲切。寒暄过后,汉钟离把大家迎入会议室坐定,并吩咐下属端上茶来。春分说:"我这次来,一是代表天宫组织部门看望大家,二是以朋友身份来这里与大家叙叙旧。你们有什么困难需要天宫解决的,我可以传达给天宫;有什么好的经验可以分享分享,天宫可以总结出来加以推广。"

汉钟离说:"今天春分团长代表天宫组织部门来看望我们,是对我们的极大鼓励,也是对我们下派干部实实在在的关心与爱护。我们对春分团长的到来表示热烈欢迎。"

春分说:"八仙都是老前辈了,大家用不着客气。"

铁拐李说:"春分团长虽然是钦差大臣,但我们把你当成娘家人,所以,你来了,我们八仙都感到很亲切。去年冬季组六位团长到浙江来了几个月,也没有和我们打个招呼,我们连做东道主接待一下的机会都没有。"

春分说:"那不一样,冬季组六位团长是来浙江取经的,时间紧,任务重,所以没时间来看你们。我这次下凡没有特别的任务,以玩为主,所以有时间与八仙相聚。"

何仙姑说:"说下派是好听,实际上我们当时是因为犯错误受处罚被贬到这里来的,并且这个错误主要因我而起,我到现在都还心存内疚。"

蓝采和对何仙姑说:"这是过去很长时间的事了,怎么你还记在心里? 依我看,我们是阴错阳差,因祸得福,我们在这里过得很好,很舒服,很充实。这里多热闹啊,比冷冷清清的天宫强多了。"

张果老插话道:"是啊,我也有同感。每当有成群结队的游客慕仙名而来,要和我一起合影时,我就有一种满足感。我们以前闯荡来闯荡去,居无定所,我觉得现在这样挺好的。"

春分说:"大家在生活上有什么困难,也可以说说。"

韩湘子说:"这里的生活水平比我们天宫高多了,我都有点儿乐不思蜀了。记得当时我们来这里时,是为了挂职锻炼一年。我还在想,一年期满后要不要给领导打个报告,要求延长挂职锻炼时间,继续在这里干下去呢。"

曹国舅说:"我的想法与韩湘子相同。你看这神仙居景区,多漂亮啊。每天那么多游客前来游玩,他们个个都神采飞扬,精神状态好得很,给人积极向上的感觉。"

春分说:"看到大家在这里生活得很好,我就放心了。至于人间的很多好的做法,去年冬季组专门来取过经,并在天宫进行推广。我告诉你们,现在天宫的改革开放已经如火如荼地开展起来了,织女、嫦娥都成了改革开放的先锋。天宫集贸市场热闹非凡。你们下次回去估计要认不出来了。你们把在这里学到的先进理念带回去,在天宫也可以大有作为啊。"

听了春分的话,八仙都有些激动,大家你一言我一语地议论开了。吕洞宾说:"春分这次来仙居,公事方面,大家该说的也说了。接下来该我们尽地主之谊了。你难得来,我们要好好地陪你玩玩。"

春分回道:"工作为重,我就顺便参观参观。"

汉钟离说:"仙居旅游景区有很多,我们所在的神仙居不用说了,皤滩古镇、景星岩景区、淡竹休闲谷都不错,都值得去看一看。"

春分说:"我对皤滩古镇、淡竹休闲谷有兴趣,这两个地方有什么特点?"

铁拐李介绍说:"皤滩古镇是一个商贸古镇,源于唐宋,盛于明清。其核心景点为一条2.5公里长的九曲龙形古街,尽显风水之妙。街旁店铺林立,招牌字号比比皆是,当铺、钱庄、赌场、茶楼、酒肆一应俱全。附近还有桐江书院,是东南理学正渊。皤滩古街位于仙居城西25公里处的皤滩古镇内。早在公元998年,皤滩便因水路便利而成为永安溪沿岸一个繁华的集镇。经过千余年的历史沉淀和积累,皤滩至今还保存着一条由鹅卵石铺砌成的'龙'形古街。街旁有唐、宋、元、明、清以及民国时期遗留下来的民宅古居,布局精巧,是祖先留给后代的宝贵财富和历史见证。古街形似一条龙,西龙头、东龙尾,中段弯曲成龙身。龙头所对正是五溪汇合点,龙尾所在处是一座国内罕见的砖雕牌坊,高3.5米,跨度8米,所用砖头外表上刻着一组组玲珑剔透、栩栩如生的龙凤、麒麟、仙鹤、仙鹿、花卉、人物等图案。龙形古街的一个显著特点是看似尽头,转弯却又是另一古街境地,让人有'山重水复疑无路,柳暗花明又一村'的感觉。"

春分说:"听了铁仙的介绍,我心里就痒痒的,很想去眼见为实了。那淡竹休闲谷怎么样?"

吕洞宾说:"淡竹休闲谷,又名淡竹原始森林,位于仙居县西南部淡竹乡境内,距县城45公里,是仙居国家重点风景名胜区核心景区之一,总面积80平方公里。景区内的亚热带常绿阔叶林地蕴藏着丰富的动植物资源和多种多样的生物圈,拥有2000多种野生动植物。其中属国家保护和珍稀濒危的野生动植物有100余种,包括南方红豆杉、香果树、白颈长尾雉、金钱豹、娃娃鱼等。淡竹休闲谷,被专家誉为省内罕见的天然植物'绿色基因库'和植物'博物馆',享有'天然药物宝库'之美誉。淡竹原始森林是以'林'为特色的生态旅游休闲景区。景区分为休闲游览区、科普观赏区、森林控险区三大区。在石头古村到茅草山庄的7公里溪谷休闲区中,你可以尽情地享受农家乐、天然浴场、在茶馆品茗和休闲度假等农家田园乐趣。从茅草山庄到龙潭虎穴这条沟谷清泉交汇线为科普观赏区,当你悠闲自得地漫步在这2公里的小径上时,将会感受到生物的多样性和大自然的和谐旋律,呼吸到森林氧吧的负氧离子,让你心旷神怡,流连忘返。"

春分说:"这个地方好,我也很想去。"

这时,一直没说话的何仙姑说:"你们说的地方是不错,但那些都是自然景点。你们忘了仙居现在刚好有个既现代又人文的节目吗?"

春分忙问:"这是个什么节目?"

何仙姑说:"就是正在举行的仙居油菜花节啊。在这里,你可以感受田园风光,欣赏最美的油菜花。从高处俯瞰如棋盘格的花田,翡翠色和金黄色交错,仿佛画家手中的调色盘洒落于人间。花开烂漫时节,仙居与你相约,仙居油菜花与你相约。在油菜花海的连绵金黄中,沐浴着明媚的春光,听一听富有地方特色的仙居山歌,靠着稻草人做个甜美的田园之梦……

"阳光下,油菜花是奔放的。南风吹过,涌起一股又一股金色的波浪,在阳光的照耀下闪过来一波又一波的亮光。油菜花田里,清新、自由、沁人心脾的香味与热烈、灿烂、无言以表的色彩调和成了一幅鲜艳的图画,吸引着一双双稚嫩的脚丫。在灿烂的油菜花田中,我成了一个逐光的少年,狂热地向前奔去,奔去……

"现在仙居大地上正在演绎一场有稻草人相伴的奇妙旅程,100 多个稻草人与花海为伴,造型奇特,姿态各异,就像是伫立在花海中的快乐精灵在悄悄地讲故事。风路过的时候,掀起一层层浪,暗香盈袖。看见一个个俏皮的稻草人,你会不会爱不释手,也想亲手尝试做一个? 你可以在花丛中欣赏富有仙居地方特色的民俗歌舞,也可以与孩子们一起玩高跷、陀螺、铁环等,亲子同乐,回归童年,或者索性藏在菜田里,和稻草人一起编织梦的花篮。"

何仙姑的话音刚落,春分连声称好,春分说:"何仙姑的介绍富有诗意,我恨不得现在就去体验一把。"汉钟离看了看挂在墙上的钟,说:"现在中饭已准备好了,请春分团长到餐厅用餐吧。"八仙于是簇拥着春分走向餐厅。

欲知后事如何,且听下回分解。

第137回　清明时节祖先托梦　植树放鸢樟王解俗

清明节前夕,春季组的大神清明做了个梦,梦到了一棵很大的楠木,自称楠木王,是清明的祖先。楠木王告诉清明:"人有宗,树有根,一年一度的清明节要到了,你该去寻根问祖了。"清明忙问:"我的根在哪里?我的祖宗又是谁?"

楠木王指了指东方,说:"你是华夏后裔、炎黄子孙,系周文王后代。早年,你祖辈从华夏北方迁至浙江,后繁衍至暨阳南门三踏步。明永乐年间,锦二公孟玄为寻发祥之地,多次外出寻觅宅地。有一次,孟玄涉江自夏宅埠去牌头,在杨曙霞一千年楠木下歇脚,见此地西有巍峨的斗岩,东有秀丽的越山,一碧浣江蜿蜒东去,江边沙滩洁白细腻,江岚缭绕,宛若仙境。神奇的是,经常有洪水侵袭的江边滩地,竟长有如此茂盛秀美的千年古树。正颇感惊奇时,忽见树下草丛中二蛇正缠绕嬉戏,孟玄公即脱衣覆之,对天祝曰,若我回转时两蛇尚在,此地即为我开基之福地。待他从牌头回来,二蛇果然还在。孟玄公遂决意携家人搬迁至此,结庐而居,后繁衍成聚族大村。"

"孟玄公当年携子孙在楠木树旁结庐而居,见浣江边江滩上细沙如银,洁白细腻,便唤居住地为白岸村。后子孙繁衍,逐渐扩展水稻种植。种植水稻,水是关键。为保丰收,族人联络周边各村,修筑上游石坝堰。因这段江边遍植杨柳,此坝堰便被称为杨柳堰。而白岸村地处坝堰下游,村民便称此地为杨柳堰下。"

第二天早晨,清明一觉醒来,梦中情景仍历历在目。心中不免惊诧,一查日历,果然今天就是清明节。想起小时候父辈教导的清明祭祖的习俗,他心中突然有了想法。到了上班时间,清明就来到了天宫发改办,找到立秋主任,把自己梦中之事告知立秋,提出要下凡去寻根问祖,拜谒祖庙。

立秋说:"水有源,树有根,神有本,现在你虽然成神了,和人类分属两界,习性不同,文化背景各异,但万变不离其宗,老祖宗是万万不能忘记的。这样吧,我们同意你下凡寻根,你去把春分替换回来吧。"

清明闻言大喜,回家后稍做整理,就直奔凡间去了。到达地面,清明放眼望去,但见万物生长至此时,皆清洁而明净。清明为仲春的结尾,是春季的开头。阳光在此刻逐渐地蔓延开来,风也跟随着天宇的召唤,不再徐徐而过,而是调皮地时快时慢,撩拨着花枝,抚弄着树叶。雨水从遥远的海洋长途跋涉而来,因暖风失去了大半的重量,中途遇见了漫山遍野的花朵,最终还是淅淅沥沥地飘洒至人间。此刻,风暖人间,雨润大地。雨后春笋,田间油菜,原野杜鹃,一齐迸发。绿占了江南大半土地,那是赋予了新生命的鹅黄绿,是积蓄了阳刚气的嫩绿,是吐故纳新的深绿。无论哪种绿,经细雨涤荡了尘埃,全身沾染上点点水珠,便又有一番生机与能量——清与明。这清明也拂扫着神的心灵,神只想闭上双眼,沉浸在这安详平静之中。

清明来到杭城,一边看,一边问,终于找到香樟王。香樟王进屋后首先对清明的到来表示欢迎,然后告诉清明:"春分去神仙居看望在那里挂职锻炼的八仙了。听说八仙很热情,天天陪他在那边考察参观,所以春分到现在也没有回来。要不要我通知他回来?""那就不劳香樟王了,还是我直接和春分说吧。"清明说着来到外面的僻静处,联系上了春分。春分正在和八仙一起赏油菜花呢,一看到是清明的电话,吓了一跳,忙问:"你在哪里?怎么也到人间来了?"

清明说,发改办派他来接替春分。春分说:"那好吧,我这里也玩得差不多了,我就不回杭州,直接回天宫了。"

清明打完电话后回到室内。香樟王已泡好了茶水,并端上瓜子、花生、水果招待他。清明把自己的梦说给香樟王听,香樟王说:"日有所思夜有所梦,到了清明,人的灵魂就能和所有的亲人在天上相逢,这是祖先的寄托,也是祖宗设置清明节的寓意。"

清明说:"原来清明节有这样的寓意。你再仔细说说其中的来由。"

香樟王说:"关于清明节,说来话长,等我慢慢说来。清明节气是干支历法中表示季节变迁的二十四个特定节令之一。在这一时节,万物吐故纳新,生气旺盛,气温升高,大地呈现春和景明之象,正是郊外踏青(春游)与行清(墓祭)的好时机。清明节俗丰富,归纳起来有两大节令传统。一是礼敬祖先,慎终追远。清明节凝聚着民族精神,传承了中华文明的祭祀文化,抒发人们尊祖敬宗、继志述事的道德情怀。二是踏青郊游、亲近自然。清明节兼具自然与人文两大内涵,既是节气又是节日,清明节不仅有祭扫、缅怀、追思的主题,也有踏青郊游、愉悦身心的主题,'天人合一'的传统理念在清明节中得到了生动的体现。经过两千多年的演变,清明节融汇了寒食节与上巳节的习俗,杂糅了多种民俗,具有极为丰富的文化内涵。"

清明说:"我刚才来时,看到一路上很多人在忙活,他们在忙什么?"

香樟王说:"他们在植树吧。清明前后,春阳普照,春雨飞洒,此时种植树苗成活率高,生长快,因此有清明植树的习惯。早先,人们曾把清明节叫作'植树节'。清明节植树的习俗,据说发端于清明戴柳插柳的风俗。关于清明戴柳插柳,有三种传说。第一种传说是为了纪念教民稼穑耕作的祖师——神农氏,后来由此发展出祈求长寿的寓意。第二种传说与介子推有关。据说,晋文公率众臣登山祭奠介子推时,发现介子推死前曾经靠过的老柳树死而复活,便赐老柳树为'清明柳'。第三种传说是唐太宗给大臣柳圈,以示赐福驱疫。"

清明说:"我还看到草地上有些人昂着头,手上拉着一根线,他们又在干什么?"

香樟王说:"他们在放风筝。风筝又称'纸鸢''鸢儿'。放风筝是清明时节人们喜爱的活动。风筝是在竹篾等骨架上糊上纸或绢,拉着系在上面的长线,趁着风势可以放上天空的一种玩具,属于一种单纯利用空气动力的飞行器。每逢清明时节,人们不仅白天放,夜间也放。夜里在风筝下或牵线上挂上一串串彩色的小灯笼,像闪烁的明星,所以风筝也被称为'神灯'。过去,有的人把风筝放上蓝天后,便剪断牵线,任凭清风把它们送往天涯海角。据说,这样能除病消灾,给自己带来好运。此外,清明还有拔河、荡秋千、斗鸡、射柳的习俗。在浙江的蚕乡还有一种特有的民俗文化叫'蚕乡会',极具水乡特色。"

清明问:"在节令食品上,清明有什么习俗?"

香樟王回答:"清明节时有吃青团的风俗。青团又称清明饼、棉菜馍糍、茨壳粿、清明粑、艾叶粑粑、艾糍、清明果、菠菠粿、清明粿、艾叶糍粑、艾粄、艾草糕、清明团子、暖菇包、艾草青团,等等。人们将雀麦草汁和糯米一起舂合,使青汁和米粉相互融合,然后包上豆沙、枣泥等馅料,用芦叶垫底,放到蒸笼内蒸熟。蒸熟出笼的青团色泽鲜绿,香气扑鼻,是清明节最有特色的节令食品。你这几天在这里,天天能吃到青团。"

清明说:"听你这么一说,我现在都流口水了。"

欲知后事如何,且听下回分解。

第138回　清明寻祖根拜宗祠　樟王尊习俗析祭祀

　　第二天,清明在香樟王的陪同下,前往乡下寻根。根据梦里的信息,清明循着暨阳南门三踏步、杨曙霞、杨柳堰下,来到了有一棵楠木大树的杨柳堰村。作为人类生活、生产、繁衍的聚居区,农村是传统文化的载体,是人民自古传承的家园。这一历经上千年甚至更长时间的古村庄,村名虽多有变动,但大部分原貌还在。每一个村落,都是一个传奇,它们承载着极其丰富的历史记忆、人文生态和社会发展轨迹。透过这一灿烂如星辰般的古村名,追溯这些村名的由来,历史逝去的一页,又如同影视画面般,一一从清明眼前掠过。那一屋一厅、一楼一阁、一路一巷、一砖一瓦、一石一木、一檐一角、一柱一廊、一楹一联、一画一字、一渠一井、一窗一棂……无一不是村民表达心愿的灵活字符。清明仿佛看到时空变幻的这一方土地,晨露夕阳,秋霜冬雪,内中包含的种种人事,都在向他走来。清明认定这里就是他的宗脉所在,他的根在这里。

　　清明来到村内宗祠,虽数百年间,其不免遭受风雨兵燹,屡圮屡修,然整体建筑至今尚存。祠堂前两大"道地"依然完好,两侧罩墙拦围,砌以青石。正门前东西两壁嵌有"诗书世泽""忠孝诒谋"石匾各一。祠堂里还有雕龙画栋的戏台子。村里一直保留着正月初一吃糖茶、拜太公的传统习俗。

　　清明到达祠堂时,正好遇到村民在祭祖。他于是混入人群,一起参加了祭祖仪式。祭祖有家祭、族祭及祠祭三种。清明这一天,祠堂门大开,合族行祭。上厅挂大祖宗画像,男女老少共聚一堂,共祭族祖。祭礼用全猪、全羊、全鸡三牲及诸类时果。祭毕,分份子给子孙,并设宴招待族人,场面盛大,仪式隆重。座席上的位置不论老幼,以辈分为序,不分贫富,小者执壶。

　　接着由族中年长者讲述年夜饭"萝卜丝豆腐"的传说。据说,先祖在南迁的过程中,一路乞讨,除带着一身衣衫、日用品、铺盖外,随身还带着黄豆种子,看到荒凉的肥沃之地,便筑庐而居,开垦荒滩杂地,种上黄豆,这解决了当年先祖的生存问题。因黄豆收获期短,一年可收几次。有一年除夕,先祖逃荒到杨曙村,因刚立足不久,过年无钱买猪肉,便到财主家去赊点儿钱。当时财主外出要账去了,不在家,伙计便赊了一块肉给先祖。先祖兴冲冲地把肉拿回家,放到锅里开始煮。不料财主回家后听伙计说赊了一块肉给先祖,就怒气冲冲地到先祖家讨要肉钱。无论先祖如何央求,财主都不为所动。看到先祖拿不出肉钱,财主不由分说地找来一个钩子,扎起煮熟的猪肉,骂骂咧咧地扬长而去。先祖气得差点儿动起了拳头。这时,先祖太婆出来劝解,说没肉吃,还有汤呢。说完,她拿来萝卜,刨成丝,下到肉汤中,又拿来自己做的豆腐放入锅中,做成了一锅萝卜丝豆腐。一家人强颜欢笑地吃完了这顿年夜饭。自此,先祖立下祖训,凡我子孙后代,今后每年除夕分岁饭,最后一定要吃萝卜丝豆腐,以励其志,自强不息。此传统一直沿袭至今。

听到这里,清明已泪流满面,旁边的香樟王掏出餐巾纸,帮清明擦去泪水。清明感激地望了望香樟王,默默无语。

祭祖仪式结束后进行家祭,每家每户做一桌斋饭祭拜祖宗,然后去野外"祭坟",拜太公。先祭拜太公,后祭自己这户的祖宗。祭祖时,先给祖坟"加土"或"添土",即用畚箕取土添加在祖坟之顶。祭品摆好,先点蜡烛,后点香,按人的多少发香,由辈分高者主祭祷词,后大家一起跪拜。祭毕,小孩子可以分享清明馃吃。最后收拾祭品离开,所有的坟都要祭拜,用同样的程序祭祀。

清明跟在族人的后面,把整个过程做了一遍,心里默念着:祖先在上,不肖子孙清明来拜见您了。待祭拜完,清明顿觉浑身舒畅,身心仿佛通透了许多。香樟王一直陪在清明身旁。在回村里的路上,清明问香樟王清明节的来历。

香樟王于是娓娓道来:相传春秋时期,晋公子重耳为逃避迫害流亡国外。流亡途中,在一处渺无人烟的地方,重耳又累又饿,再也无力站起来。随臣找了半天也找不到一点儿吃的。大家正万分焦急时,随臣介子推走到僻静处,从自己的大腿上割下一块肉,煮了一碗肉汤让公子喝了。重耳渐渐恢复了精神,当重耳发现肉是介子推从自己腿上割下来的时候,流下了眼泪。十九年后,重耳做了国君,也就是历史上的晋文公。晋文公即位后重赏了当初伴随他流亡的功臣,唯独忘了介子推。很多人为介子推鸣不平,劝他面君讨赏,然而介子推最鄙视那些争功讨赏的人。他打点好行装,同母亲悄悄地到绵山隐居去了。晋文公听说后,羞愧莫及,亲自带人去请介子推,然而介子推已离家去了绵山。绵山山高路险,树木茂密,找寻两个人谈何容易?有人献计,从三面火烧绵山,逼出介子推。大火烧遍绵山,却没见介子推的身影。火熄灭后,人们才发现背着老母亲的介子推坐在一棵老柳树下死了。晋文公见状恸哭。装殓时,有人在树洞里发现血书,血书上写道:"割肉奉君尽丹心,但愿主公常清明。"为纪念介子推,晋文公下令将这一天定为"寒食节"。第二年,晋文公率众臣登山祭奠,发现老柳树死而复活,便赐老柳树为"清明柳",并晓谕天下。后来,人们又把寒食节的后一天定为"清明节"。

清明说:"那过清明节祭祀扫墓的习俗又是怎么来的?"

香樟王说:"清明扫墓,谓之对祖先的'思时之敬'。古书载:'三月清明日,男女扫墓,担提尊榼,轿马后挂楮锭,粲粲然满道也。拜者、酹者、哭者、为墓除草添土者,焚楮锭次,以纸钱置坟头。望中无纸钱,则孤坟矣。哭罢,不归也,趋芳树,择园圃,列坐尽醉。'其实,扫墓在秦代以前就有了,但不一定是在清明之际。清明扫墓则是秦以后的事,到唐朝才开始盛行。《清通礼》云:'岁,寒食及霜降节,拜扫圹茔,届期素服诣墓,具酒馔及芟剪草木之器,周胝封树,剪除荆草,故称扫墓。'清明扫墓相传至今。

"清明祭扫仪式本应由扫墓者亲自到茔地去举行,但由于每家经济条件不一样,所以祭扫的方式也就有所区别。'烧包袱'是祭奠祖先的主要形式。所谓'包袱',亦称'包裹',是指家属从阳世寄往'阴间'的邮包。过去,南纸店有卖所谓'包袱皮',即用白纸糊的大口袋。包袱皮有两种形式。一种是在木刻板周围印上梵文音译的《往生咒》,中间印一莲座牌位,用来写上亡人的名讳,如'已故张府君讳云山老大人'字样,既是邮包又是牌位。另一种是素包袱皮,不印任何图案,中间只贴一蓝签,写上亡人名讳即可。素包袱皮亦做主牌用。关于包袱里的冥钱,种类有很多。

"清明时扫墓祭祀的参与者是全体国民,上至君王大臣,下至平头百姓,都要在这一日祭拜先人亡魂。从唐朝开始,朝廷就给官员放假,以便他们归乡扫墓。据宋《梦粱录》记载,每到清明节,'官员士庶俱出郊省墓,以尽思时之敬'。参加扫墓者也不限男女和人数,往往倾家出动。由此,清明前后的扫墓活动常成为社会全体亲身参与的事。数日内,郊野间人群往来不绝,规模极盛。

"清明祭祀的时间是在清明前后,各地有所差异。旧时,北京人祭扫坟墓不在清明当天,而在临近清明的'单日'进行。只有僧人才在清明当天祭扫坟墓。浙江一带则在清明节的前三天和后四天的范围内扫墓,称为'前三后四'。在山东,旧时,多数地区在清明当天扫墓,少数地区是在寒食这天扫墓,有些地方在清明前四天内扫墓;现在,一般都在清明这天去扫墓。晋南人则将扫墓的时间分为两次。一次是在清明前几天,各家分头去扫墓。第二次是在清明当天,一个村里同姓的各家派出代表,同去墓地祭祀共同的祖先。上海人扫墓视新坟、旧坟而定。凡是新近过世的,过了七七四十九天而没做过超度法事的,要在清明节这天请僧人诵经做法事或做道场。如果是老坟并已做过法事或道场,扫墓不一定在清明当天,可以前后放宽些,但不能超出前七天后八天的范围,即'前七后八,阴司放假'。意思是过早或过迟扫墓都会失灵。"

清明叹了一口气,说:"对于这些情况,我一知半解,想不到如此讲究。我这次下来算是大开眼界了。"

香樟王说:"要不怎么能说中华传统文化博大精深呢。参天大树,出有其根;怀山之水,必有其源。我想,祖宗把这些传统习俗流传下来,就是要我们饮水思源、不忘根本。"

清明点点头,陷入了沉思。

欲知后事如何,且听下回分解。

第 139 回　清明拜祠堂记家训　樟王逛田野吟名诗

清明和香樟王一起回到了村里。清明对香樟王说:"上午我到祖宗祠堂去了,因为村民在祭祖,闹哄哄的,我也没有仔细看,现在那里应该清静了,我想再去看看。"香樟王说:"好啊,我陪你去。"

清明和香樟王于是又来到祠堂,只见正厅中堂雕梁画栋、精美绝伦,且立柱合抱,大梁横跨,整个厅堂高耸宽敞、气势不凡。祠堂正中位的上下前后,悬挂"翰林""拔贡""父子登科""兄弟同科""叔侄同科"等字样的匾牌数十块。正中及两侧各进内,均建有天井、花坛、水池。清明看到祠堂墙上写着"祖传家训"四字,就停下来仔细观看起来。

香樟王就在一边解释说:"家规、祖训是家庭教育的重要方式,历代名人志士、文豪学者、社会贤达、世家大族多以家训的形式训诫子弟、垂饬后人。以家训、族训的形式对族人进行教育。一般家族在修谱时均载有祖训、家训或家规,内容丰富翔实,富有教育意义。家训是族人治家的经验总结和智慧结晶,是中华文化的重要组成部分,或孝顺父母、尊敬长辈,或崇尚仁义、诚实守信,或尊师重教、重礼谦逊,或和睦宗族、团结乡邻,或勤奋读书、勤俭节约,或自强不息、艰苦创业,等等。

　　"训以治家,训以育人,训以养德。这些关于立身、治家、处世、为学的经验总结,传承着中华民族的文化传统、道德风尚和伦理观念,寄托着前辈对后裔的生命信仰、情感依托和家国情怀,因而成了润泽滋养子孙后代最富养分的精神食粮。适合时代要求的内容和意义,使这些古老的家训与时代同行,焕发出夺目的智慧光芒,时代性、思想性、实用性兼具,实属难能可贵。忠厚持家远、诗书继世长的优良家风,与社会主义核心价值观相对接,丰富了人们的精神世界,提高了人们的道德素质,为实现中华民族伟大复兴的中国梦夯实了道德之基、精神之本。"

　　清明看到墙上的家训是这样写的:

唯我子孙后,千年百世传。

殷勤遵圣训,笃信守贤文。

礼乐千秋仰,图书万苦存。

居身恭俭正,处世厚谦温。

报国忠廉节,传家孝义纯。

闺门宜整肃,礼法不容紊。

男女非无别,尊卑自有伦。

笑言休苟且,举念要平匀。

戒慎其不赌,恐惊所费闻。

存心思济众,立志望超群。

无罪身为贵,成仁名亦尊。

高明昭日月,大道遍乾坤。

赫赫流芳远,巍巍树德敦。

吾人能学武,福寿永长春。

上可光先祖,下堪裕后昆。

　　看完后,清明又默念了几遍,记在了心里。清明说:"国有国法,家有家规,这些家训在治家、育人、养德方面能起很大的作用,我要将其带到天上去宣传推广。"看完了祠堂,清明和香樟王走出了祠堂大门,来到了门口大操场边。操场上这时很是热闹,有的在戏台上唱越剧,有的在跳广场舞,还有腰鼓队、秧歌队在训练,群众文化生活很丰富。清明觉得很惊奇。香樟王说:"现在都这样,祠堂已经成为传承历史文化,集爱国主义教育、未成年人思想道德建设及学习瞻仰先祖学思于一体的村文化中心。"

清明说:"现在是清明节,人们上午祭祖上坟时都庄严肃穆,下午就欢歌笑语了。这个我好像有点儿接受不了。"

香樟王说:"你大可不必这样。所谓清明,就是要清爽明朗。祖宗设立清明祭祖的目的,并不是要让后代沉浸在悲痛之中,而是想借这个机会,让同胞骨肉、兄弟姐妹能够聚集在一起,不忘祖训,相互帮助,共同过好日子。祖先们看到后代健康幸福、开开心心地生活着,他们就瞑目了。"香樟王见清明还在沉思,便说:"我们还是到田野上走走吧。"

清明就随香樟王来到了山边原野,他们迎着暖阳,吹着和风,披着薄薄的衣衫,和着蝶舞蜂鸣,轻踏着脚步走向山野,走向河边,走向田埂。他们看到了漫山遍野的杜鹃花,看到了灿烂金黄的油菜花,寻找到了山樱,沉醉在桃花林中,品尝了香醇的明前茶。他们在田野上赏花的时候,几个活蹦乱跳的小孩子跑了过来,因不认识清明和香樟王,就跟在他俩的后面打闹着。香樟王指着小孩吟诵出贺知章的名句:

少小离家老大回,乡音无改鬓毛衰。

儿童相见不相识,笑问客从何处来。

这样一路走来,渐渐地离村子远了,前面有一大片缓坡地,坡地上种着大片的杏树。杏花遍地盛开,胭脂万点,占尽春色,在枝头争奇斗艳。山坡上,有几个牧童在放牛。老牛悠闲自在地低头吃草,一副很享受的样子。但过了一会儿,天气竟说变就变,渐渐沥沥地下起雨来了。香樟王和清明没有带雨具,又无处躲雨,就急忙跑过去向牧童问路。牧童向前方指了指。清明见此情景突然想起了杜牧的名句,于是咏道:

清明时节雨纷纷,路上行人欲断魂。

借问酒家何处有? 牧童遥指杏花村。

"看来我们已经穿越到唐代去了,你清明已杜大诗人附体了。"香樟王笑着说。笑过后,清明发现前面山腰处有一间小木屋,便招呼香樟王:"我们先到那间小木屋里去避雨吧。"

欲知后事如何,且听下回分解。

天候·春

第140回 樟王拆汉字论思想 清明问意识究根源

香樟王和清明因为避雨,来到了位于半山腰的一间小木屋。这间小屋是山林管理者的简易用房,平时供农人上山干活时休息用,也作为堆放农具、肥料之所。香樟王和清明进屋时,屋里没人。两人抖了抖身上的雨水,找了张凳子坐下来,见门外春雨越下越大,便又天南地北地聊了起来。

清明说:"我这次是因祖先托梦而下来寻根的,但我想不通的是我在天上,我的祖先怎么会是地上的人呢?"

香樟王说:"据我所知,天上和地下是相通的,天上的神仙鬼怪都是从地上升上去的,正所谓得道者升天成仙,失德者下地狱变鬼。你看八仙、济公、托塔李天王、牛郎乃至佛祖如来,原来都是凡间的人啊。《封神榜》里,姜子牙就将死去的有头有脸的人封了很多神、仙。太上老君、太白金星、太乙真人和姜子牙都是有千丝万缕的联系的。"

清明说:"是啊。你看现在,我就在地面上和植物界的香樟王在一起谈天说地。这天上的神仙和地上的人到底有什么区别呢?"

香樟王说:"天上的神仙是飘浮在空中的,我们地上的植物是扎根在土壤里的,所以我们是最脚踏实地的,很实在。人类大多数情况下也是脚踏实地,很实在的,但有时候也会跳起来离开土地,变得飘飘然,以为自己也成仙了。"

清明说:"宇宙万物,道法自然。大家都在思考研究,思来想去,最后是要融合的。"

香樟王说:"对宇宙万物的奥秘的研究,到目前为止,还处于初级阶段。在此阶段,我们应以朴素的哲学观点看问题。刚才你提到'思想'两字,这'思'字是心上有田,田就是粮食,粮食就是人类的命根子。这'想'字是木、目、心的组合,木代表一个人,目是用眼睛看,即一个人在用眼睛看他,心里也装着他,此为'想'。这是最重要的问题,也说明了思想的重要性。"

清明笑了笑说:"思想还有这样的解释?我倒还是第一次听说,恐怕只有中国的汉字能这样拆开来说。"

香樟王接话道:"要不怎么叫有中国特色的传统文化呢。"

清明点头应道："恩，你说得对。"这时，雨停了。

清明和香樟王便来到森林里。清明摸着一棵木荷树对香樟王说："刚才你说到了思想，思想即意识。对于普遍的植物来说，树木到底有没有意识呢？"

香樟王说："当然有了，例如一些聪明的老树会用液态糖喂养树苗，还会在危险来临时警告邻近的树。而鲁莽的小树总喜欢冒险，抖落身上的叶子，无休止地追逐阳光或是过量饮用雨水，这通常会让它付出生命的代价。排在第二位置的树则等着老树倒下，这样它们就能取而代之，享有阳光的全部荣耀。这一切都正在发生，只不过速度很慢，可以称之为'树的时间'，慢得让人们觉得它们是静止的。"

清明惊讶地说："这是真的吗？你是不是在说故事？"

香樟王说："是真的。树木比人们以为的更警觉，更具社会性，更复杂，甚至更智能，这是肯定的。人类已经认识到了这一点，所以他们一直想派代表团来和我们谈。我们总是抱有戒心，所以还没有实质性的交往。"

清明问："你能举例说说吗？"

香樟王指了指旁边两棵已经凋零了的树的树冠，说："这是两棵毗邻生长的大树，这两棵树似乎生长得非常小心，以免侵犯对方的空间。它们是老朋友了。它们在分享阳光方面非常无私，它们的根系紧密相连。在这样的情况下，当一棵树死了，另一棵通常也会很快死去，因为它们互相依赖。"

清明说："我学过达尔文的进化论。自从进化论产生之后，我们普遍将树木当作努力生长、互不联系的孤独个体，它们争夺水、养分和阳光，而获胜者总是遮挡住失败者的阳光并吸干它们的养分。也就是说，树木之间总是一种竞争关系。"

香樟王摇了摇头，说："你们只知其一，不知其二。事实上，同一物种的树是群居的，并且常常与其他物种的树结成联盟。森林中的树能进化出某种合作的、相互依赖的关系，它们依靠互相沟通和集体的智慧维系着这种关系，这和昆虫群落类似。这些高大的树将人们的关注点吸引到在空中展开的树冠上，但真正的行动却发生在地下，距离我们的双脚只有短短几厘米。"

听到这里，清明的兴趣渐渐被调动起来了。他说："我这次就是来寻根的，所以我要追根究底。树与树之间的关系是如何维系的？"

香樟王回道："和你说说也无妨，但你要注意保密，特别是不要让人类知道得太多。"见清明点点头，香樟王指了指前面的树继续说："这里所有的树以及每一片没有受到太多破坏的森林,都是通过地下真菌网络相互连接的。树木通过网络共享水分和养分,并借此进行交流。例如,它们会发送有关干旱和疾病的求救信号,或是有关昆虫攻击的信号。其他树木在收到这些信息后会改变行为。这一系统就是菌根网络,纤细的、如发丝般的树木根系与微小的真菌丝缠绕在一起,形成了基本的网络连接。这似乎形成了一种树木与真菌间的共生关系,或者说利益交换关系。作为一项有偿服务,真菌消耗约 30% 的树木光合作用生成的糖。当真菌在土壤中寻觅氮、磷和其他矿物质养分(这些养分会被树木吸收和消耗)时,糖就是真菌的燃料。"

清明说:"这听起来有些不可思议,但仔细想想又是那么合情合理。"

香樟王接着说:"对于活在树荫中的小树来说,这个网络实际上是一条生命线。由于缺乏阳光,无法进行光合作用,小树的生存主要依赖大树(包括它们的父母)通过网络将糖分送到其根部。母树哺乳着它们的孩子。"

清明说:"这一比喻十分生动,应该是这样的。"

香樟王指了指前面巨大的一个树桩,它的桩基直径有 1.2 到 1.5 米,这棵树几十年前就倒下了。香樟王用小刀刮掉树桩的表面层,清明发现了一些令他吃惊的事情:树桩在叶绿素的作用下还是绿色的。对于这一现象,香樟王解释说:"周围的同类树一直在延续着那个树桩的生命,它们通过木维网将糖运输至树桩中,使树桩能维持生命。这种树是不是像大象,大象不愿意放弃死去的同伴,尤其当它是一个巨大的、年长的、受人尊敬的母象时。"

清明点点头说:"不光是大象,这种情况在动物界很普遍。"

香樟王继续说:"为了通过网络交流,树木会发出化学信号、荷尔蒙信号、缓慢跳动的电信号。这种电压信号系统与动物神经系统惊人地相似。警示和求救是树之间谈话的主要话题。"

清明说:"当没有危险和感到满足的时候,树木之间会说些什么呢?"

香樟王指了指空中,说:"树也可以通过空气交流,还会使用信息素和其他的气味信号。当动物开始咀嚼一些树的树叶时,树注意到了伤害并能发出求救信号,即释放一种乙烯气体。在探测到这种气体后,邻近的树开始向它们的叶片运送鞣质。大型食草动物摄入过多的鞣质就会生病甚至死亡。这就是树木的自我保护功能。

"树木通过叶片探测气味,这可以称得上是树的嗅觉。树也有味觉。当榆树和松树受到吃叶子的毛毛虫的攻击时,它们能探测到毛毛虫的唾液并释放吸引寄生蜂的信息素。黄蜂会在毛毛虫体内产卵。之后,黄蜂幼虫会从内向外吃掉毛毛虫。树木这么聪明,毛毛虫一定感到非常不愉快。"香樟王开玩笑地说。

清明感叹道:"原来,树的智商这么高啊。那还有别的奥秘吗?"

香樟王回道:"树木知道动物唾液的味道,当一只鹿在咬树枝时,这棵树就会分泌化学物质,让树叶尝起来很糟糕。当一个人用手折断树枝时,树知道人与鹿之间的区别,它会分泌治愈伤口的物质。树木还富有母爱,母树是森林中最大、最老的树,连接着最多的真菌。它们不一定是雌性的,它们承担着培育者、支持者、照料者的角色。它们有很深的根系,可以吸水,帮助扎根不深的幼苗获取水分。它们通过向周围的树木运输营养物质来帮助邻居,当邻居在'挣扎'时,母树会察觉到它们的求救信号,并相应地增加养分的供给。一对有亲属关系的树可以区别无关的树苗根尖和它们年幼亲属的根尖,它们还能通过菌根网络把碳输送给年幼的亲属。"

清明说:"听你这样一说,我觉得树木太伟大了。难怪你香樟王如此受人敬重,你是树木之王啊。"

香樟王说:"我不是树木之王,我只是很普通的一棵树,我们植物界是讲究平等的。森林赋予了我一种精神、一种完整性、一种存在的理由,而我现在所做的一切都是为了回馈森林。"

清明竖了竖大拇指说:"你们都是好样的。我这次下凡来寻根问祖太值了,不光探寻到了我祖先遗留下来的优良传统,还学习到了关于树的奥秘。"

香樟王说:"天时、地利、人和缺一不可。顺之者昌,逆之者亡,相互融合是王道。"香樟王见天色已暗,于是和清明一边聊一边往回走。

欲知后事如何,且听下回分解。

第141回　织女谈成就亮家底　大寒论奉献说故事

天宫的改革开放形势一片大好。随着各类集贸市场的建立,天宫人气渐长,市场需求倒逼经济体制转变。天宫发改办做了许多制度设计并加以推进,天宫发改研究院又做了许多理论研究。立春从人间回来后,在城镇化方面提出了很多行之有效的对策。多管齐下,天宫的经济发展势头良好。织女、嫦娥等人建立的公司蓬勃发展,织女、嫦娥等人也出名了。在榜样的带动下,八方神仙各显神通,纷纷效仿。

在整体向好的大环境下,一些不和谐的问题也出现了。假冒伪劣事件在孙悟空打假后好多了。但现在天宫中有两种不好的现象:一些人持着事不关己高高挂起、得过且过、吃不了苦的态度,另有一些人患了红眼病,进行恶性竞争,市场被搞得乌烟瘴气。为了引导人们树立正确的人生观,金钱观,天宫电视台开辟了一个名人访谈节目。天宫发改研究院的几位主任经常被邀请去做访谈,牛郎也去过。大寒是天宫大学的教授,又研究哲学,所以去的次数就多一些。

四月中旬的一天,大寒又被邀请去做节目了。他到了那里才知道,这次同时被邀请的还有织女。主持人首先介绍了大寒教授和织女董事长两位嘉宾的情况,然后简单讲了下现在社会上存在的一些问题,接着请织女董事长谈了公司的经营情况。

织女说:"目前,我们公司经营情况良好,每天的产值是 3 万天币,创造利润8000 天币,上缴税款 4500 天币,是天宫的第一纳税大户,还解决了 300 个人的就业问题。我们被天宫评为明星企业。这些成绩的取得,全靠天宫各级领导的支持与帮助,发改办、发改研究院为我们企业排忧解难做了很多工作,还特别请孙悟空打假,消除了我的心头之患。我十分感谢大家。"

主持人说:"刚才织女董事长简单介绍了她公司的成就,很不容易啊。作为一个纺织工出身的女人,能在短短的时间内做出不平凡的业绩,非常了不起。现在社会上也有相当一部分人,大事做不了,小事不愿做,懒惰成性,自由散漫,以为地上会送馅饼。大寒教授,您是这方面的研究专家,对此,您有什么看法?"

大寒诙谐地说:"感谢你们给我机会,与你们一起分享各种见解。相对于之前在天宫做过访谈的名人,我名气不如牛郎大,也不像织女这样腰缠万贯。如果这期节目请牛郎来做点评嘉宾就更有意思了。"大寒话音刚落,听众席上响起了一阵笑声。

主持人笑了笑说:"我们电视台不搞夫妻档。"

大寒笑着回道:"这只是个玩笑。话说回来,刚才主持人提出了一个严肃的问题。很多时候,我们只看到了别人优秀的样子,却往往忽略了他们为此付出的努力。一个自律到骨子里的人,看上去大多是无趣的。

"你们看织女董事长,在别人出去玩乐的时候,她窝在公司看报表;在别人享用美食的时候,她在织布机房挥汗如雨;周末,很多人慵懒地睡到中午,她依旧雷打不动地早起、跑步、看材料、工作……"

"这样的人，不仅看起来无趣，甚至感觉有自虐倾向，活得一点儿都不洒脱和自由。但真实情况是，自律的人比不自律的人要自由得多。你们看到现在织董的成就了吧。我可以透露一个秘密，天宫有关部门正在考虑请织女去凡间考察学习，不努力她能有这样的机会吗？"

听到这里，织女插了一句："真的？这件事我都不知道呢。如果能去凡间考察那就太好了，我太想去看看都锦生的丝绸产品了。"

大寒没有回答织女的疑问，而是继续说："如果你总是随心所欲，讲究及时行乐，不知道努力，别人玩，你也玩，别人努力你还在玩。那么如此不自律的你，现在看似自由，但你会发现自己越活越不自由，越来越没有选择的资本。越自律的人，越有话语权，身体和人生都是如此。一天、两天看不出来，一个月、两个月也许还是看不出来，但是一年、两年，甚至十年、二十年，自律的人和不自律的人终将走上截然不同的道路。付出和回报是成正比的，量变足够多才可能促成质变。这就是一个人为什么要自律的原因。这和梦想不沾边，只是为了自己以后能更自由，身体和人生都更加自由而已。"

主持人点评道："大寒教授说得很好。教授说的总结起来就是一句话：越勤奋，越努力；越自律，越优秀。"

大寒表示同意："你总结得很到位。"

主持人说："现在我们换一个话题。现在社会上很多人急功近利，只顾自己赚钱，甚至不择手段地赚钱。请问织女董事长，你们是怎么做的？"

织女说："其他企业怎么做的我不知道，但我们公司安排了 20 个残疾人就业。我们已捐献了 10 万天币给各类福利机构，还接待了 50 多批次的单位来我们这里学习取经。我的信念是，自己富起来了，要带动大家一起富。我们的财富取之于民，更要回馈于民。"

这时，台下响起一阵掌声。主持人问："大寒教授，您怎么看？"

大寒说："我曾经下凡去考察过，我讲两个人间的故事。在中国的一些农村，每当庄稼成熟收割的时候，靠近路边的庄稼地的四个角都会留出一部分不收割。四角的庄稼，任何人都可以享用。这些农民认为，是上天给了曾经多灾多难的华夏民族今天的幸福生活。他们就用留下田地四角的庄稼这种方式表示感恩，既报答了神，又为那些路过此地没有饭吃的贫困路人给予方便。庄稼是自己种的，留一点儿给别人收割，他们认为，这是一种感恩之举，也是一种美德。"

"无独有偶,在浙江山区有很多柿子树。金秋时节,农民采摘柿子的忙碌身影在这里随处可见。然而,采摘结束后,有些熟透的柿子会被留在树上。这些留在树上的柿子,成为一道特有的风景。一些游人经过这里时,说,这些柿子又大又红,不摘岂不可惜?但是当地的果农说,不管柿子长得多么诱人,也不会摘下来,因为这是留给鸟类的食物。是什么使得这里的人留有这样一种习惯?

"原来,这里是小鸟的栖息地。每到冬天,小鸟都在果树上筑巢过冬。有一年冬天,天特别冷,下了很大的雪,几百只找不到食物的小鸟一夜之间都被冻死了。第二年春天,柿子树重新吐绿发芽,开花结果。但就在这时,一种不知名的毛毛虫突然泛滥成灾。那年,柿子几乎绝产。从那以后,每年秋天收获柿子时,人们都会留下一些柿子,作为小鸟过冬的食物。留在树上的柿子吸引了许多鸟到这里过冬。小鸟仿佛也知道感恩,春天也不飞走,整天忙着捕捉树上的虫子,从而保证了柿子的丰收。"

大寒放下茶杯,若有所思地说:"在收获的季节,别忘了留一些柿子在树上。因为,给别人留有余地,往往就是给自己留下生机与希望。自然界里的一切,都是相互依存的,一荣俱荣,一损俱损。给予是一种快乐,因为给予并不是完全失去,而是一种高尚的收获;给予是一种幸福,因为给予能使你的心灵更加美好。留几枚柿子在树上吧!那是一道人间最美的风景。"

主持人说:"大寒教授说的话让我想起了一句歌词:只要人人都献出一点爱,世界将变成美好的人间。也就是说,给予越多,人生就越丰富,奉献越多,也就越幸福。给予是快乐的,所有的付出也都会有回报。在这方面,织女董事长为我们树立了榜样。"

听了主持人的话,织女感觉有点儿难为情得红了脸。主持人说:"接下来是互动环节,在座的观众可以提出问题,请两位嘉宾回答。广告之后,马上回来。"

欲知后事如何,且听下回分解。

第 142 回　直播节目观众提问　经营有道三点忠告

休息了一会儿后,天宫电视台的访谈节目继续进行,主持人说:"现在是互动环节,现场观众有问题可以直接提出来。"

有一家企业的老板站起来说:"主持人好,各位老师好。目前我正在创业,深感人才的缺乏,常常是七只缸四只盖,用不过来。我有时身兼数职,很是疲累。请织女老师给些建议。"

织女说:"这个问题不光是你那里有,我们公司也同样有,怎么办呢? 一是赶快张榜招贤,二是加强人才培养,三是多进行横向学习,四是自己多辛苦些吧。"

主持人问大寒有什么话说。大寒说:"所有公司都会碰上这个问题,想干的事情太多,人才不够。任何事情都要及时调整,战略发生变化的时候,项目就要调整,然后想清楚什么要,什么不要,什么优先处理,当你有七只缸,只有四只盖的时候,你准备怎么办,来回转? 不行的,我的意见是砸掉两只缸,有些业务实在来不及做,人又不够,可以关停或者丢掉一部分。你只有这样才能做起来。有舍才有得,可有可无的去掉,可以合并的地方一定要合并。一个什么都要自己负责的人,最后可能负不了什么责任。我希望大家记住这个。"

另一个观众站起来问:"作为老板,我们应该什么都告诉员工吗?"

织女说:"我把企业的员工当成我的兄弟姐妹,你把他们视作家人,他们将心比心,也会知恩图报,尽心竭力。"

大寒摇摇头,说:"在企业的初创阶段,或者是家族企业,可以运用这样的管理模式。当企业发展到一定程度,上规模有档次了,就不能用这种原始的管理办法了,而是要以一套适合现代企业的管理模式。就跟部队打仗一样,不能给每个士兵发一个望远镜,因为并不是每个士兵都要指挥战斗,士兵只需要按指令战斗即可。营长、连长才要戴望远镜,因为他们既要了解前线的战况,又要理解军长的意图。请记住,企业的战略并不需要每个员工都懂。"

大寒用手指了指那位提问的老板,说:"说到企业文化,老板和员工一起唱唱歌、跳跳舞、吃个饭是可以的。但如果老板的全部谋划,员工都一清二楚,那

天候·春

你的企业可能也快玩完了。"这时，台下发出了一阵哄堂大笑。

第三个观众提了这样一个问题："如果一场暴风雨快来了，我们应该做什么样的准备？"

织女说："我们现在还没有遇到暴风雨，所以还没有经验。我想，要是到了那一天，我首先想到的还是找发改办一起商量决定。"

大寒听了织女的话又摇了摇头，说："发改办代表政府，你们是搞企业的，企业的事怎么能都由政府来解决呢？反过来，政府又怎么能管你们企业的事呢？"

那个观众又问："那教授认为应该怎么办？"

大寒说："我给你们讲个故事。老爸跟三个儿子讲：'下午暴风雨很快就要来了，但是我有一头牛在十公里以外的山里面，你们得帮我牵回来。'老大说没问题。老大穿好雨衣鞋套后走了出去。老二撑了一把巨大无比的雨伞，也走了。老三什么也没拿，就这样走出去了。傍晚的时候，老大被担架抬了回来，老二一瘸一拐地回来，老三这个什么也没有拿的人，倒把牛给牵了回来。老爸问发生了什么事。老大说我装备精良，这个风雨我认为是可以扛一扛的，就冲了出去；老二认为自己身体素质挺好，天天训练，还有一把雨伞，结果脚崴了；老三说我什么也没有，只能找一个山洞躲一下，等暴风雨过去以后，再把牛牵回来。"

说到这里，大寒停住了，见大家都在思考，大寒接着说："这个故事告诉我们一个道理，没有人可以扛得住巨大的风暴，你贸然进去一定会受损，这与你有多好的装备、身体素质有多强没有什么关系。在碰上巨大的风浪时，我们要学会躲。企业最重要的是躲过灾难，其次才是抓住机遇。我们每个人都要思考这样一个问题，假如遇到风浪，我们要怎么做、怎么调整才能活下去。"

织女和那个提问的人都点了点头，表示大寒说得有道理。

主持人说："前面观众提了三个问题，两位嘉宾从自己的角度做了很好的回答。我看到今天台下坐着的，很多是天宫大学的学生。对于他们，两位有什么要说的？"

织女说："我们欢迎天宫大学的学生毕业后来我们公司就业，我们可以为你们创造一显身手的舞台。"

大寒说："我作为天宫大学的老师，还是要对你们说几句忠告。我知道，这样的忠告很少有价值，几乎注定被忘记。但是，就像王尔德所说，对于忠告，你所能做的，就是把它送给别人，因为它对你没有任何用处。

"第一，取得成就的时候，不要忘记前人。要感谢你的父母和支持你的朋友,要感谢那些启发过你的教授,尤其要感谢那些上不好课的教授,因为他们迫使你自学。从整体看,良好的自学能力是优秀学生必不可少的一种能力,也是学生成功的关键。你还要去拥抱你的同学,感谢他们同你彻夜长谈,这为你的成长带来了无法衡量的价值。当然,你还要感谢天宫大学。不过即使你忘了这一点,校友会也会来提醒你。

"第二,做一个慷慨大方的人。在任何谈判中,都要把最后一点儿利益留给对方,不要把桌上的钱都拿走。在合作中,不要把全部荣誉留给自己。成功合作的任何一方,都应获得荣誉。

"第三,当你开始生活的新阶段时,请跟随你的爱好。如果你没有爱好,就去找,找不到不罢休。生命太短暂,所以不能空手走过,你必须对某样东西倾注你的深情。"

大寒说到这里,台下爆发出一阵热烈的掌声。主持人见好就收,宣布道:"非常感谢织女董事长和大寒教授来到节目现场,与大家分享宝贵的人生经验,也谢谢台下以及电视机前的观众。今天的访谈到此结束。"

大寒与织女随后离开了直播间。

欲知后事如何,且听下回分解。

第143回　冬大寒赠读陋室铭　春谷雨背诵命运赋

大寒从天宫电视台直播间出来,在大门口被春季组的谷雨叫住了。原来,谷雨也来到访谈节目现场了,只是他坐在观众席上,大寒没看见他。大寒认识谷雨,就问他有什么事。

谷雨说:"大寒教授,您好,我有事情要请教您。"

大寒说:"刚才在直播现场怎么没见你提问?"

谷雨说:"我要问的和今天访谈节目的主题无关,我想单独请教您。"

大寒说:"那你要问什么问题呢?"

谷雨说:"我知道您是研究哲学的,在人生观、世界观方面有很高的造诣,我想和你谈谈这个。"

大寒朝谷雨看了看,问道:"你有什么想法?说来听听。"

谷雨说："我属于春季组，排在这个组的末尾，有很多事情要按照次序来做。往往等轮到我时，黄花菜都凉了。所以有些我做好准备的事情都没有机会实施。我不知道怎么办才好。"

大寒说："看来你很想去做些事，这应该得到鼓励。但据我所知，每个季节组的成员都是平等的，不分地位的高低。我就排在冬季组的末尾，但我从来没感到有什么不公平。记住一个道理，只有自己变得优秀了，其他的事情才能跟着好起来。我坚信是金子总会发光，只要你够强，排哪里都没有问题。"

谷雨说："我是有点儿急，您看四月份都快过去了，可是我们组的清明还一直在下面。过段时间，立夏就要到了，我都不知道我还有没有机会下去。"

大寒说："我明白了，你是怕清明在下面待得久了，占用了本该是你的时间是吧？"见谷雨点点头，大寒继续说："就这个事啊，其实你可以直接和我说的，不用拐弯抹角的。你放心，我回到办公室马上帮你落实一下，该你的就是你的。除了这个事还有其他事吗？"

谷雨说："您是天宫大学的教授，我是从天宫大学毕业的，在学校时意气风发，激扬文字，很想为天宫做一番事业。但进入社会后，发现理想与现实完全是两码事。现在天宫的房子破破烂烂的，路面坑坑洼洼的，水电煤气也无法保证供应，我觉得落差很大。您认为应该如何应对？"

大寒说："天宫以前是落后了，所以要改革开放，把经济搞上去。但今年开始，改革春风已经吹进千家万户，经济形势大有好转。你正值青春年少，赶上好时代，可以大显身手了。

"说到环境，我赠你一篇刘禹锡的《陋室铭》。文章是这样写的：'山不在高，有仙则名。水不在深，有龙则灵。斯是陋室，惟吾德馨。苔痕上阶绿，草色入帘青。谈笑有鸿儒，往来无白丁。可以调素琴，阅金经。无丝竹之乱耳，无案牍之劳形。南阳诸葛庐，西蜀子云亭。孔子云：何陋之有？'请你仔细地研读研读。"

谷雨说："这篇《陋室铭》写得确实好。我读了很多遍，都可以倒背如流了。"

大寒说："我们学知识，光会背没用，关键是要领会其精神内涵，并融会贯通，应用于实际工作中。对了，你这次下去，正好可以去学一学中国人的处事方式，多到实践中锻炼。"

谷雨说："非常感谢老师的教导，再问老师一个问题，在中国历史上，老师最推崇的人是谁,喜欢他的哪篇文章?"

　　大寒想了想,说:"最推崇的人是吕蒙正,他是中国历史上第一位平民出身的宰相。他考中状元,三次登上相位,封许国公,授太子太师。这个人宽厚正直,对上遇礼敢言,对下则宽容有雅度。他写了一篇流传了上千年的《命运赋》,文章结合自己从凄惨到富贵的经历,引述了大量的史实,说明世道无常和人情冷暖皆是人生之常态,无须太过执着。其状物之精、明理之深令我感触颇深,堪称一代奇文,读来朗朗上口。可惜原文我已经记不全了。"

　　谷雨说:"这篇《命运赋》,我倒是记住了,当然没有老师您理解得深刻。"

　　大寒问:"你说记住了是什么意思,是说这篇文章的中心思想你记住了吗?"

　　谷雨说:"不是,我是说这篇文章的全文我都记得。"

　　大寒吃了一惊,有些不相信。见大寒不相信,谷雨便信心满满地说:"那我将全文背诵出来。

　　"天有不测风云,人有旦夕祸福。蜈蚣百足,行不及蛇;雄鸡两翼,飞不过鸦。马有千里之程,无骑不能自往;人有冲天之志,非运不能自通。

　　"盖闻:人生在世,富贵不能淫,贫贱不能移。文章盖世,孔子厄于陈邦;武略超群,太公钓于渭水。颜渊命短,殊非凶恶之徒;盗跖年长,岂是善良之辈。尧帝明圣,却生不肖之儿;瞽叟愚顽,反生大孝之子。张良原是布衣,萧何称谓县吏。晏子身无五尺,封作齐国宰相;孔明卧居草庐,能作蜀汉军师。楚霸虽雄,败于乌江自刎;汉王虽弱,竟有万里江山。李广有射虎之威,到老无封;冯唐有乘龙之才,一生不遇。韩信未遇之时,无一日三餐,及至遇行,腰悬三尺玉印,一旦时衰,死于阴人之手。

　　"有先贫而后富,有老壮而少衰。满腹文章,白发竟然不中;才疏学浅,少年及第登科。深院宫娥,运退反为妓妾;风流妓女,时来配作夫人。青春美女,却招愚蠢之夫;俊秀郎君,反配粗丑之妇。蛟龙未遇,潜水于鱼鳖之间;君子失时,拱手于小人之下。衣服虽破,常存仪礼之容;面带忧愁,每抱怀安之量。时遭不遇,只宜安贫守份;心若不欺,必然扬眉吐气。初贫君子,天然骨骼生成;乍富小人,不脱贫寒肌体。天不得时,日月无光;地不得时,草木不生;水不得时,风浪不平;人不得时,利运不通。注福注禄,命里已安排定,富贵谁不欲? 人若不依根基八字,岂能为卿为相?

　　"吾昔寓居洛阳,朝求僧餐,暮宿破窑,思衣不可遮其体,思食不可济其饥,上人憎,下人厌,人道我贱,非我不弃也。今居朝堂,官至极品,位置三公,身虽鞠躬于一人之下,而列职于千万人之上,有挞百僚之杖,有斩鄙吝之剑,思衣而有罗锦千箱,思食而有珍馐百味,出则壮士执鞭,入则佳人捧觞,上人宠,下人拥。人道我贵,非我之能也,此乃时也、运也、命也。

"嗟呼!人生在世,富贵不可尽用,贫贱不可自欺,听由天地循环,周而复始焉。"

谷雨一口气将全文背了出来。大寒大吃一惊,心中感叹道:如此人才,若加以精工细雕,必成大器。"你的情况我清楚了,我现在就回去找相关部门,尽快让你下凡去锻炼,你就做好准备吧。"大寒说完就急匆匆地走了。

欲知后事如何,且听下回分解。

第144回　谷雨季节雨生百谷　农耕社会全面发展

谷雨和大寒见面后的第二天,就接到了派他下凡接替清明的通知。谷雨知道这是大寒在起作用。他匆匆地收拾停当,便驾着五彩祥云去往人间了。

气象学上的谷雨是春季的最后一个节气,谷雨是"雨生百谷"的意思,每年4月20日或21日太阳到达黄经30°时为谷雨。这时,田中的秧苗刚种下,最需要雨水的滋润,所以说"春雨贵如油"。这时,中国南方大部分地区雨水较丰,每年的第一场大雨一般出现在这段时间,对水稻、玉米、棉花苗的生长有利。但是其余地区雨水较少,需要采取灌溉措施,减轻干旱的影响。西北高原山地仍然较为干旱,降水量很少。华南谷雨前后的降雨,常常"随风潜入夜,润物细无声",这是因为"巴山夜雨"在四五月出现得最多。"蜀天常夜雨,江槛已朝晴。"这种夜雨昼晴天气,对大春作物的生长和小春作物的收获是十分有益的。

谷雨时节,南方地区"杨花落尽子规啼",柳絮飞落,杜鹃夜啼,牡丹吐蕊,樱桃红熟。自然景物告示人们:时至暮春了。中国古代将谷雨分为三候:第一候萍始生,第二候鸣鸠拂其羽,第三候戴胜降于桑。意思是谷雨后降雨量增多,浮萍开始生长,接着布谷鸟便开始提醒人们播种,桑树上开始见到戴胜鸟。

天上的谷雨是一个有思想、有抱负的大神,虽然年轻,却很想干一番事业。他一落地就来到了一处开阔的田野,只见一位老农戴着斗笠,披着塑料布,在田埂上走,一步一打滑,这边看看,那里望望。谷雨就上前询问老农在做什么。老农朝谷雨看了看,笑着说:"你是城里人吧?"谷雨点点头。老农说:"谷雨到了,我们要抓紧时间播种。种子在谷雨的雨中生长,一批批地走向田野;秧苗在谷雨的雨里,长得绿油油的;在谷雨的雨里,能够生发出我们农民葱葱茏茏的希望。"

谷雨心想,真厉害,一个老农说的话都富含诗意。"你们是根据什么来安排农活的呢?"

老农回道:"乡下人的生活,是根据二十四节气来安排的。雨生百谷,谷雨为春末节气,预示着农忙开始了。"

谷雨本来是催促人们勿忘农事,抓紧春播的,现在见老农如此勤勉,哪里还需要自己操心呢。谷雨于是辞别老农,来到了香樟王的驻地。谷雨敲了敲门,小香樟出来迎接。小香樟告诉谷雨,香樟王陪清明寻根问祖去了,应该马上就回来了。

谷雨于是在香樟王住处四周走走,只见一处墙壁上写着左河水的一首诗。诗云:

> 雨频霜断气清和,柳绿茶香燕弄梭。
>
> 布谷啼播春暮日,栽插种管事诸多。

谷雨正在细细参悟诗的含义,身后传来朗朗的说话声,原来是香樟王和清明一起回来了。谷雨忙迎了上去。香樟王忙上前迎接谷雨:"谷雨大神来了,我和清明刚从外地回来,让你久等了,真是对不住。"

谷雨对香樟王说:"樟王客气了,是我匆匆忙忙赶来,没有事先告知你们,是我的不对。"转脸又对清明说:"清明哥哥辛苦了,这次下凡寻根,寻到了吗?"

清明说:"寻到了,我还参加了祭祖仪式。你来了正好,我就能快点儿回天宫去。我要把这次寻根问祖的经过写出来。我想写几篇纪念文章,也不枉我下来一趟。"

这时,香樟王一边招呼谷雨、清明在客厅坐下来,一边吩咐小香樟上茶。谷雨接过茶杯一闻,一股清香扑鼻而来,连连赞道:"好茶好茶。"

香樟王介绍道:"这是谷雨茶,也就是雨前茶,是谷雨时节采制的春茶,又叫二春茶。这个时节温度适中,雨量充沛,加上茶树经过冬季的休养生息,春梢芽叶变得更加肥硕,色泽翠绿,叶质柔软,富含多种维生素和氨基酸,使春茶滋味鲜活,香气怡人。谷雨茶除了嫩芽,还有一芽一嫩叶的或一芽两嫩叶的。一芽一嫩叶的茶叶泡在水里像古代展开旌旗的枪,被称为旗枪。一芽两嫩叶则像一个麻雀的舌头,被称为雀舌。二春茶与清明茶同为一年之中的佳品。传说谷雨这天的茶喝了可清火、辟邪、明目等,所以南方有谷雨摘茶的习俗。谷雨这天不管是什么天气,人们都会去茶山摘一些新茶回来喝,以祈求身体康健。"

清明喝过了茶后,站起身来,和谷雨交代了几句,对香樟王感谢一番后,就准备回天上去了。香樟王和谷雨送出门外,目送清明离去。

谷雨对香樟王说:"我们去田边走走吧。"

香樟王便带着谷雨来到郊外,但见农田里一片繁忙景象,农民正在抓紧春耕生产。谷雨感叹道:"这里的老百姓真勤劳啊,我原来准备好的劝农方案,现在看来用不上了。"

香樟王说:"劝农是不需要了。这里的人,比你们天上的人勤快多了。你这次来,就放心地玩吧。"

谷雨说:"我记得以前,人们在这时常常求神拜佛,祈求上天保佑风调雨顺、五谷丰登。现在为这事求神拜佛的人好像少了很多。"

香樟王说:"民以食为天,粮食问题至关重要。中国有十三亿多人,能解决中国人的吃饭问题是一个奇迹。并且,他们现在不光是在解决吃饱的问题,还在考虑吃好的问题。"

谷雨对此很感兴趣,催问道:"那他们是怎么解决的呢?"

香樟王说:"这说来话长了。新中国成立初,全国粮食总产量仅约 1.1 亿吨,摊到 5 亿人头上人均只有 200 公斤。并且糟糕的是,北方大部分地区生态环境严重恶化。当年,全国的森林覆盖率只有 8.7%,而北方不到 5%。大量的树木被砍伐作为燃料。平原地区基本看不到成形的树木,几乎所有的山岭都是光秃秃的石山。生态的恶化让全国灾害不断,暴雨、干旱、泥石流层出不穷。急剧恶化的生态已经表明,一个农业国家,5 亿人口已经超过了这片土地能够承载的极限。按照自然法则,要么爆发战争,要么爆发生态灾难,让总人口自然减少到 4 亿以下,生态平衡才会慢慢恢复。"

谷雨说:"这么差的基础,还能从 5 亿人发展到 13 亿多人,真不可思议。"

香樟王说:"勤劳智慧的中国人民,什么困难都能扭转过来。他们在想,怎么才能提高粮食产量,提高农业生产水平?怎么才能提高国民的生活水平,延长老百姓的寿命?怎么才能从根本上遏制生态环境继续恶化,重建青山绿水?所有的问题都指向一个答案,就是要搞工业化。一个单纯的农业化国家是没有前途的。"

谷雨说:"这个说起来容易做起来难,弄不好就要出事。很多国家是有惨痛教训的。"

香樟王说:"有办法要上,没有办法也要上,这是当时的口号。受益于'一五'计划期间工业的发展,到 1958 年,粮食产量从 10 年前的 1.1 亿吨增长至近 2 亿吨。

"当时每亩土地使用化肥近 30 公斤,人畜粪便要提供 30 公斤化肥同样多的养分需要 1 吨。当时人均耕地约 2 亩多。一个家庭一年不可能提供 2 吨以上的粪便,在这种情况下,粪便成了农村供不应求的稀缺资源。农家肥不够就要靠化肥,现代化肥工业最重要的部分是合成氨工业。氨是制造所有氨肥、磷肥的基础原料。随着合金钢生产技术的突破,中国一口气生产了几百套合成氨设备,建设了上千个化肥厂。从 1970 年开始,化肥生产平均每年增长 100 万吨,1975 年一年增长了 200 万吨。合成氨技术的突破意味着化工工业在整体上上了一个新的台阶。农药工业、农机工业随着合成氨一起腾飞,塑料薄膜(大棚种植材料)、塑料水管(引水灌溉工具)也大量普及。在完整的化工产业链的支持下,农业生产水平一路狂飙。20 世纪 70 年代后,全国粮食产量飙升,从 1960 年的 1.3 亿吨增长到 1980 年的 3 亿多吨,再到 2015 年的 6 亿吨,同期还生产了 6 亿吨蔬菜与水果。"

谷雨说:"那现在国内粮食能满足需要了吗?"

香樟王说:"因为人们除了有粮食,还要有肉食。现在的中国人每年大概只吃掉一半的粮食,另一半被用来喂牛、喂猪、喂鸡。1 公斤猪肉要消耗 5 公斤粮食,1 公斤牛肉要消耗 6 公斤粮食,1 公斤鸡肉要消耗 2 公斤粮食,供应 13 亿国民多少肉类就得消耗多少粮食。这样一来,自己生产的粮食就不够,那就要从国外进口。2017 年,全国进口了 9500 万吨大豆,将全球主要大豆出口国 90% 以上的出口大豆席卷一空。时至今日,中国的工业产值和农业产值都达到了世界第一。13 亿国民人均肉类消耗世界第十,人均水产消耗世界第五,人均鸡蛋消耗世界第二,人均蔬菜、水果消耗世界第一。"

谷雨感叹道:"从东亚病夫到民族复兴,从彼岸到此岸,中国的成就真了不起啊。"

欲知后事如何,且听下回分解。

第 145 回　乾隆帝赐名大树王　银杏树真乃活化石

谷雨在香樟王那里吃完了午餐,正在和香樟王商量下一步安排时,住在天目山的柳杉王来了。柳杉王在植物界大名鼎鼎,是香樟王的好朋友,他们之间常来常往。香樟王见到柳杉王,很是欣喜:"你来得正好,我正提起你呢。"柳杉王说:"樟王有何吩咐啊?"

香樟王拉着柳杉王来到谷雨身边,相互做了介绍。香樟王对谷雨说:"柳杉王身边住着多种中国特有的古树,数量最多的当然是他的同类柳杉。其中树龄1000 年以上的有 26 棵,500 年以上的有 564 棵,300～499 年的有 4236 棵,100～299年的有 709 棵,胸径 2 米以上的有 12 棵,1 米以上的有 566 棵。柳杉王也被称为大树王,相传为乾隆皇帝当年下江南时所敕封,5 人才能合抱住。柳杉王还兼任着植物界驻青山湖管理处主任。天目山古柳杉群,四季常青,挺拔壮美。"

香樟王又对柳杉王介绍道:"这是谷雨,是天宫派下来考察的。他是春季组的六位大神之一,年轻有为,志向远大。你们相互认识一下。"

谷雨拱手说道:"柳杉王大名,如雷贯耳,今日得见,三生有幸。柳杉王果然器宇轩昂,一身正气,真是名不虚传啊。"

柳杉王握着谷雨的手说:"谷大神乃天之骄子,英气勃勃,是我们植物界盼望的福星,我们希望你能常来光顾,多带些雨水来。"

香樟王见柳杉王和谷雨聊得很投机,就对柳杉王说:"你来之前,我和谷雨刚在商量到哪里去看看呢。你来得正好,你说说去哪里合适。"

柳杉王说:"这个有什么好商量的,我和谷雨一见如故,那就去天目山吧,让我尽尽地主之谊。"

香樟王附和道:"我觉得天目山确实不错,那里有'大树华盖闻九州'之盛名,古称'浮玉',不仅大,而且云雨出而宝藏兴,禽兽药木蕃焉。世界上最大、最古老、最珍稀的参天古木与林林总总的植物构成了一幅蔚为壮观的原始森林景观。谷雨你就跟着柳杉王去吧。"

柳杉王问香樟王："你难道不陪谷雨去？"

香樟王说："到你柳杉王的地盘去，又有你亲自作陪，我还有什么不放心的？而且我下午还有一个生态文明方面的会议要参加，你来了我就用不着请假了。"

"香樟王很忙，我就不要影响他工作了，我跟着柳杉王去便是。"谷雨说完就与柳杉王朝天目山走去。

路上，谷雨问柳杉王："香樟王介绍你时，说你这个大树王是乾隆皇帝下江南时敕封的，这是真的吗？"

柳杉王说："事情是这样的。1751年时，乾隆皇帝第一次南巡，最后一站落在杭州。他们登临天目山，赐禅源寺御笔木刻《心经》一卷之后，乾隆皇帝一行沿着三里亭的古道拾级而上。众人来到五里亭附近，路边的草丛里响起了窸窸窣窣的声音，引得乾隆皇帝好奇地下轿察看。不料，一条长蛇蹿了出来，把随行的人吓得面如土色。乾隆皇帝却急中生智，拔出宝剑刺去，可惜未中。此时，一个机敏的太监趁机讨好道，皇上，这条蛇莫不是来讨封的？

"乾隆皇帝顺势说道，看在天目灵山的面上，饶了这牲畜一条性命。话音刚落，这条蛇竟径自往宝剑利刃上撞来。

"乾隆皇帝更觉得这生灵有灵性了，便动了恻隐之心，于是提笔一书，在此地立了一块'斩蛇碑'。一行人浩浩荡荡地继续前行，终于上得山来。眼见开山老殿隐隐约约就在前头，于是，大家在一棵巨大的柳杉下歇息。不料，刚一坐定，头上传来哆哆嗦嗦、略带发抖的声音。倏地，一阵山风随之而来。莫不是大树也想讨个封赏？

"随行的太监一脸殷勤地说，皇上看这大树大否？

"乾隆皇帝遂上前仔细察看，见这棵大树树干奇大，枝粗叶茂，于是令人围抱。周边随从呼啦上前，好几个人一起才刚刚把树合围。好奇之下，乾隆解下腰上面的玉带一试，恰好围了一圈，忍不住脱口夸了一句，大，朕看此树可算得'大树王'了。乾隆玉带围过的那一圈，从此留下了一圈凹痕。"

说话间，柳杉王带着谷雨已来到天目山。在三里亭和老殿之间的大片山间谷地有许多银杏树。这里不仅古树参天，而且连绵不绝。云雾缭绕间，它们领略过秦皇的威武、汉武的风采，欣赏过盛唐的诗风、宋代的烟霞，也感叹过大清的日落。司马相如《上林赋》中"上千轫，达连抱，夸条直畅，实叶峻茂"，说的就是这里的活化石银杏树。

柳杉王指着银杏树对谷雨说："天目山所有的树中,银杏树的辈分最大,资格最老。尤其是天目山上海拔千米的岩石旁,那一株树龄超过 1500 多年的古银杏树,树冠横展,枝叶层层伸延于峭壁之上。老、壮、青、少、幼 22 株共生,一树成林,相互偎依,有着'五世同堂'的美誉。自遥远的古代开始,上万年的四季轮回中,银杏叶一茬又一茬地绿了又黄,再抽新芽。这一株,是天目山至今保存着的孑遗植物野生银杏余株中的形象代表。天目山被公认为当代世界银杏的发源地。天目山银杏后来传到了中国北方和日本,然后落脚全球。著名的植物学家彼得·克兰曾在《银杏:被时间遗忘的树种》一书中,深情地描述银杏'是中国送给世界的珍贵礼物'。歌德曾经写道:'我的花园有一棵银杏,她来自遥远神秘的东方。每一位深富学养的人见到她,都有一种朝圣的虔诚。她原本就是一个神灵,集天地之精气,合千古之灵秀,让全世界都倾慕于她。'作为现存的世界上最古老的树种之一,银杏挺过了沧桑巨变,一直走到今天。"

谷雨就问:"那你柳杉王和银杏比,如何?"

柳杉王说:"我怎能和银杏比? 我们之间可以说天差地别。"

走过开山老殿,数里之后,柳杉渐渐辞去,赤条条的落叶灌木中,点缀着塔状、伞状的苍松。漫山遍野的金叶,在沿袭数千年、不绝于耳的钟鼓梵唱中,加深了天目山的禅意。一草一木均为天目山增添别致的风采。时移景换,四季如画。站在天目山的四面峰,俯瞰纵横起伏的林貌,柳杉、银杏、连香树、领春木、金钱松和羊角槭组成了古老的风景。谷雨拿出相机,将眼前的美景一一拍了下来。红枫、黄杏、紫柏、绿松、蓝天,天目山仿佛是一个被打翻了的调色盘。天目千重秀,闻名遐迩的春色,更胜一筹。谷雨看得入神,情不自禁地吟出唐代诗人李频的一首诗:

> 承恩虽内殿,得道本深山。
>
> 举世相看老,孤峰独自还。
>
> 溪来青壁里,路在白云间。
>
> 绝顶无人住,双峰是旧关。

欲知后事如何,且听下回分解。

第 146 回　天目植物种类繁多　兄弟九人各种西瓜

谷雨为天目山的美景所陶醉,一时回不过神来,直到柳杉王叫他,他才醒悟过来。

谷雨说:"天目山除了柳杉、银杏,其他的高大树种最主要的是什么?"

柳杉王说:"柳杉群体现的是壮美,银杏群体现的是古老,而金钱松以高度著称。天目山的金钱松中有一棵全省最高的'冲天树',树干笔直,直冲云霄,树高达 56 米,约有 15 层楼那么高。金钱松是世界著名的五大庭院观赏树种之一,入秋后,满树金黄,景色独特。它的树皮呈圆块状开裂,叶子簇生呈圆形,形似铜钱,故而得名。"

谷雨说:"天目山最珍贵的植物是什么?"

柳杉王说:"是天目铁木,它是天目山的特有植物中最为珍贵的。因此树唯天目山独有,故后来中国专家都称它为'天目铁木',目前仅剩五株。这五株野生的天目铁木,被称为'地球独生子'。在植物学家眼里,这五株天目铁木藏着植物基因的秘密,对于研究植物区系有不可估量的科学价值。"

谷雨说:"我发觉在这里用天目命名的植物比较多。"

柳杉王说:"是的,事实上,用天目命名的植物还有许多,比如天目木兰、天目琼花、天目杜鹃、天目紫茎、天目木姜子。以'天目'命名的植物有 37 种。而模式标本采自天目山的,则有 92 种之多。亿万年前,天目山随海浮沉,汪洋成了江南古陆。亿万年来,山势高峻,地形复杂,沟谷纵横,很适合植物的生长、繁育、绵延。天目山得名之时,应该也想不到会有如此多沃植其间的植物以及穿行林间的动物,有朝一日会以天目之名冠之,并流传远方。"

谷雨边走边问:"有关植物的故事,你再跟我说说吧。"

柳杉王说:"这里的很多植物都有着惊心动魄的经历,比如羊角槭。在西天目山海拔 800 至 870 米的沟谷林中,一开始有人在原生林内发现了两株野生羊角槭,一株已经成年,一株还是幼树。可惜,它们后来遭遇了一场雨雪冰冻,被压断而亡。幸运的是,自 1979 年羊角槭被发现以来,当地林业科研人员就陆续开展羊角槭的人工繁育工作。30 多年之后,羊角槭繁育至 200 余株,有的已经开花结果。"

柳杉王指着前面的一片林子说:"在天目山,不仅天目铁木、羊角槭生长得很好,还有很多树木都找到了最适合生长之地,如浙江楠、毛竹、榧树等喜温暖的树木,在雨量充沛的山麓安家;柳杉、金钱松等好阴湿的古老树种,在几乎终年云雾笼罩的山腰定居;黄山松、仙顶梨等耐高寒的树种,则在山顶落脚生根。连香树、羊角槭、香果树、凹叶厚朴……特殊的山地小气候环境,使得天目山上江南嘉木随处皆是。朝鲜落叶松、日本扁柏、美国红杉、法国梧桐等一大批'异乡来客',也远渡重洋落户天目,展露新姿。在天目山6万多亩的山地上,生长着800多种木本植物、1600多种草本植物(其中,药草就有800多种)。《天目真镜录》故称此山'有养生之药,蓍草芜花,皆名著仙经'。天目山,这座离城市这么近的原生态森林,从亘古开始延绵至今,由'物种基因库'发端,荟萃五光十色的植物群落,终成天下奇观。"

柳杉王和谷雨边走边聊,来到最高的山顶"仙人顶"。谷雨站在山顶,天目山的全景一览无遗,他问柳杉王:"天目山的名称来源,有什么故事吗?"

柳杉王说:"天目山历史悠久,文化深厚,流传着很多故事和传说,其中'兄弟九个种西瓜'便是流传民间的故事。"谷雨听说有故事,顿时兴致来了。

原来在很久以前,天目山下有户人家,家里有九兄弟,母亲早逝,父亲把他们养大成人。那年,他们的老父亲劳累过度患了重病,久治不愈,气息奄奄。老人在临终前,把九个儿子叫到床前,嘱咐道:"我已经不行了,你们兄弟都到了成家立业的年龄。可是家里这么穷,温饱都解决不了,娶亲难啊,我放心不下。我有一个知心朋友,是一位神仙,住在这里最高的山顶上。他有很多'成仙术',经他教授可以成仙。我死后,你们最好的出路,是上山找他,拜他为师,学一门'成仙术',就万事不愁了……"话还没有说完,老人就撒手归西了。

兄弟九人埋葬了父亲的遗体,带了些干粮,踏上了父亲临终前指引的路。

他们爬呀、爬呀,爬了三天三夜,才爬上那座最高的山。山这么高、这么大,那位神仙住在哪里?他们在树林、柴丛中,找呀、找呀,又找了三天。第三天晚上,他们发现了火光,找到了一个草棚,一个头发胡子全白的老人,借着松明火光在看书。兄弟九人走进草棚,一齐跪在老人面前,把父亲的遗嘱告诉了老人。老人见他们兄弟九人不辞辛苦地爬上高山,又有礼貌,又是朋友的儿子,便当场答应了。

老人对他们说:"成仙必须有真心、耐心、恒心、苦心方能达到,四心缺一不可呀!"兄弟九人都表了决心,绝不三心二意。老人又说:"成仙路有千条,我指几条,你们自己选。但是,你们九个必须走一条路。第一条是'饿仙路'。从明天起,你们吃饭先定量,然后每餐吃一粒米,到最后,可以不吃饭了,你们就成仙了……"这种成仙方法,有的说好,有的说不好。兄弟意见不统一,这条路便不通了。老人又说了几种"成仙办法",都因兄弟意见不统一,行不通。

整整半天,兄弟九人静静地跪在地上等候。也许是他们的真心诚意感动了老人,老人最终把最好、最快的"成仙术"告诉了兄弟九人。

老人从口袋里摸出一包东西神秘地对他们说:"我这里有9颗西瓜种子,你们每人拿一颗,在棚后这块荒地上播种。出苗以后,每天把自己左手的中指咬破,在水桶里滴几滴血,用这样的血水浇灌各自的西瓜苗,连续浇灌49天,便会结出西瓜。我会教你们一种特殊的吃法,吃下西瓜便成仙。"兄弟九人一致同意这一"成仙术",都领了种子,各自下地播种,并按老人的要求,用中指的血进行了浇灌。俗话说"十指连心",兄弟九个之中,最小的老九怕痛怕得要命,把手指放进嘴里试了又试,还是狠不了心。他突然想起后山有一种土,跟血一样红。他赶紧抓来一把土往水桶里一放,水顿时成了红彤彤的。他又用布把手指包扎起来,拎着那桶"血水"故意从老人身边走过,并喊道:"师父您看,我今天的血真多!"第二天,老九又到师父面前喊:"师父啊,这咬手指真痛啊……"

光阴似箭,转眼便到了第49天,那9棵西瓜藤结出了大大小小的9个西瓜。老大种的西瓜特别大,老九种的西瓜只有鸡蛋那么大。那天晚上,师父把他们兄弟叫来,对他们说:"明天你们都带着自己种的西瓜到最高的山顶上,我教你们吃法,你们就成仙了。不过没有用血水浇灌的西瓜,吃下去是不可能成仙的。"

那天晚上,兄弟几个为第二天就能成仙而高兴,都早早入睡了。老九却怎么也睡不着,自己的西瓜小得见不得人,师父又说没有用血水浇灌的西瓜,吃下去没有用,老九后悔莫及。想着想着,天快亮了,他赶紧起床,跑到地里摘了老大种的大西瓜,往最高的山顶爬。老大睡得最香,等他醒来,其他兄弟都走了。他赶紧穿好衣服,跑到地里一看,自己种的西瓜不见了,地里只剩下那只最小的西瓜,没办法,他只得带上那个最小的西瓜往山顶走。老大赶到山顶时,所有的人都到了,他发现那只大西瓜在老九手里,便对师父说:"老九手里那个西瓜是我种的……"师父说:"谁的血多,谁种出的西瓜就大……"没等师父说完,老九抢着说:"我的血那么多,师父是看到了的。""好了,不要吵了,你们都把西瓜交给我,让西瓜自己去辨认谁是它的主人。"

兄弟九人于是把西瓜交给了师父,师父把九个兄弟安排在山顶岩石上,坐成一个圆圈,把西瓜堆放在中间,然后双目紧闭,念念有词。老人突然大呼一声"走",只见那九个西瓜像长了腿似的,分别向九弟兄走去,那个最大的西瓜向老大走去,最小的西瓜走向老九。老九一看不对,赶紧起身抢那个最大的西瓜。那个大西瓜伸出了两只手,抱住了老九,连瓜带人往山下滚,滚下了悬崖绝壁。老九摔死了,大西瓜也摔成了两块,一块滚到了东边的山顶上,一块落在了西边的山头上,化成两个水池。这就是东、西天目山上水池的由来。因两个水池如双目观天,后来便被人们称为"天目"。这两座山也就被称为天目山。那兄弟八人在师父的指引下入了"仙境"。那座最高的山顶,后来就被人们叫作"仙人顶",也就是我们现在站立的地方。

听到这里,谷雨若有所思地说:"这个故事说明了一个道理,就是必须老老实实地做人,脚踏实地地做事,投机取巧是没有好结果的。"

这时,柳杉王看天色已经暗了下来,就说:"时间不早了,我们回去吧。"

欲知后事如何,且听下回分解。

第147回　谷雨游玩东天目山　立春谋划大会汇报

谷雨听柳杉王讲有关天目山的故事时讲到了东、西天目山,就问这是怎么回事。柳杉王说:"没错啊,我们现在所处的位置是西天目山,往东的方向还有座山叫东天目山,两座山合起来统称天目山。"

谷雨问:"那东天目山景色怎么样?"

柳杉王说:"那边景色也很好,不过今天天色已晚,我们就在这里的老殿歇息吧,明天我带你去东天目山。"

一夜无话,第二天一早,柳杉王就带着谷雨直奔东天目山。东天目山上东西两瀑蔚为壮观,可与庐山飞瀑媲美。黄鼎象诗云:"白龙泽注石泉声,泻出石崖匹练明;疑是庐山移到此,九天半落碧河声。"此瀑自香庐、龙须两峰之间的龙池飞奔而下,跳珠溅玉,迎面仰望,水帘飘逸,水沫洗脸,响声震耳,望崖巅浩渺不可测,俗称"东瀑"。另一山泉水从二仙顶峡谷直泻而下,窜入虹桥,狂欢而去。"万仞悬崖看玉剑,一声长啸度飞桥",古人冠景名曰"西岭垂虹"。

在东天目山之玉屏、环翠两峰之间,有梁代古刹昭明寺,寺院四周苍松森罗,绿竹茂匝,青林黄叶,缀丹点翠。据《武林梵志》载,杭州山脉发自天目,有东有西:东天目之脉萃于余杭,结局于径山;西天目之脉萃于钱塘,结局于西湖。因此天目山是杭州的主要山脉。此山有帝王之气,故而宋室南迁,于此偏安。昭明寺为昭明太子修禅所创建,时称"昭明院",帝赐额"昭明禅寺",后人称"昭明寺"。昭明禅寺始建于1500多年前的梁朝大同年间。昭明太子萧统曾在此山分《金刚经》,还编选了中国现存最早的诗文总集《昭明文选》。该文选在中国乃至世界华人文坛均有广泛的影响。

谷雨在东天目山参观考察渐入佳境时,突然收到了天宫春季组组长立春发来的信息,立春让他立即返回天宫参加重要会议。谷雨把这个通知告诉了柳杉王。柳杉王说:"天意不可违,既然天宫召你回去,你就尽早回去吧。"谷雨说:"我还意犹未尽呢。"柳杉王说:"以后你再到这里来的机会多得很,天上的事是大事,是要紧事,不能耽搁。"谷雨说:"那我到杭州去和香樟王说一声。"柳杉王说:"不用了,香樟王那里我去跟他解释,他通情达理,会理解你的。"

谷雨只好提前结束下凡学习的日程安排,辞别柳杉王后便依依不舍地离开东天目山回天宫去了。

谷雨跳上云端,作起法来,风驰电掣般赶往天宫,只半晌功夫就到了天宫南天门。谷雨降落后马上奔向春季组办公室,进去一看,春季组的立春、雨水、惊蛰、春分、清明都在,另外在座的还有春季组聘请的顾问牛郎。谷雨一进门就对立春说:"我下凡学习考察的日程还没有结束,为什么要急着把我召回来?"

立春说:"你辛苦了,先坐下来,喝口茶,吃点儿东西,我再和你说。"见谷雨坐下来气缓了,茶也喝了,点心水果也吃了,立春就开始说:"现在我们春季组都到齐了,我们组的牛顾问也请来了,我们开个小会。昨天天宫发改办的立秋主任通知我,近期天宫要召开一个改革开放推进大会,大会的一项重要议程是听取我们春季组下凡的情况汇报。这次会议的规格很高,所以我们要做好充分的准备。大家都说说该如何准备。"

雨水对立春说:"你是组长,大会上就你统一做个汇报好了。"

立春说:"我们六个是分别下去的,并且每个人下去的主题都不一样,有些情况我也不了解,我也说不清楚啊。"

春分说:"确实我们这次有别于秋季组和冬季组,秋季组下去时目的很明确,就是带兵打仗对付酷暑,身份是元帅;冬季组下去时目的也很明确,就是下凡去取经的,他们的身份是取经团团长,就好比早先的唐僧。而我们春季组的目的有点儿不确定,开始时是去慰问的,还被任命为慰问团团长,但下去后才知道,人类现在和我们还没有建立公开的交流机制,人家不接受我们。立春好歹还见了三明一面,我们其他几位和他们见面聊几句的机会都没有。"

谷雨说:"春分说的没错。雨水去请过孙悟空;春分代表天宫去神仙居看望了下派干部八仙;清明的主要目的是去寻根问祖;我呢,名义上是去催春耕的,就是提醒人们不忘农事,抓紧春耕生产。但下去后才知道,那里的人勤快得很,比我们强多了,哪里还需要我们去提醒啊。所以我们下去变成以游山玩水为主了。"

清明说:"如果我们在大会上这样汇报,那不是被别人笑掉大牙,千万不能这样说。"

立春说:"清明说得对,所以我们要先开个碰头会,就是要大家统一思想,有一个明确的汇报主线,不然是要出洋相的。"

这时,大家就七嘴八舌地议论起来。过了一会儿,惊蛰说:"我们的牛顾问不是在这里嘛,我想牛顾问一定有经验,知道怎么应对这种情况。"春季组其他几位都说:"对啊,我们听牛顾问的意见吧。"

牛郎进会议室后,一直静静地坐在那里,认真地听春季组几个人说话,并没有插嘴。现在大家点名要听他的意见,他便不再推辞,说了起来:"刚才你们说的我都听到了,大家的想法是对的。过几天的天宫改革开放推进大会上,你们做汇报时一定要有一条主线,要有正能量,把你们看到的、听到的、想到的,对促进天宫改革开放有利的、可以借鉴的东西都总结出来。这次大会的重点是促进改革开放,与会者关注的是你们汇报的内容对改革开放有没有用,倒不在乎你们下去的名头是什么。"

立春问:"那具体汇报时,我们怎么样安排比较好?"

牛郎说:"汇报时一定要有一个主旨,这个就由立春组长来决定,你可以重点讲你们六位下去的总的观感。注意这次会议是要推进改革开放,要打气,要鼓劲。立春,你知道该怎么说了吗?"

立春点点头说:"明白了。"

牛郎继续说:"这么大的会,光做一个主旨汇报是不够的,还需要从各个方面来补充说明,这个就需要你们分别汇报了。你们可以现身说法,把自己熟悉的内容充分阐述出来。"

立春说:"那我就说城镇化建设这个主题。"

雨水说:"我介绍项目建设可行性研究报告与总体规划的内容要点。"

惊蛰说:"那我就讲讲改革开放与森林康养这个主题吧。"

春分说:"我就以八仙为例谈下派干部锻炼的重要性。"

清明说:"那我就强调弘扬传统美德、加强精神文明建设这方面的内容。"

谷雨说:"我要阐述的主题是成绩是干出来的,不是等出来的。"

牛郎拍手叫好,接着说:"很好,按照这样的思路来做文章,保证错不了。"

立春说:"大家都清楚了,那就分头去抓紧准备吧。散会!"

欲知后事如何,且听下回分解。

第148回　汇报会春神谈感想　督导组春候任新职

两天后,天宫改革开放推进大会如期召开,天宫高层太白金星、太上老君照例出席大会并在主席台就座;发改办主任立秋,副主任处暑、白露、秋分、寒露、霜降在主席台就座;发改研究院院长立冬,副院长小雪、大雪、冬至、小寒、大寒在主席台就座;春季组的立春、雨水、惊蛰、春分、清明、谷雨在前排就座。

在前排就座的还有牛郎、织女、嫦娥、吴刚等知名人士。财神爷也应邀出席了会议。会议还请孙悟空作为特邀代表出席,但孙悟空拒绝了。

参加会议的还有天宫办公厅、组织部、宣传部、财政部门的主要领导,以及天宫新闻媒体的代表。

会议由立秋主持。上午九时整,会议正式开始,立秋对参加会议的有头有脸的人员一一做了介绍。接着,立秋请太白金星做指示。

太白金星说:"这次天宫改革开放推进大会,是在天宫改革开放进入关键时期召开的。玉帝对这次会议很重视,正是在他的授意下,发改办才组织了这次会议。玉帝本想亲自来参加会议,但事务缠身,无法前来,就写了一封信。玉帝在信中做了三点指示:一是对会议的召开表示热烈祝贺,对前期天宫改革开放取得的成绩表示很满意;二是对春季组考察回来的将士们表示慰问;三是希望大家能好好交流总结,为天宫的改革开放推进出谋划策。我们要认真学习玉帝

天候·春

的重要指示精神,把这次会议开好。我希望大家特别是春季组刚下凡回来的将士们,知无不言,言无不尽,把从人间学到的好经验都说出来、用起来。发改办、发改研究院要把会议成果整理出来,宣传推广出去。"

立秋说:"接下来就请春季组下凡考察回来的几位团长介绍考察的经历或成果,先请立春组长做主题汇报,然后请其他几位分别做专题汇报。"

立春站起来说:"我首先代表春季组做主题汇报。这个主题汇报我不搞面面俱到,而是突出一点,就是把我们组去浙江看到的最耀眼的一面反映出来。大家听了后,一定有所触动。

"浙江人真的很特别,他们不光会赚钱,还特别文艺,文人墨客数不胜数,如鲁迅、茅盾、陆游、郁达夫、徐志摩。就连取的地名都很浪漫,浙江省有 11 个设区市、90 个县级行政区,其名称连起来就好像是一首诗。

> 杭州宁波,温州绍兴,
>
> 湖州嘉兴,衢州金华,
>
> 舟山丽水,台州余杭,
>
> 淳安建德,桐庐富阳,
>
> 上城临安,下城江干,
>
> 萧山滨江,西湖拱墅,
>
> 安吉长兴,吴兴南浔,
>
> 德清嘉善,桐乡海宁,
>
> 海盐平湖,南湖秀洲,
>
> 天台仙居,三门临海,
>
> 温岭椒江,路桥黄岩,
>
> 玉环龙湾,苍南平阳,
>
> 文成泰顺,乐清瑞安,
>
> 洞头永嘉,瓯海鹿城,
>
> 上虞诸暨,新昌嵊州,
>
> 柯桥越城,鄞州奉化,
>
> 余姚慈溪,象山宁海,
>
> 北仑镇海,海曙江北,
>
> 金东婺城,浦江兰溪,
>
> 东阳磐安,义乌武义,

永康缙云,龙泉庆元,

遂昌松阳,云和景宁,

青田莲都,江山龙游,

柯城衢江,常山开化,

定海普陀,岱山嵊泗。

"浙江在外的浙商达800万,每年创造的财富总值与全省年生产总值相当,加起来相当于两个浙江创造的财富总值。无论在中国还是在国外,凡是有人的地方就有浙江人,他们非常团结,知书达理,敢想敢干,敢为人先。互联网、快递业、影视城、小商品市场等,都在全国处领先地位。他们又特别能吃苦,一个人,既比你有钱,又比你能吃苦,这样的人战斗力多强啊。浙江还有数不完的美景、道不尽的美食,这些并不是浙江天生就有的,其实浙江人多地少,自然资源缺乏。浙江人靠自己的聪明能干、勤劳努力,把一个土地面积仅占全国土地百分之一的资源小省,拼成了经济大省。百业千行遍地开花,经济发展活力无限。

"我说这些的目的只有一个,我们天宫搞改革开放,就是要以浙江为样板。他们能做到的,我们也能做到,哪怕是个梦,这个梦也是美好的。我的主题汇报就讲这些。"

立春的话一说完,会场上就爆发出雷鸣般的掌声。立秋示意大家静下来,立秋说:"立春的主题汇报为我们描绘了一幅美丽的蓝图,我知道他有很多话要说,但今天的大会上只能简单地说一下。会后,我们可以再单独开会、总结讨论。"立秋看了一下手表,说:"接下来,你们几位做专题汇报,谁先来?"

立春说:"我们组有个不成文的约定,是按春雨惊春清谷天的次序来。"

立秋说:"那就你先来。"

立春说:"是的,我刚刚是代表春季组做主题汇报,下面是我自己的专题汇报。我的专题汇报题目是'城镇化是天宫发展经济的必由之路'。"立春接着便从城镇化的概念、指标体系、必要性、可行性、可操作性等层面做了介绍,该主题汇报有理论,有实例,理论联系实际,非常实用。

立秋说:"立春提到的城镇化发展道路,我们天宫已经进行了实践,并取得了很好的效果。大家看到的天宫集贸市场、企业、小区,都是在城镇化建设的启发下发展起来的。下面请雨水做专题汇报。"

雨水走到台上去,清了清嗓子说道:"随着天宫改革开放的推进,建设项目将会越来越多,如何规范有序地管理就显得尤为重要。这方面浙江管理部门的经验值得我们借鉴。我要感谢嫦娥,她敢作敢为,首先成立月球广寒宫开发建设有限公司。受发改办的指派,我参与了广寒宫开发建设项目的前期计划起草工作。今天重点汇报关于项目规划编制的若干问题。"

雨水打开了手提电脑,点开一个文件,放出了介绍项目规划编制情况的PPT,包括项目概况、项目背景、资源分析与评价、发展条件分析、规划指导思想、规划原则、规划依据、规划范围、规划期限、总体布局、分项规划、环境影响评价、投资估算、效益评估、保障措施等内容。雨水最后说:"我们要吸取项目建到哪、环境破坏到哪的教训,前期的功课一定要做深、做透。"

雨水说完后,立秋问嫦娥有没有要说的。

嫦娥站起来说:"感谢雨水帮我们做了一个很好的规划,我盼望着发改办能早点儿批准,我们能早点开工建设。我在这里表个态,建成后,在座的各位来月球游玩,我们免门票。"众人听了都笑了起来。

接着,惊蛰上台来,他说的是"改革开放与森林康养"的课题,惊蛰说:"改革开放后,人们的心态发生了变化,生活节奏加快,人也变得浮躁起来,从而影响了身体,而森林对身体的调养具有重要的作用。我们不能赚了金钱,身体却垮了。所以我们在抓经济的同时,一定要把环境搞好,说白了就是要多种树、种好树。"

立秋说:"以后建设项目立项时,一定要规定必须有30%以上的土地拿出来配套搞绿化,并且项目建成后要严格按要求检查验收,不符合条件的不予通过验收,这要成为一项制度。"

在大家的议论声中,春分走上台来。春分说:"我这次下凡,去看望了天宫下派到仙居挂职的八仙。大家知道,当时八仙是因为犯错误被贬下去接受处罚的,没想到他们去了后都不想回来了,那里锻炼人啊。他们无论是理论水平还是实际工作能力都突飞猛进,精神面貌也焕然一新,真是无心插柳柳成荫啊。说明干部下派交流是很有必要的,我建议把这作为一种制度。"

春分的话音未落,坐在下面的很多人在交头接耳。立秋说:"干部调动交流属于组织部门的事,不在我们发改办的职责范围内,我也不好多说。"坐在台下的组织部陈副部长站起来说:"对于春分刚才提到的问题,我们真没有想到,既然实践证明是成功的,我们可以将好的、成功的经验进行推广。"

立秋说:"由于时间关系,现在请清明上来做专题汇报。"

清明上来后说:"我的专题汇报的题目是'弘扬优秀传统文化、加强精神文明建设'，这是我这次下凡去人间寻根问祖后感悟出来的。改革开放，既要抓物质文明，又要抓精神文明，并且两手都要硬。不要出现经济搞上去了，但人的思想却跟不上的现象。"

立秋插进来说："精神文明建设确实很重要，这个宣传部门的人最有发言权，请你们表个态。"

宣传部的王部长站起来说："这次的春季组，一开始就是由我们宣传部派出去的，这本身就是精神文明建设的一部分。只是春季组回来后，我们宣传部动作慢了，被你们发改办抢先组织了一步。我们宣传部之后要以精神文明建设为题，单独听取春季组的汇报。"

这时，一直不出声的太白金星说："没关系。发改办以发展经济为主，宣传部以做好思想政治工作为主，你们都是天宫的重要组成部门，不要分谁先谁后了，只要把经验总结出来，有利于天宫的事业发展就好了。"

立秋说："那这个问题就到这里，谷雨，你上来吧。"

谷雨走了上来，他说："我这次下去体会最深的一点是，财富是干出来的，不是说出来的，更不是等出来的。前面提到的浙江经济发展的成功经验，就是浙江人拼命干出来的，义乌人从鸡毛换糖开始，一步一个脚印，一点点地积累起来，才有了现在的辉煌成就。反观我们天宫，还是普遍存在着等、靠、要的现象，懒惰成性，不思进取，做一天和尚撞一天钟，这样的状况不改变，天宫的面貌怎能改变？"

立秋说："说得好。谷雨说的虽然严重了些，但问题确实存在，这些问题是几千年积累下来的，不可能在一夜之间全部解决，只能借改革开放的春风向前推进，逐步消除陋习。"立秋看了一下手表，继续说，"因为时间关系，专题汇报就到这里，下午的分组会上大家还可以讨论。下面请太上老君就春季组的汇报做指示。"

在一片噼里啪啦的掌声中，太上老君走上台开口说道："我以为今天的会议我只是来听听的，没有准备讲话，更谈不上做指示。春季组下凡，我是知道的，我想那也是象征性地走一走、看一看、玩一玩，例行公事罢了。没想到春季组的六位干将十分了得，硬是把一次走走过场的活动做成了很有价值的头脑风暴，引出了很多新思想、新话题，难能可贵。你们年轻人厉害啊，我老了，该退下来了。我有一些感悟和大家分享，说服别人支持你，不一定要证明你比别人优秀，而是要让别人觉得，因为你，他们才变得更优秀、更有成就感。"太上老君说到这里时,会场爆发出一阵热烈的掌声。

立秋示意太白金星说几句。太白金星没有推辞,开口说道:"今年以来,天宫的改革开放在发改办和发改研究院的带领下,开局良好,多次受到玉帝的表扬。现在天宫集贸市场已初具规模,第三产业蓬勃兴起。工业企业从无到有,出现了像织女纺织制品有限公司这样的优秀企业和织女这样的优秀企业家。随着市场与企业的兴起,天宫财政收入逐步增长,这是从来没有出现过的大好事。只要有了钱,很多以前干不了的事都可以干起来。玉帝说过,等到天宫财政有盈余了,将考虑解决中小学义务教育的问题,医疗保障、养老保障、住房公积金制度都可以一步步地做起来。这次春季组提出了许多好的建议,我觉得非常好,要总结出来形成文件,形成制度,应用到天宫改革开放的实践中去。对春季组的辛勤付出,我表示感谢,也感谢在座的各位,我们要继续努力,共创佳绩。"

太白金星说完,会场又爆发出热烈的掌声。立秋说:"今天上午的汇报会开得很好,很成功。大会秘书处要尽快整理出会议纪要,我们发改办要向玉帝做专题汇报。今天上午的会议就到这里,下午是分组讨论。"

几天后,天宫发布了天字第 26 号文件,宣布成立天宫经济发展督导组,属于正局级临时机构,组长由立春担任,副组长由雨水、惊蛰、春分、清明、谷雨担任。督导组的职责是对天宫经济发展进行检查督导,既要防止出现矫枉过正的情况,又要防止出现裹足不前的情况,并对改革开放中出现的新问题、新情况起到上传下达的作用。

春季组六位组长新官上任,意气风发,准备努力工作,为天宫的经济发展保驾护航。

欲知后事如何,且听《天候·夏》分解。

天候・夏

第149回　春去夏来季节变换　生机盎然夏将议事

　　地球围绕着太阳不停地转着,由于其公转的轨道是椭圆的,而且与其自转的平面有一个夹角,因此在一年中的不同时段,地球上各地接收到的太阳光照是不一样的。光照的多少、强弱,造成了一年中季节的变换和冷热的差异。古人将一年划分为春、夏、秋、冬四季。

　　在气候上,四个季节是以温度来区分的。在北半球,每年的3~5月为春季,6~8月为夏季,9~11月为秋季,12~2月为冬季。在南半球,各个季节的时间刚好与北半球相反。南半球是夏季时,北半球正是冬季;南半球是冬季时,北半球是夏季。各个季节之间并没有明显的界限,季节的转换是逐渐完成的。

　　地球上的四季首先表现为一种天文现象,不仅表现为温度的周期性变化,还表现为昼夜长短和太阳高度的周期性变化。昼夜长短和正午太阳高度的改变,决定了温度的变化。四季的递变全球不是统一的:北半球处于夏季时,南半球处于冬季;北半球由暖变冷,南半球由冷变热。

　　《天候》系列故事是从秋天开始说起的,《天候·秋》写的是秋季六个节气,以立秋、处暑、白露、秋分、寒露、霜降六个人物为代表的正义一方,与以酷暑、秋老虎为代表的非正义一方进行激烈较量的故事。秋季六帅后来都得到了重用,被安排在天宫发展改革办任主任。

　　《天候·冬》写的是进入冬季后,天宫先后派出立冬、小雪、大雪、冬至、小寒、大寒六人,分别从经济体制、历史变迁、文艺创作、民间工艺、环境保护、哲学思想等方面赴人间取经。冬季六位团长取经成功后,天宫成立了一个发展改革研究院,由冬季六位团长负责该院的研究工作。

　　《天候·春》写的是春暖花开、百花齐放之时,天宫又陆续派出立春、雨水、惊蛰、春分、清明、谷雨六人去人间慰问考察的故事。他们在城镇化发展、建设项目管理、森林康养、干部下派锻炼、精神文明建设等方面取得了丰硕的成果。春季组六大员功成名就后,天宫又成立了一个部门,名叫经济发展督导组,由春季组六大员负责督导组的督导工作。

　　发展改革办属于行政机关,负责制定政策,谋划实施;发展改革研究院属于事业单位,主要以理论研究为主,当然,必要时也可以负责一部分发展改革办的行政事务;经济发展督导组属于临时机构,其职责是对天宫的经济发展进行检查督导,并对改革开放中出现的新问题、新情况进行上传下达。

天宫先有了发展改革办,过了几个月,又有了发展改革研究院,现在又增加了经济发展督导组。天宫的人知道,天上的改革开放是轰轰烈烈地开展起来了。

日子过得很快,从秋季到冬季,从冬季到第二年的春季,现在转眼又要进入夏季了。春天随着落花走了,夏天披着一身的绿叶,在暖风里跳动着来了。夏季组以立夏为首,还包括小满、芒种、夏至、小暑、大暑。夏季组眼见其他三季的主将建功立业,并且都在天宫的重要岗位任职,心里都痒痒的,心想:我们夏季组也不比他们差,也要做一番事业出来,好在天宫占有一席之地。

有一天,夏季组六大员不约而同地聚在一起议论起来。立夏说道:"你们都看到了,现在秋、冬、春三季都成功了,就剩下我们夏季组了。我们不能落后于他们,大家都说说我们该怎么办。"

小满说:"夏哥不必着急,我们夏季是一年中最为生机勃勃的时节,我喜欢满目苍翠的夏天,因为夏天可纵情游泳。夏天给孩子们带来欢乐,他们是夏季里最快乐的天使。我喜欢狂风暴雨的夏天,因为夏雨是那么豪爽干脆。夏天的荷花向我们露出笑脸,夏天的荷叶向我们展示魅力。正如宋代诗人苏舜钦在《夏意》中所写的,'别院深深夏席清,石榴开遍透帘明。树阴满地日当午,梦觉流莺时一声'。这是对夏日的绝妙写照。"

立夏说:"小满说得诗情画意呀,其他几位也都说说。"

芒种说道:"夏天的早晨有奇异的美景,一缕缕淡淡的晨雾像绸带飘在湛蓝的天空,绸带两头分别系着远处的大山和近处的田野。前几天,田野里还是鹅黄嫩绿,芽苞初放,转眼间,到处都是浓荫。稻田换上耀眼的浅黄色新装,每根稻秆都擎起了丰满的穗子。那齐刷刷的稻芒,犹如乐谱上的线条,一个稻穗,就是一个跳动的音符……

"随春破土,随夏挺拔,随秋怒放,随冬入藏,或者说春播、夏长、秋收、冬藏。我们夏季的特点就是生长,我们是成长的季节,是发展的季节,没有我们夏天的茁壮成长,哪来秋天的累累硕果。这就好比人的一生,如果说春天是人生的儿童时代,那么我们夏天就相当于人生的青年时代,所以说我们夏季是最重要的一个时期。"

在场的夏季组成员听芒种说到这里，都若有所思地点点头，表示赞同芒种的说法。

夏至说："夏天到了，树上的蝉'知了、知了'地叫着，声音低沉而缓慢，像在诉说着一个古老的传说。老人们坐在树荫下，耐心地摇着扇子，一边乘着凉，一边谈论着丰收的年景。那林中的小鸟，都懒洋洋地歇在树上，眼睛半睁半闭，似乎正在做'丰收'的梦。傍晚，晚霞烧红了天空。海边沙滩上人来人往。人们有的在游泳，有的在捡贝壳，有的在嬉戏，欢声笑语像海浪一样，一阵高过一阵。清凉的海水洗去了人们身上的疲劳和炎热，使人感到轻松凉爽……"

立夏插话道："夏至打住吧，别王婆卖瓜，自吹自擂了。小暑、大暑，你俩有什么要说的?"

小暑说："你们知道我所在的时节预示着盛夏到了，它不像初夏时那样只有一些微热，而是在透蓝的天空上悬着火球般的太阳。云彩似乎被烧化了一样，消失得无影无踪。太阳把地面烤得滚烫滚烫的。一阵南风刮来，从地上卷起的一阵热浪，火烧火燎地使人窒息。热乎乎的空气好像凝固了似的，河里的水烫手，地里的土冒烟。杂草抵不住太阳的暴晒，叶子早已卷成细条。街边的柳树像得了病似的，挂着灰尘的叶子打了卷，枝条也懒得动，无精打采地垂着。蜻蜓只敢贴着树飞，它生怕炙日灼伤美丽的翅膀。马路上一点水也没有，干巴巴地发着白光。整个城市像烧透的砖窑，热得使人喘不过气来。我听到的埋怨声太多了，有点儿怕，不敢多说。"

大暑接话道："小暑，你算好的。我比你是有过之而无不及啊，不然我怎么叫大暑呢。去年酷暑下去这么一闹，把我也连累了。普通老百姓哪里弄得清楚酷暑和大暑的区别啊，我怕是跳到黄河都洗不清了。"大暑说到这里，长吁短叹了一阵。

立夏忙说："大暑你想太多了，酷暑是酷暑，你大暑是大暑。酷暑是逃出去害人的妖精，所以玉帝派秋季六帅下凡去除害救人。而你大暑是响当当的夏季组大将之一。俗话说，不做亏心事，不怕鬼敲门。只要行得正，就没什么好担心的。"

大暑说："我是怕我今年下凡去，人们把我当酷暑对待，痛打落水狗，那我就惨了。我自己受些委屈倒没事，我是怕坏了我们夏季组的名声。"

小满拍拍大暑的肩膀说："酷暑是一颗老鼠屎坏了一锅粥。但身正不怕影斜，只要我们实实在在地为黎民百姓造福，他们终究会理解我们的。"

夏至也说:"我也常常受到一些不明真相的人们的误解,因为我所在的季节正好是梅雨季节,天气湿闷得很,一会儿晴,一会儿雨,有时东边出太阳,西边下雨,很受人讨厌。但我心里明白,正因为梅雨连绵,一些地方的降水量才有了保证,并且湿热的气候对农作物的生长也是有利的。所以我受点儿委屈也没觉得有什么大不了的。"

立夏说:"萝卜白菜各有所爱,一年四季互有长短,这个不是我们自己能选择的,我们只要把我们自己该做的事做好就行了,该下梅雨时就下梅雨,该高温时就高温,只要不恶意地去折磨人就行了。"见其他几位都点头同意自己说的,立夏转过身来又说:"但前面说了这么多,还是没有解决我们接下来该如何行动的问题。"

芒种说:"听说上次春季组的行动,因为得到了牛郎的指导,效果很好,我们何不照样画葫芦,请牛郎来帮帮我们?"

小暑说:"牛郎不是已经被春季组聘请为顾问了吗? 怎么会来帮我们?"

芒种说:"那可未必。牛郎是天上人间文化交流协会的主席,冬季组的大寒都去请教过他。他是个热心肠的人,有求必应。"

夏至说:"况且春季组去人间慰问考察的事已经结束了,他们现在已经是天宫经济发展督导组的领导了,我估计春季组和牛郎的顾问关系也解除了。"

"那你就代表我们夏季组去找牛郎谈一谈,如果他愿意,就请他来当我们夏季组的顾问。"立夏对夏至说。这事就这样定下来了。

欲知后事如何,且听下回分解。

第150回　牛郎任顾问出主意　立夏做练习定作文

牛郎现在不比以前了,先是受到了天宫大学教授大寒的表扬,后来担任春季组的顾问而声名远播,加上其夫人织女创业一炮打响,织女牌纺织品成了天宫家喻户晓的名牌产品,牛郎成了名人。他虽然还住在天河西路,但室内的摆设已完全不同了:先是更换了整套的家具,将原来破破烂烂的旧家具全部换成清一色的红木家具,原来光秃秃的墙上挂上了几幅名家字画。其中有一幅书法作品是大寒写的"淡泊明志"四个字,牛郎将其挂在客厅的中堂上,以表明自己的心迹。

夏至受春季组的委派找上门来时，牛郎正在练字。见夏至来了，牛郎忙迎上前来，把夏至请入客厅。夏至环顾左右，啧啧称羡。见牛郎刚写的书法刚劲有力、大气磅礴，夏至竖起大拇指连连点赞。夏至坐定后，牛郎亲自泡了一杯龙井茶，说："今日夏至兄光临寒舍，真是蓬荜生辉啊。"

夏至喝了一口茶，拱手说道："牛主席声名显赫，我等敬佩之极，早有登门拜访之意，无奈杂务缠身，未能成行。今日耳闻目睹，果然不同一般，佩服佩服。"

牛郎笑道："夏至兄不必客气。不知夏至兄大驾光临，有何见教？"

夏至问："不知牛主席现在在忙些什么？"

"我也就是做些天上人间文化交流协会的杂事。你也知道，这种协会里的事都是些无关紧要的，另外就是去各地讲讲关于中国传统文化的课。这是和文化交流相关的，属于分内事。"牛郎回答。

"听闻牛主席兼任春季组的顾问，想必也要花费不少精力吧？"夏至又问。

牛郎摇摇头说："那是春季组看得起我，聘任我为顾问，事实上我也没有做多少事，并且现在已经结束了，春季组已经有了新的任务，他们忙得很，我也帮不上什么忙。"

听到这里，夏至高兴地说："如此正好。您可愿意屈就来我们夏季组任顾问，也帮帮我们？"

牛郎拱手道："承蒙夏季组高看我牛郎，我牛郎感激不尽。不知你们夏季组有何打算，需要我牛郎做些什么？"

夏至端起杯子喝了一口茶，说："不瞒您说，我们眼睁睁地看着秋、冬、春三季十八将下凡建功立业，我们夏季组岂能认输？我们也想去闯一闯，但不知如何着手，故而想请您为我们出出主意。"

"你们是不是也想去凡间见识见识？"牛郎问。

"是的，我们几位聚在一起商量过了，但议论了半天，也没有想出好办法，我们组的夏哥就派我来请牛主席帮忙。"夏至就把那天聚会讨论的情况简要地向牛郎介绍了一遍。

牛郎静静地听夏至把话说完，沉吟了一会儿，说："你们的想法我知道了，有机会时我会向上面反映一下你们的要求。现在天宫搞改革开放，正是用人之际。你们夏季组六将个个都很优秀，一定可以在改革发展中大显身手。天宫一定会给你们安排重任的。"

夏至问：“在天宫下达新的任务前，您认为我们可以先做些什么准备工作？”

牛郎想了想，说：“根据我的经验，天宫现在搞改革开放，都是摸着石头过河，没有现成的路可走，迫切需要派出精兵强将下凡去考察取经。下凡的目的是做调研，调研结果要写成总结报告送呈高层，这个调研报告写得好与不好，关系到考察取经的成败得失。因此我的意思是，你们可以利用现在的空闲时间，提高写作、理论水平，为接下来的调研做好准备。如果需要集体到天宫大学进修，我可以给你们写推荐信。”

“牛顾问说得极是，待我回去和我们组的其他几位商量后再做决定。我在这里先谢过您了。”夏至说完便起身告辞，离开了牛郎的住处。

夏至回来后，就向立夏汇报了牛郎的建议。立夏觉得牛郎说得很有道理，我们现在不缺做事的热情，但是写作功底不够，需要补一补这个缺口。立夏就把小满、芒种、小暑、大暑四个叫来，对他们说：“牛郎建议我们提高写作水平。要提高写作水平，就要多学多练。你们想不想去天宫大学进修？”众人说：“听夏哥你的意见吧。”

“恩，去大学进修也不是一天两天的事，而且我们随时都可能出发，因此大学就不去了，我们就自学吧。我布置大家写一篇作文，就以我们居住的小区为背景，以自然界的动植物为题材，采用拟人化的写法写一篇文章，并且我们写的文章上下文要有联系，通过这篇文章来检验一下我们的学习效果。你们看怎么样？”

夏至说：“我们写篇文章倒没问题，但你说上下文要有联系，这就有问题了，一是上下文如何排队，就是谁在前，谁在后；二是后面的文要根据前面的文章来写，那就不能同时公布了，必须公布一篇写一篇了。”

立夏说：“夏至说得有道理。我看这样好了，我们就按照时间次序，即夏满芒夏暑相连的顺序来写。我写第一篇，小满接着我的文章写。我们以后写调研报告，很有可能也是每人写一部分，再合在一起润色一下，形成一个总的报告，我们这次练习就作为下次写报告的预演吧。”

立夏说完后，其他几位都点头表示同意。立夏说：“为了方便分享，我们建一个夏季组微信群吧。除了我们六位，把牛顾问也拉进来。有什么消息可以通过微信群讨论，现在就分头做准备去吧。”

欲知后事如何，且听下回分解。

天候
TIAN HOU

第 151 回　立夏作文冬日杂思　小满题写新年游园

　　第二天,立夏就将自己写好的散文发到了微信群里。文章的题目是《冬日杂思》,全文如下:

　　去年最后一个周日的早上,我终于抓住空闲,来到自己居住的小区公园溜达,虽说是溜达,其实也是想静一静,理一理思路。一年又要过去了,看到大家都在晒成绩单,我在想,我这一年又做了些什么呢?

　　在公园的一角,有个半亩大小的池塘,池的一边是一个平台,平台上悬空挑出一部分,上面铺着木板,摆放着两张长方桌及八张藤椅,作为小区的观景平台。冬日的太阳缓缓地升了起来,阳光照进池水中,波光粼粼。池水不深,不到一米,清澈见底,底下是鹅卵石。一群小金鱼在水中游来游去,自得其乐。

　　我拉过一张藤椅,面朝池水坐下,极目望去。池的前面左右皆是高低错落的各类植物,周围以竹子为主,亭亭玉立,间有枫香傲然挺立,辅以南天竺、红花继木、各种黄杨、红叶石楠、杜鹃花等灌木。底层穿插着一些不知名的草类。稍远处的桂花因在国庆节前风光了一阵,现在静悄悄地在那里休养生息。紫薇花由于在整个夏季用力过猛,进入了冬眠状态,不惜采用丢车保帅的策略,让园丁剪去了多余的枝条,只剩下主要枝干光溜溜地立着。白玉兰则刚受孕成功,喜洋洋地顾自孕育着肚中的宝宝,待到春天到来的时候,便破苞而出。蜡梅花倒是挺着个大肚子,精神抖擞地迎接着严寒霜雪,随时做好一展花姿的准备。在更远些的地方,银杏树老当益壮,竟抖落了全身的叶子,赤膊上阵,大有不服来战的气势。只有香樟王还是那么老成持重,用慈祥的目光注视着池边的兄弟姐妹,频频点头示意。

　　要说这个观景台,我也来过几次,但每次来都没有真正静坐下来细细地欣赏这里的风景。我一直以为,人的一生会踏上很多条路,有笔直的坦途,也有羊肠阡陌,有繁华大道,也有荒凉小路。无论如何,每一条路都要靠自己的双脚去走。这世上没有所谓的无路可走,只要你愿意踏实向前,披荆斩棘总能找到出路。但我们常常会只盯着前面的目标奔走,而往往忽略了周边的美景。

　　正全神贯注地看着周边植物的千姿百态时,我突然听到水面上发出了"扑噜"的声响。我收回目光，注视着水面，看到几条小金鱼正仰着头，晃动着尾巴看着我。我这才想起，大概是我光顾着欣赏植物，而忽视了池中的小金鱼，惹得它们不高兴了。我忙对着小金鱼说，你们好！我来看你们了。小金鱼似懂非懂地摇摇头，似乎在问，你是谁？鱼儿这一问，倒把我问住了。我一时竟回答不出来。鱼儿见我呆住了，也不管我，顾自摆头摇尾地游开了。我则还在想"我是谁呢？"这个问题，好像成龙演的电影里那个失忆的主人公一样，过了半晌才想起来，我是润圆村的一个村民啊，我既没有范仲淹那样的"先天下之忧而忧，后天下之乐而乐"的胸怀，也没有特朗普那样"老子天下第一"的霸气，只是想老有所乐，做一些自己喜欢做的事。

这样想着，我就想找小金鱼告诉它们我是谁，但找来找去也没找着，倒是发现了池水中生长着的部分睡莲、菖蒲、芦苇。一看到睡莲，我马上联想到周敦颐的《爱莲说》："予独爱莲之出淤泥而不染，濯清涟而不妖，中通外直，不蔓不枝，香远益清，亭亭净植，可远观而不可亵玩焉。"周敦颐是浙江诸暨周氏的始祖，诸暨周氏历来有敬荷如神的习俗。

这时，太阳冉冉上升，小区的园丁开始忙碌起来。我还是坐在藤椅上，看着池水发呆，由睡莲想到了理学，由理学想到了中华文化的源远流长。我看到园丁劳动的身影，又想到了"劳动"两字，"劳"字上面是草字头，表明是植物，也就是大自然，中间是宝盖头，表示田产，下面一个"力"字，即用力在田间除草。再说"动"字，天上的云用力推，不就动起来了吗？这样里里外外、上上下下的用力就是劳动，所以劳动创造人，不劳动者不得食。这是最朴素的道理，也是唯物主义的思想。突然，我又联想到了"思想"两字，这"思"字是心上有田，心脏是人最重要的器官，田就是粮食，粮食就是人类的命根子。这"想"字是木、目、心的组合，木代表一个人，目是用眼睛看，即一个人在用眼睛看他，心里也装着他，此为"想"。人正因为具有"劳动"的技能，又有"思想"的能力，所以才成了高级动物，但是从这里，不正好看出了大自然的重要性了吗？我们有"思想"，能"劳动"，但离开了大自然的庇护，我们会怎么样呢？

遐想又被对面传来的异声打断，我抬头一望，看见对面池边的一棵枫香树上，一只松鼠正窸窸窣窣地往上爬去。小区里出现了松鼠，说明这里的生态环境还是很不错的。松鼠爬到一半，看到我在盯着它看，它也不怕，也盯着我看。我猛然想起，再过几天，猪年就要过去了，鼠年就要到了。这一年里，猪风光了一阵。猪本性是很温顺的，也没有很高的要求，被逼急了才惹祸。但愿鼠年能如眼前的池水一样,风平浪静吧。

太阳越升越高,照在身上暖暖的。也许是久雨初晴的原因,空气格外清新。池中的小金鱼又不知从哪里游了回来,对着我傻傻地笑。树上的鸟儿也叽叽喳喳地活跃了起来。远处的茶梅开出了鲜艳的花朵。来池边的居民多了起来,打断了我的沉思。我站起身来,活动活动一下筋骨。正如鱼儿离不开水,鸟儿离不开巢,人类也离不开大自然。

我向水池中的金鱼,树上的小鸟,还有周围的花草树木挥挥手,离开了这里。回到家中,我便将刚才的所见所思写了下来,算作纪念。写完后,我又投入了新的工作。

小满在微信群里看到了立夏写的《冬日杂思》,一边为立夏的文采叫好,一边心里暗暗叫苦,心想:"我们明明是夏季,写夏天应该是我们的特长,立夏怎么舍本逐末去写冬日呢? 既然如此,只得见招拆招了。"小满按照立夏的套路写了一篇《新年游园》,也将其挂到微信群里。全文如下:

今天是新年的第一个双休日,忙碌了一段时间,终于可以休整一下了,早上想着去天河江边走走,到楼下门口才发现天空飘着零星的小雨,不便走远,那就在小区公园里活动活动吧。

记得上周日上午是在公园靠东面的一角度过的,今天就去公园靠西面的一角看看。我沿着公园小径走去,来到小区西边的出入口附近。这里有一条小溪弯弯曲曲地绕来绕去,一座小桥将小溪隔成两部分,桥两边的小溪拓展开来就形成了两个小池塘。池塘周围照例是堆砌的石块和遍地的植物,争奇斗艳,美不胜收。

也许是休息天的原因,又是个细雨蒙蒙的冬日,这里静悄悄的,人很少。我站在桥上,正好静下来细细地观赏这里的一山一水、一草一木。正欣赏时,突然听到旁边传来轻微的说话声,我抬起头来前后左右地看了看,奇怪了,没有见到人啊。再侧耳细听,我听出来了,原来是植物在相互交流。

我不知道植物是什么时候开始说话的。反正等我听到时,是芙蓉花在说话:"我觉得我们植物界有一股不正之风,已经非常严重了。"

稍远处的香樟问:"你说得具体点儿,有什么不对的地方?"

芙蓉花用手指了指周围,说:"你们看看,罗汉松凹的造型奇形怪状的;海桐球、无刺构骨球把自己打扮得圆滚滚的;黄杨、红叶石楠、红花继木等把头修剪得光滑溜的。这让我看起来感觉很别扭,这哪里是我们植物的本性,一点儿野趣都没有了。"

芙蓉花的话刚说完,小竹子、南天竺、广玉兰等植物都随声附和,表示同意芙蓉花的观点。

罗汉松不高兴了,反驳道:"俗话说,人要衣装,佛要金装,连人、佛都知道这个道理,难道我们植物界就转不过这个弯来? 现在整形是很时髦的事。不瞒你们说,我这样做一下造型,身价不知道提高了多少倍呢。"

海桐球、无刺构骨球、黄杨、红叶石楠表示赞同罗汉松的说法。

芙蓉花不屑地说:"你们这是狡辩,我懒得和你们说。"

这时,分别支持两派观点的植物们争论了起来。茶花、月季花、迎春花就两边做工作,要大家不要吵了。只有蜡梅在旁边心无旁骛地顾自开着花。

香樟说:"关于这个问题,已经讨论过很多次了,公说公有理,婆说婆有理,真不能搞一刀切。我们提倡百花齐放,百家争鸣,该开花时就开花,该结果时就结果,该出手时就出手,该休眠时就休眠。"说着,香樟指了指边上的紫薇,说:"你们看紫薇现在光着身子,只剩下一个主干和骨干枝,他舍弃了许多身外之物,就是为了养精蓄锐、保存实力,到来年时机成熟时,又能开出五颜六色的花朵。"香樟说着用手摸了摸紫薇的树干。

紫薇听到香樟在表扬自己,满心欢喜,又发觉香樟在摸自己,一边抖了抖身子,一边叫着"痒,好痒"。

稍远处的银杏说道:"香樟说得对,任何事情都不是一成不变的,物竞天择,要顺应自然,不能逞强好胜,要懂得取舍,有舍才有得。比如我自己,在植物界也算老资格了,人称公孙树。我这么大年纪了,到了冬天,还不是只能将身上的衣服脱得光光的,只有舍得,才能拥有。在严寒面前,生存下去才是最重要的,留得青山在不怕没柴烧。"

躲在地面下的一株不知名的小草探出了头,说:"大丈夫能屈能伸,像我这样,没有办法,我就躲到地下。"

一棵高大的树对着小草说:"去去去,你一株小草,还大丈夫呢,这里没有你说话的分。"

香樟对那棵大树说:"话可不能这么说,我们植物都是平等的。你可别小瞧小草。他个子虽小,却有大智慧,他会躲、会藏、懂潜伏、善渗透,弄得不好,他还会寄生到你身上来。野火烧不尽,春风吹又生,再过几个月,遍地都是他们的身影了。"

罗汉松说："你们说了这么多，我今天非要搞清楚，我这样凹造型到底有没有错？"

香樟劝道："你也不要太认真了，所谓萝卜青菜各有所爱，三十年河东，三十年河西。你看看人类，过去以胖为美，现在喜欢瘦的。还有，过去穿得花花绿绿的是小孩子，现在穿得花花绿绿的是老年人；过去在外面蹦蹦跳跳的是年轻人，现在在外面跳广场舞的都是大妈大伯；过去吃野菜的是穷人，现在吃野菜的是富人……"

香樟还要说下去，罗汉松打断了他："你不用说了，我懂你的意思了。"

银杏挺了挺腰，说："我们过日子，就像这天气，有时晴空万里，有时阴雨连绵。既然无法改变天气，不如学着调整自己。生活是你自己的，喜怒悲欢都由你自己决定。情绪低落时，试着出门拥抱阳光，学着向朋友倾诉。"

银杏的话引来了植物们的一片掌声。这时雨已经停了，天也明亮了许多，来公园锻炼的人多了起来。远处传来了脚步声，植物们似乎也感觉到了，都不约而同地停止了说话，只有我还沉浸在植物们的讨论中。

我以前也来过这里多次，怎么没有注意到这些可爱的植物的一举一动呢？我们人类在有些方面是不是该向植物学习呢？假如有一天，一场特别大的天灾降临，我想植物度过危机的能力将超过人类。想到这里，我不由得对植物们肃然起敬，它们在我心里的形象更高大了。

小满的作文挂出来后，夏季组的其他几位就在想芒种怎么写下去。

欲知后事如何，且听下回分解。

第152回　芒种续写植物赛诗　茶潮江雪诗词歌赋

芒种先前看到立夏写的《冬日杂思》，心中已有所准备，后来又仔细看了看小满写的《新年游园》。芒种思索一番之后，便拿出笔墨，在纸上一鼓作气地奋笔疾书起来。不一会儿，一篇叫《植物赛诗》的作文就写出来了。文章是这样写的：

眼看着日子一天天过去，马上又要过年了。小区公园里的香樟王坐不住了，就把小区植物界的几位大佬找来商量。很快，银杏、枫香、广玉兰、桂花、毛竹等都来了。香樟说："春节即将到了，你们看小区里张灯结彩的，人们又是置办年货，又是举办各种聚会，忙得不亦乐乎。我们是不是也该有所行动啊？"

广玉兰说："我觉得没必要，我们不愁吃，不愁穿，乐得悠闲自在。我们顺应自然，该开花时开花，该结果时结果，不要去学人类搞那些花里胡哨的东西，瞎折腾。"

桂花不同意广玉兰的说法："话不能这么说，我们现在日子是好过了，但我们不能忘本啊。人类对我们不薄，投之以桃，报之以李，既然他们开开心心过节，我们也要应应景，配合人类热闹一番。"

毛竹摇了摇身子说："我同意桂花说的，我们现在的物质生活水平提高了，精神生活也要提上去，不能过一天和尚撞一天钟了。"

香樟说："毛竹说得对。那我们可以做些什么呢？大家都说说。"

枫香挺了挺腰板，说："我看电视里的联欢会办得很热闹，我们也搞个春节联欢晚会吧，唱唱歌、跳跳舞对我们来说并不是难事。"

银杏点点头说："我觉得搞搞联欢会是好主意，但光是唱唱歌、跳跳舞还不够。现在人类在搞诗词大会、诗词PK什么的，我们是不是也借助联欢的机会来一次诗词PK。"

香樟说："是啊，我们植物和诗词是有亲密关系的。在诗词中，植物是一种常见的意象，不同的植物代表不同的诗情思想。人类把我们写得淋漓尽致，我们也要利用他们写得别具一格。"

广玉兰摇摇头说："你们以为诗词很好写吗？诗词讲究韵律，而我们植物来自五湖四海，各种方言五花八门，普通话根本没法听，怎能写出诗词来？"

银杏说："广玉兰此言差矣，什么事都是从无到有、由差变好的。没错，我们是五音不全，但我们敢作敢为。我们只要互相理解、互相包容，图个开心就好了，何必在意别人的想法呢？反过来，人类写我们植物的很多诗句也是张冠李戴的，他们照样乐此不疲，从不管我们的感受。"

广玉兰说："听银杏这样一说，倒是这个道理，我没意见了。"

香樟说："我们植物文化是有很深的渊源的，中华文明是植根于自然基础上的。植物文化的根本就是达观、宠辱不惊。达观使我们的路越走越宽，我们不断努力，时时保持一种积极向上的心态坦然面对苦难。我们不断进取，保持达观的心境，以平和释然的状态面对风霜雨雪，虽然有时也会感觉很疲惫，但风雨过后定会看见美丽的彩虹！"

香樟的话一说完,植物们拍手叫好,连躲在地下的小狗不理草都举起双手来鼓掌。

银杏说:"当然,对于赋诗作词,我们都没有经验。为了稳妥起见,我们是不是先来一次比赛?动员各类植物提供作品,通过评选,将好的诗词推荐到联欢晚会上朗诵。"

银杏的建议大家都表示赞同。不久,小区四周就贴出了告示,号召植物们踊跃地赋诗作词。只一天时间,植物界业委会就收到了多篇诗词作品,分别是茶叶、雪松、沙朴、乐昌含笑等植物写的。

茶叶当然是写与茶有关的:

万丈红尘三杯酒,

千秋大业一壶茶。

茶是一种情调,

一种欲语还休的静思,

一种热闹后的沉默。

茶是一种姿态,

沉时坦然,

浮时淡然。

人生如茶,

满也好,浅也好,争个什么?

浓也好,淡也好,自有味道。

急也好,缓也好,那又怎样?

暖也好,冷也好,相视一笑。

生活如茶,

先苦后甜再回味。

放慢脚步,

品一杯茶水,

让清清浅浅的苦涩,

充溢喉咙,

荡漾肺腑,

洗涤疲惫。

喝茶,喝的是滋味,

内心和人生的滋味。

　　茶中滋味，

　　就是心中滋味，

自然如同水落石出，

　　浮然而现……

　　悠然岁月，

从青涩到成熟，

从浮躁到淡恬，

　　一杯茶，

　　尽释然。

雪松天天看着日出日落，潮涨潮退，深受感染。他写道：

　　月似钩，

　　银光晒之江，

不觉已是霜满头，

惊看钱潮浩荡，

思绪绵绵任天飞。

　　晨雾起，

霞光映山河，

挥毫疾风奔前程，

写出人生精彩，

岁月滔滔解千愁。

沙朴写了首《润园望江》：

　　独立阳台，

　　江枫渔歌，

　　万家灯火。

观钱潮澎湃，

大气磅礴，

船行东西，

桥贯南北。

运河相连，

隧道沟通，

世纪新城楼林立。

望江南，

奥体莲花碗，

何等壮观！

迎来宾客如潮，

逢世游盛会灯光秀。

环金球剧院，

日月同辉；

音乐喷泉，

仙居天台。

一江碧水，

两岸彩虹，

江山滨城齐奋进。

遥相应，

最美是钱江，

人间天堂。

乐昌含笑写了一首《润园观雪》，赞美冬雪之美：

钱江飞雪，

既得柔软，

又带深情，

从九霄云外，

飘逸寻来。

男女老少，

拍手叫好。

一夜素裹，

美到窒息，

岂是言语能形容？

逢盛世，

瑞雪兆丰年，

更胜一筹。

山水云天共色，

晴雨月雪江滨之胜。

今阳台饮茶，

围炉煮酒，

凭栏看雪，

桥廊如银。

岁寒雪落，

水墨清欢，

怎一个美字了得？

天地白，

观银粟玉龙，

雪花六出。

…………

　　植物界业委会成员看到这些作品后都惊讶不已，想不到植物界藏龙卧虎，文采斐然之人竟然如此多。要从中分出高低，恐怕不是件容易的事，怎么办呢？还是桂花头脑活，点子多，提议让小区里的居民来评判。

　　亲爱的邻居们，你们说呢？

　　芒种的《植物赛诗》发到微信群里后，夏季组的成员一致点赞。现在要看夏至如何写下去了。

　　欲知后事如何，且听下回分解。

第153回　夏至操刀植物聊天　百花齐放百家争鸣

　　夏至看到芒种写的《植物赛诗》后，大吃一惊，想不到才几天不见，芒种的诗词歌赋写作水平突飞猛进。但夏至也不肯轻易服输，遂抖擞精神，摆开架势，现场写出《植物聊天》一文。内容如下：

　　春节马上要到了，小区要在公园里举行联欢活动。消息传到小区公园植物界，植物们觉得，这么热闹的场景，怎能少得了我们呢！植物界也要派代表去参加表演，于是就立即布置起来。小区植物界要举行春节联欢晚会的海报一贴出,植物们就都知道了。植物们觉得很新奇,也很兴奋。第二天早上,植物们就不约而同地聚集在小区公园中心,无患子、杜英、乌桕、垂柳、落羽杉等乔木,南天竺、杜鹃、黄杨、红花檵木等灌木,麦冬、酢浆草、狗尾草、加拿大一枝黄花等草本植物,以及池塘里的睡莲、芦苇、水葫芦都来凑热闹。大家聚在一起,七嘴八舌地聊了起来。

杜英看了看周围的植物,发现蜡梅没在,便四处张望,发现蜡梅在远处孤芳自赏。杜英就向他招招手,大声喊叫,要他过来一起热闹热闹。蜡梅听到了,答道:"春节期间我要值班,走不开。你们玩得开心就是。"乌桕说:"蜡梅值班要紧,我们不要影响他工作。我在想,既然是办联欢晚会,节目一定要丰富多彩,除了朗诵诗歌,其他节目也要准备准备。"

杜鹃说:"我可以来一曲'杜鹃鸟鸣',学那布谷鸟,唱出天籁之音。"垂柳说:"我可以来一段'柳丝起舞·江南颂',跳得如痴如醉。"芙蓉花说:"我就来个变脸的绝招,黄的、红的、白的、紫的,各种花色说变就变。"黄杨说:"我们来个大合唱,我们金边黄杨、银边黄杨、金心黄杨、雀舌黄杨、瓜子黄杨一起登台,在气势上就可以压倒你们。"

无患子笑道:"搞联欢又不是打仗,不讲究人多势众。"黄杨说:"搞联欢不是图个热闹吗? 人气当然很重要啊。"

落羽杉说:"我来自西方国家,我想表演个西洋镜可以吗?"

乌桕不同意,他说:"这是我们中国的春节联欢晚会,你搞那些西洋镜干什么?!"乌桕说着还做了个"二"的手势。

落羽杉不理解,就问:"你觉得西洋镜不合适就算了,为什么说我是'二',难道只能你是'一'?"

落羽杉这一问把其他植物都逗笑了。落羽杉觉得莫名其妙,就问旁边的垂柳有什么好笑的。垂柳告诉落羽杉,乌桕说的这个"二",不是第一、第二的二,而是杭州话中有特指的"二"。落羽杉追问垂柳这个特指说的是什么。垂柳被落羽杉缠得没办法,只得据实相告,说这个"二"是个贬义词,意思是傻乎乎的。落羽杉听了不高兴,就对着乌桕说:"你这不是在欺负我们外来植物吗? 一点包容心都没有。"

这时加拿大一枝黄花不合时宜地说了一句:"我没有拿得出手的节目,上台表演就没机会了,我想去现场当观众。"

乌桕被落羽杉搞得心中不爽,就没好气地说:"加拿大一枝黄花,你们一来,都把位置抢光了,还让不让其他植物有立足之地了?"加拿大一枝黄花被乌桕说蒙了,边上的水葫芦就悄悄地告诉他:"乌桕这是在骂我们呢,意思是我们都是外来的有害生物,侵略性太强,挤压了其他植物的生存空间。我们还是小心点儿为好。"加拿大一枝黄花对乌桕说:"你这不是在搞种族歧视吗?"

聚会的植物们就你一言我一语地争论起来,有支持乌桕观点的,也有对落羽杉等外来植物表示同情的。大家争得面红耳赤,议论纷纷,莫衷一是。这时,路过的香樟王听到了植物们的争吵声,就过来静静地听了一会儿。弄明白事情的原委后,香樟王示意大家静下来,对大家说:"我们昨天刚刚提出要举办春节联欢晚会,没想到大家的热情这么高,这是好事情,应该鼓励。我觉得我们植物界的联欢,就是图个开心,重在参与。乔木、灌木、草本植物能够齐聚一堂热闹一场,叙叙友情、聊聊家常就达到了目的。植物界一直以来都是平等的,我们这里不搞种族歧视,也不排斥外来物种,更加不能搞阶级斗争那一套。你们想想,追根究底,我们有几种植物是本乡本土的? 我们提倡古为今用,洋为中用,百花齐放,百家争鸣。"

香樟王的话赢得了植物们的一阵掌声。加拿大一枝黄花朝乌桕看了看,一副趾高气扬的样子。香樟王接着说:"但是我们植物界也要讲规矩。对于那些自私自利、不择手段侵占他人领地的物种,我们也是要谴责的,必要时驱逐出境。"

加拿大一枝黄花、水葫芦等听到香樟王这样说,都吐了吐舌头,倒吸一口凉气,不出声了。

香樟王最后说:"没有规矩不成方圆,我现在就去植物界业委会,商量制定小区植物们生存发展的规章制度,当然,制度正式出台前会充分地征求大家的意见。你们继续聊吧。"说完,香樟王就离开了。

公园里的植物们抬头看看太阳,见已是午餐时间,就回各自的地盘取食去了。公园里又恢复了往日的宁静。

夏至的《植物聊天》写完了。下面轮到小暑出场了。

欲知后事如何,且听下回分解。

第154回　小暑捉笔植物评人　脸上微笑信心十足

小暑在微信群里看到夏至写的《植物聊天》,心中思考了一番,突发灵感,决定反过来做文章,以前都是人类对植物评头论足,现在我站在植物的角度,也来说道说道人。小暑屏气凝神,全神贯注地写成了一篇《植物评人》:

今天是今年最后一个双休日,南方一些地方将今天称为小年。年味越来越浓了,小区里的植物们见人们忙碌不停,又是搞总结,又是开年会,心里痒痒的,吃过早餐后,就不约而同地来到小区中央公园闲聊起来。

在聊了些老生常谈的话题后,枫香挺了挺腰杆,说:"你们知道吗?听说人类在评选最美树、最美花、最美草,结果马上要出来了,你们想知道吗?"

杜英摇摇头说:"我们植物界的树、花、草都很美,哪里分得出高低好坏?人类这是吃饱了撑的,多管闲事。我可没有兴趣听这些。"

雪松抖了抖身子,说:"他们要做的事我们干预不了。不过,他们能对我们评头论足,我们反其道而行之,也可以对他们评论一番。"

银杏点头说道:"雪松说得有道理。我们就来说说谁是小区里最可爱的人。"

毛竹弯下了腰,轻声细语地说:"我就住在这里的路边,我每天看着一些人急匆匆地走来走去,趾高气扬,对身边的美景不屑一顾,我觉得这样的人不可爱。"

红叶石楠昂起头来说:"这样说来,我认为小区的园丁是最可爱的人。他们每天把我们打扮得整整齐齐、漂漂亮亮的,我觉得每天的精神状态都很好。"

红叶石楠的话一出口,沙朴就讥笑道:"我怎么感到有些肉麻,你这样是不是有拍马屁的嫌疑?"

红叶石楠委屈地说:"我怎么了?我只不过是实话实说,有什么地方得罪你了?你要这样说我。"

沙朴说:"你任凭园丁在你身上摆弄来摆弄去,装模作样的有什么意思?我们植物的原生态的野趣都被折腾没了。"

红叶石楠反驳道:"人家这是在给我们梳妆打扮,你懂不懂什么是美啊?"

沙朴正要开口，桂花插了一句："沙朴兄，你听我说，你在原野里生活惯了，过的是自由自在、不受干扰的日子。但现在你进城了，城里有城里的规矩，和你原来的生活是不一样的，你有没有看到街上到处都是红绿灯，到处都是监控设备啊？"见沙朴点点头，桂花接着说："我们植物是最讲究因地制宜的。我的意思是，我们要随着环境的改变改造自己，在野外可以放飞自我，在小区里就得有所约束，服从大局。"

　　沙朴叹了口气，说："我要是知道是这样，我才不进城呢，放着乡下那么自在的生活不过，到这里来受气吗？"

　　无患子拍了拍沙朴的肩膀，说："所谓识时务者为俊杰，你也不要后悔了，想当年我和你一样也想不通，后来就慢慢习惯了。"

　　乌桕好奇地问："你们有没有发现，以前围着我们转的都是些小孩子。他们在我们身旁捉迷藏、爬树、摘果子、掏鸟窝，玩得很开心。现在，怎么连小孩子的人影都很少见到了？"

　　广玉兰对乌桕说："你也太落伍了。这种情况又不是一年两年的事了，你怎么还没搞明白？"

　　"听你的口气，你好像早就知道原因了。"乌桕朝广玉兰看了一眼。

　　广玉兰笑了笑，说："那当然，现在的小孩都被学业束缚住了，说什么不能输在起跑线上，从幼儿园开始就围着学业转，除了正常的学习，还有很多兴趣班要上，哪还有时间到我们身边来和我们互动？"

　　"那也太可怜了。"乌桕突然同情起那些小孩来。

　　龙爪槐补充道："现在的小孩老金贵了，就是放他们到公园来玩，家长也绝不会让他们爬到树上去的，就怕出什么事，所以更不可能有小孩子掏鸟窝的事。"听到这里，旁边的植物们都摇头叹息起来。

　　银杏见大家情绪低落，就打气道："也有值得欣赏的事。你们看，现在每天早晚都会有一群一群穿得花花绿绿的老年人，来公园跳广场舞，老年生活别提多丰富多彩了。"

　　香樟今天在业委会值班，看到同胞们在公园里议论纷纷，就过来站在边上听了一会儿。香樟刚要走开，却被狗尾草拉住了，一定要香樟说几句。香樟见推不过，就只好走到公园中心说几句："莎士比亚说过，一千个人眼中有一千个哈姆雷特。如今，一千个人就有一千种活法。他们人类是这样，我们植物也一样，沙朴喜欢原生态，红叶石楠追求浓妆艳抹，这都可以。想要找到幸福感，其实并不难,幸福是一种感觉,它不取决于你的生活状态,而取决于你的心态。真正的幸福,不在别处,而在心中。我希望你们都能微笑挂在嘴边,自信扬在脸上,行动落在脚底。记住一个道理,只有自己变得优秀了,其他的事情才能跟着好起来。"

香樟的话说到这里,掌声雷动,惊扰了住在公园旁的居民,有几户人家打开窗户探出头来想看个明白。香樟连忙做了个手势,轻声说:"都散了吧。"植物们于是都回到了自己的位置上,香樟则回业委会办公室继续值班。

公园里又恢复了宁静,打开窗户一探究竟的人们见没什么异样,又纷纷关上了窗户。

小暑一口气把《植物评人》写完,从头到尾看了一遍,改了两处词不达意的地方,随后就把文章传到了微信群里。现在,夏季组只剩下大暑没写文章了。

欲知后事如何,且听下回分解。

第 155 回　大暑写山水田故事　地球村生命共同体

大暑在微信群里看到前面五篇文章,每篇都各有特色,要是自己按照这个模式还是围绕着居住的小区来写,一定是落了下风的,所以一定要另辟蹊径才有胜机。想到这里,大暑就在微信群里问道:"这几篇写小区植物的文章都很好,我佩服之至。小区的植物题材都被你们写光了,我想跳出小区,到更广大的区域去做文章,不知这样行不行?"

小满、芒种、夏至、小暑觉得这样不行,这样做不符合立夏一开始设定的规则,当然这个还是由立夏来决定。

立夏就在微信群里问大暑:"你认为小区这个舞台太小,想到更大的舞台去做文章,那你指的舞台有多大?"

大暑说:"我的舞台也不是很大,我就选择一个县来做文章吧。"

小满、芒种、夏至、小暑不约而同地"啊"了一声,觉得大暑口气好大啊,一个县还说不是很大,那我们倒要看看你怎么做这篇文章。

立夏见小满、芒种、夏至、小暑都想见识见识大暑的大文章,就在微信群里回复大暑,同意他跳出规则作文,看看大暑究竟能写出什么作品来。

大暑见夏季组的五位兄弟都同意了,就在群里发了个抱拳道谢的表情,然后在群里打出了文章的题目《山、水、田的故事》,接着就直接在群里一句一句地写了起来。全文如下:

某县是九山半水半分田的地形,山占了绝大多数,无疑是老大,水和田各占半分,不相上下。山、水、田是个生命共同体,相互依赖,相互包容,很久很久以来,一直都这样过的。

山的头儿叫山头;水的头儿叫水头;田的头儿叫田头。这山头、水头、田头是仨哥们儿,常常在一起谈天说地。哥们儿就是这样,好的时候天天黏在一起,好得不得了,有时候又会因一语不合而争论不休。这不,有一天,仨哥们儿又聚在一起聊开了。

山头仗着自己是老大,常常趾高气扬,说话声很大。这天聊到人与自然的关系,山头说:"你们看看仙字,人立于山峰就是仙,瞭望的是壮阔的星河,广袤的天地;再看看俗字,人委身于谷底就是俗,目之所及都是鸡毛蒜皮之事。"

水头比较秀气,他说:"水是生命之源,人一刻都离不开水。木边上有水就是沐,谷里有水才能浴,每天有水就能成海,反之,水少则变成沙了。"

田头讲究实在,他说:"你们山、水都是大自然的产物,只有我们田是人们通过劳动改造出来的。田能产粮,粮就是食物。没有田,人早饿死了。所以你们看看'富'字,只要家有一口田就算富。"

听田头这样说,山头倚老卖老地说:"造物主造出我们山、水时,到处都是野果子,后来慢慢地有了人类的祖先——猿人,那时野果子吃都吃不完,哪里还需要开垦田地。"

田头反唇相讥道:"所以说那时是蛮荒时代,现在是文明社会呀。"

水头对山头一家独大也心有不满,就支持田头的观点,说:"正是因为人类的出现,这个世界的面貌才开始改变,比如对待水,从放任自流到积水成渊,对待田则是积田成丘。"

山头见田头和水头结团反对他,大为生气,就指着他俩说:"我宽宏大量不说你们,你们倒得寸进尺了。先说说你水,你仗着人类的势力在山谷口子上筑一道大坝,建成一个大水库,淹没了我多少山,扩充了你水多少实力?还有你田,你们在我山的范围内开挖了多少田地?你们自己心里清楚,用不着我一个个举例说明吧。你们这是在蚕食我,想动摇我的老大地位吗?"

水头耸耸肩膀对山头说:"你错怪人类了,他们这样做也是为了你好。像过去天上下来的雨水哗啦啦地从你山上白白流走了。大旱之年,你身上的植物们想喝点儿水都困难。人们兴建水利工程,拦坝蓄水,也是为了你着想。你占着那么多的地盘干什么?"

田头也委屈地对山头说:"你以为是我们要贪图你的地盘,我们是迫不得已啊。现在经济发展了,建设项目用地越来越多,他们把我们平地里的田用去了不少,但是要占补平衡啊,只得在你山上动脑筋,下面用了多少田(地),就要在山上挖出多少田(地)。我们的数量其实是没有增加的,你不要多想。"

山头听到这里,心情平息了不少。他说:"我也不是舍不得我的地盘,为人民服务我也是义无反顾的,并且我也怕冷清,喜欢我身边能够热闹些。我就搞不懂了,那他们为什么不直接在我山上搞建设呢,非要占用了下面的良田后再来我身上敲敲打打。"

水头摇摇头对山头说:"你在山上待着真是傻了,在平地里造房子和在山上造房子能是一个价吗? 一点儿经济头脑都没有。"

山头指了指山下的大片荒地对水头说:"你聪明,你倒是说说,那里大片的土地上长着杂草,一片荒芜,为什么非要在我身上挖出许多田来? 这些田又能产出多少粮呢?"

听山头这么一问,水头一时语塞,回答不上来,就用手指了指田头,说:"关于田的事情,还是田头来说吧。"

田头说:"事情要一分为二地看。改革开放后,经济发展了,人民生活水平提高了,建设项目占用的土地就会增加,我们做出一些贡献也是应该的。但耕地是关系到国家安全的大事,全国耕地保有量是一条红线,用了就要补上,这也是没有办法的事。你们还记得吗? 在改革开放前,经济极为落后,山上光秃秃的,植被都被砍去烧火用了,造成严重的水土流失,山也受伤,水也吃苦。后来经济发展了,烧火改用煤气了,山上的植被保护起来了,绿水青山才变成现实。"

山头说:"反正不管你们怎么改,我这里的山还是那个山,换一套龟甲也还是山。"

水头说:"我也觉得,人类要和大自然和谐相处,就要顺应自然,减少干预。山有山的雄伟,水有水的灵秀,田有田的朴实。我们是一个综合体,谁也少不了谁,谁也离不开谁。"

田头说:"这里的人们已经认识到了这一点,所以已经改变了过去唯 GDP 是重的做法,改为绿色 GDP 考核。就是在山区,保护生态环境也是最重要的事,生态好了,发展旅游业等第三产业,老百姓的日子才可以过得越来越红火。"

山头说:"我希望人们守着山都能成仙,而不要成为俗人。"

水头和田头见山头气消了,就相互做了个手势,各自回家去了。原野里又恢复了宁静,只有风吹树叶发出的沙沙声。

大暑的文章写完了,立夏他们五位是看着大暑一句一句写出来发到群里的,等到全文发完,再连起来一读,觉得确实有意思,就纷纷在微信群里点赞,有竖大拇指的,有献花的,有扮笑脸的。大暑一气呵成地写完全文,长吁了一口气。

欲知后事如何,且听下回分解。

第156回　组织部部署考察团　夏季组立夏打头阵

夏季组的六位大神分别把自己写的文章发到了微信群里,牛郎在群里一直都在关注着。等到六篇文章发齐了,牛郎竖了竖大拇指点赞,给予肯定与鼓励:"你们几位都写得不错,各有所长,我觉得已经具备了写调研报告的水平,只要能深入基层做详细的调查,挖掘出第一手资料,一定能拿出高质量的调研成果。我对你们有信心。"

听牛郎这么一提,立夏又想起来了,就在群里问:"我们回到开头的问题,就是我们夏季组也想下凡去,我们应该从哪方面着手。"

牛郎说:"你们别急。对于你们的想法,在上次夏至告诉我后,我就去找过天宫有关部门了。有关部门表示,他们正有此意,正在走程序,估计马上就会下达指令。"

小满问:"牛顾问预测一下,天宫如果派我们下去调研,会出什么主题。"

牛郎回答说:"我在想,现在天宫的改革开放是轰轰烈烈地开展起来了,市场经济也走上了正轨,各类集市如雨后春笋般涌现出来,工业企业也在快速成长。但巧妇难为无米之炊,现在发觉原始的物资积累还是不足,首先粮食问题还是头等重要的大事,另外生态环境问题也很重要。我那时在人间时,中国的人口总数很少,但还是常常吃不饱饭,现在听说中国有近十四亿人了,吃饭问题也解决了,这不得不说是个奇迹。所以,这里有很多宝贵的经验需要我们去学习总结。我估计天宫会从这方面对你们提出要求。"

牛郎和夏季组的六位大神在群里正聊着时,天宫组织部的电话就打过来了。电话是立夏接的,组织部通知夏季组的六位大神下午过去开会,说是要布置新的任务。立夏接过电话后,在群里一说,夏季组的大神都兴奋不已,纷纷称赞牛顾问有先见之明。牛郎哈哈笑道:"那就等下午你们去接受了任务再说吧。"

到了下午,立夏就带着小满、芒种、夏至、小暑、大暑一起来到了组织部,张部长已经在会议室等着他们。立夏他们一落座,张部长就说:"天宫发展改革办根据牛郎等人的提议,呈文请领导派人下凡去考察调研。天宫领导要求我们组织部负责。现在刚好进入夏季,正是你们夏季组大显身手的好机会,我部决定派遣你们几位组团去人间考察学习。本着锻炼干部、培养干部的宗旨,希望你们能把握机会,认真学习,努力工作,取得丰硕的成果,为天宫的发展提供宝贵的经验,也为你们自己的事业写出浓墨重彩的一笔。这件事我们已经请示了天宫最高层,并得到了最高领导层的批准。今天我代表组织部正式通知你们。"

立夏说:"感谢领导的器重,感谢领导给我们这样一次难得的机会。我们一定不会辜负领导的期望,潜心学习,刻苦钻研,学到真本事,取得好成绩,报答领导的培养知遇之恩。"

小满问:"不知我们这次下凡,学习考察的主题是什么?"

张部长说:"天宫现在刚刚进行改革开放,百废待兴,要学习引进的东西太多了,所以高层领导的意思是不设框框,你们自由发挥。我的想法还是根据你们每个人的特长,扬长避短,选择适合自己的来学比较好,具体由你们自己决定。"

小满点点头说:"张部长的意思我明白了,我没问题了。"

夏至问:"那我们夏季组的几位是一起下去呢,还是一个一个地下去?"

张部长回答:"这个我们也考虑到了,因为大家还要忙手头的事,一起下去会影响工作,所以还是一个一个地下去为好。至于前后次序,可以参考春季组的做法,轮到谁就谁下去,按时回来,做好交接工作。具体的一些细节问题,我已经安排干部处的赵处长给你们解答,他会和你们一起商量。"说完,张部长把赵处长叫到会议室,把他介绍给夏季组成员后就走出会议室,忙其他的事情去了。

张部长一走,立夏猛然想起,现在已经是立夏时节了,按照张部长刚才说的,现在该是我第一个下去了。"你们和赵处长慢慢谈,我来不及了,我先走了。"立夏说完就跑了出来,回到家里,拿了些生活必需品,就飞到地面去了。

气候学上的立夏是夏季的第一个节气,表示农历夏季时节的正式开始,此时,太阳到达黄经45°。《历书》云:"斗指东南,维为立夏,万物至此皆长大,故名立夏也。"《月令七十二候集解》云:"立夏,四月节。立字解见春。夏,假也。物至此时皆假大也。"在天文学上,立夏表示春天即将结束,夏天即将开始。人们习惯把立夏当作温度明显升高,炎暑将临,雷雨增多,农作物进入生长旺季的一个重要节气。

实际上,若按气候学的标准,5天日平均气温稳定在22℃以上为夏季开始。"立夏"前后,中国只有福州到南岭一线以南地区真正进入"绿树浓阴夏日长,楼台倒影入池塘"的夏季。而东北和西北的部分地区这时则刚刚进入春季,全国大部分地区平均气温在18℃~20℃,正是"百般红紫斗芳菲"的仲春和暮春季节。在黄河中下游地区,立夏时节的气温同气候学标准大致接近,而这一地区正是二十四节气的起源地。由此看来,二十四节气把立夏这天作为夏季的开始还是符合实际情况的。进入五月,很多地方的槐花盛开了。立夏时节,万物生长繁茂。

立夏分为三候。"初候蝼蝈鸣"。蝼蝈,也叫蛤蟆,是蛙的一种。在这个时节,蛙类动物开始在田间、塘畔鸣叫觅食了。"二候蚯蚓出"。由于地下温度持续升高,蚯蚓由地下爬到地面呼吸新鲜空气。"三候王瓜生"。王瓜也叫土瓜,这时已开始长大成熟了。清乾隆《新郑一县志》载:"四月,王瓜初生摘售,以相送一谓之进鲜。"从这三候的描述中可以看到夏天的景色。

明人《莲生八戕》一书中写道:"孟夏之日,天地始交,万物并秀。"这时,夏收作物进入生长后期,冬小麦扬花灌浆,油菜接近成熟,夏收作物年景基本定局,故农谚有"立夏看夏"之说。水稻栽插以及其他春播作物的管理也进入了繁忙季节。所以,我国历来很重视立夏节气。据记载,周朝时,立夏这天,帝王要亲率文武百官到郊外"迎夏",并指令司徒等官去各地勉励农民抓紧耕作。

立夏还有尝新、斗蛋、秤人等习俗。一些地方有"立夏见三新"之谚,三新为樱桃、青梅、麦子,用以祭祖。有的地方尝新的食物更为丰盛,有"九荤十三素"之说,九荤包括鲫、咸蛋、螺蛳、熄鸡、腌鲜、卤虾、樱桃肉等;十三素包括樱桃、梅子、麦蚕(新麦揉成细条煮熟)、笋、蚕豆、矛针、豌豆、黄瓜、莴笋、草头、萝卜、玫瑰、松花。

立夏那日中午,家家户户煮好囫囵蛋,用冷水浸上数分钟之后再套上早已编织好的丝网袋,挂于孩子颈上。孩子们便三五成群地进行斗蛋游戏。蛋分两端,尖者为头,圆者为尾。斗蛋时蛋头斗蛋头,蛋尾击蛋尾。一个一个地斗过去,破者认输,最后分出高低。蛋头胜者为第一,蛋称大王;蛋尾胜者为第二,蛋称小王或二王。

立夏那日吃罢中饭还有秤人的习俗。人们在村口或台门上挂起一杆大木秤,秤钩上悬一张凳子,大家轮流坐到凳子上面称。司秤人一面打秤花,一面讲吉利话。

欲知后事如何,且听下回分解。

第 157 回　香樟王招待夏组长　天地人纵论大自然

立夏从天上下来,不一会儿就来到了杭州。他一立足就一路寻到香樟王那里,到达香樟王住地不远处,就看到香樟王站在门口向他招手。立夏赶紧跑过去,紧紧地握着香樟王的手不放。

香樟王把立夏请进屋后,又是泡茶,又是端水果。立夏接过茶水问道:"刚才看到香樟王在门口向我招手,难道您知道我今天要来找您?"

香樟王笑了笑,说:"春去夏来,前几天春季组的谷雨回天上去后,我估摸着接下来该夏季组出场了。早上掐指一算,今天是立夏,我就知道你这位立夏组长要来了,故而在门口迎接你。"

立夏一听佩服得五体投地:"樟王神机妙算,果然了得。先前来过的三季十八大将帅说起您时无不交口称赞。今日得见,如愿以偿,三生有幸。"

香樟王摆摆手,说:"夏组长言重了,我已老矣,朽木不可雕也,只能倚老卖老,为你们做些服务工作。"喝了一口茶后,香樟王继续说:"不知夏组长这次下凡,有何贵干?"

"我正要请香樟王帮忙呢。"立夏说着就把天宫组织部派他下来考察学习的事告诉了香樟王。

香樟王问:"现在这里通过改革开放,各方面都取得了很大的成就,当然也产生了一些负面的东西。你们来考察学习,应该取其精华、去其糟粕,千万不能眉毛胡子一把抓,乱了方寸。不知你想从哪个方面着手?"

立夏想了一会儿,说:"我从天上下来时,绕着大江南北转了一圈,看到地面上分布着密密麻麻的森林。我想先从了解森林做起,您看怎么样?"

香樟王说:"好啊,森林是植物的主体,独木不成林,森林是由树木组成的,我们香樟树也是森林的一分子。我支持你学一学森林从哪里来,到哪里去。"

立夏说:"那你就做我的老师,好好教教我。"

香樟王摇摇头,说:"我虽然自己也是植物中的一员,但要系统全面地论述森林从哪里来、到哪里去这样的问题,实在是难。"

立夏有些急了,忙说:"那怎么办?"

香樟王说:"你别急,我帮你想办法。你等一等,我出去打个电话。"说着,香樟王走到外面打电话去了。过了一会儿,香樟王笑眯眯地进来了,对立夏说:"问题解决了。"立夏忙问是怎么解决的。

香樟王说:"我有一个朋友叫三明,他是专门研究森林的。他和我们已经建立了交流机制,按他的话说叫作跨界。他为此还写了一本叫《跨界》的书。我刚才和他联系过了,想请他来给你介绍有关森林的知识。他同意了,已经在过来的路上了。"

立夏听了很吃惊:"太好了。这个三明也太厉害了,难道他既能和你们植物直接交流,又能和我们天上的神仙对话?"

香樟王说:"这个你不必多虑,等他来了再说。实在不行,不是还有我嘛。我可以给你们做翻译。"说完,香樟王和立夏都笑了起来。

"什么事笑得这么开心啊?"随着说话声,从门外走进来一个人。

"说曹操,曹操就到。"香樟王一边走上前一边向立夏介绍:"这个就是来自人间的三明。"随后,香樟王又指着立夏对三明说:"这个就是来自天上的立夏。"

立夏躬了躬身子,叫了一声"老师"。

三明说:"听香樟王说你来自天上,我还以为你有三头六臂,或者长得青面獠牙的,没想到你长得细皮嫩肉、清清爽爽的,和我们人类没什么两样。"

立夏笑着说:"三头六臂那个是哪吒,青面獠牙那个是小鬼。我现在这个样子并不是原样,如果现出原形怕会吓您一跳。"

三明说:"那你就不要现出原形了。"

立夏说:"听香樟王说您对森林有所研究,我要拜您为师,请您教教我。"

三明说:"也谈不上研究,只是有所了解而已。你既然是香樟王的朋友,也就是我的朋友,那就不必客气,有话直说好了。"

立夏说:"我就是想学习一些关于森林的知识,想知道这些森林是从哪里来的,又会到哪里去。"

三明说:"实践出真知。我们要学习新的知识,到实践中去是最好的方法。要了解森林,我们就要到森林中去。"

听说要到森林中去,香樟王说也要跟着一起去。

三明说:"那我们现在就出发,先去临安青山湖看看水上森林,路上可以一边走一边聊。"

在去青山湖的路上,立夏问:"首先问一个概念问题,什么叫森林?"

三明说:"森林一般是指在一较大面积的区域内,以树木为主体构成的植物群落及生态系统。各个国家、地区、组织对森林的详细定义是不一样的。一般的森林主要指木本植物组成的群落,也包括一些较为高大的草本植物群落,这是广义的概念。想象一下,在一片土地上,当树木多达千万棵时,将会是怎样一幅画面,也许如同树的阵列,漫山遍野,严阵以待;也许巨木撑天,万千利剑直指苍穹;也许绿荫如盖,遮天蔽日只留下斑驳的光影。是的,这样的形象便是'森林'。"

立夏说:"森林好美啊,太诱人了。那这样的森林是如何来的呢?"

三明说:"这个说来话长了。俗话说'十年树木',如果将时间拉长至数十亿年,那将是怎样一番景象?我们恐怕难以想象。在这段漫长的岁月中,环境由此改变,生命因此繁衍,文明就此诞生,一曲森林之歌在大地上奏响。"

见立夏和香樟王静静地听着,三明继续说:"早在数十亿年前,那时陆地上一片荒凉,只有风与水日复一日地冲刷着裸露的地表。但在广阔的海洋中,众多微小的生命却欣欣向荣,这便是地球的微生物时代。"

立夏问:"就是说微生物是地球上最先出现的生物?"

三明说:"在浅海环境下,微生物密密麻麻,交错生长,即便在数十亿年后的今天,我们仍能在海边发现其痕迹,从中一窥当年的盛况。比如现代叠层石,就是当年微生物的遗迹。"

立夏又问:"那微生物时代以后是怎么演化的?"

三明说:"微生物时代的繁盛,持续了超过 10 亿年,其中一些微生物,能够通过光合作用产生氧气,从而逐渐改变地球大气的组成。直到 4 亿多年前,陆地植物的祖先才离开海洋,开启了进军陆地的征程。"

立夏好奇地问:"那是什么生物呢?"

三明说:"那种生物叫苔藓。苔藓作为植物先锋之一,率先征服地表,将第一抹绿色铺满裸露的岩石。随后,在匍匐的苔藓之上,一类新植物闪亮登场。"

立夏兴奋不已,追问道:"苔藓之后又出来了什么?"

三明说:"苔藓之后出来的是蕨类植物。它们体内如'吸管'一般的维管束,不仅能够源源不断地传输养分,还足以支撑身体向空中生长。尽管最初的身形仅有几厘米高,它们却是当时陆地上唯一的'森林'。地球自此进入了蕨类时代。这也可以说是森林的起源。"

香樟王说:"如此说来,蕨类植物是我们的祖先了?"

三明继续说:"蕨类植物的祖先被称为原蕨植物。它们体型微小,成片地聚集在河湖岸边。随着地球环境的改变,陆地变得越来越温暖湿润,植物的生命力也越发旺盛,曾经低矮的原蕨植物不断向上生长,演化成真正的参天大树。像香樟王这样的大树就是这个时代的产物。"

立夏说:"老师快继续说下去。"

三明说:"这个时期有一种石松植物,'腰围'有 2 米以上,高度可达 40 米,相当于 10 层的高楼。另外一种为节蕨植物,其主干像竹子一样分节生长,叶片则从中间向四周延展,高度可达 30 米,一树擎天。第三种是真蕨类,就是今天我们所说的蕨类植物,但较之今日,当时的它们更加高大魁梧。目前仍生长在亚热带、热带地区的桫椤,其树干粗壮、高耸、挺拔,伞盖般的枝叶遮天蔽日,一如蕨类时代的植物那般高大。石松、节蕨、真蕨,组成了茂密的蕨类森林。林下湖沼纵横、水汽氤氲,众多古老奇异的物种,纷纷在此寻得一片天地,巨大的蜻蜓在空中游荡,笨拙的蝾螈缓慢爬行,爬行动物的祖先身形小巧,藏身枯木中探头探脑。"

立夏说:"太有趣了,老师的意思是森林出现后,动物才慢慢地出现吗?"

三明说:"那当然,自然界的演化总是从低级向高级转变。先有微生物,然后是植物,再是动物。动物中的一类进化为人类。"

香樟王不服气地说:"这个我不同意,难道我们植物就比动物低级?不要说普通动物,就是你们人类,自认为是动物中最高级的,做出来的有些事情却很低级,有时还不如我们植物有灵气呢。"

三明连忙说:"对不起。我这里没有看不起你们植物的意思,只是在自然演化的进程中做这样的划分,可能这样的表述是不恰当的。"

香樟王说:"我们觉得大自然的演变是循环往复的,也可以说是螺旋形的,或者说是轮回的。"

立夏说:"听樟王说的话,感觉樟王像个哲学家了。"

三明说:"樟王说得有道理。你是在提醒我们,对大自然要有敬畏之心,因为在大自然面前,人类还很渺小。"立夏打断了三明的话,指着前面大叫道:"湖,我看到了大湖!"

三明说:"这就是青山湖。我们先到青山湖湖边近距离地欣赏吧。"

欲知后事如何,且听下回分解。

第158回　香樟王吟诗青山湖　裸子植称霸侏罗纪

三明带着立夏、香樟王来到青山湖边,三明用手指向前方画了一道圆弧,对立夏和香樟王介绍道:"这里就是青山湖国家森林公园,位于杭州市临安区境内,面积64.5平方公里。公园包括青山湖、西径山、玲珑山、九仙山、宝塔山、钱王陵公园等主要景点,并涵盖了临安区锦城街道部分范围。公园内有240余种野生动物,植物更是丰富多彩,有远古孑遗裸子植物银杏,国家二级保护植物夏蜡梅等。动物有小天鹅,白颈长尾雉,白鹳、黑鹳等。"

立夏说:"我们在湖言湖,你先说说青山湖吧。"

三明说:"森林公园中最主要的当然是青山湖景区,该景区位于公园的东部。青山湖为人工湖,面积约10平方公里,湖面碧波涟漪,旷幽并蓄,湖光山色连绵,青山秀美清丽,四季景观变化无穷,有'青山影撼洋洋势,碧沼光浮跃跃机'之感。湖东雄伟壮观的大坝,与隔湖相望、葱茏苍翠的公山和母山构成了坝上、坝下、山上、水中四个观赏空间。湖南山岳半岛、港湾曲折,旷湖、曲湾、幽谷、茂林、岛山构成了青山湖自然优美的湖岸轮廓线。湖北月亮湾,洪湾深入,后岗起伏,太阳岛突入湖中,风光绮丽。湖西苕溪、锦溪,溪水潺潺,太庙山、宝塔山依山傍城,尽收眼底。青山湖森林公园成为人们旅游休闲的好去处,有丰富的动植物资源,有许多受重点保护的古树名木。"

说到这里,三明指了指脚下,说:"这个是刚建好不久的青山湖环湖绿道,这里是踏青看花、徜徉赏景、散步慢跑、骑车健身的好去处。徜徉在绿道上,春风拂面,绿柳扬青,潋滟湖光中,不时有野鱼跃出水面。举目远眺,山色苍茫,无限风光尽收眼底。我们沿着绿道走过去,一路上,会看到格调各异的驿站、栈道、观景台、钓鱼台,走累了,还可以到驿站、栈道上发发呆,也可以遁入深山或竹林,来一个深呼吸……"

立夏惊喜地说:"这里的风光太美了,像这样高质量的绿道,我们天上是想都不敢想的。"

沿湖走了一段路,三明用手一指说:"看,那就是水上森林。在青山湖中,尤其让人拍案叫绝的是水上森林景观。生长在湖水中的茂密的池杉林,挺拔俊秀,郁郁葱葱。树影、湖光、山色、天景构成了一幅美丽的山水风景画,若乘船畅游其中,则有一种置身天上人间之感。山至青、水至纯、境至美,青山湖以其清丽婉约的风格成了森林公园中一颗璀璨的明珠。

"春天,嫩芽含苞待放,似乎想要和林间、路边的野花一较芬芳。到了炎炎夏日,林间的阴凉和天上的灼日形成了鲜明的对比。而每到枯秋,云雾缭绕林间,宛如人间仙境。冬季天寒之时,林间银装素裹,水上仙子也披上了一层薄纱,更加显得美不胜收。"

立夏一边听着三明讲解,一边啧啧称奇。香樟王跟在后面却默不作声,时而抬头远眺,时而低头沉思。立夏好奇心重,就问香樟王:"你在想什么,怎么不说话?"

香樟王说:"别吵,我在构思诗文呢。"

立夏更是惊讶,催道:"樟王还会吟诗啊,那我一定要听一听。"

香樟王见立夏缠着不放,就说:"我想了几句诗,但还不成熟,既然立夏催我,那我就献丑了。"说着,香樟王就吟道:

> 临安青山湖,比肩西湖美。
>
> 群峰绵延来,青山合围抱。
>
> 鹤山挺拔秀,宝塔顶天立。
>
> 松竹云雾绕,船水相映照。
>
> 白鹭翩翩飞,游鱼翔清波。
>
> 花果红艳艳,蔬菜绿油油。
>
> 树在林中长,船在水中行。
>
> 鸟在枝头鸣,人在画中走。
>
> 春赏杜鹃花,夏品杨梅红。

秋采柑橘黄,冬观白雪皑。

望大坝云海,赏库区红叶。

览溪流磅礴,摄飞虹落日。

与杉叶私语,和绿草寒暄。

同白雉对歌,邀渔夫漫谈。

青青天目水,熠熠锦城珠。

暖暖妙龄女,依依风姿绰。

立夏和三明听完齐声喝彩,拍手叫好。这时,三明一看日已西斜,就说:"时间不早了,我们去下一个地方吧。"

立夏问:"下一站去哪里?看什么?"

三明说:"我们去四明山吧,看那里的红枫去。"

在去四明山的路上,立夏要三明继续讲森林的前生后世。三明想了想说:"森林中的树木是有生命的,有生就有死,一代代树木死亡后,沉入林下的沼泽中。经过缓慢的地壳沉降运动,沼泽环境得以长期存在,植物遗骸越积越厚,历经复杂的微生物作用,加之温度和压力变化,最终形成煤炭。那个时代形成的煤层,分布范围如此之广,储量如此之大,以至于整个时期被命名为石炭纪。"

立夏"喔"了一声说:"原来煤炭是这样来的。"

三明继续说:"蕨类植物虽然身躯高大,生殖细胞却十分脆弱,离开水体则容易干燥死亡,直到距今3.8亿年前后(泥盆纪中、晚期),一种新的繁殖方式,终于在物竞天择中脱颖而出,新的'森林'即将登场。"

立夏一副期待的样子问道:"哪又会是什么样子的呢?"

三明:"你听我说,这种先进的繁殖方式便是种子的出现。种子外披'盔甲'——种皮,自带'食物仓库'——胚乳,能够适应更加复杂的环境,大大提高了繁殖的成功率。于是利用种子繁殖的裸子植物,迅速代替蕨类占领地表,地球自此进入了裸子植物时代。在因恐龙而闻名的侏罗纪和白垩纪,最古老的裸子植物之一苏铁,在连成一体的大陆上几乎无处不在,如今四川攀枝花的苏铁自然保护区内,仍生长着20多万株苏铁,堪称地球上现存最古老的'森林'之一。而与苏铁同时繁盛的银杏,则更偏爱温带环境。在侏罗纪时期的中国北方,比今天种类更丰富的银杏家族,成为森林中最主要的树种。"

立夏惊讶地说:"原来苏铁和银杏年代这么久远了,难怪说它们是远古孑遗裸子植物,是活化石。"

三明说:"另外三类裸子植物——松、杉、柏,在人们的生活中最为常见,它们虽然出现得稍晚,却持续繁盛至今,甚至以65%的占比,撑起了中国森林总量的半壁江山。无论是温暖湿润的环境,还是高纬度的寒冷地区,都有它们生生不息的影子。在气候严酷的大兴安岭北部,落叶松、樟子松等裸子植物,形成面积超过700万公顷的森林。在小兴安岭和长白山地区,多种云杉、冷杉傲然挺立,形成茫茫林海。西北的阿勒泰山区,和大兴安岭所处纬度几乎相同,在这里,松林形成一面面密不透风的墙。高纬度地区日照角度低,树木为了获取更多的阳光,必须极力向上生长,因此形成了遮天蔽日的森林景象。此外,天性'高冷'的松、杉、柏,同样'偏爱'高山,它们或是密布整个山坡,或是铺陈雪山脚下。凭借先进的种子繁殖方式,裸子植物帝国到达鼎盛时期。"

　　说到这里,三明停了下来,若有所思,接着话锋一转:"然而,生命演化的车轮依旧滚滚向前,森林帝国势必再次'改朝换代'。但令人意想不到的是,下一个帝国的建立,竟起源于几朵小花。"

　　"什么? 几朵小花能推动森林帝国'改朝换代'?"立夏惊呼起来,觉得这太不可思议了。

　　三明不紧不慢地说:"这没什么稀奇的。听我慢慢说来。"

　　欲知后事如何,且听下回分解。

第159回　植物草木共生共荣　四明山上人神对诗

　　去四明山的路上,三明继续说着关于森林的演变过程。

　　三明说:"前面讲到几朵小花,这些不起眼的小花,属于植物界最年轻的类群——被子植物。花朵的子房,如同一个天然庇护所,避免种子受到外界的破坏。当雄性配子通过雌蕊结构,精准地进入子房后,子房便发育为包裹着种子的果皮,而在人类眼中,便是花朵凋谢,代之以累累硕果。"

　　立夏说:"这个我知道,这就是所谓的开花结果的过程。"

　　"果皮不仅有效地保护着种子,还是除胚乳外,种子发育的又一重要'粮仓'。于是,被子植物的繁衍效率突飞猛进,从白垩纪开始便席卷全球,地球进入崭新的被子植物时代。"三明说。

立夏问：“那这个时代有什么特点？”

三明说：“被子植物的种类格外丰富，仅中国就有近29000种，是裸子植物的100多倍。多样的物种带来更广泛的适应性，让被子植物几乎占领地表的任何角落。在我国东北，兴安岭的寒冷山地中，被子植物的先锋白桦，与裸子植物落叶松并肩而立。到了中部，秦岭的山坡深谷之间，被子植物组成的阔叶林，与裸子植物组成的针叶林杂居而处，形成五彩斑斓的针阔叶混交林。在万木争荣的神农架林区，以水青冈为主的树木漫山遍野，将山体覆盖得不留一丝缝隙。胡杨则生长在西北的大漠戈壁中，其耐旱能力远超裸子植物。中国南方的热带地区，由于气候湿润、降雨充沛、日照强烈，更加适宜被子植物的生长。东南沿海的红树林则更为特别，它们生长在海湾和滩涂之间，错综复杂的根系，能从盐渍的土壤中汲取养分。广西、云南等地的热带雨林，均是被子植物的天堂。”

立夏又问：“组成森林的植物，都是木本吗？”

“那可不一定。”三明说，“组成森林的虽然大多是木本植物，一般具有坚实的木质茎干，这有别于身躯柔弱的草本植物，但某些种类的‘花草’，体内纤维紧密缠绕，足以形成媲美木本植物的高大茎干，比如椰树，便是这种‘意料之外’的草本植物。它们凭借种子的漂流，成功占领其他植物难以到达的荒岛，成片成片地生长起来。另一种‘草’——竹子，则以‘独木成林’之势，在中国南方形成无边的竹海。木本和草本都是组成森林的重要组成部分。”

立夏说：“我明白了，植物经历了微生物—苔藓植物—蕨类植物—裸子植物—被子植物这样一个演化过程。”

这时，一直没发表意见的香樟王插了一句：“森林是各种生物及其环境的综合体，微生物、苔藓植物、蕨类植物、裸子植物、被子植物不是相互排斥的，也不是你死我活，它们相互依存、共生共荣。”

三明正要反驳，立夏抢着开玩笑道：“我们香樟王一路无话，现在醒过来了，是不是刚刚又在闭目养神、构思诗文了？”

香樟王说：“还真让你说中了，我刚好想到了几句诗。”

三明一听说诗也来了兴趣：“我也写过四明山的诗，香樟王你先念。”

香樟王就摇头晃脑地朗诵起来：

> 一年二上四明山，
>
> 三面云海四边雾。
>
> 五颜六色遮不住，

七转八弯何所惧。

　　九里青松十里枫，

　　百丘千岗皆网红。

　　万亿花草来打卡，

　　遍地精灵升紫烟。

　　"这首诗有数字一、二、三、四、五、六、七、八、九、十、百、千、万、亿，真有意思。"立夏说。

　　三明说："四明山是个好地方。我先念四句：又到四明山，风情不一样。山下似烤箱，此处盖棉被。"

　　香樟王忍俊不禁，笑出了声，说，你这个算什么诗啊。

　　三明说："那我再来几句赞四明山：

　　　　晴赏奇松怪石，

　　　　阴观云海变幻，

　　　　雨觅流泉飞瀑，

　　　　雪看玉树琼枝，

　　　　风听空谷松涛，

　　　　雾辨茫茫细雨，

　　　　屋如天上广寒，

　　　　路似华山绝顶。"

　　立夏听了，觉得还不过瘾，叫道："再来再来！"

　　三明说："四明山上有个深秀谷，谷中有个亭子叫将军亭，我来四句：

　　　　举足腾云将军亭，

　　　　林湖涵碧深秀谷。

　　　　云浮岗上飘蓝天，

　　　　人在林下闻鸟鸣。"

　　立夏还嫌不够，吵着三明继续作诗。

　　香樟王说："立夏别吵了，四明山快到了。"又问三明，"我们到那里后怎么安排？"

　　三明笑了笑说，你们先别打断我，听我说：

　　　　白云飘山岗，

　　　　峰峦藏民舍。

青山行不尽，

绿水去何长。

大美四明山，

秀丽仰天湖。

晨行深秀谷，

夜宿甘竹岭。

立夏说，你们都这么厉害，那我也只好来几句：

立夏时节万物长，

梅熟瓜香农夫忙，

最是夏色撩人心，

一路风景一路情。

说完，大家都哈哈大笑起来，这时，四明山已在眼前了。

欲知后事如何，且听下回分解。

第160回　四明山立夏赏明月　仰天湖三明论森林

　　三明和立夏、香樟王到达四明山，来到四明山国家级森林公园的核心景区仰天湖时，天已经黑了。这时，一轮明月高高地挂在天空，洁白的光芒洒向大地，仿佛给大地洒了一层银粉。清风吹来，湖面泛起阵阵涟漪，依依的柳枝被风轻轻地拂动着……山上的夜色多么宁静、多么美丽啊！

　　三明安排好大家在一家民宿住了下来。"今天一路劳顿，大家也累了，晚上早点儿休息，我们明天再游四明山。"

　　立夏哪里肯听，他兴奋地说："你们看，这里的夏夜多么美丽呀。晶莹的星星在无际的灰蒙蒙的天上闪烁着动人的光芒；蝈蝈、蟋蟀和没有睡觉的青蛙、知了，在草丛中、池塘边、树隙间轻轻地唱着抒情的歌曲。辽阔的山野在静穆地沉睡，那碧绿的森林，那潺潺流动的小溪，那黑夜中弯曲地伸展的古道，那散发着馨香气味的野花和树叶，那浓郁而又清新醉人的空气，显得分外迷人，给人一种美的感受。"

　　三明见立夏兴致勃勃，知道劝也没用，就搬了几把椅子出来，让立夏和香樟王在屋前平台上坐下来,又让民宿主人泡上茶来。他们一边喝茶赏月,一边聊了起来。聊了一会儿夜景之后,三明就介绍起四明山来。

四明山位于浙江省东部宁波市和绍兴市的交界处,林深茂密,青山碧水,各种鸟兽出没其间,生态环境十分优越,被誉为"天然氧吧",有诗赞道:"四明八百里,物华甲东南。"

四明山国家森林公园位于四明山腹地,与余姚、鄞州、奉化、嵊州、上虞交界,呈东西向狭长形分布,总面积6665公顷,省道浒溪线穿境而过。四明山主峰腹船山海拔1020米,坐落在公园的最南端。林区内古木参天,千峰竞翠,湖泊连绵,奇岩众多,生态旅游独呈风采。有植物近千种,主要动物106种。有常绿阔叶林、柳杉林、金钱松林、柏木林、黄山松林、红枫林和各种鸟类景观等。主要景点有鹁鸪岩、仰天湖、商量岗、黄宗羲纪念馆等。

鹁鸪岩洞(水帘洞)位于仰天湖景区,岩洞上部为陡悬于山谷间的峭壁,洞顶一股飞瀑直流而下,飞珠溅玉,吐霓挂虹,落地汇成清澈没膝的水潭,因洞旁谷中时有鹁鸪的声声啼鸣而得名。

仰天湖早晚凉风习习,颇有寒意,夜里薄被遮身,方能安睡。一到山上,心旷神怡,妙不可言,人称避暑胜地。相传,明朝开国元勋刘伯温为朱元璋觅荫地,一路南行,苦不能得。刘伯温至仰天湖时,见五座山峰围一泓清水而立,呈五龙争珠之势,叹南有美女睇眉,北有将军凝目,东西为黑、白龙渊守护,实为龙脉之地。刘伯温于是将手中竹杖插地为记,回报京都。待工匠上山,则遍湖生竹,枝叶倒展,不见龙穴,感天不助人,遂隐居而去。

立夏问:"这鹁鸪岩、仰天湖之名好理解,但商量岗有什么来由?"

三明说:"商量岗被誉为'浙东林海',主峰海拔1020米,夏季最高气温极少超过28℃,素有'避暑胜地、清凉世界'之称。民间传说,晋代有三位仙人相聚仙人桥,商量建寺大计,开拓四明山佛地。商量后,智能、静空、目空三位高僧,分头建寺。结果,智能往南到雪窦山建宝山寺,静空赴'四明山心'建杖锡寺,目空到鄞县建灌顶寺,这三座寺庙后来均成为浙东名刹。乡人为纪念他们在此商议,便称商量岗。奉化方言称'商量'为'相量',故又称'相量岗'。"

三明从森林的话题聊到人类的起源,立夏仍意犹未尽。

三明不愿拂了立夏的兴致,喝了口茶后继续说:"森林占领下的陆地,成为各种生物的乐土,有一类灵长类动物,在树栖生活中获得了灵活的手指,其中一批特殊的灵长类拥有更加发达的大脑,经过几百万年的岁月,逐渐演化为人类,创造出文明,并彻底改变了森林发展的进程。"

立夏不解地问:"人类出现后,为什么会改变森林发展的进程?"

三明停了一会儿后,缓缓说道:"早期的人类是依靠狩猎和采集生活的,森林中树木提供的果实以及林中大量的野生动物,均是人类重要的食物来源。但随着农业生产的出现,长久以来的平衡被打破了,粟、黍、水稻和小麦,开始成为人们饮食的主体。为了养活日益增长的人口,人类把越来越多的森林开辟为农田。木材是建造房屋的理想材料,一根根高大的立柱拔地而起,撑起了无数人的家园。人类对森林的开发,远不止盖房造屋,从木舟、木车、木桥、木栈道,到木制家具、日用品和木雕装饰,森林在不断变换着形态,进入人类的生活。一些'落单'的树木,也成为生活的点缀。莽莽山林留在人们的精神之中,成为历代文人隐士向往的世外桃源。"

香樟王插话道:"几百年前,我还很小,属于幼树,那时,漫山遍野都是大树,后来大树越来越少。现在人类越来越重视保护树木,把一百年以上树龄的树称为古树,对古树进行重点保护。"

三明附和道:"是啊,在大多数时候,森林只是人类利用的资源。持续千年的农耕、屯田与大兴土木,让森林不堪重负。当工业革命的浪潮席卷全球之后,森林又迎来了新一轮挑战。由于对木材的需求大大增加,在钢铁机器的碾压下,森林像被收割的庄稼般一片一片地倒下。大量的树木要么充当燃料,要么成为工业原料,要么用于铺设铁路、建设桥梁。工业社会消耗森林的速度远超以往,以中国为例,中华人民共和国成立之初,全国森林覆盖率仅剩 10% 左右。人类在城市中,用钢筋与混凝土建起新的'森林',与曾经的森林帝国遥遥相望。而随着森林面积的减少,需要森林庇护的生物一路退却,躲藏到仅剩的高山深林中,有些生物甚至到了濒临灭绝的边缘。好在环境的剧变,终于引起了人类的警觉,尽管很长一段时间里,森林消亡的趋势依然难以扭转。

"直到 1992 年,有赖于数十年的植树浪潮,中国森林总增长量终于超过了总消耗量,大地终于有望重归绿色。截至 2016 年,整个中国的森林面积已经超过 200 万平方千米。在过去的 55 年里,人们渴望森林、呼唤森林,推动了'城市森林'的诞生,也看到了城市与森林共存的希望。绿地、园林、行道树甚至屋顶的花花草草,将成为人类生活中的'新森林'。但由于人口基数巨大,中国人均森林面积仍然很小。中国要想成为一个真正的森林王国,还有很长的路要走。中国森林总面积位居世界第五,人均森林面积则排在全球一百位之后。在对未来的想象中,一种是末世,一种是盛世。末世人类灭绝,城市崩塌;盛世高楼林立,科技发达。两种想象有一点相同之处,那就是森林的回归:或是荒废的城市重新被森林占领,或是新兴的城市被森林环绕。但不论人类存亡,世界终将重归森林,森林之歌仍将在大地上回响。"

立夏听得津津有味,想起天宫的荒凉景象不免发出了感慨:"我听明白了,森林实在是太重要了,我们天宫森林实在太少了。我回去后要把学到的知识带回去,让天宫有关部门认识到植树造林的重要性,动员大家多种树、种好树。"

立夏还要说下去,但被香樟王打断了。香樟王说:"今天三明老师也说累了,有什么话明天再说吧。"立夏这才作罢,跟着香樟王回房间里睡觉去了。

欲知后事如何,且听下回分解。

第161回　立夏赏红枫抒诗情　樟王解妙招御严寒

第二天早上,吃过早餐后,三明就带着立夏、香樟王去看四明山的红枫。四明山是著名的红枫之乡,四明山,在很多人眼里,是一片"红地",因为这里有红色的枫树,在历史上,它还是红色革命圣地。

此时,万山红遍,层林尽染,"碧水荡轻波,红叶洒山坡"。三明一行沿着山路走去,完全为漫山遍野的红枫所陶醉。古道上,两边翠竹掩径,红枫摇曳,钟灵毓秀。所以在四明山看红枫美景,看乡村古景,自是别有诗情。立夏一路赏景,还不时吟咏"停车坐爱枫林晚,霜叶红于二月花"等名句,引得三明和香樟王开怀大笑。欢声笑语不绝于耳。

三明介绍道:"红枫的品种较多,四明山红枫基地主要种植的是日本红枫、青枫、羽毛枫。现在看到的漫山遍野的红,是日本红枫带来的景观。走进四明山的山谷和幽涧,到处都能看到如映山红一般点燃整片山谷的红枫林。这些灿烂的红枫,就像是在一片苍翠中燃烧着的火苗,在四明山的一隅灿烂地燃烧,映红了湛蓝的天空,映红了肥沃的黑土。穿行在枫树林中,摘得一片红枫叶捧在手心,瞬间感受到红枫性格中的热情和灿烂。在最美好的时光展现最美好的自己,就是红枫的性格。"

立夏说:"面对此情此景,你们两位诗神不想来几句?"

香樟王笑道:"现在你是学生,哪有学生考老师的。应该你表演一下,看看你学进了多少。"三明也随声附和。

"我这不是自己给自己上套吗? 也罢。"立夏想了一下后说道,"初夏时节,枫叶正红。褪去了翠绿的外衣,披上了火红的新装。大片的红叶,层林尽染,色彩浓郁,呈现出绚丽多姿的壮美景观。一边是潺潺的溪流,一边是安静的小桥,这意境不可言传,只能意会。"立夏说完了问香樟王:"我这个学生学得怎么样?"

香樟王一本正经地说:"不怎么样,最多给你个及格。"说完,三人哈哈大笑起来。立夏想起了昨天香樟王提到植物在有些方面很能干,就想考考香樟王:"你说植物在某些方面比人还要有灵性。我发觉三明老师是不同意的,我也认为不可能。你能用事实证明你这个观点吗?"

三明纠正道:"我倒是没有不同意。自然界里有很多奥秘是我们人类没有破解的,动植物中蕴含着许多科学,我们有很多技术就是从生物学中得到启发,通过仿生学研究出来的。比如潜水艇是通过鱼鳔的原理发明出来的,雷达是通过蝙蝠的回声定位原理发明的,薄壳建筑是根据蛋壳的结构发明出来的,斑马线是受到斑马的启发画出来的。"

香樟王说:"三明老师已经说了不少了。既然立夏想听,那我就来说说我们植物的一些神奇本领。"香樟王话音刚落,立夏就鼓起掌来。

香樟王说:"要说植物的本领,那实在太多了,一下子也说不完。今天我就说说植物御寒的智慧。"

立夏说:"秋处露秋寒霜降,冬雪雪冬小大寒。季节以自己的节奏行走在越来越冷的道路上,冬天来了,天气自然变冷了,难道植物能主动应对?"

香樟王耸耸肩膀说:"那当然,人们感到寒冷会做什么? 穿衣、戴帽、搓手、跺脚、跑步、跳动,或者干脆躲进有暖气的屋子里。我们植物没有腿,无法像动物那样移动,难道就只会硬扛吗? 不是的。面对寒冷,我们植物早已'修炼'出了奇妙的御寒本领。和动物一样,植物的生命周期里时刻充满着未知的挑战,严寒酷暑只是植物成长道路上的加油站。如果说寒冷是一片海,你猜植物是怎样八仙过海、各显神通的。"

"你就别卖关子了,快点儿说有什么办法?"立夏急不可耐地问。

香樟王说:"我先说第一招——脱'衣'御寒。和人类穿衣御寒相反,一些植物在寒冷到来前会脱掉'衣服',将身上的树叶一一脱落,轻装过冬。让自己光秃秃地裸着,是很多落叶乔灌木度过寒冬的良策。冬天到来时,我们可以看到很多裸露着枝条的行道树,如槐树、梧桐树、栾树、楸树、杨树、柳树、苦楝和合欢,还有花草灌木,如忍冬、接骨木、荚蒾、黄刺枚、紫丁香、连翘、山梅花、锦鸡儿、红瑞木、锦带花和水蜡树。它们都能用绝对的'素颜'涂抹出这个季节特有的表情。"

立夏不解地问:"树木脱去'衣服',不是更冷吗? 怎么反而能御寒呢?"

香樟王说:"这个你就不懂了吧。因为冬天植物掉落的叶子大多扁平而宽大。叶片的面积越大,分布的气孔就越多。可别小看这些小小的气孔,它们如同一台台微型抽水机,消耗了植物体内大量的水分。落叶乔灌木一旦把美丽的叶子脱掉,就能大量减少体内水分的消耗,也能减少从叶面蒸腾散失的热量。寒冬将至,叶柄下部的组织内会产生离层细胞,使叶子快速脱落,让树木逐渐进入素颜的冬眠中。冬天来临后,北方地区的植物体内的能量已经入不敷出了。别担心,植物在落叶的同时,自身的含水量也逐渐下降。所以,冬天的植物枝叶大多是枯萎的,这正是植物的自我保护之法。同时,落叶不是无用物,飘落的树叶像一层蓬松的棉被覆盖在低矮的草本植物上,既可以变成肥料,又能帮助小草御寒。"

立夏若有所思地说:"原来是这样。"

香樟王继续说:"我再说第二招——穿'甲'戴'盔'。落叶乔灌木是不是仅仅靠脱去树叶就能安然过冬呢? 那也不是。有些植物还会别出心裁地为自己的冬芽穿'甲'戴'盔'。比如玉兰树的花芽,就是人们常说的花骨朵。玉兰树先开花后长叶,它的花芽在上一年的秋季就形成了。新出生的花芽外面包裹了一层银色的苞片。随着季节由秋入冬,苞片也在悄悄地长大,苞片上还会长出细密的绒毛,帮助花叶御寒。'穿上'绒毛大衣的花芽开启了休眠模式,自然不怕严寒的侵袭。当能量逐渐积聚时,花芽渐渐从冬眠中苏醒,慢慢舒展出白色或紫色的花瓣,微笑着迎接春天。再比如银柳芽,也有棉花般的芽鳞片,和玉兰的绒毛'大衣'如出一辙。叶片脱落的同时,枝条顶端芽的周围会生出一些小小的、层叠的鳞片。这些鳞片有的是毛状,有的是海绵状,还有的是又厚又硬的蜡质。总之,它们会将芽包裹起来,这就是所谓的'芽鳞'。"

立夏又提出了一个问题:"那些常绿植物,它们是如何在冬天保持容颜'常青'的?"

香樟王回答:"松树的叶子尖尖的,像一枚枚缝衣针。针叶的表面积很小,能很好地减少水分的消耗。柏树鳞片状的叶子也很小,长度只有 1～3 毫米。

到了冬天,常绿植物松柏的针叶和鳞叶还会穿上一件件蜡质的外衣,有很好的御寒效果。穿上御寒衣的叶子不仅不再是包袱,在天气晴朗的冬日还能进行光合作用制造营养。樟树和冬青的叶子虽然扁平,但在叶片表面也覆盖着一层蜡质。如果放到显微镜下,可以看到松柏叶子表皮的细胞壁较厚,下皮细胞孔可以自动关闭,因此角质层可以避免水分蒸发,还可以抵抗零下三四十摄氏度的严寒。"

旁边的三明静静地听着香樟王介绍,不时点头称是,这时插了一句:"'大雪压青松,青松挺且直',就是对松柏顽强精神的真实写照。"

香樟王说:"是的,接下来介绍第三招——建仓过冬。身单力薄的草本植物遭遇寒冷时,可不会坐以待毙。仅仅依靠飘落下来的树叶来御寒显然是不够的,因为树叶可遇而不可求,而且一阵风吹过,这层'棉被'可能就被刮跑了。植物就想,大冬天的,要是能把叶芽往土里藏深一点儿,再盖上厚厚的泥土被子,不就暖和了吗?一些草本植物就是这样做的。然而问题来了,叶芽藏在地底下越冬是很温暖,但如果春天到来时,没有营养物质输送给叶芽,它们就无法钻出地面。办法总会有的,有些植物秋天就着手在土里建粮仓了。开春后,坐依粮仓、吃饱喝足了的叶芽在日益升高的气温和日渐温暖的阳光中苏醒过来,开启了新的生命征程。比如马铃薯、红薯、山药、魔芋、红白萝卜、大丽花和牧草等,它们胖乎乎、肉墩墩的根茎就是为自己越冬建立的'粮仓'。当然,这些富含营养的根茎也是人类和其他多种动物的食物。并且这些'粮仓'的位置各不一样,有的是主根直接肉质化,如常见的胡萝卜和白萝卜;有的是侧根膨大而形成的,如红薯,所以刨出一株红薯苗,你会发现下面连着很多个红薯;马铃薯和芋头是由地下茎膨大形成的,表皮上面一个个凹陷的小坑就是芽将来的露头之处;百合、水仙和洋葱等则是由鳞片状的叶子膨大而成的,叫鳞叶,球根植物的叶芽被鳞叶紧紧地包裹在里面。"

立夏点点头说:"这些植物也太聪明了。还有其他办法吗?"

香樟王说:"当然有。还有一招叫借种越冬。草本植物大家族里有一类特殊成员,那就是一年生植物,如狗尾草和一年蓬,它们只有一年的生命,所以似乎并不用为过冬而烦恼。当寒冷来临时,它们在地上部分枯萎之前,已经将光合作用的产物储存在种子里了。它们的后代会随风、鸟、动物皮毛乃至人类的衣裤等传播至四面八方。第二年,在暖阳与和煦的春风的呼唤下,这些种子又会开始自己的一世繁华,尽管这繁华只有短短的几个月。用种子过冬似乎是一种更为高级的地上越冬法。种子一般都有相对较硬的外壳,种子里的水分极少,却储存着丰富的营养物质。秋季成熟后的种子在冬季休眠,开春时萌芽,这大概是植物越冬的最高境界了。还有一些植物(如韭菜、莲藕)会布局'两条战线'与严寒抗争,一方面结籽以传宗接代,另一方面'丢叶图存'保存根本,待第二年再发新芽。"

立夏啧啧称奇道:"这有点儿像我们的借尸还魂法,只是植物掌握得更加精妙罢了。"

香樟王继续说:"植物还是高明的'化学家'。有些植物既不将营养物质储存在根系里,也不储存在种子里,而是通过体内的一系列化学反应来应对严寒。以冬小麦和油菜等植物为例,从入冬开始,其体内会发生一系列的化学反应,如产生类似于促使人类睡眠的物质——冬眠素;细胞内的结合水含量上升,自由水含量下降,从而减少细胞结冰的机会。冰晶对植物体来说是致命的,冬小麦和油菜在酶的参与下将蛋白质和淀粉水解成可溶性的氨基酸和糖类,如此一来就可以增加植物细胞液的浓度,使其不易结冰。人们发现打霜后的大白菜和红薯会更加甜,这是为什么? 因为经霜的大白菜和红薯在抵抗寒冷时会将体内的淀粉转化为易溶于水的葡萄糖,这样就大大提高了它们的甜度。糖分子不仅可以降低冰点,还有巨大的表面活力,可以吸附在细胞器表面降低水分进出的速度,从而减弱它们的生命力。细胞内糖多、渗透压增大,保留的水分就多,水分外出结冰的机会就会减少。有趣的是,大白菜和卷心菜不仅是高明的'化学家',还不忘把新叶一层层包裹起来,形成一个个好看而耐寒的叶球。"

立夏问三明,香樟王说的是不是事实。三明说确实是这样的,立夏对此惊叹不已。

"最后介绍一招——直接发热。有些植物还用别出心裁的方式抗击低温,某些植物可以像动物一样主动产热。通常,生物体通过呼吸作用分解有机物释放热量。但植物的呼吸速率太低,产生的热量微乎其微,因此无法像恒温动物那样大量产热。然而凡事皆有例外,天南星科植物中就有很多产热能手,它们能通过'抗氰呼吸'的特殊代谢方式,利用线粒体中特有的交替氧化酶促使呼吸加快,从而产生大量的热量。多年生常绿草本观叶植物春羽的发热能源来自雄性小花里的脂肪球,脂肪球很像哺乳动物体内制造热量的棕脂。从傍晚起,春羽就开始给中间那根棒状的花序加温,9~10点温度会达到峰值,白色肉穗花序上的温度最高可上升到46℃,摸起来竟有点儿烫手。据说,春羽花序温度维持在46℃所需的热量,与一只猫在睡眠中维持体温所需的热量相当,比一只麻雀在飞行中产生的热量还多。巨魔芋开花时,其肉质花序轴顶部的温度高达38℃,而发热的好处远不只保暖这么简单。散发的热量会在花序轴顶部形成低压区,把佛焰苞基部产生的气味通过对流的方式输送到远方,成为气味扩散的助推器,数量稀少的耐寒昆虫因而循味前来传粉。"

最后,香樟王总结道:"脱'衣'御寒,穿'甲'戴'盔',建仓过冬,借种越冬,变身'化学家'甚至自身发热,形形色色的御寒本领书写着植物过人的生存智慧。所以我说植物有超乎寻常的灵性。"

三明首先表示承认植物有神奇之处。立夏也不得不服,连连表示:"真是不听不知道,一听吓一跳,太长见识了。"

欲知后事如何,且听下回分解。

第162回　植物趣事闻所未闻　病毒害人防不胜防

三明一行在四明山边赏风景,边聊植物的智慧,不知不觉半天已过去。回到山庄吃中饭时,立夏问下午去哪里。三明说:"下一站,带你们去建德绿荷塘楠木林景区。"立夏问:"那里有什么特色?"三明说:"树荫森森,楠林挺拔,溪水潺潺,水波荡漾,这是绿荷塘楠木林景区的特色。"

听三明介绍,建德寿昌林场绿荷塘林区占地6842亩,其中5600亩是大面积的天然常绿阔叶林,有木本植物30个科,300余种。458余亩的天然楠木林,是省内唯一、华东地区最大的楠木林,在全国也是十分罕见的,因而被誉为"植物宝库"。那里还是绞股蓝等十余种名贵农作物的天然生长基地。绿荷塘林区森林环境清幽,山高林密,山清水秀,春天花香馥郁,夏日清凉去暑,迷人的秋色,令人赏心悦目。

立夏听了,兴趣盎然,赶忙催促三明和香樟王马上出发。三明去服务台结完账,就和立夏、香樟王一起奔下山去。路上,香樟王意犹未尽,又说开了:"上午说的是植物御寒的本领,这只是植物智慧的一部分。事实上,植物的本领还有很多,植物界的趣事也很多。"

立夏说:"植物界的趣事倒是闻所未闻,你不妨说一些来听听。"

香樟王说:"比如含羞草,风一吹或被触碰后,羽状叶片马上会合拢、下垂;合欢的羽状叶片夜晚合拢,白天张开;酢浆草、苜蓿、紫云英等三枚小叶也是夜晚合拢,白天张开;睡莲开花时,花朵夜晚闭合,白天开放;猪笼草、茅膏菜会诱捕昆虫为自身提供营养;苍耳的种子浑身长刺,动物走过就会把苍耳的种子挂在身上带到其他地方繁殖;凤仙花种子成熟时,果皮富有弹性,风一吹或被触碰后,种子会弹射到远处;蒲公英种子上长有许多绒毛,像一把小伞随风把种子播向远方;生石花形似卵石,长在砂砾地里,能以假乱真;食人树生有众多枝条,这些枝条会把经过的动物(包括人)缠绕住,食人蚁咬食后,致死动物的体液即为食人树提供营养;虫草孢子在春夏被蛾幼虫食进体内,蚕食虫体,在虫体内成长,蛾虫被消化成空囊,草从虫的头部长出,这即是著名的'冬虫夏草'。冬虫夏草成熟后再撒播孢子。"

三明问:"我还听说植物界有一种咬人树,咬人树又是怎么回事?"

香樟王说:"在云南西双版纳的森林里,有一种叫'树火麻'的小树,你别看它树小,人一旦触碰到它,它就会马上咬一口,使人火烧火燎得难以忍受。就连大象也很怕它,大象一旦被'树火麻'咬伤,也会疼得嗷嗷叫。"

立夏好奇地问:"'树火麻'又没有嘴巴,怎么会咬人呢?"

香樟王回答说:"'树火麻'的叶子能分泌一种生物碱,当人或动物触碰到它时,它叶子上的刺毛就会扎进人或动物的皮肤里,并分泌出碱质,使人疼痛难忍。类似这样的例子还有很多。"

立夏说:"我知道有些动物块头大得很,很厉害,连我们都怕它。没想到植物也这么可怕。"

香樟王说:"自然界中的生物都是相生相克的,不是说谁块头大谁就是最厉害的。微生物块头是很小,但它也不是好惹的。微生物里有一类病毒厉害得很,我们植物怕它,连人类都谈它色变,吃足了苦头。"

立夏说:"病毒有这么厉害吗?说来听听。"

"当然啦。微生物种类繁多,包括细菌、真菌、病毒等。病毒是非细胞形态的生命体,是迄今为止发现的最小、最简单的有机体。所有病毒必须在活细胞内才能表现出它的基本生命活动。病毒种类很多,大多数病毒,人类不是很怕,但像霍乱、鼠疫这两样病毒和人类纠缠了千年之久,人类至今依然很惧怕这两种病毒,因为每次病毒爆发都会给人类带来灭顶之灾。我在地球上活了五百多年了,每次发生疫情,都惨不忍睹。从 1817 年至今,霍乱总计爆发了 7 次,仅仅是中国的死亡人数就达到了 1300 万,全球死亡人数保守估计为 1.4 亿。人得了霍乱这个病,会拉肚子,一直拉到死为止;鼠疫就更恐怖了,历史上它曾有过三次大爆发。第一次发生在公元 542 年,爆发于东罗马帝国。鼠疫整整肆虐了 200 多年,总死亡人数达到了 1 亿多人。第二次爆发于中世纪的欧洲,这次鼠疫有了个更恐怖的名字:黑死病。这次疫情让欧洲人险些死绝,整个欧洲差点儿消失。第三次鼠疫爆发于 19 世纪末的云南,这次鼠疫导致全球至少 1200 万人死亡,仅仅是中国死亡人数就达到了 300 万。"香樟王说完久久不能平静。

立夏也惊讶不已:"那也太吓人了,连大规模的战争也没死这么多人啊。后来这两种病是怎么被遏制的呢?"

香樟王缓缓地说:"后来发现霍乱原来是通过水源传播的,是人类将排泄物倒入水中污染了水源才滋生了霍乱弧菌。所以,通过控制传染源,让人使用清洁的饮用水,就能够控制霍乱。虽然在非洲、东南亚的一些贫困落后的村庄中,还时不时地会有霍乱发生,但清洁的饮用水和抗菌药物的发明,让霍乱的威胁性变小了很多。至于鼠疫的防治之路则更为曲折。1894 年,细菌学家第一次分离了鼠疫菌。而后又过了 4 年,人类终于证明了鼠类身上的跳蚤才是传播鼠疫的罪魁祸首。后来又发现鼠疫可以在人与人之间通过飞沫传染。这一发现让人们知道了防止鼠疫大规模传染的办法,就是消毒、隔离、火化尸体、组建防疫站。从这以后,大规模的鼠疫爆发事件再也没有发生过。随着抗菌药物的出现,鼠疫已经可以治疗了。"

立夏问:"那鼠疫和霍乱解决了以后,还有其他危害性大的病毒出现过吗?"

香樟王答道:"可以这么说,人类和病毒的战斗史,同样也是人类的进步史。病毒种类很多,比如天花、非典、禽流感、冠状病毒等等,都是很难对付的。并且病毒很狡猾,它会变异,弄得你防不胜防。人类解决了这个病毒问题,过一段时间,又会有另一个更厉害的病毒跑出来,折磨得人类苦不堪言。"

这时,三明插话道:"是啊,人类真的没有自己想的那么强大。在征服自然的过程中,有很多病毒会从自然界跑到人身上,从而获得在人类身上生存的能力。比如飞鸟和家禽的粪便混合在一起产生病毒,病毒进化之后传给人,人感染的这种病毒叫禽流感。有人跑到非洲去看了羚羊,回来就得了昏睡病。被埃博拉病毒感染以后肾脏衰竭,到现在也无药可治。更可怕的是,这些病毒具有很强的传染性,所以前面讲的几次疫病大爆发死了那么多人。"

立夏急着问:"那怎么办呢?难道人类就对这些病毒没有办法?"

三明说:"那倒也不是,克服病毒性传染病,无非就是几个思路。一是弄清楚传染源头,消灭源头。二是在什么都不清楚的情况下,采取隔离的办法防止病毒传染。三是分离病毒,找到有效药,治愈病毒感染者。四是研究疫苗,防止发病。所以每出现一次传染病,就要搞清楚是什么病毒,哪里来的,用什么药杀死。这是一个很大的工程。幸运的是,和病毒斗争了这么多年,人们的治疗技术得到了发展,控制病毒传染的经验也得以丰富。不幸的是,到现在还有人没有意识到大自然的可怕。"

　　立夏好奇地问:"那这些能置人于死地的病毒是从哪里来的呢?"

　　三明沉默了一会儿说:"根据经验,一般认为这些病毒是通过野生动物传播给人类的。比如一些病毒寄生在野生动物身上,人们吃野生动物,让病毒进入人体;或者去美国大沙漠、非洲大草原看风景时感染了病毒;家禽家畜也会成为传染病之源。"

　　立夏又问:"这些病毒寄生在野生动物身上,那野生动物怎么不得病呢?"

　　三明摇摇头说:"这就是大自然或者说是生物界的神秘之处,因为动物和人类对环境的耐受程度是不一样的,比如蝙蝠这类哺乳动物体温较高、免疫系统特殊,是很多种危险病毒的天然宿主。从这个角度说,新冠病毒的天然宿主确实也很可能是蝙蝠。蝙蝠能忍受40℃的高温,人忍耐不了,也就是说,这个病毒可以和蝙蝠和平共处,却能够要了人的性命。"

　　立夏惊讶地说:"蝙蝠在地球上生活了起码几万年了,一直和人类没有什么冲突,它为什么要来害人?"

　　三明苦笑道:"并不是蝙蝠主动来害人,可能是人去招惹它了,结果害了自己;也可能蝙蝠通过其他动物传染给人。总之,自然界的很多奥秘,我们现在还是没法揭开。"

　　立夏又提出了一个问题:"既然蝙蝠带有大量对人类有威胁的病毒,那就想办法把蝙蝠全部消灭好了。"

　　三明摇了摇头说:"那怎么行呢。"

　　欲知后事如何,且听下回分解。

第 163 回　三明论蝙蝠揭真相　防祸害保护动植物

立夏问到能不能消灭蝙蝠的问题,三明摇摇头表示不能,立夏追问为什么。

三明说:"一段时间以来,人们认为蝙蝠身上带有冠状病毒,各种媒体上也充斥着关于蝙蝠的诸多负面报道,但事实并非如此。第一,病毒不光光蝙蝠身上有,其他野生动物身上也有。第二,蝙蝠来自隐蔽的山洞里,数量又多,怎么能消灭得了? 第三,人类有什么权力去消灭另一种野生动物? 第四,蝙蝠是一种有益的动物,为全世界的自然生态系统和人类的经济发展提供了宝贵的服务。"

立夏说:"我一直以为蝙蝠是邪恶的,没想到它还是有益的动物。"

三明说:"你是不了解蝙蝠,它确实是最容易被误解的动物之一。蝙蝠是翼手目动物的通称,翼手目是哺乳动物中仅次于啮齿目动物的第二大类群,现存大约 1390 种。地球上除少数地区外,各种生态系统都有它的存在。首先从生态意义上来说,蝙蝠物种中有很多是以昆虫为食的,其中包括一些危害极大的农业害虫。其他蝙蝠物种则以果实、花朵、花蜜等为食,间接为植物进行授粉,以确保植物正常生长供应人类和各种动物使用。当我们想到花朵授粉时,通常想到的是蜜蜂和鸟类。其实,蝙蝠在授粉中也扮演着重要的角色。蝙蝠是热带植物非常重要的传粉者,大多数访花蝙蝠分布于东南亚和太平洋岛屿。有些地区的植物更依赖蝙蝠授粉,如果没有蝙蝠授粉,当地的生态系统可能会逐渐崩溃,因为植物无法正常生长,就无法为动物提供食物和庇护。鸟和蜂类白天为植物传粉,而蝙蝠是晚上为植物传粉。勤劳的小蜜蜂白天所做的事,蝙蝠晚上也在做。每年有 67 科约 528 种热带植物通过蝙蝠授粉,其中主要的是果树。东南亚重要的经济作物榴梿,能散发强烈的气味,被誉为'世界上最臭的水果'。最新研究证实,是蝙蝠在为榴梿花朵授粉。罕见的铲齿蝠仅分布于秘鲁,是秘鲁几种柱状仙人掌的唯一传粉者。东非大草原的猴面包树对于动物的生存至关重要,被称为'非洲生命树',它几乎完全依赖蝙蝠授粉。没有蝙蝠,生命之树可能会灭绝,威胁到地球上最丰富的生态系统之一。科学研究表明,蝙蝠有助于维持森林生态平衡,并通过授粉为人们提供各类美味的果实。

"许多蝙蝠本质上是迁徙动物,它们与候鸟具有相同之处,可以飞行数千公里。蝙蝠对传播种子有很大的帮助,它们食用植物果实同时也将种子扩散至各地,这保证了区域物种的多样性。它传播的种子比鸟类要多得多,许多蝙蝠传播的是先锋植物种子,是那些最早在恶劣环境中生长的种子。随着这些植物的生长,其他对环境要求较高的植物才能生长。龙舌兰酒是非常受欢迎的酒,它来自龙舌兰植物,蝙蝠负责大多数龙舌兰种子的传播。无花果、腰果等也仰仗蝙蝠传播种子。"

香樟王问道:"我们植物界是了解蝙蝠的,也能和蝙蝠友好相处。在我们树木身上,鸟类包括蝙蝠想筑巢就筑巢,想待多久就待多久。但我不知道为什么人类对蝙蝠有那么大的误解。"

三明说:"人类对蝙蝠有误解,因为有以下几点。一是人类认为蝙蝠是吸血鬼。事实上,1390 种蝙蝠中只有 3 种是食血的,其中只有一种针对哺乳动物。所有食血蝙蝠都限于拉丁美洲,其他地方没有。为什么不叫它们吸血蝙蝠? 因为它们不吸血,而是像小猫一样舔食血液。蝙蝠的唾液中含有的抗凝剂能阻止血液凝结,使其能顺利地吃个饱。这种抗凝剂现已被开发成药物,用于预防中风。二是认为蝙蝠会传播狂犬病。蝙蝠确实携带狂犬病毒,但比起其他动物来可差远了。蝙蝠本身携带的狂犬病毒的比例非常低,大约只有千分之一,只有被蝙蝠咬了才有可能被传染,但人有多大概率被蝙蝠咬呢? 三是认为蝙蝠是会飞的老鼠。这是一个长期的认知错误,蝙蝠是翼手目,老鼠是啮齿目,蝙蝠与老鼠没有密切的关系。实际上,在哺乳动物的分子系统树上,人类和啮齿目动物之间的关系比蝙蝠更紧密。四是认为蝙蝠丑陋还拥有夜视眼。丑陋不丑陋很难说,各人有各人的评判标准。也有人认为蝙蝠不仅很酷,还与其他哺乳动物一样可爱。蝙蝠使用回声定位,就可以感知除颜色外的所有东西,并可以识别与人类头发一样细小的障碍物。但有些蝙蝠确实可不使用回声定位,仅靠视力视物,有的连回声定位都没有。在回声定位这一点上,蝙蝠还是人类的良师,人类通过模仿蝙蝠的回声定位系统发明了雷达。目前研制的隐形飞机,在某种程度上也是蝙蝠回声定位系统的仿生学成果。五是认为蝙蝠数量太多了。很早以前,蝙蝠的数量是很多,蝙蝠的寿命长达 40 年,分布很广,但极易灭绝。而随着人类的干扰、杀虫剂和农药的使用、森林的大规模减少,生态环境的破坏,很多时候,它成了其他动物的食物,因此,蝙蝠的数量一直在下降。蝙蝠是地球上繁殖最慢的哺乳动物之一,从整个生物量来看,蝙蝠跟其他动物相比数量并不算多。从种类来看,其实很多蝙蝠是濒危的,在野外很难见到。很少有大群出现的蝙蝠,有些甚至是独居。所以蝙蝠的群体数量并不大。"

立夏问:"那蝙蝠与人类的疾病到底有没有关系?"

三明说:"有关系,但并不是直接的。现在新出现的传染病大多起源于动物,其中包括蝙蝠。随着人口的迅速扩张,原本在自然区域生活的物种开始适应人类的生活环境,与人类的接触不断增加。研究表明,一半以上的新出现的传染病是人畜共患病。蝙蝠也是潜在来源,它能传播的病毒包括冠状病毒、流感病毒、狂犬病病毒、埃博拉病毒等。但蝙蝠像大多数野生动物一样,也在避免与人类接触。只要放任其身,它不仅无害且非常有益。在这种情况下,我们能做的是各自安好、互不打扰,不要破坏蝙蝠的生活环境;另外,能避就避,比如避免夜间开窗,及时清理蝙蝠粪便和残留物,减少与蝙蝠的接触,最重要的是千万不能食用蝙蝠。"

最后,三明强调:"蝙蝠是世界上最不可理解的生物之一,尽管我们知道蝙蝠在生物链中扮演的角色,起着至关重要的作用,但人类对它仍知之甚少,因为它们大多只在夜间活动。已经进入二十一世纪了,不能再用几十年前除四害的思维方式来决定一个物种的命运。我们要做的是创造一个蝙蝠与人类共存共生的世界。"

立夏若有所思地点点头,说:"听三明老师这样一说,我全明白了。"

三明接着说:"对于这方面的思考,我前两天还写了一篇文章。"

立夏忙不迭地"老师、老师"地叫着要他拿出来看。香樟王说:"立夏你急什么,三明老师既然说了,那就一定会拿出来的。"三明知道香樟王这是欲擒故纵,只好从包里找出几张纸递给立夏。

欲知后事如何,且听下回分解。

第164回　游埃及三明写感想　叹人类年幼不成熟

三明一边将写有旅途感想的几页纸交给立夏,一边说:"我前段时间去埃及旅游了,在旅途中感触良多,就利用空闲时间写了一些想法,也没有修饰过,拿不出手的。"

"没关系,你又不拿去发表,我们老朋友了,看看无妨。"香樟王安慰道,并让立夏朗读全文。三明的文章是这样写的：

这段时间，我和家人一起来埃及旅游了，在埃及看到了很多金字塔、神庙、清真寺等古老的建筑，了解了一些古埃及的历史文化，这些建筑给现代人留下了很多难解之谜。不说重达几十吨的大石头是怎么叠上几百米高的塔顶的，单是墙壁上那些几千年来仍保存完好雕刻人物的油彩画，现代人都很难做到。这说明了什么呢？说明埃及古文化没能延续下来，不知什么时候断开了。事实上，世界四大古文化，只有中国传统文化流传下来了。

从金字塔这类庞然大物到冠状病毒这种肉眼看不见的微生物，这里面还有很多人类未解开的秘密。事实上，从空间维度上看，地球不过是宇宙中很小的一个点；从时间维度上看，就算人类历史有几万年，和地球存在几十亿年相比，只不过是一瞬间。而真正有记载的人类历史只有几千年，这就更微不足道了。在大自然中，人类就好像是刚出生的婴儿，对一切都感到新奇，还在摸索学习之中。

在这几千年的人类历史中，真正意义上的现代科技文明仅三四百年时间，电的出现不到三百年，汽车、飞机、火车等现代交通工具出现时间更短，电脑就更不用说了，还不到一百年。也就是说，这几百年走过的路，比过去的几千年还多。现代科技文明才几百年时间，这样算起来，人类还是太幼稚，太年轻了。

早在35亿年前，地球上就已经出现了生命。人类不管是从猿人进化而来，还是突然在地球上出现，时间都算短。人类后来有了意识，只是较其他生物进化得快一些，或者说先走了一步，后来变成了地球上的主人。但人类不可能具备所有生物的优质基因，也就是说，在某些方面，其他的生物有可能比人类更聪明，它们所具有的功能比人类更加强大，只是人类还不知道罢了。我们至今知道多少动物的想法，知道多少植物的想法呢？我们知道的太少了。在不了解清楚的情况下，冒冒失失地打开潘多拉魔盒，是非常危险的。

大自然中有非常多的事例在提醒我们生态平衡的重要性，草原上狼、牛、马、羊、田鼠、野兔、牧民都是生物链上的重要环节。在这里，青草是生产者，它吸收水和二氧化碳，利用光合作用进行初级生产。田鼠、野兔、牛、马、羊是食草动物，它们是第一级消费者。狼吃牛、马、羊，是第二级消费者。狼看起来是牧人和牲畜的大敌，但是狼也吃田鼠、野兔和黄羊。田鼠、野兔、黄羊等吃草，草又是羊和马的主要粮食，羊和马是人的重要食物。草原是一个伟大的母亲，养育着她的子民。这些生物组成了一个庞大的生物王国，形成了环环相扣的食物链,它们相互制约、相互繁衍。后来自以为是的人觉得狼是牛、羊的大敌,就采用各种方法消灭狼。可是人类忘了,狼对草原也是有利的,因为狼也吃田鼠、黄羊等草原大害,使得草原上没有太多的田鼠、黄羊,这样就保住了绿草,使牛羊有充足的食物来源。牛壮羊肥,人民才能安居乐业。经过一段时间的杀戮,终于有一天,狼群被杀得七零八落,杳无踪迹。他们以为这样牛、羊就会多起来,可是事情并不是这样的,狼口逃生的田鼠、野兔、黄羊等大量繁殖,将一大片一大片的绿草吃光了,还经常将草连根拔起。草原失去了青青的绿草,裸露黄色的肌肤。一起风,黄沙漫天,遮天蔽日,许多地方变成了沙漠,整个草原笼罩在呛人的沙尘之中,牛、羊因为没有了鲜嫩的绿草,数量急剧减少。人们再也看不到一望无际的大草原了。

狼、羊、草的故事告诉我们,自然生态系统本来是平衡的,如果食物链中打破了其中一链,不但对其他几链无益,反而会破坏整个系统,整个生物链就会断裂。有害生物入侵也是这样,那些侵略性很强的生物,短时间内占地独霸,用不了多久,自己也必然会灭亡。我们中华民族文化是一种包容性很强的优秀文化,百花齐放,百家争鸣。这也是华夏文化能独立不倒、延绵不绝的原因。

世界是多元的,各种肤色、各个人种、各个教派都有其存在的合理性。如果世界大一统了,那么必然不会长久。这和生物链的道理是一样的。在遭到未知的敌人的攻击时,单一的物种是最不堪一击的。鸡蛋不要放在同一只篮子里也是这个道理。

人类对于自身面对的很多东西仍然一无所知。人类必须明白,大自然是公正的,它给人类的统治力不是用来放纵的,是用来开创的。敬畏自然,尊重自然,研究自然,驾驭自然,应该是人类永恒的主题。

人类还是小儿,在摸索中前进,既然是小儿,就容易犯错误,时不时地做一些危险动作,或者闯几次祸出来,这是无法避免的。但我们必须认识到自己的弱小,对很多事,我们还无能为力,因此,那些风险性大的事就先不要去做,比如对野生动物的捕食,对基因武器的研究。如果人类控制不了自己,那么最终的结果可想而知。

中华民族传统文化是优秀的,当然也有很多糟粕,有些劣根性一时难以根除是正常的。无论如何,我们是有五千年文明史的古国,办法总比困难多,相信中国人的智慧,没有什么坎儿是过不去的。人类是一个命运共同体,独善其身不可能。但愿人类在发展过程中能吸取教训,敬畏自然,慎之又慎,不断前进。

立夏念到这里，说声："好了，念完了。"

香樟王若有所思地说："不错，有意思。你把稿子给我，待我再仔细看一遍后再做评论。"

欲知后事如何，且听下回分解。

第165回　立秋拜太白悟蟠桃　小寒背诗词论莲荷

立秋担任天宫发展改革办主任后，一心扑在工作上，日夜操劳。天宫改革开放，百废待兴，要做的事情太多。好在后来天宫发展改革研究院成立了，分担了发展改革办的部分工作。再后来，天宫经济发展督导组又成立了。这样立秋肩上的担子就轻多了。加上现在改革开放已走上正轨，老百姓尝到了经济发展的甜头后，想不搞下去都难，这就形成了一股推动力量。虽然一开始天宫的长老们是不同意改革的，但随着形势的发展，长老们发觉自己的利益没有受到什么影响，反而随着天宫经济实力的增强而提高了，这样长老们便不再反对，而是放手让立秋那帮年轻人去干。

这一天，立秋忙完了手头的工作，突然想起已经好多天没有见到太白金星了。太白金星对立秋有知遇之恩，立秋是很感激的。并且太白金星属于老一辈中的明白人，想当初，玉帝有心推动改革开放，老一辈中，只有太白金星是赞成的。下班后，立秋就借汇报工作之名，来到了太白金星的府上。太白金星听说立秋来了，连忙颤巍巍地从屋里出来，亲自把立秋迎进客厅坐定。童仆端上茶来，立秋一边喝茶，一边向前辈请安，并将最近天宫改革开放的大好形势简要地向太白金星做了汇报。太白金星一边听一边频频点头，谈到一些关键点，太白金星还不时插进来详细询问一番。

立秋汇报完后，太白金星对立秋等年轻人的工作很满意，对立秋说了一些鼓励的话，还说如果遇到特别难办的事，需要他出面找玉帝解决的，可以随时去找他。说完，太白金星示意童仆端上水果来。水果端上来后，立秋发现盘中水果全是蟠桃，突然想到，太白金星如此举动一定是有所指的。立秋就用手指了指水果，问太白金星："老师您这个是……"太白金星也不明说，只是笑笑说："没事没事，吃点儿水果。"聊了几句后，立秋就告辞了。

回家的路上,立秋还在想刚才水果的事,但一时总想不明白,回到家中,还眉头紧锁。立秋夫人见立秋愁眉不展,立秋已经好久没有这样了,忙问发生什么事了。立秋就把下班后到太白金星那里去,太白金星拿出蟠桃招待他的事说了一遍。立秋说:"我总感觉太白金星那个举动是有所指的,但我一时又想不起来他要说明什么。"立秋夫人说:"我问你,你以前是不是担任蟠桃会筹委会主任职务?"立秋说"是的"。立秋夫人说:"那就是了。你啊,真是聪明一世糊涂一时。太白金星分明是在提醒你,发改工作再忙,也别忘了开蟠桃会的事。"听夫人这么一说,立秋恍然大悟,拍了拍脑袋,说:"我真是老糊涂了,把这么重要的事给忘了,还好夫人英明。有句话叫成功的男人后面一定有个女人,真是一点儿没错。"立秋夫人说:"你啊,油嘴滑舌的,净说好听的。"

立秋一到办公室就把秘书叫来,交代说要开一个蟠桃会筹委会主任会议,让秘书先去了解一下情况。过了一会儿,秘书进来汇报,主任、立冬、立春、立夏这三位筹委会副主任中,立冬是改革发展研究院院长,他们改革发展研究院的办公楼就在我们改革发展办办公楼的对面;立春现在是经济发展督导组的组长,他们经济发展督导组现在自己还没有独立的办公楼,借用天宫组织部的办公室,不过要过来也很快;只有立夏还没在正式的部门任职,上班地点也不固定。

立秋说:"赶紧通知他们,请他们明天上午到我们这里来开一个会,就说要商量今年开蟠桃会的事,事关重大,不得请假。"

秘书说:"我估计立冬、立春没有问题,可是立夏可能来不了。"

立秋问:"立夏为什么来不了?"

秘书回答:"立夏下凡到人间考察学习去了。"

立秋想起来是有这么一回事,当时牛郎也来找过他,推荐夏季组下凡去考察学习,正式材料还是发改办报上去的。立秋就问秘书:"立夏是单独去的,还是他们夏季组几人一起下去的。"秘书告诉立秋,立夏是单独去的。

立秋说:"那就简单了,让夏季组另外派一个人下去,把立夏替换回来就行了,快去办吧。"秘书说:"我这就去安排。"

立夏和三明、香樟王刚到建德境内,还没有到绿荷塘楠木林景区,立夏就收到了天宫发来的紧急通知,要他立即返回天宫参加重要会议,并说小满已经在赶赴杭州的路上了。立夏接到通知,一脸不高兴,心想自己又不是天宫的重要人物,有什么重要会议非要自己参加不可啊。立夏坚持要去绿荷塘看楠木林再走,香樟王不同意。香樟王说:"天命不可违,你还是现在就回去吧,你要看楠木林,以后有的是机会,下次找机会我再陪你来好了。"立夏看看三明,三明说:"你们天上的事情我不懂,我不便发表意见。"立夏说:"罢罢罢,那就回去吧。"说完,立夏和三明、香樟王打了声招呼就回天宫去了。

这个夏季组的小满出生在五月中下旬,那时正是初夏时分。小满刚从娘肚子里出来,听到门外传来"江南可采莲,莲叶何田田。鱼戏莲叶间,鱼戏莲叶东,鱼戏莲叶西,鱼戏莲叶南,鱼戏莲叶北"的朗诵声,这给小满幼小的心里留下了深刻的印象。从此,小满就对莲荷特别感兴趣,从七八岁开始,他就能背诵很多写莲荷的诗。有一次,小满背诵了一首唐代王昌龄的《采莲曲》:

荷叶罗裙一色裁,芙蓉向脸两边开。

乱入池中看不见,闻歌始觉有人来。

他父亲听到了,便要他解读一下。小满说:"在这首《采莲曲》中,采莲女和荷塘完美地融为一体。荷叶和罗裙同色,让人眼花缭乱,芙蓉和少女的脸,一样娇俏可爱。在那一片绿荷红莲丛中,采莲少女的绿罗裙已经融入田田荷叶之中,几乎分不清哪个是荷叶,哪个是罗裙。而少女的脸庞则与鲜艳的荷花相互映照,人花难辨。在池塘中,我们已经分不清哪个是荷花,哪个是采莲女,此时,歌声传来,知道有人过来了。多么自然清新啊,仿佛一幅清新的画作。读完这首诗之后,脑海中就有了画面。"

小满父亲听了,大吃一惊,便当场吟咏李白写的《采莲曲》:

若耶溪傍采莲女,笑隔荷花共人语。

日照新妆水底明,风飘香袂空中举。

岸上谁家游冶郎,三三五五映垂杨。

紫骝嘶入落花去,见此踟蹰空断肠。

父亲吟罢令小满解读一下这首诗。小满看了几遍后,说:"李白是唐代大诗人,他写采莲女的美丽,没有直接着墨,而是用反衬的方法来写。美丽可人的采莲女只是悠闲地采着莲,却引得旁边一众男子下马驻足观看。你们看,在若耶溪畔,美丽的采莲女笑语吟吟地采着莲子。阳光照耀着采莲女的新妆,风吹起衣袖,空气中都飘荡着香味。再看,那岸上是谁家出来游乐的男子,三三两两,似隐非隐地在垂杨下。身边的紫骝马不断嘶叫,身旁的落花纷飞,见了此美景美人,人怎能不踟蹰、不感伤? 最后,男子被采莲女吸引,久久不离去,像极了《陌上桑》中秦罗敷的那句:耕者忘其犁,锄者忘其锄。来归相怨怒,但坐观罗敷。这首诗写得绮丽但不艳情,可见李白的功底之深。"

小满不慌不忙地把话说完,这下不光小满父亲惊讶无比,连坐在旁边的私塾老师都目瞪口呆。老师惊醒过来后,说要亲自考一考他,说罢,背诵了白居易那首《采莲曲》,诗是这样写的:

> 菱叶萦波荷飐风,荷花深处小船通。
>
> 逢郎欲语低头笑,碧玉搔头落水中。

老师的话音刚落,小满就说了起来:"前面王昌龄和李白已经将采莲女的美丽风情写得那么可爱美好了,你们说白居易还能怎么写呢?但白居易就是不一样,他是那么细腻,用轻盈的笔触描写了采莲女遇见心上人的情态和羞涩,令人忍俊不禁。采莲姑娘碰见自己的心上人,想跟他打招呼又怕人笑话,便低头羞涩地微笑。一不留神,头上的玉簪掉落水中。'欲语低头笑'既表现了少女的无限喜悦,又表现了少女初恋时的羞涩难为情。'碧玉搔头落水中'一句进一步暗示了少女'低头笑'的激动神态。白居易抓住人物的神情和细节精心刻画,一个欲语还休、含羞带笑的姑娘宛然出现在我们眼前。诗人仅截取了采莲女的一个画面,却将她美丽、可爱的情态表露无遗,令人浮想联翩。"

小满还没说完,私塾老师就向小满父亲提出辞职。小满父亲说:"你这是为何?"老师说:"小满如此天资,水平已在老朽之上,我还如何教得了他?"小满父亲见老师坚持辞职,只得答应。此后,父亲没再请老师,而是让小满在家自学。

欲知后事如何,且听下回分解。

第166回　小满下凡湖畔吟诗　樟王招待三友对联

气候学上的小满是二十四节气之一、夏季的第二个节气。小满的含义是夏熟作物的籽粒开始灌浆饱满,但还未成熟,只是小满,还未大满。每年5月20日至22日之间,在太阳到达黄经60°时为小满。这时,我国北方地区麦类等夏熟作物的籽粒变得更加饱满,但还没有成熟,大致相当于乳熟后期,所以叫小满。南方地区的农谚赋予小满以新的寓意:"小满不满,干断田坎。""小满不满,芒种不管。"意思是小满时田里如果蓄不满水,就可能造成田坎干裂,甚至芒种时无法栽插水稻。这两句谚语用"满"字来形容雨水的盈缺,体现了古代劳动人民的智慧。

"小满动三车,忙得不知他。"这里的三车指的是水车、油车和丝车。此时,农田里的庄稼需要充足的水分,农民们便忙着踏水车翻水。收割下来的油菜籽也等待着农人们去舂打,做成清香四溢的菜籽油,田里的农活自然不能耽误。可家里的蚕宝宝也要细心照料,小满前后,蚕要开始结茧了,养蚕人家忙着摇动丝车缫丝。古时,小满节气时,新丝行将上市,丝市转旺在即,蚕农丝商无不满怀期望,等待着收获的日子快快到来。

此外,小满节气期间,江南地区往往也是江河湖满,如果不满,必是遇上干旱少雨年。这方面的谚语很多,如安徽、江西、湖北3省有"小满不满,无水洗碗"的说法;四川省有"小满不下,犁耙高挂"之说。这里的"满"字,不是指作物颗粒饱满,而是指雨水多的意思了。

宋代欧阳修作《小满》,诗云:

夜莺啼绿柳,皓月醒长空。

最爱垄头麦,迎风笑落红。

俗话说,做天难做四月天,蚕要温和麦要寒,采桑娘子喜天晴,种田哥哥要雨天。这句话形象地反映出小满节气时的农事特点。但天上的小满自小独爱莲荷,处处收集和《采莲曲》有关的资料,只是苦于天宫中湖塘稀少,莲荷更是难得。小满听说神州大地湖塘遍布,到处碧叶荷花,心里一直痒痒的,总想找个机会下凡来一探究竟,无奈没有机会。前段时间得知夏季组各位大将都有机会下派考察学习,小满激动得几天没有睡好觉。

这天小满正在家里做准备,天宫组织部派人来通知小满,要他准备出发。小满抑制不住兴奋的心情,问:"不是说好一个一个交接的吗? 现在立夏的考察期未满,我怎能提前下凡坏了规矩?"

组织部派来的人说:"计划没有变化快,要你去你就去便是了。我告诉你,你直接去杭州,立夏在外地,有要紧事直接从那里回来了。你到了杭州,只要找到香樟王,他会给你安排好的。"

小满接过介绍信,道了谢,回里屋拿了些必需品就跳出天门,径直飞往杭州去了。小满一会儿就到了杭州,寻到香樟王的住处。得知香樟王陪立夏出去还没回来,小满就在香樟王住处周围转转。突然,小满看到不远处有个小湖。宁静的湖面上,分布着红莲、白莲等各种荷花。小满兴奋不已,连忙跑过去细细观赏。但见莲叶田田,菡萏妖娆,清波照红湛碧。从造型各异的小桥上看去,人倚花姿,花映人面,人、花、水、天,相融、相亲、相恋,悦目、赏心、销魂。夏日清风徐来,荷香与酒香四下飘逸,游人身心俱爽,不饮亦醉。小满看得心旷神怡,不觉脱口念道:"予独爱莲之出淤泥而不染,濯清涟而不妖,中通外直,不蔓不枝,香远益清,亭亭净植,可远观而不可亵玩焉。"

小满正自我陶醉时,后面传来一阵朗朗的笑声,人未见语先至:"是谁在念周敦颐作的《爱莲说》啊?"小满抬起头来,见一大一小的两个人快步走来,大的魁梧雄壮,小的英俊潇洒。不等小满开口,对方便开口了:"想必你就是从天而降的小满吧?立夏已告诉我们,他已经回天上去了,我们回来得晚了,失迎失迎。"

小满拱手道:"在下正是小满,如此说来,您一定就是大名鼎鼎的香樟王了。这位兄弟是?"

香樟王于是分别对三明和小满做了介绍。寒暄后,香樟王领着他们回到住处,安排茶点招待。

香樟王说:"我们已从立夏那里听说,小满年轻有为,天赋异禀,是不可多得的奇才啊。"

小满谦逊地说:"香樟王谬赞了,我小满哪里算得上有才之人,我从小孤陋寡闻,只是独爱莲荷罢了。刚才在湖畔看到那些鲜艳夺目的荷花,便吟咏几句,让两位见笑了。"

三明说:"小满客气了,像你这样能够在某一领域有特别爱好的就是专才。在我们人类社会,缺少的就是这样的专才。"

小满问三明:"我们在天上,听说中国改革开放四十多年了,经济取得了突飞猛进的成就,我们羡慕得很。但是也听说,一切以金钱为目标的思潮泛滥,有没有这回事?"

三明说:"活在尘世间,犹如活在淤泥中,有几人能不染淤泥的污浊,又有几人能保得住'出淤泥而不染'的清白?好在现在大家认识到了,必须物质文明和精神文明一起抓,两手都要硬。这几年,我们的思想观念有了很大的改观。"

香樟王说:"我已安排小香樟们在准备晚餐了。吃饭前还有些时间,我们不谈国事,来对对联怎么样?"

三明表示同意。小满知道香樟王这是借娱乐之名,想试一下自己的实力,只能硬着头皮上,便同意了。

香樟王说:"那我先出上联,指南针指南指北,不指东西。请小满对下联。"

小满想,香樟王果然厉害,没点儿水平,这个东南西北哪里搞得清,不过这个可难不倒我。小满对出了下联:明月光明天明地,不明玄机。

香樟王和三明见小满接的下联,明月光对指南针,天地玄机对东南西北,合丝合缝,恰到好处,不禁连连称好。香樟王又出了个上联"烟沿艳檐烟燕眼",要三明对下联。三明想了一会儿对出下联:雾捂乌屋雾物无。又是一阵叫好声。

香樟王说:"都是我出上联这样不公平,小满你来出两个上联,我和三明分别来对下联。"

小满说:"好吧。我的上联是,画上荷花和尚画。请香樟王对下联。"

香樟王对的下联是:书临汉帖翰林书。

小满又出了个上联:天若有情天亦老。

三明对的下联是:月如无恨月长圆。

紧接着是三明出上联:烟锁池塘柳。香樟王对下联:镜涵火树堤。

三明又出了上联:绿水本无忧,因风皱面。小满对出的下联是:青山原不老,为雪白头。

三人对对联对得兴起时,小香樟来通知晚餐准备好了。香樟王就说:"民以食为天,我们还是吃饭去吧。"说完,三人就有说有笑地去餐厅用餐了。

欲知后事如何,且听下回分解。

第167回　瞒身份拜师陈先生　赞荷花论述十优点

小满跟着香樟王和三明在餐厅用餐。三人边吃边聊,聊了一些闲话后,小满话锋一转,切入正题,提出要去实地考察学习的事。香樟王说:"上次立夏来,主要是去考察学习森林方面的知识,所以我请来了这方面的专家三明,不知你想考察哪方面的内容?"

小满说:"我就是特别喜欢荷花,凡间的莲荷,我已经心仪很久了。我这次下来,就是奔着这个主题来学习的。"

香樟王问三明:"对于莲荷,你知道多少?"

三明说:"莲荷属于水生植物,是在湿地环境中生长的,我对这一方面的内容知之甚少,不能做小满的老师。"

小满有点急了:"那怎么办? 我找谁去?"

香樟王对三明说:"小满满腔热忱从天上下来,不容易,他的忙我们总是要帮的。你看看,有什么办法解决。"

三明想了一会儿,说:"办法倒是有,可是操作起来有难度。"

小满忙问:"有什么难的,只要我能做的我一定做到。"

三明说:"我有个姓陈的朋友,是搞水生植物的专家,对莲荷特别有研究,还培育出了很多新品种,请他做老师是最好不过的。"

小满高兴地说:"那太好了,我一定要拜他为师,好好学几招。"

三明说:"但是这里面有个问题,因为这位陈先生是凡间的人,而小满是来自天上的神。天上人间还没有建立沟通机制。陈先生如果听说要带天上的神,那还不吓坏了,是断然不会答应的。"

小满问:"这我就奇怪了,三明不也是凡间的人吗? 您能够带天上来的立夏,难道陈先生就不能带我?"

见小满满脸疑惑,香樟王忙对小满说:"你有所不知,你是天,我是地,三明是人。在天、人之间,隔着地,就是说天人融合需要地的配合。只有天时、地利、人和皆备,天人才能合一。"

小满说:"您这样的解释我还是没有听懂,您就说得更直接些吧。"

香樟王说:"是这样的,三明因为一个偶然的机会发现能够和我们植物进行交流,就常常来和我们接触。我们经过考察,觉得他是可以信任的,我和他也成了好朋友。后来经过我的介绍,他认识了你们天上的立冬、立夏,他也为立冬下凡取经、立夏下凡考察提供了许多的帮助,我们都应该感谢他。但他这种情况只是一种特例。人家陈先生不具备这个条件,所以接纳不了你。"

小满说:"是这样,那我明白了。对不起,三明老师,我刚才误会您了。但我拜托您,无论如何,您都要想办法帮我。"

三明笑着说:"我有一个办法,就是小满要受点儿委屈。"

小满急着说:"我受点儿委屈有什么关系,您快说吧。"

三明看着小满说:"我看小满打扮打扮,和我们人类也没有什么明显的区别。我带小满去找陈先生,隐瞒小满的真实身份,就说小满是我的远房亲戚,来向陈先生讨教。陈先生看在我的面子上,会同意的。只是小满要隐姓埋名,受些委屈,不能以天外骄子自居了。"

听到这里,小满长吁一口气,轻松地说:"这算什么委屈,天上已经不如人间了,怎能高高在上地摆架子? 况且我本身就是来学习的,来当学生的,要那天上的身份干什么?"

见此,香樟王忙给三明、小满杯里倒上酒,说:"太好了,问题解决了。我们应该干一杯!"三人遂端起酒杯,一干而尽。

第二天一早,三明就带着小满去找陈先生。到了陈先生的睡莲、荷花培育基地,陈先生已经在那里忙活了。三明和陈先生是很多年的好朋友,无话不谈。三明就把小满介绍给陈先生,三明说:"这小伙子是我的一位远房亲戚,叫阿满,特别喜爱莲荷,听说你是这方面的专家,从很远的地方跑过来,要拜你为师,请你收下他吧。"

听三明这样一说,小满倒头便拜:"陈老师在上,受学生阿满一拜。"

这陈先生本是个热心肠的人,见小满长得眉清目秀,很是可爱,又听好友介绍说他喜爱莲荷,自是十分喜欢,连忙上前一步拉起小满,说:"阿满请起,不必多礼。你既然喜爱莲荷,想必已有一定的基础,我从事莲荷培育多年,略有经验,你有什么需要问的提出来就是。"

小满大喜,连称:"谢谢老师!"三明高兴地说:"那我就放心了。"

陈先生说:"先参观一下现场吧,咱们边看边聊。"

走进睡莲培育基地,陈先生先是兴奋地介绍起这里的宝贝,热情地请三明和小满品尝新鲜的花露。陈先生脚上常年蹬着一双布鞋,他说这是为了来基地开车方便,下起池塘来,穿脱也方便。看得出,他对植物由衷地热爱,尤其是对他精心培育的这些水生植物,更是视若珍宝。对于这里的每一个品种、每一朵花,他都可以说是了如指掌。这不,他已经滔滔不绝地给三明和小满讲了起来。

小满一边听陈先生介绍,一边欣赏荷塘。但见成片的荷塘上面,碧绿的叶子一望无际。叶子超出水面很高,像亭亭的舞女的裙。层层的叶子中间,零星地点缀着一些白花,有袅娜地开着的,有羞涩地打着朵儿的,如一粒粒的明珠,如蓝天上的星星,又如刚出浴的美人。微风过处,送来缕缕清香,仿佛远处高楼上渺茫的歌声似的。这时候,叶子与花也有一丝的颤动,如闪电般,霎时传过荷塘的那边去了。叶子本是肩并肩密密地挨着,这便宛然有了一道凝碧的波痕。叶子底下是脉脉的流水,遮住了,不能见一些颜色,而叶子却更雅致了。

小满看得痴迷了,竟没注意,不小心一只脚滑到田里去了,把鞋子和裤子都弄湿了,大家都笑了起来。陈先生开玩笑说:"没关系,就算是交学费吧。"

走了一圈,三明对小满说:"阿满,你有什么要请教的就问陈老师吧。"

小满说:"陈老师,听说荷花是中国十大名花之一,为什么这么说?"

陈先生说:"荷花之所以成为大家喜爱的花卉,被选为中国十大名花之一,是因为它具有其他花卉难以媲美的十大优点。"

三明慨叹道:"荷花竟有十大优点,说来听听。"

陈先生说:"那就听我一点一点地说来。

"(1)中国原产。中国是荷花的分布和栽培中心,在 6000 年前就已经被先祖识别,进入人们的生活,3000 年前由野生状态逐渐变为人工栽培。

"(2)分布范围广阔。北达黑龙江的同江市,南抵海南省的三亚市,西至天山北麓和滇西边陲,东迄台湾宝岛。可以说,神州大地'无主荷花到处开'。

"(3)荷花品种繁多。大花型者花朵硕大,直径达 25 ~ 28 厘米。小花型者花朵娇小,直径仅 5 ~ 6 厘米。少瓣型者潇洒,重瓣型者端庄;红色花者艳丽,白色花者素雅。

"(4)整个生长期都有观赏价值。初夏,'小荷才露尖尖角',此时可领略'卷舒开合任天真'的韵味,一旦翠盖凌波,'叶有清风花弄影''颜色清新香脱洒'。雨后则有'碧玉盘中弄水晶'的动态美。到了'芙蓉老秋霜'的季节,还可品味'留得残荷听雨声'的乐趣。荷花这样全方位、全身心地使人赏心悦目,何花堪比?

"(5)荷花群体花期特长。长城内外约一个半月,大江南北可达 3 ~ 4 个月。

"(6)荷花的花、叶具有独特的浓香,从而享有'熏风第一花'之誉。不论什么品种,即或'红白莲花开共塘',也是'两般颜色一般香'。'细看荷花垂露,红绿总吹香。'在静静的荷塘,自有'细细风来细细香'。如果碰一下花朵,那'碧藕花香入袖香',更是妙不可言。

"(7)荷花迎骄阳而不惧。其自然花期正值少花季节的夏日,反季节栽培则可常年开花。冬荷在亚热带的南方沿海地区可四季开花。

"(8)栽培繁殖容易。荷花可无性繁殖(分藕),也可有性繁殖(播种莲子)。

"(9)荷花全身是宝,无私奉献给人类,既好看又实惠。荷花除用于观赏外,还兼作食用、饮用、药用、包装用。古人表彰它:'芍药争春耀彩霞,芙蓉秋尽却荣华。有色有香兼有实,百花都不似莲花。'

"(10)荷花出淤泥而不染,品德高尚。弘扬荷文化,倡导荷之德,对当前推动廉政建设,大有裨益。"

最后,陈先生总结道:"总之,荷花栽培历史悠久,姿、色、香、韵兼备,经济用途广泛,文化底蕴深厚。正如三国时期的曹植所赞:'览百卉之英茂,无斯华之独灵。'"

小满说:"陈老师说得太好了,我都记下来了,空时还要细细品味。"

三明说:"阿满,你就跟着陈老师好好学吧。"

欲知后事如何,且听下回分解。

第 168 回　荷塘实验小满学艺　引经据典陈师论荷

三明见陈先生已收下小满这个学生,心中的一块石头已落地。三明正好有事在身,便把阿满交给陈先生,又叮嘱了小满几句,小满只是不住地点头。

三明独自回去后,小满就跟着陈先生学艺。小满天资聪颖,手脚利索,不懂就问,深得陈先生欢心。这一日,陈先生带着小满在荷塘里做实验,谈到荷花的种源及性状特征,陈先生就说开了。

关于荷花的种源,陈先生说:"荷花即莲花,也有称荷华、芙蕖、芙蓉、夫容、朱华、泽芝、水芝、君子花、凌波仙子、水宫仙子、水芙蕖、水华、芰荷、水云、水旦、六月春、净友的。这些在《诗经》《尔雅》《离骚》《古今注》《本草经》《爱莲说》《本草纲目》等著作上都可以找到出处。荷花属睡莲科莲属。"

陈先生一边观察池塘里的荷花,一边说:"莲属植物在世界上仅有 2 种,中国莲分布在亚洲和大洋洲。中国是中国莲的世界分布中心。另一种美国莲分布在北美洲。美国是美国莲的世界分布中心。中国莲多数植株高大,叶呈椭圆形,绿色。栽培品种中除少瓣花型外,还有半重瓣、重瓣、重台、千瓣等花型。花呈红色至白色。美国莲植株矮小,叶近似圆形,深绿色。花仅见少瓣型,黄色。"

小满边干活边问:"老师,那莲属植物起源于何时?"

陈先生说:"莲属植物是被子植物中起源最早的种属之一。据古植物学家研究证实,在 1.35 亿年以前,北半球的许多水域就有莲属植物的分布。当时正是巨型爬行动物恐龙急剧减少的后期,它在地球上生长的时间比人类祖先出现的时间要早得多。那时候,地球上的气温要比现在高,莲属植物约有 12 种,五大洲均有分布。后冰期来临,全球气温下降,使得不少植物灭绝。另一些植物被迫迁移,完全打破了原来的地理分布。遭此劫难,莲属植物幸存 2 种,分布范围也缩小了。分布在亚洲和大洋洲北部者为中国莲,迁移至北美洲的为美国莲。有充分的证据证明中国是荷花的原产地。"

小满又问:"那分布在中国的荷花的性状特征是怎样的?"

陈先生说:"中国幅员辽阔,荷花品种很多,各地、各品种的性状特征会有一些差异,但总的说来,野生荷花都生长得健壮、旺盛,植株挺拔,花朵硕大,花色艳丽。其特点是能生长于1.8米的深水中,花高于伴生立叶20厘米左右,故观赏价值高。野生荷花和内陆湖泊的'野藕''野莲'的共同特征是大株型、少瓣型、红色花,其叶径、花径、瓣径、瓣数、雄蕊数、心皮数略有差异。"

关于荷花在中国的分布,陈先生说:"荷花在中国的地理分布,西至天山北麓,东至台湾宝岛,北达黑龙江抚远市,南抵海南省的三亚市。荷花的垂直分布可达秦岭、神农架,在云南宁蒗彝族自治县海拔2780米处也有栽培。莲在大陆主要分布在长江、黄河、珠江三大流域两侧大大小小的淡水湖泊的浅水处,以及云贵高原上的某些淡水湖泊。可以说,除了西藏、青海,神州大地随处可见荷花的芳迹。中国不仅是荷花的世界分布中心,而且是荷花的世界栽培中心。"

小满问:"荷花适宜什么样的生态环境?"

陈先生说:"荷花是典型的湿地植物,其自然生态环境必然离不开水。它又是长日照植物,特别喜光,格外喜温,适应pH为7左右的土壤。故山东的微山湖、河北的白洋淀、安徽的巢湖、江苏的太湖、江西的鄱阳湖、湖北的洪湖以及湖北、湖南之间的洞庭湖等大型湖泊都有'野藕''野莲'的存在。"

小满一边称赞老师,一边又问起荷花在古代的象征意义。陈先生说:"在祖国大地上繁衍生息的荷花,古时就以其善美的英姿,渗透到人们生活的各个领域。以荷花为题材的诗文,最早见于《诗经》——'彼泽此陂,有蒲与荷'。3000年前,民间就用荷花喻女性之美,并与蒲草并提,比喻男女之间的爱情。用荷花装饰生活器皿的历史,比见诸文字记载的荷花栽培历史要久远得多。现在中国野生荷花和栽培的荷花分布很广,几乎无处不有,其品种之多,流传之广,堪称世界之最。现代人将荷花的花语归纳为清白、坚贞纯洁、自由脱俗。"

接着,陈先生和小满又说到了荷花的食用价值。陈先生说:"荷花很早就被我们的祖先食用了。考古发现,'仰韶文化'时,室内台面上就留有一些碳化粮食和两粒碳化莲子,距今已有5000年历史。距今3500年前的奴隶社会,江南人就食用莲子了。《周书》载,'鱼龙成则薮泽竭,薮泽竭则莲藕掘'。由此可知,3000年前,太湖周围的居民挖藕为食已很普遍。"

陈先生继续说:"荷花花大,原始种红艳夺目。不难想象,先人对荷花一无所知时,最初是被鲜艳的花色吸引,继而摘食莲实,知味美可口,再顺荷梗入泥,挖藕食用。先人从采集莲实为粮,并将其作为审美对象,从以藕做菜,逐渐从人工防护到引种野生荷花栽培、驯化、食用与观赏并举。"

谈到荷花的栽培历史,陈先生说:"花莲在中国至少有2700年的栽培历史,它和中国社会的政治、经济、文化发展息息相关。每当国泰民安、社会进步、经济繁荣、文艺兴盛之际,荷花相关事业才相应地得以发展。反之,社会动乱阴霾、经济萧条萎靡时,与荷花相关的事业便衰落或停滞不前。中国荷花的发展历程可以划分为初盛、渐盛、兴盛、衰落和发展5个历史时期。"

小满问:"这5个历史时期是如何划分的?"

陈先生说:"东周至秦、汉、三国是初盛时期,晋、隋、唐、宋是渐盛时期,元、明、清代前期是兴盛时期,清代后期至民国时期是衰落时期,20世纪50年代至今是发展时期。现在喜欢荷花、研究荷花的人越来越多,研究领域大大拓宽,研究深度也是历史上从未有过的。"

说到荷花品种的培育,陈先生说:"荷花品种经过收集、整理、培育,现在全国拥有的新、老莲花品种有600多个。其数量之多、品质之优,前所未有。"

话题转到荷花文化,陈先生说:"随着中国花卉业的振兴,人们爱荷、艺荷之风兴盛。中国有全国花卉协会荷花分会,负责举办全国性荷花展览,出版荷花交流文集。荷花被选为十大中国名花之一,山东济南、济宁,广东肇庆,河南许昌、新郑,湖北孝感、洪湖,江西广昌等市县相继确定荷花为市花。荷花花大而雅丽,叶规整而洒脱,菡萏摇曳叶翩翩,本身就蕴藏着极大的戏剧性。目前,'荷花宴''莲宴'在浙江、江苏、广东、江西等地悄然兴起,为多彩的中国饮食文化增添了新的内涵。"

说到这里,陈先生又激动地表示:"纵观历史长河,在5000年的中国社会文明发展的急流中,激起的荷花浪花虽微不足道,但展望将来,中国荷花事业的发展方兴未艾,前景光明。"

一席话听得小满热血沸腾,他心里想,这次下凡,机缘巧合,让我能遇到陈老师这样有真才实学的实干家,真是莫大的荣幸。他暗暗下决心要好好地学,把学到的知识带回去,要让天宫也能"碧叶荷花处处开"。

欲知后事如何,且听下回分解。

第169回　陈先生传授莲花经　俏小满解读清照诗

　　小满就这样隐姓埋名地在睡莲、荷花培育基地住了下来,给陈先生当助手,小满别提有多高兴了,只要每天一看到鲜艳的莲荷,小满就莫名地兴奋。陈先生见这个阿满虽然有些与众不同,但脑子灵光,又虚心好学,并且对莲荷文化是真心喜欢,所以他悉心照顾小满,有问必答,百问不厌。

　　这一日,小满问到荷花的生物学特性。陈先生说:"荷花是多年生宿根水生花卉,在生育期内先发叶后开花,花叶并生同出。而且单朵花依次而孕,接踵出水,一面开花,一面现蕾,一面结实。老叶、新叶同在,蕾、花、果实共存。莲蓬逐个成熟,花尽新藕生成。最后'留得枯荷听雨声'。荷花的这种生长—发育—生长的节奏,是其他花少见的。"

　　小满又问:"荷花一年中什么时候开始萌发出水?花期有多长?"

　　陈先生说:"农谚云,三月三,藕发苫。意思是长江流域清明前后,荷花的地下茎从休眠中苏醒过来,生命的年周期运转开始了,这时就会'小荷才露尖尖角',荷花就是出水芙蓉了。荷花的花期一般有3个月时间。"

　　谈到荷花的繁殖与栽培,陈先生说:"荷花栽培历史悠久,既可赏花,又可采莲蓬、挖藕食用,是深受人们喜爱的水生植物。在长期的繁殖栽培过程中,人们积累了许多经验。"

　　陈先生继续说:"繁殖荷花,通常用分藕或播种莲子繁殖,必要时也用插藕苫、挖藕鞭等方法繁殖。"接着,陈先生还从栽培管理、病虫害防治、品种改良等方面一一做了讲解。

　　说到品种,小满就问:"荷花有多少品种,主要的是哪些?"

　　陈先生介绍:"观赏植物中,许多花卉品种都有多样性,如中国的几种名花,落叶杜鹃品种有500个以上;牡丹品种有1000个以上;山茶品种有300个以上;梅花品种有400个以上;荷花品种在600个以上。按照目前观赏植物'二元分类法'原则,荷花分为3系6群16类48型。主要品种有青菱红莲、洪湖红莲、西湖红莲、株洲红莲、玄武红莲、墨荷、大贺莲、孙文莲、姬妃莲、红映朱帘、碧血丹心、大红袍等。"陈先生还提道,目前,睡莲、荷花培育基地就在繁殖培育荷花新品种,并已取得丰硕的成果。多个品种被列入国际荷花名录,并获得国际国内金奖。

对于陈先生的指教,小满一一记在心上。中午休息时,小满在陈先生办公室看一本陈先生交给他的有关荷花科普知识的书。他在书中间翻出一张纸条,上面写着一个《莲花池神》的故事。

有一位在森林里修行的人,非常纯净,也非常虔诚,每天在大树下思考、冥想、打坐。有一天,他打坐时感到昏昏沉沉,就起身在林间散步,偶然走到一个莲花池畔,看到莲花正在盛开,十分美丽。修行人心里升起了一个念头,这么美的莲花,我如果摘一朵放在身边,闻着莲花的芬芳,精神一定会好得多呀! 于是,他弯下腰来,在池边摘了一朵。正要离开的时候,他听到一个低沉而巨大的声音:"是谁? 竟敢偷采我的莲花!"修行人环顾四周,什么也没看到,只好对着虚空问:"你是谁? 怎么说莲花是你的呢?"

"我是莲花池神,这森林里的莲花都是我的,枉费你是个修行人,偷采了我的莲花,心里起了贪念,不知道反省、检讨,还敢问这莲花是不是我的!"空中的声音说。

修行人的内心升起了深深的惭愧,就对着空中顶礼忏悔:"莲花池神,我知道自己错了,从今以后痛改前非,绝对不会贪取任何不属于自己的东西。"

修行人正在忏悔的时候,有一个人走到池边,自言自语:"看! 这莲花开得多肥,我该采去山下贩卖,卖点儿钱,看能不能把昨天赌博输的钱赢回来。"那人说着就跳进莲花池,踩过来踩过去,把整池的莲花摘个精光,莲叶全被践踏得不成样子,池底的污泥也翻了起来。然后,他捧着一大束莲花,大笑着扬长而去。

修行人期待着莲花池神厉声制止、斥责或处罚那摘莲花的人,但是池边一片静默。

修行人充满疑惑地对着虚空问道:"莲花池神,我只不过谦卑虔诚地采了一朵莲花,你就严厉地斥责我。而刚刚那个人采了所有的莲花,毁了整个莲花池,你为何一句话不说呢?"

空中莲花池神说:"你本来是修行人,就像一匹白布,一个污点就很明显,所以我才提醒你,赶快去除污浊的地方,恢复纯净。那个人本来是个恶棍,就像一块抹布,再脏再黑他也无所谓,我也帮不上他的忙,只能任他自己去承受恶业,所以才保持沉默。你不要埋怨,应该欢喜,你有缺点还能被人看见,我看见了还愿意纠正教导你,表示你的布还很白,值得清洗,这是值得庆幸的事呀!"

看完了,小满似乎悟到了些什么。到了下午上班时间,小满和老师说起《莲花池神》的事,陈先生意味深长地说:"这个故事说明,在现实生活中,你和谁在一起的确很重要,甚至能改变你的成长轨迹,决定你的人生成败。和优秀的人在一起真的很重要,跟什么样的人就成为什么样的人!普通人的圈子,谈论的是闲事,赚的是工资,想的是明天;生意人的圈子,谈论的是项目,赚的是利润,想的是下一年;事业人的圈子,谈论的是机会,赚的是财富,想的是未来和保障;智慧人的圈子,谈论的是给予,交流的是奉献。遵道而行,一切将会自然富足。"

小满说:"老师说得很对,我也知道和什么样的人在一起就会有什么样的人生。和勤奋的人在一起,就不会懒惰;和积极的人在一起,就不会消沉;与智者同行,就会不同凡响;与高人为伍,就能登上巅峰。"

陈先生欣慰地看着小满,说:"你有这样的认识很好,态度决定一切。有什么态度,就有什么样的未来。性格决定命运,有怎样的性格,就有怎样的人生。积极的人像太阳,照到哪里,哪里亮;消极的人像月亮,初一、十五都一样。"

陈先生接着说:"我背一首李清照的诗,你来解释一下,这首诗叫《如梦令·常记溪亭日暮》,'常记溪亭日暮,沉醉不知归路。兴尽晚回舟,误入藕花深处。争渡,争渡,惊起一滩鸥鹭'。"

小满说:"这注定是一个令人沉醉的夜晚,这是一个清凉的夏季,傍晚时分,乘船返回,因醉酒忘了回家的路,急急争渡,惊起一滩水鸟,翻卷浪花重重时误入藕花深处。这是一首忆昔词。寥寥数语,似乎是随意而出,却又惜墨如金,以李清照特有的方式表达了她早期生活的情趣和心境。老师,我这样解释不知道对不对。"

陈先生大吃一惊:"好一个阿满,你到底是谁,来自哪里?"

小满说:"我是您的学生阿满啊,我就是喜欢莲荷。老师的教诲我会铭记不忘。至于其他的,我并不在意。"

陈先生说:"也罢,我又何必在意你从哪里来呢,只要真心喜欢就好,我们继续工作吧。"

欲知后事如何,且听下回分解。

第170回　芒种下凡小满回宫　米好饭香粳籼杂交

　　小满在陈先生的莲荷基地遇上了恩师,如鱼得水,乐不思蜀,早把时间给忘记了。一晃半个月过去了,到了六月上旬,已是芒种。气候学上的芒种,是夏季的第3个节气,也是干支历午月的起始。时间为每年6月6日前后,太阳到达黄经75°时。芒种的字面意思是"有芒的麦子快收,有芒的稻子可种"。中国古代将芒种分为三候:一候螳螂生,二候鹏始鸣,三候反舌无声。此时,中国长江中下游地区将进入多雨的黄梅时节。在这一节气中,螳螂在上一年深秋产的卵因感受到阴气初生而破壳生出小螳螂。喜阴的伯劳鸟开始在枝头出现,并且感阴而鸣。与此相反,能够学习其他鸟鸣叫的反舌鸟,却因感应到了阴气的出现而停止了鸣叫。

　　芒种时节雨量充沛,气温显著升高。常见的天气灾害有龙卷风、冰雹、大风、暴雨、干旱等。芒种至夏至这半个月是秋熟作物播种、移栽、苗期管理和全面进入夏收、夏种、夏管的"三夏"大忙高潮。在南方,每年这时正是梅子成熟的时期,民间有煮梅的习俗。三国时有"青梅煮酒论英雄"的典故。青梅含有多种天然优质有机酸和丰富的矿物质,具有净血、整肠、降血脂、消除疲劳、美容、调节酸碱平衡、增强人体免疫力等独特营养保健功能。但是,新鲜梅子大多味道酸涩,难以直接入口,需加工后方可食用,这种加工过程便是煮梅。

　　中国有些地方有谚语说:"芒种夏至天,走路要人牵;牵的要人拉,拉的要人推。"这形象地表现了人们在这个时节的懒散。医生提醒,首先要使自己保持轻松、愉快的状态。夏日昼长夜短,午休有助于消除疲劳,有利于健康。芒种时,气候开始炎热,体力消耗较多,要注意补充水分,多喝水。

　　宋代范成大作《梅雨五绝》,诗云:

　　　　乙酉甲申雷雨惊,乘除却贺芒种晴。

　　　　插秧先插蚤籼稻,少忍数旬蒸米成。

　　天上的夏季组成员芒种一直在等小满的消息,想早点儿下凡,到人间一探究竟。等来等去,小满还是杳无音讯。芒种就去请示天宫组织部,组织部的人说他们也没有小满的信息,担心小满出事情。芒种说,那倒不至于,小满如此乖巧,哪能出事？芒种又问"我等不等他"。组织部的人说,都什么时候了,你还等他,赶快下去吧,找到小满,让他马上回来。等他回来,我们要对他诚勉谈话。

有了组织部的说法,芒种就马上出发,心急火燎地寻到香樟王的住地,直接闯了进去,房子里四处找了个遍,也没有发现小满的蛛丝马迹。芒种真急了,就冲出房门想去屋外找,刚一出门,就和从外面回来的香樟王撞了个满怀。芒种正要发作,抬头一看,见是一彪形大汉,猜他是香樟王,便想开口问。香樟王却抢先开了口:"你是天上来的芒种吧?"

芒种点头称是,接着问:"您一定是香樟王了。"见香樟王点头,芒种又急忙问:"我们天上下来的小满呢?他到哪里去了?怎么一点儿消息也没有。"

"别急别急,先进屋坐下来喝杯茶,压压惊。"香樟王一边说一边将芒种迎进屋里。

芒种一边走一边说:"您还没有告诉我他在哪里,我能不急吗?"

香樟王倒了一杯茶递给芒种,自己也喝了一口茶,说:"小满在我朋友的朋友陈先生那里。小满也真是的,难道他一直都没有和你们通消息吗?"

芒种听香樟王说小满在他朋友那里,心就放下了,便端起茶杯,一口气将一杯茶喝了个精光。芒种说:"不光是我急,连天宫组织部的人都急了。而且组织部的人说了,要对小满进行处分呢。"

听说小满要受处分,这下轮到香樟王急了。香樟王急忙发了个信息给三明。不一会儿,三明就急匆匆地赶过来了。三明向芒种问明情况后,一拍脑袋,说:"是我不好,我害了小满。我那次陪小满去莲荷基地,小满一见到鲜艳的荷花,兴奋得连魂儿都没有了,哪里还会想到向组织部门请示汇报呢?我以为帮小满找到陈先生是做了件好事,没想其他的,我是有责任的。"

香樟王说:"这样说来,我也有责任,我没有尽到提醒义务。"

芒种说:"你们都是好心,不该承担责任。现在不说这些,还是先通知小满,要他马上回天上去吧。"

香樟王说:"要不要小满先到我这里来,你们两个交接一下。"

芒种摇摇头说:"不必了,让小满直接走吧。时间拖得长了,怕组织部会更不高兴。"

香樟王正要去通知小满,三明拦住了他:"且慢,让我考虑一下。当时小满去陈先生那里时隐姓埋名,是以我远房亲戚的名义去的。如果小满现在直接飞到天上去,不把陈先生吓死才怪。"香樟王和芒种觉得三明说得对,便问三明怎么办好。三明想了一下,说:"等下我先给陈先生打电话,就说阿满老家来人了,一定要见阿满,让阿满回来一趟。我打过电话后,芒种再发密码给小满,要小满走出来一段路,等陈先生看不到了再起飞。"

小满收到芒种的密码,才如梦初醒,急忙向陈先生请假。陈先生心中明白,送小满到门口。这时,天上阴云密布,马上要下雨了。小满依依不舍地向陈先生告了别。

过了一会儿,芒种就收到了小满的信息,说已经在回天宫的路上了。芒种几个这才放下心来。香樟王见事已办妥,便请二位一起去餐厅用餐,为芒种接风洗尘。

晚餐的主食是白米饭,是用东北大米做的,芒种一连吃了三碗。三明笑着说:"在我们的印象中,天上的神天天吃山珍海味,没想到芒种吃我们这很平常的白米饭都连声称好,这是怎么回事?"

芒种说:"你们是真不知道,我们天上是徒有虚名,我们哪有天天山珍海味?我们吃的是粗茶淡饭,有时甚至没能填饱肚子。现在天宫改革开放了,日子总算是好起来了,老百姓算是能够吃饱肚子了,但这样好吃的饭一般百姓家是断然吃不到的。"芒种边吃边问:"这饭真香,是用什么米做的。"香樟王告诉他,这是用东北大米做的。

三明解释道:"现在我们吃的大米,不光有当地的南方大米,还有东北大米、泰国香米、日本越光米、越南西贡香米等。不同地方的大米,味道确实千差万别。东北大米做的饭算是比较好吃的。"

芒种说:"那关于米的知识,您再说些给我听听。"

三明见芒种执意要听,就给他介绍起来:"大米的种类包括粳米、籼米、糯米,糯米因为产量低,种得少,品种繁衍培育的更少,所以基本是一些传统品种,市场流通比较少。平时所说的大米就是指粳米和籼米。"

芒种问:"粳米和籼米各有什么特征?"

三明说:"简单直观地说,粳米就是粳稻磨出来的米;籼米就是籼稻磨出来的米。粳稻因为生长周期长,产量低,对环境和气温的要求高,适合在东北种植,东北水稻也叫粳稻。粳米米粒丰满肥厚,横断面近于圆形,颜色呈透明或半透明,质地硬而有韧性,煮后黏性、油性均大,柔软可口,但出饭率低。如五常大米、盘锦大米、清河大米,都属于东北大米。籼稻主产区在长江以南。杂交水稻属于籼稻。南方两年三熟或者一年二熟,产量很高。籼米外表是细长形的,做出来的饭一般比较松散,口感上也没那么黏,那么柔软,适合做炒饭。"

这时,芒种已经吃饱了。他拍了拍自己圆滚滚的肚子,说:"谢谢香樟王的招待,谢谢三明老师的介绍,现在要谈我这次来的安排问题了。"

欲知后事如何,且听下回分解。

第171回　芒种拜师水稻专家　教授讲解稻苗生长

芒种提到自己下凡来考察学习的事。香樟王就说:"立夏下来学了些森林知识,小满下来学了些莲荷知识。你想学些什么?"

芒种说:"民以食为天。现在天上的粮食问题还没有完全解决,我这次下来打算学一些种粮技术。刚才吃到了这么好吃的东北大米饭,我更坚定了学习稻米生产技术的信念。还要请你们俩帮我安排一下。"

香樟王朝三明看了看,对芒种说:"你选择学粮食生产方面的知识是对的。水稻是中国最重要的粮食作物之一。全国水稻种植面积约占粮食作物面积的30%,产量接近粮食总产量的一半。中国有上万年的水稻种植历史,中国的杂交水稻技术是世界领先的。正是因为袁隆平先生等一批科学家发明了杂交水稻,中国13亿多人的吃饭问题才得以解决,这非常了不起。"

芒种高兴地说:"太好了。天宫太需要这些技术了。三明老师,你一定要教教我。"

三明摇摇头说:"要说森林方面的内容,我可以程咬金当先锋,玩弄三板斧。但在农学方面,特别是水稻,我也是外行啊,如何教得了你?"

芒种有些急了,连声说:"那怎么办?"香樟王劝他别急,三明一定会帮他搞定。

三明想了一会儿,说:"我们有小满拜师的成功经验了,可以继续使用,就是你要乔装打扮、隐姓埋名,充当学生。"

芒种说:"这些都不是问题。问题是我去找谁学呢?"

三明说:"我有个姓葛的同学,是在农林大学搞水稻研究的教授。你可以到他那里去学。"

芒种说,那太好了。香樟王说:"这下你放心了吧。今晚早点儿休息,明天一早就请三明带你去找葛教授。"

第二天上午，三明带着芒种来到了农林大学。大学校园很大，里面桃红柳绿，松风竹节，古木参天，绿树成荫，芒种如刘姥姥进大观园，这里看看，那里望望，称羡不已。三明径直带芒种到葛教授办公室，葛教授正好给研究生布置完课题任务，见老同学领着一个学生模样的人进来，笑着说道："三明大忙人，是什么风把你给吹来了？"

三明握着葛教授的手说："我是无事不登三宝殿。这个是小芒，是我朋友的儿子，从小在国外长大，刚回来，对水稻种植生产很感兴趣。我就把他带了过来，请你教一教他。"

葛教授爽朗地说："这个没问题。我明天就要带研究生到嘉兴去进行现场教学实习，就让小芒跟着一起去吧。"

芒种听说葛教授同意了，高兴地"老师、老师"叫个不停。"那我就把小芒交给你了。"三明说着把芒种叫到一边，叮嘱道："我走了，你可别像小满一样，忘了向天宫请示汇报。"芒种说："这个肯定忘不了。"

第二天上午，芒种和葛教授带的六个研究生一起，跟着葛教授来到嘉兴农村的一块水稻田边。那是成片的平原地带，禾苗一望无际，稻子长在田里的身姿很好看，细细长长，婷婷袅娜，看起来既柔顺又光滑，呈现出一种天真烂漫的风度。它们是以站的姿态完成一生的行走的，只有风拂来的时候才躬一躬身子，风停后又挺直腰杆。芒种在想，这是稻子生命历程里呈现出的一道奇丽的风景。这看似轻飘的身体里装载了农民太多沉甸甸的希望，以至于谁也无法忽略和漠视由它衍生出的那份丰收的喜悦。

芒种想得入了神。葛教授指了指成片绿油油的水稻田，开始讲关于"水稻的生长发育"的课。芒种忙收回思绪，听老师讲解。

葛教授说："今天先讲水稻的一生。水稻一生，可以分为营养生长和生殖生长两个时期。自种子萌发到幼穗分化开始，这一时期生长根、茎、叶，称为营养生长期；幼穗分化到抽穗，这一时期幼穗、茎叶同时生长，是营养生长和生殖生长并进时期；抽穗以后开花授粉和籽粒灌浆、结实，称为生殖生长期。不同生育时期之间互相联系、相互制约。协调好营养生长和生殖生长之间的关系，是水稻高产栽培的重要原则之一。

"水稻从出苗到成熟叫生育期。在水稻的生育阶段，有两个因素很重要，一个是感温性，就是水稻每完成一个阶段的发育，需要一个最低的总热量，进行生长点发生质变所必需的生化反应和植株的生长。这种总热量以有效积温、活动积温和总积温来表示。另一个是感光性。水稻是短日照作物,对开花起诱导作用的主要是长暗期的作用,必须超过某一临界暗期才能引起生长点的质变,由营养生长转向生殖生长。"

芒种看到几个研究生一边听,一边在笔记本上飞快地记着,也连忙拿出纸笔记了起来。

葛教授继续说道:"下面讲水稻产量的形成。水稻产量是由单位面积上的穗数、每穗结实粒数和千粒重三个因素构成。这三个因素是分别在不同生育时期形成的。单位面积上的穗数,是由株数、单株分蘖数、分蘖成穗率三者组成的。株数决定于插秧的密度及移栽成活率,其基础在秧田期。所以育好秧、壮秧,才能确保秧苗返青快、分蘖早、成穗多。决定每穗粒数的关键时期是在长穗期。穗的大小,结粒多少,主要取决于幼穗分化过程中形成的小穗数目和小穗结实率。决定粒重及最后产量是在结实期。水稻的粒重是由谷粒大小及成熟度决定的。籽粒大小受谷壳大小的约束,成熟度取决于结实灌浆物质的积累状况。籽粒中物质的积累主要决定于这时期光合产物积累的多少。所以水稻高产是穗数、粒数和粒重矛盾对立的统一。其本质是群体和个体矛盾对立的统一。

"接下来讲水稻幼苗期的生长发育。水稻在秧田生长的时期,叫幼苗期。幼苗期的生长可分为稻种的萌发和秧苗的成长。水稻的生长是从种子萌发开始的。当稻种吸水膨胀,胚根突破种壳露出白点时,叫'露白'或'破胸'。当胚根伸出达种子长度,或胚芽伸出长达种子长度一半时,便称为发芽。秧苗的生长包括地上部的生长和地下部的生长。稻种发芽出苗时,最先是包在幼芽外面的芽鞘伸出地面,成为鞘叶。这片叶呈筒状,不具叶片,也没叶绿素。稻种发芽时,首先由胚根向下延伸长成种子根,如钉子一样垂直扎入土中。种子发芽出苗时,主要靠它吸收水分和养料。"

说到这里,葛教授看了看手表,已是上午十点半了,就说:"先讲到这里,大家先观察一下你们面前的稻苗,过十五分钟我再来讲水稻的分蘖期生长发育。"

欲知后事如何,且听下回分解。

第172回　教授解答稻米知识　芒种赏析田园诗词

在稻田里,芒种看着绿油油的禾苗昂首挺胸,随着风的指挥左右摇摆,颇有少年的阳刚之气。芒种心想,这些禾苗经历过阳光雨露,也经历过暴风骤雨,但柔软的茎却未被折断,待成熟期来到,它饱含稻穗的头就悄然低下,这里面充满了智慧。由此,芒种又联想到,米是稻子献给人类的庇荫,米有一种温暖的光泽,它为人类的肉身和灵魂提供营养。

过了一会儿,葛教授要大家过来,继续给大家讲课:"接下来要讲水稻分蘖期的生长发育。水稻主茎基部有若干密集的茎节叫分蘖节。每个节上长一片叶,叶腋里有一个分蘖芽,成长为分蘖。着生分蘖的叶位,称为蘖位。凡是从主茎上直接长出的分蘖,称为一次分蘖,由一次分蘖上长出的分蘖,称为二次分蘖,由二次分蘖上长出的分蘖,称为三次分蘖。分蘖的发生和秧苗的营养状况有关,和温度有关,和光照有关,和水分有关。"

讲到水稻叶和根的生长时,葛教授说:"水稻前三片叶在分蘖前出生,最后三片叶在长穗期长出,其余的叶片都是在分蘖期生长出来的。分蘖期也是水稻根生长的主要时期,凡是从茎节上长出的根,称为第一次根,第一次根上长出的分枝根,称为第二次根或第一次分枝,以后还可以长出第三、四次根。"

关于水稻长穗期的生长发育,葛教授说:"水稻生长发育到分蘖末期,便开始茎秆节间的伸长(拔节)和幼穗分化,直到节间伸长完毕,幼穗长至出穗为止,称为长穗期。水稻这一时期营养生长和生殖同时并进,一方面完成根、茎、叶等营养器官的生长发育,同时幼穗分化发育,形成生殖器官。这个时期包括根、茎、叶的成长和幼穗分化发育。"说到这里,葛教授强调:"这个时候要根据常年出穗期推断、拔节情况推断、幼穗及小穗长度推断等方法进行幼穗分化田间鉴定。"

葛教授看到大家记得差不多了,便继续说:"水稻从出穗到成熟的过程叫结实期,这一过程长30～55天,结实期的生长发育包括开花受精和灌浆结实。水稻幼穗自剑叶叶鞘中伸出,叫抽穗。一穗全部抽出需3～5天左右。全田有10%的稻株抽出叶鞘一半时,为始穗期;有50%的植株出穗,为抽穗期;有80%

出穗时,为齐穗期。灌浆结实分籽粒形成和籽粒成熟两个阶段。子房受精后第一天就开始伸长,在开花后 6~7 天,米粒即可达最大长度。此时,胚的各器官大体完成,开始具有发芽能力。开花后 8~10 天,米粒达最大厚度。米粒鲜重开花后 10 天内增长最快,在 25~28 天达最大值。米粒干重增加高峰期在开花后 15~20 天,开花后 25~45 天达最大值。水稻籽粒成熟,一般分为乳熟、蜡熟、完熟三个时期。一般开花 3~5 天进入乳熟期,这时籽粒中有淀粉沉积,呈乳白色。在此基础上,白色乳液变浓,直至成硬块蜡状,谷壳变黄,称之为蜡熟期。在蜡熟后约 7~8 天进入完熟期,这时米粒硬固,背部绿色退去,呈白色,水稻一生至此结束。

"前面我简单地介绍了水稻的生长过程。下面是提问环节,同学们有问题可以提出来,我们来讨论。"

见没有人说,芒种就问:"老师,水稻的起源是怎么样的?"

葛教授说:"水稻经历了从多年生野生稻到一年生野生稻再到普通栽培稻这样一个过程。普通栽培稻起源于缅甸北部、老挝以及中国云南省和印度阿萨姆一带的'东南亚山地'。现在分布在世界各地,占栽培面积 99% 以上。中国栽培稻分籼亚种和粳亚种,又分早、中、晚季稻,水稻和陆稻,粘稻和糯稻变种,以及其他一般品种。"

芒种又问:"我知道水稻,没听说过陆稻。陆稻是怎么回事?"

葛教授耐心地说:"陆稻也称旱稻,是相对于水稻而言的,区别在于耐旱性不同,水稻通气组织发达,但耐旱性差,其生活习性与沼泽植物野生稻相似,属基本型。陆稻(旱稻)通气组织不发达,但根系发达,耐旱性强,属变异型。"

芒种又问:"那粘稻和糯稻如何区别呢?"

葛教授解释道:"粘稻和糯稻的主要区别在于胚乳淀粉的性质不同。粘稻胚乳内含直链淀粉 15%~30%,支链淀粉 70%~85%,且糊化温度高,胀性大,因为野生稻只有粘稻,故粘稻与野生稻相似,属基本型。糯稻胚乳内含 1%~2% 的直链淀粉或几乎不含直链淀粉,全部为支链淀粉,且糊化温度低,胀性小,因野生稻没有糯稻,故属于变异型。"

见没有其他研究生提问,葛教授说:"我们换一个话题,谈谈水稻的文学作品,有哪位先来说说?"等了一会儿,还是没有人出来说,葛教授就背诵了一首词:

明月别枝惊鹊,清风半夜鸣蝉。

稻花香里说丰年,听取蛙声一片。

七八个星天外,两三点雨山前。

旧时茅店社林边,路转溪桥忽见。

背诵完,葛教授说:"谁能出来解读一下这首词?"

等了一会儿,六位研究生我看看你,你看看我,没有一个人主动的。芒种就问:"老师,我可以说吗?"葛教授欣然点头。

芒种说:"这首词出自南宋辛弃疾的《西江月·夜行黄沙道中》,要解读这首词,必须先了解辛弃疾。辛弃疾是南宋词人,出生时,中原已为金兵所占。他年轻时就参加抗金义军,不久归南宋。历任湖北、江西、湖南、福建、浙东安抚使等职。他一生力主抗金,曾上《美芹十论》与《九议》,条陈战守之策。其词抒写力图恢复国家统一的爱国热情,倾诉壮志难酬的悲愤,对当时执政者的屈辱求和颇多谴责。他也写了不少吟咏祖国河山的作品。题材广泛又善化用前人典故入词,风格沉雄豪迈又不乏细腻柔媚之处。由于辛弃疾的抗金主张与当政的主和派政见不合,后被弹劾落职,退隐江西带湖。"

见葛教授和研究生都静静地听他说,芒种更来劲了:"这首词的时间是夏天的傍晚,地点是有山有水的农村田野,描写的是人们熟悉的月、鸟、蝉、蛙、星、雨、店、桥、稻、花,然而词人却把这些形象巧妙地组织起来,让我们感受到一种恬静的美。词的上片写月明风清的夏夜,以惊鹊、蝉鸣、稻花香、蛙噪这些山村特有的景致,展现了山村乡野特有的情趣。词的下片以轻云小雨,天气时阴时晴和旧游之地的突然出现,表现夜行乡间的乐趣。全词散发着浓郁的生活气息,表现了词人丰收之年的喜悦和对乡村生活的热爱之情。单从表面上看,这首词的题材内容不过是一些看来极其平凡的景物,语言没有任何雕饰,没有用一个典故,层次安排也平平淡淡。然而,在看似平淡之中,却有着词人潜心的构思、淳厚的感情。在这里,我们可以领略到此词于雄浑豪迈之外的另一种境界。作者笔下这一个个画面,流露出词人对丰收之年的喜悦和对农村生活的热爱。这正是作者忘怀于大自然所得到的快乐。"

芒种还要说下去,却被一阵鼓掌声打断了。葛教授欣慰地说:"想不到小芒从国外回来,对中国古代文学理解得如此深刻。你能不能再背两首与稻谷有关的诗给我们听听?"

"可以。"想了一下,芒种说,"我背的第一首诗是宋代诗人董嗣杲的《稻花》,诗是这样写的:

四海张颐望岁丰,此花不与万花同。

香分天地生成里,气应阴阳子午中。

顷顷紫芒摇七月,穰穰玉糁杵西风。

雨旸时若关开落,歌壤谁掁畎亩忠。

"我接下来背宋代诗人范成大的《秋日田园杂兴》吧:

其八

新筑场泥镜面平,家家打稻趁霜晴。

笑歌声里轻雷动,一夜连枷响到明。

其九

租船满载候开仓,粒粒如珠白似霜。

不惜两钟输一斛,尚赢糠核饱儿郎。"

在一阵热烈的鼓掌声后,葛教授说:"今天上午的课就上到这里,明天是休息天,小芒你到我家里来一趟吧。"

欲知后事如何,且听下回分解。

第173回　芒种端午节登师门　教授爱国家讲典故

第二天上午,芒种按照葛教授给的地址找上门来到达门口时,见教授家门旁插着菖蒲,形似宝剑。芒种不明白这个菖蒲插在门上是什么意思。芒种带着疑问按了门铃,教授亲自过来开门。芒种叫了声"老师好"。教授赶忙把芒种领进屋内,在客厅沙发上坐定。葛夫人见来了客人,又是泡茶,又是端水果,忙个不停,弄得芒种很不好意思。芒种说:"老师、师母别忙了,我来看望下老师,马上就要走的。"葛夫人说:"那怎么行,在这里吃了中饭走。"教授对夫人说:"你去准备午饭吧,我和小芒有话要说。"

教授先是问了一些小芒在国外的情况。芒种知道那天三明介绍自己是国外回来的,知道教授一定会问起,早有所准备,也就有问有答,没有露出大的破绽。聊了一会儿,芒种感觉教授话中有话,但又悟不出他到底想知道什么。芒种憋不住,就直截了当地问:"老师,您要我来您家里是有什么事吧?"

葛教授笑着说："既然你问了，那我就直说了。通过这两天的接触，我觉得你年轻有为，有思想，有胆识，对粮食生产方面感兴趣，又有国外留学的基础，是个人才。你来我这里读研究生怎么样？"

听到这里，芒种吃了一惊，没想到三明撒了个谎，教授却当真了。对粮食生产方面感兴趣不假，但自己是从天上下来的，马上要回去啊，芒种觉得葛教授这个人太好了，不光专业上造诣极深，并且为人实诚，品行端正。芒种觉得不能当面拒绝，扫了老师的兴，但一时又不知道怎么回答，就没有马上表态。葛教授见状马上打了圆场："没关系，不急，你慢慢考虑考虑。"

这时，葛夫人从厨房里端出了几个热气腾腾的粽子，教授拿了一个递给芒种，问他知不知道这个是什么。芒种说："我知道。这不是粽子吗？"

"那你知道今天是什么日子吗？"见芒种摇摇头，教授说，"今天是农历五月初五，端午节，你知道端午节吗？"

芒种说："噢，我想起来了，怪不得老师您家门上插着菖蒲，刚才师母又煮了粽子。这些都是端午节的习俗吧？"

教授说："'粽子香，香厨房。艾叶香，香满堂。桃枝插在大门上，出门一望麦儿黄。这儿端阳，那儿端阳，处处都端阳。'这是旧时流行甚广的一首描写端午节的民谣。总体上说，各地人民过端午节的习俗大同小异，而端午节吃粽子，古往今来，中国各地都一样。如今的粽子更是多种多样，璀璨纷呈。现今各地的粽子，一般都用箬壳包糯米，但花色则根据各地的特产和风俗而定，著名的有桂圆粽、肉粽、水晶粽、莲蓉粽、蜜饯粽、板栗粽、辣粽、酸菜粽、火腿粽、咸蛋粽、等等。端午节的习俗有很多，比如悬艾叶、菖蒲和蒜头，这些被称为'端午三友'；要吃'五黄'，就是要吃黄瓜、黄鳝、黄鱼、咸鸭蛋黄、雄黄酒这五黄。"

教授一边吃粽子一边说："自古以来，端午节便有划龙舟及食粽等节日活动。自2008年起，端午节被列为国家法定节假日。2006年5月，国务院将其列入首批国家级非物质文化遗产名录；2009年9月，联合国教科文组织正式审议并批准中国端午节列入世界非物质文化遗产，成为中国首个入选世界非物质文化遗产的节日。芒种，关于端午节，你知道多少？"

芒种说："我听说，关于端午节的起源说法很多，但我只记得一种，就是纪念屈原的传说。据《史记》记载，屈原，是春秋时期楚怀王的大臣。他倡导举贤授能，富国强兵，力主联齐抗秦，却遭到贵族子兰等人的强烈反对，屈原遭谗去职，

天候·夏

被赶出都城,流放到沅、湘流域。他在流放中,写下了忧国忧民的《离骚》《天问》《九歌》等不朽诗篇,独具风貌,影响深远。公元前278年,秦军攻破楚国京都。屈原眼看自己的祖国被侵略,心如刀割,但是始终不忍舍弃自己的祖国,于五月五日,在写下了绝笔作《怀沙》之后,抱石投汨罗江而死,以自己的生命谱写了一曲壮丽的爱国主义乐章。"

见教授用赞许的目光看着自己,芒种继续说:"传说屈原死后,楚国百姓哀痛异常,纷纷涌到汨罗江边凭吊屈原。渔夫们划起船只,在江上来回打捞他的真身。有位渔夫拿出为屈原准备的饭团、鸡蛋等食物,'扑通、扑通'地丢进江里,说是鱼龙虾蟹吃饱了,就不会去咬屈大夫的身体了。人们见后纷纷效仿。一位老医师则拿来一坛雄黄酒倒进江里,说是要药晕蛟龙水兽,以免伤害屈大夫。怕饭团为蛟龙所食,人们想出用楝树叶包饭,外缠彩丝,这日后便发展成粽子。之后,在每年的五月初五,就有了龙舟竞渡、吃粽子、喝雄黄酒的风俗,以此来纪念爱国诗人屈原。"

教授静静地听芒种把话说完,接着说:"是的,除了纪念屈原的传说,还有迎接伍子胥的传说,这个传说在江浙一带流传很广。伍子胥名员,楚国人,父兄均为楚王所杀,后来子胥弃暗投明,奔向吴国,助吴伐楚,五战而入楚都郢城。当时楚平王已死,子胥掘墓鞭尸三百,以报杀父兄之仇。吴王阖闾死后,其子夫差继位,吴军士气高昂,百战百胜,越国大败。越王勾践请和,夫差许之。子胥建议,应彻底消灭越国,夫差不听。吴国太宰受越国贿赂,谗言陷害子胥。大差信之,赐子胥宝剑,子胥以此死。子胥本为忠良,视死如归,在死前对邻舍人说,我死后,将我的眼睛挖出悬挂在吴京之东门上,以看越国军队入城灭吴。说完,伍子胥便自刎而死。夫差闻言大怒,令取子胥之尸体装在皮革里于五月五日投入大江。因此相传端午节亦为纪念伍子胥之日。另外也有纪念孝女曹娥等说法,但这些传说的关键点都是爱国爱民爱家的思想。你能理解我的心情吗?"

听到这里,芒种醒悟过来了,老师今天要我上门,是想借端午节这个机会,对我进行爱国主义思想教育啊。想到这里,芒种心里一阵激动。他想,中国正是有这样一大批普通的爱国、敬业、奉献、实干的知识分子,所以能在短期内赶超其他国家。

教授正要说话,葛夫人走了过来,说中饭已经准备好了,去餐厅吃饭吧。几杯雄黄酒下肚,教授仍意犹未尽:"今天高兴,我们来吟诗吧,记得苏东坡有首词

叫《六幺令·天中节》,是这样写的:

> 虎符缠臂,佳节又端午。
>
> 门前艾蒲青翠,天淡纸鸢舞。
>
> 粽叶香飘十里,对酒携樽俎。
>
> 龙舟争渡,助威呐喊,凭吊祭江诵君赋。
>
> 感叹怀王昏聩,悲戚秦吞楚。
>
> 异客垂涕淫淫,鬈白知几许?
>
> 朝夕新亭对泣,泪竭陵阳处。
>
> 汨罗江渚,湘累已逝,惟有万千断肠句。"

芒种说:"那我也来吟一首陆游的《乙卯重五诗》。

> 重五山村好,榴花忽已繁。
>
> 粽包分两髻,艾束著危冠。
>
> 旧俗方储药,赢躯亦点丹。
>
> 日斜吾事毕,一笑向杯盘。"

吟罢,两人哈哈大笑。

欲知后事如何,且听下回分解。

第174回　神州巧姐儿做针线　天宫小夏至听故事

　　芒种跟着葛教授学艺,深深为老师的人格所折服。芒种吸取了小满的教训,下凡后天天向天宫组织部门请示汇报。他明白了老师的心意后,当天晚上就把情况反映到上头,言语之间流露出不舍之情。芒种说:"我知道按规定我最多只有半个月时间,但这点时间我根本学不完,并且我要是马上离开,葛教授一定会很伤心。"上头问他什么意思,他想怎么样。芒种吞吞吐吐地说:"我能不能多待一段时间,但也不影响夏至下凡。"上头说这个是新情况,他们要商量一下。过了两天,上头通知他,说同意他延迟回天宫,但不能超过夏季,并且不能错过夏季组的总结。芒种接到这个消息,别提有多高兴了。

　　夏季组的夏至,从小喜欢听故事,他记得从一懂事起,他的祖父母就经常给他讲这样一个故事:很早以前,在华夏神州有一户人家,家中有一个姑娘。这个姑娘不但长得清秀乖巧,通情达理,还做得一手针线绝活,女红功夫没人能比。她裁衣服不用量尺寸,只要是穿衣服的人站在她面前,让她瞅上一眼,不管是裁衣裳、裁裤子,还是裁裙子、袍子,剪子下去,咔嚓几下,衣裳样子、裤子样子、裙子样子、袍子样子全裁剪出来了。连廊鞋都不用拓鞋样子。裁好了衣坯,缝纫起来,更是麻利无比。只见她对着太阳穿起一根长长的丝线,银针就牵着丝线在衣料上飞针走线地缝起来,只需老汉抽一袋烟的工夫,就能缝成一件衣裳。要说是扎花绣朵,那更是了不得。别人绣花还要请人拓花样子,把花样子贴在布坯子上,再一针一线地刺绣。她绣花根本不用花样子,她绣的花样子全是活的,天上飞的鸟儿、地上跑的走兽、河里的游鱼、花池里的鲜花,她只要看上一眼,就能飞针走线地刺绣起来。只用老太太喝一碗茶的工夫,她就能把这些画面绣出来,绣出来的鸟儿会飞,鱼儿会游,兔儿会跑,花儿会开,就像是活的一样。

这个姑娘心灵手巧,爹妈就给她取了个名字叫巧姐儿。巧姐儿嘴一分手一分,远近闻名。等巧姐儿长到十五岁,求婚的人家就拥了上来,媒人一拨一拨地来,把她家的门槛都踏断了。家里养了好姑娘,人家都来说媒,这是因为人家家里需要一个好媳妇。巧姐儿的爹妈就想着为女儿在这些说媒的中间选一个好女婿。选择的标准自然是两条,一是家庭要好,二是人要好。父母选来选去,选定了赵财主家。赵财主家富大贵,骡马成群,家庭是没说的。他的儿子模样周正,读书上进。这家庭好,女婿也好,肯定是一门好亲事了。就这样,又是相女婿,又是看家庭,又是打听,又是考察,父母认为这是十拿九稳的好主儿了,于是热热闹闹地把巧姐儿嫁到了赵家。

出嫁的第三天,巧姐儿应该由女婿陪伴着回门去。姑娘到了一个新的家庭环境里情况如何,是娘家关心的事。婆家对媳妇满意不满意,也有个表示,这就形成了回门这个风俗。不料,赵家对于儿媳妇回门还有新的要求。巧姐儿上轿的时候,礼节性地问公公:"爹爹,对媳妇有何吩咐?"

公公说:"赶太阳下山,做十双袜子带回来。"

巧姐儿问婆婆:"母亲,对媳妇有何吩咐?"

婆婆说:"赶太阳下山,做十双鞋子带回来。"

巧姐儿又问丈夫:"夫君有什么吩咐吗?"

丈夫回答:"赶太阳下山,绣十个烟荷包带回来。"

巧姐儿只得答应。她立刻把所需要的布匹、针线和剪刀全都带在轿子上,在轿上就开始裁剪。巧姐儿赶到娘家门口时,十双袜子、十双鞋和十个烟荷包全都裁剪完毕。到了娘家,她茶没喝一口,饭没吃一口,就开始飞针走线地做起活儿来了。妈妈心疼女儿,送来茶水,女儿顾不上喝一口,仍然埋头做针线;爹爹心疼女儿,端来饭食,女儿顾不上吃一口,仍然埋头做针线。妈妈要找左邻右舍的姐妹姑嫂帮巧姐儿做针线,巧姐儿不答应,因为公婆和丈夫要她自己一个人做,她就应该一个人做,不能要别人帮忙。

这天的太阳好像跑得比往日都要快,一会儿就从东山顶上跑到了南山顶上,一会儿又从南山顶上跑到了西山顶上,眼看着就要从西山顶上落到西山背后去了。妈妈替女儿数了数她做的针线活,总共才做了七双袜子、七双鞋和七个烟荷包。剩下的活儿在太阳下山前,是不可能做完了。

巧姐儿急得哭了起来,她一边哭泣一边不停地做针线。

这时候,屋里进来了一位白发苍苍的老奶奶。她问巧姐儿:"娃,你为什么哭啊?"

巧姐儿就把婆家让她在一天之内做十双袜子、十双鞋和十个烟荷包的事情说了一遍。老奶奶听了后说:"娃,你不要着急,我来帮你。你把你的红丝线借我一根用一下。"

巧姐儿将绣花的红丝线抽出一个线头,递到老奶奶的手里,说:"奶奶,要用多少你自己抽吧。"

老奶奶将丝线的线头紧紧地抓在手中,另一只手抓起丝线轴儿向空中一抛,只见那丝线轴儿凌空飞舞起来,飞出了门,飞上了天,带着一支光线一样的红丝线向太阳飞去。丝线轴儿飞到太阳旁边的时候,围绕太阳绕了一个圈儿,就把太阳牢牢地拴住了。巧姐儿回头看老奶奶,老奶奶早已不见了,红丝线的线头却牵在她的手中。也就是说,太阳就像一只风筝一样牵在了巧姐儿的手中。太阳徐徐地向西方落下,巧姐儿轻轻一牵丝线的头儿,太阳就像风筝一样向东方飘了回去。这样,人间的傍晚又变成了下午。

一天的时间延长了,巧姐儿有了完成十双袜子、十双鞋和十个烟荷包的时间,她仍然飞针走线地赶着做活儿。当巧姐儿做出第九双袜子、第九双鞋和第九个烟荷包的时候,太阳又一次落到了西山边。巧姐儿轻轻一牵丝线头儿,太阳又一次从西山边上升了起来,傍晚又一次变成了下午。巧姐儿仍然飞针走线地做活儿。

赶到太阳又一次落到西山边上的时候,巧姐儿已经圆满地完成了公公布置的十双袜子、婆婆布置的十双鞋和丈夫布置的十个烟荷包的活儿,并且把这些活儿按时交到了公公婆婆和丈夫的手中。公公婆婆夸巧姐儿是好媳妇,丈夫夸巧姐儿是好妻子。他们都希望巧姐儿为他们做更多更漂亮的针线活儿。

可是,当太阳落下一半的时候,巧姐儿手里的红丝线轻轻地飘了起来,巧姐儿也像被一只巨大的手托举着轻轻地飘了起来。太阳落下山了,西边的天空布满了美丽的彩霞。巧姐儿被红色的丝线牵引着,向西边的天空飞去。丈夫最先发现巧姐儿飞了起来,忙跑过去拽住巧姐儿的裙带。公公也跟着发现了,忙跑过来拽住儿子的衣襟。婆婆发现后忙跑过来,拽住了老头子的衣襟。公公婆婆和丈夫都没能拽住巧姐儿,反而跟着飘浮了起来。可是巧姐儿的裙带支撑不了这么多人,嘎嘣一声拉断了,他们都掉了下来。这就是民间歇后语说的"想上天,屎钩子拽着呢"。

美丽又心灵手巧的巧姐儿,却义无反顾地向彩霞飞去,渐渐地融合在霞光中了。

这一天就是夏至。

夏至小的时候,听了没往心里去。后来,夏至长大了一些。有一天,祖母又讲起这个故事来,夏至就好奇地问:"奶奶,你们为什么老是给我讲这个,这个巧姐儿和我有什么关系吗?"奶奶拉着夏至的小手慈祥地说:"孩子,这个巧姐儿就是你的祖奶奶。你要记住,你的祖先来自神州大地。"夏至眨巴着大眼睛,重重地点了点头。

欲知后事如何,且听下回分解。

第175回　夏至时令梅雨季节　告别奶奶寄语苦言

气候学上的夏至是二十四节气之一,在每年公历6月21日或22日。夏至这天,太阳直射地面的位置到达一年的最北端,几乎直射北回归线,此时,北半球的白昼最长,且越往北越长。我国古代将夏至分为三候:一候鹿角解,二候蝉始鸣,三候半夏生。麋与鹿虽属同科,但古人认为,二者一属阴一属阳。鹿的角朝前生,所以属阳。夏至日,阴气生而阳气始衰,所以阳性的鹿角便开始脱落。而麋因属阴,所以在冬至日角才脱落。雄性的知了在夏至后因感阴气之生便鼓翼而鸣。半夏是一种喜阴的药草,因在仲夏的沼泽地或水田中出生而得名。由此可见,在炎热的仲夏,一些喜阴的生物开始出现,而阳性的生物却开始衰退。民间把夏至后的 15 天分成 3 时,一般头时 3 天,中时 5 天,末时 7 天。此时,全国大部分地区气温较高,日照充足,作物生长很快,生理需水和生态需水均较多。此时的降水对农业产量影响很大,有"夏至雨点值千金"之说。

夏至,地面受热强烈,空气对流旺盛,午后至傍晚常易形成雷阵雨。这种热雷雨骤来疾去,降雨范围小,这就是人们所说的"夏雨隔田坎"。唐代诗人刘禹锡曾巧妙地借喻这种天气,写出"东边日出西边雨,道是无晴却有晴"的著名诗句。当代诗人徐书信于《在暑雨》一诗中对夏日的雷雨天气进行了恰如其分的描述:"夏日熏风暑坐台,蛙鸣蝉噪袭尘埃。青天霹雳金锣响,冷雨如钱扑面来。"对流天气带来的强降水,不都像诗中描写的那么美丽,常常带来局地灾害。

夏至时节正是江淮一带的"梅雨"季节,这时正是江南梅子黄熟期,空气非常潮湿,冷、暖空气团在这里交汇,并形成一道低压槽,导致阴雨连绵。在这样的天气下,器物发霉,人体也觉得不舒服,一些蚊虫繁殖速度很快,一些肠道性的病菌也很容易滋生。这时要注意饮用水的卫生,尽量不吃生冷食物,防止传染病的发生和传播。

农历中"九"是习惯用的杂节,"夏九九"是以夏至那一天为起点,每九天为一个九,每年九个九共八十一天。"夏九九"能生动形象地反映日期与物候的关系。最能反映全国大部分地区气候特点的当属《夏至九九歌》:夏至入头九,羽扇握在手;二九一十八,脱冠着罗纱;三九二十七,出门汗欲滴;四九三十六,卷席露天宿;五九四十五,炎秋似老虎;六九五十四,乘凉进庙祠;七九六十三,床头摸被单;八九七十二,子夜寻棉被;九九八十一,开柜拿棉衣。"夏九九"歌适用范围很广,除了青藏高原、西北部分地区等地区不适用,在中国大部分地区都适用。这是因为中国南北温差夏季小,冬季大。因此,"夏九九"没有"冬九九"那种地域局限性。

夏至后进入伏天,气温高,光照足,雨水增多,农作物生长旺盛,杂草、害虫迅速滋长蔓延,需加强田间管理,正如农谚所说,"夏至棉田草,胜如毒蛇咬""夏至进入伏天里,耕地赛过水浇园""进入夏至六月天,黄金季节要抢先"。

劳动人民在实践中总结出一套农事谚语:"夏至时节天最长,南坡北洼农夫忙。玉米夏谷快播种,大豆再拖光长秧。早春作物细管理,追浇勤锄把虫防。夏播作物补定苗,行间株间勤松榜。棉花进入盛蕾期,常规措施都用上,一旦遭受雹子砸,田间会诊觅良方。一般不要来翻种,追治整修快松榜。高粱玉米制种田,严格管理保质量。田间杂株要拔除,母本玉米雄去光。起刨大蒜和地蛋,瓜菜管理要加强。久旱不雨浇果树,一定不能浇过量。麦糠青草水缸捞,牲口爱吃体健壮。二茬苜蓿好胀肚,多掺干草就无妨。藕苇蒲芡都管好,喂鱼定时又定量。青蛙捕虫功劳大,人人保护莫损伤。"

天上的夏至接到天宫组织部的通知,要他做好准备下凡去学习考察。夏至就问,芒种不是还没有回来吗? 组织部的人说芒种另有安排,你们分头行动,互不打扰。出发前,夏至去向奶奶告别。奶奶烧了一碗苦瓜给他吃。夏至吃了一口就说:"奶奶,好苦啊。"

奶奶说:"我知道这是苦的。你现在下凡,那里正是夏至时令,此时养生宜多吃'苦',苦瓜是夏时的最佳食物。中医学认为,凡有苦味的蔬菜,大多具有清热的作用。因此,夏至前后经常吃些莜麦菜、莴笋、芹菜、苦瓜等苦味菜,能起到解热祛暑、消除疲劳等作用。你要多吃素有'菜中君子'美称的苦瓜。苦瓜苦中带甘,略含清香,食之回味隽永。夏天常食苦瓜汤或苦瓜菜肴,能调和脾胃、清除疲劳、醒脑提神,对中暑、胃肠道疾病有一定的预防作用。"

夏至说:"奶奶,我知道了,您还有什么要说的吗?"

奶奶说:"我再给你讲一个故事。从前有一群弟子要出去朝圣。师父拿出一个苦瓜,对弟子们说,随身带着这个苦瓜,记得把它浸泡在每一条你们经过的圣河,并且把它带进你们所朝拜的圣殿,放在圣桌上供养,并朝拜它。弟子朝圣走过许多圣河、圣殿,并依照师父的教导去做。回来以后,他们把苦瓜交给师父,师父叫他们把苦瓜煮熟,当作晚餐。晚餐的时候,师父吃了一口,然后语重心长地说,奇怪,泡过这么多圣水,进过这么多圣殿,这苦瓜竟然没有变甜。弟子听了,立刻开悟了。"

夏至说:"奶奶,您想告诉我什么道理?"

奶奶说:"我要说的是,苦瓜的本质是苦的,不会因圣水、圣殿而改变。修行的过程是苦的,由修行产生的生命本质也是苦的,这一点即使是修行者也不可能改变,何况是凡夫俗子? 我们经历过生命中艰难曲折的大苦的人,并不能告诉别人艰难曲折是该欢喜的事,因为它就是那么苦,这是永远不会变的。可是不吃苦瓜的人,永远不会知道苦瓜是苦的。一般人只要有吃苦的准备,吃第一口苦瓜的时候会觉得有点苦,吃第二、三口就不觉得那么苦了! 对待生命历程也是这样,我们要时时准备受苦,不是期待苦瓜变甜,而是真正懂得那苦的滋味,才是智者的态度。"

夏至说:"奶奶,我还是似懂非懂呢。"

奶奶说:"孩子,去吧,多去生活中历练吧。无论如何,你要记得,你是华夏子孙,你的身上流淌着中国人的血液。"

"奶奶放心吧,我知道了。"夏至说完转身走出了奶奶的房门。

欲知后事如何,且听下回分解。

第176回　夏季遇旱蔬菜叫渴　雷公电母出场救急

夏至离开天宫,一跃而下,落在了一块庄稼地上。夏至站稳脚跟,前后左右看了一下,发现周围都是蔬菜地,有西红柿、土豆、黄瓜、茄子、豇豆、菠菜,前面不远处是成片的玉米地。夏至知道夏季组的前几位大将对森林、莲荷、水稻进行了考察学习,他想自己就考察学习玉米及其他蔬菜吧。夏至想起了组织部的人说过,不要去干扰芒种,而芒种可能就在香樟王那里。因此,夏至决定先不去找香樟王,自己单独在这里对玉米进行实地研究,就往前面那片玉米地走去。

这时,菜地里突然传来"渴、渴"的声音。夏至往四周一看,不见有人,就侧耳细听,原来是庄稼地上的蔬菜发出的,西红柿、黄瓜、豇豆等蔬菜都在叫渴。正是中午时分,夏至抬头看看,烈日当空,骄阳似火;低头细看,地上火辣辣的,土壤都裂开了。蔬菜们都耷拉着头,萎靡不振。只有旁边树上的蝉儿"知了,知了"地叫着。夏至看得心痛,就问蔬菜们:"你们这是怎么了?无精打采的。"蔬菜们就你一言我一语地说:"这么热的天,好多天没有下雨了,渴死我们了,现在正是我们庄稼的最快生长期,本来梅雨季节雨水很多的,今年怎么回事呢?"

夏至弄明白了,就说:"这个好办,雷公和电母是我的朋友,我请他们来一趟下场雨好了。"西红柿不相信,问他:"你有这么大本事,不会是吹牛吧?"夏至说:"不相信,我们就打个赌。"西红柿说:"赌就赌,你说,要怎么赌?"夏至说:"我喜欢听故事,这样吧,我现在马上通知雷公和电母过来下雨,趁这空档你先说说你的来历吧。"说完,夏至就真的拿出手机,给雷公、电母发短信,请他们马上过来帮忙。

蔬菜们觉得夏至不像是骗人的样子,就催着西红柿说说来历。西红柿便不再推辞,讲起了自己的故事。

西红柿以前生长在秘鲁的森林里,叫"狼桃"。由于它艳丽诱人,人们都怕它有毒,只欣赏它的美丽而不敢吃它。16世纪时,英国的一位公爵从南美洲带回一株西红柿苗,献给他的情人。从此,西红柿便落土欧洲,但仍然没有人敢吃它。当时,英国医生警告人们说,食用西红柿会带来生命危险。若不是美国人罗伯特上校采取了一次破天荒的行动,恐怕人们仍不知道西红柿是什么滋味。

1830年,罗伯特从欧洲带回几棵西红柿苗,栽种在他家乡的土地上。但是,西红柿成熟之后,却一个也卖不出去,因为人们把它看作有毒果实。罗伯特不得不大胆地向全镇人宣布:他将当众吃下10个西红柿,看看它究竟有没有毒。镇上的居民都被罗伯特的"狂言"吓坏了。一个医生预言:这个古怪的上校一定活得不耐烦了,肯定会因为自己的愚蠢而命丧黄泉。罗伯特吃西红柿的日子到了,全镇几千居民都涌到法院门口,看他如何用西红柿"自杀"。正午12点,罗伯特上校出现在众人面前。他身穿黑色礼服,面带微笑,缓缓走上台阶。接着,他从小筐里拿出一只红透了的西红柿,高高举起,向众人展示。待几千双眼睛验证没有假后,他便在众目睽睽之下咬了那个西红柿一口,一边嚼一边大声称赞西红柿的味道。当罗伯特咬下第二口时,有几位妇女当场晕了过去。不一会儿,10个西红柿全部被罗伯特吃完,他仍安然无恙地站在台阶上,并向大家招手致意。人们报以热烈的掌声,乐队为他奏起了凯旋曲。罗伯特的行动证明了西红柿没有毒。于是,西红柿名声大振,在世界各地广为传播。西方人称西红柿为番茄,传入中国之后,因为跟中国的柿子外形相似,所以人们后来称之为"西红柿"。

西红柿在讲自己的来历时,雷公、电母接收到了夏至发来的求助信息。自从上次跟着惊蛰下凡犯了错误后,雷公、电母受到了处分,被关了一段时间,放出来后,垂头丧气的,班也懒得去上。要知道雷公和电母司掌天庭雷电。雷公视力差,难辨黑白,夫人电母寸步不离,捧着镜子,先行探照,明辨是非善恶后,雷公才行雷。雷公和电母是天生的一对。雷公面目狰狞,电母相貌端庄。雷公手持槌楔,电母手持双镜。他们一旦作法,就乌云密布,狂风大作,飞沙走石。

雷公皮肤的颜色好像朱砂,眼光灼灼如闪电,身上的毛和角有三尺长,好像一只猕猴。雷公最突出的特征就是猴脸和尖嘴,俗称"雷公脸"。电母是司掌闪电的女神,又称为金光圣母、闪电娘娘。她有一头蓬松的头发,颜色红红的。两只脚都只有三个脚趾。她手里握有两面镜子,发出电光时,十分明亮耀眼。

雷公上天前做过雷州刺史,十分爱护百姓。死后有灵,乡里人立庙祭祀,以为雷神。但雷公疾恶如仇,性情暴躁,一听某人犯法,就大发雷霆,不分青红皂白,就击掌发雷打死。但有些是含冤受死的。

电母的前身是一个寡妇。她很有孝心,因丈夫早死,没有儿子,家境又极其寒贫,堂上只有一个婆婆,她很孝顺地服侍着婆婆,不肯改嫁。有一次,她的婆婆病了,很想食肉。但是她哪里有钱去买肉孝敬婆婆呢?她左思右想,想起古时"割腕供姑"的事,便毅然把股上的肉割下来煮熟,做好饭孝敬她的婆婆。可是她的婆婆哪里能够吃得下这坚韧的股肉呢?她还不知体谅她媳妇的孝顺,反而以为她的媳妇不孝敬,把买来的好肉留起来自己吃,将那不好吃的肉煮来孝敬她。她就叫骂起来,还请了雷公来。怎知雷公来了后不分青红皂白,冲动之下击死了好人。于是,雷公上奏玉帝,请命将这个寡妇作为自己的妻子,赐为电母。在它未发雷之前,电母可以放光,先照亮世间的善恶,以明黑白,以免再错击人。所以现在鸣雷的时候,先有电光闪一闪,就是这么一回事了。

雷公、电母和夏至是好朋友,既然朋友请求帮忙,雷公就急着赶过去。电母拦住了他,说道:"且慢,我们上次刚受过处分,这次一定不能贸然行动。""上次是上次,这次是这次,朋友有请,岂能推三阻四,何况我们已经多日没有出去撒野,闷都闷死了,我们下去只要小心些便是了。"雷公说完风驰电掣般冲了下去。看到雷公下去了,电母只好也跟着下去。

欲知后事如何,且听下回分解。

第177回　蔬菜地土豆谈身世　玉米田夏至听故事

雷公和电母来到夏至所在地的上空,雷公大叫:"夏至兄弟,我们来了,需要我们怎么帮忙?"夏至说:"好兄弟,你们怎么搞的,往年这个时候你们很积极的,今年怎么连个影子都不见了?"雷公说:"还不是因为年初的时候放空炮,吓死了一些动物,受到了天庭关禁闭的处分,到现在这口气都还不顺。"夏至还要说什么,旁边的西红柿拉拉他的衣角说:"别多说了,赶快要他们作法下雨吧,我们快坚持不住了。"夏至便请雷公、电母赶快下起雨来。

雷公说:"你要我们刮风下雨可以,但要告诉我们范围啊。"夏至没想到有这么多规矩,就用手画了个圈说:"那就这块庄稼地吧。"话音未落,只见刚才艳阳高照的天空突然间乌云密布,一阵狂风吹来,吹得地上的庄稼摇摇晃晃。过了一会儿,一道接着一道的闪电划过,只听"轰隆隆"一阵响声后,雨水就噼里啪啦地落了下来。下了二十多分钟后,夏至挥挥手说停,雨马上就停了。

夏至抬头对空中的雷公、电母说:"你们辛苦了,先休息一下,等下听我通知。"说完,夏至又低头问蔬菜们:"怎么样,还渴不渴?"蔬菜们大口大口地喝着水,都说"不渴了"。土豆喝足了水后,用手擦了擦嘴角。西红柿说:"土豆,这位大哥刚才帮了我们这么大的忙,投之以桃,报之以李,你就给他讲个故事吧,反正你肚子也吃饱了。"夏至听到讲故事,顿时便来了精神。土豆回道:"那好吧,我就说说自己吧。"

土豆在中国有很多种称呼,有叫山药蛋的,有叫洋番薯的,有叫薯仔的,植物学家根据土豆地下块茎呈串状,像马脖子上的铃铛,给他起了个通用的学名叫"马铃薯",土豆的原生地在高寒的安第斯山脉,是远古印第安人发现的。印第安人尊称土豆为"丰收之神"。到了 16 世纪末,当老家在南美的土豆首次抵达欧洲时,没几个人待见它,找个落脚地儿都难。原因竟然是土豆长得"呆头呆脑",还有"不开化、被征服种族的主要食物"的身世。一句话就是说土豆没文化呗。

然而,朴实的土豆凭借自己的高产和丰富的营养,很快征服了饥饿中的爱尔兰人,因为在两三公顷贫瘠的土地上,就能生产出养活一大家人和牲畜的土豆。从前不怎么长小麦的耕地,从此可以养活多得多的人口。要知道,当时的良田大都被英国地主霸占,爱尔兰人面黄肌瘦,过着食不果腹的日子。土豆的"善解人意",让爱尔兰人如获至宝。小麦,需要在收割、脱粒、磨面、和面、揉面、烘烤等一系列繁复的工序后,才能成为面包。而土豆,如同种植它一样容易,挖出来直接扔进锅里或火里就可以了。

爱尔兰人还发现,土豆除了能保证优质淀粉所具有的能量,还富含蛋白质、维生素 B 和维生素 C,唯一缺乏的是维生素 A,喝点儿自家产的牛奶就可以弥补。内秀的土豆和爱尔兰人日渐强壮的体质,让欧洲权贵也摈弃了对土豆的不屑,普鲁士的腓特烈大帝、俄罗斯的叶卡捷琳娜女王,纷纷开始下令让本国农民种植土豆。法国国王路易十六在推广土豆这件事上,也不忘展示法国人的浪漫。他先让玛丽王后在头顶戴上白色和蓝紫色的土豆花环,又在王室的菜园里种植了一大片土豆,白天派士兵看守,晚上悄悄撤走。低贱的土豆,转眼间便荣升为植物贵族。这该是土豆的生命史上骄傲辉煌的一刻。现在，土豆被做成了土豆片、炸薯条、土豆泥、土豆酱，人们的生活哪里还少得了土豆呀？

土豆说到这里，头一昂，又加了一句："我还有个荣誉和共产主义事业都有关系。"

夏至听了这句话感到很奇怪，说："土豆，吹牛不上税，你吹得太过了吧？"

土豆委屈地说："看来你对历史知识知之甚少，我和共产主义的关系是苏联布尔什维克的伟大创举，苏联的布尔什维克曾经用土豆烧牛肉把人们带入共产主义的伟大理想之中。这是有档案资料可以查的。"

豇豆说："算了，谁有闲工夫去查档案资料啊？"夏至正要说话，突然听到前面的玉米地里传来吵闹声，听不清在吵什么。夏至想起自己本来就是来对玉米进行实地研究的，就和蔬菜说声再见，朝玉米地跑去。

到了玉米地里，夏至惊呆了，刚才看到蔬菜地已经被雨水淋透了。仅隔了一条田埂，这玉米地里竟一点儿雨都没有淋到。只听玉米甲说："真奇怪，田埂对面的蔬菜地被雨淋透了，但我们一点儿都吃不到，太欺负我们了。"玉米乙说："这有什么奇怪，现在是黄梅季节，你没听过'东边日出西边雨'的说法吗？"玉米丙说："是啊，三十年河东，三十年河西，不知什么时候轮到我们这里。"听到这里，夏至自责不已，心想刚才不该把范围圈得太小，害得这里的玉米还处在饥渴之中。夏至说："玉米兄弟们，我是来自天上的夏至，我是来向你们学习知识的，我可以马上解决你们的饥渴问题。"玉米们说："只要你能帮我们送来水分，我们会毫无保留地告诉你全部秘密。"

夏至从玉米地里钻了出来，朝雷公、电母招招手，对他们说："你们刚才下雨的范围太小了，过一会儿接着下，范围大一些，下得要有节奏一点。我等下躲到玉米地里去，我不出来叫停，你们就只管下。累了就稍微休息一下，休息好了继续下，听明白了吗？"雷公说听明白了。夏至说完就钻进玉米地里去了，雨水也"哗啦啦"地从天上大范围地下来了。

玉米们看到夏至一进来，雨水就跟着来了，乐坏了，争先恐后地要给夏至讲故事。夏至说："别急，一个一个来，有的是时间。"玉米甲说："那我先来说说我们玉米的故事吧。"

玉米，在东北叫苞米。有一年，东北辽水流域春天大旱，老百姓把高粱、大豆和谷子都播种好了，老天一个多月滴雨未下。种子刚冒出芽就被渴死了。庄稼人心疼啊，节气不等人，这可咋整？村民们上老火了，一个个唉声叹气的，却又无可奈何。在这节骨眼上，村里来了两个买卖人，一个老汉和一个妇女赶着牛车，车上拉着一个大肚子水缸。村民们都来围观，谁也没见过这么大的缸，两人合围都抱不过来。村民问："这缸是卖的吗？"男的说："不卖，我们是赊种子的。"村民问："怎么个赊法？"男的说："赊多少，秋后还多少。你种上我们的种子，不论旱还是涝，都有收成，起码能吃饱肚子，不会挨饿。"村民问："这叫什么？没见过，样子像人的牙齿。"男的说："叫饱米，人可以吃。饱米秆子可以喂牛。"于是，村民们你三升他两斗地赊了好几天，方圆百十里地的人都来赊。

细心的村民心里犯嘀咕，赊了那么多，缸里的饱米却不见少。他们很纳闷，就去问村里见多识广的闫秀才。闫秀才摇晃着脑袋，想了半天，也没有答案，说，我去盘问盘问。这闫秀才是个讲究礼仪的人，他不敢乱开口，说："敢问二位哪里人氏，怎么称呼？"老汉说："俺两口子，蓬莱山人。"闫秀才边想边说："两一口……吕也。山一人……仙也。莫非，您老是蓬莱仙师吕洞宾？"话音刚落，老汉、妇女二人就不见了，扔下个大水缸。后来此地名字就叫"大水缸"。地址在辽源市东辽县云顶镇。

再说村里的老百姓吧，到了秋后，饱米获得了大丰收，家家都吃上了饱饭。这饱米的名字，用了好多年，后来叫白了，变成了苞米。

夏至听得入迷了，连连称好。夏至心里还想着，原来吕洞宾这老兄还是个无名英雄，平时在天上也没听他提起过此事，以后要找机会当面向他求证核实。玉米们见恩公高兴，越发来了兴致，就一个接一个地出来给夏至讲故事。

空中的雷公、电母按照夏至的嘱托，不停地作法，雨就不停地下。雷公问电母："夏至说了，雨要下得有节奏一点儿，这是什么意思？"电母说："你个笨蛋，这也不懂，这就是说雨有时要大些，有时要小些，有时要猛烈些，有时要温柔些，像唱歌一样，有高潮有低潮，有起伏感。"雷公笑了笑说："还是夫人聪明，我怎么没想到呢。这个容易，我们现在就来个高潮吧！"雷公说着"嗨嗨"地叫起来，把锣敲得震天响。电母也极为配合，全身抖动起来。一时间，雷鸣电闪把地面上的行人都吓坏了。

欲知后事如何，且听下回分解。

第178回　夏至遭投诉受处分　小暑六月六下杭城

　　夏至在玉米地里听玉米们讲故事,都是有关玉米的知识点。夏至听得津津有味,早把在空中的雷公和电母忘记了。第一天,雷公、电母干劲冲天,连续不断地干,雨也不间断地下了一整天;第二天,雷公和电母有些累了。电母说我们休息一下吧,雨就停了一会儿。雨一停,太阳就直晒地面,空气湿漉漉的,非常闷热,墙壁上都挂着水珠。

　　电母说:"夏至不知道怎么回事,已经一天半了,连个影子都没有出现,他是不是丢下我们不管了。"雷公说:"这怎么可能,夏至不是这样的人。他不叫停,说明雨下得还不够。我们继续干吧。"雨又一阵紧似一阵地下了起来。

　　雨水就这样断断续续地下了三天多,久旱逢连雨,山区一些地方就发生了滑坡、泥石流,江水也一下子泛滥起来,还冲断了几座小桥。一些低洼地区的庄稼被淹了,居民上班下班浑身湿淋淋的,又闷又热。怨声一下子就多了起来,有埋怨雷公、电母的,有抱怨梅雨天没完没了的,还有的把矛头直接指向了上帝。各种投诉雪片似的飞向天宫。

　　等到玉米地里的夏至发觉坐在地上不对劲,水位已经到了自己的小腿肚上,玉米也像喝醉了酒一样东倒西歪。夏至抬头看看天空,黑漆漆的,雨还在下着。夏至一拍大腿,猛然想起,不好,雷公、电母是自己叫来的,我还没有叫他们停下呢。夏至赶忙站起来,顾不得和玉米打招呼,跑出玉米地,拼命地朝空中挥手,高呼:"雷公、电母,快停下来,别下雨了,闯祸了。"雷公说:"你小子跑哪里去了,累死老子了。"夏至急得跺脚:"你们看看,这地上一片汪洋,雨水泛滥成灾了。"电母说:"那现在怎么办好?"夏至说:"还有什么办法,我们一起去天上负荆请罪吧。"

　　这天宫早已收到各类投诉,开始时并不在意。他们想,人类也算是比较作,晴了几天就大叫旱死了,热了几天又说热死了,闷了几天又叫太闷了,最好天天是阳春三月或金秋十月,做老天爷也难。后来投诉实在太多了,并且有鼻子有眼地反映了哪里路被冲了,哪里桥垮了,哪里庄稼受没顶之灾了,天宫才重视起来。经查,雷公、电母几天前匆匆忙忙地下凡去了,谁派下去的,却查不到记录。

此事转到组织部负责落实处理,组织部正要发文召回雷公和电母,夏至、雷公和电母三人却狼狈不堪地闯进了门。

事情都调查清楚了,对于这次地面上的受灾事件,雷公和电母是事故的直接责任人,受严重警告处分,责令其下凡去值班三个月,戴罪立功;夏至是间接责任人,不通过组织,私自调动人员,犯了大错,本应严肃处理,念其出发点是好的,并且为了考察学习,不辞辛劳,日夜奋战,且事故发生后能够主动到案,认错态度很好,所以从轻处理,受警告处分,提前撤销其下凡考察期,去天宫大学封闭学习一个月。

组织部处理夏至的事告一段落后,就马上通知夏季组的小暑出发,继续下凡进行考察学习。

小暑因为去年的酷暑闹事事件受到牵连。他是受酷暑胁迫的,并且在后来秋季组挂帅大战酷暑的战场上猛然醒悟过来,离开了酷暑的部队。事情过去后,天宫组织部门没有追究小暑的责任,但小暑很自责,他总觉得自己的历史档案上一定是留有污点的,所以说话办事总是小心翼翼的。

气候学上的小暑,是二十四节气的第 11 个节气,也是干支历午月的结束以及未月的起始。时间为每年 7 月 7 日或 8 日,此时,太阳到达黄经 105°。暑,表示炎热的意思。小暑为小热,还不是十分热,意指天气开始炎热,但还没到最热,全国大部分地区如此。这时,江淮流域梅雨即将结束,盛夏开始,气温升高,并进入伏旱期;而华北、东北地区进入多雨季节,热带气旋活动频繁,登陆中国的热带气旋开始增多。小暑后,南方应注意抗旱,北方须注意防涝。全国的农作物都进入了苗壮成长阶段,需加强田间管理。小暑的标志是出梅、入伏。

古代将小暑分为三候:一候温风至;二候蟋蟀居宇;三候鹰始鸷。进入小暑时节后,大地上便不再有一丝凉风,而是所有的风中都带着热浪。《诗经·七月》中描述蟋蟀的字句有"七月在野,八月在宇,九月在户,十月蟋蟀入我床下",文中所说的八月即是夏历的六月,即小暑节气。由于炎热,蟋蟀离开了田野,到庭院的墙脚下避暑热;老鹰因地面气温太高而在清凉的高空中活动。

小暑时进入伏日,古人说:伏是"隐伏避盛暑"的意思,伏日祭祀,远在先秦时已有著录。古书云,伏日所祭,"其帝炎帝,其神祝融"。炎帝传说是太阳神,祝融则是炎帝玄孙火神。传说炎帝叫太阳发出足够的光和热,使五谷孕育生长,从此人类不愁衣食。人们感谢他的功德,便在最热的时候纪念他,因此就有了"伏日祭祀"的传说。

《小暑六月节》里记载："倏忽温风至,因循小暑来。竹喧先觉雨,山暗已闻雷。户牖深青霭,阶庭长绿苔。鹰鹯新习学,蟋蟀莫相催。"

天上的小暑吸取了夏至犯错误的教训。他认为,夏至之所以犯错误是因为立功心切,不依靠当地群众,不建立根据地,独来独往,没有人提醒他。因此他一下来,就老老实实地去找香樟王。

香樟王接待了小暑,寒暄后,小暑和他谈了夏至犯错的事,两人一阵嘘唏。接着小暑问道:"我刚才来的路上,发现了几个奇怪的现象,不知道有何讲究?"香樟王问他有什么奇怪现象。

小暑说:"第一个是我发现家家户户门前晒满了衣服被褥。"

香樟王说:"今天是农历'六月六',相传这是龙宫晒龙袍的日子。因为这一天,是一年中气温较高,日照时间最长,阳光辐射最强的日子,所以家家户户都会不约而同地选择这一天'晒伏',就是把存放在箱柜里的衣服被褥晾到外面,接受阳光的暴晒,以去潮去湿、防霉防蛀。"

小暑说:"第二个是我发现,很多小孩在将手中的绳子什么的撂上屋去。"

香樟王说:"民间说'六月六'百索子撂上屋。相传天上的牛郎和织女被银河分割在两岸,一年中只有'七月初七'这一天可以相会。在他们中间横阻着一条银河,又没有渡船,怎么办呢?所以六月六这一天,天下的儿童多要将端午节戴在手上的'百索子'撂上屋让喜鹊衔去,以在银河上架起一座像彩虹一样美丽的桥,以便牛郎和织女相会。"

小暑说:"第三个是我在路上遇见了小白龙,但他匆匆忙忙的,没有理我。"

香樟王说:"那当然了,因为这一天是小白龙回家的日子。小白龙犯了天条,被父亲龙王囚禁在很远的一个小岛上,失去了自由。唯有'六月六'这一天,龙王恩准其回家探母。小白龙由于探母心切,所以一路上日夜兼程,带来了惊雷闪电、狂风暴雨。"

小暑说:"原来如此,'六月六'这一天习俗很多啊。"

香樟王说:"中国古代劳动人民忙完了农活,就坐在房前屋后谈天说地,想着想着就想出了很多故事,代代相传,就成为典故了。"

小暑点点头说:"是啊,中国人聪明啊,要不我们怎么会反过来向他们取经呢?"

欲知后事如何,且听下回分解。

第 179 回　定主题选择茶桑果　老大妈养育龙井茶

　　小暑和香樟王聊了一会儿后，回到了正题上，香樟王问："你这次来，考察学习的主题是什么呢？"小暑回答："我是这样想的，森林植物、水生植物（荷花）、粮食作物（水稻）、蔬菜玉米，夏季组的前面几位都有专攻了，我没法和他们比，我从小喜欢茶桑果，我想去实地看看，您帮我找一些有代表性的地方，我自己去就可以。"

　　香樟王问："茶桑果？你说清楚一点儿。"

　　小暑说："茶桑果就是茶叶、桑树、果树的简称。"

　　香樟王说："是这样，茶叶、桑树、果树都是经济价值比较高的树种，在植物分类中属于经济树种，茶叶、桑树是明确的，但果树是个大的分类，包括干果如山核桃、香榧、板栗等，水果如桃、李、梨、杏、枇杷、柑橘、苹果等，太多了。你准备选择哪一类呢？"

　　小暑想了一下说："那我水果选择枇杷，干果选香榧吧。"

　　香樟说："好吧。茶叶，我建议你到西湖边的龙井村去看看，龙井茶是很有名的。桑树的叶子是养蚕的，蚕和丝绸是连在一起的，杭嘉湖地区是丝绸之府，桑树很多，推荐你去嘉兴桐乡看看。至于枇杷，首推塘栖枇杷，这里过去也很近。你要见识香榧，就去诸暨吧，那里还有个香榧森林公园哩。"

　　小暑说："太好了。我明天开始一个地方一个地方地去吧。"

　　第二天，小暑来到了龙井村，放眼望去，眼前美景让他想到了如下几句诗："不雨山长润，无云水自阴。""云来山更佳，云去山如画。"

　　原来这龙井问茶是有很多故事的。龙井问茶是新西湖十景之一。龙井，位于西湖西面竹茂林密的风篁岭上，有泉名龙井，附近有龙井村，龙井本名龙泓，又名龙湫。它和白鹤峰下慧禅寺内的虎跑泉、杭州植物园的玉泉被誉为杭州三大名泉。龙井茶外形扁平挺秀，色泽绿翠，素以"色翠、香郁、味甘、形美"四绝著称，驰名中外。

　　小暑陶醉于龙井山水时，植物界龙井茶会长迎上前来。在此之前，茶会长接到香樟王的通知，知道小暑要来，便在这等着了。茶会长见到小暑后热情地请他到龙井山庄里一上等茶座坐定。茶姑马上捧上沏好的龙井茶来,茶会长示意请小暑品茶。

小暑一边道谢,一边看茶。在洁白如玉的瓷碗中,片片嫩茶犹如雀舌,色泽墨绿,碧绿的茶水中透出阵阵幽香。这些茶的叶子有的是细长的,像一段绳子一样;有的是圆形的,好像一个个小小的球;还有的是细长的上面加了一个圆,好像一个音符。也许是沾染了龙的灵性,龙井茶色绿,香郁,味甘,形美。茶叶泡进水里,颜色由浅变深,最后变成翠绿色。小暑只尝了一口,一股清香味直入心田,只觉得浑身舒坦。一杯茶下肚,小暑连声赞叹,好茶,好茶!

茶姑将小暑杯中茶满上,小暑则与茶会长围绕着龙井茶聊了起来。

小暑说:"这么好的龙井茶,可有什么来历?"

茶会长说:"当然有了,我给你仔细说来。"

原来在早先时,龙井是个荒凉的小村庄。山岙岙里,稀稀拉拉地散落着十来户人家。人们在远山上栽竹木,在近山上种六谷,一年到头过着苦日子。村边有间透风漏雨的破茅屋,里面住着个老大妈。老大妈没儿也没女,孤苦伶仃。她年纪大了,上不了山,下不了地,只能照管自己屋子后边的十八株茶树。这些茶树还是她老伴在世的时候栽的,算起来也有几十年啦。老茶树缺工少肥,新叶出得很少,每年只能采到几斤老茶婆。

老大妈是个好心的人,她宁愿自己日子过得苦点儿,也要留下一些茶叶,天天烧镬茶,在门口凉棚下摆两条板凳,给上山下岭的过往行人歇息时解渴。

有一年除夕,天降大雪,左邻右舍多多少少都办了些年货,准备过年。老大妈家里实在穷,米缸也快空啦,除了瓮里剩的几把老茶婆,别的什么也没有了。但她仍旧照着老规矩,清早起来,抓把茶叶放在镬里,生旺火,坐在灶前烧茶。这时,忽听"咿呀"一声,茅屋的门开了。进来一个老头儿,身上落满雪花。老大妈忙站起身来招呼:"老大伯呀,这山上风雪大,快进屋里坐。"

老头儿掸掸身上的雪花,走进屋里,一边在灶洞前烤火,一边跟老大妈搭话:"老大妈,你镬里烧的啥东西呀?"

"镬里烧茶呢!"

"今天除夕,明天就新年啦。人家都忙着氽三牲福礼,你家怎么烧茶呢?"

老大妈叹口气,说:"哎,我孤老太婆穷呀,办不起三牲福礼供神,只好每天烧镬茶给过路人行个方便。"

老头儿听了哈哈笑道:"不穷,不穷,你门口还放着宝贝哩。"

老大妈听了很奇怪，伸出头去向门外看看，松毛搭的凉棚底下放着两条旧板凳，墙角放着一只破石臼，破石臼里堆满陈年垃圾，一切还是老样子。

老头儿走过来指指那只破石臼，说："喏，那就是宝贝！"

老大妈只当老头儿跟她寻开心，就笑着说："一只破石臼也算宝贝？你喜欢，就把它搬走好啦。"

"哟，我怎么好白拿你的宝贝！你把它卖给我吧，我这就去叫人来抬。"老头儿说完，就冒着大雪走了。

老大妈望望破石臼，心想，石臼这么脏，叫人家怎么搬呀！老大妈于是把里面盛的陈年垃圾扒在畚箕里，埋到屋后那十八株老茶树的树根下，又到龙井拎来一桶清水，把破石臼洗刷得干干净净，洗下来的污水也泼在老茶树的树根处。

她刚把破石臼弄干净，那老头儿就带着人来了。他到门口一看，竟大声叫起来："哎呀，宝贝呢？哎呀，宝贝呢？"

老大妈弄得越发糊涂了，指着破石臼说："这，这不是好好摆着吗？"

"哎，你把里面的东西弄到哪里去了？"

"我把它倒在屋后的老茶树那去了。"

老头儿绕到屋后，一看果然如此，不禁连连跺脚道："可惜，可惜呀，这破石臼的宝气就在那陈年垃圾上，既然把它埋在茶树根下了，就成全这十八株老茶树吧。"他说完话，便领着人走了。

过了除夕过新年，很快，春天到了。这年，老大妈屋子后边那十八株老茶树，竟密密麻麻地生出一片葱绿的嫩芽来。采下的茶叶，又细、又嫩、又香。

邻居见老大妈的茶树长得这样好，大家就砍掉竹木，收了六谷，用这十八株茶树的籽，在远远近近的山头上种起茶树来。一年一年，越种越多，越种越旺。到后来，龙井这一带漫山遍野都栽遍了茶树。

因为这一带地方出产的茶叶又细、又嫩、又香，喝起来味道特别清香，所以"龙井茶"便在各地出了名。

直到现在，茶农们都说，那老大妈屋后的十八株茶树，是"龙井茶"的祖宗哩。

茶会长说完了，小暑听得入迷了，还沉浸在故事的情景之中。过了一会儿，见茶会长静静地看着自己，小暑才醒悟过来，不好意思地笑了笑，又问起其他问题来。

欲知后事如何，且听下回分解。

第180回　桑树王趣谈全身宝　蚕娘子巧授养蚕经

小暑在龙井村学了几天茶叶知识后,来到了嘉兴桐乡洲泉镇的一个村子。这里是典型的江南水乡,膏腴之地,人称"鱼米之乡,丝绸之府"。自古以来,就有"吃饭靠种田,用钱靠养蚕"一说。一来到这里,小暑看到最多的树就是桑树,挤满了乡村的角角落落。桑树个子不高,但整整齐齐地排列着,犹如一队队士兵正在迎接远方的客人。

桑树王在村口迎接小暑,一见面就拉着小暑的手,一边指着地里的桑园,一边介绍起来。桑树王说:"桑树原产于中国,和中华文明渊源至深。在广袤的农村,人们有在屋前屋后种桑树和梓树的传统,因此'桑梓'一词代表故土和家乡,《诗经·小雅》中就有'维桑与梓,必恭敬止'的记载。"

这时,有几个村民从边上走过。桑树王说:"桑树就像这些农民一样,憨厚朴实,尽管低调,但全身是宝。用桑叶饲蚕缫丝,可以织出人世间最美的衣裳;用桑叶制作桑茶,古书上有'驻容颜,乌头发'的功能;桑皮可入药,泄肺平喘,又可做造纸的优质原料;桑葚可食用,是纯天然的蔬果;桑树树干木质坚硬,是上等的燃料,过去农村婚丧喜事煮蹄髈、羊肉时都用它当柴烧。"

小暑说:"你把桑树的生长过程简单介绍一下好吗?"

桑树王说:"当然可以。桑树的幼苗在这里叫作广秧,是由桑葚的籽播种育成的。说来也怪,明明是嫁接过的桑树上采摘下来的籽,但长出来的苗仍是'野桑',叶子又小又薄,必须重新嫁接。当广秧长到小指粗的时候,就要请师傅来嫁接,先将桑苗的枝干在靠近地面处剪去,然后切开一个口子,将优质桑树的枝条削好对口插入,再用泥土掩实即成。长出的桑苗就是我们通常所说的小桑苗。桑苗长到一定的时候,就可出售或移种。当春气初暖,其他树木已绿满枝头,而桑树则似一个贪睡的村夫,还想睡一个回笼觉,直到一声春雷轰响,才将它从美梦中惊醒。在春风细雨的催促下,桑树像一个顽童一般萌发了情感,贪婪地吮吸着春天的甘露,渐渐地长出豆粒大的新芽,静静地做着饲蚕产茧的梦。到了清明时节,桑苞绽放出一瓣瓣翠绿的小桑叶,在桑叶的腋下,长出一串串米粒大小的青桑葚,犹如一个个新出世的婴儿,好奇地观察着这个陌生的世界。

到了夏天,桑园内的桑叶已郁郁葱葱,好像一把巨大的绿伞,笼罩在发烫的土地上。此时,正是农忙季节,乡亲们既要到农田里忙农活,又要饲养蚕宝宝,非常忙碌和辛苦。每天凌晨,孩子们还在睡梦之中,大人们便已去桑园采摘桑叶。早晨的桑叶特别新鲜,乳汁多,刚摘下的桑叶叶柄上,白色的乳汁还在一滴滴地往下淌,蚕宝宝吃了营养好。采下的桑叶,在家里的遮阴处,堆成了一座翡翠般的小山,供蚕宝宝食用。

"'参差红紫熟方好,一缕清甜心底溶。'在暖暖的夏风的吹拂下,桑葚露出了笑脸,从原来的青色渐变为红色,最后变成了紫黑色。一颗颗饱满的紫黑色桑葚密密麻麻地挂在桑树的树枝上,在阳光的照射下发出光芒,就像一颗颗黑宝石一样诱人。桑葚的成熟期很短,天上的飞鸟、地上的蚂蚁都抢着吃,孩子们更像过节一样迫不及待地钻入桑园,边摘边吃,不一会儿,舌头上、手上、衣服上都沾满了紫黑的斑迹。味道最好的桑葚,是一种名叫'火桑'(未嫁接过的野桑)结出的桑葚。这种桑树一般孤零零地长在地头河边,由于生长时间比较长,样子也像其他树木一样高大,结出的桑葚比一般桑树结出的要瘦长,数量也多,味道更鲜甜。每当桑葚成熟时,孩子们就和鸟儿抢食吃,特别是顶上的桑葚像饱满的紫灯笼,在微风中摇曳,让孩子们垂涎三尺。现在一些地方已把采桑葚作为一个农家乐旅游项目。

"'三眠蚕起食叶多,陌头桑树空枝柯。'等到三眠后,蚕宝宝食量大增,男主人就用桑剪将桑条从桑树上剪下来,妇女及老人负责采桑叶。晚上,大人们在走廊的柱子上绑上两个竹竿或杂木作为夹子,上面开个口子,将桑条往下一扣,用力一拉,'哗啦'一声,桑条已'皮开肉绽',有时为了剥完整,要倒过来重复一次。小孩和老人则在边上剥桑条皮,桑条上有些凸起的结疤像针尖,绽开了皮的桑条皮有乳汁,滑溜溜的,一不小心就会弄伤手。桑皮晒干后,大人扎好挑到供销社收购点去卖。剪去桑条后的桑园,只剩下一排排光秃秃的树干,这时候需要给桑树施肥,在桑树的根部挖个坑,在里面埋上农家肥。没过多久,桑树的'拳头'上就会长出许多长满绿色叶子的小枝条,乡亲们就在桑树上剪去一部分小枝叶饲养夏、秋两季的蚕宝宝,留下壮实的枝条过冬。这些桑条经过秋、冬两季的能量积累,待到来年春天再度伸枝抽叶,长出一串串、一簇簇的桑葚。"

听到这里,小暑由衷地说:"有人说桑树是树中的丑角儿,我认为你们是树中的伟丈夫。你们对乡民的奉献,是任何树种无法比拟的。你们没有挺拔的直插云天的躯干,也没有垂柳婆娑的枝条,从来不炫耀自己。当别的树枝繁叶茂时,你们却光着'拳头'去迎接酷暑。你们与蚕茧同勋,与丝绸同美,默默地给人类带来温暖与幸福。从刚才村民的眼神里,我看到了当地人对你们的尊重和喜爱。"

桑树王说:"你总结得太好了。前面介绍了我们桑树的生长习性,下面给你讲个蚕花娘子的故事。"小暑高兴地说:"那太好了。"桑树王就说了起来。

早年间,有一个聪明能干的小姑娘,名叫阿巧,住在半山沟里。阿巧九岁时,娘死了,丢下她和一个四岁的弟弟。爹讨了一个后娘。后娘有着蛇蝎心肠,待阿巧姐弟可凶哩!有一年深冬腊月的一天,后娘叫阿巧背着竹筐,冒着北风出去割羊草。在这天寒地冻的时候,哪里还有青草呀?阿巧从早晨跑到黄昏,从河边找到山腰,一丝嫩草也没有找到。她身上冷,心里又怕,就坐在半山腰上呜呜地哭起来。哭着哭着,突然听到头顶上的一个声音说:"要割青草,半山沟沟!要割青草,半山沟沟!"

阿巧抬起头来,见一只白头颈鸟儿,扑棱棱地向山沟里飞去。她就站起身,擦干眼泪,跟着白头颈鸟儿走去。拐个弯后,那白头颈鸟儿一下不见了。只见山沟口挺立着一株老松树,青葱得像一把大伞,罩住了沟口。阿巧拨开树枝,绕过松树,忽地眼前一亮,只见一条弯弯曲曲的小溪淙淙地流着。小溪岸边花红草绿,美得像个春天。

阿巧见着青草,就像拾到宝贝一样,忙蹲下身子割起来。她过走边割,越走越远,不知不觉间,竟走到小溪的尽头。

她割满一竹筐青草,站起来擦擦额角上的汗珠,却见前面不远的地方,有个穿白衣系白裙的姑姑,手里拎着一只细篾打的篮子,正在向她招手。那白衣姑姑笑嘻嘻地对阿巧说:"小姑娘,真是稀客呀,到我们家住几天吧!"

阿巧抬眼望去,眼前又是另一个世界:半山腰上有一排整齐的屋子,白粉墙、白盖瓦;屋前是一片矮树林,树叶绿油油的,比巴掌还大;还有许多白衣姑姑,一个个都拎着细篾篮子,一边笑、一边唱,在矮树林里采那鲜嫩的树叶。

阿巧很高兴,就在这里住了下来。此后,阿巧就跟白衣姑姑们一起,白天在矮树林里采摘嫩叶,夜晚用树叶喂一种雪白的小虫。慢慢地,小虫长大了,吐出丝来结成一个个雪白的小核桃。白衣姑姑就教阿巧怎样将这些雪白的小核桃抽成油光晶亮的丝线,又怎样用树籽儿把丝线染上颜色:青籽儿染蓝线,红籽儿染赤丝线,黄籽儿染金丝线……白衣姑姑还告诉阿巧,这些雪白的小虫叫"天虫",喂天虫的树叶叫"桑叶";这五光十色的丝线,是给天帝绣龙衣、给织女织云锦用的。

阿巧住在山沟沟里，和白衣姑姑们一起采桑叶，一起喂天虫，一起抽丝线，日子过得很快活，一晃，三个月过去了。

这天，阿巧忽然想起了弟弟，叫弟弟也到这里来过好日子吧！第二天天刚亮，她来不及告诉白衣姑姑，就顾自回家去了。

临走的时候，阿巧还带走了一张撒满天虫卵的白纸。另外又装了两袋桑树籽，一路走，一路丢，心里想：明天照着桑树籽走回来好啦。

阿巧回到家里一看，爹已经老了，弟弟也长成小伙子啦！爹见阿巧回来了，又高兴又难过地问："阿巧呀，你怎么去了十五年才回来？这些年你在哪里啊？"

阿巧听了，就把上山割草遇见白衣姑姑的经过告诉了爹。左邻右舍知道了，都跑来看她，说她遇上仙人了。

第二天一早，阿巧想回到山沟沟去看看。刚跨出门，她抬头便望见沿路的一道绿油油的矮树林。原来，她丢下的桑树籽都长成树了。她沿着树林，一直走到山沟沟里。山沟口那株老松树，还是像一把伞一样在路口罩着，再要进去却找不到路了。

阿巧正对着老松树发呆，忽见那只白头颈鸟儿又从老松树背后飞了出来，叫着："阿巧偷宝！阿巧偷宝！"

阿巧这才想起临走的时候，没有和白衣姑姑说一声，还拿了一张布满天虫卵的纸和两袋桑树籽，一定是白衣姑姑生气了，把路隐掉不让她再回去了。于是，她回到家里，把天虫卵孵化出来，又采来嫩桑叶喂它，在家养起天虫来。

从这时候开始，人间才有了天虫。人们将天虫两字并在一起，把它叫作"蚕"。后来，农村家家户户都育蚕养桑，浙江的杭嘉湖一带很早就成了全国著名的产蚕丝的地方。据说，阿巧在半山沟里遇见的白衣姑姑，就是专门掌管蚕茧年成的蚕花娘子。

故事听完了，小暑感慨万千，诵道：

> 斜阳照墟落，穷巷牛羊归。
>
> 野老念牧童，倚杖候荆扉。
>
> 雉雊麦苗秀，蚕眠桑叶稀。
>
> 田夫荷锄至，相见语依依。
>
> 即此羡闲逸，怅然吟式微。

桑树王也轻轻地吟唱着。

欲知后事如何，且听下回分解。

第 181 回　小暑游塘栖尝枇杷　阿祥爬超山找神果

从桐乡学习桑蚕回来后，小暑来到了塘栖。塘栖属杭州临平副城副中心，位于杭州市北部，与湖州市的德清县接壤，著名的京杭大运河穿镇而过，使其成为苏、沪、嘉、湖的水路要津。历朝历代以来，塘栖均为杭州市的水上门户，是闻名遐迩的"鱼米之乡、花果之地、丝绸之府、枇杷之乡"。

小暑到达塘栖后，先在古镇游览了一圈，了解到一些当地的风土人情、民俗文化。然后，小暑找到了枇杷王，枇杷王热情地接待了他。枇杷王提议陪小暑先到古镇转一转，小暑说："不用了，我已经去过了。"枇杷王说："你到了这里不先来找我，是不是不把我当朋友？"小暑说："我是怕你身在景区，名气又大，忙不过来，所以尽量少占用你的时间。"枇杷王说："看你说的，能接待天上来客，是我们塘栖枇杷的荣耀啊，何况你是香樟王介绍过来的好朋友。"小暑说："你们真是太好客了。"

一番寒暄后，小暑进入正题，说："我是来拜师的，就是想学习一些枇杷知识，带回天上去，推广宣传。你给我说说吧。"

"那我带你到现场去吧。"两人来到一大片枇杷地旁，枇杷王指着枇杷树说了起来："枇杷是常绿小乔木，最高可达 10 米。枝上生有绒毛。叶子呈长圆形，边缘有锯齿，上表面呈绿色或棕色，较光滑；下表面被黄色绒毛覆盖，主脉突出，叶柄极短。花朵是白色的，花序多而密，味道清香，花瓣内有绒毛，根部有爪。枇杷花可跟别的花不一样，它秋季开花，夏季结果。枇杷果柔软多汁，风味甘甜，肉质细腻，每年三四月份为盛果季节。"

枇杷王说着，递给了小暑几个枇杷。小暑剥开一个枇杷的皮，嫩黄色的果肉露了出来，放入口中一咬，诱人的、黄色的汁水顿时溢满了口腔。"嗯……真好吃啊！"小暑一边称赞，一边说，"我来念几句诗，已熟枇杷挂枝头，抬头只见枇杷树；口水直流三千尺，一看树上已没果。"

枇杷王说："小暑太有趣了，听我再说下去。塘栖是中国著名的枇杷产区。塘栖枇杷，因其品种多、质量佳而闻名，如今已获得国家原产地域产品保护。每逢五月，塘栖处处树满金，枇杷已成了塘栖的一张金名片。塘栖枇杷出名，得益于其悠久的栽种历史。早在一千多年前,塘栖就开始种枇杷了,那时的当地人称其为黄金果。"

"黄金果?有意思,这个一定有故事的吧?"小暑的好奇心上来了。

"当然有,听我慢慢说。"枇杷王接着说起了关于枇杷来历的传说。

很久以前,塘栖东南面的小村子里,有一个小伙子,名叫阿祥。阿祥自幼便死了父亲,他母亲既做爹又做娘,辛苦地将他养大。阿祥长大后十分懂事,对娘非常孝顺,是个十里八村出了名的孝顺儿子。

这一年,阿祥的娘突然得了一种哮喘病,整日咳个不停,特别是到了夜里,咳起来像敲毛竹罐头一样,特别厉害。阿祥见娘病得如此严重,心痛得要命。为了给母亲治病,阿祥动足了脑筋,访遍方圆百里的老中医。铜钿花掉了很多,母亲的毛病却还是没治好。眼看母亲的病越来越厉害,这天晚上竟咳出血来了,阿祥急得团团转。

夜深了,阿祥服侍了母亲一整天后,感到很疲倦,倒头就睡过去了。阿祥睡在床上,心里却还在想母亲的病。想着想着,他竟然做起梦来。在梦中,有一个白胡子老头来到他身边,那老头一副仙风道骨的模样,白胡子飘到了胸口,他笑眯眯地摸摸阿祥的脑袋,说道:"阿祥啊,你不要急,你母亲的毛病不要紧,有一种东西可治的。"阿祥一听,高兴得差一点儿跳起来。他当即一把拖住白胡子老头,既兴奋又焦急地说:"老爷爷,快告诉我,那是什么东西?在什么地方?我要如何才能够得到?"

那白胡子老头微微一笑,说:"阿祥,那是一种野果子,到现在还没有名字,我给它取了个名,叫'黄金果'。这'黄金果'到现在还没有被人发现,你的孝心感动了我,所以我特地来告诉你。"

阿祥听了那白胡子老头的话,真是高兴极了,看来母亲的病有救了。于是,他一把拉住那白胡子老头的手,激动地说:"老爷爷,你快告诉我,这黄金果长在哪里?"

白胡子老头捋捋胡须,笑着说:"这'黄金果'长在超山的山坳里。你去把它连果带叶都摘来,果子鲜吃,树叶拿来煎汤喝。告诉你,'黄金果'对付咳嗽十分有效,吃后你娘的病保证好。"

说完,那白胡子老头冲阿祥"哈哈哈"地大笑三声,突然离地而起,一下子便无影无踪了。"老爷爷,老爷爷……"阿祥当即叫了起来,这一叫便惊醒了,这才发现,原来是做了一个梦。

虽然这只是个梦,可阿祥却当了真。他认定是自己的孝心感动了神仙,仙人才托梦给他。于是,第二天一早,他天不亮就起了床,带了点儿干粮,便带着一些工具,直奔超山而去。

超山离塘栖不远,只有几里路。可是超山太大了,那黄金果又不知道长在哪里,怎么找呀? 阿祥静静地想了一下,决定先从北面上山,一处一处地找过去,不找到黄金果决不罢休。

这么大的超山要去找一棵树实在是太难了。阿祥在超山找得好苦,爬上爬下,差不多把整个超山找了个遍,可就是找不到那老爷爷说的黄金果。怎么办呢? 阿祥不由得头痛起来了。

这天,北面的山坡几乎跑遍了,阿祥腰酸腿痛,依旧一无所得。怎么办? 回去吧,可回去的话,娘怎么办? 阿祥一想到娘,浑身就有了力气。于是,他鼓足信心,翻到南面山坡上继续东爬西找。

当天下午,阿祥又把南面的山坡跑了个遍。眼看天色快暗下来了,筋疲力尽的阿祥又爬到最后一个山坡上。也许是累了吧,突然,阿祥一脚踩了个空,竟然从一个山岙里摔了下去……阿祥跌下去时,中途正好有一棵大树把他给挂住了,大难不死的阿祥抬头看了看那棵救了他生命的树,不由得惊呆了。天呀,这棵树上竟然真的长满了一颗颗金黄金黄的果子,这不就是白胡子老爷爷所说的"黄金果"吗?

阿祥顿时高兴极了,这可真印证了"踏破铁鞋无觅处,得来全不费工夫"这句古话呀。他当即爬到树上,随手摘了几个黄金果尝尝,只觉得那野果子酸甜可口,味道真是好极了。兴高采烈的阿祥当即手忙脚乱地在树上采了一大筐野果子,然后,又摘了许多树叶。随后,他才用一根绳子捆在树上,小心翼翼地攀着绳子滑下了山,直奔家中而去。顾不上休息,阿祥一进门,就直奔他娘的床头而去。跑到母亲的床头,他当即从那筐里取出几个黄金果,一边用双手捧着递给他娘,一边动情地说道:"娘,你快吃吧,这是能治你毛病的黄金果,只要你吃了这个黄金果,你的毛病就会马上好起来的。"

阿祥母亲当即眼泪汪汪地接过阿祥递给她的黄金果,点了点头,连皮也不剥,塞进嘴里就大口吃了起来。阿祥他娘本来已经咳得快支撑不住了,连医生也说没什么办法了。可是,当她吃了阿祥摘来的那些黄金果后,马上就感到气不太急了,人也舒服多了。阿祥看见娘吃了黄金果后气不急了,兴奋得难以言表。他顾不得煮饭吃,当下就去灶间,将摘来的黄金果的叶子放在药罐里,煎汤

天候·夏

给娘喝。阿祥母亲一边吃黄金果,一边喝用黄金果树叶煎成的汤。一连喝了七天,奇迹出现了,那四邻八乡的医生都认为看不好的咳嗽毛病,竟然一下子完全好了。

这个消息很快就在村子里传开了,村里的乡亲们纷纷前来探望阿祥的母亲,问她吃了什么灵丹妙药。得知是一种神奇的黄金果治好了她的咳嗽,人们都觉得奇怪,不太相信。为了日后乡亲们咳嗽时也能治疗,在母亲的指点下,阿祥叫了几个小伙子到超山把那棵黄金果树给掘回来了。之后,村里的乡亲也纷纷来向阿祥讨黄金果,有的还向阿祥讨黄金果的种子。

一时间,在阿祥的带动下,这个小村庄里家家户户都种上了黄金果。时间一长,人们见这黄金果的树叶长得像琵琶,便开始把黄金果叫作"枇杷"。后来,四邻八乡的乡亲也学他们的样,纷纷在自家的田头地角种起了枇杷。就这样,枇杷慢慢地遍植整个塘栖,日复一日,年复一年,塘栖一带便形成了"五月塘栖树满金"的景象了。

现在的枇杷,已成了塘栖的一种著名特产,塘栖枇杷成了枇杷中的名品,塘栖也成了国内著名的枇杷之乡。到现在,塘栖枇杷已拥有软条白沙、红毛丫头、大红袍、杨墩种、夹脚种五大品种。

小暑听得津津有味,不由得想起了杨万里写的一首诗《枇杷》:

> 大叶耸长耳,一梢堪满盘。
>
> 荔支分与核,金橘却无酸。
>
> 雨压低枝重,浆流水齿寒。
>
> 长卿今尚在,莫遣作园官。

枇杷王朝小暑竖起了大拇指,直夸小暑文学功底深厚。

欲知后事如何,且听下回分解。

第182回　小暑赵家镇见榧王　秦始皇御口封香榧

过了两天,小暑来到了诸暨香榧国家级森林公园,这里位于诸暨市赵家镇。公园内有香榧 3 万多亩,香榧产量占全国总产量的 60% 以上,是国内最大的香榧集聚地。园内香榧栽培历史距今已有 1500 年,现拥有香榧古树群 126 个。

其中百年以上香榧古树达 28771 株,特别是榧王村的香榧王,距今已有 1300 多年的历史,被誉为"千年活文物"。

知道小暑要来,香榧王一早就等在路口了,见面后,少不了问长问短。小暑说:"香榧王 1300 高龄,德高望重,还事事亲力亲为,实在佩服。"香榧王笑道:"我这把老骨头没有用了,就只能做些迎来送往的事,创新发展这些事情就靠那些年轻人了。"小暑说:"香榧王看起来还很壮实,精神状态也很好,听说到这里来的人都以能见到您为荣呢。"香榧王说:"徒有虚名,惭愧啊。话说回来,你这次来,需要我们做些什么?"小暑说:"一是来拜望您,二是来学习的。我想知道在我们天宫能不能种植香榧?"

香榧王听到天宫也想种香榧,越发来了精神,连忙回答:"当然可以了。以前,我以为香榧的种植范围很小,只局限在诸暨、东阳、嵊州三地的交界处。现在发现,其他一些地方的香榧也长得很好,所以这些年我们的子孙后代在很多地方安家落户了,不光浙江,连安徽、福建等地都有我们的身影了。"

小暑听了高兴地说:"那太好了。等到有一天,天上的人也能吃到自己种出来的香榧时该有多高兴啊。现在就请您给我介绍一些香榧的常识吧。"

香榧王清了清嗓子后说:"香榧,简称'榧',属常绿乔木。香榧是稀世珍果,培植一枝成榧需长达 20 年左右方有收获。其生命力极强,产果期通常有五六百年,甚至上千年。而且香榧还有一个与众不同的特性,就是从开花到结果,要经过三年才会成熟,所以枝头上三代同堂,当地榧农称之'三代果'。香榧主产于浙江省诸暨、嵊州、东阳等地。其中,诸暨枫桥的香榧产量大、质量好。历史上,枫桥古镇一直是香榧的集散地,久而久之,香榧就被称为'枫桥香榧'。早在清朝末期,'枫桥香榧'就开始驰名中外。

"香榧为中国特有的著名珍稀干果。诸暨香榧品种类型齐全,榧子的品质,随产地而异,以粒数均匀、壳薄而尖小者为最优。此外,果皮是否取尽,亦与品质有关。诸暨枫桥出产的榧子,皮肉多用手剥除,且粒数均匀,堪称上等。枫桥香榧的原产地在枫桥一带,是通过嫁接繁殖的人工栽培品种,据考证,从最初选育至今已有 2000 多年的历史了。"

小暑问:"不同地方的香榧品质有差异吗?"

香榧王回答:"当然了,橘生淮南则为橘,生于淮北则为枳,叶徒相似,其实味不同。为什么呢?水土环境不同也。诸暨所产香榧具有壳薄仁满、种仁酥松细腻、质脆味香、营养丰富的优良品质,为榧中珍品。香榧以其色、香、味俱佳而著称,不仅香脆可口、营养丰富,而且还有多种药用价值:化痰、止渴、清肺润肠、消痔。香榧果衣还可以驱蛔虫,所以吃的时候不必将果衣仔细去掉。香榧仁含脂肪50%,脂肪酸中以油酸、亚油酸、亚麻酸等不饱和脂肪酸为主,占78.4%,因此有降血脂的功能,可预防血管硬化、冠心病。此外,香榧还有美容长发等作用,是真正的绿色保健食品,是馈赠亲朋的最佳礼品。"

"香榧的种类怎么分?"小暑又问。

香榧王说:"香榧,有细榧(芝麻榧、米榧等)和粗榧(茄榧、獠牙榧、大小圆榧等)之分。其中,细榧品质最佳。另有木榧,因壳厚质粗,只供药用。枫桥香榧,壳面洁净黄亮,种衣呈深褐色,核仁微白淡黄,外形一端尖,一端略圆,颗粒瘦长,每斤约290颗。"

小暑笑着说:"香榧王一直在做枫桥香榧的广告,可以做枫桥香榧的形象大使、代言人了。"

香榧王说:"谁不说自己家乡好啊?我有一分热就发一分光。我们香榧历史悠久,也为后代留下了许多美丽的传说,这些传说故事更加为香榧蒙上了一层神秘的色彩。其中,最为古老和广为流传的当属'秦始皇御口封香柀'。相传公元前210年,秦始皇嬴政东巡来到诸暨,前往会稽山,命令宰相李斯刻石记功,世称'会稽石刻'。当地官员奉上特产珍品香榧,秦始皇还没有见到香榧果就闻到了香味。秦始皇金口品尝,果仁松脆可口,又香、又甜、又鲜。龙颜大悦,便问这是什么果。县官回道,这是柀子。秦始皇赞叹道,这个果子异香扑鼻,世上罕见,叫香柀如何?众人忙齐声附和,谢圣上隆恩赐名!从此,会稽山一带的榧农叫柀子为香柀,后来又改叫香榧。"

这时香榧王拿出了几颗炒好的香榧给小暑,不好意思地说:"你先吃几颗香榧,刚才忙着说话,还没有让你尝尝味道呢。"

小暑接过香榧,见外面包着壳,左看看、右瞧瞧,用力压了压,没动静,就是找不到破壳的办法,无奈地摇了摇头。

香榧王指着香榧的一个部位说:"你看,这里有两颗眼睛状的凸起,被称作'西施眼',据说是西施发现的。"

小暑惊讶地说:"香榧还有'西施眼',并且是西施发现的?太有意思了,这里面是不是有什么故事呢?"

香榧王说:"自古吴越多美人,位居中国古代四大美女之首的西施就是浙江诸暨人,又称西子。西施不但有闭月羞花之貌、沉鱼落雁之容,而且还很有智慧。西施小时候与邻里姐妹们一起去城里玩耍,她们走进一家店铺,见店里山货琳琅满目,其中有一堆干果上插着一块标签,上面写着'香榧'二字。其中一个小姑娘问店主,多少钱一两。店主一看她们是小姑娘,知她们指嫩力薄,便开玩笑道,你们谁要是能用两个手指头揿破香榧壳,我就随你们吃,不要钱!姑娘们听了,都争先恐后地拿起香榧,使尽吃奶的力气按香榧壳,可就是压不破。这时,聪明的西施发现香榧头上有两个白点,好像两只眼睛,她用拇指和食指轻轻一捏,壳就裂了缝。原来,香榧壳上的两个点是排泄孔,两边是香榧生长的中缝,因此,捏住'眼睛',用力一揿,中缝便自然裂开了。这个'西施眼'就是破香榧壳的点。"

"原来还有这样的技巧。"小暑按香榧王说的一捏,果然壳就破开了。小暑见状哈哈大笑。

香榧王说:"想不想听文人雅士的故事。"小暑一边吃着香榧一边点头称想。香榧王就说了起来。

"一个员外想要求得王羲之的书法,就特地请他喝酒,因为席间没有香榧,王羲之酒兴不发,书法更无从谈起。酒毕,王羲之踱到偏间,看见一个木匠在做八仙桌,随口问道,这是什么木材做的?木匠答道,香榧木。王羲之仔细一看,见木材色泽黄润,质地上乘,光滑柔润,于是情不自禁地拿起笔来饱蘸浓墨,在八仙桌上写下了'香榧'两个苍劲有力的大字。待王羲之走后,木匠看桌上有两个字,觉得不妥,正想刨去。这时员外过来问清缘由后大喜,嘱咐木匠不能刨,反而用真漆漆好这两个字,让它更加光彩夺目。从此,员外将这张八仙桌珍藏起来,等到贵宾来临便抬出'香榧桌'供宾客欣赏,员外由此风光不少。"

小暑说:"说到文人雅士,我倒想起了宋代大文豪苏东坡赞美香榧的一首诗,是这样的:'彼美玉山果,粲为金盘实。……驱攘三彭仇,已我心腹疾。'"

香榧王开玩笑道:"想不到小暑还是个才子,佩服佩服。"说完,两人笑了起来。

欲知后事如何,且听下回分解。

第183回　大暑有心病患得失　大寒论格局解疙瘩

　　天上的大暑和小暑是形影不离的好朋友,小暑和大暑邻居,小暑总是跟着大暑。这段时间,小暑下凡去人间考察学习了,大暑没有了伙伴,心里觉得空荡荡的。

　　去年这个时候,太上老君手下一个管炼丹房的童子溜到人间去发威,人们都叫他酷暑。后来酷暑实在闹得太凶,凡间怨声载道,天宫被逼无奈,只好派秋季组的立秋等六大员挂帅出征,剿灭酷暑。后来酷暑虽然失败了,酷暑手下的大将秋老虎也在平阳境内被斩杀。但经此一折腾,凡间对酷暑、秋老虎们始终心有余悸,只怕他们死灰复燃,卷土重来,使凡间生物重陷水深火热之中。大暑虽然和酷暑没有关联,但由于生不逢时,即在一年之中最热的时间段出生,又取了个大暑的名字,很容易和酷暑混淆,不明就里的人一听到"大暑"两字就害怕。这样的事情遇到得多了,大暑心理上留下了阴影。

　　这几天,小暑不在,大暑一边做着下凡去的准备工作,一边等着组织部的通知。又过了几天,还是没有消息,大暑心里又嘀咕起来,在家里呆坐了一个上午。下午,他便去天宫大学找大寒了。

　　大寒本来就是天宫大学研究哲学的专家,后来在冬季组下凡取经的过程中成绩突出,兼任了天宫经济发展研究院的副院长,名声就更大了,在电视台、报纸等新闻媒体上频频露面,算是个名人了。大寒见到大暑来找他,觉得很奇怪。他想:"我们一个在夏季,一个在冬季,整整相差半年,井水不犯河水,他来找我干什么呢? 不管怎样,先聊了再说。"

　　大寒请大暑在办公室坐下,倒了一杯茶给他,然后就问:"大暑兄弟,这么热的天,你不在家歇着,来找我有什么事吗?"大暑说:"热吗?"大寒说:"当然热,现在这个季节还有人觉得不热吗?"大暑说:"和我有关系吗? 是不是因为我在的原因?"大寒心里想,不对啊,这个大暑的思想有点儿问题,必须要开导开导他。

　　大寒就问:"兄弟,有什么地方不舒服吗?"

　　大暑说:"因为去年的酷暑事件,我总觉得我脱不了干系。我走到哪里,人们都在那里指指点点。"

大寒说:"怎么可能。酷暑是酷暑,你大暑是大暑,酷暑犯罪怎么能算到你大暑的头上来? 没有事的,大家心里明白着呢。"

"不是有句话叫'一朝被蛇咬,十年怕井绳'吗?"大暑怯声怯气地说。

大寒说:"你想太多了,你又不是那条蛇,你何必在乎人家说什么。你是大暑,怕人家热死懒你头上?那照这样说来,我是大寒,大冬天的有人冻死是不是都要懒我头上?"

这句话点醒了大暑,他说:"你说得对,我不该这样疑神疑鬼、捕风捉影的。还有件事,我一直想不出怎么做才好。"

大寒说:"没关系,你说给我听听,我也可以一起出出主意。"

大暑说:"我们夏季组下凡考察学习剩下我最后一个了,前面他们五位已经将森林、莲荷、水稻、蔬菜玉米、茶桑果都学了一遍,我想不出我还能学什么?"

大寒知道大暑心里有疙瘩在,需要慢慢说才能说通。想了一会儿,大寒说:"我和你先讲几个社会上存在的现象。一个家庭妇女有一天买了一件衣服,回头习惯性地跟邻居显摆,却发现同样的衣服邻居比她少花了 20 元钱,于是,她耿耿于怀数天。她的格局就值 20 元钱了。有一个乞丐整天在街上乞讨,对路上衣着光鲜的人毫无感觉,却嫉妒比自己乞讨得多的乞丐,这乞丐只能一直是个乞丐。三个工人在工地砌墙,有人问他们在干吗。第一个人没好气说,砌墙,你没看到吗?第二个人笑着说,我们在盖一幢高楼。第三个人笑容满面地说,我们正在建一座新城市。十年后,第一个人仍在砌墙,第二个人成了工程师,而第三个人是前两个人的老板。"

"有点儿意思,你能说得更明白些吗?"大暑说。

大寒说:"有一句话说得好,你的心有多宽,你的舞台就有多大;你的格局有多大,你的心就能有多宽! 放大你的格局,你的人生将不可思议! 还有这样一句谚语,再大的烙饼也大不过烙它的锅。这句话的哲理是,你可以烙出大饼来,但是你烙出的饼再大,它也得受烙它的那口锅的限制。我们所希望的未来就好像这张大饼一样,是否能烙出满意的'大饼',完全取决于烙它的那口'锅',这就是所谓的'格局'。"

大暑点点头说:"有道理,你的意思就是人要树立大格局,要有开阔的心胸,不能因环境的不利而妄自菲薄,更不能因能力的不足而自暴自弃。"

大寒说:"对,就是这个意思,你只要树立了大格局,就不会患得患失,也不会斤斤计较。这一步走出去了,你就会豁然开朗、恍然大悟。"

大暑说:"哲学家就是不一样,经你这么一说,我心里的疙瘩全解开了。我知道该怎么办了。"

大寒说:"你即将下凡去,我给你念一首诗,算给你送行吧。'绿树阴浓夏日长,楼台倒影入池塘。水晶帘动微风起,满架蔷薇一院香。'"

大暑说:"这是唐代诗人高骈的《山亭夏日》,说的是夏日,绿树遮住了太阳,遍地阴浓景象,夏天的白日真是漫长呀。亭台楼阁的倒影映在池塘中,宛如美景。微风轻拂,水波荡漾,好像水晶帘幕轻轻摆动。吹动了那满架的蔷薇,院中早已弥漫阵阵清香。此诗写夏日风光,用近似绘画的手法:绿树阴浓、楼台倒影、池塘水波、满架蔷薇,构成了一幅色彩鲜丽、情调清和的图画。"

见大寒含笑点点头,大暑想了想又说:"听君一席话,胜读十年书。如这首诗一样,夏日炎热,如沐清风,令人心旷神怡。非常感谢大寒兄弟。"说完,大暑就离开了大寒的办公室。

气候学上的大暑是二十四节气之一,时间为每年 7 月 22～24 日之间,太阳位于黄经 120°。大暑期间,民间有饮伏茶、晒伏姜、烧伏香等习俗。大暑是一年中最热的节气,正值二伏前后。长江流域的许多地方大暑时经常出现 40℃ 的高温天气,因此人们这时要做好防暑降温工作。这个节气雨水多,有"小暑大暑,淹死老鼠"的谚语。

古代将大暑分为三候:一候腐草为萤,二候土润溽暑,三候大雨时行。世上萤火虫有两千多种,分水生与陆生两种。陆生的萤火虫产卵于枯草上,大暑时,萤火虫卵化而出,所以古人认为萤火虫是腐草变成的。第二候是说天气开始变得闷热,土地也很潮湿。第三候是说时常有大的雷雨出现,大雨使暑湿减弱,天气开始向立秋过渡。

谚语说:"禾到大暑日夜黄","大暑大暑,不熟也熟","大暑不割禾,一天丢一箩"。长江以南地区大暑时正是紧张的双抢季节,上午黄,下午青,抢割抢栽,"早稻抢日,晚稻抢时"。适时收获早稻,不仅可减少后期风雨造成的危害,确保丰产丰收,而且可使双季晚稻适时栽插,争取足够的生长期。大暑前后最忌闻雷,湘、桂一带有"大暑闻雷有秋旱"的说法。

欲知后事如何,且听下回分解。

第184回　樟王赏诗句解夏意　大暑定方向悟禅理

大暑从大寒那里刚回到家,天宫组织部的通知就来了,要他立即启程下凡考察学习。大暑经大寒的心理疏导后,感觉好多了,就不慌不忙地做好准备,然后一头扎下云层飞往地面去了。

来到香樟王的住地,香樟王正躺在竹席上午睡。大暑没去叫醒他,就在院子里四处看看。来到客厅,大暑见茶几上放着一幅书法作品,边上的笔墨纸砚都还在,可见是香樟王刚刚才完成的。大暑仔细一看,写的是宋代诗人苏舜钦的《夏意》诗:

> 别院深深夏席清,石榴开遍透帘明。
>
> 树阴满地日当午,梦觉流莺时一声。

书法写得苍劲有力,气势磅礴。大暑细细品味,不禁脱口而出,连说"好诗,好字"。说话声惊醒了躺着的香樟王。他连忙起身来到客厅,发现是大暑在欣赏诗作,忙作揖致歉。大暑还礼说:"对不起,把您吵醒了。"寒暄后,大暑首先关切地问小暑的去向。香樟王说:"小暑因考察期已满,从诸暨枫桥学了香榧后,直接从那里回天宫去了,听说还带了一些香榧去。"大暑说:"这样我就放心了。我们天宫虽然不富裕,但毕竟是天国,不能白拿民间的一针一线,不知小暑付钱了没有?"香樟王说:"有朋自远方来,不亦乐乎。中国是文明古国,礼仪之邦,客人走了,送些礼品也是应该的,何况香榧只是土特产。"大暑朝香樟王看了看,说:"看来,樟王是在这里住得时间长了,被同化了。"香樟王笑道:"一方水土养一方人。我们也要接地气呀。"大暑也笑了。

这时,小香樟端上茶来了,接着又拿上来几盘零食,其中有花生、瓜子、黄豆等。香樟王请大暑喝茶吃零食。大暑指了指桌上写的《夏意》,说:"樟王好雅兴,这大热天的,你这里倒是清凉啊。"香樟王说:"心静自然凉。我特别喜欢这首诗,刚才手痒,草写了一张,见笑了。"大暑说:"樟王书法别具一格,自成一体,难得难得。樟王对《夏意》情有独钟,一定很有心得,请赐教。"香樟王说:"赐教谈不上,倒可以说说我的一些体会。"大暑说:"请讲。"香樟王就说了起来。

苏舜钦的这首《夏意》诗,能于盛夏炎热之时写出一种清幽之境、悠旷之情,实属难得。先说第一句"别院深深夏席清":"夏"字点明节令,"别院""深深"
"清"三词层层深入,一开始即构成清幽的气氛。别院即正院旁侧的小院。深
深,言此小院在宅庭幽深处,小院深深,曲径通幽,在这极清极静的环境中有小
轩一座,竹席一张。"夏席清",谓虽当盛夏,而小院深处,竹席清凉。深深是叠
词,深深与清,韵母又相近,音质均清亮平远。这样不仅从文字形象上,更从音
乐形象上给我们以凉爽幽深之感。

第二句"石榴开遍透帘明"。"帘"字点明夏席铺展在轩屋之中。诗人欹卧
于席上,闲望户外,只见榴花盛开,透过帘栊,展现着明艳的风姿。韩愈曾有句
云"五月榴花照眼明",第二句化用其意,却又加上了一重帷帘。隔帘而望榴花,
虽花红如火,却无刺目之感。

此诗第三句"树阴满地日当午",是由陶渊明诗中化出的,虽当中夏亭午,而
小院中仍清阴遍地,一片凉意。此句与上句设色相映,从"树阴满地"可想见绿
树成林,不写树,而写阴,更显得小院之清凉静谧。

在这清幽的环境中,诗人又在干什么呢? 第四句说了,"梦觉流莺时一声"。
原来,他已为小院的环境所抚慰,虽然烈日当午,却已酣然入睡,待到"梦觉",只
听得园林深处不时传来一两声流莺鸣啼的清韵。写莺声而不写黄莺本身,既见
得树荫之茂密深邃,又以阒静之中时歇时现的呖呖之声,反衬出这小院的幽深
宁静。

总之,此诗无一句不切夏景,又句句散发着清爽之意,读之似有清风拂面之
感。诗的表现手法有三个特点:笔致轻巧空灵,写庭院,落墨在深深别院;写榴
花,则施以帷帘;写绿树,从清阴看出;写黄莺,从啼声听得。句句从空际着笔,
遂构成与昼寝相应的明丽而缥缈的意境。

香樟王解说完了,大暑赞叹不已:"上有大寒,下有樟王,我这两天遇到高人
了。您这里的环境,和诗里何其相似也,难怪您分析得如此入木三分。"

香樟王听了哈哈大笑道:"我这里乃陋室,怎能和《夏意》的诗境相比。话说
回来,听你刚才提到大寒,这是怎么一回事?"

大暑也不避讳,就把自己昨天和大寒的对话复述了一遍,话语里都是对大
寒的敬佩之意。香樟王听了后说:"确实,大寒是个有大智慧的人,他去年冬季
下来取经,我们有过交流,我就感觉他分析问题非常深刻。他说得对,不光人需
要有大格局,我们植物也要有大格局。"

大暑说:"您对此又有什么忠告?"

香樟王说:"我讲一个故事。父亲丢了块表,他抱怨着四处寻找,可找了半天也没找到。等他出去后,儿子悄悄进屋,不一会儿就找到了表。父亲问:怎么找到的? 儿子说:我就安静地坐着,一会儿就能听到滴答滴答的声音,表就找到了。"

大暑说:"这个故事说明,我们越是焦躁地寻找,越找不到自己想要的,只有平静下来,才能听到内心的声音。"

香樟王说:"对,我再讲一个故事。一个行者问老道士,您得道前,做什么? 老道士:砍柴、担水、做饭。行者又问,那得道后呢? 老道士说,砍柴、担水、做饭。行者好奇地问:那何谓得道? 老道士回答,得道前,砍柴时惦记着挑水,挑水时惦记着做饭;得道后,砍柴即砍柴,担水即担水,做饭即做饭。"

大暑说:"这个故事有点儿哲学味道,我的理解是,大道至简,平常心是道。"

香樟王说:"对,就是这样。我们在日常生活中,只要静下心来,有一颗平常心即可做到不管风吹浪打,胜似闲庭信步;不管酷暑热浪,我自清风拂面。"

大暑说:"樟王说得太好了,使我茅塞顿开。几天前,我还纠结下凡学什么,通过大寒和您两位高人的指点,我想清楚了。"

香樟王问:"那你确定学什么了? 说来听听!"

"确定了,远在天边,近在眼前。"大暑用手指指桌上盘子里的零食说,"我就选择花生、瓜子、黄豆这些植物学,天涯何处无芳草,墙里秋千墙外道。只要能学到真本事,学什么都是好的,不分孰大孰小。"见香樟王赞许地点了点头,大暑接着说:"那您要帮我物色地点,我马上就去。"

香樟王说:"说到花生,新昌小京生很有名;瓜子,实际上是向日葵的果实,你可以去上虞的海上花田湿地公园看看;至于这个黄豆,也就是大豆,则到处都是,你可以随便选个地方。地点,联络植物,我都会给你安排好的。不过,今日我们再聊聊,你明天早上再去不迟。"

大暑高兴地说:"那太好了,我先谢过樟王了。"

欲知后事如何,且听下回分解。

第185回　大暑天研学小京生　骆宾王感动落花生

到了第二天早上,大暑就单枪匹马地赶到新昌去了。正是七月盛夏,蔚蓝的天空没有一丝云彩,火热的太阳炙烤着大地,河里的水烫手,地里的土冒烟。道路两旁,成熟的谷物热得弯下腰,低着头。蹦跳着的蚱蜢在青草地里,在岸边的芦苇丛中,发出微弱而嘈杂的鸣声;小鸟不知躲匿到什么地方去了;草木都垂头丧气,像在昏昏欲睡;只有那知了,不住地在枝头发出破碎的高叫,像是破锣碎鼓在为烈日呐喊助威。大暑已经想通了,静下心来,怀着一颗平常心,心无旁骛,也没感觉到多热。

到了接头点,小京生花生的接待员已经等着他了。大暑闲话少说,直奔主题,请接待员先介绍起来。接待员说:"新昌小京生,俗称小红毛花生、落花生,以新昌县大市聚、红旗、孟家塘、西郊等一带黄土低台地生产的为最佳。其特点是壳薄光泽,香而带甜,油而不腻,松脆爽口,色香味俱佳。小京生果仁,含蛋白质27%,脂肪48%,营养价值比鸡蛋、牛奶还高。曾经在全国花生食味评比中,名列首位。"说着,小京生花生还唱起了顺口溜:"常吃小京生,胜过滋补品;吃了小京生,天天不想荤。"

接待员把大暑带到一片黄土丘陵上,那里是成片的小京生花生地。只见花生那小小的黄花,疏密有致地洒在椭圆形叶片中,犹如镶嵌着粒粒金灿灿的宝石。微风吹来,送出缕缕清香。青青的花生株上,露出一点点鲜黄的嫩苞。早晨浴着露水,湿漉漉的;中午,反射着阳光,亮晶晶的。

接待员见大暑盯着花生苗看,就说:"我们花生的花没有婀娜的姿态,看上去的确比不上樱花、牡丹、白莲。不过记得一位名人说过:不是因为美丽才显得可爱,而是因为可爱才显得美丽。"

大暑说:"是啊,在我看来,你们花生的花虽平凡,却蕴藏着另一种美。从你们身上,我联想到那些朴实无华、不慕名利、默默无闻地为人类贡献自己的千千万万个普通劳动者。"

听到大暑夸赞,接待员更来劲了,他指着地上的花生苗说:"小京生属豆科作物,是花生中的优良品种。茎为蔓生型。株高35~50厘米,结荚范围25~35

厘米,单株结果数 20 个以上,以双荚果为主。果呈尖鸡嘴形,壳薄而果仁饱满,呈椭圆形,种皮粉红色,百果重 125 ~ 135 克,百仁重 56 ~ 65 克,出仁率 75% 左右。花生一般在 4 月 15 日播种,5 月中旬开花,9 月底至 10 月初成熟,全生育期 160 ~ 170 天,一般亩产在 100 公斤左右。"

大暑很认真地听着,还拿出笔记本,把重要的记录下来,不清楚的就不厌其烦地问。当大暑问起小京生花生的来历时,接待员说:"小京生花生是新昌县传统的地方优良品种。种植历史较久,品质特佳。这个品种是清朝末年从北京引进的,至今有 100 多年的历史。早在民国初期,新昌小京生就驰名于国内和港澳地区。"

当问到新昌小京生的食用价值时,接待员说:"新昌小京生果形美观,多用来炒食,香酥甜醇,风味特佳。同时也可以加工成多种食品,营养丰富。营养价值比鸡蛋、牛奶还高。小京生花生还具有保健作用和药用价值,能悦脾和胃、润肺化痰、滋补调气,经常食用对动脉粥样硬化和冠心病有一定的预防和治疗作用,还能提高青少年的记忆力,并具有延年益寿之功效,故有'长生果'之美称。"

关于小京生的品牌,接待员介绍:"小京生出现了众多品牌,如'提升'牌小京生、'京粒'牌小京生、'土佬哥'牌小京生、'穿岩十九峰'牌小京生,等等。其中,'提升'牌小京生还沿用传统工艺黄沙炒制,花生味道更香浓正宗。"

听到这里,大暑提出了一个问题:"为什么同样是花生,种在这里的品质会更好呢?"

接待员解释:"新昌花生主要种植在新昌玄武岩风化发育的低台地上,主要土壤为红黏土、棕泥土。玄武岩台地由于新构造运动的差别上升,形成了不同海拔高程的玄武岩台地,台地与台地、台地与低丘之间不相连。台地边缘坡度陡,形成了特殊的台地气候。在其他条件适宜时,白天日照足、温度高,能增强光合作用,有利于作物有机物的形成和积累。夜间温度低,可减少有机物质的呼吸消耗,有利于提高花生的品质。"

大暑说:"前面听介绍说你们还有个名字叫落花生,这个有什么来历?"

接待员说:"说起花生,大家都知道。可是,古时候的花生是什么样子,却很少有人知道。那时的花生大小和现在的差不多。但是它既没有包着花生仁儿的薄红皮儿,又不在土里生长,而像四季豆那样吊在花生秧子上。它是怎么才变成现在这个样子的呢?说起来,这里边还有一段关于骆宾王的故事。"

听说和骆宾王有关系,大暑兴趣更高了,忙催接待员说下去。接待员就讲起了落花生的传说。

很多年以前,有一户姓骆的夫妻,儿子才十来岁。父亲体弱多病,母亲勤劳贤惠。一家三口人只有半亩地,一年到头起早贪黑,勉强能维持生活。

骆家的地地形狭长,种着花生,在离村一里多的山脚下。这地方乌鸦特别多,每当花生开花结果的时候,它们就成群结队地飞来啄食。骆家地少,一家全靠种花生换粮糊口。他父亲不能干活,母亲既要伺候父亲,又要操劳家务,只有让孩子来看花生了。孩子也真够命苦,每天天一亮就去撵乌鸦,中午吃点儿干粮,喝点儿凉开水,一直到太阳落山才能回家。这孩子很爱读书,但照这样下去,哪里有时间看书啊。

有一天中午,天气非常热,孩子又在地里看花生,忽听到不远处有人呼救。他跑过去一看,原来是个瘦骨嶙峋的老头跌倒在地上。他的头发、眉毛、胡子都是白的,脸上沾满了汗水和尘土,样子很难看。他趴在地上一边痛苦地呻吟,一边挣扎着,可就是站不起来。孩子看他那么大年纪怪可怜的,就慢慢地把老头扶起来,然后轻轻地问:"老大爷,你怎么啦?"老头有气无力地说:"我去闺女家,走到这,又热、又渴、又饿,就摔倒了。"孩子赶紧拿出手巾让他擦汗,又把水递给他喝,把篮子里的干粮送给他吃。

吃饱喝足了,老头说:"我要走了,你到前边树林里给我砍一根不粗不细、不长不短的木棍,我好当拐杖。"骆家孩子就拿起一把柴刀跑进树林。他挑了又挑,拣了又拣,砍了一根不长不短、不粗不细的木棍,又把它刮得光溜溜的,最后把木棍递给老头。老头接过木棍,说了一声:"好孩子!"忽然,平地起了一阵清风,那老头不见了。孩子大吃一惊,只见地上放着一张纸,上面压了一块会发光的石头,纸上写着:"好孩子,我是本地的山神。你在太阳落山以前,把这块宝石埋在花生地中间,就会得到好处。要记住,一是必须埋三尺深,二要用手来挖。"孩子很高兴,他拿起宝石走进花生地。奇怪,满地的花生都朝宝石点头,像磁石吸引铁末一样。他挖呀挖,不一会儿就挖了一尺深,因为上面是沙土,容易挖。再往下就难挖了,那是黏土和碎石块。他挖呀挖呀,十指头都磨破了,往外渗着血,每挖一下,指头就像针一样从手上一直疼到心里。当他挖好坑,埋上宝石,填上最后一抔土时,太阳正好落山。

第二天,孩子来到花生地一看,奇怪的事情发生了:花生都钻进土里藏起来了。就连那些刚开花的花朵、花冠,一掉下来也马上钻进沙土里。乌鸦看不见花生,就一群一群地飞走了。从那以后,孩子不用看花生了,有时间专心读书了。

花生成熟的季节到了。各家各户的花生都因为乌鸦偷吃而减产,只有骆家的花生获得了好收成,而且籽粒饱满,花生仁上还包了两层红色的薄皮,传说那是孩子埋宝石时手指出血染成的。从那以后,全村人都买骆家的花生做种子。原来的花生品种慢慢地绝迹了,骆家的花生种一直流传到现在,所以人们称它为"落(骆)花生"。

骆家的孩子由于刻苦读书,虚心好学,后来成了著名的文学家,他就是有名的"初唐四杰"之一骆宾王。

接待员的故事说完了,大暑大受感动,他感慨万千地说:"有志者事竟成,原来落花生是这样来的,满满的正能量啊。我一定要学成带回去,在天宫种植推广,发扬光大。"

欲知后事如何,且听下回分解。

第186回　葵王海上花田做东　大暑情到深处吟诗

大暑到达海上花田是在两天后。这海上花田既是生态旅游度假区,又是湿地公园,位于绍兴市杭州湾南翼中心地带,地处绍兴滨海新城、杭州湾嘉绍跨江大桥南桥头堡,是集现代农业观光、生态体验、休闲养生、科普教育、农耕文化等功能于一体,通过营造生态环境、休闲宜人体验,打造成为杭州湾南岸富有田园特色的生态休闲旅游景区。

大暑到这里来,可不是来游玩的,他是来学习考察向日葵的。因此他一到那里,就找到了葵王。葵王早已知道大暑要来,二话没说,就带着大暑到景区花田,向大暑介绍起来。

据葵王介绍,这个景区差不多有20万平方米的花海,而向日葵便是景区主打的花种,这里有五个品种的向日葵,颜色、长相都是各式各样的,有化装舞会系列、宝莲灯、玩具熊等。向日葵向阳而生,象征着信念与忠诚。

大暑看到大片的向日葵花海,啧啧称奇:"虽说我也见过一些地方的向日葵,但还真是第一次看见长这么大片,又有这么多品种的向日葵。它们沐浴在夏日温暖的阳光下,自信而又大方地出现在游人面前,实在是景区一道靓丽的风景。"

葵王又做起了自我介绍,向日葵,是菊科向日葵属的一年生草本植物。高

1~3.5米。茎直立,圆形多棱角,质硬,被白色粗硬毛。广卵形的叶片通常互生,先端锐突或渐尖,有基出3脉,边缘具粗锯齿,两面粗糙,被毛,有长柄。头状花序,直径10~30厘米,单生于茎顶或枝端。总苞片多层,叶质,覆瓦状排列,被长硬毛。夏季开花,花序边缘生中性的黄色舌状花,不结实。花序中部为两性管状花,棕色或紫色,能结实。矩卵形瘦果,果皮木质化,灰色或黑色,称葵花籽。籽常炒制之后做零食食用,味美,也可以榨葵花籽油用于食用,油渣可以做饲料。

向日葵四季皆可种植,以夏、冬两季为主。向日葵成长相当敏捷,花期可达两周以上。向日葵的生长与温度、水分、光照、土壤等因素关系密切。

问起向日葵的来历,葵王说:"向日葵原产地为北美洲。向日葵的野生种主要分布在北美洲南部、西部及秘鲁和墨西哥北部地区。哥伦布发现新大陆时,航行到美洲的西班牙人把向日葵带到欧洲,开始在西班牙的马德里植物园种植观赏。现在世界各地都有种植,是俄罗斯、乌克兰、葡萄牙、秘鲁、玻利维亚的国花。向日葵为世界四大油料作物之一,约自明朝传入中国。中国向日葵主产区分布在东北、西北和华北地区,如内蒙古、吉林、辽宁、黑龙江、山西等省、自治区。"

说到向日葵的品种,葵王说:"品种可分为'普通观赏用'品种和'食用'品种两大类。观赏用品种特点为植株较矮小,通常不超过半米。观赏向日葵因而适合栽种于盆栽中;食用品种则植株较为高大,种于正常露天苗圃泥土中,可长至2米以上。"

关于向日葵的经济价值,葵王自豪地说:"向日葵的经济价值包括食用价值、药用价值、净化价值。向日葵的种子含油量极高,味香可口,可炒食,亦可榨油,为重要的油料作物。向日葵一身是药,其种子、花盘、茎叶、茎髓、根、花等均可入药。种子油可做软膏的基础药;茎髓可做利尿消炎剂;叶与花瓣可做苦味健胃剂;果盘(花托)有降血压作用。向日葵具有修复土壤的功能,并且几乎贯穿在它的整个生长过程中,从萌芽到收割,利用绿色植物去除环境中的污染成分,或将其转化为无毒物质,当其扎根土壤,利用其根系吸收养分的同时,也是一个对有害污染物进行提取、降解、过滤、固定或者挥发的过程。"

听到这里,大暑提出了一个问题,就是为什么叫"向日葵"。葵王说:"向日葵,因花序随太阳转动而得名。向日葵的特点是具有向光性,它是随太阳回绕的花,人们称它为太阳花。向日葵是太阳神的象征,因此向日葵的花语是太阳。

另外,因向日葵和人类的日常生活息息相关,是一种和人类相当投缘的植物。因此,它的花语也叫'投缘'。"

大暑看着眼前的大片花海,听了葵王的介绍,不禁诗兴大发,他低声地吟诵道:

啊,向日葵,

虽然我并不总看得清,

你蹙眉或苦笑背后的心情;

并不常对你说,

我内心所有的欢喜与伤痛,

却在彼此生命中互为欣赏,

不断地相逢再离别,

相拥然后目送,

把你赐予我的种子,

种在天边。

你温暖的注视,

像太阳明亮灿烂,

伴我一路前行,

挣扎跌倒反复爬起,

生根发芽,

依然不屈不挠顺从天意。

当我经历过喜怒哀乐,

想和你分享,

请让我牵你手,

陪你晒晒太阳,

在不同时空对视,

冷静而缄默如常,

我明白你深沉目光背后所有守望,

你带着爱慕、信念的花语,

向暖绽放。

你是我的温柔与浪漫,

从童年蔓延到成年的点点滴滴记忆,

都是沉默的爱，

虽然什么都不必说，

我们已读懂对方。

但这一次我想好好表达，

你永远是我的阳光。

吟完了，葵王拍手叫好。见大暑已泪流满面，葵王拿出湿巾纸递给大暑，接着说："原来大暑兄还如此富有情怀。那我再讲一个关于向日葵的美妙传说给你听。"

大暑擦去了脸上的泪水，不好意思地说："我太激动了，让您见笑了，那就听您讲故事吧。"

葵王说："古代有一位农夫，女儿名叫明姑。她憨厚老实，长得俊俏，却被后娘'女霸王'视为眼中钉，受到百般凌辱虐待。有一次，因一件小事，明姑顶撞了后娘一句，惹怒了后娘。后娘便用皮鞭抽打她，可一下失手打到了前来劝解的亲生女儿身上。这时，后娘又气又恨，夜里趁明姑熟睡之际挖掉了她的眼睛。明姑疼痛难忍，破门出逃，不久死去，死后在她坟上开着一盘鲜丽的黄花，终日面向阳光，它就是向日葵，表示明姑向往光明、厌恶黑暗之意。这传说激励人们反抗暴力、黑暗，追求光明。向日葵便繁衍至今。"

葵王讲完了，大暑心中又起波澜，他对着向日葵喃喃自语：向日葵，我要带你上天堂，让你成为万人喜爱的植物女王。

欲知后事如何，且听下回分解。

第187回　杭州湾求教大豆王　昨今明三天神世界

大暑离开了海上花田，又来到了慈溪境内杭州湾边新浦围垦区域。夏风阵阵吹过，成片的大豆摇动着豆花，发出了哗啦啦的笑声。大豆王陪着大暑，沿着一望无际的平泛区，边走边聊。

原来，大豆通称黄豆，是豆科大豆属一年生草本植物，高30～90厘米。茎粗壮，直立，密被褐色长硬毛。叶通常具3小叶；托叶具脉纹，被黄色柔毛；叶柄长2～20厘米；小叶宽卵形，纸质。总状花序短的少花，长的多花；总花梗通常有 5 ~ 8 朵无柄、紧挤的花。苞片披针形,被糙伏毛;小苞片披针形,被伏贴的刚毛;花萼披针形,花为紫色、淡紫色或白色,基部具瓣柄,翼瓣篦状。荚果肥大,稍弯,下垂,黄绿色,密被褐黄色长毛。种子 2 ~ 5 颗,呈椭圆形。种皮光滑,有淡绿色、黄色、褐色和黑色等多样。花期为 6 ~ 7 月,果期为 7 ~ 9 月。

大豆原产中国,全国各地均有栽培,亦广泛栽培于世界各地。中国大豆的集中产区在东北平原、黄淮平原、长江三角洲和江汉平原。根据大豆品种特性和耕作制度的不同,中国大豆生产分为五个主产区,即内蒙古、东北三省为主的春大豆区,黄淮流域的夏大豆区,长江流域的春、夏大豆区,江南各省南部的秋作大豆区,两广、云南南部的大豆多熟区。其中,东北春播大豆和黄淮海夏播大豆是中国大豆种植面积最大、产量最高的两个地区。

大豆是中国重要粮食作物之一,已有五千年栽培历史,古称菽,是一种种子含有丰富植物蛋白质的作物。大豆最常用来做各种豆制品、榨取豆油、酿造酱油和提取蛋白质。豆渣或磨成粗粉的大豆也常用作禽畜饲料。

大豆植株直立,有分枝,高度从几厘米到 2 米以上。自花授粉,花为白色或微带紫色。种子为黄色、绿色、褐色、黑色或双色,每个荚果内含 1 至 4 粒种子。大豆在各类土壤中均可栽培,但在温暖、肥沃、排水良好的沙壤土中生长旺盛。一般要等大豆落叶后,种子含水量降至 13% 以下时进行收割,以便贮藏。

大豆含的营养素比较全面,并且含量丰富。大豆蛋白质含有人体所需的各种氨基酸,特别是赖氨酸、亮氨酸、苏氨酸等人体必需氨基酸比较多。这与一般谷类食物正好相反。故大豆与粮食混吃可以互补,大大提高了大豆及粮食的营养价值。大豆含有很多脂肪,并且为不饱和脂肪酸,亚麻酸含量尤其丰富。这对于预防动脉硬化有很大的作用。大豆中还含有约 1.5% 的磷脂。磷脂是构成细胞的基本成分,对维持人的神经、肝脏、骨骼及皮肤的健康均有重要的作用。

大豆广泛用于制作豆浆、豆腐,亦可烘烤用作小吃。大豆芽可用于沙拉,可做蔬菜。将大豆和麦粒压碎,加入霉菌、盐水发酵,经 6 个月至 1 年以上,制成褐色液体,这即是酱油,在东方人的烹调中普遍使用。20 世纪 80 年代初,美国成为世界大豆生产大国,巴西和中国次之。现代工艺技术使大豆的用途更加多样化。豆油可以加工成人造黄油、人造奶酪,还可制成油漆、黏合剂、化肥、上浆剂、油毡、杀虫剂、灭火剂的成分。豆粉则是代替肉类的高蛋白食物,可制成多种食品,包括婴儿食品。大豆含有的植物型雌激素能有效地抑制人体内雌激素的产生,而雌激素过高乃是引发乳腺癌的主要原因之一。

因为大豆用途多样,营养价值高,栽培广泛,便于出口,所以在缓和世界性饥饿问题上起到了重要的作用。

大暑说:"我在天宫也吃到过很多种豆制品,但大豆有这么多价值倒是没有想到。我们天宫无边无际,地方多的是,种植大豆前景广阔啊。"

大豆王开玩笑说:"你先回去做推广,如果到时需要我提供技术支撑,就通知我,我来帮忙。我也很想去天宫看看。"

大暑回道:"你要到天宫来我是欢迎的,不过你来了后可能会失望。天宫冷冰冰的,根本不能和你们这里城乡的繁华相比。"

大豆王说:"没有去过的地方总想去看看,就是图个新奇。像我们大豆,原来只在中国生长,后来就是因为好奇,漂洋过海地到处跑,现在满世界都是我们的身影了。中国人现在反倒要从美国进口大豆了。如果中国不从美国进口,那些豆农愁都愁死了。"

大暑说:"我小的时候,读过曹植写的《七步诗》:

煮豆燃豆萁,豆在釜中泣。

本是同根生,相煎何太急?

"这首诗写得太形象了,给我留下了很深的印象。"

大豆王说:"写大豆的名诗名篇有很多,比如王维的《相思》:

红豆生南国,春来发几枝。

愿君多采撷,此物最相思。

辛弃疾的《清平乐·村居》:

茅檐低小,溪上青青草。

醉里吴音相媚好,白发谁家翁媪?

大儿锄豆溪东,中儿正织鸡笼。

最喜小儿亡赖,溪头卧剥莲蓬。

都写得不错。"

大暑说:"我记得陶渊明写的《归园田居》:

种豆南山下,草盛豆苗稀。

晨兴理荒秽,带月荷锄归。

道狭草木长,夕露沾我衣。

衣沾不足惜,但使愿无违。

"陶渊明在桃花源中,田园牧歌,令人神往。人们以为我们在天宫高高在上,其实我们的烦恼很多。"

大豆王说:"我给你讲讲我们大豆的故事,或许你能得到启发。

"世界上卖豆子的人是最快乐的,因为他们永远不必担心豆子卖不出去。假如他们的豆子卖不完,可以拿回家去磨成豆浆,再拿出来卖;如果豆浆卖不完,可以制作成豆腐;豆腐卖不成,变硬了,就当豆腐干来卖;豆腐干再卖不出去的话,就腌起来,变成腐乳。还有一种选择是,卖豆人把卖不出去的豆子拿回家,加上水让豆子发芽,几天后就可变成豆芽;豆芽再卖不动,就让它长大些,变成豆苗;如果豆苗还是卖不动,再让它长大些,移植到花盆里,当作盆景来卖;如果盆景再卖不出去,就把它移植到泥土中去,让它生长,几个月后,它会结出许多新豆子,一颗一颗的豆子变成上百颗豆子,想想那是多么合算的事。

"一颗豆子遭到冷落的时候,都有那么多精彩的选择,何况一个人呢?人至少比豆子要坚强一些吧?最起码人还是高级动物,也有顽强的生命力。那么你现在还有什么好忧虑的呢?

"人活在世界上,看似长久,其实只有三天——昨天、今天、明天。昨天过去了,不再烦恼;今天,正在过,不用烦恼;明天,还没到,更是烦不着。一切的烦恼都会迎刃而解,今天的担忧就让它通通过去吧!"

听大豆王说到这里,大暑大为惊讶地说:"你说得太好了。大豆王,你可以做哲学家了。地面上遍地英雄好汉,处处藏龙卧虎,我这次来,不光能学到种豆的科学知识,还能学到许多做人的道理,真是太好了。"

说完,大暑和大豆王爽朗地笑了起来。

欲知后事如何,且听下回分解。

第188回　夏季组聚会写总结　交报告天候曲结束

时间过得很快,夏季马上就过去了,夏季组的六大员赴人间考察学习后都陆续回来了。六个人中,立夏、小满、小暑按时回到了天上;夏至因为犯了错误被提前撤销考察资格送到天宫大学学习去了;芒种是和大暑一起直到最后才回来的。芒种离开葛教授时,葛教授很不舍,芒种编了个美丽的谎言才得以脱身。

立夏见大家都回来了,就把其他五个人都召集起来,还把顾问牛郎也请来了。立夏说:"我们夏季组六个人都已结束了下凡考察学习任务,平安顺利地回到了天宫。现在,实地的工作是完成了,我们要商量的是下一步怎么走。"

牛郎说:"按照惯例,每个季组结束后,天宫有关部门会组织一次总结会,由你们每人介绍下凡情况。去年是秋季组先下去的,但当时是非常时期,秋季组是带兵打仗去的,胜利返回后,天宫肯定要大张旗鼓地宣传表彰一番,因此总结会一定是要开的;冬季组下凡是带着取经的重任去的,取回来的真经对天宫各行各业都很有用,因此,这个总结会也是一定要开的;春季组倒是比较轻松,名义上是下凡去慰问的,实际上相当于游山玩水去,但由于春季组是天宫宣传部负责派下的,宣传部善于开总结大会,所以春季组回来后,这个总结大会也开了;这次你们夏季组是由天宫组织部安排的,组织部比较务实,会不会组织召开总结会就不一定了。"

小满说:"前面三个组的总结会我都参加了旁听,他们都有总结材料。我的意思是不管总结会开不开,我们总结材料先写起来。"

芒种说:"我们这次去以考察学习为主,就是说我们比较专业,带点儿学术性质。我们要写详细的学术论文,起码要在《天宫大学学报》上发表。"

小暑说:"芒种说的写学术论文,我觉得可以迟一步。既然是考察,那么当务之急就是把调研报告写出来。"

夏至、大暑也同意小暑的观点。

牛郎说:"不知你们有没有忘记,你们下去以前,我就说了,天宫派你们下去做调研,结果的好坏很大程度上体现在这个调研报告上。我当时提醒你们多练练笔,提高写作水平,你们那时也这样做了是不是?"

夏季组的成员都说:"是的,是的,牛顾问说得对。"

立夏和牛郎耳语了几句,牛郎点了点头。紧接着,立夏开口说道:"那就这样定,我们先集中精力把调研报告写出来。每个人先把自己学到的内容总结出来,然后把六部分内容汇总形成一个总报告,交给组织部审阅。现在大家分头去写自己的,交上来后,汇总统稿工作由我和牛顾问来完成。"

大家都没有意见,碰头会就这样结束了,大家都去忙自己的了。

过了几天,六位大神写的总结都交到了牛郎那里。牛郎先仔细地看了一遍。

立夏写的是关于森林的。立夏写道:森林是陆地生态系统的主体,也是陆地上最庞大、最复杂、多物种、多功能与多效益的生态系统。这一生态系统的全部活动与表现过程,对于当地及四周环境产生不同程度的影响,这就是森林的功能。天宫发展扩大森林,对于促进天宫经济社会发展、优化社会发展环境、改善人居环境、满足人们的精神享受、成就生态文明等,具有重要的意义。

小满是研究水生植物莲荷的。小满写道:水生植物在淡水生态系统的稳态转化(从浊水到清水)中具有重要的作用。水生植物的恢复与重建是水生态修复的主要措施。莲荷在水生植物中具有重要的地位,不仅具有重大的经济、生态价值,还具有重要的文化价值。天宫在发展水生植物时,首推莲荷。

芒种学的是水稻,并且他学的时间最长,学得最系统,所以他写的内容最多、最全面。小满写道:民以食为天,解决天宫的粮食问题主要靠水稻,首先要增加水稻的种植面积,其次要提高水稻的单位面积产量。建议尽快引进杂交水稻,开疆辟土,把闲置的土地充分利用起来。

夏至是奔着蔬菜、玉米去的。他写道:蔬菜是指可以做菜、烹饪成为食品的一类植物或菌类。蔬菜是人们日常饮食中必不可少的食物之一,可提供人体必需的多种维生素和矿物质等营养物质。玉米是重要的粮食作物和饲料作物,玉米的总产量仅次于水稻和小麦。没有蔬菜,饭都吃不下去;没有玉米,粮食根本就不够吃。蔬菜和玉米的重要性不言而喻。

小暑对茶桑果情有独钟。他写道:茶叶中富含茶酚、儿茶素、维生素 E、黄酮类等物质,经常喝茶有益健康;桑树是蚕的食材,蚕是丝的来源,丝绸产品是人们的衣着必需品;果子是重要的副食品,是人们茶余饭后的营养补充品。茶桑果是重要的经济植物,发展茶桑果对于提高老百姓的经济收入、脱贫致富具有重要的现实意义。

大暑这次下去学到了花生、葵花籽、大豆的科学技术,他觉得很充实。他写道:从食品角度看,花生、葵花籽、大豆是消闲食品,虽然不是主角,但在人们的生活中也是不可或缺的。这些食品营养价值很高,作为对人们主食的一种补充,也是很重要的。建议天宫适当引进,逐步推广发展。

牛郎和立夏一起商量后说道:"我看了这些分报告,觉得都写得不错。每个人把自己那部分写出来了,但要把这些材料整合到一起,形成总报告还是有难度的。最主要的是总报告一定要有高度,要站在天上的神、地上的植物、地上的人类,也就是天、地、人之间协同发展的高度来分析,从这里再扩展到人与自然的和谐相处,这样的调研报告就有分量了。"

立夏说:"牛顾问,我先按照您的意见把总报告整出来,您再来修改。"

两天后,立夏写的调研总报告初稿出来了。立夏在报告中写道:这次夏季组下凡考察学习,内容涉及森林、水生植物、水稻、蔬菜、玉米、茶叶、桑园、果树、花生、瓜子、大豆等各个方面,范围广,品种多,在不同领域取得了不少成果。这些成绩的取得要归功于天宫领导的英明决策,归功于天宫组织部的指挥有方,归功于天宫兄弟组的无私帮助。同时也要感谢来自植物界的香樟王、龙井茶、桑树王、枇杷王、香榧王、葵王、大豆王,以及三明、陈先生、葛教授等专家。正是因为有大家的支持、帮助和关心,我们的考察学习任务才得以圆满完成。

立夏在报告中还写道:通过考察学习,我们感觉到,天宫在很多方面已经落后于人类很远,他们有很多先进的知识值得我们学习,我们必须奋起直追。在考察中我们也发现,对于浩瀚无涯的大自然,人类在很多方面还是一知半解,有些甚至是一无所知。这就使人类处于一种危险境地,我们必须从天时、地利、人和这个角度统筹兼顾、协调发展。

立夏在报告的最后写道:我们认为,大自然的每一个领域都是美妙绝伦的。无论过去与将来,都是那无始无终、永远流转的大自然在人的生命中比较出来的程序,其中有着连续不断的生命力。大自然有自己的发展规律,只有从大自然中认识自然、了解自然、敬畏自然,我们才能与自然和谐共处。我们的座右铭就是遵从自然生活。

牛郎看了立夏的总报告后,只在个别地方做了文字上的修改。牛郎对立夏说:"总报告就这样了,把你们六位写的分报告作为附件,放在总报告后面,一起报上去吧。"

夏季组的调研报告先是报到了天宫组织部,组织部再送给天宫主要领导审阅。玉帝做了批示后,转发到天宫各相关部门。相关部门闻风而动,按照调研报告上的建议或意见行动起来。

三个月后,天宫发布天字第 36 号文件,决定筹建天宫农林大学,任命立夏为天宫农林大学筹备组组长,小满、芒种、夏至、小暑、大暑为副组长。负责天宫农林大学的筹建事宜。

天宫四季二十四位大神各就各位,抖擞精神,正在为天宫大业努力奋斗,将谱写出更加灿烂的篇章。本文以清人赵翼之诗做结尾,诗云:

李杜诗篇万口传,至今已觉不新鲜。

江山代有才人出,各领风骚数百年。